KB118348

새로운 야생의 땅

새로운 야생의 땅

다이앤 쿡
장편소설
김희용 옮김

THE NEW
WILDERNESS

문학동네

일러두기

1. 주석은 모두 옮긴이주다.
2. 본문 중 고딕체는 원서에서 이탤릭체와 대문자로 강조한 부분이다.

나의 어머니 린다와 나의 딸 카사도라에게

아울러 호르헤에게

……젊음을 누릴 수 있는 자연 그대로의 땅이 없는 지금,
내가 결코 젊어질 리 없다는 사실이 나는 기쁘다.
지도 위에 여백 하나 없다면 수많은 자유가 다 무슨 소용이겠는가?

—알도 레오폴드

날 여기서 꺼내줘, 날 여기서 꺼내줘
난 여기가 싫어, 날 여기서 꺼내줘

—알렉스 칠턴

차례

1부

비어트리스의
발라드

그 아기는 멍이 든 듯 시퍼런 피부색을 띠고 비Bea의 몸에서 빠져나왔다. 비는 둘 사이를 연결하는 탯줄 중간쯤을 태워서 딸 아이의 가냘픈 목에 감겨 있던 탯줄을 풀어낸 다음, 부질없는 일 이라는 것을 알면서도 두 손으로 아이를 획 들어올려 보드라운 가슴을 톡톡 두드리고 끈적끈적한 입속으로 두어 번쯤 살살 숨을 불어넣었다.

　사방에서 귀뚜라미의 요란한 울음소리가 울려퍼졌다. 비는 더 위 때문에 피부가 따끔거렸다. 땀이 등과 얼굴에 말라붙었다. 해 는 중천까지 치솟아 있었고, 오늘도 이상하리만큼 빠르게 떨어질 터였다. 비가 무릎을 꿇고 있는 곳에서는 그들의 골짜기, 그 골짜 기의 비밀스러운 풀들과 세이지가 보였다. 저멀리 외롭게 솟아 있는 뷰트*들이, 좀더 가까이에는 어딘가로 가는 길을 표시하는

듯한 돌무덤들이 있었다. 지평선 위에는 흰색의 뾰족한 칼데라가
서 있었다.

비는 단단한 땅을 처음에는 막대기로, 그다음에는 돌멩이로 파
고 나서 두 손으로 움푹하게 파낸 다음 반반하게 골랐다. 그녀는
태반을 그러모아 그 안에 넣었다. 그런 다음에는 아기까지. 구덩
이가 얕아서 아기의 볼록한 배가 드러났다. 방금 태어나 축축한
그 작은 몸에는 거친 모래와 태양의 열기로 인해 꽃줄기에 간당
간당 매달려 있는 아주 작은 황금빛 꽃봉오리들이 달라붙어 있었
다. 그녀는 아기의 이마에 고운 흙을 좀더 뿌리고, 사슴 가죽 가
방에서 시든 초록 잎사귀 몇 장을 꺼내 딸아이를 덮어주었다. 주
변의 세이지에서 울퉁불퉁한 가지들을 꺾어 이상하게 부푼 배,
터무니없이 작은 두 어깨를 덮어주었다. 아기는 초록 식물, 녹슨
빛이 감도는 붉은 피, 축축하고 얇은 피부 아래 지도처럼 얽히고
설켜 흐릿한 보랏빛 핏줄들이 뒤섞인 보기 흉한 흙더미가 되어버
렸다.

이제 아기의 존재를 알아차린 동물들이 모여들고 있었다. 하늘
에서는 회오리치는 독수리떼가 동태를 살피려는 듯 하강했다가
이내 뜨거운 기류를 타고 상승했다. 비는 코요테들이 가만가만
걷는 발소리를 들었다. 그들은 꽃이 만발한 세이지 사이를 누비
며 나아왔다. 들쭉날쭉하게 드리운 그늘 아래, 어미 한 마리와 비
쩍 마른 새끼 세 마리가 모습을 드러냈다. 비는 그들이 침착하게
하품을 하며 흘리는 울음소리를 들었다. 그들은 기다릴 터였다.

---

* 평원에 우뚝 솟아 있는 외딴 작은 언덕.

한줄기 바람이 휙 일고, 그녀는 뜨거운 모래먼지를 들이마셨다. 이제 틀림없이 팔 년은 족히 되었을 애그니스의 출산 당시 병실에 고여 있던 냄새가 그리웠다. 좌우로 돌아누울 때마다 따가운 가운이 가슴팍에서 늘어나며 엉클어지던 것도 그리웠다. 시원한 공기가 그녀의 엉덩이 주위로, 그리고 담당 의사와 간호사들이 뚫어져라 들여다보고 쿡쿡 찔러대며 그녀의 몸에서 애그니스를 빼내던 두 다리 사이로 불어오던 것도. 그때는 그 느낌이 몹시 싫었다. 너무나 무방비로 노출되고, 마모되고, 짐승이 된 듯한 기분이었다. 하지만 이곳에는 온통 모래먼지와 뜨거운 공기뿐이었다. 여기서는 한 손으로 그 작은 몸을 바깥으로 인도하는 동시에—임신 오 개월이었나? 육 개월? 칠 개월?—다른 한 손으로는 급강하하는 까치 한 마리를 막아내야만 했다. 그녀는 혼자서 이 일을 해내고 싶었다. 하지만 몸을 면밀히 살피는 장갑 낀 손, 순환을 반복해 퀴퀴해진 실내 공기, 윙윙거리는 기계들, 몸 아래 사막의 모래먼지 대신 깔린 새 침대보만 있으면 더이상 바랄 게 없을 터였다. 살균된 이불도.

그녀의 어머니만 있으면 더이상 바랄 게 없을 터였다.

비는 코요테들에게 쉿 소리를 냈다. "썩 꺼져." 그녀가 방금 파낸 흙과 자갈들을 힘껏 내던지며 말했다. 하지만 그들은 슬며시 귀를 뒤로 젖히며, 어미는 뒷다리를 깔고 앉고 새끼들은 어미의 주둥이를 물어대며 성가시게 굴 뿐이었다. 어미는 아마 새끼들에게 무언가를 별도로 더 먹이거나 죽은 먹이를 찾아다니는 연습을 시키기 위해, 그러니까 살아남는 연습을 시키기 위해 무리의 다른 코요테들에게서 몰래 떨어져나왔을 것이다. 어미라면 다

하는 일이었다.

비는 아기의 눈가에서 파리 한 마리를 쉬이 하고 쫓아버렸다. 그 눈은 처음에는 살아남지 못했다는 사실에 깜짝 놀란 듯 보였지만, 지금은 비난이 담긴 듯했다. 사실 비는 그 아기를 원하지 않았다. 여기서는 아니었다. 아이를 이런 세상으로 나오게 하는 것은 잘못된 일일 터였다. 잘못되었다는 것이 바로 그녀가 줄곧 느끼던 기분이었다. 하지만 아기가 비의 두려움을 감지하고 비가 자신을 원하지 않아서 죽은 것이라면 어쩌나?

비는 목이 메었다. "이게 최선이야." 그녀는 딸아이에게 그렇게 말했다. 아이의 두 눈이 하늘 높이 두둥실 흘러가는 구름에 어둡게 흐려졌다.

손전등과 그것을 밝힐 건전지를 아직 가지고 다니던 시절, 한번은 밤늦게 산책을 하다가 그녀가 비춘 불빛에 두 개의 눈이 반짝거리는 모습을 포착한 적이 있었다. 그녀가 겁주려고 손뼉을 쳤지만, 그 두 눈동자는 그저 아래로 향할 뿐이었다. 실제로는 키가 큰 짐승이 앉은 채 몸을 웅크리고 있는지도 몰라서, 비는 그것이 그녀에게 몰래 접근하는 중이었을까봐 두려웠다. 그녀는 두근거리는 가슴을 안고 그때까지 두어 번 느껴본 적 있던 서늘한 공포가 닥치기를, 위험에 처했다는 자신의 육감을 기다렸다. 하지만 그 느낌은 결코 찾아오지 않았다. 그녀는 더 가까이 걸어갔다. 다시 한번 그 두 눈이 마치 복종하는 개처럼 애원하듯 아래로 향했지만, 그것은 개가 아니었다. 그녀는 더 가까이 가서야 그것이 비스듬한 등, 뾰족한 귀, 체념한 듯 탁탁 쳐대는 꼬리를 가진 사슴이라는 것을 알 수 있었다. 곧이어 그 불빛 속에서 그녀를 바라보고 있지는 않아도 작고 불안정하게 흔들리는 또다른 눈동자를 보았다. 사슴이 몸을 일으키자 이내 그 흔들리는 눈동자도 뒤뚱거리며 움직였다. 그것은 이쑤시개처럼 가늘고 휘청거리는 다리로 일어선, 작고 번들거리는 새끼 사슴이었다. 비는 저도 모르게 한 생명의 탄생을 목격했던 것이다. 어둡고 고요했다. 비는 맹수처럼 살며시 그 어미에게 다가갔다. 어미는 그 순간 살려달라고 간청하듯 고개를 숙이는 것 말고는 할 수 있는 게 없었다.

요즘, 그러니까 너무나 단순하고 야만적인 생존에만 골몰하는 이런 예측 불가능한 나날들에, 비가 후회할 만한 일은 거의 없었다. 하지만 자신이 그날 밤 다른 길로 가서 손전등 불빛으로 그들의 눈동자를 비추지 않고, 그 암사슴이 무사히 새끼를 낳아 주둥이를 비비며 깨끗하게 핥아주고 생존활동을 시작하기에 앞서 새끼에게 흠 잡을 데 없는 첫날밤을 안겨줄 수 있었더라면 좋았을 것이라고 생각했다. 그러는 대신 암사슴은 기진맥진한 채 허둥지둥 도망쳤고 새끼 사슴은 우왕좌왕 갈피를 못 잡고 비틀거리며 어미 뒤를 따라갔다. 그것이 그들이 함께하는 삶의 시작이었다. 그래서 비는 며칠 전 더이상 발길질과 딸꾹질과 심장의 두근거림이 느껴지지 않아 아기가 이미 죽었다는 것을 깨달았을 때, 자신이 홀로 출산하고 싶으리라는 것을 알았다. 그것은 둘이 함께할 수 있는 유일한 순간이었다. 그 순간을 다른 누구와 나눠 갖고 싶지 않았다. 착잡한 비탄에 잠긴 그녀의 모습을 누군가가 지켜보는 것은 원하지 않았다.

비는 어미 코요테를 응시했다. "너는 이해하지?"

그 코요테는 초조한 듯 뒷다리로 껑충 뛰어오르며 누런 이를 핥았다.

멀리 나지막한 산등성이의 아래쪽, 그러니까 앞쪽에 펼쳐진 산자락의 몇몇 작은 언덕에서 길게 울부짖는 구슬픈 울음소리가 들렸다. 망을 보던 어떤 늑대가 썩은 고기를 먹는 새들을 목격하고 먹이가 있다는 신호를 보내는 중이었다.

떠나야 했다. 해가 지고 있었다. 그리고 이제는 늑대들도 그 사실을 알고 있었다. 그녀는 자신의 그림자가 길고 가늘어지는 것을 줄곧 관찰해왔는데, 그것은 마치 자신이 굶어죽어가는 모습이기라도 한 것처럼 항상 그녀를 슬프게 만드는 광경이었다. 그녀는 일어서서 모래땅에 박고 있던 두 무릎을 쭉 펴고 피부와 남루한 튜닉에서 모래를 떨어냈다. 죽었다는 것을 알면서도 아이를 되살리려 한 자신이 어리석게 느껴졌다. 그녀는 윌더니스*가 자신에게서 모든 감상적인 면을 앗아가버렸다고 생각했다. 그 순간에 대해서는 아무에게도 말하지 않을 작정이었다. 늘 대놓고 인정하려 하지는 않아도 친자식을 원하는 듯한 글렌에게도. 애그니스에게도 말하지 않을 것이다. 비록 애그니스는 결코 실체를 갖추지 못한 이 여동생에 대해 알고 싶어할 테고, 엄마의 비밀들을 속속들이 파악하고 싶어할 것 같기는 하지만. 안 된다. 그녀는 단순한 이야기를 고수할 터였다. 아기는 살아남지 못했다. 지금까지 다른 많은 사람들이 그랬듯. 그러므로 우리는 그렇게 정리하고 잊을 것이다.

비는 매들린이라고 부르고 싶었던 이 여자 아기에게 눈길 한번

---

* Wilderness. 원래 인간의 손길이 닿지 않은 야생지대나 미개척지를 의미한다.

더 주지 않고 돌아섰다. 그리고 어미 코요테에게 매섭게 발길질을 해서 눈에 띄게 드러난 갈비뼈 부위를 걷어찼다. 그 갯과 동물이 깨갱하고 살금살금 물러서서 으르렁거렸지만, 그녀에게는 인간으로서 느끼는 모욕감에 신경쓰는 것보다 더 절박한 고민이 있었다.

비는 뒤에서 나는 난투 소리와 깽깽거리는 소리를 들었다. 그리고 비록 그 갯과 동물들이 흥분해 내는 소리가 갓난아기의 울음소리와 닮았다고는 해도 단지 배가 고파 내는 소리일 뿐이라는 것을 잘 알고 있었다.

*

오솔길의 확실한 흔적이 캠프 쪽으로 이어져 있었다. 커뮤니티 사람들의 영향인지, 동물들이 그들 나름의 길을 낸 것인지, 아니면 그 땅이 윌더니스주州가 되기 전에 그곳에 있던 모든 것의 잔재인지 알기는 어려웠다. 어쩌면 오로지 비 혼자서 만들어낸 길인지도 모른다. 사람들이 골짜기를 통해 이동할 때마다 비는 가능한 한 자주 그곳에 찾아갔다. 그것이 매들린을 낳을 장소로 그곳을 선택한 이유였다. 그 경치에는 무언가 신비스러운 데가 있었다. 마치 숨겨진 골짜기 같았다. 파릇파릇한 풀과 거친 관목들이 있는 움푹한 땅이 주변보다 지대가 조금 더 낮아서 그곳에서는 지평선과 까맣게 치솟은 산의 비밀스러운 경치가 보였다. 시야에 들어오는 모든 땅이 흐릿하고 희미한 색깔의 모자이크를 이루고 있었다. 멋지고 조용하고 남들 눈에 잘 띄지 않는 곳이라고 그녀는 생각했다. 누군가는 떠나고 싶지 않을 장소였다. 다시 한 번, 비는 엄마인 자신이 품위 있게 대처하지 못할 그런 알 수 없는 풍경 대신 거기서 매들린이 평온을 찾게 했다는 데 순간적으로나마 안도했다.

비는 캠프에서 나는 사람들의 목소리를 들을 수 있었다. 그 목소리들이 평탄한 공터를 가로질러 그녀의 발 앞에 떨어졌다. 하지만 그녀는 사람들과 그들의 질문을, 혹은 어쩌면 그보다 나쁠 수도 있는 그들의 침묵을 마주하고 싶지 않았다. 그래서 자리를 옮겨 그녀의 가족이 즐겨 시간을 보내는 얕은 동굴을 향해 바위들을 기어올랐다. 고지대에 있는 그들의 비밀 휴식처. 위쪽을 보니 남편 글렌과 딸 애그니스가 땅바닥에 무릎을 꿇고서 그녀를 기다리고 있었다.

글렌은 어떤 잎사귀의 줄기를 잡고 빙빙 돌리며 모든 각도에서 바라보면서 애그니스에게 그 평범한 형태 속에 자리한 놀랍도록 미세한 특징을 살펴보라며 초록색 가시 표면의 무언가를 가리켰고, 너무 집중한 나머지 이맛살을 찌푸리고 있었다. 둘 다 마치 그 잎사귀가 제 비밀을 털어놓고 있기라도 한 것처럼 더 바짝 몸을 숙였는데, 그런 두 사람의 얼굴에 느닷없이 기쁜 빛이 어리기 시작했다.

글렌은 그녀가 다가오는 것을 보자 가까이 오라고 손을 흔들었다. 애그니스도 최근 바위에 부딪혀 깨지는 바람에 들쭉날쭉해진 치아가 보일 만큼 환한 미소를 머금고서 팔을 어색하게 휘둘렀다. 젖니였다면 얼마나 좋았을까? 비는 딸의 머리를 두 손으로 감싸 쥐고 그애의 피투성이 입술 밑에 난 선명한 상처를 면밀히 살피며 그런 생각을 했었다. 그때 애그니스는 줄곧 말없이 가만히 있었다. 눈에서 눈물이 한 방울 찔끔 나와 얼굴에 묻은 흙먼지를 타고 흐를 뿐이었다. 그것이 그 사고로 아이가 당황했다는 것을 알 수 있는 유일한 증거였다. 마치 동물처럼 애그니스는 무서우면 얼어버렸고 위기에 처하면 후다닥 달아났다. 비는 애그니스가 자라면 이런 점이 바뀔지도 모른다고 생각했다. 먹잇감이 된 것 같은 기분은 덜 느끼고 포식자가 된 기분을 더 많이 느끼게 될지도 몰랐다. 그것은 딸의 미소에 배어 있었다. 그러니까 말로는 설명하기 어려운 일종의 판단력 말이다. 그것은 적당한 때를 기다리는 여자아이의 미소였다.

"이건 오리나무야." 비가 그들 앞에 다가갔을 때 글렌이 그렇게 말하고 있었다. 그는 그녀의 한 손을 잡아 부드럽게 키스하고 꾸물거리며, 그녀가 손을 거둘 때까지 그대로 있었다. 비는 그가 그녀의 배를 힐끗 보고 움찔 놀라는 것을 보았다.

그가 조잡한 나무그릇에 뜨거운 물을 준비해두었지만, 지금은 식어서 상온과 같은 온도였다. 그녀는 그들 바로 옆에 쪼그리고 앉아 튜닉을 들어올리고 무릎을 벌렸다. 치맛자락 밑으로 물을 퍼올려 가랑이, 늘어지고 너덜너덜해진 외음부, 이것저것 튀어 더러워진 넓적다리를 부드럽게 씻었다. 피부가 까져서 쓰라렸지만 찢어지지는 않았다는 것을 알 수 있었다.

애그니스는 가냘프고 두꺼비 다리처럼 생긴 두 다리를 벌려 똑같은 자세를 취한 채, 비를 조심스럽게 관찰하면서 상상 속의 물을 자신에게 찰박찰박 끼얹었다. 아기가 있었던 곳에는 시선을 주지 않으려고 마음먹은 듯 보였다.

애그니스는 일종의 모방 단계에 들어서 있었다. 비는 그것을 동물들의 경우에서 보았다. 다른 아이들에게서도 본 적이 있었다. 하지만 애그니스의 경우는 무언가가 그녀를 무력하게 만들었다. 그녀는 최근까지만 해도 애그니스를 잘 알고 있었다. 마지막으로 나뭇잎의 색이 변했을 무렵, 애그니스가 낯설어졌다. 그녀는 이런 균열이 그저 부모와 자식 사이라면, 혹은 모녀 사이라면 다 겪는 일인지, 아니면 오로지 그녀와 애그니스만 견뎌야 하는 어떤 특별한 어려움인지 알지 못했다. 여기 이 야외에서는 삶의 모든 양상이 결코 평범하지 않았기 때문에 어떤 상황을 단순히 평범하다고 치고 덮어두기가 어려웠다. 애그니스가 자기 나이에 맞게 평범하게 행동하고 있는 것일까? 아니면 자신이 늑대라고 믿고 있을 가능성도 있을까?

애그니스는 이제 막 여덟 살이 되었지만 그 사실을 알지 못했다. 그들은 더이상 날짜에 주의를 기울이지 않았기 때문에 더이상 생일에도 주의를 기울이지 않았다. 하지만 비는 그들이 처음 도착했을 때 어떤 꽃을 알아보았다. 애그니스는 막 다섯 살이 된 참이었다. 달력상으로 4월. 비는 처음 며칠 동안 걸으면서 들판 가득 핀 제비꽃을 눈여겨보았다. 그녀가 제비꽃을 다시 보았을 때는, 시간이 일 년쯤 지난 것 같았다―그들은 여름의 더위를 느꼈고, 나뭇잎 색이 변하는 것을 목격했으며, 눈 덮인 산에서 덜덜 떨었다. 눈은 이미 녹고 없었다. 그녀는 그때껏 제비꽃을 네 번 보았다. 생일이 네 번 지났다는 의미였다. 그녀는 애그니스의 여덟번째 생일이 지난번 보름달이 뜬 후 언제인가였다는 것을 알고 있었다. 그때 지난번 캠프 근처 풀밭에서 제비꽃을 보았던 것이다. 그곳에 처음 도착했을 때는 애그니스가 심각하게 아파서, 비는 딸과 함께 제비꽃을 다시 볼 수 있을지 확신하지 못했다. 하지만 지금 거기 그 꽃들이 있었고 애그니스는 그 사이로 경중경중 뛰어다니고 있었다.

비는 얕은 동굴 안쪽으로 기어들어갔다. 그들이 처음 이곳에 캠프를 차렸을 때 큰 바위 뒤편에 땅을 파내고 만들었던 구덩이에서 작은 베개 하나와 그녀가 실내장식을 맡았던 리모델링 건물 중 하나를 특집으로 다룬 디자인 및 건축 잡지 한 권을 꺼냈다. 그것은 전국적으로 발행되는 잡지라 거기 펼침면으로 실린 사진은 경력에서 하나의 전환점이 되었다. 비록 발행되고 얼마 지나지 않아 윌더니스로 떠나기는 했지만. 이 물건들은 시티City에서 밀반입한 비밀스러운 보물이었기에, 여기저기 가지고 다니며 다른 사람들의 비웃음을 사고 짓궂은 날씨로 훼손시키는 대신 매뉴얼에 제시되어 있는 규칙들을 뻔뻔스럽게 무시하고서 숨겨놓았던 것이다. 그들이 매년 몇 차례씩 그 골짜기를 거쳐갈 때마다 그녀는 조금 더 자기다운 기분을 느끼기 위해 그 보물들을 파냈다.

비는 글렌 옆에 앉아 자기 베개를 끌어안았다. 그런 다음 자신이 했던 선택들과 그 이유를 떠올리며 두 페이지에 걸쳐 실린 그 사진을 재빨리 훑어보았다. 집이 있다는 것이 어떤 느낌이었는지 떠올리면서.

"레인저들이 그 물건들을 발견하면 우리는 곤란해질 거야." 그녀가 자신의 보물들을 파낼 때면 늘 그랬듯 글렌이 규칙에 대해 몹시 걱정하며 말했다.

그녀는 얼굴을 찡그렸다. "그들이 뭘 어쩌겠어? 베개 하나 때문에 우리를 쫓아내기라도 할까?"

"그럴지도 모르지." 글렌이 어깨를 으쓱했다.

"안심해." 그녀가 말했다. "절대로 발견하지 못할 거야. 그리고 나한테는 이것들이 필요해. 베개가 어떤 건지 기억해야 해."

"나는 충분히 좋은 베개가 아닌 거야?" 그는 아주 상냥하게 말했다.

비는 그를 바라보았다. 글렌은 뼈만 앙상했다. 그들 둘 다 그랬다. 아기 때문에 간신히 볼록 튀어나와 있던 그녀의 배마저도 즉시 홀쭉해져버린 것 같았다. 올려다보니 그는 희미한 선웃음을 지어 보이고 있었다. 그녀는 고개를 끄덕였다. 그도 되받아 고개를 끄덕였다. 그러고 나서 애그니스를 주시하며 길고 요란스럽고 나른하게 하품을 했다. 뒤이어 애그니스도 주먹을 쥐고 기지개를 활짝 켜며 하품을 했다.

"내일은 아주 큰일이 있는 날이야." 그가 말했다. "미들 포스트로 이동을 시작할 거야. 가다가 네가 제일 좋아하는 강을 건널 테고."

"우리 헤엄도 칠 수 있어요?" 애그니스가 물었다.

"그 강을 건너려면 강물 속으로 들어가야 하니까, 당연히 그렇고말고."

"언제요?"

"아마 얼마 안 돼서 도착할 거야."

"그게 며칠이에요?"

글렌이 어깨를 으쓱했다. "오 일? 십 일? 사오 일?"

애그니스가 씩씩거리며 대꾸했다. "그건 제대로 된 대답이 아니잖아요!"

글렌이 아이를 쿡 찌르며 웃음을 터뜨렸다. "그야 진짜로 도착해봐야 아는 거지." 애그니스가 노려보는 모습은 비와 꼭 닮아 있었다.

"짐은 다 쌌어?" 비가 물었다.

"거의 다. 당신은 걱정 안 해도 돼."

비는 그녀의 무릎에 놓인 베개를 꼭 껴안았다. 축축한데다가 코를 찌르는 고약한 냄새까지 났지만, 상관없었다. 그녀는 자신의 어린 아기에게 사랑을 전할 수 있을지도 모른다고 생각하며 베개에 얼굴을 파묻었다. 그리고 한숨을 쉬고 고개를 들었다.

애그니스는 그녀를 주시하며 자신도 베개를 가진 척, 아니 어쩌면 아기를 가진 척 허공을 끌어안았고, 의심의 여지 없이 비가 방금 보여준 것과 똑같이 슬픈 미소를 지었다.

부산스럽고 와자지껄하던 저녁도 시간이 지나며 점차 잠잠해졌다.

캠프에서 몇몇 커뮤니티 사람들은 여전히 모닥불 가에 있었지만, 대부분은 다 함께 원을 이루고 자는 곳에서 새근새근 잠들어 있었다. 비와 글렌은 침구로 사용하는 엘크 털가죽 아래로 살며시 파고들었다. 애그니스는 언제나처럼 그들의 발치에 잠자리를 마련했다. 아이의 손이 마치 덩굴처럼 비의 발목을 감싸쥐었다.

"어쩌면 포스트에 괜찮은 소포들이 좀 와 있을지도 몰라." 글렌이 소곤거렸다. "질 좋은 초콜릿이나 뭐 그런 것일지도 모르지."

으음, 하고 만족스러운 반응을 하기는 했지만 사실 그녀는 이제 그런 것들을 먹기만 하면 꼭 탈이 났다. 몸이 과거에는 간절히 원했던 것들을 감당하지 못하기 때문이었다.

그녀는 글렌이 초콜릿 대신, 그 대신 그녀가 막 묻어주고 온 아이 이야기를 꺼냈다면 좋았을 것이라고 생각했다. 아니, 자신이 말하고 싶다고 생각했다. 그녀는 뭐라고 했을까? 그가 아직 모른다면 그녀가 무슨 말을 할 수 있었을까? 그리고 정말로 그 일에 대해 이야기하고 싶기는 한 것일까? 아니, 그러고 싶지 않았다. 그리고 글렌 역시 그것을 알고 있었다.

그녀가 글렌을 바라보자 모닥불 불빛이 비치는 그의 얼굴에서 희망이 어른거리고 있었다. 그는 초콜릿이 그런 착잡한 마음을 달래줄 수 없다는 것을 알고 있었지만, 어쩌면 초콜릿이 있을지도 모른다는 암시가 초콜릿의 역할을 대신할 수 있을지도 몰랐다. 그녀는 그의 품에 꼭 안기며 거짓말을 했다. "그래, 초콜릿이 좋겠다."

비는 사방에서 자연이 잠자리에 드는 소리를 들었다. 굴올빼미들이 울어대고, 또다른 무언가가 꽥꽥거렸다. 야행성 날짐승들의 그림자가 밤하늘과 별들 사이를 스치듯 지나갔다. 캠프의 모닥불이 푸시식 소리를 내며 사위었을 때, 그녀는 불가에 있던 마지막 사람이 어둠을 뚫고 잠자리 쪽으로 조심스럽게 걸어간 다음 편안하게 드러눕는 소리를 들었다. 누군가가 말했다. "다들 잘 자요."

비의 발목을 움켜쥔 애그니스의 뜨거운 손을 통해 그애의 생명력이 펄떡펄떡 약동하고 있는 것이 느껴졌다. 그녀는 그 리듬에 맞춰 숨을 들이쉬고 내쉬었고, 그 덕분에 내면의 목소리에 집중할 수 있었다. 나한테는 딸이 있어. 그러니 지나간 일을 곱씹고 있을 겨를 따위는 없어. 바로 지금, 여기에 그녀를 필요로 하는 누군가가 있었다. 그녀는 다 잊고 서둘러 앞으로 나아가겠다고 다짐했다. 그렇게 하고 싶었다. 그래야만 했다. 그것이 지금 그들이 사는 방식이었다.

9번 강은 유속이 빠른데다 둑에 맞닿도록 불어나 있어서 커뮤니티 사람들이 익히 알던 강과는 완전히 다른 강처럼 보였다. 어찌나 다른지 그들은 다시 지도를 더듬으며 지금 거기 있는 것과 그들의 기억에 따르면 거기 있어야만 하는 것의 기호들을 맞춰보려 안간힘을 썼다. 처음 윌더니스주에 도착한 이후로 그들은 여러 번 그 강을 건넜다. 어딘가 다른 곳에서 그 강을 맞닥뜨릴 때면 그것이 매우 느리게 흐르는 강이라고 생각하기까지 했다. 산자락에서 흘러내려 산쑥에 뒤덮인 평원을 가로지르고 바위와 흙 사이를 이리저리 누비며 촘촘히 굽이치는 방식 때문이었다. 그들에게는 안전하다고, 그러니까 강을 건너는 것치고는 최대한 안전하다고 생각하는 통상적인 도강 지점이 있었다. 하지만 지금은 마치 폭풍우가 그 강둑을 완전히 바꿔놓은 것처럼, 건너편 강둑으로 건너기에 앞서 무리를 재정비하곤 했던 작은 섬 같은 땅이 수몰된 것처럼 보였다. 그 작은 섬은 매우 요긴했었다. 하지만 지금은 그것이 사라져버렸고, 그들은 더이상 도강 지점이 어디인지 확신할 수 없었다. 아마도 지난여름 이후로 줄곧 그들을 산 건너편에 묶어두었던 바로 그 폭풍우가 이 강 역시 바꿔놓았을 것이다.

거의 없는 것이나 다름없는 강둑에서 선반처럼 튀어나와 있는 작은 바위턱으로 어른들이 먼저 내려선 다음, 아이들을 내려주었다. 그곳에는 강물 바로 옆에서 볼 수 있는 단 하나의 색깔인 초록의 초목이 자라고 있었다. 풀, 이끼, 살아남으려 발버둥치는 나무. 그 나무들은 두 손가락만으로 툭 부러뜨릴 수 있을 정도로 가늘었지만 크림빛이 도는 초록색 새순이 떨고 있었다. 사람들은 둘둘 만 침구, 훈연육, 육포, 페미컨,* 수확한 잣, 귀중한 도토리, 야생 쌀, 외알밀, 달래 한 줌, 분해한 훈연용 텐트, 각자의 개인용 가방, 사냥용 활과 화살, 우묵한 식사용 나무그릇과 취사도구로 사용하는 나무며 돌 조각들이 담긴 자루, 귀중한 칼들이 담긴 귀중한 상자, 책가방, 무쇠솥, 매뉴얼, 쓰레기가 담긴 봉투들을 내려놓았다. 쓰레기는 포스트에 가져가면 레인저들이 무게를 달고 처리할 것이었다.

강 인근의 풍경 속에 나무라고는 없었지만, 물속에서는 껍질이 다 벗겨지고 나뭇가지 하나 없이 매끈한 통나무 하나가 조금씩 떴다 잠겼다 하며 구르듯 떠내려가고 있었다. 이례적인 급류에

---

* 쇠고기를 말려 가루로 만든 다음 과실과 지방을 섞어 빵처럼 굳힌 것.

휩쓸려 산자락에서 줄곧 내려온 것이 틀림없었다. 보통 통나무는 더 먼 상류에서 소용돌이를 타고 모여 있거나 아니면 강둑으로 조금씩 밀리며 올라가버려서 더 느리게 흐르는 강에는, 아니 정확히 말하자면 이 강의 유속이 상대적으로 더 느린 부분에는 아예 없을 수도 있었다. 여기 이 통나무는 급류를 타고 구르며 떠내려가고 있었다. 수위가 낮고, 하얗게 거품이 이는 급류라고 해봤자 물속 바위들이 스치듯 잠시 썼다가 날려보내는 얇은 모자나 다름없었던 예전에 강을 건널 때는 한 번도 본 적 없는 유속이었다. 그들은 또하나의 통나무가 뒤집히는 모습을 지켜보았고, 그후 캐럴라인이 물속으로 머뭇머뭇 첫걸음을 내디뎠다.

캐럴라인은 그들의 도강 담당 선발대원이었다. 그녀는 실수로 미끄러질 가능성이 가장 적었다. 무게중심이 가장 낮았다. 발가락으로도 손가락처럼 사물을 꽉 움켜잡을 수 있었다. 그 아름다운 발가락들이 시티에서는 여러 해 동안 신발 속에 욱여넣어진 채 낭비되었다. 캐럴라인은 여태껏 물의 속성에 대해 가장 많은 것을 습득한 사람이었다. 종잡을 수 없는 물의 흐름을 잘 파악했다.

"좋아요." 캐럴라인은 수면 30센티미터쯤 아래 시험삼아 단단히 발을 디딘 채 물살을 느끼며 계속 나아갈지 말지를 결정한 뒤 우르릉거리는 굉음보다 더 큰 소리로 고함을 쳤다. "밧줄 줘요."

칼과 후안이 밧줄 한쪽 끝을 건네고, 그녀가 밧줄을 자기 몸에 둘러 잡아매자 후안과 그 뒤에 선 칼이 각자 허리에 한 바퀴씩 감은 다음, 몸 앞쪽의 밧줄을 붙잡았다. 아이들과 다른 어른들은 가능한 한 뒤로 물러서 있었다.

그들은 이미 다른 두 곳에서 건너려고 시도해봤다. 하지만 캐

럴라인의 두 발이 강둑에서 미끄러지거나 물이 허리까지 와서 그
녀는 두 번 다 강기슭으로 돌아와야 했다. "너무 깊어요" 혹은
"너무 빨라요" 혹은 "저 가장자리 보여요? 물밑 어딘가에 넘어
지기 딱 좋은 구덩이가 있어요"가 그녀의 평가였다.

여기에서, 그러니까 세번째 지점에서는 캐럴라인이 중간까지
걸어갔다. 강둑에서 보기에는 조짐이 좋았다. 그녀는 윌더니스의
온갖 울음소리에 귀를 기울이는 코요테처럼 고개를 갸웃하고는
잠시 가만히 있었다―친구인가 적인가, 친구인가 적인가. 그녀의
두 손은 하얗게 거품이 이는 급류 위를 맴돌았고, 그 급류는 그녀
의 몸을 싸고돌며 부서졌다가 그녀의 뒤에서 다시 하나가 되었
다. 캐럴라인은 먼저 고개를, 그다음에는 어깨까지 틀어서 그들
을 바라보았고, 손바닥이 위로 가게 손을 뒤집어 무언가 신호를
보내려 했다. 캐럴라인이 입을 여는 바로 그 순간, 한 통나무의
끝부분이 그녀가 서 있는 곳의 수면 위로 떠올랐고, 무언가 물에
철썩 부딪치고 첨벙 잠기는 소리와 함께 그녀는 사라져버렸다.

곧이어 강이 마치 잠에서 깬 곰처럼 밧줄을 홱 잡아당기자 후
안까지 빠지게 되었다. 그는 발꿈치를 굳게 딛고 힘껏 버텼다.
밧줄이 허리를 쥐어짜자 그는 울부짖었다. 칼은 안간힘을 다해
밧줄을 계속 잡아당겼는데, 후안을 도와주기 위해서가 아니라
밧줄을 느슨하게 해서 후안이 당하고 있는 고문을 피하기 위해서
였다.

비는 두 손으로 애그니스의 두 어깨를 오그라뜨릴 만큼 꽉 움
켜쥐고서 다른 사람들과 함께 뒤로 물러서 있었다. 이런 일이 일
어날 경우에 대비해 예전에는 밧줄을 붙잡는 사람들 옆에 누군가

가 항상 밧줄 자를 칼을 들고 대기했던 것이 떠올랐다. 하지만 이런 일이 일어난 적은 한 번도 없었고, 칼과 후안은 자기들이 이런 대참사를 견딜 수 있을 만큼 강하다고 판단했다. 게다가 정말 제 손으로 밧줄을 자르고 싶은 사람은 어차피 아무도 없었다. 그런데도 그들은 매번 강가에서 밧줄 자르는 사람이 필요한지 아닌지 지루하게 긴 토론을 하곤 했다. 불가피하게 한 사람이 필요하다고 결론이 날 때마다 아무도 자원하지 않아 제비뽑기를 해야 했고, 걸린 사람은 매번 깜짝깜짝 놀라곤 했다. 그리고 아무런 문제도 일어나지 않을 때면 그들은 그 모든 헛된 걱정과 수고를 아까워했다. 그래서 사실은 얼마 전 결국 밧줄 자를 사람이 있어야 한다는 지시사항의 이행을 중단하기로 결정했다.

확실히 그것은 잘못된 결정이었다.

비가 조치를 취하기 위해 칼의 벨트에서 개인용 칼을 와락 잡아챈 다음 달려들어 후안 앞쪽에서 밧줄을 잘라 그가 강둑 쪽으로 넘어지게끔 해주자 그는 강둑으로 쓰러졌고 안도하면서 울부짖었다. 칼은 욕설을 퍼부으면서 다른 사람들 쪽으로 나뒹굴었고, 연이어 모든 사람이 나둥그러지며 잡초에 걸려 뒤엉켰다. 캐럴라인은 아마도 여전히 밧줄에 묶인 채 분명 사망한 상태로 강 아래로 빠르게 떠내려가고 있을 터였다.

칼이 일어나서 기어올라오더니 악을 썼다. "왜 그랬어요?"

"그래야 했어요." 비가 그의 벨트에 묶여 있는 칼집에 칼을 도로 넣으며 말했다.

"하지만 나한테 해결책이 있었어요. 빌어먹을 해결책이 있었다고."

"아니, 없었어요."

"아니, 있었어요."

"아니, 없었어요."

칼이 씩씩거리며 말했다. "하지만 그건 우리가 가진 가장 좋은 밧줄이었다고요."

"다른 밧줄도 여럿 있잖아요."

"그것 같지는 않죠. 그건 도강용 밧줄이었다고!"

"하나 더 구하면 돼요."

"어디서?" 칼이 소리질렀다. 그는 아무것도 없는 벌판을 둘러보면서 좌절감을 과장하듯 머리카락을 움켜잡았다. 하지만 그 감정은 진짜였다. 그는 속이 부글부글 끓었다.

비는 대답하지 않았다. 어쩌면 그녀가 레인저 하나를 설득해서 그들에게 똑같이 좋은 것, 똑같이 길고 굵은 것을 얻어낼 수도 있을 터였다. 하지만 그런 약속을 하지는 않을 작정이었다. 그녀는 아무도 칼의 편을 들지는 않지만 그녀를 옹호하는 사람 역시 아무도 없다는 사실에 주목했다. 다들 그 순간이 지나갈 때까지 자기 파우치를 점검하거나 다른 사람의 머리카락에서 무언가를 골라내거나 개미를 먹는 따위의 사소한 일을 하느라 바빴다. 당혹스러울 만큼 중립적인 태도로 지켜보는 애그니스를 제외하면.

비가 후안을 부축해 일으키자, 해럴드 박사가 서둘러 나와 후안의 허리와 두 손의 밧줄에 쓸린 상처에 연고를 발라주었다. 그리 도움이 되지는 않을 터였다. 해럴드 박사의 연고 중에 도움이 되는 것은 아무것도 없었다.

데브라와 밸이 강둑을 따라 달리며 캐럴라인이 다시 떠오르는

지 살펴보았다. 캐럴라인은 머리카락이 또다른 통나무 가지에 뒤엉키고 얼굴은 물속에 잠기고 몸은 축 늘어진 채 강 아래 몇십 미터 떨어진 곳에 있었다. 그녀의 몸과 통나무는 잠시 동안 무언가에 걸려 있다가 이내 풀려나더니 다시 강을 따라 빠르게 떠내려갔다. 그 밧줄을 되찾을 방법은 전혀 없었다. 캐럴라인을 위해 할수 있는 일도 많지 않았다.

그들은 잠시 시간을 내어 물을 마시고 주머니를 돌려서 육포를 나눠 먹으며 무리를 재정비했다. 데브라가 캐럴라인을 칭찬하며 강 탐색 선발대원의 존재가 그들의 생존에 필수적이었고 그녀가 그리울 것이라고 말했다. "나에게 물에 대해 무척 많은 걸 가르쳐줬어요." 데브라는 몹시 충격받은 표정으로 말했다. 그녀와 캐럴라인은 가까운 사이였다. 비는 일행들의 감정을 파악하면서 그들의 얼굴을 둘러보았다. 개인적으로 비는 캐럴라인이 사람들과 거리를 뒀다고 생각했다. 하지만 그런 느낌은 마음속에만 담아두었다. 그녀는 의례적인 묵념이 끝나기를 기다리는 내내 조바심치며 손가락 마디를 잘근잘근 씹었다.

그 모든 일이 끝나고 그들은 캐럴라인의 마지막 의도를 둘러싸고 논쟁을 벌였다. 캐럴라인은 고개를 돌려 그들에게 강을 건너는 것에 대해 무언가 말하려고 입을 열었었다. 그런데 무슨 말을 하려고 했던 걸까? 통나무가 그녀를 강타하기 전에 엄지손가락을 세우거나 내려서 된다거나 안 된다는 신호를 보내려던 참이었을까? 통증에 놀라 얼굴을 찡그리기 전에는 어떤 표정이었지? 마침내 그들은 캐럴라인의 죽음에도 불구하고 그 자리가 여전히 가장 유망한 도강 지점이라는 결론을 내렸다. 후안이 강 탐색 선발대원의 자리를 이어받아 밧줄도 없이 위험을 무릅쓰고 나섰다. 그는 강 한가운데까지 다가가서는 고개를 돌려 엄지손가락을 치켜세웠다. 그들은 발을 이리저리 니니며 한 줄로 조심스럽게 나아갔다. 아이들은 어른들의 등에 매달린 채였다. 알고 보니 그곳은 강을 건너기에 꽤 좋은 지점이었고, 그 통나무만 없었어도 모두 쉽게 맞은편 강둑으로 갈 수 있었을 것이다. 불쌍한 캐럴라인. 그녀는 운이 나빴다고, 비는 결론내렸다.

아이들을 업고 강을 건너며 어른들은 인간 띠를 만들어 먼저 무겁고 다루기 힘든 물건들, 그러니까 매뉴얼, 무쇠솥, 책가방, 쓰레기, 침구, 분해한 훈연기, 식량 주머니, 나무그릇과 취사도구로 쓰는 돌조각 따위를, 그다음에는 모든 개인적인 짐 꾸러미를 하나씩 차례로 건네 둑에서 둑으로 옮겼다. 그리고 모든 물건을 들어올려 끈으로 동여매고 걸머지자마자 다시 걷기 시작했다. 몸은 즉시 태양에 바짝 말랐다. 그들은 자신들의 두 발이 차올린 고운 모래를 퉤 내뱉었다. 그들의 피부는 그 모래먼지로 더럽혀지고 미끄러워졌다. 그들은 한쪽 콧구멍을 막고 코를 힘껏 풀어 모래먼지 속으로 콧물을 발사하며 사방에 바다처럼 펼쳐진 산쑥 평원을 터벅터벅 걸어갔다.

*

달빛이 길을 밝히자, 그들은 하룻밤 묵어가려고 멈춰 섰다. 작은 모닥불을 피우고 그 주변 땅바닥에 둥근 대형으로 누웠다. 어떤 가죽도 펼치지 않았고, 어떤 털가죽도 풀지 않았다. 잠을 자려고 그런 수고를 할 가치는 없을 터였다. 동이 트면 이동할 테니까. 신속히 이동하고 싶을 때면 그들은 이런 식으로 움직였다.

비는 지평선 너머 미들 포스트에서 타오르는 실외등의 아주 작은 불빛을 보았다. 멀지 않은 곳이었다.

"짧은 이야기 한두 개만 해볼까요." 후안은 그렇게 말하더니 하품을 하고는 그들이 책가방에 넣어다니다가 얼마 전 갑작스러운 홍수로 잃어버린 『우화집』에서 그가 특히 좋아하는 이야기 하나를 들려주기 시작했다. 이미 모든 이야기를 무척 자주 읽은 상태라 기억을 꺼내 들려줄 수 있었다.

아이들은 모닥불 언저리에 저마다 작은 둔덕 같은 모양으로 잠들어 있었다. 커뮤니티의 가장 큰 아이로서 자기도 어른들과 함께 깨어 있다가 아이들에게 영향을 미칠 수도 있는 결정이 내려지면 자신이 전해야 한다고 주장하는 애그니스는 예외였다. 모닥불 주위에서 밤중에 그런 결정이 내려진 적은 한 번도 없었다. 애그니스는 그저 늦게까지 깨어 있는 것을 좋아할 따름이었다. 비는 그애와 다투지 않았다. 그녀는 애그니스의 활동적인 면모가 무척 좋았다. 애그니스가 너무 아파서 눈도 뜨고 있기 힘들어할 정도로 허약하고 점점 더 쇠약해져가는 어린 여자아이였을 때를 잊을 수가 없었다.

비가 글렌 옆에 쪼그리고 앉자, 그가 일감에서 고개를 들며 끙하고 앓는 소리를 냈다.

"그 화살들은 어떻게 돼가고 있는 거야?" 그녀가 그의 어깨를 툭 치며 물었다.

"화살촉이야." 그가 중얼거리듯 말했다. "잘돼가." 그는 화살촉을 뾰족하게 다듬으려 안간힘을 쓰느라 온통 정신이 팔려 있었다. 그녀는 그의 작업물을 유심히 넘겨다보았다. 그것들은 전혀 쓸모없을 터였다. 그는 화살촉을 지나치게 가늘게 잘랐다. 비는 격려하듯 미소를 지어 보였다. 글렌은 형편없는 사냥꾼이었다. 스스로도 알고 있었다. 그녀는 그가 그 사실에 낙심했음을 알았다. 칼이 커뮤니티의 진정한 사냥꾼이었고 그들이 먹는 고기의 대부분을 마련했다. 그래서 글렌은 자신이 늘 꿈꿔온 방식대로 쓸모 있는 사람이 되고 싶어하며 도구 만드는 법을 터득하려 노력하고 있었다. 물론 칼이 뛰어난 화살 제작자여서 그들에게는 이미 완벽한 화살촉이 많았다. 하지만 글렌에게 그 점을 지적하지는 않을 작정이었다.

비는 필사적으로 정신을 집중하는 글렌의 이마에 주름이 잡히는 것을 지켜보았다. 몇몇 결점에도 불구하고 그는 이곳에서 난생처음 더할 나위 없이 즐거운 시간을 보내고 있었다. 소년 시절 그가 읽은 것은 온통 원시생활에 대한 이야기뿐이었다. 젊은 시절 그가 정말로 늘 흥미를 가졌던 것은 혈거인에 대한 이야기뿐이었다. 이제 그는 교수였고, 사람들이 어떻게 최초의 직립보행 단계에서 최초의 바퀴 이용 단계로 발달했는지에 관한 전문가였다. 그는 인간의 가장 기본적인 본성을 알고 있었고, 문명의 맹렬한 습격 뒤에 숨겨진 방법과 이유를 알고 있었다. 하지만 원시적인 삶의 방식에 관한 한 그는 놀랍도록 운이 나빴다.

그들은 시티에서 만났다. 비는 글렌의 첫번째 결혼생활이 끝난 후 그가 들어간 대학 아파트의 실내를 장식하도록 고용된 상태였다. 그곳은 아파트치고 충격적일 정도로 커서 그녀는 그가 그곳에서 틀림없이 중요한 인물이라고 판단했다. 그녀가 장식품 견본을 보여주며 하나하나의 배치에 대해 말했을 때 그는 그녀가 그 집을 위해 고른 모든 물건의 기원을 이야기해주었다. 덕분에 그녀는 자신의 일이 중요하다는 느낌을 받았다. 마치 그녀가 역사와 유용성의 관리인이 된 것 같았다. 그들은 결혼했다. 그는 애그니스에게 아버지처럼 굴었다. 애그니스의 친아버지는 시티 바깥의 광대한 공업지구에서 주말에 휴가를 온 노동자였다. 비는 휴가차 온 남자들이 잠자리에 능숙한데다가 집요하게 들러붙지도 않기 때문에 그들을 좋아했고, 자신의 인생과 직업 또한 있는 그대로 좋아했다. 그리고 그녀는 애그니스를 지독하게 사랑했다. 비록 모성애가 날씨와 상관없이 매일 입어야만 하는 육중한 코트처럼 느껴지기는 했지만 말이다.

그 당시 글렌은 근사하고 색다른 상대였다. 그가 나타났을 때쯤 그녀는 기꺼이 그를 만날 준비가 되어 있었다. 그가 놀라운 방식으로 그녀 자신의 삶을 변화시켜주기를 바랐지만, 실제로 얼마나 많이 변화시킬 수 있을지는 상상도 못했다.

글렌은 사람들을 윌더니스주에 들여보내는 연구에 대해 잘 아는 사람이었다. 시티의 상황이 악화되고 수많은 아이들이 그랬던 것처럼 애그니스도 건강이 나빠졌을 때 그 자신과 비, 애그니스를 위해 자리 셋을 얻는 대가로 도움을 주겠다고 연구원들에게 제안한 것은 글렌이었다. 비의 예감이 옳았다—글렌은 대학에서 중요한 사람이었고, 연구원들은 망설이지 않고 동의했다.

본질적으로는 야생동물을 위한 피난처, 그러니까 남아 있는 마지막 야생지대에 인간들을 배치하도록 허가받고 필요한 자금을

모으고 다른 참가자들을 찾는 작업을 하며 대기하는 데 거의 일
년이 걸렸다. 그들은 동식물과 생물학, 기상학에 대한 지식을 갖
춘 스무 명의 전문식 자원자를 원했다. 아마추어 식물학자가 아
니라 진짜 의사나 간호사를 말이다. 게다가 요리사도 한 명 있다
면 좋았을 테지만, 결국 기꺼이 가겠다는 사람들로만 수를 채워
야 했다. 그 일은 위험한 것 같다고 사람들은 말했다. 그 일은 위
험했다. 불편할 정도로 알려진 것이 없었다. 발상도 극단적이었
지만 현실은 훨씬 더 극단적이었다. 비는 같은 건물에 사는 한 아
이어머니가, 자살보다도 더 극단적이라고 주장했던 것을 기억해
냈다. 그것은 힘든 설득 작업이었다. 그사이에 애그니스는 병이
더 심해졌다.

그 기간 동안 잠든 딸을 고이 안고 어르면서 비는 가끔 만약 글
렌의 계획이 성공을 거두지 못하면, 혹은 너무 늦게야 성공을 거
둔다면 자신은 어떻게 해야 할까 생각해보곤 했다. 애그니스를
구할 다른 방법은 떠오르지 않았다. 먹는 약은 더이상 효과가 충
분하지 않았다. 기침을 할 때마다 피가 섞인 분홍색 분비물이 튀
어나왔다. "이 아이한테 필요한 건 공기를 바꿔주는 거예요." 의
사가 유감스럽다는 듯 말했다. 공기를 바꿔줄 수는 없었기 때문
에 그녀는 호스피스 완화의료를 권했고, 어느새 비는 글렌과 그
의 어리석은 생각에 전적으로 의존하고 있었다. 기다림이 끝나갈
무렵, 그러니까 그들이 허가를 받기 직전에는—아무에게도 말한
적도, 또 말할 생각도 없었지만—애그니스가 죽은 뒤의 삶에 대
해 미리 생각하기 시작했다. 이별을 고하기 시작했다. 그런 지경
에 도달하자 끔찍하게도 마음이 평온했다. 그러다 곧 준비할 시

간도 거의 없이, 그 연구와 스무 명의 일행이 승인을 받았고, 군대에서 지급하는 장비를 사용해보고 의사의 진찰을 받고 소변 샘플을 제출하고 참가 면접을 진행하고 소지품을 챙기는 등 이런저런 일을 마무리하자마자 대대적인 행사 따윈 없이 조용히 떠났다. 월더니스에 도착한 첫 며칠간 추운 밤이 그들을 엄습했을 때, 정신을 차려보니 새로운 방식으로 애그니스를 보호하려고 허둥거리던 바로 그 순간에도 비는 이 모든 일이 현실인지 아닌지 확신하지 못한 채 상황의 반전과 변화에 어안이 벙벙했다.

그들이 불을 지피기도 전에 해가 졌던 첫날 저녁에도 그것은 굉장히 재미있는 놀이 같았다. 처음에는 거친 음식 때문에, 이어서는 부족한 음식 때문에 위가 죄어들던 순간조차 마찬가지였다. 굶주린 곰이 처음 그들의 캠프를 다 뒤집어엎어놓았을 때조차 그랬다. 이윽고 처음으로 한 사람이 저체온증으로 죽었다. 또 한 사람이 버섯의 종류를 오인해 죽었다. 그리고 또 한 사람이 쿠거에게 입은 부상으로 죽었다. 그다음에는 등반 사고였다. 마치 옷장에 숨어서 한 괴물은 피했지만 결국 옷걸이들 사이에서 발톱을 치켜든 다른 괴물을 발견할 뿐인 것 같은 기분이었다. 그들은 도저히 여기서 버틸 수가 없었다. 현실이 아닌 것 같았다. 어떤 끔찍한 장난인 것 같았다.

그녀는 금방이라도 글렌이 자신의 손목을 잡아 돌려세워서 그녀와 애그니스를 다시 월더니스주 경계선의 울타리로, 문명세계로 데리고 갈지도 모른다고 생각했다. 하지만 그런 일은 결코 일어나지 않았다. 마침내 비는 그들이 날마다 녹초가 되어 터벅터벅 걷는 그 땅은 끝이 없으리란 걸 깨닫기 시작했다. 그리고 만약 어떤 끝, 경계선이나 울타리, 화강암 벽을 발견한다고 해도 그들은 그냥 돌아설 뿐이라는 것을 그녀는 깨달았다. 대체 어떻게 그들이 다시 시티로 놀아갈 수 있겠는가? 애그니스는 망아지처럼 껑충껑충 달렸고 호기심이 많았다. 그리고 짧은 생애에 처음으로 건강했다. 처음으로 비는 애그니스가 이 세상에서 오래 살 수 있을 것이라고 믿게 되었다. 그리고 비는 다른 사람들이, 그러니까 그녀보다 더 강한 사람들이 비명횡사했을 때도 살아남았다. 그 점이 그녀의 불안감을 달래주고 자존심을 어루만져주었다. 그녀는 사실 이렇게 생존하는 일에 능숙한지도 몰랐다. 아마도 이건 옳은 결정이었을 거야. 아마도 모든 게 다 괜찮을 거야. 아마도 우리가 미친 건 아닐 거야. 그것이 그녀의 만트라였다. 그녀는 거의 날마다 그런 생각을 했다. 지금도 그 생각을 했다.

비는 춤추듯 흔들리는 모닥불 빛에 너울대는 얼굴들을 빙 둘러보았다. 9번 강을 건넌 이후로 무리에 무거운 분위기가 내려앉은 것 같았다. 그 밧줄 사건 이후로. 캐럴라인 일이 있은 후로 말이다. 아무도 그녀를 쳐다보려고 하지 않았다. 육포 주머니도 그녀에게는 아무 말 없이 건넸고, 지나치게 빨리 가져갔다. 그 무거운 분위기는 그녀 때문인 것 같았다. 비가 생각하기에는 어처구니없는 일이었다. 분명히 이전에도 중요한 물건을 잃어버린 사람들이 있었지만, 그렇다고 해서 외면당하지는 않았다.

그들이 새로운 삶의 특별히 중요한 국면을 위해 초기에 만들어낸 의식적 행사를 진행하는 동안 사용하는 찻잔이 하나 있었다.

그 찻잔의 주인은 캐럴라인으로, 신대륙의 초기 정착민이었던 선조에게 물려받은 것이었다. 윌더니스로 가지고 오기에는 우스꽝스러운 물건이었다. 하지만 이가 빠진 테두리가 금빛이고 그 일가가 떠나온 곳을 상징하는 화려한 문장紋章이 그려진 섬세하고 매력적인 물건이었다. 오래되어 바스러져가는 벨벳 안감이 붙어 있는 운반용 나무상자까지 한 세트라 필요할 때가 아니면 거기에 안전하게 보관되어 있었다. 우스꽝스러운 노릇이기는 했지만, 그들은 그것을 소중히 여겼다. 그 찻잔에 의식이나 계절에 맞춰 꽃이나 뿌리, 뼛조각으로 만든 차를 부어 모닥불을 빙 에워싼 채 서로에게 전달할 수도 있었다. 그것은 그들의 손안에서 사랑스럽게 느껴졌다. 윌더니스에는 섬세해 보이는 것이 많았지만 실제로 섬세한 것은 하나도 없었다. 속이 빈 새의 뼈? 아주 가느다란 거미줄? 금사金絲처럼 가는 이끼? 그것들은 거세고 강인하다. 하지만 그 찻잔은 정말로 섬세했고, 손에서 손으로 전달될 때마다 그들 한 사람 한 사람을 섬세하게 만들어주곤 했다. 그리고 그런 느낌은 그러지 않았더라면 틀림없이 무정했어야 할 때에 일종의 선물 같은 것이다.

그것은 등반 사고로 분실되었다. 겨울을 나기 위해 산악지대로 향하는 중이었다. 저지대의 겨울은 너무 가혹하고 식량이 부족했기 때문이었다. 반면 설산의 눈더미에 판 굴들은 봄이 되면 아무 자취도 없이 스르르 녹아서, 흔적 하나 없이 사라져버리는 좋은 주거지로 안성맞춤이었다. 찻잔은 토머스가 그의 파우치에 넣어 운반하는 중이었다. 무리가 산을 오를 때 그는 발을 헛디디는 바람에 모두 용케 잘 지나간 절벽의 큰 바위턱에서 나자빠졌다. 그가 굴러떨어지면서 가방에 든 내용물이 암벽 아래로 흩뿌려졌다. 그들은 그 상자가 날아가 바위에 부딪혀 열리는 것을 보고는 헉하고 숨을 들이쉬었다. 토머스가 바위턱에서 떨어지기 시작했을 때도, 밑으로 계속 떨어질 때도 누구 하나 그러지 않았지만 말이다. 그의 아내인 캐럴라인을 제외하고는 아무도 그와 그 정도로 가깝지 않았다. 그는 일행들을 결코 좋아한 적이 없었다. 자신은 단체생활을 좋아하는 사람이 아니라고, 모두가 처음 만났을 때 쾌활하게 설명했었다.

찻잔이 안전한 벨벳 바닥에서 공중으로 튀어나오고 금빛 테두리가 햇빛을 받아 반짝거리자 상당히 가까이 있던 몇몇이 손을 뻗어 그것을 잡아보려 했다. 심지어 토머스조차 자신의 추락을 막기 위해 붙들 것을 찾아 손을 뻗는 대신 굴러떨어지면서도 그 찻잔으로 손을 뻗었다.

그 잔은 산산조각이 났고, 도자기 가루가 암반 전체에 걸쳐 마치 뼛가루처럼 내려앉았다. 몇몇 사람들이 작은 파편들을 모아서 새로운 기념품으로 가죽 주머니에 넣었다. 하지만 무언가를 찾아 주머니를 뒤질 때마다 손이 베였고, 결국 걸어가는 풍경을 따라 그 파편들을 조심스럽게 뿌려놓았다. 파편들은 흙속으로 사라져 보이지 않을 만큼 작았다.

물론 불쌍한 토머스는 계속 떨어졌고, 짐작건대 죽었을 것이다. 두어 명이 어느 정도까지 내려가봤지만 그는 보이지 않았고 그들의 고함소리에도 반응이 없었다. 그래서 커뮤니티는 잠시 그를 추도하고 캐럴라인을 위로하는 시간을 가진 다음, 계속 걸어갔다. 그들은 더이상 많은 의식을 치르지 않았다. 그 찻잔이 없어진 탓이 컸다. 의식에는 시간과 노력이 드는 것이 사실이었고, 그들이 월더니스에서 더 많은 시간을 보낼수록 무언가를 축하하고 싶은 기분도 덜 들었다. 처음에는 모든 도강이 중요했지만, 지금은 겨우 한 해의 첫번째 도강만 기념하고 싶어할 뿐이었다. 그렇다고 해도 그냥 그 찻잔 없이는 의식을 치를 기분이 나지 않을 뿐이라는 것을 비는 알고 있었다. 그들은 그저 차를 마시고 있을 뿐이었다. 그래도 그후에 토머스를 두고 나쁘게 말하는 사람은 아무도 없었다. 만약 그가 살아남았더라도 모닥불 주변에 모인 사람들이 그를 무시하지는 않았을 것이다. 찻잔을 잃어버렸다고 그를 비난한 사람은 아무도 없었다. 적어도 큰 소리로 다른 사람 귀에 들리게 말하지는 않았다. 비는 그들이 지금 이 순간 그때 일을 기억해내면 좋겠다고 생각했다.

그녀는 모닥불 건너편의 데브라의 눈길을 끌려고 해봤지만, 데브라는 그녀를 쳐다보려 하지 않았다. 데브라의 입은 굳게 다물려 있고 눈길은 매서웠다. 그녀는 캐럴라인의 가방을 옆에 두고 그 부드러운 가죽끈을 만지작거리고 있었다. 대번에 비는 그들이 분명 몹시 가까운 사이였음을 깨달았다. 데브라는 한참 어린 아내와, 캐럴라인은 한참 나이가 많은 남편과 함께 이곳에 왔다. 이제 그들의 배우자들은 둘 다 없었다―한 명은 이곳을 떠났고, 다른 한 명은 죽었다. 두 사람이 짝을 이룬 것도 이해가 간다고, 비는 생각했다. 틀림없이 최근 일일 터였다. 두 사람은 둥근 취침 대형에서 나란히 잠을 잤지만 잠자리를 함께하지는 않았다. 무슨 일이 있었든지 간에 비밀로 해두었다. 커뮤니티 안에서는 쉽지 않은 일이었다.

해럴드 박사는 속을 파낸 나무토막에 새 연고를 채워넣느라 바빴다. 비가 알은척하는 눈길을 받으려 애쓰며 응시하자 모닥불

빛을 받은 그의 뺨이 붉게 달아오른 것이 보였다. 칼은 밧줄 때문에 자신이 아직도 화가 나 있다는 것을 보여주기 위해 그야말로 으르렁대며 그녀를 볼 수밖에 없었다. 그녀는 밸에게는 눈길을 주는 수고조차 하지 않았는데, 그녀는 밸을 몹시 싫어했고 밸 역시 그녀를 몹시 싫어했기 때문이다. 의외의 인물은 후안이었다. 그는 이야기를 하면서 모닥불 주위에 있는 사람들을 바라보며 하나하나 잠깐씩 눈길을 맞추고 그다음 사람으로 넘어가고 있었다. 하지만 그 눈길도 불안한 것처럼, 어쩌면 화가 난 것처럼 비를 건너뛰었다. 그래도 내가 당신 목숨을 구했다고! 그녀는 그렇게 소리치고 싶었다.

그녀에게 관심을 기울이는 유일한 사람은 애그니스였는데, 그 애는 그녀의 행동을 지켜보며 거슬릴 정도로 하나하나 다 흉내를 냈다. 비가 발목을 긁으면 애그니스도 발목을 긁었다. 비가 나지막이 입속말로 그만해, 라고 웅얼거리자 애그니스도 입속말로 그만해, 라고 웅얼거렸다. 비가 고개를 가로저으며 눈을 말똥거렸다. 그러자 애그니스가 마치 놀리기라도 하는 것처럼 과장스럽게 따라했다. 이내 비의 분노가 폭발하자 애그니스는 마치 어른 대 어른으로 위로하는 것처럼 비의 무릎에 한 손을 얹고 깨진 치아를 보이며 활짝 웃었다. 비는 딸의 엉뚱한 미소와 손의 온기에 마음이 풀렸다. 누군가가 자신에게 친절을 베풀기를 바랐다. 어떤 무조건적인 사랑을 바랐다. 그녀가 껴안으려고 손을 뻗었지만, 변덕스럽고 수선스러운 애그니스는 그녀의 두 팔을 스치며 빠져나갔다. 비는 새로운 방법을 써봤다. 애그니스가 하품을 하게끔 자기가 먼저 하품을 한 것이다. 애그니스가 기지개를 켜게끔 자기가 먼저 기지개를 켰다. 상체를 뒤로 젖히며 애그니스를 끌어내려 함께 잠을 청하게 하려 했다. 하지만 애그니스는 속임수에 쉽게 넘어가지 않았다. 자고 싶어하지 않았다. 그애는 두 팔을 제 품안으로 당겨 넣고 진짜 하품을 참으며 부리나케 글렌에게 가더니 호기심어린 손끝으로 그의 발치에 널린, 화살촉을 깎다 생긴 부스러기들을 눌러보았다. 낙심한 비는 몸서리를 치며 정말로 모닥불에서 멀리 떨어지려고 자리에서 일어섰다. 그녀는 원을 그리며 모여 있는 이 사람들과 같은 공간에서 자고 싶지 않았다. 멀리 떨어진 어느 뷰트 너머에서 코요테들이 서로를 향해 **친구여, 친구여, 친구여,** 라고 요들을 부르듯 울고 있었고, 비는 그렇게 교감하는 소리에 상실감을 느꼈다.

그녀는 별빛과 냄새에 의지해 목표물을 찾았다. 코를 벌름거리며 냄새로 그들의 잠자리에 있는 글렌의 가방을 찾아냈다. 가방 곳곳에 그들의 냄새가 배어 있었다. 그녀는 그것을 불에서 조금 떨어진 땅바닥에 내려놓았다. 뒤에서 저벅저벅하는 발소리가 들려와 잠시 긴장했지만, 이내 글렌이 두 손을 그녀의 어깨에 얹어 주물러주는 것을 느꼈다.

"고된 하루였어." 그가 그녀의 목 부근에서 속삭였다. 그녀는 그가 모닥불 가에서 그녀를 못 본 척한 것에 죄책감을 느낀다는 것을 알 수 있었다.

"당신이라도 그 밧줄을 잘랐을 거야, 그렇지?"

"당연하지." 그녀의 관자놀이에 살며시 그의 입술이 닿았고, 그의 뺨이 미소를 짓느라 끌려올라가는 것이 느껴졌다.

"그런데 왜……?"

"나라면 조금 더 기다렸을지도 몰라."

"이런, 빌어먹을, 글렌. 엄밀히 말해서 내가 캐럴라인을 죽이기라도 했어?"

"천만에, 그럴 리가, 절대 아니지." 그가 그녀를 잠자리로 끌어내리며 참을성 있게 말했다. "캐럴라인은 통나무에 치인 바로 그 순간 죽었어."

"그럼 타이밍이 어떻든 무슨 상관이야?"

글렌이 어깨를 으쓱했다. "상관은 없는 것 같아. 하지만 그녀가 이미 죽었다면, 그렇게 급할 건 뭐가 있겠어?"

"하지만 후안이."

글렌이 손을 저었다. "후안은 어떤 경우든 괜찮았을 거야."

그녀가 발을 구르자 글렌이 두 손을 다시 그녀의 어깨에 얹었다. "자, 봐봐, 후안은 괜찮았어. 캐럴라인은 되살릴 수 없었지. 하지만 그 밧줄은 되찾을 수 없는 게 아니었어. 당신이 그걸 잘라버리고 나서야 비로소 그렇게 된 거였다고. 다들 단지 시간이 좀 필요할 뿐이야." 그는 잠시 뜸을 들였다가 어깨를 으쓱하며 다시 말했다. "그건 정말 좋은 밧줄이었으니까."

애그니스가 슬그머니 다가온 바로 그 순간, 비와 글렌은 대화를 끝내면서 자연스럽게 침묵에 빠져들었다. 하지만 애그니스는 그 침묵을 자기 때문이라고 받아들였다. "얘기 멈출 필요는 없어요." 애그니스가 화를 내며 혀 짧은 소리로 말했다. "나도 다 알아요. 다 컸다고요."

글렌이 애그니스의 허리를 와락 움켜잡아 휙 젖혔다. "얘기는 진작 끝났는데." 그가 노래를 부르듯 말하며 땅에서 3센티미터쯤 애그니스를 달랑달랑 들어올리자 씩씩거리던 그애도 마침내 어쩔 수 없이 웃음을 터뜨리더니 이내 신이 나서 비명을 질렀다. 글렌이 잠자리에 천천히 내려놓자 그애는 늘 그랬듯 그들의 발치에서 잠잘 준비를 했다.

글렌과 비는 편안히 몸을 뉘었고, 이어지는 침묵 속에서 차츰 비의 마음은 매들린을 낳을 때 그녀 위에서 하얗게 작열하며 빛나던 하늘로 흘러갔다. 그래서 애그니스가 발치에서 "캐럴라인 아줌마를 생각하면 슬퍼요"라고 부드럽게 속삭였을 때는 주의를 돌릴 수 있어서 다행이라고 여겼다.

"네가?" 비는 놀라움을 감추지 못했고, 애그니스의 날카로운 숨소리를 듣고 보니 엄마가 놀랐다는 것에 그애 역시 깜짝 놀랐음을 알 수 있었다.

"네에." 애그니스가 대답했다. 비록 지금 아이의 말투는 질문에 가까웠지만 말이다.

"그래." 비가 말했다. "캐럴라인은 너한테 늘 상냥했어." 완전히 솔직해지자면, 비는 캐럴라인이 토머스보다 더 냉담했고 정말이지 그녀는 조금도 마음에 들지 않았다고 생각했다. 그녀가 죽어서 기쁘다는 것은 아니었다. 단지 그녀를 잃은 것에 그리 개의치 않았고, 우발적인 사건을 지나치게 슬퍼하는 것이 불편할 따름이었다. 게다가 캐럴라인 일로 모두가 울적해하는 것도 아닌데, 그 밧줄 때문에 욕을 먹는 것은 무척 억울했다. 그녀는 어둠 속에서 눈을 말똥거렸다. 그녀는 무엇이 더 좋은 양육 방식인지—모범적으로 동정심을 보이는 것인지, 아니면 그냥 솔직해지는 것인지 전혀 확신이 없었다. 애그니스는 비록 자기 엄마에게 항상 상냥하지는 않았지만 모든 사람에게 무척 상냥했다. 그래서 비는 캐럴라인에 대한 자신의 감정을 또다시 혼자 마음속에 담아 두었다. "캐럴라인은 아주 재미있는 사람이었어." 그녀는 어둠을 향해 고개를 끄덕이며 말했다.

"그냥 내 생각인데요." 애그니스가 과감히 말했다. "우리가 아줌마를 구할 수 있었다면 정말 좋았을 거예요."

심지어 그녀의 딸조차도 그녀가 밧줄을 너무 빨리 잘랐다고 생각했다. "너도 그렇게 생각하는 거니?" 비가 날카롭게 소리쳤다. "너도 그 밧줄이 정말 아까운가보구나?"

"자, 됐어, 됐어." 글렌이 비를 한 팔로 감싸고 애그니스의 머리카락을 흐트러뜨리며 말했다. "우리는 잠을 자야 해." 비는 흐릿한 어둠 속에서 애그니스가 글렌과 자신을 올려다보며 치아를 드러낸 채 활짝 웃는 것을 보고 아이가 자신을 놀리고 있었다는 것을 깨달았다. 아니나다를까 애그니스는 자신의 그런 말이 비에게 어떻게 들릴지 알 만큼, 또는 알고 싶어할 만큼 충분히 그들의 대화를 엿들었던 것이다. 애그니스는 최근 정곡을 찌르는 발언과 다 안다는 듯한 표정 따위로 장난을 쳐댔다. 걸음마를 배우는 아기였을 때처럼 자신의 한계를 시험해보는 행동이었고, 지금 비에게는 예리하고 신랄한 방식을 시험한 것이었다. 애그니스는 최근 많은 것을 재미삼아 했고, 비는 제대로 따라가기가 너무 버겁다고 느꼈다.

애그니스가 짐승가죽 이불 아래 웅크리고 누워 매일 밤 그러듯 한 손으로 비의 발목을 꽉 움켜잡았다. 비는 그 손을 떼어내고 싶은 충동과 싸웠다. 비는 글렌의 품에 꼭 안기려 노력했지만, 부글

부글 울화가 끓어오르고 있었기에 부둥켜안긴 것이 아니라 결박 당한 것 같은 기분이었다.

애그니스는 곧 평온하게 잠에 빠졌고, 아이의 숨소리는 무거운 휘장이 바닥을 스치는 것처럼 들렸다. 물론 그애가 당연히 대화를 들었을 것이라고 비는 생각했다. 애그니스는 늘 귀담아듣고 있었다. 그리고 그애가 옳았다. 애그니스는 모든 것을 알고 있는 것 같았다. 그리고 실제보다 더 나이들고 더 어른스러워 보였다. 비는 애그니스가 아기 때 어땠는지 완전히 잊고 있었다. 자기 발치에 있는 이 이해하기 어려운 인간과는 다른 존재였다는 것이 믿기지 않았다. 애그니스는 키는 작았지만 체격은 옹골졌다. 마치 벌써 다 자란 것만 같았다. 다른 아이들보다 훨씬 더 옹골졌다. 글렌은 항상 자기 몫보다도 더 많은 양의 고기를 애그니스에게 주었다. 공교롭게도 때맞춰, 글렌이 애그니스와 함께 잠결에 소리를 냈다. 비는 눈을 크게 뜨고 캄캄한 밤을 뚫어져라 쳐다보았다.

*

아침에 트럭 한 대가 모래먼지를 내뿜으며 그들을 향해 쏜살같이 달려왔다. 멀리 그 뒤편에서 햇빛이 미들 포스트의 지붕에 부딪혀 반짝거렸다. 트럭이 멈춰 섰을 때, 그들은 운전자가 레인저인 게이브라는 것을 알았다. 언젠가 그가 위협이라도 하듯 한 말에 따르면 그는 행정부 어느 고위직 인사의 아들이었다. 그는 그들의 호감을 사지 못했다.

몇몇 레인저들은 야외로 나와 커뮤니티 사람들과 대화를 나누는 것을 즐거워했다. 하지만 게이브는 그렇지 않았다. 그는 자신이 걸으며 밟는 흙과 커뮤니티 사람들에 대해 회의적인 것처럼 보였다. 그의 유니폼은 항상 빳빳하고 티끌 하나 없이 깨끗했으며, 그는 옷이 지저분해지는 것이 몹시 싫다는 듯 조심스럽게 움직였다.

그는 트럭의 시동을 끄고 잠시 앉아 있다가 경적을 길게 울렸다. 원래 덤불 속에 숨어 있던 새들이 자욱한 먼지 속에서 흩어져버렸다. 경적소리가 멀리 떨어진 뷰트에 부딪혀 그들에게로 되울려왔다.

짐을 싸서 떠날 채비를 마친 커뮤니티 사람들이 그의 트럭 주위로 모여들었다.

"로어 포스트에 당신들의 새 매뉴얼 문서가 있습니다."

"하지만 미들 포스트에 거의 다 왔는걸요." 비가 상황을 설명했다. "우리는 거기에 문서가 있다고 들었어요."

"우편물도요." 데브라가 말했다. 그녀는 나이든 어머니로부터 한참 동안 편지를 받지 못한 것에 대해 줄곧 소리 높여 항의해왔다. 아무 소식도 없다는 것이 무엇을 의미하는지는 확실히 알 수 없었다.

"글쎄요." 그가 발뒤꿈치로 트럭 적재함의 옆판을 흔들며, 귀찮은 듯 천천히 말했다. "뭐라고 해야 할지 모르겠네요. 내가 아는 건 미들 포스트에는 당신들한테 온 게 아무것도 없다는 게 다예요. 아무것도 없어요. 당신들은 로어 포스트로 가야 합니다."

그는 탐험가처럼 눈을 가늘게 뜨고 지평선을 바라보았다.

"하지만 미들 포스트가 바로 저기예요." 비가 태양 아래서 뜨겁게 달궈지고 있는 지붕을 가리키며 말했다.

"거기 당신들한테 온 건 아무것도 없습니다."

"하지만—"

"당신들은 로어 포스트로 가야 합니다. 어디 말하는지 알죠? 로어 포스트라고는 하지만, 꼭 더 낮은 지대만 얘기하는 건 아닙니다."*

그들은 그를 멍하니 바라보았다.

그는 못마땅한 얼굴을 하고 모든 포스트의 위치가 대략 그려져 있는 지도를 꺼냈다. 그러고는 자신이 말하고자 한 곳, 그러니까 지도 맨 아래에 있는 X 표시를 가리켰다.

칼이 으르렁거리듯 말했다. "로어 미들? 왜 거기까지 내려가야 하죠?"

"로어 미들이 아닙니다. 로어죠."

"하지만 바로 여기 한가운데 있잖습니까." 칼이 손가락으로 가리켰다 "게다가 아래쪽이고."

"자, 봐요. 이건 로어 포스트라고 합니다. 당신들은 거기 가야만 하고. 중요한 건 그게 다입니다."

"하지만 왜죠?"

"왜?" 게이브가 그들을 업신여기듯 머리를 긁적였다. "왜냐고요? 당신들이 바로 전 캠프를 완전히 쓰레기통처럼 방치했기 때문이죠. 그게 이유입니다."

---

* '로어 포스트(Lower Post)'는 '낮은 곳에 있는 포스트'라는 뜻이다.

"아니, 안 그랬어요." 비가 말했다. 그들은 미세 쓰레기까지 다 치웠다. 그때 찾아낸 미세 쓰레기는 어디에서든 얼마쯤 시간을 보내고 나면 늘 발견하는 수준의 양이었다.

"거기 아주 오랫동안 머문 것처럼 보이던데요. 초목이 파괴되었더군요. 다시 되살아나려면 몇 년, 어쩌면 아주 오랜 세월이 걸릴지도 모릅니다. 어쨌든 되살아나기라도 한다면 말이지만." 게이브의 턱수염에 침이 잔뜩 묻어 있었다.

비는 칼이 짜증이 난 것을 알았다. 그녀는 환심을 사려는 듯 생긋 웃으며 말했다. "이런 얘기를 듣게 되다니 정말 놀랍네요. 우리는 짐도 거의 풀지 않고 아주 짧은 시간만 거기서 지낸 것 같거든요." 거짓말이었다. 그들은 그곳에 머물러야 하는 시간보다 훨씬 더 오래 머물렀다. 모두가 그것을 알고 있었다. 게이브도 알고 있었다. 이것은 레인저들과 커뮤니티 사람들 사이의 흔해빠진 연례행사 같은 것이었다. 비는 자신들이 한 계절의 절반 정도를—한 장소에 머무르기에는 가당찮게 긴 시간이었다—그곳에 있었고, 그나마도 이동한 유일한 이유는 자신이 매들린에 대한 생각에서 벗어나고 싶었기 때문이라고 생각했다. 게다가 사람들은 우편물을 받길 원했다. 그들은 오직 사냥하고, 채집하고, 그렇게 확보한 것을 처리해야 할 때만 이동을 멈추는 것이 규칙이었다. 매뉴얼에 명시된 대로 한 장소에서는 칠 일만 머물러야 했다. 하지만 그들은 이런 제약을 거의 따르지 않았다. 일단 멈추면 이동하기가 어려웠다. 가까운 장래에 비교적 운반하기 수월한 방식으로 모든 짐을 싸두기는 쉽지 않았다. 훈연기는 민감하고 다루기가 까다로웠고, 사냥 직후에 그들은 고기에 짓눌릴 지경이었다. 전반적으로 봤을 때 좋은 일이기는 했지만, 끌고 다니기에는 무게가 너무 많이 나갔다.

"에이, 설마." 게이브가 말했다. "지금 여기도 엉망진창이네요. 여기 있은 지는 얼마나 됐습니까?"

"하룻밤이요."

그가 고개를 절레절레 흔들며 말했다. "기가 막히는군. 글쎄요, 이렇게 큰 그룹이라면 주변에 아무런 영향도 주지 않는 게 도저히 불가능한지도 모르죠. 내가 늘 말하지만 이럴 이유가 전혀 없습니다. 사람들이 떼거지로 여기 와 있을 이유가 없다고요. 나는 그들에게 당신들을 들여보내서는 안 된다고 말했습니다. 그 얘기는 한 적이 있던가요?"

"했어요." 비가 말했다.

"음, 나만 그렇게 생각하는 게 아니에요." 그가 뒤틀리고 만족스러운 미소를 지으며 말했다.

"위안이 될지 모르겠지만, 우리 인원은 예전의 절반 정도예요." 비는 죽은 사람들을 떠올리면서 짐짓 공손한 척 말했다.

그가 눈을 부릅뜨고 비를 노려보았다.

그녀는 보통은 레인저들을, 심지어 심술궂은 레인저들조차도 좋아했다. 그들을 놀리는 것이 재미있었고, 바로 그 이유로 커뮤니티의 연락 담당을 자청하기도 했다. 그녀는 약간의 미소가 그들의 마음을 쉽게 무장해제시킨다는 것을 깨달았다. 그들은 젊었고 거기에 얼마나 오래 몸담았든 간에 늘 신참처럼 미숙해 보였다. 그녀에게 그들은 항상 귀가 말랑말랑한 어린 짐승 같은 풋내기일 터였다. 나이가 더 많고 관자놀이와 콧수염이 온통 희끗희끗한 미들 포스트의 레인저 밥은 예외였다. 그는 그녀와 같은 또래였다. 그녀는 심지어 밥을 친구라고 부르곤 했다. 그뿐인가, 정말 좋은 친구였다. 하지만 이 젊은이들은 그녀에게 놀잇감이었다.

"당신들이 그 캠프에 너무 여러 번 머물렀다는 것도 덧붙이고 싶군요." 게이브가 단호하게 말했다. 그가 너그럽게 봐줄 리는 없었다. 칼이 숨을 거칠게 쉬면서 서성거리고 있었다. 그가 곧 끼어들 터였다.

"규칙이 그저 체류기간에만 적용되는 줄 알았어요." 비가 순진한 체하며 말했다.

"아니죠. 당신들의 존재 자체가 문제라고요. 당신들은 귀환과 장기 체류를 반복함으로써 야생생물이 누릴 기회를 방해하고 있어요. 어떤 동물도 당신들이 쿵쿵거리며 돌아다니는 땅을 보금자리라고 여기지 않습니다."

"그건 존재의 문제가 아니에요." 칼이 폭발하면서 자신의 의견을 증명하려고 매뉴얼을 맹렬한 기세로 뒤졌다.

그 레인저가 빙긋 웃자 비는 한숨을 쉬었다. 그녀는 자신이 그와의 이름 모를 게임에서 이기고 있다고 느꼈지만, 지금 칼이 다 망쳐놓았던 것이다.

게이브가 칼의 어깨에 위압적으로 한 손을 얹었다. "힘 뺄 것 없어요, 선생. 내가 봐야 할 건 다 봤으니까. 중요한 건 영향입니다. 게다가 당신들이 미친 영향은 심각하죠. 이미 그걸 내 보고서에 대대적으로 목록화해두었고, 긴급 스탬프를 찍어서 윗선에 전달할 겁니다. 이런 식의 위반행위들 때문에 당신들은 쫓겨날 수도 있습니다." 그의 두 눈은 흔들림 없는 목소리만큼이나 단호했다. 거기에 관용은 전혀 없었다. "당신들이 해야 할 일은 로어 포스트 쪽으로 걷기 시작하는 겁니다." 그는 그들이 한 번도 가본 적 없는 저 먼 어딘가를 가리켰다. "명령대로."

그들은 전에도 경로를 변경해야 했던 적이 있었다. 정확하게 말하자면 두 번이었다. 한 번은 일부러 벌판을 태운 탓이었다(레인저는 만약 자연 발생적인 화재였다면 매뉴얼대로 경로가 변경되는 일이 없었을 것이라는 점을 확실히 짚었다). 다른 한 번은 어퍼 포스트의 정화조가 넘쳤기 때문이었다. 그들은 용변 문제를 해결하기 위해 그다음으로 가장 가까운 포스트로 보내졌다. 하지만 이번 경로 변경은 불필요한 것 같았고, 그들을 위험에 빠뜨릴 의도가 담긴 것 같았다. 그들은 지도를 살펴보았다. 로어 포스트는 이제껏 가본 그 어느 곳보다도 더 멀리 떨어져 있었다. 그것은 벌을 주기 위한 목적이었다. 강행군으로의 초대장이었다.

글렌은 칼이 주먹을 날릴 결심이라도 할까봐 게이브에게 손이 닿지 않는 곳까지 천천히 뒤로 물러서게 했다.

"저기요." 글렌이 말했다. "우리가 미세 쓰레기나 생태계 복원 문제를 아주 잘 처리해온 줄 알았어요. 그래도 다음번에는 반드시 더 많이 주의할게요."

"다음번이 있다면 말이죠." 그 레인저가 톡 쏘아붙였다. 그러더니 살짝 풀이 죽었다. 이 만남이 끝나가고 있다는 것을 깨닫고 후회하는 것 같았다. 어쩌면 비가 잘못 판단했을 수도 있었다. 여기에 커뮤니티 사람들이 있어야 레인저들에게 뭔가 할일이 생기는지도 몰랐다.

"그래요. 잘 알아들었어요. 참고할게요." 글렌이 말했다. "그런데, 로어 포스트라고 한 거 맞죠?"

"그렇습니다."

"좋아요. 짐은 오늘 다시 쌀게요—그런 고된 여행을 하려면 짐을 제대로 싸야 하는 법이죠—하지만 출발은 내일 아침 일찍 할게요."

커뮤니티 사람들이 한숨을 내쉬었다.

글렌이 빙긋 웃었다. "여러분, 개인적인 의견을 말하자면 나는 기대가 되네요. 앞으로 어떤 경이로운 것들을 보게 될지 누가 알겠어요?"

오직 애그니스만이 환호성을 질렀다.

"역시 내 딸이야." 글렌이 고맙다는 듯 그애에게 싱글싱글 웃어 보이며 말했다.

애그니스 역시 활짝 웃어 보였다.

게이브는 다시 트럭에 올라타, 눈을 가늘게 뜨고 백미러로 그들을 주시하며 차를 몰았다. 트럭이 완만한 언덕 꼭대기에 오르고 사라질 때까지 글렌은 계속 미소를 띠고 있었다. 곧이어 글렌의 얼굴에서 긴장이 풀렸다. 그는 자신의 두 볼을 문질렀다.

데브라가 자기 짐을 들어올리며 말했다. "음, 나는 방향 안 바꿀래요. 미들 포스트에 이렇게 가까이 왔는데 그건 안 돼요." 그녀가 반짝이는 지붕을 향해 몇 걸음 걸어갔다.

글렌이 한 손을 쳐들었다. "잠깐만요."

"설마 또 이 문제를 논의해야 한다는 건 아니겠죠!" 후안이 말했다.

"당연히 논의해야죠. 다 함께 의견 일치를 볼 필요가 있어요."
글렌이 말했다.

모두가 끙하고 신음소리를 냈다.

"고작 1.5킬로미터 남았어요." 데브라가 포스트를 향해 두 발을 춤추듯 움직이며 말했다.

"뭐, 모두가 포스트에 가는 걸 좋아하는 것도 아니고 가능하다면 피하고 싶어하는 사람도 있어요." 벨이 말했다. 그녀는 의무적으로 포스트에 들르는 것을 몹시 싫어하는 칼의 비위를 맞추기 위해 그런 말을 한 것뿐이었다.

"하지만 우리 우편물은 어쩌고." 데브라가 외쳤다.

"데브라, 우리 우편물은 거기 있지도 않을 거예요." 칼이 톡 쏘아붙였다.

데브라가 포스트 쪽으로 한 팔을 날갯짓하듯 흔들었다. "하지만 바로 저기라고요."

"첫째, 데브라, 전원합의제는 당신이 생각해낸 멍청한 규칙이니까 불평하지 말아요." 칼이 말했다.

데브라가 얼굴을 찌푸렸다. 그녀는 평소 전원합의제를 매우 좋아했다. 그녀가 바로 그 아이디어를 커뮤니티에 낸 장본인이었다.

"둘째, 당신도 알다시피 그들은 우리가 지시를 어기면 보고서를 또하나 작성할 수 있고, 그다음에는 어쩌면 우리를 쫓아낼 수도 있어요. 그걸 위해 이런 짓을 하는 거고요." 칼이 강력히 충고했다.

"당신이 언제부터 그렇게 규칙에 신경을 썼어요?" 데브라가

툭 내뱉었다.

칼은 화가 나서 얼굴이 빨개졌다. 그는 규칙을 몹시 싫어했는데, 특히 그의 욕망을 규칙에 맞춰야 할 때 그랬다.

"여러분, 잘 들어봐요. 그들은 우리를 어딘가 다른 곳으로 보내려고 이러는 거예요. 우리가 게을렀다고 말하고 있어요." 글렌이 말했다. "나는 그게 타당한 비판인 것 같아요."

윌더니스주에서 해마다 이미 경험한 똑같은 경로를 따라가는 것에는 굉장한 매력이 있었다. 경로를 알면, 기대할 수 있는 것이 무엇인지도 알았다. 이런 식물들이 이 시기쯤, 이곳에서 자랐다. 저 산등성이 너머에는 산딸기류가 지천이다. 그들은 지형을 파악하는 법과 들꿩이 파놓은 굴을 처음 발견한 후 그 새가 어디로 보금자리를 옮겼을지 판단하는 법을 배웠다. 동물들이 생각하는 법을 배웠고, 그 덕분에 더 나은 사냥꾼이 되었다. 지도상의 바로 이 사분면에서 생존하는 법을 배웠다. 그렇게 습득한 지식으로 어딘가 다른 곳에서도 생존하는 것이 가능할까? 어디에서든? 그들은 이미 초창기에 배움에 수반되는 모든 고난을 다 겪고 살아남아서 신세계를 맛보았다. 그 모든 일을 다시 겪고 싶지는 않았다.

"하지만 우리가 돌아오기로 되어 있는 게 아니라면?" 해럴드 박사는 무리에서 벗어나 서성거리고 있었다. 멀리 떨어져 있어서 그의 질문은 하마터면 들리지 않을 뻔했다. 속삭임, 혼잣말로 털어놓는 비밀처럼.

"박사님, 너무 강박적으로 생각하지 마세요." 글렌이 상냥하게 말하자 해럴드 박사는 관심이 쏠린 데 화들짝 놀란 것처럼 보였다.

"강박적으로 생각하는 건 아니에요. 하지만 이것 봐요." 그가 지도를 꺼내 가리켰다. "로어 포스트는 심지어 바로 다음 포스트도 아니라고요. 그건 단지 아무 장소, 그것도 여기서 아주 멀리 떨어진, 새로운 산맥 너머에 있는 장소일 뿐이죠. 여기 이건 모래 언덕들이에요. 이건 마른 호수들이고. 그리고 여기." 그는 한 손가락으로 죽 따라갔다. "내 눈에 보이는 강이라고는 여기뿐이군요."

"아, 안 돼." 데브라가 말했다.

"전혀 없다는 건 아니에요." 그가 재빨리 말했다. "하지만 모르는 거죠. 거기 도착하면 이야기의 앞뒤 아귀가 어떻게 맞아떨어질지 모르는 거예요. 어쩌면 우리가 결국 도달한 곳에서 언젠가 다시 돌아온다는 건 말이 안 되는 소리일 수도 있어요."

그들은 돌아오지 못한다는 생각에 정신이 번쩍 들었다.

밸이 머뭇거리며 말했다. "그럼, 혹시 모르니까 미들 포스트에 들러야 할 수도 있겠네요."

중얼중얼 동의하는 목소리가 몇몇 더 생겼다.

"아무래도 레인저 밥에게 알아봐야 할 거 같아요."

"게이브가 틀렸을지도 모르죠."

사람들이 모여 있는 원 밖에서 해럴드 박사가 불쑥 외쳤다. "그건 그렇고 이 게이브라는 레인저는 대체 어떤 사람이죠?"

"알았어요, 알았어." 글렌이 끼어들었다. "우리는 미지의 세계처럼 말도 안 되는 일로 열을 내고 있어요. 다 그저 땅이라는 걸 잊지 마세요."

칼이 끼어들었다. "게다가 우리는 이 땅에 사는 사람들이죠. 그 땅을 돌아다니고요. 이 땅을 잘 알아요. 우리가 원하는 곳에, 원할 때 가죠. 그리고 언제든 내킬 때 다시 여기로 돌아올 수 있어요. 걱정할 건 아무것도 없어요. 자, 그러니, 새로운 곳으로 가봅시다. 로어 포스트로 가보자고요."

"하지만 여기는 우리가 처음 도착한 곳이에요." 후안이 말했다. "언제 돌아오게 될지 누가 알겠어요?"

칼이 자기 이마를 탁 쳤다. "우리가 돌아오고 싶을 때 돌아올 거예요. 방금 내가 한 말 못 들었어요? 우리 경험의 주도권은 바로 우리에게 있어요. 그러니 방향을 바꿉시다."

비는 그들이 이곳에 돌아오지 않을지도 모른다는 생각을 해본 적이 없었다. 그것은 불가능해 보였다. 그녀는 그들의 아름다운 비밀 골짜기와 미들 포스트를 오가지 않고 윌더니스에서 사는 법을 알지 못했다. 내일 어떤 동물이 그들에게 살금살금 접근할지 모르는 것과 그럴 때 어느 동굴에 숨어야 할지 모르는 것은 완전히 별개의 문제였다. 두려움이 슬금슬금 목구멍을 타고 기어오르는 바람에 그녀는 목이 쉰 듯 꺽꺽대는 소리를 내며 말했다. "밥에게 작별인사를 하고 싶어요."

칼이 포기한다는 듯 두 손 들었다. "내 말을 귀담아듣는 사람이 아무도 없어." 밸이 그의 어깨를 토닥이려 했지만 그가 획 피해버렸다.

글렌이 비를 보고 미소 지으며 고개를 끄덕였다. "그럼 미들 포스트로 갑시다." 그는 둥글게 모인 모든 어른이 되받아 고개를 끄덕일 때까지 한 사람 한 사람을 둘러보며 고개를 끄덕였다. 마지막으로 칼이 화가 나서 그를 빤히 노려보다가 퉁명스럽게 고개를 까딱했다. "다들 수고하셨어요." 글렌은 게이브가 정말로 갔는지, 그의 타이어로 인해 일어난 모래먼지가 가라앉았는지 확인하기 위해 다시 한번 지평선을 바라보았다. 그러고 나서 휘파람을 불며 한 손가락을 빙빙 돌렸고, 그들은 걷기 시작했다.

*

그들은 딱 해가 떨어지기 시작할 무렵 미들 포스트에 도착했다. 분홍색 햇살이 지붕과 수많은 창문, 밥의 픽업트럭에 부딪혀 반사되고 있었다. 때마침 밥이 트럭에 올라타는 중이었다.

그가 그들을 보고 차에서 다시 뛰어내렸다. "이런, 좋아요." 그가 싱긋 웃으며 말했다. "여러분은 여기 있으면 안 되지만, 만나니 확실히 반갑군요."

그들 중 몇몇이 미소를 지었다. 비는 활짝 웃었다. 애그니스는 부끄러운 듯 엄마 뒤에서 손을 흔들었다. 칼은 작고 깔끔한 건물로 어슬렁어슬렁 걸어가더니 벽에 대고 높게 오줌을 쌌다.

밥은 비를 향해 돌아서더니 껴안으려는 듯 두 팔을 쭉 뻗었다. 그러고는 텁수룩한 콧수염에 가린 입으로 활짝 웃으며 큰 박수로 그들을 불러모았다. 그는 카우보이 같은 사람이었지만, 난폭한 부류는 아니었다. 오히려 아이들 파티에 고용될 만한 부류에 더 가까웠다.

"다들 어떻게 하는지 알죠?" 그가 말했다. "쓰레기 무게를 달고, 서로 말을 맞춰요. 나는 안에서 기다릴게요."

밥은 돌아서서 글렌에게 하이파이브를 청했고, 글렌은 본능적으로 응하기는 했지만 화들짝 놀란 눈치였다. 그리고 밥은 안으로 천천히 뛰어들어갔다. 그가 전등 스위치를 탁 누르자, 비는 낮게 윙윙거리는 사막 귀뚜라미들의 울음소리보다 더 크게 웅웅거리는 형광등의 생소한 소리를 들을 수 있었다.

밸과 함께 두 아이, 시스터와 브라더가 쓰레기 무게를 쟀고 곧이어 다른 사람들이 분류했다. 작은 베이지색 건물에서 튀어나온 수도꼭지 아래 수돗가에서 무쇠솥과 다른 그릇들을 헹궜다. 데브라는 그녀의 찢어진 모카신을 벗고 건물 둘레에 군데군데 초록색 테두리를 형성하고 있는 풀밭을 느긋이 즐겼다. 그녀는 발가락을 풀잎 사이로 들락거리며 사박사박 걸었다.

건물로 들어갈 때 형광등 때문에 비는 순간적으로 눈앞이 안 보였다. 손으로 눈을 가렸다가 천천히 손가락을 벌려 마침내 반짝반짝 빛나는 카운터 뒤의 밥을 쳐다볼 수 있게 되었다.

"이번 봄에는 못 봐서 아쉬웠어요." 그가 말했다.

"폭풍 때문에 산맥 반대편에 발이 묶여 있었어요. 그 산자락에서 활동하는 게 더 현명했을 뿐이죠. 그쪽은 아주 잠잠했거든요."

"그래요. 유별나게 이른 폭풍이었죠. 점점 더 일러지고 있어요."

"그래요. 그러고 나면, 알다시피, 봄이잖아요. 사냥감이 충분하죠. 구근식물을 그냥 포기하기도 힘들고요."

"당연해요." 그가 생각에 잠겨 콧수염을 쓰다듬었다. "하지만 정해진 때 포스트에 도착하는 게 얼마나 중요한지는 내가 굳이 말해줄 필요도 없겠죠."

"잘 알아요. 미안해요. 도저히 그럴 수가 없었어요."

밥이 빙긋 웃으며 말했다. "음, 부디 다음번에는 다르길 바라
요."

그는 결코 그들을 협박하지 않았다. 그것은 비가 좋아하는 그
의 여러 면모 중 하나였다. 그래도 그의 말에는 경각심을 주는 진
지함이 담겨 있었다. "그럴게요." 그녀가 말했다. "약속해요."

밥이 헛기침을 했다. "당신들 로어 포스트로 떠났어야 하는 건
알죠?"

그녀의 심장이 펄떡거렸다. 그녀는 자신들이 모든 것을 잘못하
고 있는 것 같았다. "우리도 들었어요. 하지만 정말 가까웠다고
요. 돌아서는 건 말이 안 되는 짓이었어요. 그리고 그게 착오였을
지도 모른다는 생각에……" 그녀의 목소리가 차츰 잦아들었다.

"그건 착오가 아니에요." 그가 또다시 그녀를 놀라게 하는 엄
격한 태도로 말했다. "인정해요, 게이브가 좀더 일찍 당신들을
따라잡았어야 했죠. 하지만 처리할 뜻밖의 일들이 좀 있었어요."

"예를 들면요?"

"글쎄요. 흠." 그가 입을 오므렸다. "그건 기밀이에요."

"정말요?" 비는 자신들이 먹고 마시고 자고 배변활동을 하는
이곳에 대해 자신이 알지 못하는 것이 있다고 생각하니 어쩐지
미심쩍었다.

"여긴 정말 거대한 곳이니까요. 돌아가는 상황을 당신들이 속
속들이 알 수는 없겠죠." 그가 윙크했다. 쾌활한 태도가 되살아
났다. "어쨌든 아침에 무엇보다 먼저 로어 포스트로 출발하는 게
정말 중요합니다. 하지만 이왕 여기 온 김에 할 수 있는 일이라면
뭐든 해두는 편이 낫겠어요. 일행이 몇 명이죠?"

"열하나요. 넷을 잃었고, 하나가 늘었어요."

그가 윌더니스주 연구기록이라는 라벨이 붙어 있는 바인더를 열었다. "좋아요, 증가군요. 이름은?"

"파인콘*이요."

"그거 재미있는 이름이네요. 출생시기는?"

"지난봄이요."

"그러니까 아마 작년, 딱 이맘때?"

비가 어깨를 으쓱했다.

그가 몇 자 적어넣었다. "됐어요. 어머니는요?"

"베키요."

"아버지는?"

"댄이요."

"좋아요. 딱 그 한 명만 추가된 거 맞죠?"

비는 매들린을 떠올리며 고개를 끄덕였다.

"자, 이제 내가 아주 싫어하는 부분으로 넘어가죠. 인원 감소요. 각각의 이름과 원인은요?"

"베키. 쿠거의 공격으로 인한 부상."

밥이 대장에 휘갈겨쓰며 쯧쯧 혀를 찼다. "그거참 안타깝군요." 그가 말했다. "다음은요?"

"댄. 낙석."

"그래서 사망했나요?"

"골반이 으스러졌어요."

＊Pinecone. '솔방울'이라는 의미.

"그래서 사망했다."

"우리 추측으로는요." 비가 잠시 뜸을 들이다가 다시 말했다. "내 말은, 우리가 그를 남겨두고 떠나야 했다는 거예요."

그녀는 밥이 그의 눈앞의 서류를 골똘히 응시하면서 눈썹을 치켜세우는 모습을 보았다. 그는 아무 말도 하지 않았다. 하지만 그가 펜을 종이에 대고 얼마나 힘껏 눌러 쓰는지는 알 수 있었다. 그녀는 그저 그 정보를 먹지로 삼중 기록하는 것이기를 바랐다. 밥은 그들이 상대하는 레인저들 중에서도 좀더 호의적인 사람 가운데 하나였다. 만약 그 역시 그들을 비난하기 시작한다면 어떻게 해야 할지 막막했다. 그들은 그때껏 많은 죽음을 목격했다. 죽음에 무감각해져 있었다. 무시무시하거나 평범한 방식으로 목숨을 잃은 것은 커뮤니티 구성원들뿐만이 아니었다. 그들을 둘러싼 모든 것이 공공연하게 죽음을 맞이했다. 죽는 것은 사는 것만큼 흔해빠진 일이었다. 물론 그들은 서로를 걱정해주었다. 하지만 그들 중 하나가 어떤 이유로든 생을 마감하면 나머지는 똘똘 뭉쳐서 살아남는 일에 에너지를 쏟았다. 이것은 윌더니스에서의 삶이 가져온 예상치 못한 결과였지만, 순식간에 간단하게 일어나버린 일이었다. 그녀가 태어나기 전 시대에는 자연과 친밀한 관계를 맺으면 더 좋은 사람이 될 수 있다는 문화적 신념이 있었다. 그래서 처음 윌더니스에 도착했을 때 그들은 그곳에 살면서 자신들이 더 인정 있고, 더 낫고, 더 친화력 좋은 인간이 될 것이라고 믿었다. 하지만 그들은 낫다의 의미를 엄청나게 오해하고 있었다는 것을 알게 되었다. 그것은 단순히 인간답게 행동하는 데 더 나아진다는 의미일 뿐이며 인간답다는 단어의 정의에는 해석의 여지가 있었을 수도 있다. 그것은 그저 어디서든 어떤 짓을 해서라도 살아남는 데 더 나아진다는 의미였을 뿐이었는지도 모른다. 비는 윌더니스에서 사는 것이 시티에서 사는 것과 별로 다르지 않은 것 같았다.

밥이 헛기침을 하고 말했다. "이런, 제기랄. 그거참 안된 일이군요." 그가 서류를 다시 훑어보았다. "파인콘 말입니다. 누가 그 애를 돌보고 있나요?"

"우리가요." 비가 조금 딱딱거리며 말했다. 그녀의 뺨이 달아올랐다. 부끄러워서인지 화가 나서인지는 분간할 수 없었다.

밥이 올려다보았다. "그래요, 당연히 당신들이겠죠." 그가 미소 지었다. "또 누가 있죠?"

"캐럴라인이요. 9번 강에서 잃었어요."

"언제죠?"

"어제요."

그의 펜이 멈췄다. "지금도 확실한가요? 여기서 멀지 않은 곳에서 막 빠르게 떠내려가는 중일 수도 있으니까요."

"우리 생각에는 확실해요."

"9번 강이 지금 당장은 빠르지만 그리 차갑지는 않거든요. 그리고 여기 하류에서는 다시 느려지고요."

"통나무 때문이었어요. 분명히 죽었어요."

"아, 참 안타깝군요. 난 그녀가 좋았는데."

비는 또다시 캐럴라인 이야기를 들어야 한다는 것이 어이가 없었다. 그녀는 화가 나서 카운터를 쳤다. "진심으로요?"

밥이 깜짝 놀라며 한 발짝 뒤로 물러났다. "뭐가요?"

"캐럴라인 얘기라면 진절머리가 나요." 그녀가 투덜거렸다.

밥의 입이 떡 벌어졌다.

"내 말은, 우리가 왜 아직도 그녀 이야기를 하고 있느냐는 거예요." 그녀는 심란한 마음에 손가락을 물어뜯었다. 넌더리를 내며 고개를 절레절레 흔들었다. 캐럴라인? 솔직히 말해서, 캐럴라인 따위 알 게 뭐야.

밥이 그녀를 들짐승 보듯 쳐다보았다. 그는 조심스럽게 말했다. "음, 그러니까 그녀가 어제…… 정말로 죽었다는 거죠?" 차라리 야수를 진정시키는 것처럼 어이, 이 녀석아, 어이, 이 녀석아, 라고 말하는 편이 나았을지도 모른다.

비는 눈을 깜박이며 타오르는 분노를 참으려 애썼다. "네, 바로 그거예요." 그녀는 자세를 바로 했다. "어제 정말로 죽었어요." 그녀는 천천히 숨을 내쉬었다. "성질을 부려서 미안해요." 그녀의 뺨이 다시 달아올랐다.

"저, 당신한테는 미안하지만, 나는 캐럴라인을 좋아했고 그녀가 보고 싶을 거예요." 그가 헛웃음을 치며 말했다.

그녀가 자기 얼굴을 가렸다. 얼마나 빨개졌는지 보이고 싶지 않았다. "미안해요."

그가 마치 이해한다는 듯이 한 손을 들어올렸다. 그는 다 이해하는 것처럼 보이는 데 능숙했다. 로어 포스트를 다시 떠올리자, 그녀는 진심으로 슬퍼졌다. 밥이 없다면 그녀는 어떻게 할까? 그도 그녀를 보고 싶어할까?

밥이 몸을 숙였다. "이제는 그녀의 비밀을 말해도 상관없을 거같아서 하는 얘기지만, 내가 그녀에게 이 뒤쪽에 있는 실내용 변기를 사용하게 해주곤 했어요. 내 아내가 저기에 작은 포푸리 그릇을 넣어놓죠. 캐럴라인은 그 냄새가 마음에 든다더군요." 그가 낄낄 웃었다. "소소한 거죠. 자, 좋아요, 캐럴라인 얘기는 이쯤 해두고 다음으로 넘어가보죠. 부디 편히 잠들기를. 쓰레기는 얼마나 되죠?"

"잠깐만요." 비가 목쉰 소리로 말했다. "한 명 더 있어요. 매들린. 사산아예요." 얼굴이 활활 타올랐다. 그녀는 더듬거리며 말했다. "사산아도 셈에 포함되는 줄 몰랐어요."

밥이 그녀를 잠시 응시한 다음, 그의 서류를 뒤집었다가 다시 앞으로 돌려 살펴보았다. "글쎄요, 그 경우는 포함되지 않는 것 같아요. 다행이네요. 그럼, 그냥 셋이라고 할까요?" 그는 입술을 굳게 다물고 선출직 공무원 같은 미소를 지으며, **총 사망자 칸**의 숫자 4에 줄을 그어 지웠다.

비는 울먹이지 않으려고 서둘러 황급히 동의했다. 제대로 태어나기에 부족했던 그녀의 어린 딸은 셈에 포함되기에도 부족했다. 그것이 어떤 위안이 되었을까, 아니면 그로 인해 그 죽음이 더욱 비통해졌을까? 그녀는 갑자기 아무것도 느껴지지 않았다.

"쓰레기는 얼마나 되죠?" 그가 다시 물었다.

"9킬로그램 정도요." 그녀가 나직이 대답했다.

밥이 휘파람을 불었다. "와우. 그렇게 많아요?"

비는 바닥에 풀썩 주저앉고 싶었다. 자신들이 괴물 같은 존재인 듯 들렸던 것이다. 죽은 아기에다 이제는 지나치게 많은 쓰레기라니.

그녀가 말했다. "포스트로 이동하는 걸 한 번 걸렀으니까요."

"아, 그렇죠." 그가 고개를 끄덕이며 말했다. "이해가 되네요. 지금 봉투가 몇 개나 되죠?"

"지난번에 여기서 찾아간 봉투 중 세 개요."

"아, 그 봉투는 끔찍해요."

"정말 끔찍하죠. 터지지 않았다니 믿을 수 없을 지경이에요."

"음, 당신이 거기 씌울 정교한 덮개를 만든 덕분이죠."

"데브라가 만들었어요."

"그녀는 대단한 재봉사예요."

"정말 그래요."

그는 체크리스트를 자세히 읽었다. "저, 당신한테 새 매뉴얼을 줄 수는 있지만, 내가 가진 게 최신판이라고 장담할 수는 없어요. 그리고 모두 여기 있으니 다들 설문지를 작성하면 어떨까 싶군요. 새로운 데이터를 좀 얻으면 그들이 반가워할지도 모르죠. 꽤 오랜만이니까요."

"혈액이랑 소변 검사도 하나요?"

"아니요, 그 장비는 로어 포스트로 보냈어요." 그가 다시 한번 그녀를 빤히 쳐다보았다. "당신들이 거기 가기로 되어 있었으니까요."

"갈 거예요."

"당연히 가겠죠. 가고 싶을 거예요—당신들 우편물은 내가 이미 거기로 다 보냈거든요." 그가 다시 윙크하며 말했다. 하지만 또다시, 그는 지친 듯한 말투로 변했다. "그뿐 아니라, 당신들은 **규정상** 가야 해요."

비가 몸을 숙였다. "밥, 알아들었어요." 그녀는 다정하게 속삭였고, 그의 두 뺨에 발갛게 홍조가 피어오르자 가슴이 설렜다.

"좋아요, 좋아." 그가 멋쩍어하며 말했다.

"로어 포스트에는 가본 적이 없어요." 그녀는 들뜬 것처럼 들리게 하려고 애를 썼다. 하지만 자신의 목소리에서 두려움이 느껴졌다.

"이런, 가본 적이 있다고 했다면, 난 깜짝 놀랐을 거예요. 가기가 쉽지 않은 곳이거든." 그가 설문지를 하나하나 세면서 말했다. 걱정스러운 표정이 얼굴에 나타났지만 그는 고개를 살짝 흔들며 지워 없앴다. "그러니까, 모험이라고 생각해봐요." 그가 서류를 건네주었다. "아내가 화내지 않게 이제 가야겠어요. 그러니까 이것들은 작성이 끝나면 그냥 우편물 투입구에 넣기만 하면 돼요."

그녀가 고개를 끄덕이고 설문지를 받아들자, 곧 그가 사내아이처럼 불쑥 한 손을 내밀었다.

"됐죠? 그럼 행운을 빌어요!"

그녀는 그와 악수했다. "곧 다시 만나길 바랄게요."

두 사람의 손은 마치 그들이 다시 만나지 못할지도 모른다는 듯 좀처럼 떨어지지 않았다.

비는 문으로 향하면서 기억할 수 있는 것은 다 기억해두려 애썼다. 그곳 특유의 퀴퀴한 화학물질냄새, 높은음으로 윙윙대는 전등, 여기에서는 항상 켜져 있지만 한겨울에 가끔 잠깐씩 머무는 어퍼 미들 포스트에서는 한 번도 켜지지 않았던 어떤 기계가 단조롭게 윙윙 돌아가는 소리 같은 것들. 밥은 여성용 탈취제를 썼다—그녀는 그렇다고 믿고 있었다. 아니, 어쩌면 물집이 잡히지 않도록 양말 속에 베이비파우더를 뿌렸을 수도 있다. 비의 어머니는 멋지지만 발을 꼭 조이는 구두를 신을 때 가끔 그러곤 했다. 하지만 밥은 규정에 맞는 튼튼하고 실용적인 신발을 신었다. 그의 핑계는 무엇일까? 그녀는 베이비파우더가 그의 발을 계속 부드럽게 해주고, 그와 그의 아내는 깨끗하고 하얀 침대보 밑에서 서로 발을 문지르며 발치에 누워 있는 따뜻하고 충성스러운 개를 쿡 찌르곤 할 것이라고 상상했다. 그녀는 그런 침대에 눕는 것에, 그런 가정생활에 갈망을 느꼈다. 밥의 결혼반지가 형광등 아래에서 반짝이는 것이 눈에 들어오자 그의 아내가 누구든 잠시 그녀가 미워졌다.

비가 우뚝 멈춰 섰다. "아, 이런, 까먹을 뻔했네요. 우리한테 줄 수 있는 질 좋고 굵은 밧줄 있나요?"

밥이 얼굴을 찡그렸다. "비, 당신도 알다시피 나는 그런 물건들을 제공하면 안 돼요."

비는 결국 그런 질문을 한 스스로에게 당황하고 짜증이 난 채 고개를 끄덕였다. 모든 사람들, 그들의 밧줄까지 다 엿이나 먹어라.

"그 대신," 밥이 말을 이어갔다. "이러면 안 되긴 하지만……" 그가 선명한 초록색 막대사탕을 여봐란듯이 내밀었다. "귀여운 당신 딸에게 갖다줘요." 그가 말했다. "그애가 이런 걸 얼마나 좋아하는지 잘 알아요. 하지만 얘기하지 말아요." 그러더니 이내 고개를 갸웃하고, 다 알고 있다는 듯한 미소를 지으며 막대사탕을 하나 더 여봐란듯 내밀었다. "이건 당신 거예요. 당신도 먹고 싶다고 얼굴에 쓰여 있어서." 그가 미소를 지운 채 말했다.

그들이 의도적으로 선택한 로어 포스트행 경로는 방금 막 다시는 돌아가지 말라고 지시받은 골짜기를 지나 되돌아가는 길이었다. 그들은 밥이 이 모든 것은 착오였다고 말해주기를, 어디로 이어지든 원하는 길로 가라고 말해주기를 바랐다. 이제는 자신들이 로어 포스트로 가야만 한다는 것을 확실히 알고 있었기 때문에, 그곳에 작별인사를 하고 싶었다. 혹시 모르는 일이었으니 말이다.

그들은 자신들의 옛 캠프가 노란 테이프와 막대기로 봉쇄되어 있는 것을 발견했다. 주변 곳곳에 **식생 복원중** 표지판이 붙어 있었다.

"이 표지판은 누구 보라고 붙여놓은 거야?" 칼이 테이프 한 곳을 괜히 걷어차며 말했다. 테이프가 갈라지더니 축 늘어졌다.

"우리요." 비가 말했다.

"여기에 영향을 미치는 건 레인저들뿐이라고." 그가 투덜투덜 불평했다.

"여러분, 다들 작별인사해요." 글렌이 조금 침울한 기색으로 말했다.

칼이 말했다. "이봐요, 다들 만약 뭐든 남겨두었던 게 있었다면 되찾아오는 게 좋을 거예요." 칼은 입술을 삐죽거리며 비를 똑바로 쳐다보았다.

비는 마치 **지금 누구 얘기 하는 거죠?**라고 말하듯 애써 시치미를 떼며 주위를 둘러보았다. 해럴드 박사와 눈이 마주치자 그렇지 않느냐는 표정으로 그에게 고개를 끄덕였다. 그는 부끄러워하며 눈을 내리깔았다. 그녀는 그 순간을 모면할 셈이었지만, 어쩌면 오히려 비밀을 발견했는지도 몰랐다. 박사도 물건들을 감췄던 것이다! 주위를 둘러보자, 많은 사람이 자기 발, 아니면 저멀리 무리 지어 서 있는 나무들이나 돌출된 작은 기반암같이 비밀스러운 소지품을 밀어넣기에 완벽한 장소들을 응시하고 있었다. 칼은 팔짱을 낀 채 거만하게 서 있었다. 물론 칼이라면 아무것도 숨기지 않았을 것이다. 하지만 그녀는 벨의 얼굴에 분노와 당혹감이 번갈아 나타나는 것을, 모두 뿔뿔이 흩어질 때 벨이 살금살금 움직이는 것을 목격했다. 칼이야 과거와 그 과거의 비밀들에 대한 커뮤니티 사람들의 끈질긴 집착에 화가 났을지도 모르지만, 비는 함께 대소변을 보고 화를 내고 하마터면 굶어죽을 뻔했던 사람들, 서로의 섹스 소리를 들었던 사람들, 끝없이 긴 회의를 함께 했던 이 사람들이 각자 어떻게든 무언가 개인적인 물건을 아직도 간직하고 있을지도 모른다는 생각에 기운이 났다. 월더니스와 그곳의 사람들이 다시금 흥미로워 보였다.

비는 그녀의 동굴로 돌아가며 막대사탕 두 개를 모두 우적우적 씹어 먹어버렸다. 설탕이 어떤 것인지 생각해내는 것은 애그니스에게 결코 필요한 일이 아니었다. 비는 다른 사람들이 각자 가장 좋아하는 곳으로 남몰래 가는 것을 가만히 지켜보았다. 과거에 애착을 느끼는 건 자기뿐이라고 생각했다니 얼마나 어리석었는지 모른다.

비의 혈류가 초록색 당분 때문에 갑자기 빨라졌다. 심장이 펄떡거렸다. 몇 킬로미터고 달릴 수 있을 것 같은 기분이 들었다.

그녀는 은신처로 어지러울 만큼 깡충거리며 뛰어 돌아갔다가, 자신의 베개와 잡지가 사라지고 노란색 식생 복원 테이프로 대체되어 있는 것을 발견했다. 설탕으로 인한 기쁨은 즉시 두통으로 대체되었다. 노란색 테이프에 철썩 뺨을 한 대 맞은 것 같은 기분이었다. 그들이 어떻게 그녀의 은닉처를 찾아낼 수 있었을까? 감시를 당한 모양이었다. 그녀는 동굴 어귀에 바짝 쪼그리고 앉아 풍경에 녹아들게 조용히 하려고 안간힘을 쓰며 두 무릎을 꼭 잡고 있었다. 땅과 그곳에 숨는 동물들과 비슷해지는 것은 방어의 한 형태였다. 다른 사람들도 조용히 각자의 상실을 애도하고 있을까? 그녀처럼 그들도 갇혀 있는 기분일까?

동굴 입구에서 몸을 웅크린 채 그녀는 글렌이 매들린이 누워 있는 곳으로 빠르게 이동하는 것을 지켜보았다. 캠프에서는 애그니스가 말뚝에서 뜯겨나간 식생 복원 테이프 한 줄을 가지고 칼의 주위를 빙빙 돌고 있는 것이 보였다. 두 사람은 저지선이 쳐진 작은 땅의 한가운데 서 있었다. 애그니스는 발을 굴러 춤을 추며 소리를 질렀고, 칼은 기둥에 묶인 척, 처형만이 그를 기다리는 확실한 미래인 척하고 있었다. 살려달라는 그의 애원이 비가 있는 위쪽까지 울려서 그녀의 귀에 작은 속삭임처럼 들렸다. 비는 다시 글렌 쪽으로 몸을 돌렸다.

글렌은 서서 아래를 물끄러미 응시하다가 무언가를 발끝으로 건드려보더니 자세히 살펴보려는 듯 무릎을 꿇었다. 곧이어 웅크리고 앉은 채 두 손으로 덤불며 흙바닥을 죽 훑고 비가 매들린을 위해 고른 풍경을 멀리 내다보았다. 그녀는 그 자리가 동굴에서 보인다고 생각한 적이 없었다. 그녀는 그가 엉뚱한 장소에 있는 것 아닌가, 충분히 멀리 가지 않은 것은 아닌가 생각했다. 아니, 어쩌면 그 당시 자신이 시야를 벗어날 만큼 충분히 멀리 가지 않았을지도. 어쩌면 글렌은 그녀가 그들의 딸을 묻는 것을 지켜봤을지도 모른다. 비는 모든 걸 혼자 은밀하게 처리한다고 생각했지만 말이다.

비는 캠프 쪽을 되돌아보며 애그니스를 찾았다. 그녀의 작은 생존자. 그녀의 유별나고 기운 넘치는 딸. 그애는 막대기를 들고 칼에게 달려드는 중이었다. 그가 칼에 찔린 척하면서 신음소리를 내며 배를 움켜쥐었다. 아이의 마지막 일격에 그는 무릎을 꿇었다.

"난 죽어가고 있어." 그가 유령의 신음 같은 목소리를 내고 두 손을 들어 흔들며, 과장된 연기를 하면서 외쳤다.

애그니스는 이 열성적이고 쾌활하며 다 죽어가는 남자를 보며 고개를 갸우뚱했다. 그대로 가만히 있다가, 마침내 고함을 질렀다. "그러면 죽어버려!" 아이가 그의 앞쪽 땅바닥에 침을 뱉었다.

칼은 울부짖다가 엎어지더니 죽어버렸다.

애그니스는 그의 배를 가르고 내장을 빼내는 시늉을 하며 기뻐서 키득거렸다.

비는 글렌을 찾아 또다시 지평선으로 눈길을 휙 던졌지만, 그는 보이지 않았다. 그에게는 무엇 하나 숨겨놓은 물건이 없을 것이라고 그녀는 확신했다.

비는 자신이 마음을 졸이며 손톱을 흙속에 박아넣고 있다는 것을 알아차렸다. 손가락 끝은 피부가 까져서 쓰라리고 미세한 모래먼지로 미끈거렸다. 그녀는 손끝을 입에 넣어 깨끗이 핥은 다음, 갈색 침을 뱉었다. 하지만 자기도 모르게 어느새 손가락으로 다시 흙바닥을 긁고 있었다.

커뮤니티 사람들은 전에도 기나긴 도보여행을 몇 차례 했었다. 그들은 도보여행에 필적하는 것은 결코 없을 것이라고 생각했다. 첫해에 한 도보여행으로 그들 중 누군가가 떠나는 일이 벌어진 적은 있었다. 하지만 거의 일상적으로 날마다 걸었는데도 지도상의 다른 사분면으로 잘못 들어간 적은 한 번도 없었다. 그들은 겨우 세 개의 포스트만 방문했는데, 지도의 동쪽 경계선을 따라 늘어서 있는 바로 그 세 곳이었다.

오리엔테이션이 끝난 직후, 공식적인 월더니스 입장을 위해 짐을 싸고 있을 때 그들은 첫번째 지도를 받았다. 레인저인 코리가 트럭을 몰고 와서 차창 너머로 그것을 던져주었다. 축척 개념이 전혀 고려되지 않은 듯 이상한 문서였다. 그 지도는 마치 어린아이가 생각해낸 것처럼 보이는 기호들로 뒤덮여 있었다.

"이 검은 원들은 뭐죠?" 그들이 물었다.

"가면 안 되는 장소들이요." 코리가 히죽거리며 말했다. 재미있다는 듯한 태도는 냉혹했지만, 얼굴은 어리고 미숙해 보였다.

그들은 산꼭대기가 평평한 어느 산과 윤곽선 밖까지 지저분하게 색칠되어 있는 오렌지색 깃발을 가리켰다. 포스트였다. "여기까지는 거리가 얼마나 되나요?" 그들이 물어보았다.

코리가 빙긋 웃었다. "나도 몰라요, 아직 알아내지 못했습니다." 그가 호주머니를 뒤지더니 자기 손바닥만한 은색 원반을 꺼냈다. "여기 리더가 누구죠?"

"아, 리더는 따로 두지 않을 겁니다." 글렌이 자랑스럽게 말했다.

코리가 눈알을 굴려 하늘을 쳐다보았다. 그러고 나서는 그들의 얼굴을 훑어보았다. "당신이 받아요." 그가 그 원반을 칼에게 내밀며 말했다.

칼은 그것을 받아들었고, 리더로 인정받았다는 것에 기뻐서 더 당당하고 빈틈없어 보였다. "이걸로 뭘 할 수 있죠?" 칼이 그것을 손에 들고 뒤집으며 물어보았다. 측면에 있는 버튼을 누르자 딸깍하고 소리가 났다. 그가 다시 한번 눌렀다. **딸깍**. 또 눌렀다. **딸깍.**

"여기서 포스트까지 몇 걸음이나 되는지 알려줘요." 코리가 말했다. "한 걸음마다 한 번씩 누르면 됩니다."

칼의 얼굴이 즉시 험악해졌다. "빌어먹을, 진심으로 하는 말입니까?"

코리는 놀란 척했지만, 사실은 그렇지 않았다. "아, 그럼요." 그가 말했다. "빌어먹을, 진심으로 하는 말이죠. 그래서 뭐 문제될 거라도 있나요? 그걸로 나한테 가장 가까운 출구까지 몇 걸음이나 더 가야 하는지 알려줄 수도 있는데."

칼은 그 계수기를 으스러뜨릴 기세로 꽉 쥐고 레인저에게 달려들었다. 하지만 코리는 머리를 트럭 안으로 휙 수그리고 창틈이 살짝만 남을 때까지 차창을 올렸다. "한 걸음에 한 번씩 눌러요." 그가 순식간에 엔진 회전속도를 올리고 멀어져가면서 외쳤다.

의심할 여지 없이 레인저들에게는 거리를 측정하는 훨씬 더 나은 방법이 있었다. 이것은 일종의 삽질, 그러니까 멋진 도보여행을 지루하고 고된 노동으로 바꿔버리는 방법이었다. 그들이 바랄 것이라고 레인저가 추측한 삶을 그런 식으로 조금 더 부자유스럽게 만드는 것이었다.

그들은 방향을 정해 걸어갔고, 어느새 며칠 만에 수많은 영양들이 조심스럽게 무릎을 꿇거나 다리를 뒤로 접고 앉은 광활한 풀밭에 이르렀다. 어떤 곳들은 풀이 너무 길게 자라서, 비의 눈에는 굴곡진 광활한 지역을 빙빙 도는 영양들의 쫑긋한 귀만 보였다. 유난히 따뜻하고 화창한 날인데도 매 몇 마리가 기분좋은 산들바람을 타고 나는 대신 나무에 앉아 있었다. 기운찬 영양 몇 마리가 마치 후회에 쫓기기라도 하는 것처럼 벌떡 일어나더니 미친 듯이 빙빙 돌았다. 커뮤니티 사람들은 그냥 가던 길을 계속 갔다. 당시 그들은 그곳이 너무나 생소해서 상황을 제대로 파악하지 못한 상태였다. 그런 일들은 경고였다. 무슨 일이 막 벌어지려는 참이었던 것이다. 만약 그들이 뒤돌아보았더라면 풀잎 하나하나가 필사적으로 도망치기라도 하려는 것처럼 풀밭이 납작해져서 앞으로 뻗어나간 모습을 목격했을 것이다. 그들이 말라붙은 벌판 한가운데로 나서자마자, 마치 날씨가 방금 전까지 닫혀 있던 문 뒤에서 줄곧 힘껏 참고 있기라도 했던 것처럼 느닷없이 우박과 바람이 그들을 덮쳤다.

그들은 그대로 웅크리고 앉아 머리 위로 짐을 홀러덩 내팽개치고는 납작 엎드린 풀들을 따라 서로서로, 그리고 땅바닥에 바짝 달라붙었다. 코앞에서 거미줄들이 마치 온화한 산들바람에 흔들리듯 가볍게 나부끼며 반짝반짝 빛났다. 그들의 몸이 최악의 바람은 막아주었기 때문이다.

그들은 사방에서 영양들이 애처롭게 낑낑거리며 굉음을 뚫고 서로에게 보내는 신호를 들었다. 그러다가 마침내 폭풍이 그 울음소리마저 삼켜버렸다. 그리고 근처에서 가느다란 미루나무 몇 그루가 쪼개지는 날카로운 굉음이 들렸다.

우박은 잠시였지만 바람은 좀처럼 멎지 않았다. 해는 저물기 시작한 상태였다. 매들이 세찬 바람에도 편평한 날개로 있는 힘을 다해 재빨리 하늘을 가로지르며 다시 날았을 때, 그들은 최악의 상황은 지나갔다는 것을 알았다. 그것은 일종의 시합이었다. 매들은 미래의 짝에게 과시하거나, 경쟁 상대에게 도전하는 것이었다. 그들은 강풍을 거스르며 흔들흔들 나아가다가 이내 그 바람을 타고 쌩하고 힘차게 날아갔다. 그런 다음 정지해서 마치 그림처럼 한 자리에 떠 있었다. 하지만 그러는 동안에도 지상에 있는 비는 바람을 맞으며 일어설 수조차 없었다.

그것은 그들이 겪은 최초의 큰 폭풍이었다. 그들이 겁에 질려 너무 오랫동안 꼼짝 않고 가만히 있는 바람에 결국 레인저의 드론이 찾아와 그들을 달랬다. 그들은 방향감각을 잃고 흐리멍덩한 눈으로, 한쪽 발을 다른 발 앞으로 내딛기를 두려워하며 터벅터벅 걸었다. 목적지에 이르러 칼은 담당 레인저 앞에서 그 계수기를 짓밟아 산산조각냈다. 하지만 자신이 마지못해 체크한 걸음수는 보고한 뒤였다.

그것이 첫해에 일어난 일로, 당시에는 많은 사람이 아직 신발과 침낭을 가지고 있었고, 어떤 사람들에게는 그것이 아직은 조부모들이 들려주었던 저 캠핑여행 중 하나처럼, 그러니까 끝이 있고 그들이 곧 집으로 돌아갈 수 있을 무엇인가처럼, 샤워 한 번 하고 나면 떨쳐버릴 수 있는 무엇인가처럼 느껴졌다. 그것은 그들의 첫번째 폭풍이었지만 또한 윌더니스에서의 첫번째 장기 도

보여행이기도 했다. 그들은 이후 몇 계절 동안이나 모닥불 가에서 서사시를 읊듯 그 일에 대해 이야기했다. 그들이 어떻게 결국이 땅의 일부가 되기에 이르렀는가 하는 것, 그러니까 그들의 기원이 담긴 이야기였다. 그들이 불가능한 일을 해낸 것 같은 기분이었다. 마치 새로운 세상을 발견하기라도 한 것처럼 말이다. 비는 그녀의 가족을, 그리고 물집과 발톱이 빠진 발가락을 바라보며 뿌듯해하던 것을 기억했다. 그 여행은 전부 팔 주 가까이 걸렸다. 그들 중 몇몇은 아직 시간과 날짜를 알려주는 시계를 가지고 있었다. 그 당시 그들은 한 방향으로 그렇게 오랫동안 가도 길의 끝에 맞닥뜨리지 않을 수 있다는 사실에 경외감을 느꼈다. 돌아다닐 수 있는 땅이 얼마만큼 있는지도 아직 알지 못했다.

지금 비는 동굴 속에서 웅크린 채로 그 지도를 머릿속에 그려보았다. 이번 도보여행은 그 도보여행보다 훨씬, 훨씬 더 오래 걸릴 터였다. 횡단해야 할 뒤집힌 W가 늘어선 줄이 셋 있었다. 세 개의 산맥이었다. 공포감에 발가락과 손가락이 따끔거릴 정도로 차가워졌다. 그녀는 불안감을 떨쳐버리려고 애쓰며 목덜미를 긁적거렸다.

그녀는 커뮤니티 사람들 대부분이 다시 모여 있는 것을 보았다. 노란색 테이프 안쪽에 섞여 있었다. 다들 곧 떠나고 싶어할 터였다. 흔들거리는 바위에 발이 미끄러지는 소리에 이어 이내 투덜거리는 소리가 들리며 그녀의 아래쪽에서 글렌의 정수리가, 그다음에는 희미한 미소를 머금은 그의 얼굴이, 다음으로 그녀에게 닿기 위해 바위들을 기어오르는 그의 손과 팔이 보였다.

"여보세요, 어디 갔다 오셨습니까?" 그녀는 답을 알고 있으면서 물어보았다.

"이곳에 작별인사를 하면서 한번 쭉 둘러봤어. 우리가 돌아오지 않을 경우에 대비해서 말이야."

그녀가 미소 지었다. "있잖아, 언제든지 그냥 미들 포스트로 돌아가면 그만이야."

"그래도 될까?" 글렌은 그녀의 말을 진지하게 받아들이고 약간 당혹스러워하면서 옆에 털썩 주저앉았다.

"당연하지! 밥한테 손님방이 있어. 그가 언제든 거기 머물러도 좋다면서 우리를 초대했다고."

"그랬어?" 그가 머리를 긁적거렸다.

"아니." 비가 한숨을 쉬며 말했다. 그녀는 그런 척하기 놀이를 하고 있었다. 그것은 그녀가 무자비한 야외에서 하루를 견디는 방법 중 하나였다. "그럴 리가." 그녀가 말했다. 그녀는 그것으로 놀이가 끝나겠구나 생각했지만―글렌이 어리둥절해하는 눈빛으로 그녀를 힐끗 보았던 것이다―놀랍게도 그는 웃음을 터뜨렸다.

"아, 그래, 그렇지, 알겠어." 그가 말했다. "안녕하세요, 밥! 미시즈 밥!"

비는 자세를 바로 하고 앉았다. "안녕하세요, 우리가 댁의 샤워기를 좀 써도 될까요?"

"수건이 좀 필요할 것 같은데. 아, 비누도요. 아, 면도도 하면 정말 좋겠어요. 저기, 밥―밥이라고 불러도 될까요―면도기 여분으로 가진 거 있어요?"

"여보세요, 미시즈 밥, 볼만한 영화가 뭐가 있을까요?"

"이야, 저거 프레츨인가요?"

그들은 함께 어깨를 들썩이며 키득거렸다. 글렌은 그들의 예전 생활, 그러니까 문명이 제공하는 어떤 종류의 안락함에도 결코 환상을 품지 않았고 심지어 그리워하는 기색도 없었다. 그녀는 지금 그 모든 것에 대해 느끼는 가혹하고 쑤시듯 쓸쓸한 열망을 홀로 감당할 필요가 없다는 것이 감사했다.

"있잖아, 생각해봤는데 말이야." 그녀가 말했다. "아무래도 여기 대신 사유지 지구에 갔어야 했나봐." 그녀는 그 장난을 계속하려고 애써봤지만 목소리가 낮아지는 바람에 의도와 달리 그 의견에 웃을 수가 없었다. 그것이 멋진 농담이었던 것은, 비의 입장에서는 사유지 지구가 가공의 장소였기 때문이다. 그녀가 기억하는 한 사람들이 줄곧 이야기해온 기막히게 좋은 장소. 생활하기 더 좋은, 그러니까 아마 과거에 그랬듯이 안락하고 기분좋은 장소. 부유하고 힘있는 사람들이 그들 자신의 땅을 가지고 원하는 대로 할 수 있는, 그들만의 비밀스러운 장소 말이다. 사유지 지구는 시티의 대척점에 있었고, 시티가 더이상 제공할 수 없는 모든 자유를 누렸다. 그리고 사람들은 그 존재를 믿거나 믿지 않거나 둘 중 하나였다. 비가 보기에 믿는 사람들의 수는 항상 시티가 악화되는 정도에 비례하는 것 같았다. 지금 그녀의 이모 한 사람은 믿었고, 여전히 가끔씩 신문에서 오려낸 그것의 존재에 관한 기사들, 그것이 발견될 수 있는 장소에 대한 비밀 지도들을 우편으로 보내기도 했다. 비의 어머니는 그녀에게 그런 것들을 던져버리라고 항상 당부했다. "누군가가 말해준 걸 무턱대고 다 믿으면 안 돼." 어머니가 말했다. "타당한 이유 없이는 안 돼." 이모가 믿게 된 것은 이모부에게 설득을 당해서였고, 지금 그 이모는 음울하고 걱정이 많았다. 그전에는 상냥하고 재미있는 사람이었다. 비의 어머니와 아주 친했었다. "아, 전에는 참 재미있는 사람이었지." 그녀의 어머니가 한숨을 쉬며 말하곤 했다.

글렌이 한 팔을 그녀의 목에 두르고 그녀를 바짝 끌어당겼다. "자, 자." 그가 속삭였다. "이번에도 재미있을 거야."

그녀는 글렌이 이 말을 적잖이 믿는다는 것을 알고 있었다. 하지만 비는 조금도 믿지 않았다. 그녀는 다시 한번 머릿속에 지도를 그려보면서 그 모든 미지의 땅, 그 베이지색 문서, 사소한 것 하나하나를 다 확인해보았다. 저 맞은편에서는 모든 것이 다 바뀔 것이고, 그 정도는 그녀도 알고 있었다. 어떤 식으로 바뀔지 모른다는 사실은 그녀를 두렵게 하는 것들 중 하나일 뿐이었다.

2부

맨 처음

맨 처음, 스무 명이 있었다. 공식적으로 그들 스무 명은 인간이 자연과 어떻게 상호작용하는지 알아보기 위한 실험의 일환으로 윌더니스주에 와 있었다. 지금은 모든 땅이 석유, 가스, 광물, 물, 목재, 음식 등의 자원을 채취하거나 쓰레기, 서버, 유독성 폐기물 등을 보관하는 용도로 사용되고 있어서 그러한 상호작용은 역사 속으로 사라져버렸기 때문이다.

하지만 그 스무 명 중 대다수는 과학에 대해 잘 알지 못했고, 그들 중 많은 사람이 자연에 관심조차 없었다. 이 스무 명에게는 자신이 알던 모든 것을 뒤로하고 위험을 무릅쓰며 낯선 곳으로 떠나는 사람들에게 늘 있는 바로 그 이유가 있었다. 그들이 윌더니스주로 간 것은 달리 갈 곳이 없었기 때문이었다.

그들은 시티에서 달아나고 싶었다. 그곳의 공기가 아이들에게 치명적이었고, 거리가 혼잡하고 불결했으며, 줄줄이 늘어선 고층 건물들이 지평선과 그 너머까지 제멋대로 뻗어나갔기 때문이다. 그리고 여태껏 시티에 포함되지 않았던 땅까지 모조리 시티를 떠 받치는 데 사용되고 있었기 때문에 지금은 모든 사람이 시티에 살고 있는 것이나 다름없었다. 그들이 원했든 원치 않았든 말이 다. 그래서 비록 그 스무 명 가운데 두 명은 모험을 하기 위해, 그 리고 다른 두 명은 지식을 얻기 위해 윌더니스로 갔지만, 대다수 는 어떤 식으로든 자신들의 목숨이 그곳에 달려 있다고 믿었기 때문에 그곳으로 달아났다.

맨 처음, 그들은 신발, 군용 침낭, 텐트, 경량 티타늄 조리도구, 인체공학 디자인 배낭, 방수 외투, 밧줄, 소총, 총알, 헤드램프, 소금, 달걀, 밀가루 등을 가지고 있었다. 그들은 윌더니스주로 걸 어들어가 캠프를 치고 첫 아침에 팬케이크를 만들었다. 그 위에 설탕을 뿌렸다. 초창기에 스튜는 베이컨으로 맛을 냈다. 그렇지 만 그런 물품 중 그 어떤 것도 오래가지는 못했다. 첫째 날은 신 기하고 새로운 곳에서 휴가를 보내는 기분이었다. 그 느낌 역시 오래가지는 못했다.

맨 처음, 그들의 피부색은 목재 펄프, 강바닥 모래, 젖은 나무 뿌리, 색이 풍부한 이끼의 아랫부분과 아주 비슷했다. 그들의 눈 은 갈색이었다. 머리카락은 짙은 색이었다. 열 손가락과 열 발가 락이 다 있었다. 피부에는 상처가 없었다. 시티에서는 긁히고 베 인 상처 때문에 위험했던 적이 없었다.

맨 처음, 후방의 시티에서 그들에 대한 기사들이 작성되고 보 도되었다. 자연에서 살기 위해 문명을 버린 한 무리의 사람들이라고? 대체 누가 왜 그런 짓을 하겠는가? 논평마다 그들에게 어떤 일이 일어날지 궁금해했다. 주류 언론들은 그들이 무엇을 피해 도망치고 있는지 궁금해했다. 대안적인 매체들은 그들이 다른 모든 사람들이 알지 못하는 것을 알고 있는지 궁금해했다. 보통 사람들은 그들이 열어볼 때쯤이면 대개 먹을 수 없게 변해버린 것들, 이를테면 집에서 만든 쿠키, 커피, 핫도그 같은 식량 꾸러미를 그들에게 보냈다. 배터리, 칫솔, 펜 따위를 보내기도 했다. 원시적인 삶을 시도하는 사람들에게는 쓸모없는 물건들이었다. 어떤 사람은 그들에게 20킬로그램에 가까운 무쇠솥을 보냈다. 그것은 집안의 가보였다. 그는 그것이 여러 해 동안 자기 집 벽장 안에 있었다고 카드에 썼다. 차마 버릴 수가 없었다고. 그는 그것이 그들에게 쓸모가 있기를 바랐다. 한 레인저가 그것을 들어올리려고 애쓰는 척하는 그들의 사진을 찍었다. 그들은 미소를 짓거나 고통스러운 표정을 짓고 있었다. 그들은 일종의 감사 표시로 그 사진을 보냈다. 하지만 날마다 짐을 이고지고 걸어다니는 사람들에게 그것이 얼마나 터무니없는 선물이었는지를 알려주기 위한 방법으로 보낸 것이기도 했다. 그들은 짧은 토의를 거쳐 투표로 그것을 두고 가기로 결정했다. 그것은 너무 뻔한 결과였다. 하지만 그날 밤 그들은 그 솥으로 요리를 했다. 그리고 그 이후로 줄곧 그 무쇠솥을 가지고 다니는 중이었다.

맨 처음, 포스트에 갈 때마다 매번 그들은 채혈, 구내 상피 면봉 채취, 소변 샘플 수집, 혈압 측정을 묵묵히 받아들이고 설문지를 작성했다. 그들이 자연에 어떤 영향을 미치고 있는지, 그리고 자연이 그들에게 어떤 영향을 미치고 있는지 알아보기 위해서였다. 그들의 하루하루가 누군가에게는 데이터였다. 비록 그들은 그 데이터가 그렇게 중요할 수 있다고는 결코 믿지 않았지만 말이다.

맨 처음, 그들은 매뉴얼의 모든 규칙, 그러니까 월더니스주의 모든 문서화된 규칙을 지켰다. 집으로 돌려보낼까봐 두려워서였다. 그들은 결코 같은 장소에서 두 번 야영하지 않았다. 자신들의 모든 쓰레기를, 그리고 자신들이 만든 것이라고는 상상도 할 수 없는 쓰레기까지도 주웠다. 그들은 최선을 다했다. 그들은 변소용 구덩이를 딱 적절한 깊이까지, 물가에서 딱 적절한 거리에 팠다. 모닥불을 피웠던 자리는 인적미답의 땅처럼 보이게 복구해놓았다. 그들이 걸어간 곳이 어디든, 누구도 스무 명이나 되는 사람들이 그곳을 거쳐갔다는 것은 거의 알 수 없을 터였다. 그들은 흔적을 남기지 않았다. 항상 질 좋은 물을 찾아낼 수는 없었기 때문에 나쁜 물을 마셨고, 그 대가를 치렀다.

하지만 그것은 모두 맨 처음뿐이었다.

시간이 지남에 따라, 총과 텐트와 침낭이 망가졌다. 그래서 그들은 피부를 그을리는 법, 동물의 힘줄로 바느질하는 법, 수제 활로 사냥하는 법, 한데의 땅바닥에서 편안하게 자는 법을 익혔다. 소금은 가장 오랫동안 남아 있었다. 소금도 떨어진 후 그들은 진정한 음식에서는 흙, 물, 고된 노동의 맛이 난다는 것을 발견했다.

시간이 지남에 따라, 그들은 햇볕에 타고 거무스름해졌다. 무엇이든 비에 흠뻑 젖으면 거무스름해지는 것과 같았다. 그들의 검은 머리는 구릿빛이 되었다. 두 눈은 여전히 갈색이었다. 하지만 그것들 역시 건조하고 표피가 딱딱하며 햇볕에 심하게 탄 상태였다.

시간이 지남에 따라, 그들은 새소리를 귀담아들음으로써 몸을 숨겨야 할 때를 배웠다. 사슴을 관찰함으로써 조심성 있게 행동하는 것을 배웠다. 그들은 늑대 무리가 건강한 무스를 쓰러뜨리는 것을 관찰함으로써 대담해지는 것을 배웠다고 생각했다. 하지만 이내 그들은 외견상 건강한 무스가 감추고 있던, 거의 감지할 수 없을 정도의 절뚝거림을 알아보는 법을 배웠다. 처음 몇 달 만에 고장나버린 그들의 손목시계나 갑작스러운 한파에 그들의 손가락이 위태로워졌을 때 일찌감치 태워버린 달력 대신 어떤 알이 부화했는지, 어떤 새끼가 작고 그것이 쑥쑥 자라는 데 얼마나 오래 걸렸는지를 살펴 계절을 알아보는 법을 배웠다. 크기가 아니라 털가죽의 색깔과 윤기로 동물의 나이를 판단하는 법을 배웠다. 수컷 엘크의 짝짓기 울음소리가 들리면 산기슭으로 향해야 한다는 것을 배웠다. 몸통의 너비가 길이에 맞먹는 암컷 엘크가 보이면 비록 눈이 아직 높이 쌓여 있을지라도 계절이 봄이고 평원으로 터벅터벅 걸어 돌아가야 할 때라는 것도 알게 되었다. 그들은 계절에 따라 각기 다른 나뭇잎의 맛을 알게 되었고, 가을에 끝이 붉은 풀의 비밀스러운 단맛과 겨울 눈에 파묻혀 있지만 어쩐지 여전히 초록색인, 철 지난 풀의 쓴맛을 알게 되었다. 그것은 독버섯이 매력적인 색깔을 지닌 경우와 마찬가지였다. 그런 색깔은 어리석은 이들을 유혹할 뿐이다. 색깔은 경고다. 그들도 그 사실을 배웠다. 그들은 동물이 먹는 것을 관찰함으로써 무엇을 먹어야 하는지를 배웠다.

시간이 지남에 따라, 그들 모두는 떨어졌던 몇몇 고무줄 머리 끈, 포크 날, 닳아서 너덜거리는 밧줄, 혹은 한 짝만 남은 귀걸이 따위가 미세 쓰레기를 쓸어모을 때 다시 발견되지 않았다는 것을 알게 되었다. 그들은 변소용 구덩이를 부적절한 자리에 너무 얕게 팠다. 같은 장소에서 거듭 야영을 했는데, 마치 집처럼 느껴진다는 이유 때문이었다. 그리고 그들은 땅속 우물이나 대수층에서 솟아 있는 수도꼭지들을 발견했다. 레인저들이 화재 진압을 위해 설치했을지도 모르는 수도꼭지들이었다. 그들이 사용하면 안 되는 수도꼭지들이었다. 그들은 그 물이 깨끗한데다가 이곳에 도착한 처음에 했던 걱정을 할 필요가 없었기 때문에 기회만 되면 언제든 거기서 물을 가져갔다.

심지어 연구조차 시간이 지남에 따라 교착상태에 빠진 것 같았다. 그들은 철철이 하던 포스트 방문을 폭풍 때문에 거르기 시작했다. 그리고 그들이 마침내 포스트에 도착했을 때면 장비가 작동하지 않았다. 아니면 간호사가 없었거나. 설문지는 새롭게 갱신되어 있지 않았다. 과학자들은 연락이 닿지 않았다. 어쩌면 그 과학자들이 단순히 혈액검사가 필요하지 않은 어떤 다른 측면을 연구하고 있을 뿐인지도 모른다고, 그들은 희망적으로 생각했다. 아니, 어쩌면 그 과학자들은 연구를 다 끝냈는데 누구에게든 말하는 것을 잊어버린 것인지도 몰랐다. 만약 그렇다면 그들은 어떻게 되는 것일까? 떠나야 하는 걸까? 하지만 그들의 불안감이 최고조에 달했을 때면 언제나 간호사가 장갑과 주사기를 가지고 포스트에 나타났고, 설문지 내용은 여전히 너무나도 주제넘고 개인적이었으며, 모든 것이 정상으로 돌아오곤 했다. 아니, 가능한 한 정상화되었다.

시간이 지남에 따라, 시티의 대중매체와 사람들은 그들을 비난했다. 첫번째 사망 소식이 마침내 시티에 도달했을 때(팀이 저체온증으로 죽었다) 논평마다 그들을 이기적이라고, 야만인들, 심지어 살인자들이라고 하며 그들이 비명횡사하기를 바랐다. 레인저들은 그런 내용을 그들에게 전했고, 여론을 탐탁지 않아했다. 그들은 커뮤니티 사람들이 이 상황에 대한 대책을 세우기를 원했다. 그래서 후안이 그들의 생활이 어떤지, 그들이 죽음에 대해 무엇을 배웠는지 설명하기 위해 편집장에게 편지를 썼다. 편지에서 그는 첫해 초반, 어느 날 밤 그들이 어떻게 한 나무 군락지에서 연약한 머리를 반짝반짝 빛나는 검은 발굽에 얹은 채 꼭 웅크리고 있던 꼬마 사슴을 우연히 발견했는지 이야기했다. 아침이 되자 사슴은 사라지고 없었다. 그들은 사흘 동안 밤마다 그 사슴과 마주쳤다. 사슴은 결코 달아나지 않았다. 단지 그들을 올려다보고 나서 발굽에 다시 머리를 얹을 뿐이었다. 그들은 사슴들이 보통 그러듯 그 새끼도 어미가 돌아오기를 기다리도록 거기에 남겨진 것이라고 추측했다. 하지만 넷째 날 밤, 그 새끼 사슴이 풀숲에서 나와 위태위태한 다리로 나무들을 향해 비틀거리며 걸어가는 모습이 보였다. 혼자였다.

큰 규모의 사슴떼가 근처 풀밭에서 저녁시간을 보냈다. 고아가 된 그 작은 사슴은 그 사슴들 가까이에 머물기는 했지만, 결코 무리에 합류하지는 않았다. 그 새끼 사슴은 사슴만이 아는 이유 때문에 무리의 일원이 될 자격이 없었다. 하지만 여전히 그들 근처에 머물렀다. 사회질서에 대한 본능과 상충되는 자기보호 본능 때문이었다.

넷째 날 밤, 기온이 갑자기 내려갔고 아침에 커뮤니티 사람들이 깨어보니 풀밭이 서리로 반짝거리고 있었다. 몇몇이 그 나무로 서둘러 갔다가 그 작은 사슴이 사라져 없는 것을 확인하고 안도했다. 하지만 이내 그들은 그 나무 너머의 첫번째 키 큰 풀숲에서 그 새끼 사슴을 보았다. 꽁꽁 얼어붙은 채로 누워 있었는데, 가늘고 긴 목은 숨을 쉬려고 힘을 주고 있었던 것 같았고, 두 앞다리는 의식을 잃고 쓰러지기도 전에 기진맥진해서 무릎을 꿇은 것처럼 구부러져 있었다. 그 우아한 귀에는 피가 고여 있었다. 다른 사슴들은 그 죽은 새끼 사슴으로부터 몇 미터도 채 떨어지지 않은 곳에서 묵묵히 풀잎 끝의 서리를 핥아먹고 있었다. 커뮤니티 사람들은 몹시 화가 나고 구역질이 났다. 그들은 그 사슴들에게 돌팔매질을 했다. "왜 이 녀석을 돌봐주지 않았니?" 몇몇이 소리를 질렀다. "이 녀석도 사슴이었어."

그들은 혹독하게 추웠던 그날 밤 팀을 잃고 나서야 비로소 이해했다. 물론 그들은 사슴과 달랐다. 하지만 그들이 항상 생각했던 것만큼 다르지는 않았다. 그날 밤, 그들은 팀이 고통받고 있다는 것을 알았지만, 그들 또한 모두 고통받고 있었다. 게다가 그 순간 무언가 본능이 작동하기 시작했다. 도와달라는 외침을 잘못 알아듣기가 얼마나 쉬운지 그들은 깜짝 놀랐다. 심지어 그 외침을 못 들은 체하는 것 역시.

그 편지가 게재되자 시티의 사람들은 역겨워했다. 그리고 얼마 지나지 않아 모든 논평이 윌더니스주의 커뮤니티 사람들이 당하기를 바라는 끔찍한 죽음들—산불에 타 죽고, 쿠거에게 찢겨 죽고, 걷잡을 수 없는 설사로 쇠약해져 죽는 등─에 대해 간추려 서술했다. 레인저들은 이 모든 것에 대해 신이 난 듯 전해주었다. 그리고 실제로 그들 중 몇몇은 그런 식으로 죽었다. 결국 그들의 수는 차츰 줄어들어 열한 명이 될 터였다. 그런 인명 손실에 대처하기 어렵지 않았던 것은 아니다. 수많은 생소한 일들이 그랬던 것처럼, 이제는 그런 손실도 그저 일상생활의 일부였을 따름이다.

그래서 그들은 늙은 동물, 예를 들면 주둥이가 희끗희끗하고 다리를 살짝 저는 엘크, 다시 말해 다리 상태를 숨기는 법을 배우지 못했더라면 더 눈에 띄게 절뚝거렸을 엘크를 보고 용기가 났다. 그 엘크는 기어코 살아남았던 것이다. 좋은 어미와 무리가 녀석이 취약할 때 녀석을 보호했다. 그 무리는 온갖 고난을 무사히 헤쳐나왔다. 평원을 가로지르며 일렁이는 불길. 홍수와 낙석. 엘크들 사이에서 급격히 번진 질병. 필요한 먹이를 차지하려면 싸울 수밖에 없다는 사실을 의미하는 가뭄이나 개체수 급증 따위를 말이다. 그 엘크는 재미있는 일들도 알고 있었다. 어렸을 때 다른 새끼들과 함께 언덕을 달려내려가며 땅을 박차고 껑충 뛰어올라 발길질을 하던 일. 첫 헤엄에서 경험했던 별세계 같은 느낌의 부력. 발굽에 내린 첫눈은 놀랍도록 생소했을 것이다. 그 엘크는 나중에야 먹이를 찾으며 그 푹신한 가루 아래로 코를 킁킁거리는 자기 무리의 불안감을 알아차렸을 것이다.

만약 그 엘크가 수컷이라면, 싸움이 벌어졌을 것이다. 녀석은 얼마나 많은 암컷 엘크를 지켜냈을까? 피투성이가 될 정도로 세찬 공격을 얼마나 많이 받았으면 녀석의 어마어마한 몸이 상처투성이가 되었을까? 만약 그 엘크가 암컷이라면, 새끼들을 길렀을 것이다. 어미는 새끼들이 행복하고 건강하게 어슬렁어슬렁 걷는 것을 지켜보았을까? 아니면 가장 약한 새끼가 어미를 찾아 애처롭게 울부짖으며 늑대 무리에게 굴복하는 것을 목격해야만 했을까? 만약 그 암컷 엘크가 실력자, 즉 우두머리였다면, 한 번이라도 자기 결정이 틀릴 것을 걱정한 적이 있었을까? 혹은 무리를 이끌기에 준비가 부족하다고 느낀 적이 있었을까?

그렇다 해도 매일 밤 그 동물은 속삭이듯 살랑거리는 나무들 밑에, 마른 잎사귀 위에, 혹은 달과 별 아래 풀밭에 누워 올빼미의 울음소리, 야행성 짐승의 조심스러운 발소리에 귀를 기울이며 잠을 청했다. 이런 고요한 순간을 제외하고는 상대적으로 경험이 적은 완전히 새로운 세상에. 무리를 지어 하루 더 살아남았다는 안도감 말고는 아무런 안도감도 들지 않았다. 내일을 기약할 수 없었다.

커뮤니티 사람들에게도 사정은 다르지 않았다. 그들은 똑같은 야생생활을 하고 있었다. 물론 그들이야 항상 동물들보다 한 수 앞설 수 있었다. 음, 항상이라기보다 거의 그랬다. 생존 욕구는 강하다. 마지막 남은 야생지대인 윌더니스주의 상쾌한 햇살 아래서 또 한번의 아침을 맞을 수 있다면 심지어 가장 야만적인 생명체라도 영리하게 굴 것이다.

물론, 지금 그곳은 사라지고 없다. 하지만 아직 그 이야기는 꺼내지 말자.

3부

대장정

그들이 그것을 대장정이라고 부르게 된 것은, 하나의 계절과 그다음 계절의 일부 내내 줄곧 걷고 나서야 비로소 넘어야 할 세 개의 산맥 중 첫번째의 산기슭에 이르렀기 때문이다.

그 대장정 도중에 그들은 완전히 새로운 지형들을 거쳐갔다. 비 온 뒤 육두구 냄새가 나는 초원들을 우연히 발견했다. 발정이 나서 울어대는 엘크들이 잃어버린 세계의 것인 듯 생소한 소리들로 골짜기들을 가득 메웠다. 시티 외곽의 정유공장단지에서 들려오던, 머릿속에서 떠나지 않는 쓸쓸한 삑삑 소리와 엇비슷한 소리였다. 그들은 낮고 기묘한 산이 있는 지역들, 그러니까 들쭉날쭉 굽이치는 봉우리와 땅이 기름지고 울긋불긋한 등성이가 완만하게 이어지는 언덕이 뒤섞인 곳으로 접어들었다. 멀리서 보면 몇 개의 언덕이 마치 층층이 쌓인 웨딩 케이크 같았다. 가까이에서 보면 그것들은 한때 단단했던 땅이 이제 무너져내린 지대에 불과했다. 그 언덕들을 둘러싸고 너른 풀밭들이 펼쳐져 있고 노간주나무와 피논소나무가 군데군데 서 있었다.

밤에는 별들이 촘촘히 모여 빛나며 그 빛으로 구름처럼 온 하늘을 뒤덮었다. 은하수의 좁은 품보다 훨씬 더 위안이 되는 풍경이었다.

그들은 줄곧 비가 내리는, 처음 보는 세이지의 바다를 가로질렀다. 그런 날씨가 계절 때문인지 아니면 기후 때문인지는 알 수 없었다. 비에 젖은 세이지는 최상의 향기를 풍겼다. 심지어 햇볕에 말렸을 때보다도 더 향긋했다. 산뜻하고 비누 같은 향기에 공기가 달콤해졌다. 그들과 맞닥뜨린 사슴이 달리고, 달리고, 달리고, 또 달리다가 멈춰 서더니 빤히 그들을 바라보았다. 그리고 그들이 가만히 있는 것을 본 후 좀더 달리고, 달리고, 또 달렸다. 그래도 지평선에는 가닿을 수 없었다.

그들은 진짜 사막을 발견했다. 아니, 그들에게는 사막으로 보였다. 햇빛에 토양의 질감이 바뀌기 때문에 태양이 머리 위에서 움직임에 따라 그들이 지나온 흔적이 사라져버리는 부드러운 알칼리성 모래. 버섯 냄새와 거무스름한 사타구니 냄새가 나는, 건조한 롬 지질의 호수 바닥과 플라야.* 뜨거운 지평선이 금빛 강물처럼 그들의 눈앞에 떠 있었다.

그들은 여러 날 동안 무릎 높이까지 자란 식물들을 헤치며 걸

---

* '롬'은 모래와 석영, 운모 가루 등이 섞여 물을 잘 통과시키는 토양이며 '플라야'는 건조지역에 있는 오목한 진흙 들판이다.

었고, 메마르고 허옇게 광택이 돌고 갈라져 금이 간, 알칼리성 호수 옆을 지나갔다. 길고 완만한 경사면을 오르락내리락했는데, 보이는 광경은 늘 똑같았다. 바람에 이리저리 흔들리는 갈색과 초록색의 산쑥이 자라는 넓디넓은 또하나의 산쑥 지대, 무리 지어 자라는 하얀 풀, 각각의 특색이 확실하고 오직 안쪽으로만 돌돌 말리는 식물들. 그들은 모든 덤불을 한 번도 건드리지 않고 그 사이로 걸어갈 수 있었다. 쓸쓸한 풍경이었다.

때로는 왜소하지만 유독 눈에 띄는 나무가 서 있기도 했는데, 비는 이렇게 생각했다. 가여워라.

그들이 걸어간 경사면들은 마치 거인이 대지의 맨 앞부분을 들어올려놓기라도 한 것처럼 보였다. 고갯길은 오르막이다가 끝에 가서 가파른 내리막이 되었다. 고갯길 꼭대기에 오를 때마다 보행자들은 급경사면을 따라 한 장의 종이처럼 납작해 보이는 또하나의 골짜기 바닥으로 앞다투어 내려갔다. 그들은 장딴지가 뻐근해지고 나서야 또다시 오르막길을 오르고 있다는 것을 깨닫곤 했다.

때로는 급경사지가 높은 곳까지 이어져 층이 진 험한 땅을 기어오르고 그러다 미끄러져 내리거나 비틀거리며 나자빠질 때도 있었다. 또 때로는 고작 몇백 미터에 불과했지만 내리막길을 내려갈 때면 방금 얼마나 올라왔든 꼭 그만큼 내려가는 것이 분명해 보였다. 제로섬 지형이었다. 하지만 그 고지대의 밤공기가 매일 더 차가워지자, 그들은 서서히 자신들이 새로운 산을 오르고 있다는 것을 알게 되었다.

그들은 대체로 말없이 걸었다. 자신들이 어디로 가고 있는지

불확실하고 그곳까지 죽 밟아나가는 땅이 낯설었기 때문에 불안해서였다. 경사면을 하나씩 뒤로함에 따라 초목이 점점 덜 보이기 시작했다. 비는 풍경이 변하는 것 같다기보다는 초목이 그녀의 발밑에서 그냥 사라져가고 있을 뿐이고 곧 아무것도, 거의 아무것도 없는 곳에서 걷게 될 것이라는 느낌을 받았다. 세이지며 다른 풀들이 점점 더 드문드문해졌고, 모래가 바람을 타고 위치를 옮기며 부슬부슬해졌다. 오르막의 꼭대기에 도착할 때마다 아래쪽을 내려다보면 골짜기 바닥 전체가 마치 식물들 사이에서 기어다니는 유령 뱀들로 가득차기라도 한 듯 움직이는 것처럼 보였다. 그 지역이 엄청나게 넓었기 때문에 그들의 불완전한 눈은 그곳에 자리한 고요보다는 움직임을 더 잘 포착했다. 밤에 야영을 할 때면, 그들은 별이 눈부시게 빛나고 활기가 넘치는 하늘 아래서 잠을 설쳤다.

*

어느 날 완만한 오르막이 이어진 긴 하루가 끝날 즈음, 그들은 정상에 도달해서 그다음 골짜기를 건너다보았다. 저멀리 오른쪽으로 공중에 떠 있는 모래먼지의 흔적이 보였다. 그 먼지구름의 맨 앞에서 열 마리 남짓한 말들이 다 함께 골짜기 바닥을 내달리고 있었다.

"물이 있는 게 틀림없어요." 글렌이 말했다.

"여기서 기다리면서 말들이 멈춰 서는지 보자고요." 칼이 말했다. "물이야 늘 필요하지만, 그렇다고 몇 날 며칠을 엉뚱한 방향으로 걸을 필요는 없죠."

그들은 자리에 앉았다. 어떤 사람들은 벼랑 끝 너머로 두 발을 내밀어 달랑달랑 흔들었고, 또다른 사람들은 세이지 사이사이에 드러누웠다. 저리 가, 가란 말이야 하고 투덜거리는 매 울음소리가 위쪽에서 들려왔다. 칼과 글렌은 그대로 서서, 손차양으로 눈을 보호하고 말들의 전진을 지켜보았다.

그들의 시야가 닿는 곳이 끝나기 직전에 모래먼지가 멎고 먼지구름이 가라앉았다. 칼이 망원경을 한쪽 눈으로 들어올려 금이 간 렌즈를 통해 살펴보았다. "초록색이에요."그가 말했다. 그가 가리키는 지평선상의 한 지점은 그림자가 땅의 나머지 부분보다 조금 더 어두워 보였다. "그리 멀지 않네요."그가 글렌에게 망원경을 넘기며 말했다.

그들은 골짜기로 내려가자마자 그 동물들의 흔적을 따라갔고, 이튿날 한복판에서 물이 솟아 졸졸 흐르는 샘물줄기가 있는 아담한 습지를 발견했다. 비는 그 말들이 히힝 하고 우는 소리를 듣거나 함께 미친듯이 날뛰는 광경을 지켜보기를, 혹은 심지어 말들에게 특유의 그 무시하는 눈길을 받기를 지독하게 원했다. 하지만 이제 그 말들은 사라지고 없었다. 말들이 서 있었던 자리에는 자라다 만 연한 풀들이 구부러지거나 말발굽에 차여 있었다. 땅바닥에는 야생 그대로의 말발굽 흔적이 남아 있었다.

"샘물줄기에서만 떠 마셔요."밸이 주의를 주었다. "저 멍청한 말들이 사방에 똥을 쌌네요."그녀가 얼굴을 찌푸렸다.

비는 물가에서 멀리 떨어진 마른땅에서 말 한 마리의 배설물만 보았을 뿐이었다. 그녀는 밸이 화를 내며 흙덩어리들을 마치 똥덩어리인 양 걷어차서 한쪽으로 치워버리는 것을 지켜보았다.

그녀는 애그니스의 손을 잡고 작지만 애써 명맥을 유지하고 있는 습지 건너편으로 데려갔다. 어딘가 새로운 곳으로 가려고 애썼지만 미처 도착하기도 전에 말라붙기 시작한 실개울들을 건넜다. 도중에 개구리 한 마리가 그들 앞으로 불쑥 튀어나왔고, 둘 다 놀라서 웃음을 터뜨렸다.

"개구리가 있어요." 비가 다른 사람들에게 외쳤지만 아무도 듣지 못했다. 그 개구리는 친구 개구리를 찾아 개골개골 울고 물을 튀기며 나아가다가, 이내 가장자리는 푸른 초목에 뒤덮여 파릇파릇하고 중심부는 물에 비친 하늘처럼 파란빛을 띤 습지에서 모습을 감춰버렸다.

"저건 어디서 온 거예요?" 애그니스가 물어보았다.

비는 제멋대로 마구 자라서 볼품없는 쇠풀과 산쑥을 건너다보았다.

"분명히 줄곧 여기 있었을 거야." 그녀가 대답했다.

커뮤니티 사람들은 지나간 자리의 물을 갈색으로 물들이며 발목까지 오는 진창을 헤치고 나아가, 개인용 물병과 가죽 주머니와 샘물줄기에서 커뮤니티 전체가 쓸 물을 채우려고 가지고 다니는 몇 개의 커다란 자루며 단지를 앞쪽으로 전달했다. 그들은 물을 마시고 다시 채운 다음 습지 가장자리를 빙 둘러 자생하는 물냉이를 채취했다. 갑작스러운 수분 섭취로 인해 그들은 물에 중독된 듯 몸이 둔해지고 졸린 느낌이 들었으며, 이내 불과 몇백 미터 떨어진 곳에서 잠자리에 들었다.

밤중에, 비는 줄줄이 이어지는 동물들의 소리를 들었다. 설치

류들이 허둥지둥 도망치는 소리. 코요테가 사뿐사뿐 걷는 발걸음
소리와 영양의 발굽이 닿으며 흙이 부드럽게 갈리는 소리. 비는
영양 몇 마리가 그들의 캠프에 발을 들여놓았다가, 곧 깜짝 놀라
뒤로 비틀거린 것이 틀림없다고 생각했다. 그녀는 물을 마시려
고 내민 주둥이와 혀가 물을 삼키는 부드러운 소리를 들었다. 잠
자리에서 일어나 앉으니 밤이 흩뿌려놓은 빛을 받아 아른아른
반짝이는 물가의 형체들과 희미하게 빛나는 눈들이 보였다. 초승
달이 뜨고 있었다. 그 달이 평원 바닥을 가로지르는 달빛의 길을
드리웠다. 불꽃처럼 환하며 길고 좁은 길. 그렇게 환하게 밝다니
있을 수 없는 일 같았다. 하지만 그녀는 동물들이 물을 향해 이동
하는 것을, 심지어 그들의 털가죽에 묻은 몇몇 얼룩까지도 볼 수
있었다.

그 순간 뒤쪽에서 팽팽하게 긴장된 딸깍 소리. 그녀의 귀 바로
옆에서 핑 하는 소리가 들렸고, 이내 그 영양들이 일제히 우르르
달아나서 멀리 떨어진 어둠 속으로 되돌아갔다. 그녀가 고개를 돌
리자 칼이 똑바로 앉아서 그의 사냥용 활을 내리는 것이 보였다.

그가 고개를 돌려 비를 마주보며, 잠이 덜 깬 듯 뭉개지는 발음
으로 말했다. "내가 지금 꿈을 꾸고 있는 건가요?"

"하마터면 날 맞힐 뻔했어요." 그녀는 자신의 귀를 만져 화살
에 맞았는지 뒤늦게 확인하며 화난 어조로 낮게 말했다.

칼이 두 눈을 비비고 어둠 속을 가만히 응시했다. "한 마리 잡
은 건가?"

"그럴 리가." 그녀가 톡 쏘아붙였다.

"이런, 진정해요." 그가 혼미한 정신을 떨쳐내며 말했다. "당신

은 멀쩡하니까."

비는 애그니스가 그녀의 발치에서 몸을 뒤척이는 것을 느꼈다. 그애는 깨어 있었다. 언제나 자지 않고 주의깊게 지켜보고 있는 듯했던 것으로 보아, 아마도 애그니스는 여태껏 내내 깨어 있었을 것이다. 비는 한쪽 발로 그애를 힘껏 쿡 찔렀다. "짐승들도 다 잠들었어, 요 꼬마 스파이야." 그녀가 이불을 덮은 채 말했다. 애그니스는 죽은 척했다. 비는 자신의 딸과 어떤 경우에도 쿨쿨 잘 자는 글렌으로부터 눈길을 거두고 잠자리에 다시 누워 몸을 동그랗게 말았다.

그녀는 칼이 나직이 하는 말을 들었다. "한 마리 잡았는지 가봐야겠어요."

그녀는 물 쪽으로 향하는 그의 발소리를 들었다. 그가 휘파람을 불며 돌아오는 소리도 들었다.

그가 부스럭거리며 다시 잠자리에 들었다. "저기, 비." 그가 화난 듯한 어조로 낮게 말했다. "한 마리도 못 잡았어요." 그녀가 대답하지 않자 그가 다시 한번 화난 듯한 어조로 낮게 말했다. "내 말 들었어요?"

"닥쳐요."

그녀를 짜증나게 한 것을 기뻐하며 그가 낄낄 웃었다.

그녀의 발치에서는 애그니스가 자신의 신체 일부가 엄마에게 다시 닿도록 꿈틀거리며 나아갔다.

비는 눈을 감았다. 이 순간 안전한 어둠 속에서 살아 있는 곤충들이 윙윙거리는 소리가 들렸다. 물웅덩이를 찾아 돌아오는 더 많은 동물들의 발소리를 들으려고 귀를 기울여보았지만, 아무 소리도 듣지 못했다. 초승달이 그녀의 눈꺼풀을 비췄다. 그림자 하나가 눈앞을 빠르게 지나가고 곤충들이 잠잠해지자, 그녀는 그 그림자가 어떤 종잡을 수 없는 구름이 아니라 사냥을 하러 나섰다가 달빛으로 인해 존재가 드러난 야행성 날짐승의 것임을 깨달았다. 그녀는 달이 평원의 모든 잠재적 먹잇감과 일종의 협정을 맺는 것을, 평원의 모든 먹잇감이 그들의 수호자인 달에게 감사를 표하며 조촐한 제물을 바치는 것을 마음속에 그려보았다. 그러고 나서 홀로 나는 그 야행성 날짐승이 달과 빛을, 지상에서 감사히 여기며 기뻐하는 생물들을 저주하고 그들 모두에게 복수를 맹세하는 것을 그려보았다.

*

며칠 동안 점점 더 황량해지는 이 풍경 속으로 걸어들어온 끝에 그들은 해가 질 무렵 어느 경사면의 꼭대기에 이르렀다. 아래쪽 골짜기 너머에는 플라야, 그러니까 하얗게 말라붙은 광대한 호수 바닥이 있었는데 그 끝은 그들의 시야 너머까지 한참을 뻗어 있었다. 그 건너편은 눈이 쌓인 높은 산등성이에 둘러싸여 있었다. 그 산등성이는 구근처럼 볼록한 둔덕의 연속이었는데 비가 자연 경관에서는 좀처럼 보지 못했던 풍경이었다. 지금 어둠 속에서 둔덕들은 그 자체로 칠흑같이 새까맸는데, 아마 햇빛이 비치는 낮에도 마찬가지일 터였다. 하지만 둔덕을 뒤덮은 고운 눈이 그 극도의 강렬함을 무디게 했다. 그리고 비는 그 둔덕들을 바라보면서 전에 본 적이 있는 오래된 사진들 속의 장면과 비슷하

다고 생각했다. 깊은 바다로 잠수하기 직전에 한껏 구부러진 고
래 등.

"여기가 그 포스트가 있는 곳이 틀림없어요." 글렌이 말했다.

하지만 건물이나 구조물은 전혀 보이지 않았다.

"내일 아침에, 지붕에서 반짝이는 햇빛을 발견하면 알게 되겠
죠." 후안이 말했다.

"불을 피워 식사를 하고 나서 자도록 하죠. 그러고 나면 잠에
서 깨어나 이 끔찍한 트레킹을 끝낼 수 있어요." 밸이 말했다.

그들은 바람에 쓰러진 나무와 부러져서 말라비틀어진 세이지
가지들과 수많은 잔가지에 들러붙은 이상한 오렌지색 이끼를 가
능한 한 쓸어모아, 그들이 애써 가지고 다니던 불쏘시개 조각들
과 섞었다. 그 모닥불에서는 약재 같은 냄새가 났고 타오르는 불
길에 비해 많은 연기가 났다. 그들은 도토리로 팬케이크를 만들
었고, 훈연한 사슴고기 덩어리들을 데워서 육즙이 배어나올 정도
로 만들었다.

마지막까지 남아 있던 햇빛이 사라지자, 칼이 모닥불 가로 모
든 사람을 불러모았다. 그는 쪼그리고 앉아 막대기로 흙에다 무
언가를 끄적거렸다. 그가 말했다. "우리가 찢어져야 할 때가 올
지도 몰라요."

"왜 그래야 하죠?" 비가 물었다.

"가정을 해보자는 거예요. 모든 가능성을 충분히 고려해보는
게 좋을 거 같아요." 칼이 그렇게 말하며 불속으로 막대기를 휙
던졌지만 그것은 맞은편으로 날아가더니 해럴드 박사를 맞히고
말았다.

"아야." 해럴드 박사가 외쳤다.

"미안해요." 칼이 말했다. "비, 당신은 그 생각에 반대하나요?"

"꼭 그런 건 아니에요."

"좋아요. 지금은 우리가 하나의 그룹으로 움직이지만, 맨 처음에 그랬던 것처럼 파트너 시스템이 있어야 해요."

"그냥 맨 처음에 정했던 파트너를 계속 파트너로 하면 안 될까요?" 데브라가 물었다.

"몇몇은 파트너가 죽었어요." 파트너가 죽고 없는 후안이 말했다.

"나는 지금껏 사람들이 제각기 다른 역할을 맡아왔고, 우리 각자가 스스로를 돌보는 법을 모른다는 것도 걱정스러워요."

"이런, 우리는 그룹이에요." 글렌이 말했다. "그렇다면 그룹답게 생각한다고 해서 문제될 게 뭐죠?"

"항상 다 함께 있지는 못할 수도 있어요." 칼이 다시 말했다. "그런데 우리가 다른 사람들 없이 자신을 돌보는 법을 알고 있나요? 예를 들어, 보통 데브라와 해럴드 박사가 독성이 있는 물질, 식물, 버섯, 벌레 따위를 식별하죠."

해럴드 박사가 말했다. "칼, 정말이지 그건 아닌 것 같—"

"만약에 혼자 있는데 배가 고파 죽을 거 같으면 어쩌죠? 만약 이제껏 한 번도 본 적이 없는 식물 딱 한 가지만 있으면 어쩔 건가요? 만약 우연히 수원水源을 발견하면—그게 깨끗한지 아닌지 구별하는 법은 알고 있나요?"

아무도 대답하지 않았다. 몰랐기 때문이 아니라 칼의 말투가 마음에 들지 않았기 때문이었다. 그것은 꾸짖는 말투였고, 그들은 몹시 고단해서 자고만 싶었다.

"수원의 물이 마실 수 있는 것인지 어떻게 확인하죠?" 밸이 자신 역시 아무것도 모른다는 것을 감추려 애쓰며 거만하고 성급하게 합세했다.

"동물들에게 물어봐요." 애그니스가 대답했다.

몇몇 어른이 킬킬거렸다.

데브라가 환성을 질렀다. "너무 귀여워."

애그니스가 얼굴을 찌푸렸다. "동물들에게 물어봐요." 그애는 마치 진지한 느낌을 자아내려는 듯 목소리를 착 깔면서 거듭 말했다. "물어봐요. 어디에서 물을 마시니? 그러고 나서 그들이 물을 마시는 곳으로 가요. 무언가를 먹어보고 싶으면 그들에게 먼저 줘봐요. 그들이 그걸 먹으면 나도 그걸 먹어요. 그들이 먹지 않으면 나도 먹지 않아요. 물어봐요. 어디 가는 거니? 그러면 그들이 거기로 가서 알려줄 거예요."

"시작은 좋구나." 칼이 애그니스에게 말했다. "하지만 그건 그저 일반적인 규칙일 뿐, 살아가는 방법은 아니야." 비는 바로잡아주는 그의 말에 애그니스가 얼굴을 찡그리는 것을 보았다.

칼이 말을 이어갔다. "우리는 동물들과 욕구도 다르고 가진 도구도 다르지. 우리는 불이 있어서 더 먹을 수 있어. 엄지손가락이 있어서 사냥을 더 잘할 수 있어. 우리는 소화기관에 그들과 다른 미생물이 있어서 더 많은 강에서 물을 마실 수 있지."

글렌이 말했다. "저, 실은, 우리는 몸속의 미생물 때문에 물을 마실 수 있는 강이 더 적어요."

"아니, 나는 더 많은 강에서 물을 마실 수 있어요." 칼이 톡 쏘아붙였다. "그런데 당신 몸속 미생물이 뭐가 문제인지는 모르겠군요." 깜박거리는 모닥불 불빛 아래, 그는 으르렁거리는 것처럼 보였다.

애그니스가 마치 우는 것처럼 코를 훌쩍거리자 비는 아이를 가까이 끌어당겨 둥글게 모여 있는 사람들 사이에서 끌어냈다. 두 사람이 지나갈 때 글렌은 그녀를 보며 어깨를 으쓱했다.

두 사람은 그들의 가죽 잠자리에 앉았다.

"속상하니?" 비가 딸에게 물었다.

"아뇨," 애그니스가 대답했다. "코로 연기를 들이마셨어요."

마음이 상해서 눈물이 났다고 하는 것보다 더 그럴듯하지는 않더라도 나름 그럴듯해 보이는 이유라고 비는 생각했다. 그녀는 작은 파우치에서 머리빗을 찾아내 애그니스의 머리카락을 빗겨주었다. "머리카락이 마구 엉켜 있네. 더 자주 빗어야겠다."

"마음에 안 들어요."

"좀더 자주 하면 너도 좋아하게 될 거야. 여자아이들은 대부분 머리 빗겨주는 걸 좋아해." 애그니스의 머리카락은 곱슬곱슬하고 구릿빛이었다. 마치 양치식물 같았다.

"칼 아저씨는 정말로 더 많은 강에서 물을 마실 수가 있어요?" 애그니스가 물었다.

"아니."

"왜 그럴 수 있다고 했을까요?"

"왜냐하면 칼은 가끔 사실이 아닌 말을 할 때도 있거든."

"하지만 글렌 아저씨가 틀렸다고 했을 때도 칼 아저씨는 아니라고, 자기 말이 맞는다고 했잖아요."

비가 말했다. "두 사람 중 어느 쪽 말도 귀담아듣지 마." 그녀는 잠시 멈칫했다가 다시 말했다. "아니, 글렌 아저씨는 가족이니까 글렌 아저씨 말을 귀담아들어야지. 게다가 아저씨는 똑똑한 사람이거든."

"그런데 칼 아저씨는 안 그래요?" 애그니스가 아주 천진난만하게 물었다.

"글쎄." 비가 대답했다.

"둘 다 틀린 거 같아요."

"어, 그래?" 비가 어둠 속에서 미소를 지었다.

"네. 동물들은 항상 옳아서, 그들이 하는 대로 하면 나쁜 일은 아무것도 일어나지 않아요."

"다음에 배가 고프거나 목이 마르거나 길을 잃으면, 엄마는 너를 따라갈게."

"좋아요." 애그니스가 자세를 바로 했다. 자랑스러워하는 것 같았다.

"네 머리카락을 잘라야 할지도 모르겠어."

"싫어요." 애그니스가 말했다.

"음, 짧은 머리는 엉키지 않아. 그리고 이렇게 머리카락이 뒤엉키는데 무언가 조치를 취해야만 해." 비는 애그니스의 머리카락 한 움큼을 뿌리 부분부터 움켜잡고는 빗을 그 끄트머리까지 죽 잡아당겨보았다. "미심쩍을 때는, 글렌 아저씨 말을 잘 들어봐." 그녀가 말했다. "둘의 차이점은 글렌 아저씨는 널 사랑하고, 칼 아저씨는 그렇지 않다는 거야."

"칼 아저씨는 나를 사랑해요." 애그니스가 말했다. "아저씨가 그랬어요."

단단히 엉킨 머리카락이 풀리면서 애그니스의 고개가 뒤로 홱 젖혀졌다.

"아야." 애그니스가 소리쳤다. 그리고 엉켜 있다가 풀린 곳 근처의 머리를 아주 조심스럽게 만졌다. "칼 아저씨 말이 아저씨는 나를 사랑하고 엄마도 사랑한대요." 그애가 말을 이었다.

"글쎄." 비가 말했다. 그녀는 칼이 누구를 사랑하는지 듣고 싶지 않았다. 칼이 자기 자신 말고 누군가를 사랑한다는 데 확신이 없었다.

두 사람 다 말이 없었다.

"엄마는 날 사랑해요?" 애그니스가 물었다.

"당연하지."

"화가 났을 때도요?"

"엄마는 한 번도 화난 적 없어." 비는 거짓말을 했다. 애그니스가 그녀를 그런 식으로 보지 않기를 바랐다. 그리고 비가 하는 모든 일에 사랑이라는 꼬리표가 붙는 편이 더 좋지 않겠는가? 비가 다시 한번 빗을 홱 잡아당기자 애그니스가 "엄마"라고 울먹이며 외쳤는데, 그 소리가 너무 쓸쓸하게 들려서 비는 빗질을 멈췄다. 부드럽고 매끄러운 반구형인 애그니스의 정수리는 결국엔 까치집이 되고 말았다.

애그니스가 빗을 집어들고 훌쩍거리며 자신의 엉킨 머리카락을 죽 빗어내렸다. "내 머리카락에 라드*를 바르면 빗질이 더 쉬

─────────
* 돼지비계를 정제한 기름.

워질 수도 있겠죠?" 그애가 큰 소리로 희망사항을 말했다.

"그럼, 그럴 수도 있지. 그리고 정신을 차려보면 어느 틈엔가 코요테들이 네 머리카락을 먹고 있을걸."

애그니스가 통증을 참아내며 미소 지었다. "코요테들은 안 그럴 거예요." 그애는 거의 겁을 먹은 듯했고, 비는 코요테들이 머리카락에 대고 코를 킁킁거리는 모습을 상상하면서 그애의 얼굴이 일그러지는 것을 지켜보았다.

"그럴 수도 있을걸." 비는 웃음을 터뜨렸다. 하지만 그녀는 정말로 코요테들이 그럴 수도 있다고 생각했다.

비는 어른들이 자리에서 일어나 돌아다니고 몇몇이 모닥불을 끄는 것을 보았다. 회의는 끝났고 곧 모든 사람이 잠자리에 들 터였다.

그녀는 과장스럽게 하품을 했다. "이제 자야 할 시간이야." 애그니스는 하품에 전염되지 않으려고 버텼지만, 하품이 슬슬 새어나왔다. 그들은 자리에 누웠고 애그니스는 발치에 있었다. 비는 애그니스가 어렸을 때 그랬던 것처럼 위쪽으로 와서 그녀의 품에 안겨 자기를 바랐지만, 그애에게 거절당하고 싶지는 않았기 때문에 물어보지 않았다. 그래서 그녀는 글렌이 잠자리로 와 그들과 함께 누우며 차가운 공기가 세차게 밀려들기를 기다렸지만, 그가 도착하는 것을 감지하기도 전에 잠이 들어버렸다.

*

그들은 이 메마른 풍경이 그 산등성이에서 끝나는 것을 볼 수 있었고, 감금생활에 익숙해져버린 죄수들처럼 그 안에, 다시 말해 그토록 간절히 벗어나고 싶던 이곳에 더는 있지 못하게 될 것을 두려워하기 시작했다. 비는 우뚝 솟은 구근 모양의 볼록한 산등성이를 응시하는 것만큼이나 자주 뒤를 돌아보았다. 그녀는 그 산등성이 맞은편에 엄청나게 다른 세상이 있다는 것을 알고 있었다. 그녀가 생각하기에 그곳은 틀림없이 광산지대와의 경계선이었다. 그 땅은 태반이 활발하게 사용되었고, 작업이 자동화되어 있기는 했지만 필수적인 인력을 위한 집이 있다는 것을 그녀는 알고 있었다. 대체로 그 노동자들은 시티에서 가장 작은 아파트조차 감당할 여유가 없는 사람들이었다. 몇 세대 전에 밀려나고, 비싼 집값 때문에 쫓겨난 사람들. 이제 그들에게는 빛이 있는 삶에 어울리는 판잣집이나 값싼 단지형 아파트가 있었다. 시티 밖에서 일어나는 일은 늘 어느 정도 수수께끼 같아 보였다. 그녀와 섹스를 했던, 공업지구에서 온 한 남자가 자신은 집을 무료로 얻었다고 했는데 그 말은 거의 믿기 힘들 정도였다. 그녀는 깊은 인상을 받았다. 그녀가 보기에 그는 자랑스러워하는 것 같았다.

플라야의 가장자리에 도착하자마자 사나운 바람이 불기 시작했기 때문에 그들은 그날 밤을 보내기 위해 캠프를 쳤다. 포스트나 다른 구조물의 흔적은 여전히 아무것도 보이지 않았다. 하지만 문명의 흔적은 보였다. 버려진 고철, 전선은 오래전에 사라지고 사냥을 하려는 매들이 자리잡고 앉아 있는 나무 전봇대 몇개. 세이지 사이에 뒤집혀 있는 피크닉 테이블 하나. 그것은 거의 하얗게 풍화된 채 석이버섯으로 덮여 있었고, 그들은 버섯을 떼어내 먹었다.

플라야의 가장자리에 앉아 한순간 모래바람이 회오리치며 그 메마른 호수의 고운 모래가 솟구치는 것을 지켜보면서 비는 처음에는 흥분했다가 이내 전혀 흥분할 게 없는 일임을 깨달았다는 듯 차츰 진정했다. 그녀의 오른편 산등성이는 오르막이었고, 아득히 먼 평지에서는 커다란 갈색 구름층이 지평선에 딱 달라붙어 있었다. 모래폭풍들이었다. 아주 멀리 떨어져 있었기에 그녀는 제각각의 폭풍을 구별할 수 있었다. 다 해서 세 개였다. 폭풍의 앞부분은 마치 뱀이 혀를 날름거리듯 굽이치면서 그들이 어디에 있는지 알아내려 다급하게 획획 움직였다. 뒷부분은 땅바닥을 가로지르는 샌드백처럼 질질 끌리고 있었다.

뒤에서 애그니스가 세이지 사이에 숨은 새들에게 이야기하는 소리가 들렸다. 애그니스는 숨어 있는 동물들에게 항상 말을 걸었다. 애그니스가 말을 걸기 때문에 새들이 그애한테서 몸을 숨기는 것이라고 비가 언젠가 설명해줬는데도. "새들은 자기들이 거기 있는 걸 네가 모른다고 생각하고 싶어해." 그녀가 설명하곤 했다.

"하지만 나는 새들이 내가 자기들을 볼 수 있다는 걸 알면 좋겠어요. 그래야 자기들이 더 잘 숨어야 한다는 걸 알잖아요."

그것은 그녀가 반박할 수 있는 논리가 아니었다.

그녀는 애그니스가 덤불 주위를 팔랑대고 돌아다니며, 쉼없이 떠들어대고 두 팔로 날갯짓하는 것을 지켜보았다. 한편 새들은 이제 딸의 정신없는 행동 때문에 갇혀버린 채, 소리 높여 쩍쩍거리며 맞서서 항의했다. 믿기 힘들 만큼 놀라웠다. 비는 애그니스가 피 묻은 베개에서 고개도 쳐들지 못하던 때가 기억났다. 같은 건물에 살던 개업의, 그러니까 엄청나게 비싼 보수를 받고 응급 상황을 처리하던 그 사람에게 미친듯이 허둥지둥 달려갔던 수많은 시간들. 밤새도록 애그니스의 침대 옆 바닥에 누워 호흡 하나 하나에 귀를 기울이다가, 숨이 막히는 듯 헉 소리가 날 때면 그녀 자신의 심장이 멎는 것 같았던 그 모든 밤들. 힘겨운 호흡 사이사이 너무 오래 딸아이의 숨이 멈춰 있을 때면 번번이 눈물이 솟구치던 순간들. 계속 그럴 수는 없는 노릇이었다.

그녀는 글렌과 대화하면서 줄곧 느꼈던 감정을 결코 잊지 못할 터였다. 또 한번 응급으로 진료를 마치고 작은 원형 식탁에 앉아 있을 때였다. 와인잔들은 반쯤 차 있었고, 저녁식사는 거의 손도 대지 않은 상태였다. 그녀의 포크는 여전히 파스타가 돌돌 말린 채로, 애그니스가 그 받은기침 사이 "엄마"라는 말을 내뱉자마자 식탁에 부딪혀 달그락거렸던 그 자리에 멈춘 그대로 놓여 있었다. 소리가 작기는 했지만 음악도 여전히 연주되고 있었다. 애그니스는 잠들어 있었다. 안전했다. 글렌이 한때는 흔했지만 완전히 잊힌 요양 회복 프로그램의 역사에 대해 간단히 가르쳐주었다. 요양소들에 대해, 외딴곳으로 도피하는 사람들에 대해. 그 도피는 건강을 회복하기 위한 것이었다. 좋은 공기를 마시기 위한 것이었다. 자신들을 병들게 한 장소에서 벗어나 건강을 되찾기 위한 것이었다. "이게 그거랑 무슨 상관이 있는데?" 그녀는 한쪽 귀로는 그의 말을 들으면서, 다른 쪽 귀로는 애그니스의 방에서 나는 소리에 주파수를 맞춘 채 톡 쏘아붙였다. 그와 비는 아직 결혼하지 않은 상태였다. 그렇지만 결혼하리라는 것을 확신하고 있기는 했다. 그는 이미 애그니스를 사랑하고 있었다. 그가 그 연구와 그의 아이디어에 대해 충분히 설명했을 때, 비가 말했다. "미친 짓 같아." "미친 짓이지." 그가 말했다. "하지만 우리가 이대로 남아 있으면, 저애는 결국 죽을 거야." 그의 말이 너무나 단호하게, 너무나 직설적으로 튀어나오는 바람에 그녀는 뺨을 철썩 얻어맞은 기분이었다. 그들은 아무 말 없이 서로를 빤히 쳐다보았다. 그녀는 몇 시간이 지났을지도 모른다고 생각했다. 더 나은 생각이 자신의 머릿속에 퍼뜩 떠올랐으면 좋겠다고 생각했다. 예를 들면 이런 생각들. 굳이 고민할 필요도 없지―그게 바로 우리가 할 일인걸. 이런 생각도. 뭐든 다 할 거야. 하지만 실제로는 이런 생각을 했다. 그래서, 오로지 저애 목숨 하나 구하자고 우리 목숨을 다 걸어야 하는 거야? 꼭 따라야 하는 거야, 아니면 나한테 선택권이 있는 거야? 그녀가 글렌을 쳐다보자, 그는 몹시 결연한 표정을 짓고 있었다. 다른 해결책은 없다는 표정이었다. 그리고 그녀는 자신이 당황해서 사방으로 눈길을 돌리고 있다는 것을 깨달았다. 여기 이 아늑한 아파트에서 그들 세 사람이 한 가족이 되기를 자신이 얼마나 손꼽아 기다렸었는지 생각하고 있었다. 자신이 준비해온 프로젝트들과 지금은 어째서 그 프로젝트들을 수행할 수 없는지 생각하고 있었다. 그 잡지가 배포된 후에 밀려들었던 큰 계약들. 경력의 전환. 그녀는 어머니를, 그리고 어떤 식으로 어머니를 두고 떠나야 할 것인지를 생각하고 있었다. 자신들이 떠날 경우 어머니가 절대 동행하지 않으리라는 것은 이미 알고 있었다. 그녀는 여전히 어머니가 필요했다. 그렇지 않을까? 그녀의 욕구는 더이상 중요하지 않은 것일까? 비는 자신의 냉정한 마음에 몸서리를 쳤다. 자신의 인간적인 약점을 떨쳐내려고 옆머리를 때렸다. 딸을 우선적으로 생각하려고 말이다. 그녀는 글렌이 팔목을 움켜잡아 옆구리로 바짝 붙여 그녀를 붙들고 나서야 비로소 스스로를 계속 때리고 있었다는 것을 알아차렸고, 난생처음 비통한 눈물이 얼굴 위로 흐르는 것을 느꼈다. 그녀는 그의 어깨에 대고 흐느낌을 억눌렀다. **이런 게 모성애라고?** 그녀는 몹시 화가 나고 실의에 빠진 채 그렇게 생각하면서 자아를 버리려 안간힘을 썼다. 자신의 두 팔을 자유롭게 비워둘 수 있도록, 그래서 애그니스의 버팀목이 될 수 있도록.

플라야의 모래바람은 이제 비가 앉아 있는 자리에 더 가까운 곳에서, 더 길게 더 높이 춤을 추듯 움직이고 있었다. 그녀는 허공에서 흙냄새를 맡았다. 그 냄새를 피하려고 입으로 숨을 쉬자 곰팡이 맛이 나는 고운 모래가 입으로 날아들었다. 그녀는 사방을 둘러보았다. 그들은 안개구름 속에 있는 것처럼 보였다. 아니, 벌써 땅거미가 질 때인가? 그녀는 눈을 가늘게 뜨고 태양을 찾다가 하늘 높은 곳에서 안개 탓에 흐릿한 태양의 흔적을 보았다. 멀리 떨어져 있는 모래폭풍 쪽을 보았더니, 지금은 큰 것 하나밖에 없었다. 탐색하던 혀는 지평선상을 맴도는 구름 속으로 부풀어 올라가버린 상태였다. 하지만 지금 지평선은 온통 구름인데다가, 매우 가까웠다.

비는 자리에서 일어섰다.

그녀의 뒤쪽에서 데브라와 후안이 임시변통으로 저녁식사를 준비하는 소리가 들렸다. 나머지 사람들은 더 많은 불쏘시개와 물을 구하기 위해 사방으로 흩어져 있었다. 그녀는 캠프를 향해 뛰어가려고 재빨리 돌아섰고, 애그니스는 그 구름에 홀려 주먹을 쥐고 차렷 자세로 선 채 그녀의 뒤에 있었다. 그녀는 애그니스에게 달려가 그애의 꼭 쥔 주먹을 와락 움켜잡고 캠프 쪽으로 질질 끌고 갔다. 애그니스가 넘어질 듯 비틀거리자, 비는 딸을 내려다보았다. 애그니스의 입은 벌어진 채 움직이고 있었다. 비는 어떤 소리가 아주 조용히 시작되어 아주 서서히 커지더니, 결국 굉음만이 들린다는 것을 깨달았다. 점점 높아지는 귓속의 압력 말고는 아무것도 알아차릴 수 없었다. 데브라와 후안에게 소리를 질렀지만, 그녀 자신의 목소리도 들리지 않았다. 그들은 이미 달리고 있었다. 그녀는 애그니스의 팔을 잡아 그애를 들쳐업고, 사람들이 물을 구하러 간 방향으로 뛰었다. 넘어지지 않으려고 발 바로 앞만 쳐다보는 바람에, 덤불을 헤치고 뛰어가면서 다리가 찢어졌다. 애그니스가 얼굴을 그녀의 목덜미로 밀어붙이자 그애의 입이 귀에 아주 가까워져 마침내 목소리가 들렸다. 애그니스는 울고 있었다. 뜨거운 눈물과 침이 비의 목덜미에 느껴졌다. 그러고 나서 비는 무엇 하나 볼 수도, 제대로 서 있을 수도 없었고, 수많은 침엽수 이파리에 찔리고 돌멩이에 몸이 흔들릴 정도로 강타당해 피부가 불타는 듯했다. 그녀가 세이지 덤불에 걸려 엎어지며 무릎을 꿇는 바람에 애그니스가 어깨 너머로 날아가버렸다. 그애의 얼굴은 허허로운 비명 그 자체였지만, 비명 같은 바람소리 때문에 아무것도 들리지 않았다. 비는 딸을 찾으려고 무턱대고 손을 뻗으며 기어가다가, 마침내 애그니스의 발에 손이 닿았다. 그녀는 애그니스를 자기 쪽으로 끌어당겨, 웅크린 채 덜덜 떨고 있는 아이의 몸을 자신의 몸으로 감쌌다.

잔가지와 흙과 돌멩이가 비를 채찍질하듯 매섭게 때렸다. 굉음이 잦아들자 그녀는 틀림없이 자신의 귀가 모래로 가득찼을 것이라고 생각했다. 몸을 구부려 등으로 두 사람의 머리를 가렸다. 그들이 멈춰 섰기 때문에 산 채로 묻히기라도 할 것처럼 사방에 파편더미가 쌓여 그녀를 뒤덮는 것이 느껴졌다. 그녀는 애그니스를 더욱 꼭 감싸고 맹렬한 공격에 대비해 이를 악물었다. 그런 다음 다행스럽게도, 그녀는 더이상 아무것도 느끼지 못했다.

*

비는 머리 근처에서 나직하게 찍찍거리는 새소리를 들었다. 애그니스와 한 덩어리로 웅크린 몸 깊은 곳에서 퀴퀴한 오줌냄새가 났다. 둘 중 한 명이 오줌을 쌌던 것이다.

그녀는 끈끈하게 들러붙는 눈꺼풀을 밀어올려 눈을 떴다. 검은 머리멧새 한 마리가 불안한 자세로 앞에 서서, 호기심 많은 검은 눈으로 그녀를 응시하고 있었다. 그 새가 깡충깡충 뛰어가다가 몸을 부풀리자 깃털에서 모래먼지가 공중으로 빠져나오며 작은 후광이 비치는 듯했다. 비는 고개를 들고 신음소리를 냈다. 새는 날아가버렸다.

비는 몸을 밀어올려 일어나며, 몸에서 무언가가 우수수 떨어져내리는 것을 느꼈다. 틀림없이 모래벽이던 것이 그녀 뒤쪽에서 무너져내렸던 것이다. 그것은 폭풍이 준 드문 선물이었다. 그것이 막아준 덕분에 그녀가 날아오는 돌 따위에 죽도록 맞지 않을 수 있었던 것이었다.

애그니스가 그녀 밑에서 꿈틀대는 것이 느껴졌다.

"엄마 오줌 쌌네요." 딸이 나직한 목소리로 웅얼거리며 힐난했다.

비는 딸이 일어나도록 몸을 굴려 비켜주었다. 애그니스가 허둥지둥 일어나 몸에 묻은 모래먼지를 떨었다. 하지만 위를 올려다본 그애는 눈이 휘둥그레진 채 얼어붙어버렸다.

비는 어떤 위협적인 상황이 벌어졌다고, 들소떼 같은 것이 우르르 몰려들고 있을 것이라 짐작하며 애그니스 앞에 벌떡 일어섰다. 하지만 애그니스는 땅과 하늘을 보고 있었다.

해가 산등성이 뒤로 저물어 햇빛이 빠르게 물러나는 중이었다. 온 하늘에 비스듬히 걸쳐 있는 반달이 분홍빛과 영롱한 진줏빛을 발하며 꾸물꾸물 떠올랐다. 너무 커서 마치 또다른 지구의 반쪽이 떠오르고 있는 것처럼 보였다. 사방이 온통 모랫더미였는데, 세이지가 그 모랫더미들을 뚫고 필사적으로 가지를 내밀고 있었다. 그들 앞의 땅, 그러니까 플라야가 있던 곳, 메마른 바위투성이 덤불지대였던 곳이 이제는 오히려 달 표면과 더 비슷해 보였다. 촘촘하게 자란 세이지의 가지 끝이 온 표면에 마치 왕관처럼 죽 놓여 있는 달. 새로 생긴 모래언덕들이 온 세상의 소리를 지워버렸다. 그들은 황혼녘에 벌레들이 여기저기 핑핑 부딪치는 소리, 검은머리멧새가 지저귀는 소리, 어느 누구든 일행이 내는 소리를 들으려고 귀를 기울여봤지만, 아무것도 들리지 않았다. 지평선에서 꼬리를 흔들며 작별인사를 하고 있는 폭풍의 뒷모습이 비의 눈에 보이는데도 그 소리조차 들리지 않았다.

그녀는 애그니스가 계속 항의하는 와중에도 그애를 살펴보았다. 비록 그녀 자신은 온몸에 얽은 자국이 난 듯했지만 딸은 상처

하나 없는 것 같았다.

두 사람은 발로 모래를 휘저으면서, 달 위를 걷는 사람들처럼 느릿느릿 과장된 동작으로 걸었다. 이윽고 폭풍의 영향권 밖에 있던 단단한 땅바닥에 이르렀을 때 그들은 마치 포획자의 손아귀에서 풀려난 것처럼 수월하게 앞으로 내달렸다.

데브라와 후안이 요리하고 있었던 곳을 지나갔지만, 뒤집힌 무쇠솥과 나무그릇들과 엉망이 된 음식 말고는 아무것도 보이지 않았다.

비는 사람들이 간 연못을 찾아보았지만 흔적도 보이지 않았다. 이내 두 개의 작은 형체가 하늘에 낮게 떠 있다가 점점 내려오더니 곧 그리 멀지 않은 어딘가에 내려앉는 것이 보였다. 그들은 날개를 퍼덕이며 다리를 내밀어 쭉 펴더니 곧 그녀의 시야에서 사라졌고, 그녀는 물이 있기를 바라며 그들이 내려앉은 곳으로 애그니스를 데리고 갔다.

잠시 걷고 있으니 기러기의 울음소리가 들렸다. 이윽고 그들은 그곳에, 그러니까 어떤 얕은 급경사지의 바닥에 있는 연못에 다다랐다. 그들이 지나갔던 연못은 아니었다. 그것은 약간의 갈대와 아스클레피아스*에 둘러싸인, 그저 물이 불어나서 생긴 웅덩이에 불과했다. 그들은 결코 이 연못을 보지 못했을 것이다. 지평선 아래에 있었으니까. 그것은 작고 거의 완벽하게 동그란 모양이었는데, 미네랄과 부패한 물질로 인해 탁한 갈색이었지만 수면

---

* 여러해살이풀의 일종. 줄기를 자르면 흰 유액이 나와 '밀크위드(milkweed)'라고 불리기도 한다.

에서는 기러기 두 마리와 오리 두 마리, 논병아리 몇 마리가 노닐고 있었다. 비는 물가로 오고간 동물들의 흔적을 볼 수 있었다. 그것은 비밀스럽고 보호받는 것처럼 느껴졌다. 비록 월더니스에 있는 그 무엇도 그렇지 못하지만.

그녀는 애그니스를 바라보았다.

"너 아주 지저분해." 그녀가 말했다. 애그니스의 구릿빛 머리는 지금은 흙이 엉겨붙어 있었다. 몸을 뒤덮은 고운 모래가 빛을 받자 그애의 피부가 희미하게 빛났다.

애그니스는 소리 내어 웃지 않으려고 수줍게 미소 지었다. "**엄마야말로 아주 지저분해요.**" 깨진 치아 때문에 미소는 어처구니없을 정도로 바보 같아 보였고, 비는 가슴이 찢어질 듯 아팠다.

"불을 피울 걸 좀 구하고 나서, 해가 지기 전에 잠깐 물에 들어가자." 비는 그렇게 말하며 애그니스의 손을 잡았다.

*

그들은 물이 뚝뚝 떨어지는 젖은 몸을 말리며 덜덜 떨었다. 비는 헤엄이 최선은 아니었던 것 같다고 스스로 인정했다. 맹렬한 모래폭풍에서 살아남았지만 결국 멱을 감다가 죽어버린다면 얼마나 어리석은 일일까.

그들은 불을 피우기 위해 줄기며 풀을 모아놓았고, 지금은 무언가 그 불에 요리할 것을 찾고 있었다. 비는 지금 대기에서 감지되는 냉기를 막아줄 살코기와 비계를 원했다. 기러기들이 연못 주변에서 먹이를 쪼아먹고 있었고, 비와 애그니스는 비의 고무줄 새총을 들고 포아풀 풀밭에 웅크리고 앉아 있었다. 사방에서 개구리들이 개골개골 울었고, 비가 생각하기에는 최악의 경우 개구리 몇 마리를 잡아 구워서 다리와 쫄깃한 몸통 가운데를 야금야금 뜯어먹을 수 있을 것 같았다. 애그니스는 깊은 생각에 잠겨 있었다. 그래서 비는 그냥 기러기들에게 집중하며, 행동을 취하기 전에 녀석들을 파악하려 했다. 그들이 먹을 감을 때는 겁을 먹고 달아나지 않았었다. 좋은 조짐이었다. 하지만 만약 지금 기러기들이 겁을 집어먹고 날아가버린다면, 그녀와 애그니스는 굶주리게 될 터였다.

애그니스가 고개를 홱 세우더니 주의를 기울이기 시작했다. 틀림없이 무엇인가 불길한 소리를 들은 것 같았지만, 애그니스는 눈을 휘둥그레 뜨더니 이렇게 물었다. "칼 아저씨가 이렇게 한 거예요?"

"칼이 뭘 했다고?"

"바람을 일으킨 거예요?"

"아가, 절대 아니야. 왜 그런 생각을 했지?"

"왜냐하면 우리가 언젠가 찢어져야 한다고, 아저씨가 우리한테 말했잖아요. 지금 우리는 뿔뿔이 찢어졌고요."

얼마나 진지해 보이는지 정말 놀라울 정도네. 그녀는 생각했다. 꼭 칼이 모래를 마음대로 움직인다고 믿는 것 같아. 곧이어 비는 몸이 오싹해졌다. 그것이 터무니없는 생각은 아니란 걸 깨달았던 것이다. 칼의 능력이 어느 정도인지를 생각하면 무언가 찜찜한 구석이 있었다. 지금껏 그가 얼마나 쓸모 있는 사람이었는지도 마찬가지였다. 어린아이에게, 그런 사람은 무엇이든 다 할 수 있는 것처럼 보일 수도 있었다.

"아니야, 얘야." 비가 말했다. "이건 아저씨가 한 짓이 아니야. 그냥 우연의 일치일 뿐이지."

"그게 뭔데요?"

"글쎄." 비가 대답했다. "어떤 일들이 일어날 때 서로 연관이 있는 것처럼 보이지만, 실제로는 그렇지 않은 거야."

"그거참 이상하네요. 모든 게 다 연관되어 있는 거 아니에요?"

"음, 모두 다는 아니야."

애그니스가 나직이 말했다. "아니, 모두 다예요."

"물론 너는 그렇게 생각하겠지. 왜냐하면 여기서는 정말이지 모든 게 다 연관되어 있는 것처럼 보이니까. 하지만 엄마 말 믿어. 엄마가 살던 곳에서는 모든 게 다 연관되어 있지는 않아. 그리고 가끔은 일이 그냥 벌어지기도 해." 그녀는 자기 생각을 다 말했다는 표시로 고개를 끄덕였다. 하지만 섬뜩한 기분이 들었다. 무언가 그들이 감당하기 벅찬 일이 일어나고 있다는 생각이 피부 아래 스멀스멀 퍼지기 시작했다.

그들은 개구리 두 마리가 물속에서 서로를 찾는 소리에 귀를 기울이며 잠자코 있었다.

"할머니는 주택에서 살았어요?"

"할머니가 어렸을 때는."

"주택에 살 수 있었으면 좋겠어요."

비는 얼굴을 찡그렸다. "그래?"

"주택은 멋져요." 애그니스가 말했다. 그애는 자신이 옳다는 이 새로운 태도를 밀어붙이며 대담하게 말했다.

"네가 어떻게 아니?" 그녀는 애그니스가 주택을 본 적이 없다고 생각했다. 혹시 포스트들이 주택이라고 생각한 것일까? 하지만 그것들은 그리 멋지지 않았다.

"그 잡지요." 애그니스가 대답했다. 배짱 좋게도 비가 숨겨둔 물건들을 염탐했던 것이다.

그녀가 비밀 장소에 숨겨둔 그 잡지에는 새로운 디자인 트렌드와 그녀의 아파트처럼 현대적이고 유행을 따른 아파트들에 관한 펼침면 기사들이 실려 있었다. 하지만 판매부수라는 기준에서 그것을 가장 인기 있는 잡지 중 하나로 만든 것은 매달 과거의 전통을 소개한 펼침면 기사들이었다. 보관된 옛 자료들에서 뽑아낸 장면들. 지나간 시절에 속한 장면들. 오래된 저택 부지, 어마어마하게 큰 펜트하우스, 시골풍의 멋진 농장, 현관 포치, 잔디밭, 그리고 심지어 하늘색 수영장, 온갖 날씨에 다락이나 집에서 보이는 멋진 전망까지. 지금 이런 것들을 보는 것은 정말 놀라운 일이었다. 그런 것들은 더이상 존재하지 않았다.

"맞아, 그 주택들은 아주 멋졌어. 하지만 사라지고 없지."

"왜 사라지고 없어요?"

"그건 범위가 큰 질문이야."

"그래서요?"

"그냥 그렇다는 거야. 그 장소들은 지금도 시티에 다 있어. 하지만 명심해. 전혀 그런 모습은 아니라는 걸 말이야."

"그럼, 어떤 모습이었는데요?"

"할머니가 살던 데 말이니?"

"네, 할머니가 자랄 때요."

어머니의 어린 시절 이야기들은 그녀의 마음속에 몽환적인 사진으로, 영화라기보다 일련의 스냅사진으로 존재했다. 비는 그것들에 집착했는데, 아마도 그것들이 그야말로 요원하고 낯설기 때문이었을 것이다. 그야말로 얻을 수 없는 것들. 그녀의 어머니가 떡갈나무가 늘어선 단독주택 거리에서 자라던 시절, 세상은 지금과는 아주 다른 곳이었다. 사람들은 타임라인의 가파른 끝자락이 아니라 그 한가운데에 있었다. 그로 인해 추억들은 달콤해 보였다. 그 추억들은 친절한 우화였다. 그녀는 애그니스가 시티 이야기에 너무 빠지지 않게 하려고 노력했다. 비록 그녀의 딸은 그것을 떠올려봐달라고 자주 부탁했지만 말이다. 하지만 비는 시티가 신화가 되는 것을 원하지 않았다. 그들은 지금 여기에 살고 있었기에 애그니스가 괜히 다른 곳의 삶에 대해 궁금해할 필요는 없었다. 그래도 더이상은 주택이 없는 장소에 한때 존재하던 주택에 대한 이야기는 색이 바래고 종이도 나달거리는, 가장 인기 있는 잠자리용 옛날이야기책이나 마찬가지였다. 무언가 상상력을 위한 것 말이다. 그녀가 생각하기에는 해될 것이 없었다.

그녀가 말했다. "내 옆에 앉아봐."

애그니스가 더 가까이 기어왔다.

"너희 할머니는 나한테 그것에 대해 모든 걸 이야기해주곤 하셨지. 네 짐작대로, 그건 멋졌어. 그 주택들은 오래되었고 문이며 천장에 아름답고 화려한 장식이 많았지. 그런 곳에는 벽난로라고 하는 게 있었는데, 집안에서 불을 지피는 물건이야."

"참 이상하네요."

"그렇지. 하지만 그건 정말 좋았어. 그 주택들에는 커다란 앞마당이 있어서, 거기 사는 사람들이 꽃과 예쁜 덤불과 나무를 심었고, 봄이면 전부 다 좋은 향기를 풍겼어. 새와 벌이 왔고, 스컹크가 덤불에서 느릿느릿 기어나와 할머니를 겁주곤 했고, 다람쥐들은 할머니가 자기들이 있는 나무 곁을 지나갈 때면 할머니한테 재잘재잘 수다를 떨었지."

"여기랑 비슷하네요." 애그니스가 깜짝 놀랐다.

"여기랑 많이 비슷하지. 이제 그건 오래전 일이야. 어쨌든 할머니는 길 아래 공원에 가곤 했는데, 큰 연못이 있고 거기 기러기들도 살아서 그것들을 지켜보곤 했대."

"할머니가 잠자던 곳 근처예요?"

"그래, 할머니 집에서 바로 길 아래쪽이었어. 그리고 할머니는 그 기러기들을 지켜보면서, 참 조용하면서도 그렇게 아름다운 연못을 누리고 있다니 그 새들이 얼마나 운이 좋은지 생각하곤 했지. 가끔 아침 일찍 내려가보면 연못에 엷은 안개가 드리워져 있고 물위에 뜬 수련 잎들이 햇살에 은빛으로 보이곤 했어." 마치 사진이나 그녀가 직접 본 광경을 묘사하는 것 같았다. 비는 어디까지가 어머니의 기억이고 어디부터가 그녀 자신의 기억인지 알지 못했다.

"우리도 여기서 그런 걸 본 적이 있어요." 애그니스가 날이 서기 시작한 목소리로 말했다. 감명받지 않으려고 노력하는 것이었다.

"그랬지. 우리는 아름다운 걸 많이 봤어. 내 말이 그 말이야. 나는 여기서 기러기들을 바라보고, 저들이 누리는 경치를 봐. 아주 인상적이고, 아주 특별하지. 저 기러기들은 행운이라는 걸 깨

달아야 해. 다른 기러기들은 그만큼 잘 누리지 못한다는 걸 알아
야 해. 그런 거 같지 않니?"

"잘 모르겠어요."

"아니, 한번 짐작해봐."

"기러기들이 다른 곳에도 있나요?"

비는 분명 어딘가 다른 곳에도 기러기들이 있다고 생각했다.
다만 시티에는 없었을 뿐. 하지만 지금은 그녀도 알지 못했다. 그
리고 마구잡이로 개발된 다른 땅들은 어떻게 되었을까? 온실이
늘어선 도시들, 구릉지대처럼 보이는 쓰레기 매립지, 풍차 터빈
이 돌아가는 바다, 조림지, 서버 팜.* 오래전에 버려진 땅들은 어
떻게 되었을까? 고온지대, 휴한지 지구, 새 해안지대. 그곳들이
인상적이고 특별할 수 있을까? 그중 많은 곳이 한때는 그랬었다.
여전히 그러리라고 믿기는 어려웠다. 그녀는 그 모든 장소들, 그
곳들이 한때 어땠는지, 지금은 어떤지 생각도 하고 싶지 않았다.
비는 어깨를 으쓱했다. "나는 바로 저기 있는 기러기들에 대해서
만 알 뿐이야." 그녀가 손가락으로 가리키며 말했다. "딱 하나 다
른 점이 있다면 할머니 연못의 기러기들은 안전했다는 것뿐이고.
그 기러기들은 습성이 어리석었어. 인간의 잔디밭이며 도로에서
뒤뚱뒤뚱 걸어다녔지. 새끼들을 데리고 도로를 건넜어. 그들 때
문에 트럭들이 부득이 멈추곤 했어. 그 기러기들은 두려움을 몰
랐지. 할머니가 살던 곳에는 육식동물이 전혀 없었고, 사람들은
동물을 보호하는 경향이 있었거든. 내 생각에는 기러기들이 그걸

---

* 일련의 컴퓨터 서버와 운영시설을 모아놓은 곳.

130

알았던 거 같아. 이곳에는 육식동물이 있고 우리도 그중 하나라 저 기러기들은 조심성이 있지."

"그 연못은 어떻게 됐어요?"

"메워져서 기러기들이 떠났고 머지않아 할머니도 떠났어."

"엄마가 태어나기 전에요?"

"내가 태어나기 한참 전에."

"그 기러기들은 어디로 갔어요?"

"나도 잘 몰라. 온데간데없었어. 갈 곳이라고는 없었는데. 어쩌면 여기 있을지도 모르지. 어쩌면 저게 그 기러기들일지도 몰라."

"그 기러기들은 나이가 많아졌을 거예요."

"아마."

"만약 할머니가 여기에 있었다면 기러기들을 알아볼 수 있었을지 궁금해요."

비는 그녀의 어머니가 이곳에 없다는 것에 불끈 화가 치미는 것을 느꼈다. 전에는 느껴본 적 없는 기분이었다. 어머니라면 자기 자식과 함께 있어야 해. 그녀의 머릿속에서 어떤 목소리가 주장했다. 그렇다, 그녀는 성인이었다. 하지만 그들에게서 서로를, 가족을, 이 모계 혈연을 빼면 달리 무엇이 있겠는가? 처음에는 그녀의 할머니가 시티로 함께 오지 않았다는 사실이 어머니를 망가뜨렸다. 시티에서의 삶을 함께하는 것이 할머니에게는 가치가 없는 삶처럼 보였던 것이다. 그녀는 이곳에서 애그니스와 함께했다. 그녀가 원했던 삶은 아니었지만, 그녀는 그 삶을 살고 있었다. 비는 이를 악문 채, 처음으로, 그녀의 어머니가 여기 있어야 한다고 생각했다.

비는 새총을 들어올려 고무줄에 적당한 돌멩이를 끼웠다. 두 마리 기러기는 눈앞의 풍경과 서로에게 너무 푹 빠져 있어서, 새총이 짤까닥하는 소리조차 듣지 못했다. 깃털들이 획 떨어져내리고 나서야 비로소 다른 한 마리가 허공으로 펄쩍 뛰어오르며 고통스럽게 꽥꽥 울어댔는데, 이제 그 기러기는 혼자였다.

애그니스는 새를 가져오기 위해 물을 헤치며 들어갔다.

"나한테 베개 만들어줄래요?" 애그니스가 돌아와서, 여기저기 피가 묻어 더럽혀진 깃털들을 매만지면서 부탁했다.

비는 그 새를 받아들고, 확실히 죽이기 위해 목을 베어 가르고 피를 다 빼냈다.

"가장 푹신한 베개를 만들어줄게, 우리 아가."

*

그들이 손가락까지 싹 핥아 음식을 다 먹었을 때 비는 애그니스가 덜덜 떨고 있는 것을 보았다. 추운 밤이 될 터였는데, 비의 가방에 그들이 평소 덮고 자는 짐승가죽 이불이 모두 다 들어 있지는 않았다. 그들의 물건은 대부분 글렌이 운반했다. 모닥불로는 더이상 추위가 가시지 않았다.

비가 말했다. "다른 사람들을 찾아봐야 하지 않을까?"

애그니스가 고개를 가로저었다. "엄마랑 같이 여기 있는 게 좋아요."

비는 가슴이 두근거렸다. 그녀는 제법 큰 돌을 몇 개 찾은 다음. 데워서 잠자리에 넣으려고 불속에 집어넣었다.

"시티가 그렇게 안 좋다면, 왜 우리는 거기 살았던 거예요?"

"왜냐하면 다들 거기 살았거든."

"엄마 할머니는 빼고 말이죠."

"음, 우리 할머니도 어쩔 수 없이 당신 집을 떠나야 했을 때는 거기 사셨어. 잠깐 동안 우리랑 함께 사셨지. 돌아가실 때까지."

하늘에서 별빛 하나가 깜박거리기 시작했다. 달이 은신처에서 더 멀리까지 기어나왔다.

"엄마는 시티가 좋아요?" 애그니스가 물었다.

"가끔은." 비가 대답했다.

"어떤 점이 좋은데요?"

"아, 즐거운 면이 있어."

"예를 들면요?"

"음, 음식. 시티의 음식은 달라. 그건 에너지 공급보다는 쾌락을 위한 거야. 물론 지금은 그 모든 게 다 변하고 있지만, 내가 네 나이였을 때는 음식이 최고의 쾌락이었어."

애그니스가 눈길을 손으로 떨구자 비는 자신의 딸이 쾌락이 무엇인지조차 모를 수도 있다는 것을 깨달았다. 아니, 알고는 있었지만 말로 표현할 줄은 몰랐다. 그들이 하루하루 하는 일의 대부분은 그야말로 삶 그 자체였다. 그들은 그것에 어떤 언어도 붙이지 않았다.

"너도 쾌락이 뭔지 알아." 그녀는 딸을 바싹 끌어당겨 등을 문질러주었다. 애그니스는 눈을 감았다. "봐, 무척 기분좋지? 따뜻하면서 안심이 될 거야. 그게 쾌락이라는 거야." 비는 천천히 애그니스의 겨드랑이에 손을 넣어 간지럼을 태웠다. 애그니스는 비명을 지르고 웃음을 터뜨리며 장난스럽게 비의 품을 파고들었다.

"그런 실없는 느낌도 쾌락이고."

애그니스는 비의 배에 계속 얼굴을 묻어둔 채 비쩍 마른 두 팔로 슬며시 그녀의 허리를 감았다. 비는 딸의 얕고 뜨거운 숨이 옷을 통해 피부에 닿는 것을 느꼈다. "평온과 긴장 사이에 온갖 종류의 쾌락이 있어." 그녀는 딸을 꼭 껴안으며 말했다. "음식은 어느 쪽도 될 수 있지."

"어떤 음식을 가장 좋아했어요?"

"글쎄, 상황에 따라 다르겠지. 내가 너만할 때 질문을 받았다면, 피자라고 했을 거야. 피자 기억나니?"

애그니스는 고개를 가로저었다.

"큰 원형의 따뜻하고 쫄깃쫄깃한 빵에 실처럼 쭉 늘어나는 치즈가 올라갔다고나 할까? 치즈 기억나니? 토마토로 만든 페이스트도? 토마토 기억해?"

애그니스는 미소 지었다. 이제 그런 것들이 기억났던 것이다.

"하지만 지금은 채소가 그리운 것 같아."

"어떤 채소요?"

"전부 다. 우리는 지금껏 야생에서 잎을 먹는 식물이며 덩이줄기를 찾아냈지. 하지만 예전에 먹던 채소들을 넌 아마 상상도 못할 거야. 갖가지 색깔이 있지만, 난 녹색 채소가 가장 그리워. 지금 당장 채소 한 접시만 있으면 정말 좋을 텐데."

"나도요."

"감자튀김도 좀 있었으면. 뭐든 크림이 잔뜩 들어간 거하고.

크림이 그리워. 우유가 그립고. 우유 한 잔만 있으면 정말 좋겠
어. 너는 우유를 무척 좋아했어. 기억나니?"

"네. 아이스밀크를 정말 좋아했어요."

"네가 좋아하는 건 아이스크림이지."

애그니스는 입술을 꼭 깨물고 다시 침묵에 빠졌다. "우리 거기
서 살면 어떨까요?" 기억을 되살리려 애쓰던 애그니스는 마침내
그렇게 물었다.

"거기 사는 바람에 네가 아팠잖니."

"이제는 안 아파요."

"맞는 말이야."

"우리가 여기 사는 이유는 그것뿐이에요?"

"아니."

"그거 말고는 무슨 이유가 있는데요?"

"음, 글렌 아저씨가 정말로 여기 오고 싶어했어. 모든 게 아저
씨 아이디어였지."

"엄마도 여기 오고 싶었어요?"

비는 본의 아니게 웃음을 터뜨렸다.

"왜 웃는 거예요?"

"그건 큰 질문이니까."

"작은 질문도 있어요?"

"큰 질문과 작은 질문이 있지. 큰 대답과 작은 대답도 있고. 그
리고 네가 한 건 큰 대답이 필요한 큰 질문이야."

"그 말은 나한테는 알려주지 않을 거라는 뜻이에요?"

비는 미소를 지으며 생각했다. 내 딸은 통찰력이 뛰어난 아이야.

"너는 여기 와야 했고, 나는 너랑 함께 있어야 해." 그녀가 말했다. "그러니까 내가 여기 있는 거고." 그것은 그녀의 작은 대답이었다. 큰 대답은 더 복잡했다. 그리고 아마도 중요하지 않을 터였다.

애그니스가 얼굴을 찌푸렸다. "하지만 내가 나아졌으니까, 그건 엄마가 떠날 거라는 뜻인가요?"

비도 얼굴을 찌푸려 보였다. "그럴 리가."

"하지만 시티가 그립지 않아요?" 애그니스가 다시 물었다.

"가끔은, 아까 말했지만." 비는 이것이 만족스럽지 못한 대답이라는 것을 알았지만, 더이상 무슨 말을 할 수 있었겠는가? "너는 거기서 살고 싶니?" 비가 딸에게 물었다.

애그니스는 어깨를 으쓱했다. 그것은 굉장히 꾸밈없는 몸짓이었다. 어떻게 그애가 그 문제에 자기 의견을 가질 기회가 있었겠는가?

"여기서 사는 건 어떤 점이 마음에 드는데?" 비가 물어보았다.

애그니스가 다시 어깨를 으쓱했지만 이번에는 다소 꾸며낸 몸짓이었다. 질문에 대한 답은 있지만, 그것을 상세히 설명해나갈 방법이 전혀 없었던 것이다.

"이렇게 한번 해보자. 여기서 사는 건 어떤 점이 마음에 안 들어?"

애그니스는 생각해보았다. "난 쿠거가 싫었어요."

"나도 쿠거가 싫었어."

"뱀도 싫고요." 애그니스가 덧붙였다.

"뱀이면 다? 아니면 방울뱀만?"

애그니스는 얼굴을 찡그렸다. "다요." 마치 방울뱀이 들을까봐 두렵다는 듯 나직이 속삭였다.

"음, 시티에는 뱀은 없어." 비는 그렇게 말하고 나서, 도대체 어떻게 그 말이 사실일 수 있을까 생각했다. 뱀이 사는 비밀 장소를 모조리 아는 지금은 어딘가에 뱀이 전혀 없다는 것이 아주 불가능한 일로 보였다.

애그니스가 이 정보에 딱히 감명을 받은 것 같지는 않았다. 그 애는 뱀이 큰 질문에 대한 작은 대답이라는 것을 알고 있었다.

"이제 자야 할 것 같아." 비가 말했다. "너, 너무 추워서 덜덜 떨고 있잖니."

애그니스가 고개를 끄덕였다. "추워요."

비는 모닥불에서 돌들을 꺼낸 다음 속을 비워낸 작은 파우치 두 개에 나눠 넣어 감쌌다. "뜨거워." 그녀가 말했다.

그들은 그들에게 있는 하나뿐인 가죽 이불을 덮고 꼼지락댔다. 비가 몸을 웅크려 애그니스를 감싸안았고, 각자 뜨거운 돌을 가슴에 갖다댔다.

비는 달이 하늘에서 새로 자리를 잡을 때마다 번번이 잠에서 깼다. 달이 그녀가 자기 존재를 알아주기를 바라며 아래쪽으로 소리를 지르는 것 같았다. 이봐요, 지금 나 여기 있어요.

그녀는 자다 깨다 하며 한창 잠을 설치다가 별안간 눈이 떠져 정신을 바짝 차렸다. 귀를 기울이자, 선잠을 자는 동안 들렸던 소리가 곧 다시 한번 또렷하게 들렸다. 근처에 무언가 움직이는 것이 있었다. 무언가 덩치가 큰 것이었다. 그녀는 생각했다. 혹시 곰일지도 몰라. 큰일났네. 쿠거일 수도 있어. 훨씬 더 큰일이지. 하지만 설마 내가 쿠거 소리를 들었겠어? 만약 저게 들소라면, 적어도 우리를 먹으려 들지는 않겠지만, 그 대신 짓밟아버릴 테지. 저게 뭐든 덩치가 큰걸. 녀석이 다시 걸음을 옮기자, 그녀는 생각했다. 덩치가 그렇게 크지는 않아. 혹시 늑대인가? 엘크일까?

그녀는 바짝 긴장한 채 애그니스를 와락 붙들고 달아나거나 잠든 딸의 몸 위로 자기 몸을 던질 채비를 했다.

바로 그때 무언가가 똑 부러지는 소리와 연이어 "아야" 하는 목소리가 들렸다.

"거기 누구예요?" 그녀가 속삭이듯 물었다.

"비예요?"

"칼?"

그는 그들 쪽으로 넘어질 듯 비틀거리다가 한순간 모닥불 잿더미를 밟을 뻔했다.

"잡아요." 그녀는 그렇게 말하며, 그가 자신을 밟지 않도록 한 손을 들어올렸다. 그는 그녀의 손을 움켜잡고는 몸을 숙여 유심히 바라보았다.

"정말 당신이군요." 그가 안도하며 말했다.

"그럼 당신 이름을 아는 곰일 거라고 생각한 거예요?"

"오늘 그 일 이후로—" 그는 말문을 열었지만, 문장을 끝내지는 못했다. 그녀는 미루어 짐작할 수 있었다.

그 순간 그가 배낭을 지고 있는 것이 눈에 띄었다. 그녀는 자리에서 일어나 그에게서 배낭을 벗겼다. 그 안에는 더 크고 더 따뜻한 가죽 이불이 있었다. "아, 고마워라." 그녀는 그것을 애그니스에게 덮어주었다.

"난 먹을 게 없어요." 그렇게 말하는 그의 목소리에서 그녀는 그가 완전히 지쳐버렸다는 것을 알아차렸다.

"어딘가에서 눈 좀 붙이지 그랬어요?"

"문제가 좀 있었거든요."

"무슨 문제요?"

"확실한 건 아니지만, 뭔가가 내 뒤를 밟는 게 느껴졌어요."

"그런데 여기로 왔다고요?" 그녀는 목소리를 높이며, 본능적으로 다시 한번 애그니스 옆에 웅크리고 앉았다.

"지금은 괜찮아요. 어쨌든 계속 이동할 수밖에 없었고, 곧 어디로 가야 하는 건지 알 수가 없어졌죠. 하늘에서 기러기 한 마리가 날아가는 게 보이길래 그게 어디서 왔는지 찾아보려고 온 거예요."

칼은 신음을 토하며 자리에 앉았다.

"다쳤어요?"

"별로 심한 건 아니지만, 어두운 데서 비틀거리다가 피부가 좀 찢어진 것 같아요."

"밸은 어디 있나요?"

"모르겠어요. 내가 옆에 붙어 있으라고 하긴 했지만, 밸이 그럴 리가 없죠." 그가 잔가지 하나를 잘게 쪼개어 둥근 모닥불에 던져넣자, 그 조각들과 불타고 있던 땔감의 숨은 열기가 만나는 곳마다 작은 불꽃이 확 타올랐다.

"아니, 분명히 그녀는 붙어 있을 생각이었을 거예요." 비가 말했다.

그가 짧고 날카로운 웃음을 터뜨렸다. "네, 그녀는 붙어 있을

생각이었지만, 그걸 해내지는 못했죠." 그는 고개를 절레절레 저었고, 비는 그가 자기편에게 한 방―그것도 그렇게 제대로 된 한방―을 먹이려 한다는 데 놀라서 코웃음이 나왔다. 입을 가리고 애그니스를 힐끗 쳐다보니 그애는 정말로 잠이 든 듯 목에서 힘을 빼고 색색대고 있었다. 그녀가 칼과 밸에 대해 그런 식으로 생각한 것은 그때가 처음이었다. 물론 그들은 커플이었지만, 그 이상으로 동지였다. 그리고 그 차이는 중요하게 느껴졌다.

"그건 정말이지 말도 안 되는 일이었어요." 칼의 말에는 그들이 목격한 것에 대한 두려움이 배어 있었다.

"나는 너무 겁이 나던데요."

"비, 나도 그랬어요. 내 평생 그렇게 무서웠던 적은 없어요." 그가 숨을 죽이고 말했다. "하지만 그건 어마어마하게 굉장하기도 했죠. 풍경이 완전히 달라졌어요."

달이 구름을 헤치고 모습을 드러냈다.

비는 은빛으로 빛나는 칼의 얼굴을 유심히 바라보았다. 그의 이마에는 채찍에 맞은 듯한 피투성이 상처가 두 군데 있었다. 그녀는 거기로 손을 뻗어 어루만지고 보살펴주고 싶은 충동을 억눌렀다. "틀림없이 다친 사람이 있을 거예요." 그녀가 말했다. "더 심각한 상황일 수도 있고."

그가 고개를 끄덕이고 물었다. "글렌이 걱정되나요?"

"그래요. 밸이 걱정되나요?"

그가 자세를 바로 하고 앉았다. "별로 그렇지는 않아요." 비는 그 말이 어떤 의미도 될 수 있다는 생각이 들었다.

그들은 잠자코 있었다. 비는 개구리가 연못 가장자리에서 개골

개골 요란스럽게 우는 소리를 들었다. 그 개구리는 자기 몸집에 자못 흡족하다는 듯, 매번 옆에서 나는 소리보다 더 큰 소리로 울어댔다. 그 녀석 짝의 존재감은 일찌감치 사라지고 없었다.

"있잖아요, 애그니스는 당신이 그걸 일으켰다고 생각했어요."

"뭘요?"

"모래폭풍을 일으켰다고요. 왜냐하면 당신이 찢어질 준비를 하라고 말한 뒤에 우리가 뿔뿔이 찢어져야 했으니까요."

칼이 기쁘다는 듯 껄껄 웃었다. "애한테 내가 그런 거라고 말해줬기를 바라요."

비는 피식 웃었다.

이내 그가 진지한 목소리로 분명하게 말했다. "물론, 내가 그랬을 리가 없죠."

"나야 알죠."

더 많은 오리들이 연못에 내려앉았고, 비는 그들이 내려앉으면서 수면이 V자로 갈라지는 모습을 그려보았다.

"비?"

"네?"

"당신은 나를 별로 좋아하지 않아요, 그렇죠?" 그는 그런 생각에 걱정스럽고 상처받은 것 같기도 했지만, 동시에 확신에 차 있기도 했다.

뭐라 대답할 수 있었을까? 그녀는 그를 별로 좋아하지 않았다. 그리고 그 역시 그녀를 좋아하지 않는다고 확신했다. 그는 평소에는 교활한 데가 있었지만, 오늘밤에는 그런 태도를 버리기로 한 것 같았다. 오늘밤에는 마치 새로운 규칙들이 있는 것처럼, 아니 더 정확히 말하면 아무 규칙도 없는 것처럼, 모든 것이 다르게 느껴졌다. 그녀는 말할 준비를 하며 숨을 쉬었다.

"아무 대답도 하지 않는 게 어때요." 그가 끼어들었다. "나는 그저 당신이 어떻게 생각하든, 내가 무슨 짓을 했다고 생각하든, 내가 나쁜 사람이 아니라는 것만 알아줬으면 해요."

"나쁜 사람이라고 생각하지 않아요." 그녀가 말했다. 그는 나쁜 사람이 아니었다. 그는 어린애같이 구는 사람, 우쭐대기 좋아하는 사람, 생존을 제외한 모든 것에 둔한 사람이었다. 그래서 이곳에서 그는 왕이었다. 왜냐하면 생존이 최고의 권력이었으니까. 그녀는 사람에 따라 각기 다른 분야에서 성공을 거둔다는 데 짜증이 났다. 이런 생활을 낭만적이라고 여기며 그 역사도 잘 아는 글렌이 정작 이런 생활에는 별로 소질이 없다는 데 짜증이 났다. 만약 그가 더 쉽게 실망하는 사람이었다면 이 생활을 그만뒀을지도 모른다. 애그니스는 더이상 아프지 않았다. 따라서 그들은 집으로 돌아갈 수도 있었다. 이제는 집으로 돌아가는 것이 좋은 생각인 것 같기도 하다면 말이다. 좋은 생각이란 몹시 상대적이고 어둠 속에서는 판단하기 어려운 것이었다. 그녀의 뱃속에서 기러기 피가 꼴꼴 소리를 내고 짐승가죽이 그녀 자신의 살가죽을 데워주는 와중에는.

"그럼 다행이네요. 당신이, 그리고 당신이 딸을 데리고 여기 와서 하고 있는 일이 존경스러워요. 당신은 여기서 무척 중요한 사람이에요."

"그건 잘 모르겠어요." 그녀가 피식 웃으며 말했다.

"아니, 난 그렇다고 믿어요." 그의 진심에 그녀는 입을 다물었다.

달은 어느새 자리를 옮겼고, 지금은 품고 있던 것들을 하늘에 쏟아붓고 있었다. 달에서 쏟아지는 별들.

"아무리 그래도, 빌어먹게 춥네요." 칼이 자기 머릿속에서 하고 있던 대화를 소리 내어 마치듯 그렇게 말했다.

그녀는 애그니스를 내려다보며 쌔근거리는 아이의 작은 몸이 새 이불 밑에서 만들어내고 있는 온기를 떠올렸다.

"우리 자야 해요." 비가 말했다. "저 나무 위에 우리가 잡아서 요리한 기러기 고기를 좀 걸어놨어요. 거기 있는 양이면 당신이 먹기 충분할 거예요."

"거봐요, 여기에서 당신이 최고라니까요." 그가 기만적인 아첨이 짙게 밴 목소리로 말했다. 이 사람이 바로 그녀가 같잖게 보는 칼이었다. 늘 무언가 수를 쓰고 있는 것처럼 보이는 사람. 어떤 상상 속의 선거에서 그녀의 표를 원하는 사람 말이다.

그녀는 누워서 그가 그 나무 쪽으로 조심스럽게 옮기는 걸음에 귀를 기울였다. 지금 그의 발소리는 전혀 오해의 여지가 없었다. 그녀는 생각했다. 우리를 잡아먹으러 오는 짐승이라고 생각하다니 정말 어리석었어. 그 발소리는 몹시 분명하게 인간의 것이었다. 여기에서는 그런 것이 위안이 된다니 우스웠다. 그녀는 시티에서 어떤 불청객이 그녀가 잠든 곳 근처로 살금살금 다가오는 소리에 잠이 깨는 상황을 상상해보았다. 공포란 얼마나 상대적인 것이던가.

머리 위 구름들이 엉망으로 뒤엉킨 송전선처럼 마구 엇갈리며 공중에 가늘게 뻗어 있었다.

칼은 그들에게 돌아와서, 다 같이 덮을 수 있게 펼쳐놓은 그의 가죽 이불 밑으로 기어들어왔다. 그것은 커서 그가 비를 건드리지 않고도 온몸을 덮을 수 있었다.

그녀는 그의 이가 딱딱 맞부딪치는 소리를 들었고, 그가 그 소리가 나지 않도록 떨림을 가라앉히려 애쓴다는 것을 알 수 있었다. 하지만 그의 떨림에 가죽 이불이 흔들렸다. 이윽고 가죽 이불 밑 그들의 세상에 그의 온기가 더해지며 살금살금 퍼지는 것이 느껴졌고 비는 마음이 조금 편해졌다. 그녀는 애그니스 쪽으로 향해 있던 몸을 틀어 간신히 칼의 팔을 잡아서 그녀 쪽으로 당겼다. 그는 재빨리 그녀에게 달려들어 한 팔로 그녀와 애그니스를 감싸고 다른 한 팔로는 비의 머리를 보호하듯 부드럽게 안았다. 그의 손가락을 느끼며 그녀는 그가 허물없이 그녀의 머리카락을 빗질하듯 움직일지도 모른다고 생각했지만, 그는 그러지 않았다. 그 손가락들은 그녀의 머리를 베개처럼 떠받쳐 안고 있을 뿐이었다. 거기서는 기러기의 지방 냄새와 칼의 체취가 풍겼다.

"빌어먹게 추웠어요." 그가 그녀의 머리카락에 대고 탄식하듯 말했다. 그리고 그들은 그렇게 거기 누워 있었다. 마치 길을 잃은 작은 가족처럼 이불을 덮고 열기를 축적하며. 그녀는 마지막으로 그렇게 따뜻했던 것이 언제였는지 기억도 나지 않았다.

*

비가 아침에 눈을 떴을 때, 애그니스가 확실한 경멸과 보다 불분명한 감정들이 뒤섞인 눈으로 그녀를 빤히 쳐다보고 있었다. 칼의 두 팔은 여전히 비를 감싸고 있었지만 애그니스가 일어나 있었기 때문에, 지난밤 다정하게 느껴졌던 장면이 지금은 부적절해 보였다. 하지만 애그니스의 경멸은 상대하기 그리 쉬운 것이 아니었다. 비는 쉬웠으면 좋겠다고 바랐지만 말이다. 그 표정에 그녀는 뱃속이 울렁거렸고, 잠깐 동안은 자신이 무언가 더 나쁜 짓을 저지른 것이 틀림없다는 생각까지 들었다. 훨씬 더 나쁜 짓 말이다.

꿈속을 헤매는 칼이 그녀를 더 꽉 껴안으며 그녀의 목에 코를 비벼댔다. 이불 속이 너무 따뜻해서 그들은 이제 땀을 흘리고 있었고, 그녀는 그에게 딱 달라붙어버린 느낌이었다. 그녀는 가능한 한 빨리 몸을 떼어냈다.

"어젯밤에 칼이 우연히 우리 캠프를 발견하고 들어오는 소리 들었니?" 그녀는 애그니스에게 지나치게 명랑하게 물어보았다.

애그니스는 눈을 가늘게 뜨고 바라보았다. "아니요." 하지만 비는 그것이 거짓말이라는 것을 알 수 있었다.

"저, 그런 일이 있었고, 칼에게 이 따뜻한 털가죽이 있어서 다 함께 덮고 잔 거야."

"이런 것도 우연의 일치라고 하는 거예요?"

"뭐라고?"

애그니스는 돌멩이를 툭 차고 침묵을 지켰다.

"꼬마 아가씨, 퉁명스럽게 굴지 마."

"퉁명스러운 게 뭐예요?"

"그건 버릇없는 아이처럼 구는 거야." 비는 그렇게 말했다. 그리고 설사 말로는 결코 하지 않았다고 해도, 애그니스가 움찔하는 모습을 보면 불끈 치민 자신의 분노를 이미 들켜버렸다는 것을 알 수 있었다. 메시지는 분명했다. 그녀는 딸과 함께 보낸 밤의 멋진 마법이 깨진 것을 느꼈다. 그리고 칼이 온 것에 대한 분노는 좋은 기억을 망쳐버렸다.

"좋은 아침." 칼이 가죽 이불을 덮은 채 기분좋게 기지개를 켜며 큰 소리로 노래하듯 말했다. "어젯밤에 나 온 거 알았니, 애그니스? 내가 틀림없이 엄청 시끄럽게 했을 텐데. 게다가 너희 엄마랑 계속 이야기를 나눴고ㅡ"

애그니스는 자리를 떠버렸다.

"그만해요." 비가 그에게 말했다.

"뭘 어쨌다고요?" 칼은 감정이 상한 듯 고개를 푹 숙였다. 아니 어쩌면 그녀를 조롱하고 있었는지도 모른다. 자신이 와서 일으킨 문제를 그는 정확히 모르는 것일까? 그가 정말로 그럴 것이라는 생각은 그것이 사실일 가능성만큼이나 병적으로 강했다.

비는 호수 너머 위쪽에서 새가 쩍쩍거리는 듯한 소리를 들었다. 마치 남자가 새를 흉내내 쩍쩍거리는 듯한 소리였다. 곧이어 여자가 내는 듯한 소리. 커뮤니티 사람들이 신호를 보내고 있었다. 연못 너머 위쪽 고원에서 반사경이 반짝였다. 그들이 사냥할 때 사용하는 금이 간 거울이었다. 그것은 그들이 따로 떨어져 있을 때 쓸모가 있을 물건이었다. 지금까지는 한 번도 쓸 일이 없었지만 말이다. 비가 되받아 쩍쩍거렸고, 곧이어 그녀 뒤에서 애그니스가 마치 납치라도 된 것처럼 "아빠!"라고 울부짖었다. 평소에는 대개 글렌 아저씨라고 불렀다.

"애그니스?" 그의 놀란 목소리가 되받아 소리쳤다.

"애는 무사해요!" 비는 재회로 움트기 시작한 극적인 분위기의 싹을 다 밟아버리기 위해 소리를 질렀다.

"비!" 글렌이 안심한 목소리로 소리쳤다.

"물가 아래쪽이에요!" 칼이 소리쳤다.

"칼?" 글렌이 높아지는 어조로 일련의 물음표를 달아 고함을 질렀다.

비는 그가 물가에 나타나는 것을 보았다. 그는 우뚝 서 있다가 그들을 발견하자마자 털썩 주저앉아 머리를 긁적였다. 그녀는 팔을 뻗어 열광적으로 손을 흔들었다.

"우리는 물을 찾아서 여기 왔어." 그녀가 흥분해서 외쳤다. 팔을 마구 흔들고 날카로운 목소리를 힘껏 높이며, 방금 막 도착해서 물을 찾고 칼을 만났으므로 걱정할 일은 아무것도 없다는 식의 이야기 씨앗을 그의 마음속에 뿌리기를 바랐다.

글렌은 팔꿈치를 옆구리에 그대로 딱 붙인 채 손을 흔들었다.

밸이 그의 옆에서 나타나, 눈가를 감싸고 그들을 찬찬히 바라보았다. 비는 그들 셋이 함께 있는 모습에 밸의 얼굴이 구겨지는 것을 볼 수 있었다. 밸이 고개를 돌려 글렌을 보자, 그는 어깨를 으쓱했다. 그때 커뮤니티의 다른 사람들이 산등성이에서 모습을 드러내고 환호성을 질렀다.

"물이야!" 그들은 크게 외치며 앞다퉈 내려왔다.

재회 직후 글렌의 포옹에는 긴장감이 돌았다. 몇 번의 만족스럽지 못한 포옹을 하고 난 후, 그녀는 무리에서 벗어나 크고 무성한 풀밭 뒤편으로 글렌을 데리고 가서 눕힌 다음 그의 몸을 어루만졌다. 그는 그녀를 찰싹 쳐서 밀어내며 언짢아했다. 하지만 방어 태세를 취하지 않을 때는 그녀가 다리 사이로 손을 뻗기 어렵지 않게 계속 힘을 풀고 있었다. 곧 그의 방어 태세 사이의 시간 간격이 길어졌다. 그는 짐짓 그녀의 손이 하는 일에 무관심한 것처럼 눈을 꼭 감고 커지는 신음소리를 억누르려 얼굴을 찡그리다가 이내 다시 손을 찰싹 쳐내곤 했다. 그것은 게임이자 그를 위한 보상이었다. 그들이 서로 결코 이야기하지 않을 무언가에 대한 일종의 속죄로서 그녀가 계속 손을 뻗자 결국 그는 단단해져서 미소를 지으며 그녀를 끌어당겼다. 곧이어 그녀가 그의 몸 위에 두 다리를 양쪽으로 벌리고 올라타 몸을 흔들어대자 마침내 그는 이완되었고, 그녀도 마찬가지였다.

"당신 틀림없이 양심에 찔리는 게 있는 거야." 말은 그렇게 했지만 그는 만족스러워했고, 그 말에서는 어떤 신랄함도 비난도 감지되지 않았다.

"정말 그런 거 아냐." 그녀가 말했다. "하지만 당신 양심은 민감하지."

그녀는 죄책감을 느꼈지만 글렌에게는 아니었다. 아무 일도 없었다. 그것은 그저 생존의 문제일 뿐이었다. 그녀의 마음이 불편한 것은 애그니스 때문이었다. 그녀는 애그니스가 생존을 더 잘이해한다고 생각하던 터였다. 상황이 달랐더라도 애그니스가 그렇게 혐오스러워했을까? 만약 그들이 배고프고, 춥고, 침구도 전혀 없는데 우연히 칼을 마주쳤다면 어땠을까? 칼이 아주 너그러운 기분이 아니었다면 어땠을까? 비록 그가 그의 저질스러운 태도를 행동으로 옮긴 적은 한 번도 없었지만, 앞으로도 절대로 그러지 않을 것이라고 판단할 근거가 비에게는 전혀 없었다. 만약 그녀가 그녀의 딸을, 그녀 스스로를 보살피기 위해 하고 싶지 않은 일을 해야만 한다면 어떨까? 지금 광활한 오지의 텅 빈 하늘 아래에서 그녀가 하는 일이 바로 그런 것이었다. 그렇지 않은가?

그들은 그날 밤 그 연못가에서 야영을 하기로 결정했다. 칼과 글렌과 후안은 약간의 고기를 손에 넣기를 바라며 산등성이 쪽으로 되돌아갔다. 비는 남자들이 떠나는 것을 지켜보았다. 글렌은 칼과 거리를 두고서 후안과 이야기를 나누었고 후안이 그뒤에 칼과 이야기했다. 하지만 그들이 산토끼 세 마리를, 각자 한 마리씩 슬슬 흔들며 돌아왔을 때, 글렌과 칼은 떠들썩하게 웃고 있었다. 비는 그들이 함께 웃는 것을 마지막으로 본 것이 언제인지 기억도 나지 않았다. 이곳에서 그녀는 옛날 옛적 글렌이 칼의 멘토였다는 것을 자주 잊곤 했다. 칼은 사람들이 글렌을 높이 평가할 때면 불쾌하게 여기는 일이 잦았다. 하지만 지금은 아니었다. 그녀는 칼이 무언가 글렌이 한 말에 미친듯이 웃으며 글렌의 등을 탁치는 것을 지켜보면서 그렇게 생각했다. 글렌 역시 마치 줄곧 기다리던 확약을 받게 되어 너무도 기쁜 학생처럼 칼에게 환하게 웃어 보였다. 세 사람은 자리에 앉아 칼의 발 앞에 각자의 토끼를 내려놓았다. 비는 척추가 죽 얼얼해지는 기분이었다. 그녀가 두 눈을 찡그려 아주 가느다랗게 떴을 때 마침 고개를 든 칼과 눈이 마주쳤다. 그는 여전히 낄낄대며, 그녀에게 윙크하고 등뒤 어딘가에서 칼을 뽑아 그의 토끼를 길게 저몄다.

그들은 데브라와 밸이 불을 지피는 동안 토끼들을 손질해서 고기를 쇠꼬챙이에 끼워 구웠다. 양이 많지는 않았지만, 신선하고 뜨끈뜨끈한 토끼 고기를 먹는 것은 기분좋은 일이었다. 그들은 남은 시간에는 배를 채우기 위해 육포를 먹었다.

그들은 모래폭풍의 습격을 받은 지점을 샅샅이 뒤져서 무쇠솥과 다른 조리도구들을 찾아냈다. 그사이 사람들은 각자의 개인 소지품, 가죽 이불 같은 침구, 여전히 각자 등에 지고 있던 것들에 의지해 간신히 생활하고 있었다. 몇 분간의 수색으로 책가방을 발견하고 파냈다. 매뉴얼도 마찬가지였다. 미들 포스트를 떠난 후 그들이 채워온 쓰레기봉투들은 사라지고 없었다.

"만약 저 모래언덕들이 없어지기라도 한다면, 그 쓰레기에 큰 벌금이 부과될 거예요." 데브라가 말했다. 그리고 누군가에게 책임이 있다는 듯 혀를 쯧쯧 찼다.

"아마 모래 속에 영원히 묻혀 있겠죠." 해럴드 박사가 말했다.

"백 년쯤 후에 어떤 과학자가 이 모래언덕들을 탐사하면서 궁금해할 테죠. 여기에는 어떤 놀라운 문명사회가 있었던 걸까?" 거기서 그 모습을 보는 자신을 상상이라도 하는 것처럼 밸의 눈이 말도 안 되게 휘둥그레졌다.

"이게 백 년쯤 후에도 여기 있을 거라는 말 같네요." 비는 그렇게 말한 다음 입을 앙다물었다. 그렇게 신랄한 소리를 할 셈은 아니었다. 듬성듬성한 원을 그리며 모여 있는 사람들 사이 맞은편에, 늘 토론에 끼고 싶어하는 애그니스가 쪼그리고 앉아 있었다. 아이의 작은 입이 깜짝 놀라 딱 벌어져 비는 후회스러웠다. **저애를 위해서라도 이 자리를 망치면 안 돼.** 그녀는 스스로를 나무랐다.

"비," 밸이 얼빠지고 혼란스러운 얼굴로 말했다. "그게 무슨 소리죠?"

멍청한 밸. 그녀의 무지에 비는 그 어느 때보다도 냉소적인 기

분이 들었고, 금방 애그니스의 존재를 잊어버렸다. "이곳이 지금
은 윌더니스주죠." 비가 말했다. "이전에는, 알팔파를 재배하는
작은 마을들과 농장들이 모인 곳이었어요. 그전에는 방목지였고.
그보다 더 전에는— 계속할 필요가 있나요? 뭔가 다른 게 될 거
예요. 두고 봐요." 그것은 별로 생각해본 적이 없는 문제였다. 하
지만 그녀는 불현듯, 이 장소가 그들 자신이 죽은 후에도 한참 동
안 존재한다는 생각, 그것이 현실이 되지 않으리라는 것을 직감
했다. 이 장소가 그녀 자신이 죽기 전까지 존속한다는 것은 어처
구니없는 생각인 듯했다. 그녀의 죽음이 임박했다고 가정하지 않
는다면 말이다.

"그건 말도 안 돼요. 이곳은 마지막 야생지대라고요. 이 땅에
대한 엄격한 법이 있어요." 밸이 말했다.

"다른 야생지대들에 대한 법은 없었던 것 같아요? 여기가 어
떻게 **마지막**이 되었겠어요?"

"법은 있어요. 하지만 개정될 수 있죠." 글렌이 말했다.

"이런, 입 닥쳐요, 글렌." 칼이 말했다. "**법은 있어요.**" 그는 우
는소리를 하며 글렌을 흉내내 놀리려 했다.

글렌은 감정이 상한 것처럼 보였다. "나는 그저 사실을 분명히
밝히려고 한 거예요. 지금껏 법은 존재해왔지만—"

"엄격한 법이 있는데도 그들은 우리를 들여보냈어요." 비가
어깨를 으쓱했다. "그리고 지금 봐봐요. 우리는 쓰레기를 아무데
나 다 버렸어요. 그런 일에 관한 법이 있다고 생각해요?"

"그런 일에 관해서는 빌어먹을 규칙이 분명히 있어요." 칼이
툴툴거렸다.

밸은 약간 괴로운 것처럼 보였다. "글쎄." 그녀는 날카롭게 외쳤지만, 말을 이어서 마무리하지는 못했다. 틀림없이 대화가 그녀에게는 너무 빨랐을 것이라고 비는 생각했다. 상황이 줄곧 빠르게 돌아가고 있었던 것이다. 그들은 폭풍 때문에, 뿔뿔이 흩어졌던 일 때문에 모두 신경이 날카로운 것이 분명했다. 서로를 늘 마음에 들어하는 것은 아닐지도 모르지만, 그들은 대체로 손발이 잘 맞았다.

"이런, 그만." 데브라가 끼어들었다. "요점은, 언젠가 어떤 과학자가—어쩌면 어떤 건설 노동자일 수도 있겠죠, 비—우리의 쓰레깃더미를 파낼 거라는 거예요."

"그리고 그걸 자세히 살펴보면서, 밸이 사용한 탐폰을 찾아낼 거라고요." 후안이 말했다. 사람들은 말다툼에서 벗어나게 된 것을 기뻐하며 웃음을 터뜨렸다.

밸이 언짢은 얼굴로 노려보았다. "다른 건 못 쓰겠다니까요."

"당신이 아직도 생리를 하다니 믿어지지가 않네요." 데브라가 말했다.

"나는 젊어요." 밸이 악을 쓰듯 말했다.

데브라가 눈썹을 치켜세웠다.

"언젠가 그들이 우리 쓰레기를 발견하면, 벌금은 밸이 내는 데 난 찬성이에요." 칼이 말했다.

모두들 그가 그 농담을 마무리하며 웃음을 터뜨리기를 기다렸지만, 그는 그러지 않았다. 그의 눈길은 화가 난 채 모닥불에 못 박혀 있었다.

"칼." 밸이 둘 사이의 불화를 비밀로 하려는 것처럼 애원하듯 조용히 말했다.

"뭐?" 칼이 톡 쏘아붙였다. "만약 적응하지 못하겠다면, 대가를 치러야겠지."

밸의 입이 떡 벌어졌다. 비가 밸 대신 움찔하며 놀랐다. 이것은 명백한 배신이었다.

밸은 정신을 차리고 일어나더니, 칼이 따라올 것을 기대하며 모닥불에서 멀리 떨어진 곳으로 화가 난 채 도도하게 걸어갔다. 하지만 그는 자리에 그대로 앉아 있었다. 비는 밸이 둥그렇게 퍼진 모닥불 불빛 너머로 사라지는 것을 지켜보았다. 그녀의 형체는 총천연색에서 흐릿한 색깔로, 그러다 회색 점으로 바뀌었고, 곧 어둠 속에서 사라져버렸다. 비가 고개를 돌려 칼을 쳐다보니, 칼이 그녀를 지켜보고 있었다. 그는 마치 그녀와 농담을 주고받고 있었던 것처럼 모닥불 너머 비를 보며 능글맞게 웃었다. 그 능글맞은 웃음이 사라진 뒤에는 그가 줄곧 그녀를 빤히 쳐다보는 바람에 마침내 그녀는 눈길을 돌려야만 했다. 그녀는 어둠 속에서 손을 뻗어 글렌의 손을 잡았다. 불 근처에 있는데도 그녀의 손에 잡힌 그의 손은 차갑게 느껴졌다. 그녀는 애그니스를 찾아봤지만, 그애는 더이상 그곳에 없었다. 몰래 빠져나갔던 것이다. 또다시, 비는 자신의 냉소주의가 후회스러웠다. 애그니스가 그녀 때문에 놀라지 않았기를 바랐다. 그애가 이곳이 보호받고 있다고 생각하는 것은 당연한 일이었다. 비록 비 자신은 이곳을 오히려 테마파크에 가깝게 여긴다는 것을 그 순간 깨달았지만 말이다. 이곳은 아마 결국에는 쓰레기 매립지나 어떤 다른 필수적인 곳이 될 터였다.

아무도 밸을 따라가지 않았다. 그들은 모닥불 가에서 온기를 얻은 다음, 한 사람 한 사람씩, 한 가족 한 가족씩 잠자리에 들었다. 마침내 밸이 돌아온 것은 해럴드 박사가 자기 오줌으로 모닥불을 끄고 있을 때였다. 그는 함께 잘 사람이 없었기 때문에 보통 가장 마지막까지 깨어 있었다.

"밸이 돌아왔어요." 그가 페니스를 털어 바지에 밀어넣으며 말했다.

밸은 비와 글렌이 방금 막 잠자리에 든 곳을 지나, 한 사람씩 혹은 가족 단위로 깔아놓은 잠자리들이 원을 그리며 모여 있는 곳의 한가운데로 직진했다. 그녀는 칼이 한 팔을 베고 몽상에 잠겨 별들을 올려다보며 누워 있는 잠자리로 곧장 진격했다. 모두들 말다툼에, 그러니까 밸의 날카로운 고함과 칼의 의기양양하고 퉁명스러운 대꾸에, 어쩌면 그의 갈비뼈에 가해질지 모를 몇 번의 발길질에 대비했다. 칼은 정도正道를 걷는 척하고 밸은 비열한 언동을 해대며 흔히 벌이는 실랑이에 대비했다. 하지만 그 대신 밸은 자신의 튜닉을 추켜올리고 단번에 다리를 벌려 그의 몸 위에 걸터앉았다. 비에게는 별안간 달려드는 큰 고양이를 생각나게 하는 빠른 움직임이었다. 밸은 섹스가 시작되자 칼의 목을 졸랐다. 그가 꼴깍대며 으르렁거리는 동안 그녀는 새된 목소리로 음란한 말들을 외쳐댔다. 잠시 후 그가 자기 목에서 그녀의 두 손을 잡아떼고 그녀의 머리카락을 와락 움켜쥔 다음 머리를 뒤로 세게 꺾는 바람에, 둥글게 모인 잠자리 곳곳에서 사람들은 그녀의 실로폰 같은 등뼈가 정렬하는 소리와 충격을 받고 흥분해 헐떡거리는 그녀의 숨소리를 들었다. 곧이어 칼이 두 손으로 그녀의 엉덩이를 더듬어 찾아내더니, 화난 듯 끙끙거리며 그녀를 앞뒤로 밀쳐댔고, 그러는 동안 그녀는 그의 가슴을 할퀴어댔다. 그들의 섹스가 너무 시끄럽고 공격적이어서 비는 애그니스의 귀를 막으려고 손을 뻗었다. 그러다 애그니스가 아까 슬그머니 빠져나갔다는 것을, 비가 아는 한 이 장면을 목격하고 있는 것은 아니라는 사실을 기억해내고 안도했다.

별빛 아래 있던 사람들은 모두 격렬하게 섹스를 하는 칼과 벨의 빛나는 형체가 아닌 다른 것에 시선을 주려고, 또 그들의 짐승처럼 끙끙대는 소리와 괴성이 아닌 다른 소리에 귀를 기울이려고 안간힘을 썼다. 하지만 모르는 체하기가 어려웠다. 비는 다른 사람들이 자위행위를 하면서 소리를 내지 않으려고 애쓰고 있다는 것을 알 수 있었다. 글렌이 비를 향해 손을 뻗고 발기한 부위를 그녀 몸에 대고 눌렀지만, 그녀 또한 흥분했음에도 그녀는 그를 밀어냈다. 그는 실망해서 몸을 웅크리며 그녀에게서 손을 뗐다. 그들은 둘 다 잠들지 못한 채 별빛 아래 어색하게 누워 있었다.

*

그들은 그 포스트가 플라야의 반대편에 있을 것이라고 생각했는데, 그 플라야는 지금 모래언덕으로 덮여 있었다. 하지만 플라야는 커다랬다. 생각했던 것보다 더 컸다. 그들은 푸석푸석한 모래를 헤치며 비틀비틀 걸어가야만 했다. 그들은 천천히 전진했다.

하루가 지난 후 그들은 건물들을 보았다고 믿었다. 게다가 인간이 남긴 쓰레기들, 그러니까 집에 거의 다 왔다고 부주의해져 있을 때 무심코 길가에 버리는 것들을 점점 더 많이 지나치고 있었다. 예를 들면 낱개 껌의 포장용 은박지나 누렇게 변해버렸지만 한때는 파란색이었던 플라스틱 펜 뚜껑 따위였다. 그들은 앞쪽에 지붕이 반짝거리는 것을 보았다고 확신했다.

어느덧 해가 산등성이 뒤로 완전히 넘어간 후, 그들은 걸음을 멈추고 저녁식사를 준비하며 어둠에 대비했다. 산들은 푸르스름한 회색으로 변했다.

무쇠솥 앞에 사람들이 줄을 서 있었지만, 밸은 곧장 앞쪽에 끼어들며 소리쳤다. "나는 이 인분을 먹을 거라서 음식이 더 많이 필요해요!"

솥을 젓고 있던 데브라와 후안은 약간 놀란 듯 서로를 바라보다가, 곧 자기 몫을 기다리는 다른 사람들을 둘러보았다. 그런 다음 칼을 바라보자 그가 고개를 끄덕였다. 그들은 그녀에게 음식을 더 주었다. 비는 절레절레 고개를 저었다. 밸은 툭하면 자신이 임신했다고 생각했다. 비는 한 번도 그녀가 맞는다고 판명되지 않았다는 것을 감사히 여겼다. 칼과 밸을 각각 참아내기도 힘들었던 것이다. 그녀는 밸이 그 결합과 권력을 확고히 하기 위해 아이를 원한다고 확신했다. 그들은 최고의 위치에 있는 것을 과하게 즐겼다. 기회가 있을 때마다 자신들의 생각을 따르도록 커뮤니티의 결정을 뒤집으려 했고, 그런 시도가 통하면 몹시 기뻐했다. 리더는 그 지위를 만끽하면 안 되는 법이라고, 비는 마음속으로 생각했다. 글렌이 말했듯이 그것은 의무감 때문에 맡는 역할이어야만 했다.

비는 토끼 고기 스튜가 가득 담긴 우묵한 나무그릇을 들고서,

앉거나 서 있을 만한 곳을 찾아보았다. 글렌은 어디에서도 찾을 수가 없었다. 애그니스는 통나무 위에 벨과 바싹 붙어앉아 있었다. 아주 딱 붙어 있어서 그 작은 통나무에 비가 앉을 만한 공간이 있을 정도였다. 줄곧 벨의 수다에 귀를 기울이고 있던 애그니스가 고개를 들더니 비가 자기 옆자리를 주시하는 것을 보았다. 애그니스는 벨과의 사이를 조금씩 벌리고, 무릎을 벌려 그 빈 공간을 메우려고 했다. 비는 자신의 아이가 얼마나 철없이 잔인하게 굴 수 있는지를 보며 웃음을 꼭 삼켜야 했다.

후안은 그들로부터 수십 미터 떨어진 곳에서 빙빙 원을 그리며 걷고 있었다. 한 손에는 음식이 담긴 그릇을 들고 동시에 다른 손으로는 연설하듯 손짓을 하며 혼잣말을 하고 있는 것처럼 보였다. 해럴드 박사는 데브라를 침울하게 바라보며 땅바닥에 앉아 파인콘과 시스터, 브라더와 함께 식사를 하고 있었다.

비의 눈길은 최종적으로 칼에게 머물렀는데, 그는 이미 그녀를 지켜보고 있었다. 그는 통나무 위에 혼자 앉아 있었고, 그녀의 눈길이 쏠리자 자기 옆자리를 토닥거렸다. 글렌은 어디에 있을까?

비는 칼 옆에 앉고 싶지 않았다. 그들이 서로 부둥켜안고 있었던 그 밤 생각을 멈출 수가 없었다. 그녀가 스스로에게 꼭 필요하다고 했던 행동들이 이제는 민망하고 불쾌한 실수가 되어 있었다. 하지만 지금은 그의 옆자리를 거절할 방법이 없었다. 어디로 가야 할까? 모래언덕에 혼자 앉아야 하나? 거절하면 너무 티가 날 터였다. 그는 그녀를 지켜보며 부끄러워하는 기색을 찾고 있었다. 그에게 전혀 내색하고 싶지 않았다. 그녀는 성큼성큼 걸어 갔다.

"안녕하세요." 그녀는 상냥하게 인사했다.

그는 입에 음식을 가득 물고 고개를 끄덕였다. 말을 더 하지는 않았다. 왜 칼 옆에 앉는 것에 뭔가 의미가 있을 거라고 생각했을까? 그는 단지 그녀에게 빈자리가 있으니 앉으라고 손짓했을 뿐이다. 그녀는 어렴풋이 모멸감을 느끼면서도 왜인지는 확실히 모른 채 자리에 앉았다.

애그니스는 지금 모닥불 맞은편에서 구부정한 자세로 앉아 따분한 표정을 짓고 있었고, 그러는 동안 내내 밸은 한 손을 자기 배에 얹고 다른 손으로는 애그니스의 머리카락을 만지작거렸다. 그것은 비가 알기에 애그니스가 무척 싫어하는 행동이었다. 그리고 그녀는 애그니스가 그러도록 내버려두고 있는 것이 무척 보기 싫었다. 그녀는 애그니스가 변덕스럽게 구는 것을 언제 그만둘지 궁금했다. 언젠가는 다시 용감하고 생글생글 웃는 장난꾸러기 요정 같은 여자아이가 될 수 있을까? 병이 나기 전, 아주 어렸을 때처럼. 혹은 그들이 처음 여기에 도착했을 때, 병세가 호전되어 주변을 두리번거리며 두 발로 뛰어다녔을 때처럼. 몸져누워 있으면서 허비한 시간을 보충하던 그때처럼 말이다. 그렇지만 이제 그애는 아플 때도 건강할 때도 더이상 그 어린 여자아이가 아니었다.

비는 그들이 애초에 이 낯선 윌더니스에 온 모든 이유를 떠올려보았다. 지금쯤은 이미 다들 이곳에 머무는 각자의 이유가 바뀌었을까? 아니면 여전히 모험, 건강, 기회에 매달리고 있을까? 무엇을 위한 기회일까? 그녀는 어떤가? 비는 딸의 찌푸린 얼굴을 보며 딸아이를 건강하게 키우기 위해서라는 자신의 이유를 비웃을 수밖에 없었다. 그것은 한 여자아이에 대한 사랑의 서곡이었지만, 정작 지금 그애는 그런 유의 서곡을 혐오하는 듯 보였던 것이다. 비는 그것이 순교자의 서곡이기도 한지 궁금했다. 사람은 이타적인 이유만 갖고는 이런 식으로 살 수 없는 법이었다. 하지만 그녀가 처한 어떤 상황도 더이상 진짜처럼 느껴지지 않았다. 딸을 걱정하는 마음이면 충분할까?

그녀는 어머니에게 그것에 대해 이야기할 수 있으면 좋겠다고 생각했다. 그녀는 편지를 써서 포스트에서 부치곤 했다. 하긴 그것은 정확히 어머니가 좋아할 법한 질문이었다. 어머니의 대답은 틀림없이 아니! 그러니 집으로 돌아와!일 터였다. 하지만 비는 자기라면 하고 싶은 말을 알아듣기 쉽게 분명히 표현할 수 있을 것이라고 생각했다. 그녀의 어머니는 언제 현실적으로 행동해야 하는지 잘 알았지만, 친절을 베푸는 법 또한 잘 알고 있었다. 설령 그것이 완전히 솔직한 마음에서 나온 것은 아닐지라도. 그것은 비가 물려받은 기질이 아니었다.

비가 성인이 되기 전, 거의 몰라볼 정도로 변해버린 세상에서 어머니는 비에게 믿음직스럽지 못한 보호자였다. 비가 성인이 된 초기에 어머니는 어리벙벙한 사람이었다. 대부분의 결정은 본인이 했으면서도 막상 비가 무언가를 선택하면 의문을 제기하곤 했으니 말이다. 그리고 지금 그녀의 어머니는 가장 어머니다웠다. 어머니가 필요 없다고 생각했을지도 모를 나이에 비는 그 어느 때보다도 더 간절히 그녀의 어머니를 원했다. 모든 편지에서, 심지어 어머니가 비의 사명을 받아들인 것처럼 보이는 편지에서도 어머니는 여전히 그녀에게 돌아오길 간청했다. 우리 사이가 아주 가까워져서 그런지 그만큼 더 네가 보고 싶구나.

그녀가 애그니스를, 애그니스가 그녀를 빤히 쳐다보고 있던 한 순간 애그니스의 눈길이 그들 위쪽 산등성이로 쏜살같이 움직였다. 하지만 비는 아무것도 보지 못했다. 애그니스가 눈길을 되돌렸을 때 본능적인 냉기를 느낀 비는 저 위에서 그들을 뚫어져라 주시하고 있을지도 모를 존재가 무엇인지 확인하기 위해 산등성이를 다시 올려다보았다. 글렌은 어디에 있을까? 의아한 마음과 걱정이 솟았다. 그녀는 반사적으로 일어서며 산등성이를 살펴보았다. 고개를 돌려 모닥불 건너편을 바라보았을 때 애그니스는 사라지고 없었다. 비는 그애가 다들 둥글게 모여 자는 곳으로 걸어가고 있는 것을 알아차렸다. 글렌이 침구를 털고 있었다. 애그니스는 다가가서 그를 도왔다. 우리는 참 이상한 가족이야. 그들을 지켜보는 비의 마음은 사랑으로 가벼운 동시에, 뭐가 됐든 인간이 서로 거리를 두게 만드는 모든 일에 대한 회한으로 무거웠다. 그것은 절실하고 인간적이며 본능적인 회한이었다. 하지만 그녀만의 사적인 회한이기도 했다.

모두 말끔히 청소하고 잠자리를 마련했을 때 멀리서 불빛이 깜박이는 것을 보고 다들 깜짝 놀랐다. 그 불빛은 움직이고 있는 것 같았다. 칼이 그쪽으로 손을 오므려 귀에 갖다댔다.

"트럭이에요." 그가 말했고, 사막의 고요를 깨뜨리던 낯설고 이질적인 윙윙 소리가 그 의견으로 설명되었다.

"레인저 트럭이야?" 밸이 물었다.

"아니, 그냥 트럭이야."

"여기는 주州 외곽도로 근처인 게 틀림없어요." 글렌이 지도를 꺼내며 말했다.

보아하니 지표면이 얼어서 부풀어오른 비포장도로가 월더니 스주를 둘러싸고 있는 것 같았다. 자연 그대로인 외딴 중간지대를 파괴하는 일 없이 포스트들을 연결하고 레인저들이 각기 다른 지역에 접근할 수 있게 해주는 도로였다. 그들은 멀리 동쪽 포스트들 사이를 달리는 일부분만 본 적이 있을 뿐이었다. 그때 그 도로에는 아무도 없었지만, 더욱 휑뎅그렁하게 느껴지는 이 외진 곳에서 지금 그들은 다른 한 쌍의 헤드라이트가 탁 켜지는 것을 목격했다. 게다가 곧이어 더 먼 앞쪽에 또 한 쌍이 모습을 드러냈다. 머지않아 반대 방향으로 향하는 차량의 빨간 후미등도 보였다.

비는 플라야 안으로 더 깊이 들어가 서 있었다. 그들이 다른 사람이나 구조물을 한 번도 본 적이 없는 것은 아니었다. 포스트에는 체크인 절차가 있었다. 숲과 평원에서도 레인저들을 마주쳤다. 레인저들은 심지어 트럭을 몰고 그들을 찾아왔다. 하지만 이 자동차들과 불빛 때문에 그녀는 황홀했고, 자신이 얼마나 외로웠는지를 절실히 느꼈다. 이 사람들은 다 누구이며, 어디로 가고 있는 것일까? 여기서 멀지 않은 곳에 어딘가 갈 만한 곳이 있는 것일까? 그 생각에 가슴이 몹시 빠르게 뛰었다.

뒤에서 발소리가 들렸다. 사박사박, 살금살금. 하지만 확실히 두 발 동물이었다. 그녀는 뒤돌아보지 않았다.

칼이 그녀 옆에 나타났다.

"요전날 글렌과 시간을 좀 보냈어요." 그가 말했다.

"네, 그랬죠."

"그냥 대화만 한 건 꽤 오랜만이었죠."

"그렇죠."

"대단한 사내예요."

"대단한 사내요?"

"그래요." 칼이 놀란 표정으로 말했다. "그는 대단한 사내예요."

"당신은 지금껏 여러 해 동안 그이와 함께 생활했고, 그이와 나란히 잤고, 그이가 똥을 싼 바로 그 구덩이에 똥을 쌌어요. 게다가 그전에는 그이가 당신의 멘토였고요. 그런데 지금에서야 그이가 대단한 사내라는 걸 알게 됐다고요?"

칼이 얼굴을 찡그렸다. "아뇨, 그가 대단한 사내라는 건 잘 알죠. 그냥 그렇다는 얘기예요. 꽤 오랜만에 한번 말해보는 거죠. 그냥 말도 못해요?"

그녀의 무릎이 퉁기듯 떨리기 시작했다. 여러 해 동안 필요를 느끼지 못했던 신경성 경련이었다. 그녀는 탄식하듯 말했다. "물론, 그이는 대단한 사내예요." 그녀가 동의했다.

"그는 레인저를 잘 다뤄요." 칼이 구체적으로 설명했다.

"그 사람들을 존중하죠."

"어떻게 그러는지 모르겠어요." 칼이 슬슬 특유의 짜증을 내기 시작하면서 말했다.

비는 자신이 너무 많은 말을 하는지도 모른다는 것을 잘 알면서 말했다. "그이는 자기가 레인저라면 좋겠다고 생각하는 거 같아요."

글렌은 언젠가 그녀에게 레인저야말로 최고로 운좋은 사람들이라고 말한 적이 있었다. 돌아다닐 수 있는 자유가 있고, 그것도 모자라 누워 잘 수 있는 침대, 새까만 어둠을 물리칠 전등이 달린 따뜻한 집이 있다고, 그는 말했다. 이곳에 온 첫해 어느 추운 밤 짐승가죽 이불을 덮고 누워 있을 때였다. 그들은 깜짝 놀라게 하는 많은 것을 맞닥뜨렸지만 그때까지 해낸 것들, 특히 남들은 해내지 못할 때 해낸 것들로 인해 용감해진 느낌이 들기도 했다. 하지만 그날 밤 글렌은 그녀를 더 꼭 끌어안았고, 어쩌면 피곤했기 때문에 더 솔직해져 있었는지도 모른다.

그는 나지막한 목소리로 말했다. "현대적 생활의 안락함을 누리지만 동시에 이 광활하고 아름다운 곳에 접근할 수도 있다고 상상해봐. 해를 거듭하고 또 거듭하며 여러 해 동안 줄곧 도보로 누벼서 이곳을 손바닥 들여다보듯 환히 꿰고 있고……" 그가 하품을 하며 말꼬리를 흐렸다.

"하지만 우리도 지금 그렇잖아, 아니야?" 비가 물었다.

"그렇기도 하고 아니기도 해. 우리는 결코 그 모든 걸 다 볼 수 없을까봐 두려워."

비는 이것이야말로 그가 정말로 두려워하는 상황일 거라는 사실을 알아차리고 빙긋 웃었다.

"하지만 레인저라면 가능할 거야." 글렌이 말을 이어갔다. "그모든 걸 몇 번이고 계속 보게 될 테지."

"하지만 우리가 아는 것처럼 알지는 못할 거야."

"글쎄. 장담하는데, 레인저라면 우리가 아는 것처럼 알 수 있을 거야. 만약 내가 레인저라면 그럴 거야." 그가 한숨을 쉬었다. "어떻게 레인저가 되는 것에 대해 몰랐을까?" 그가 푸념했다. "직업 목록에서는 본 적이 없어. 당신은 어때?"

"못 본 것 같아. 하지만 어쩌면 나는 다른 목록을 받았을지도 모르지." 비는 레인저가 되고 싶지는 않았을 것이다. 그녀가 어렸을 때도, 직업을 결정하면서도 말이다. 그리고 짐작하기로 글렌 역시 레인저가 되고 싶지는 않았을 것이다. 심지어 그 당시에도 세상은 충분히 달라져 있었다. 레인저들이 운좋은 존재가 될 것이라고 누가 상상이나 했을까? "어쩌면 당신은 나이가 많아서 레인저가 포함된 목록을 받지 못한 건지도 몰라." 그녀가 짓궂게 놀렸다. "그 당시에는 아마 그게 그리 좋은 직업이 아니었을 거야. 장담하는데, 본인들은 심지어 그 일을 좋아하지도 않을걸."

"그럴 리가, 그들은 자기 일을 좋아해!" 글렌이 큰 소리로 외쳤다.

"쉿. 그건 모르는 거야. 가끔 그들은 피로에 찌들고 짜증이 난 것처럼 보일 때도 있어."

"그야 칼을 상대하니까 그렇지."

그들은 함께 웃음을 터뜨렸다.

글렌은 그때껏 그녀를 힘껏 껴안고 있었다. 잠이 들면서 그의 손아귀가 마지못한 듯 조금씩 풀렸다.

플라야 건너편 저멀리, 또다른 차가 나타났다. 이번에는 더 가까워 보였다. 비와 칼이 서 있는 곳에서는 그 차의 웅웅대는 소리가 처음에는 산등성이에서 새끼 코요테가 우는 소리처럼 들렸다.

"비밀 하나 말해줄까요?" 칼이 말했다.

비는 마음속으로 신음했다. 그녀는 칼의 비밀 창고가 되고 싶지 않았다. 그의 절친한 친구가 되어봐야 득 될 게 하나도 없다고 생각했다. 그녀는 조용히 음 하는 소리를 내고는 그가 마음대로 해석하게 내버려뒀다.

그는 즉시 이야기를 털어놓았다. "나는 한때 레인저가 되려고 했어요."

비는 놀라서 코웃음을 쳤지만, 이내 자신이 전혀 놀라지 않았다는 것을 깨달았다. "물론 그랬겠죠." 그녀는 그렇게 말하고 나서, 그 말이 의도한 것만큼 모욕적인 의미로 받아들여졌는지 알고 싶다고 생각했다. 하지만 칼은 그 자신에게, 그녀의 반응에 뿌듯해하면서 낄낄 웃었다.

"그랬어요. 하지만 그들 말로는, 나한테는 레인저의 자질이 없었죠."

"다시 지원했나요?"

"딱 한 번만 신청할 수 있어요. 가능했다면 백만 번쯤 지원했을 테지만. 내가 원한 건 그게 다예요."

"왠지 알아요?"

"왜냐니, 뭐가요?"

"왜 합격하지 못했죠?"

칼은 그런 의문을 마주한 적이 한 번도 없었던 것처럼 골똘히 생각하며 얼굴을 찡그렸다. "내 추측으로 그건, 내가 그 모든 규칙을 집행해야 한다는 생각을 내켜하지 않았기 때문일 거예요."

"그럴 수도 있겠네요."

"지금껏 레인저들은 늘 상부에 충성하는 엄청난 예스맨이었어요. 녹색 유니폼을 입은 경찰에 불과하죠. 나는 이곳에 접근하기 위해 레인저가 되고 싶었어요. 내가 관심을 가졌던 건 그게 다예요. 규칙 집행 같은 건 안중에 없었죠."

"그러니까, 그들에게 그 말을 했군요."

"아마도." 칼은 전적으로 시인하길 거부한 채, 쑥스러운 듯 말했다.

그녀는 요전날 밤 그들 사이에 느껴졌던 친밀감이 슬며시 다시 생기기 시작하는 것을 느꼈다. 마치 두 사람이 이야기를 나눌 수 있고, 여러 가지를 공유할 수 있는 사이인 것 같았다. 심지어 전에는 한 번도 그렇다고 믿은 적이 없었는데 말이다.

그녀는 팔짱을 끼며 벽을 쳤다. "자, 그럼." 그녀가 쾌활하게 말했다. "당신은 결국 원하던 걸 얻었군요. 틀림없이 행복하겠어요."

"그게 말이죠, 비." 그가 그녀를 흘깃 바라보며 말했다. "이제 원하던 것을 가졌기 때문에, 어쩐지 더 많은 것을 원할 자유를 얻은 거 같은 기분이 들어요. 거침없이 마음대로 원해도 괜찮을 거 같아요. 나는 무언가를 원한다는 게 인간의 자연스러운 상태라고 생각해요. 이제 원한다는 건 내게 절대로 충족되지 않을 일이죠. 내가 원하는 대상을 얼마나 원하는지 고통스러울 지경이에요."

그가 비를 뚫어져라 바라보았다.

그녀는 헛기침을 했다. "그건 어린아이가 어떤 존재인지에 대한 설명인 거 같네요." 그녀는 천진난만하게 미소 지으며, 그의 기세를 꺾으려고 안간힘을 썼다.

그는 그녀의 말에 미소를 지었지만, 빤히 쳐다보는 시선은 흔들리지 않았다.

그녀는 소리 내어 웃었다. "왜 날 빤히 쳐다보는 거죠?"

칼이 대답했다. "왜 그런지 알잖아요."

"나에게 뭔가 말하려는 건가요?"

"나는 당신에게 뭔가를 말하려는 게 아니에요. 당신에게 말하고 있는 거죠."그의 미소가 목소리에 서린 날을 감춰주었다. 마치 그의 욕구가 위험한 것인 듯.

"알았어요."그녀가 말했다.

"뭘 알았다는 거죠?"그가 물었다.

"알았어요."그녀는 내뱉듯 말했다. 지금 그녀는 어린아이가 된 것 같은 기분이 들었다. 그녀는 중얼거리듯 말했다. "알겠어요. 당신은 나랑 섹스가 하고 싶은 거예요."이런 상황에서 그 단어는 입안의 흙먼지처럼 껄끄럽게 느껴졌다.

"물론이죠, 하지만 그게 다는 아니에요. 나는 누구 할 것 없이 모두와 섹스를 하고 싶어요. 바로 이곳이 나를 그렇게 만들었죠. 내가 말했듯이, 이곳은 나를 자유롭게 해주니까."

"그래서요?"

"언젠가 착한 척하는 걸 그만둘 거예요."그가 말했다.

"이런, 당신 착한 척하고 있는 거예요?"

"당신은 나에게 모욕을 줄 수 없어요, 당신도 알죠?"

그녀는 눈을 깜박였다. 정말이지 잘 알고 있었다. 그의 단도직입적인 태도에 따귀를 한 대 철썩 맞은 것 같았다.

"비, 나는 당신이 영향력이 있다고 생각해요. 우리가 힘을 합치면 무척 강력해질 수 있을 거라고 생각하고요."

"밸은 어떻게 하고요?"

"밸은 **어떻게** 하냐고요?"

비는 눈썹을 치켜세웠다.

"봐봐요, 벨은 그냥 벨이에요." 그가 말했다. "하지만 벨은 당신 반밖에 안 되는 여자죠." 그는 사탕발림하는 기색도 없이 그 말을 했다. 마치 그것이 사실인 것처럼 단호한 투였다. 비는 벨을 몹시 싫어하는데도 그녀가 불쌍했다. "사람들은 당신을 잘 따라요. 당신은 자신이 주도하고 있는 줄도 모른 채 상황을 주도하죠."

비가 말했다. "하지만 칼, 우리 중 주도하는 사람은 아무도 없어요. 우리 모두 결정을 내리죠. 다 같이요."

칼이 킬킬거렸다. 그것은 그녀가 바보가 된 기분을 느끼게끔 의도된 사내아이 같은 웃음이었고, 효과가 있었다. "몇몇 사람이 상황을 좌지우지하고 있다는 생각 안 들어요? 그들은 자신들이 원하는 걸 얻고 있으면서 그걸 전원합의제라고 불러요. 게다가 아무도 모르죠. 주도하고 있는 사람들은 그들인데."

"그 사람들 중 하나가 당신이겠죠."

"물론이에요."

그녀가 고개를 끄덕였다.

"내 생각에는 당신도 그중 하나예요."

"틀렸어요."

"그럴 수도 있죠. 아닐 수도 있고. 아무튼, 이런 은밀한 방식의 리더십이 영원히 지속되지는 않을 테죠. 그리고 정말이지, 당신이 똑똑하다면, 우리가, 그러니까 당신과 내가 한 팀이 되어야 한다는 걸 받아들일 거예요. 지금은 어떤 상태든 한 팀은 아니죠." 그는 약간은 애처롭고 약간은 쓸쓸하게 들리는 목소리로 말했다. 안달이 난 것 같았다. 그가 어깨에 손을 얹자 그녀는 그 손길에,

168

두 사람이 함께하면 대단한 인물, 중요한 존재가 될 수 있다는 그의 생각에 움찔했다. "내가 무슨 말 하는지 알겠어요?"

"잘 모르겠네요." 그녀가 몸을 홱 피하며 말했다. 하지만 눈알 뒤쪽 공간이 욱신거리고 초점이 흔들려 어두운 지평선이 공동 空洞으로 변했다.

"멍청한 척하지 말아요." 그가 경고했다. "당신한테 안 어울리니까." 그가 한 손으로 재빨리 그녀의 턱을 잡고 자신에게 주의를 집중시켰다. 그녀는 턱과 목을 그의 손에 잡힌 채 침을 꿀꺽 삼켰다.

"언젠가는 당신한테 내가 필요할 거예요." 그가 침착하게 말했다. "나 말이에요. 후안 말고. 데브라 말고." 그가 잠시 뜸을 들였다. "글렌 말고. 내가 필요할 거예요. 나를 원하게 될 거라고요. 그리고 나는 당신을 위해 거기 있을 거예요." 곧이어 그의 손이 떠나갔고, 그녀는 그가 떠났다는 것을 감지했다. 하지만 신경이 곤두선 뒷덜미에 아직도 그가 도사리고 있는 듯 느껴졌다. 그녀는 그의 숨소리, 그의 발걸음이 딱딱한 소금층을 깨부수는 소리가 들린다고 생각하면서, 자신을 주시하는 그의 시선을 느꼈다. 뒤를 돌아보았다. 그가 캠프 끝자락에 서서 그녀를 마주보고 있었다. 그의 뒤에서 밸도 지켜보고 있는 것이 보였다. 그리고 밸 뒤에는, 엄마의 치마 뒤에 숨어 있는 어린아이처럼, 애그니스가 있었다.

비는 캄캄한 도로를 되돌아보았다.

복잡할 것 없어 보이던 상황이 밤이 다 가기도 전에 불가항력적이고 골치 아픈 상황이 되어버렸다. 처음으로 그녀는 자신에 대해 누가 무엇을 알고 있고 어떻게 생각하는지 확신이 서지 않았으며, 그로 인해 두려워졌다. 그렇게 오랫동안 그토록 원초적인 삶을 함께 살아온 이 사람들이 낯설게 느껴졌다. 그녀는 그들 사이에 상황이 바뀌는 것이 마음에 들지 않았다. 하지만 이미 한참 전부터 그랬을 것이다. 그로 인해 그녀는 통제력을 잃은 것 같은 느낌이 들었다. 동시에 자신이 이곳에 도착한 후로 줄곧 상황을 얼마나 잘 제어해왔는지를 깨달았다. 그녀는 지금껏 다른 사람들이 결정을 맡기거나 뒤따르는 사람이었는데, 눈치조차 못 채고 있었다. 눈치채지 못한 것은 관심이 없었기 때문이다. 왜 그녀는 관심이 없었을까? 어쩌면 이것, 그러니까 이 실험에 아무 관심이 없었기 때문일 터였다. 그것은 게임이었다. 그렇다면 모습을 감추고 마음을 가다듬으며 이곳에서 자신의 역할이 무엇인지를 가늠해보고 싶어졌다. 하지만 혼자 떠날 생각을 하니 두려워서 몸서리가 쳐졌다.

그러면, 애그니스와 글렌을 데리고 가. 그녀는 생각했다. 밤중에 그들을 흔들어 깨워서, 몰래 도망쳐. 포스트로 되돌아가, 시티로 되돌아가. 그곳의 삶에 포함된 모든 위험을 감수하며, 다시 한번 그렇게 살아. 하지만 아니, 그 공상은 시작도 하기 전에 끝나버렸다. 그들은 결코 떠나지 않을 터였다. 그녀는 목이 메어 숨이 막혔다.

칼이 어떤 사람인지 알아보지 못했던 것도 아니었다. 하지만 지금 그 실체를 마주하자, 부패와 분노의 냄새를 맡을 수 있었다. 그래서 그녀는 그 차갑고 무서운 느낌을 자신의 뱃속에 거둬 넣고 그것이 단단하고 조밀해져 그녀 몸의 새로운 일부분이 될 때까지 꼭 쥐어짜면서 거기 담아두었다.

산등성이 쪽으로 활처럼 구부러진 달이 산자락과 등성이 정면을 환히 밝히고 있었다. **참 예쁘구나**, 비는 생각했다. 그 산맥의 산은 높이도 높은데다가 험준하고 위풍당당한 능선이 마주보이는 산다운 산들이었다. 그녀는 그 산등성이의 꼭대기가 그들이 있는 곳보다 1.5킬로미터쯤 더 높지 않을까 생각했다. 만약 올라가기 시작한다면, 산기슭의 그 작은 구릉지대에 지층이 얼마나 쌓여 있고 깊은지를 알게 될 터였다. 낮에는 그 깊이를 거의 알아차리지 못했다—오후의 햇살 아래서 그것은 평평한 벽처럼 보였다. 하지만 이제 깨달았다. 정상에 이르는 최후의 가파른 오르막을 오르기 전에, 먼저 완만한 오르막을 몇 킬로미터에 걸쳐 걸어야 할지도 모른다는 것을. 그 산등성이 앞에는 넘어야 할 산들이 있었다.

더이상 자동차 소리가 들리지 않았고 불빛도 보이지 않았다. 그리고 그런 것들이 사라지자 그 산등성이가 거대해졌다. 불현듯 불길한 예감이 들었다. 이제 모든 것이 얼마나 광대한지 알기 때문이었다. 그들이 포스트 근처까지 오기는 했을까? 다리가 휘청했다. 기진맥진하고 만신창이가 된 기분이었다. 그녀는 자신이 여기서 지금 당장 잠들면 얼어죽는 것이 아닐까 생각해보았다. 마음속으로 너무 큰 두려움이 퍼진 나머지 두 발이 자신을 캠프로 기꺼이 다시 데려다줄지 확신이 서지 않았다.

뒤에서 목소리가 들렸다. "어이."

"이봐요, 무당벌레 양." 글렌이었다. 그가 뒤에서 그녀의 어깨에 털가죽을 둘러주었다. 그 순간 그녀는 자신이 얼마나 심하게 떨고 있었는지 깨달았다. "우리 무당벌레 양." 그가 나직이 노래하듯 말하며, 가죽 담요를 두른 그녀와 함께 몸을 흔들었다. "무당벌레는 추위를 좋아하지 않는 줄 알았는데." 그가 그녀의 귀에 대고 속삭였다.

그와 가죽 담요 덕에 몸이 따뜻해지자, 떨림이 가라앉았다. 그녀는 그가 자기를 떠받치고 있다는 것을 알아차렸다. 그녀의 두 다리는 힘이 풀려 후들거리고 있었다.

"자러 갈래?"

그녀는 고개를 끄덕이며, 눈가에서 눈물이 흘러내리는 것을 느꼈다.

"좀 도와줄까?"

그녀는 다시 고개를 끄덕였다. 용서받은 기분이 들었다. "집에 데려다줘." 그녀가 말하자, 그가 그녀를 휙 안아들어 그들의 잠자리로 데리고 갔다.

차 한 대가 천천히 지나가면서 운전자가 경적을 울렸다. 핸들 한가운데를 손바닥으로 누르며, 조롱하듯 길게 이어지는 소리를 냈다. 다른 한 손으로는 가운뎃손가락을 여봐란듯이 쳐들었다. 타이어가 굴러가면서 아스팔트가 움푹 팬 곳마다 고여 있던 보기 드문 빗물의 흔적이 튕겼다. 그 차가 끼익 소리를 내며 지나간 후, 배기가스에 그들의 콧구멍이 얼얼해졌다. 아이들은 저마다 시티로 돌아가 베개에 얼굴을 묻고 있기라도 한 것처럼 연거푸 짧은 헛기침을 해댔다.

잠에서 깨어나보니, 그들은 물웅덩이 속에 있었다. 마른땅은 약간의 물도 잘 흡수하지 못하기 때문이었다. 마지막으로 비를 맞았던 것이 언제인지 기억도 나지 않았다. 잠을 자는 동안 비가 오는 바람에 빗물을 모으지도 빗물에 몸을 씻지도 못했다는 데 얼굴이 찌푸려졌다. 지금 그들의 잠자리는 젖어 있었다. 그들의 옷은 때가 잔뜩 낀 몸에 착 달라붙어 있었다.

흙길인 갓길은 진창이었고 플라야도 마찬가지라 그들은 도로 위를 걸었다. "차 온다." 그들은 일렬로 늘어서서 외쳤다. "또 온다, 또 와, 또." 그러고는 안전해질 때까지 진창길을 철벅철벅 걸어갔다.

구름이 더러운 솜뭉치들처럼 하늘에 잔뜩 떠 있었다. 그날 걸은 지 한 시간쯤 지나서 비가 다시 내리기 시작했다.

그들이 멀리서 발견했던 반짝거리는 지붕은 일단의 버려진 건물, 다시 말해 지금은 의심 많은 수리부엉이 한 마리와 몇몇 성미 급한 까마귀 가족들이 살고 있는 포스트 터에 불과했다. 빈 마구간에는 말라붙은 똥덩어리가 널려 있을 뿐 말은 한 마리도 없었다. 급수용 여물통 바닥에는 죽은 숲쥐 한 마리만 말라비틀어져 있었다. 어느 건물 문에 페인트로 안내문을 휘갈겨쓴 널빤지 쪼가리가 못으로 박혀 있었다. **근방으로 이전했습니다!** 화살표가 그들의 왼쪽을 가리켰다. 급수대까지 터덜터덜 걸어갔는데, 수도꼭지에서 나온 것이라고는 훅 쏟아진 녹가루가 전부였다. 그들은 어깨를 축 늘어뜨린 채 계속 걸어갔다.

그들 뒤에서 커다란 굉음이 들렸다. 비행기가 아주 바싹 다가와서 그들의 머리카락을 흩날리기라도 할 듯한 굉음이었다. 소리가 난 곳을 쳐다보니, 그것은 아직 몇 킬로미터나 떨어진 도로에 있는 트럭이었다. 그 트럭이 다가오면서 그들을 향해 불빛을 번쩍거리자, 그들은 길을 터주었다. "트럭이야." 그들은 큰 소리로 외치며 비켜섰다.

트럭이 힘겹게 진동했다. 외장의 은색 페인트는 딱딱하게 말라붙어 금방 떨어지지도 않을 흙먼지와 검댕으로 인해 색이 흐릿해져 있었다. 그 트럭이 속도를 늦추고 경적을 울렸다. 그 소리는 우호적으로 들렸지만, 그래도 애그니스를 제외한 모든 아이가 어른들 뒤에 숨었다.

그 대형 트럭은 서행하고 있었는데도, 브레이크가 걸리자 잠시 제어가 되지 않아 심하게 진동하며 후미가 휙 돌아갔다. "워." 운전자가 그들 옆에 차를 세우며 달래듯 말했다. "이 괴물 같은 녀석은 빗길에 익숙하지 않아요." 그가 믿기 어려울 정도로 하얀 이를 드러내며 빙긋 웃었다. "내가 본 기사에 나온 그분들 맞나요?" 그가 물어보았다.

칼이 가슴을 쫙 펴며 커뮤니티 사람들 앞으로 나섰다. "그렇습니다."

"이런. 모린은 내 말을 절대 믿지 않을 거야." 그가 무릎을 더듬거리며 무언가를 찾았다. "사진 좀 찍을게요." 그가 희미하게 빛나는 직사각형 물체를 꺼내 보이며 말했다.

"안 그러면 좋겠어요." 칼이 말했다. 하지만 그 남자는 벌써 그것을 톡톡 두드리며 이렇게 말하고 있었다. "좋아요, 자 이제, 다 같이 바짝 붙어서봐요." 그들은 본능적으로 남자가 시키는 대로 따랐다. 그 카메라는 꼭 레인저가 벨트에 차는 권총처럼 희미하게 빛났고, 그가 톡톡 두드릴 때마다 마치 로봇 새처럼 큰 소리로 찍찍거렸다. 시스터와 브라더와 파인콘이 처음에는 조용히 훌쩍이더니, 급기야 감당하기 어려울 정도로 시끄럽게 울기 시작했다.

남자가 그 직사각형 물체를 내리며 물었다. "이런, 저애들은 왜 우는 거죠?"

"그쪽 때문에 놀랐잖아요." 데브라가 말했다. "이애들은 카메라를 한 번도 본 적이 없다고요."

"아." 그 남자가 정말로 비참해 보이는 표정을 지으며 말했다. "마음이 좋지 않네요." 그는 어깨를 축 늘어뜨리고 자신의 무릎을 골똘히 응시했다. 이내 그는 쾌활해졌다.

"이봐요, 내가 그애들한테 보상으로 해줄 수 있는 게 있어요. 태워줄까요?" 그가 화물을 안전하게 실어두기 위해 철골을 두른 화물칸을 턱짓으로 가리켰다. 하지만 화물은 없었다. 그 긴 화물칸은 텅 빈 채 젖어 있었다. "계속 보송보송한 상태로 있을 수는 없겠지만, 젖어 있는 시간은 줄어들 거예요. 제발 그만 울어, 애들아." 그가 말했다. 하지만 아이들은 이미 울음을 그친 상태였다.

사람들은 다들 서로를 쳐다보고는 이내 바짝 모여들었다.

"그래도 될까요?" 데브라가 커뮤니티 사람들의 망설임을 입 밖으로 내며 물어보았다.

"그래도 되는지 아닌지 누가 신경이나 쓰겠어요?" 칼이 말했다. "문제는, 우리가 하고 싶은 일인가죠."

"글쎄, 나는 문제에 휘말리고 싶지 않아서 그래도 되는지 신경 쓰여요." 데브라는 다른 누군가가 듣고 있을까봐 걱정스럽기라도 한 것처럼 나지막한 목소리로 말했다.

"문제에 휘말리면, 휘말리는 거죠 뭐." 칼이 말했다.

"하지만 그게 규칙이라면 위반해서는 안 될 중요한 규칙일 것 같아요. 우리가 쫓겨날까봐 걱정스럽네요."

"쫓겨나지 않을 거예요." 칼이 말했다.

"당신이 어떻게 알아요?" 해럴드 박사가 물었다.

"쫓겨나지 않을 거예요. 그런 건 매뉴얼에 없거든."

"몇몇 규칙은 어기면 분명히 쫓겨날 수도 있어요."

"하지만 이건 규칙이 아니에요."

"그거 확실해요?" 해럴드 박사가 물었다. "매뉴얼에 그렇게 쓰여 있지 않은 게 확실해요?" 그는 데브라를 연거푸 힐끗힐끗 쳐다보았다. 의심의 여지 없이 그는 그녀를 변호하려 애쓰고 있었다.

칼이 한숨을 쉬며 말했다. "내 말은, 네, 그런 것 같아요. 나도 잘은 모르겠어요." 그런 어리석은 질문에도 대답해야 한다는 시건방진 절망감에 빠져 그의 어깨와 얼굴이 축 처졌다.

트럭 운전사가 휘파람을 불고 나서 소리쳤다. "여러분 모두 탈 수 있을 만큼 자리는 넉넉해요. 그게 문제라면 말이죠."

"잠깐만요, 선생님." 글렌이 소리쳤다.

"언제 그렇게 겁이 많아졌어요, 데브라?" 밸이 안타깝다는 투로 말했다. 그리고 데브라의 팔을 위로하듯 어루만졌다. 하지만 그녀는 데브라가 바보가 된 것 같은 기분을 느끼게 하려고 애쓰는 중이었다. 데브라가 밸에게 으르렁거리자, 밸은 히죽거리는 것으로 맞받아쳤다.

비가 손을 들었다. "정말이지 나는 차편 이용에 대한 규칙이 있는지 전혀 기억이 안 나요, 데브라." 그녀는 잠시 뜸을 들였다.

그러자 칼이 감정을 터뜨렸다. "맞아요, 이건 멍청한 짓이에요."

"내 말 안 끝났어요, 칼." 비가 말했다. 칼의 얼굴이 일그러졌다. 그는 자기가 미끼에 걸려들었다는 것을 깨달았다. 데브라의 얼굴은 밝아졌다. 비가 계속해서 말을 이었다. "하지만 당연히 우리는 매뉴얼을 들여다볼 수 있죠." 그녀는 이것이 바보 같은 시도라고 생각하면서도 침착하게 말했다. 그냥 저 빌어먹을 트럭에 지금 당장 타. 그녀는 악을 쓰듯 소리치고 싶었다. 하지만 칼과 벨이 약자를 괴롭히는 방식이 이런 시간 낭비보다도 더 싫었다. 만약 누군가가 안심하기 위해 매뉴얼을 살펴볼 필요가 있다면, 그때마다 그들은 매뉴얼을 보았다. 늘 그런 식으로 처리해왔다. 칼과 벨은 다른 사람들의 요구에 점점 더 고약하게 굴었는데, 그녀는 그런 것을 순순히 받아들일 마음이 없었다. "다들 그러면 괜찮은 거죠?" 그녀는 다정하게 말했다.

칼과 벨을 제외한 모두가 고개를 끄덕였고, 비는 애그니스가 시스터, 브라더와 함께 그림자 밟기 놀이를 하기보다는 사태의 진전에 촉각을 곤두세우고 있다는 것을 알아차렸다.

매뉴얼은 벨이 가지고 다니는 중이었는데, 그녀는 잠시 그것을 꽉 쥐고 위협하듯 이빨을 드러내며 그들을 비웃었다. 하지만 그녀는 결국 그것을 꺼냈고, 그들이 여러 해 동안 이동하면서 늘어난 모든 추가 조항과 행정부에서 내려보낸 새로운 규칙들의 성과, 줄곧 범위가 좁아지는 **야생**과 **야생지대**에 대한 해석이 모두 담긴 서류철까지 꺼냈다.

그녀가 매뉴얼을 펼치기 위해 표지를 움켜잡았을 때, 트럭 운전사가 이제는 의심의 여지 없이 짜증난 목소리로 소리쳤다. "이거참, 그렇게 곤란하게 하려던 건 아니었어요. 탈래요 말래요? 이 차는 출발해야 한다고요."

그들은 모두 서로를, 아주 크고 다루기 힘들어 보이는 매뉴얼을, 그런 다음 데브라를 쳐다보았다. 데브라는 얼굴을 찌푸리고 그 트럭을 간절한 마음으로 바라보고 있었다. "나는 그저 쫓겨나고 싶지 않을 뿐이에요." 사람들이 그 대형 트럭을 향해 다급히 움직이고 있었는데도 그녀는 그렇게 말했다.

곧이어 그들은 높은 화물칸으로 서로를 들어올리고, 식량 자루, 둘둘 만 침구, 훈연기, 쓰레기, 매뉴얼, 무쇠솥, 책가방, 그리고 그들의 모든 소지품을 끌어올렸다. 트럭에 시동이 걸려 움직이기 시작했을 때 그들은 멍하니 앉아 있었다. 비는 몸을 옆으로 기대고 두 발을 받쳐 올렸다. 마지막으로 발을 올려놓고 쉬었던 것이 언제인지 기억도 나지 않았다. 몸속의 모든 것이 이리저리 출렁거리다 뭐라 표현할 수 없는 편안한 상태로 자리를 잡았다. 그들의 머리카락을 나부끼는 바람도 어딘가 다른 곳에서 평원을 가로질러 불어닥치던 직후와는 아주 달랐다. 이 바람은 조심스러운 손길처럼 부드러웠다. 이윽고 속도가 올라가자 바람은 사나워졌고 그들은 머리카락을 눈가에서 떼어내려고 안간힘을 쓰게 되었다.

운전사가 그들에게 말을 건네려고 뒤쪽 창문을 열었다. 그의 말에 따르면, 그는 한때 공업지구에서 일했다. "하지만 그건 외로운 삶이죠." 그가 말했다. "사방에서 전자기기만 삑삑 울어요." 그래서 그는 운송구역에 직장을 잡았고, 지금은 이런 말도 안 되는 시골을 좀 구경하고 있었다.

그는 동행이 생겨서 활력을 얻은 듯 보였다. 거의 숨도 돌리지 않고, 곧이어 도로 옆 강에서 잡은 물고기에 관한 이야기를 시작했다. "저, 정확하게는 잡은 건 아니었어요. 그냥 물 밖으로 튀어 나오더니 도로 위로 툭 떨어졌죠. 내 짐작에는, 강이 범람했던 거 같아요. 도로에 물이 있었거든요. 거기서 펄떡이던 참이었어요. 그래서 내가 움켜잡았죠."

그들은 모두 서로를 쳐다보았다. 그가 설명하고 있는 상황은 규칙에 어긋났지만, 그들은 그에게 그것을 말하지 않을 작정이었다. 그래서 그냥 고개만 끄덕였다.

"물론," 운전사가 말을 이어갔다. "그걸 손질하는 법에 대해서는 조금도 아는 게 없었어요. 여러분이라면 아마도 다들 실컷 즐겁게 먹었겠죠. 하지만 나는 그냥 다시 던져버렸어요. 와, 손에 쥐니까 느낌이 이상하던데요. 미끈거리고 날카로웠죠. 냄새도 났고요. 똥줄이 탈 정도로 잔뜩 겁을 집어먹은 것처럼 보였어요. 그 물고기를 원래대로 갖다놓은 건 그래서이기도 해요. 무엇이든 겁을 주기는 정말 싫거든요." 그는 자기 얼굴의 짧게 자란 까칠한 수염을 문질렀다. 그 소리가 엔진의 굉음을 뚫고 비에게도 들릴 정도였다. "나는 그런 물고기는 본 적이 없었어요. 그러니까—" 그가 말했다. "살아 있는 거 말이에요, 한 번도요. 솔직히 말해서 좀 혐오스러웠죠."

트럭이 도로를 따라 우르릉거리며 달려갈 때, 그가 운전석에 앉은 채 뒤돌아보았다. "얘들아, 다시 한번 말하지만 겁준 거 미안하다."

비는 그가 한눈을 팔다가 무언가를 들이받을까봐 겁이 나서 움찔했다. 하지만 들이받을 게 뭐가 있을까? 그 도로는 녹아서 플라야가 되어버렸는데.

"늘 이렇게 차가 많아요?" 비가 소리쳤다.

"하, 무슨 소리예요? 나는 한 대도 못 봤는데."

"우리는 여러 대 봤어요."

"글쎄요." 그가 그렇게 말하며 다시 한번 짧게 자란 까칠한 수염을 문질렀고, 비는 그로 인해 오랫동안 잊고 있던 어떤 방식으로, 이를테면 분필이 칠판에 날카롭게 끼익 소리를 낼 때처럼 신경이 곤두서버렸다. 그가 말했다. "주말 연휴예요. 아마 그래서 사람들이 돌아다니고 있을 수도 있겠죠. 주로 레인저들의 가족일 테고, 아마 일부는 광산지대에서 왔을 수도 있어요."

"가까운 데 큰 마을이 있나요?"

"가까운 데요? 정확히 말하자면 그렇지는 않아요. 그 마을이 가장 가까운 데냐고 묻는다면? 그건 맞아요."

"그럼 그 마을 사람들은 이곳 주변을 그냥 차를 몰고 돌아다니는 게 허용되어 있나요?"

"전혀요, 딱 이 직선 구간만이에요. 허가증도 필요하고요. 교도소나 마찬가지예요. 단단히 잠겨 있죠."

비는 이제 흩날리듯 조금씩 내렸다. 플라야의 가장자리 바깥에서 그들은 구름이 흩어지는 것을 볼 수 있었다. 하루종일 내리는 폭우가 아니라 아침 비였던 것이다. 플라야에서 수증기가 모락모락 피어올랐고, 열기와 한기와 습기가 섞이며 그들의 눈앞에서 고운 막을 짜고 있었다.

운전사가 백미러로 그들을 유심히 바라보았다. "당신들이 하고 있는 일은 미친 짓이라고요, 알잖아요." 그는 거의 혼잣말처럼 조용히 말했다. 하지만 비에게는 들렸다.

운전사가 헛기침을 했다. "어디로 가는 길이에요?"

"다음 포스트요." 칼이 말했다.

"아, 그래요? 거기서 뭘 할 건가요?"

칼은 한숨을 쉬고 아무 말도 하지 않았다. 그의 속은 알 길이 없었다.

"서류 작업이요." 비가 대답했다.

운전사는 급기야 기침을 할 때까지 심하게 웃었고, 진짜 웃음이 터진 것처럼 보였다. 하지만 확신은 들지 않았다. "그거참 재미있네요." 그는 그렇게 말하고, 조금 더 낄낄거리다가 그녀가 한 말을 되뇌었다. "서류 작업."

비가 말했다. "네, 누구든 해야 하는 일이겠죠. 우리 서류 작업도 그렇고, 기사님 도로 사용 허가증도 그렇고요."

"그렇죠." 운전사가 약간 불만스러운 듯 말했다.

"따라야 할 규칙이 많죠." 그녀가 말했다. 그녀는 이 평범한 사람과의 대화가 굉장히 즐거웠다.

"레인저들을 제외한 모든 사람이 그렇죠." 운전사가 선웃음을 치며 말했다.

"에이, 그건 아니죠. 틀림없이 그들에게도 몇 가지 규칙은 있을 거예요." 비가 말했다. "누구에게나 규칙이 있어요." 그녀는 레인저들이 규칙을 따른다는 것을 확실히 알고 있었다. 왜냐하면 그녀와 레인저 밥은 규칙을 따른다는 것에 대한 공통의 관심을 통해 유대감을 형성했기 때문이다.

"누구한테나 있는 건 아니고, 레인저한테는 아예 없죠." 운전사는 이제 진지하게 말했다. "아니, 레인저들은 자기들이 원하는 걸, 자기들이 원할 때, 자기들이 원하는 곳에서 웬만한 건 다 할 수 있잖아요. 그들이 이 근처를 책임지고 있으니까."

비의 마음속에서 안타까움이 소용돌이쳤다. 글렌은 왜 그렇게 나이가 많아야 했을까? 만약 칼의 나이였다면 어쩌면 그도 레인저에 대해 알았을지도 모른다. 칼이야 개자식이니까 뽑히지 않았겠지만, 글렌은 줄곧 그들이 찾고자 했던 가장 중요한 인재 아니었던가? 만약 글렌이 레인저였다면, 애그니스는 결코 병이 나지 않았을 것이다. 그들은 이곳의 실제 주택에서 살 수도 있었을 것이다. 집. 그녀는 한숨을 쉬면서 자신이 정말로 자신의 침대를 그리워하고 있었다는 것을 깨달았다. 적어도 오 년—아니면 육 년? 칠 년?—은 지난 지금에서야 그리워하다니 정말 어처구니 없다는 생각이 들었다. 그녀는 글렌을 바라보았다. 그는 얼굴에 옅게 행복한 미소를 머금고 하늘을 응시하고 있었다. 물론, 만약 글렌이 레인저였다면 그녀는 그를 만나지 못했을 것이다. 그녀가 레인저의 아내였다면 애그니스를 낳지 못했을 것이다. 다른 아이를 낳았을 것이다. 칼을 바라보니 그는 그녀와 운전사의 대화에 귀를 기울이고 있었다. 턱은 악물었고, 얼굴은 벌겋게 달아올라 있었다. 그녀는 그의 마음을 읽을 수 있었다. 규칙이 없는 삶은 그를 비껴갔다. 도대체 무슨 이유였는지 당시 그는 규칙을 집행하는 사람들은 규칙을 따를 필요가 없다는 사실을 알지 못했기 때문이었다. 정말 너무한 일이었다. 어떻게 이런 끔찍한 일이 일어나게 되었을까?

비는 끙하고 신음하며 화물칸의 나뭇바닥에 기대어 누웠다. 도로 탓에 발생하는 진동과 트럭의 강력한 힘 때문에 속이 메슥거렸다.

트럭 화물칸 바닥의 그을음과 흙먼지 밑으로 무언가 의미 있는 듯한 보라색 페인트 줄무늬가 보였다. 아마 이 트럭에 대한 무언가 중요한 단서일 수도 있었다. 아니면 여러 해 전에는 중요했던 단서거나. 어쩌면 아무것도 아닐지도 몰랐다.

애그니스가 젖은 눈으로 그녀를 돌아보았다. 그애는 트럭 화물칸 바닥을 만져보았다.

"멋지지 않아요, 엄마?" 그애가 말했다.

비는 애그니스가 격자무늬 바닥의 녹슨 철판을 철저히 살피며, 핥아보는 것을 지켜보았다. 그들이 토끼와 마주쳤을 때 애그니스가 그 뒤를 뒤쫓거나 나무를 타고 올라가는 방식이 떠올랐다. 물론 그애는 더이상 아프지 않았다. 그것은 문제가 아니었다. 문제는 시티에는 그애를 위한 것이 아무것도 없다는 점이었다. 학교는 충원이 필요한 일자리를 위한 훈련장이었다. 옥상에는 오솔길도, 꽃도, 채소밭도 없었다. 거기에는 집수탱크, 태양광발전시설, 무선전화 기지국, 그리고 그 모든 것을 보호하기 위한 가시철조망이 있었다. 한 건물에서 다른 건물로 이동중이 아닌 한 밖에 나가 있는 사람은 아무도 없었다. 그들이 살던 건물에서 몇 블록 떨어진 곳에 나무 한 그루가 있었는데, 아무도 만지지 못하도록 출입문이 설치되어 있었다. 어쨌든 나무는 여전히 매년 봄 꽃을 피웠고 그 얇고 부드러운 분홍색 꽃잎을 보려고 각지에서 사람들이 찾아왔다. 그리고 시간이 지나 꽃잎이 떨어질 때면, 사람들은 문

주위에 몰려들어 바람에 흩날리는 꽃잎을 잡으려 안간힘을 썼다. 붙잡히지 않은 꽃잎은 나무 밑동 주위에서 썩어버렸다. 그것은 시티에 살아남은 열 그루의 나무 중 하나였다. 그들이 그 근처에 산 것은 행운이었다.

운전사가 건물들에 대해 말하고 있었다. "새 건물들이에요. 모두 이제 막 지었어요. 이전 포스트가 운영을 중단하고 나서 새로 생긴 포스트죠."

"거긴 왜 운영을 중단했나요?" 글렌이 물어보았다. 언제나 지식을 탐구하는 사람이었으니까.

운전사는 그의 질문에 대답하지 않았다.

"이 포스트에는 온천이 있어요. 예전에 카우보이들이 그 자리에 작은 오두막을 지었는데 거긴 메아리가 울리죠."

"어떤 예전 카우보이들이요?"

운전사는 계속 빠른 속도로 트럭을 몰았다. "가끔은 너무 뜨거워요. 말하자면, 아래에서 무언가 끔찍한 것이 솟구치는 것 같다고나 할까. 그러면 들어갈 수가 없죠. 피부가 화상을 입어서 홀랑 까질 테니까요. 하지만 난 몸을 좀 담그고 싶어요. 내 등이 문제라. 이 운전석 때문이죠."

"너무 뜨거운지는 어떻게 알죠?" 데브라가 물었다.

"고기를 좀 던져넣어봐요." 운전사가 말했다.

해럴드 박사가 팔꿈치로 데브라를 쿡 찔렀다. "우리도 해봤잖아요." 그는 마치 다들 모르기라도 할 것처럼 다 들리게 속삭였다. 데브라는 아무 말 없이 외면했다.

"참 좋아요." 운전사가 그 포스트를 두고 그렇게 말했다. "무척 좋아하게 될 거예요."

그들은 오르막길을 오르고 있는 줄도 모르고 있다가, 그 길 꼭
대기에 이르렀을 때 눈앞에 나타난 로어 포스트를 보았다. 그 뒤
로는 인공적으로 만들어내기가 불가능해 보이는 험준한 바위투
성이 경계 능선이 있었다. 그 트럭 사방은 온통 세이지로 뒤덮여
있었다. 그들은 마침내 플라야에서 벗어났던 것이다.

그 트럭은 도로를 질주하고 있었는데, 이제 속도를 가늠할 수
있는 시각적인 주요 지형지물이 있어서 얼마나 빨리 달리는지 확
실히 알 수 있었다. 그 포스트도 그 자체로는 커 보였을 테지만
사방 모든 것, 예를 들어 광활한 대지, 끝없는 하늘, 경계 능선의
돌출부들에 비하면 상대적으로 작았다. 하지만 로어 포스트는 사
람이 만든 것이어서, 비에게는 그것이 그 주변의 모든 것보다 더
크게 느껴졌다.

당연히 사람은 한 명도 없었다.

"잊지 마요, 주말 연휴라는 걸." 운전사는 기어를 바꿔서, 텅
빈 주차장에 트럭을 천천히 멈춰 세웠다. "긴 주말이기도 하고
요. 월요일이나 돼야 문을 열 거예요."

"오늘이 무슨 요일이죠?"

"목요일이요. 일과는 종료했고요. 그게 무슨 뜻인지 알겠죠."
그는 운전석에서 껑충 뛰어내리고 수건을 잽싸게 목에 두르면서
단어 하나하나를 노래하듯 읊었다. "몸을 푹 담글 시간이야." 그
는 다시 한번 노래하듯 말하면서, 원을 그리며 촘촘하게 서 있는
포스트 건물들과 한참 떨어진 오두막을 향해 터벅터벅 걸어갔다.
그 오두막의 금속 지붕은 지평선을 배경으로 흔들리고 있었고,

수증기 때문에 그들의 눈앞에서 형태가 자꾸 변했다.

그들은 그 트럭 화물칸에 기어오를 때만큼이나 꼴사납게 엉덩이를 허공으로 치켜들고 두 발을 대롱거리며 땅으로 기어내렸고, 마침내 몸을 부르르 털며 무거운 짐에서 어색하게 손을 뗐다. 손가락마다 움푹 들어간 자국이 생겼고, 들꿩 알 두어 개가 깨져 있었다.

이 포스트는 그들이 조금 전 지나온 포스트의 현재형이었다. 건물들은 멀쩡했고 갓 칠한 페인트로 덮여 있었다. 금속 지붕들은 반짝반짝 빛났다. 녹슬지 않은 진한 남색의 새 지붕들이었다. 물결 모양의 철판 지붕. 칼이 돌멩이를 던져올리자, 그것은 속이 텅 빈 반짝거리는 지붕에 쨍 맞더니 경사면을 타고 미끄러져 다시 그의 손안에 떨어졌다. 그는 그 돌멩이를 브라더에게 던져주었다. 아이들은 본격적으로 그 새로운 놀이를 했다.

어른들은 건물들을 돌아다녔다.

데브라가 휘파람을 불었다. "빌어먹게 큰 포스트네."

반원을 그리며 서 있는 본관 건물들 뒤편에 더 큰 건물 셋이 숨어 있었다. 셋 다 똑같아 보였고 창문 배치도 똑같았는데, 어떤 창문들은 아직 주름이 잘 잡혀 있는 커튼이 드리워져 있었고, 다른 것들은 젖빛유리로 되어 있었다. 한 창문 안에서 형광등 하나가 계속 점멸했다. 그 건물들은 틀림없이 숙소이거나 막사일 터였다.

더 안쪽에 원을 그리며 서 있는 건물들은 공적인 목적의 건물처럼 보였고, 그런 식의 명판이 붙어 있었다. 사무실, 차고, 마구간, 무기고. 무기고라고? 비는 생각했다.

합숙소 욕실이 분명한 곳에서 불규칙하게 깜빡이는 그 불빛을 제외하면 포스트의 나머지 부분은 어둠에 잠겨 있었고, 해가 지면서 더 어두워졌다. 이렇게 오랜 세월이 흘렀는데도 비는 여전히 해질녁이 되면 깜짝 놀랐다. 낮은 결코 끝나지 않을 것처럼 느껴졌다. 하늘은 너무 컸고 그야말로 가장 쓸쓸한 마지막 순간까지도 빛으로 가득차 있었다. 때로는 마치 태양이 등불처럼 느닷없이 깜빡거리다가 꺼지는 것 같았다. 하지만 그녀는 오래전, 그 첫해에, 만약 하늘에 구름이 있다면 그 밤에 대한 단서가 그 구름에 있다는 것을 깨달았다. 때가 되면 구름의 밑바닥이 까매졌다. 비가 어둠이 찾아왔다는 것을 인식하기도 전에 구름에 아래쪽 세상의 어둠이 비쳤다. 그 구름은 다른 모든 것이 마다하는 것을 드러내 보여주었다. 구름은 경고였다. **불을 지피고 묵어갈 준비를 해라. 밤이 왔다.** 그녀의 머리 위 구름의 밑바닥은 칠흑같이 새까맸다.

그들은 가죽 방수포와 잠자리를 펼쳤다. 불쏘시개를 구하러 갔다. 하지만 포스트 구내는 땅이 아주 깔끔하게 관리되어 있어서 마땅한 것이 많지 않았고, 결국 포스트 언저리의 죽은 세이지를 주우러 멀리까지 걸어가야 했다.

칼과 밸이 모닥불을 지피자 곧 연기와 함께 쉭쉭 소리가 들리고 마른 잔가지가 타닥타닥 타 재로 변했다. 그 불에서는 그들의 삶이 되어버린 모든 것의 냄새가 나는 것 같았다. 뜨거운 태양 아래서, 혹은 추운 밤 모닥불 가에서 그들의 세상은 세이지로 인해 끈적거렸다.

그들이 식기를 꺼내고 있을 때 트럭에 시동이 걸리고 타이어가 마찰하며 돌아가기 시작하는 소리가 들렸다. 그 운전사의 목욕은 끝이 났고, 이제 그는 그들이 결코 다시는 보지 못할 사람이었다. 그들은 트럭의 빨간색 미등이 조금씩 아주 작은 점으로 변하다가 이윽고 사라져버리는 것을 지켜보았다. 또다른 불빛이 다가오는지 보려고 지평선을 찾아내 도로를 내려다보았지만, 불빛이라고는 전혀 없었다. 차량 왕래는 끊긴 뒤였다. 연휴가 시작되었으니 아무래도 일요일까지는 아무도 지나가지 않을 것 같았다. 비는 손가락을 꼽으면서 몇 년 만에 처음으로 요일을 마치 외국어인 것처럼 소리 내어 말해보았다. 앞으로 나흘. 그녀는 쓸쓸히 건물들이 있는 구내를 죽 훑어보다가, 사막에 있다는 이유로 그 건물들이 벌써 낡아버린 것을 알아차렸다. 인적이 드문 외딴곳에서는 어떤 것이든 외로워 보였고, 모든 외로운 것들은 마모된 듯 보였다.

"우리는 내일 사냥을 할 겁니다." 칼이 말했다. "포획물을 처리할 때까지는 여기 머무를 거예요. 그때까지는 우리가 대체 왜 여기에 온 건지 알게 되겠죠."

그들은 도토리 팬케이크를 만들고 약간의 고기를 나눠 먹었다. 그때까지는 달도 뜨지 않은 밤이어서 모닥불 가까이 앉지 않는 한 바로 앞에 있는 자신의 손도 보이지 않았다. 멀리 어둠 속에서 말들이 투레질하는 소리가 들렸다. 비는 마구간의 말들일 거라고 생각하며, 조금씩 꼴을 베어먹는 부드러운 소리와 서로 목이 스치는 소리에 귀를 기울였다. 비는 어둠이 커뮤니티 사람들을 침묵하게 했다는 것을 알아차렸다. 그들은 말끔히 청소를 하고 잠자리에 들었다. 침묵이 무거웠다. 마치 다들 골이 난 채 싸움을 잊어버리려 하는 것 같았다.

*

아침에, 말 두 마리가 건물들 한가운데 있는 우리 안에 서서 경멸하는 듯한 표정으로 커뮤니티 사람들을 지켜보았다. 사냥팀은 새벽에 떠났고, 나머지 사람들은 몸을 담그려고 김이 모락모락 피어오르는 버려진 오두막으로 머뭇머뭇 들어갔다. 그것은 아주 오래된 오두막 같았다. 왜 그런지 몰라도, 그 땅이 자연 상태로 복원되었는데도 오래전 세워진 그대로 보존되어 있는 건축물이었다.

물방울이 지붕에서 뚝뚝 떨어지며, 물과 금속 사이에서 통통거리는 소리가 메아리쳐 울렸다. 매끄러운 나무벽에는 이름들과 그림들이 또렷하게 새겨져 있었다. 정황을 무시하고 보면 그것들은 마치 고대의 상형문자 같았다. 벽에 새겨진 말 그림은 근처에 말들이 있다는 것을 알리기 위한 기호처럼 보였다. 하지만 그것들은 더 최근의 기록이었다. 주변 지역 청소년들이 부모를 벗어나 자신들이 어른이며 자유롭다고 상상하기 위해 이곳으로 차를 몰고 왔을지도 모를 그 시절부터 전해져온 기록. 지금 커뮤니티 사람들에게, 그것은 구원처럼 느껴졌다. 아마도 그들 이전의 모든 사람에게 그랬을 것이다.

비가 몸을 담가보니 물은 따뜻하기보다 너무 뜨겁다고 할 정도여서 처음에는 그 열기에 피부가 움츠러들었다. 그러나 곧 이제껏 느껴본 기억이 없는 안락한 감각이 그녀를 휘감았다. 그들은

190

모두 잠시 눈물을 흘리다가 이내 웃음을 터뜨렸다. 그들이 올라 탔던 화물칸만한 크기의 낡은 콘크리트 욕조에 온천물이 가득차 있었다. 욕조 반대편에 도달하려면 한두 번쯤 손발을 놀려 헤엄 을 쳐야 했다. 광물이 함유된 그 물은 마치 시럽처럼 끈적끈적했 고, 그들은 팔다리를 휘저어 가운데로 나아갔다가 곧 가장자리로 되돌아갔다. 마치 수영을 배우는 아이들처럼 몇 번이고 위험을 무릅쓰고 나아갔다가 허우적거리며 구멍이 숭숭 난 콘크리트 욕 조 가장자리로 다시 돌아갔다. 비는 물속에 들어가서 자신의 심 장박동소리에 귀를 기울였다. 두 귀를 천천히 수면 아래로 넣었 다가, 밖으로 뺐다가, 아래로 넣었다가, 밖으로 빼며, 잘 들리다 가 안 들리다가 잘 들리다가 안 들리는 상태를 오고갔다. 유황은 그들의 피부에 며칠 동안 남아 있을 터였다. 그것은 마치 화장수 처럼 느껴졌다.

비가 애그니스를 찾아 주위를 둘러보니 그애는 아주 조심스럽 게 물속에 발가락을 하나 찔러넣었다가 곧 꺼내고 있었다. 움찔 거리면서도 그 일을 되풀이했다. 그애가 따뜻한 물로 목욕을 하 는 것은 꽤 오랜만이었다. 애그니스의 거의 모든 기억 속에 있는 것은 차갑지만 상쾌한 산골짜기 개울뿐이었다. 비는 애그니스를 향해 헤엄쳐 건너가 그애가 잡을 수 있도록 두 팔을 들어올렸다. 애그니스가 고개를 가로저었지만 비는 팔을 내리지 않았고, 마침 내 애그니스가 그녀의 품속에 스르르 몸을 맡기자 그애를 조심스 럽게 물속으로 끌어당기며 돌아눕게 했다. 애그니스는 물에 함유 된 광물의 영향으로 떠 있었기 때문에 비의 두 팔 안에서 가벼웠 다. 애그니스는 엄마의 어깨에 머리를 얹었고 비는 아이가 긴장을 푼 것을 느꼈다. 딸이 매달리는 방식에 그녀는 그들의 아파트로, 딸이 곧 숨을 거둘 것이라고 확신하면서 그애에게 필사적으로 매달려 있던 그곳으로 다시 돌아간 것 같은 기분을 느꼈다. 그녀는 고작 몇 초 만에 슬그머니 그 불안감에 다시 빠져들었고, 물속에서 자신의 심장이 쿵쾅거리기 시작하는 것을 느꼈다. 아, 아니야. 비는 스스로를 일깨웠다. 아이는 튼튼해. 건강해. 안전해. 게다가, 아주 비범해. 네가 해낸 거야. 그녀는 혼자 고개를 끄덕여봤지만, 결국 아쉬운 기분이 들 뿐이었다.

사냥팀은 사슴 한 마리와 산토끼 두 마리를 잡아 돌아왔고, 그날 밤 그들은 큰 불을 지피고 그 옆에 작은 불도 지폈다. 그런 대량 해체를 준비하는 데는 커뮤니티 전체가 필요했다. 풀 모으기 담당들이 나섰다. 그들은 죽은 세이지 덤불을 모조리 끌어왔다. 훈연용 텐트가 크기는 했지만, 사슴은 한 마리 통째가 아니라 이등분해 처리할 수밖에 없었다. 사슴 가죽을 벗기고 나서 길게 이등분한 다음, 우선 해체한 한쪽 절반, 그러니까 길게 저민 고깃조각들을 건조대 위에 널어놓았다. 그 건조대는 여러 해 전에 베어낸 단풍나무의 조각들로 만든 후 필요한 경우 길을 가다가 마주친 좀더 작고 파릇파릇한 관목이나 나무들의 잘 휘어지는 가지들로 수리한 것이었다. 건조대의 기능을 계속 유지하기 위해 재료를 찾는 일은 거의 매일의 일과나 다름없었다. 하지만 그것은 아마도 그들이 가진 가장 중요한 물건이었을 것이다. 알고 보니 그 단풍나무 재목은 믿을 수 없을 정도로 복원력이 좋은데다가 좋은 풍미까지 더해주었다. 걸어다니는 내내 다른 단풍나무는 결코 보지 못했다. 마치 그들이 그것을 발견하도록 레인저들이 거기에 갖다놓기라도 한 것 같았다. 그것을 가지고 무엇을 하는지 살펴보기라도 하려는 것처럼 말이다.

해체 작업은 밤새도록 계속되었다. 그들은 신경을 곤두세우고 훈연기만 지켜보고 있지는 않았다. 대기가 깡그리 불타고 있는 듯 느껴졌다. 그들은 큰 모닥불을 지펴 모든 것을 건조하고 뜨겁게 유지해서 텐트 안의 작은 불이 맡은 바 작은 임무를 해낼 수 있도록 했다. 연기와 딱 알맞은 열기를 발생시키는 일을 말이다. 그 과정은 그런 식으로 발전되어 있었다.

동이 틀 무렵 할 수 있는 모든 일이 끝나자, 많은 사람이 자신이 서 있던 자리에 쓰러지듯 누워 선잠을 잤다.

따져본 바로 그날은 토요일이었다.

사람들은 걱정하기 시작했다.

"그들 모두 오전에 돌아올까요?"

"어쩌면 교통체증을 피하려고 오늘밤에 돌아올 수도 있지 않을까요?"

"무슨 교통체증이요?"

"교통이 뭐예요?" 아이들이 물어보았다.

"문은 모조리 다 열어본 거죠, 그렇죠?" 데브라가 물어보았다.

"네. 심지어 차고도요. 게다가 무기고의 안전문까지." 해럴드 박사가 말했다.

"무기고에 왜 그런 문이 달려 있는 거죠? 사람들이 포스트를 기습해서 무기를 훔칠 거라고 예상하는 건가?" 밸이 흙을 걷어차며 물어보았다.

"대체 왜 무기고가 있는 걸까요?" 글렌이 물었다.

"어쩌면 저 산등성이 너머에 쳐들어오려고 대기중인 민병대가 있을지도 모르죠." 해럴드 박사가 의견을 냈다.

"트럭 운전사들을 여기 들인다는 건 말도 안 되는 일이에요." 밸이 말머리를 돌렸다. "그 운전사는 이제 막 허가증을 얻었어요. 아마 뇌물을 주고 구했을 테죠. 사실, 그것도 가짜일 가능성이 커요."

칼이 어깨를 으쓱했다. "내가 말했죠, 돈으로 타협하는 게 최고라고."

비가 웃음을 터뜨렸다. "당신이 언제 그런 말을 했죠?" 그녀는 데브라를 쳐다보며 눈을 말똥거렸다. 하지만 데브라의 반응은 얼굴을 찡그리는 것이었다. 비가 주위를 둘러봤지만 아무도 그녀를 바라보고 있지 않았다. 사람들은 고개를 끄덕이며 모두 칼을 바라보고 있었다. 이제 모두 칼의 편인 걸까? 그녀는 글렌을 찾아보았다. 그는 한눈을 팔며 웅크리고 앉은 채 푸석푸석한 모래먼지를 떨어내며 무엇인가를 유심히 들여다보는 중이었다. 유물이거나 화석일 것이라고 그녀는 생각했다. 정말 글렌다운 모습이었다. 그는 과거에만 관심이 있었다. 그녀는 잠시 그에게 화가 솟구쳤다.

"그런데 우리는 여기서 기다리기나 하고. 뭘 기다리는 거죠? 감시원들이 우리한테 명령하는 걸 기다리나요?" 밸이 방금 막 자신이 걷어찬 흙에 침을 뱉었다.

"아니지, 우리는 당장 떠나야 해요." 후안이 말했다. 그는 심지어 정말 떠나버리기라도 할 것처럼 쪼그리고 앉아 있던 자리를 박차고 일어나기까지 했지만, 그저 불편한 골반을 쭉 펴고 설 뿐

이었다. 그의 골반은 그들이 맞은 두번째 겨울에 뭉우리돌밭에서
자빠져 부상을 입은 뒤 결코 완전히 회복되지 못했다.

"내가 보기에 여기는 우리 땅이에요." 후안이 말을 이었다. "우
리는 여기 초대받은 거니까. 우리는 손님인데, 이 무례한 주인들
은 심지어 우리한테 머리 누일 곳이나 씻고 샤워할 곳을 내주려
고 여기 남아 있지도 않네요."

시스터가 물었다. "샤워가 뭐예요?"

"그들은 절대 그러는 법이 없죠." 데브라가 말했다. "이 포스
트라고 해서 조금이라도 다를 이유가 있겠어요?"

"이유가 있죠." 칼이 교수인 척하는 목소리로 불쑥 끼어들었
다. 정작 그가 교수였던 적은 한 번도 없었다. "우리한테 여기로
오라고 한 건 그들이잖아요. 공연히. 그들이 여기에 없는 건 잘못
된 일이에요." 그의 침착한 겉모습이 슬며시 사라지더니 흥분한
본모습이 드러났다. "최소한 빌어먹을 우편물을 받을 수 있도록
저 빌어먹을 건물 안으로 들여보내줄 사람은 여기 있어야죠."

비가 말했다. "음, 그들은 우리가 언제 나타날지 정확히 알지
못했어요. 그리고 연휴인데다가……" 그녀는 말꼬리를 흐렸다.
그녀는 칼과 벨, 그리고 지금 후안이 시작하려는 '우리 대 레인저
들'의 대결이 탐탁지 않았다. 그로 인해 그들이 처한 상황이 위태
롭게 느껴졌던 것이다. 하지만 그녀 역시 누군가가, 아니 누구든
있기라도 하다면 대체 어디에 있는 것인지 알고 싶었다.

칼이 벌떡 일어나더니, 험악한 눈초리로 비를 힐끗 쳐다보면서
사무실로 성마르게 성큼성큼 걸어갔다.

모두들 그를 쫓아갔다.

그들은 문에 난 창문으로 안을 유심히 들여다보았다.

사무실에는 측면 창들을 통해 햇빛이 비치고 있었다. 장난기 많은 한줄기 햇살이 온 방에서 춤을 추듯 반짝였다. 스테이플러, 컴퓨터, 맨 앞쪽 카운터에 놓여 있는 수신용과 발신용 우편함. 레인저를 상징하는 초록색의 비닐 바닥재. 윌더니스주의 상징이 새겨진 깃발. '포르케 요 소이 엘 헤페'*라고 쓰인 머그잔이 놓인 것으로 보아 그 포스트의 레인저 대장 것이 분명한 책상도 있었다. 또하나의 책상 위에는 우편물이 흘러넘치는 송아지 피지 상자가 놓여 있었다. 위쪽으로는 소포들이 튀어나와 있었다. 틈새마다 편지들이 쑤셔박혀 있었다. 그들은 고풍스러운 필기체로 적힌 이름들을 읽으려 안간힘을 쓰며, 저마다 창문에 얼굴을 밀착시켰다.

"자, 우리가 뭘 하고 있는 거죠?" 밸이 말했다.

"데브라." 칼이 퉁명스러운 목소리로 말했다. "내가 이 문을 여는 데 무슨 문제라도 있어요? 십중팔구 이런 일에 대한 규칙이 매뉴얼에 나와 있을 텐데요."

"이런, 제기랄. 매뉴얼 따위는 엿 먹으라고 해요." 데브라가 말했다. 그녀는 문손잡이를 세게 잡아당겼다. "빌어먹을 내 우편물을 달라고." 그녀는 악을 쓰듯 소리쳤다.

칼이 털가죽으로 팔꿈치를 감싸고 유리창 한가운데를 때려부쉈다. 유리 파편들이 안팎으로 우수수 쏟아졌다. 그는 안으로 손을 뻗어 잠겨 있는 문손잡이를 돌려보려 했지만, 불가능했다.

---

* '내가 보스니까'라는 뜻의 스페인어.

196

"애 하나만 데려와요." 칼이 지시했다.

데브라가 두 팔을 나뭇가지처럼 내뻗자 아이들이 서둘러 그 뒤로 달아났다. "절대로 안 돼요." 그녀가 유리 파편들을 주시하며 말했다.

칼이 파편들을 때려부숴서 창틀 가장자리를 매끈하게 만들어보려 했지만 더 들쭉날쭉해질 뿐이었고, 아이들은 데브라 뒤로 더 멀리 물러났다.

그 순간 무언가가 쿵 하고 요란하게 부딪치는 소리와 끙 앓는 소리가 들렸다. 글렌이 문에 몸을 내던졌던 것이다. 그는 몸을 뒤로 젖혔다가 다시 한번 내던지며 고함을 질렀다. 그런 다음 손잡이를 걷어찼다. 그가 내는 요란한 소리는 목 안쪽에서 나오는 듯 거칠었고 필연적으로 터질 수밖에 없는 괴성이었다. 몸이 문에 부딪히면 으레 나기 마련인 소리인 것처럼 말이다. 그는 손잡이가 떨어질 때까지 그것을 계속 걷어찼다. 이윽고 한번 더 있는 힘껏 문을 향해 몸을 내던져 굉음과 함께 기세 좋게 통과하더니 바닥으로 철퍼덕 떨어져나가 몇 미터 정도 미끄러졌다. 글렌은 먼저 다른 사람들을, 곧이어 비를 올려다보며 활짝 웃어 보였고, 그녀는 그의 옆에 무릎을 꿇고 그의 머리를 쓰다듬어주었다.

"당신, 정말 잘했어." 비가 말했다.

그들은 우편물 테이블로 떼 지어 몰려들었다. 밸과 데브라는 우편함을 두고 몸싸움을 벌였다.

"잠깐, 잠깐." 글렌이 고함을 지르자, 사람들이 모두 동작을 멈추고 그를 돌아보았다. 둘 사이에 낀 우편함을 붙들고 있던 밸과 데브라도 돌아보았다.

글렌은 이 승리에 미소를 지었다. "우리는 체계가 필요해요." 그가 말했다.

칼은 체계라는 말에 신음소리를 냈다. 하지만 아무도 주의를 기울이지 않았다는 것에 비는 만족스럽게 주목했다. 사람들은 그저 글렌이 설명하기를 기다릴 뿐이었다.

그 체계란, 알고 보니, 간단했다. 두 사람이 분류를 할 터였다. 그리고 마지막 한 통이 분류될 때까지 아무도 자기 우편물을 받지 못할 터였다. 데브라와 밸이 분류하는 사람으로 선정되었고, 비는 밸이 그 역할을 즐긴다는 것을 알 수 있었다. 그녀는 각각의 이름을 읽으며 당사자를 생각에 잠긴 눈으로 물끄러미 쳐다보고 나서, 해당 우편물을 엄숙하게 각자의 우편물더미 위에 올려놓곤 했다. 두 사람은 꼼꼼하며 더뎠고, 모두들 진행 상황을 지켜보면서 침을 흘리고 있었다. 그 우편물더미들은 안내 카운터 전체에 걸쳐 죽 깔렸다. 그것은 아마도 그 안내 카운터가 목격한 단 한 번의 조치였을 것이다. 누가 이곳에 안내를 청하러 오겠는가? 다른 레인저들? 다른 사람들은 아무도 없었다. 그 사무실은 아주 오래전부터 방문자 센터로서 준비를 갖추고 있었던 것처럼 보였다. 한쪽 구석에는 심지어 토양 침식에 대한 교육적인 전시물도 있었다.

비는 다른 사람들이 허용된 거리만큼만 우편물 테이블에 다가가 서성거리는 동안, 사무실을 돌아다니며 문들을 일일이 열어보았다.

그녀는 화장실을 발견하고는 몹시 들떠서 손을 씻었다. 그런 다음 튜닉 자락을 추켜올리고 종이 타월을 한 움큼 적셔 음부를 문질러 닦았다. 그로 인해 갈색 종이 타월은 훨씬 더 진한 갈색이 되어버렸다. 그 종이는 보풀이 일었고, 그녀는 안타깝게도 이제 며칠 동안 오줌을 누는 곳마다 자신이 종이 타월 보풀을 남기게 되리라는 걸 깨달았다. 아니면 그 보풀들이 엉겨붙어 음모가 더 엉클어지고 뭉칠 수도 있었다. 그녀는 자세히 살펴봐야 한다는 것을 직감하며 변기 뚜껑 위에 앉아 가랑이를 벌렸다. 보풀을 찾아 여기저기 더듬으며, 무언가 더 해로운 것이 체내로 침입하기라도 한 것처럼 그것들을 일일이 골라냈다. 그녀의 피부에 닿은 서늘한 도기는 느낌이 좋았다. 아주 매끄럽고 깨끗했다. 그녀가 일어섰을 때 변기 뚜껑에 하트 모양의 찌꺼기 같은 얼룩이 희미하게 남아 있었다. 그녀는 더 많은 종이 타월로 그것을 닦아냈다. 다시 한번 손을 씻고, 세수를 하고 난 물이 깨끗할 때까지 얼굴에 물을 끼얹었다. 이윽고 거울 하나가 뻣뻣하고 낡은 수건에 부분적으로 가려진 채 문에 걸려 있다는 것을 알아차렸다. 그녀는 숨을 죽이고 눈을 감은 채 그 수건을 치웠다. 그런 다음 눈을 떴다.

그녀의 피부는 햇볕에 쪼글쪼글해져 있었다. 두 눈은 아래로 처졌고, 입도 마찬가지였다. 그녀는 실제보다 훨씬 더 나이들어 보였다. 어린 시절 이후 처음으로 주근깨가 생겨 있었다. 게다가 주근깨가 있었다는 사실도 그저 그것을 증명하는 사진들 때문에 기억날 뿐이었다. 더이상은 어린 시절 얼굴에 대한 기억이 없었다. 가끔 예외적으로 애그니스에게서 무언가를 보고 가슴이 저밀 정도로 낯익다고 느낄 때가 있었다. 그것은 그녀가 소녀 시절 날마다 들여다보고 자세히 살피며 흠을 들춰냈기 때문인 것 같았다. 아니면 어떤 경우에는, 애그니스가 꼭 엄마가 찌푸리는 것처럼 얼굴을 찌푸렸기 때문이었다. 아니면 엄마가 웃는 방식대로 소리 내어 웃었거나. 그런 순간마다 유전적 혈통이야말로 삶의 모든 부분에서 유일하게 중요한 것인 듯 보였다. 그것으로 모든 것이 증명되었다. 그녀는 시티에서 아이들을 바라보는 방식에 대해 생각해보았다. 그야말로 이미 인간이 너무 많았다. 더 많이 낳는 것은 장려되지 않았다. 아무도 더이상 산부인과의사가 되지 않았다. 그녀가 애그니스를 가졌을 때 마지막 남은 출산 전문 병원 한 곳에서 의사와 친한 사이가 되었던 것은 행운이었다. 지금은 가정 분만을 했다. 문 뒤에 몸을 숨긴 채로. 무언가 잘못되더라도 아무 도움도 받을 수 없었다. 새 생명을 전문적으로 다루는 사람이 아무도 없었다.

늙은 목숨을 전문적으로 다루는 사람 역시 아무도 없어. 그녀는 미소라고 해도 통할 만한 모양이 될 때까지 입꼬리를 밀어올리며, 스스로를 일깨웠다.

그녀의 머리카락은 애그니스처럼 햇볕에 그을려 있었다. 예전에는 숯처럼 짙던 색조가 젖은 모래 색으로 바뀌어버렸던 것이다. 마치 누군가가 관자놀이와 두피 쪽 머리카락에 도토리 가루를 뿌리기라도 한 것처럼 보였다. 그녀가 아닌 다른 사람처럼 보였다.

"아니, 너 같아 보여." 비는 거울에 비친 자신의 얼굴을 보며 말했다. "정말이지 오랜만에 보네." 그녀는 잠시 더 응시했다. 손가락을 딱 붙인 한쪽 손바닥을 들어올려 눈앞에서 포물선을 휙 그렸다. "안녕, 자기." 그녀는 거울에 비친 자신에게 그렇게 말하며 억지로 졸업앨범용 미소를 지었다. 목의 힘줄이 불쑥 솟고 굵은 혈관 하나가 이마를 가로지르며 불끈거렸다. 그녀는 얼굴을 찌푸리고 수건으로 거울을 다시 가렸다. 이것을 볼 필요가 있는 사람은 아무도 없었다.

옆방에서 그녀는 많은 양의 종이와 고장나 방치된 듯한 프린터를 발견했다. 선반 위에는 전구들이 있었다. 스펀지, 종이 타월 꾸러미. 양동이와 대걸레, 진공청소기, 다른 청소도구들. 그녀는 누가 그런 일을 하는지 궁금했다. 레인저들일까? 아니면 어디 다른 데서 청소팀이 오는 걸까? 누군가의 아내가 여윳돈을 벌려고 그 일을 할까? 레인저의 가정에 여윳돈이 필요할까? 돈이라는 게 필요하긴 한 걸까?

이제껏 어떤 포스트에서도 그런 것에 대해 생각해본 적이 없었다. 전에는 포스트 내부의 운영방식을 한 번도 본 적이 없었다. 그 모든 사람이 이런 사무실을 이리저리 떼 지어 돌아다니며 깔끔하게 치우고, 좋은 냄새가 나게 하고, 바닥에서 먼지를 빨아들인다는 생각에 갈망으로 땀이 흘렀다. 이곳의 청소부만 될 수 있다면 무엇인들 내놓지 못하겠는가. 매일 아침 깔끔하게 정돈할 수 있고, 이윽고 하루가 끝날 무렵에는 너무 여러 번 세탁해서 보풀이 인 시트를 덮고 편히 쉴 수 있는 작고 깨끗한 침상이라니. 그녀는 물건들을 주워서 닦고 완벽하게 제자리에 다시 놓아두며 이리저리 돌아다닐 터였다. 변기를 표백제로 문질러 닦을 터였다. 표백제 냄새가 떠오르자 코가 화끈거렸다. 그런데 왜 추억에 시간을 낭비하는 것일까. 그녀는 그렇게 생각하고는 표백제 병을 끌어내려 열었다. 냄새를 들이마시자 몸이 움츠러들며 발작적인 기침이 터지는 바람에 두 손과 바닥에 표백제가 튀었다. 그녀는 젖은 손가락을 입에 가져다대고, 시험삼아 혀로 건드려보았다. 입에 침이 고였다.

그 옆방에서는 테이블과 다 해진 얼룩투성이 소파를 발견했다. 방의 양쪽 벽면을 따라 카운터, 전자레인지, 오븐 겸용 토스터, 그리고 유리 주전자에 탄 커피가 잔뜩 눌러붙은 커피메이커가 있었다. 그녀는 코를 킁킁거리며 그 방의 냄새를 맡았다. 썩은 냄새가 났다. 더운 날 물이 고여 있는 습지와 죽은 짐승의 썩은 고기 냄새가 뒤섞인 냄새였다. 이 포스트도 버려진 것처럼 보이기 시작했다.

방문 맞은편에는 냉장고와 자판기가 있었다. 비는 마치 자석에 끌리듯 그 기계로 미끄러지듯이 다가갔다. 그것은 반쯤 차 있었다. 좋은 물건들은 사라지고 없었다. 대신에 그래놀라 바, 과일 모양의 껌, 상표는 알아보지 못하겠지만 아무튼 그녀의 속을 뒤집어놓는 맛의 감자칩이 있었다. 비프스튜 맛이었다. 그런데 누가 만든 비프스튜 맛일까? 그녀는 그녀의 할머니가 만든 요리를 떠올렸다. 사람들이 아직 자유롭게 여행할 수 있었을 때, 할머니는 흥미로운 향신료들의 맛을 좋아하게 되었다. 이 감자칩에서는 도저히 할머니의 비프스튜 같은 맛이 날 리가 없었다.

비는 냉장고를 열고 냄새의 근원을 찾아냈다. 아무것도 덮어놓지 않은 오래된 칠면조 샌드위치와 신선식품칸에서 문드러지고 있는 로메인 상추 한 포기. 정말 경악스러운 낭비였다. 상추는 귀했다. 어떻게 레인저들은 그것의 존재를 그냥 잊어버릴 수가 있었을까? 레인저의 삶이 그녀나 글렌이 상상했던 것보다 훨씬 더 화려한 것은 아닐까 의문이 들었다. 그들은 행정부를 위해 일했다. 어쩌면 책임자들은 그 밖의 다른 보급품, 비축 식량, 다양한 선택의 기회, 더 저렴한 가격, 할인 따위를 누렸을지도 모른다. 할인 말이다! 사람들은 사유지 지구에 대한 소문을 퍼뜨리며 바로 그런 주장을 했다. 그곳 주민들은 당신이 원할 법한 모든 것을 다 누린다고. 과거에는 당연하다고 생각했던 모든 것을 말이다. 예를 들자면 할인 같은 것. 물건이 잘 비축된 청소용품 보관실과 낭비된 음식을 찾아내고 나니 왜 그런지 몰라도 비는 사유지 지구라는 것이 존재한다는 생각에 어느 때보다도 더 열린 마음이 되었다.

냉장고에 있는 다른 물품들은 다음과 같았다. 분유와 요구르트, 커다란 라드 덩어리 하나, 상자에 담긴 쌀, 오렌지 음료, 등록 상표가 인쇄된 흰색 고기 포장지에 싸인 미트사社의 고기 약간. 그녀는 냄새를 맡으려고 그것을 들어올렸다. 그녀가 평소 먹는 고기와는 전혀 다른 냄새가 났지만, 입에서 침이 나오기 시작한 것을 보면 그것이 무엇인지 알 수 있었다. 베이컨이었다. 레인저들은 베이컨을 어디서 찾아냈을까? 그녀는 그것을 겨드랑이에 꼈다. 자판기 내부에 접근하기 위해서는 도구나 약간의 도움이 필요했다. 후안은 철사를 구부려 간식을 아주 잘 낚아챘다. 그리고 베이컨이라면 다들 흥분해서 어쩔 줄 모를 터였다. 심지어 칼은 울 수도 있을 것 같았다. 그녀는 칼이 얼마나 행복해할까 하는 생각에 빙긋 웃었다. 그러다가 곧 얼굴을 찌푸리며 그런 생각을 떨쳐냈다.

마지막 문으로 들어갔다가 짐작하기에는 청소용인 것 같은 해진 천으로 가득찬 벽장을 발견했다. 전기 코드 몇 개. 그리고

23킬로그램짜리 모래주머니 두 개. 잡동사니 보관용 벽장이었
다. 곧이어 한 무더기의 담요가 눈길을 끌었다. 그녀는 그것들을
끌어내려 거기에 뺨을 비볐다. 과거 언젠가라면 따끔거린다고 묘
사했을 법하지만 지금은 마치 푹신한 솜처럼 느껴지는 감촉이었
다. 세상에는 더 부드러운 것들—매끄러운 짐승가죽, 모피, 신선
한 풀, 이끼 따위—도 있었지만, 그 담요는 사람이 만든 것이라
는 점 때문에 세심하고 부드러워 보였다. 그녀는 오늘밤 이 담요
를 덮고 잠을 자야겠다고 결심했다.

비는 복도 창문으로 밖에서 시스터와 브라더가 공중으로 돌멩
이를 던지는 것을 볼 수 있었다. 곧이어 그 돌멩이가 금속 지붕에
쨍 부딪히는 소리가 들렸다. 몇 번이고 되풀이됐다. 그애들은 결
코 어떤 우편물도 받지 못했고, 그 어머니들도 살아 있을 때 결코
어떤 우편물도 받지 못했다. 자기를 보고 싶어하는 사람이 아무
도 없다는 것을 확실히 느낀다는 것은 얼마나 끔찍한 일일까. 그
들은 계속 돌멩이를 던져댔다. 쨍. 비는 마음이 편치 않았다. 다
른 아이들은 안중에 없었다. 데브라와 후안이 그 아이들을 모두
보살폈다.

이제 커뮤니티 사람들은 안내 카운터에 아주 바짝 몰려들어 있
어서 손이 각자의 우편물더미에 닿을락 말락 했고, 자기 자리를
지키기 위해 서로를 어깨로 밀쳐댔다. 파인콘은 한쪽 벽에서 다
른 쪽 벽으로 쨍하고 위태롭게 뛰어다녔다. 애그니스는 바닥에
앉아 손가락들로 카펫을 긁어 이런저런 모양을 그리고 있었다.
글렌은 마찬가지로 뒤에 빠져서 미소를 머금고 진행 상황을 지켜
보다가 자기 우편물에 손을 대려는 사람들에게 잔소리를 했다.

"아직 안 돼요." 그가 말했다. "마지막 한 통까지 다……"

그리고 바로 그때 밸이 몹시 경건하게 우편물 한 통을 내려놓은 후, 다른 사람들을 올려다보았다.

"우편함 다 비웠어요." 밸이 공표했다.

사람들이 덤벼들었다.

글렌이 아주 큰 소리로 고함을 질렀다. "천천히, 천천히, 조심, 조심." 다들 각자의 우편물에 달려들어, 그것을 방해받지 않고 연 뒤 자기 감정에 빠진 채 오래된 쿠키를 마음놓고 음미할 곳을 찾아 소란을 피우고 있었다.

후안은 새 물감 세트를 가슴에 툭툭 치며, 정답게 속삭이듯 말했다. "엄마." 그들이 강가에 머물 때면, 그는 물감으로 돌멩이에 그림을 그렸다가 곧 씻어내는 것을 좋아했다. 아무 흔적도 남기면 안 되지. 그는 그렇게 말하며 깨끗해진 돌에 입을 맞추곤 했다. 그의 말로는 그것이 그의 예술적인 면을 표현하는 방식이었다.

비는 애그니스가 작은 상자 하나를 앞에 둔 것을 보았다. 그애는 몇몇 학교에서 실행한 이런 펜팔 프로젝트 중 하나를 통해 받은, 이제는 돌덩이처럼 딱딱한 브라우니처럼 생긴 것에 대고 이를 박박 갈고 있었다. 그들은 때때로 모르는 아이들로부터 부모에게 맞춤법을 확인받아가며 주의깊게 쓴 편지를 받곤 했다. 자연은 어떤지, 그들은 왜 그곳에 있는지 물어보고 곧 답장해달라면서 신경을 건드리는 편지들이었다. 그들은 더이상 답장을 보내지 않았다. 우편물은 늘 소중하지만 극도로 소중했던 처음에 몇몇은 답장을 쓰기도 했다. 지금 그들이 포스트에서 보내는 시간은 한정돼 있었고, 포스트에는 펜과 종이가 있었다. 포스트에서의 시간은 가족에게 편지를 쓰는 데 쓰였다. 그것은 비공식적인 규칙이 되어 있었다. 하지만 심지어 그런 편지들조차 줄어들고 있었다.

그들은 편지지와 펜을 가지고 다녔지만, 종이는 젖고 펜은 망가져서 새어나온 잉크가 손에 묻었다. 한 레인저가, 그의 주장에 따르면 바위에 파란색 잉크 얼룩이 묻은 것을 발견했다는 이유로 그들에게 벌금을 부과했다. 그는 그것이 지워지지 않는 자국이라고 말했다. 비록 다음번 비에 씻겨나가기는 했지만.

도보로 이동하면서 무슨 말을 해야 할지 생각해내기는 어려웠다. 무언가 중요한 내용을 쓰기 위해 시간을 내기가 어려웠다. 그들이 받은 편지들은 반드시 필요한 정보로 가득차 있는 것 같았다. 하지만 그들이 시티에 있는 가족들에게 어떤 정보를 전할 수 있었을까? 이렇게 오랜 시간이 흐른 후—일몰을 몇 번이나 더 묘사할 수 있었을까? 게다가 그들이 내놓는 의견은 무엇이든 흔히 강한 반감에 부닥치곤 했다. 네가 어디에 있는지, 아니 솔직히 말하자면, 왜 거기 있는지 난 하나도 이해 못하겠어. 집에 오는 게 어때?

이제 그들은 포스트에서 단순하고 논란의 여지가 없는 편지를 썼다. 새로 전할 만한 소식은 별로 없어. 우리는 눈이 오기 전에 산으로 갈 거야. 사랑을 담아. 포스트마다 마련되어 있고, 월더니스주의 아름다운 경치를 보여주는 우편엽서들을 이제 막 사용하기 시작했다. 방문객들이 가져가도록 진열된 기념품이었지만, 대체 어떤 방문객이 있단 말인가? 그 엽서들은 시티에 있는 사람들에게 무언가를 훨씬 더 잘 전달했다. 그렇지만 그 누구도 답장에서 엽서 속 경치에 대해 언급한 적은 없었다. 자세히 본 적조차 없거나,

아니면 그것이 그저 커뮤니티 사람들의 삶과는 무관한 상투적인 이미지에 불과해 그들이 진짜로 편지를 보내는 곳도 받는 곳도 아니라고 믿는 것 같았다. 하지만 그것은 진짜였다. 그것은 그들이 첫해에 가로지르면서 얼마 동안 시간을 보냈던 협곡이었다. 그들은 그곳에서 제인과 샘을 잃었다. 고기를 완벽하게 훈연하는 데 성공했다. 유속이 빠를 때는 그들이 사용하던 요오드 알약으로 처리하지 않고 물을 마셔도 괜찮다는 것을 알아냈다. 그들의 모르모트인 해럴드 박사 덕분이었다. 그들은 해럴드 박사가 실험용 쥐 역할을 좋아한다는 것을 알고 있었다. 그들은 별을 보며 길을 찾는 데 더 능숙해졌고, 데브라가 동물 가죽으로 만드는 그들의 옷을 칼의 동물 힘줄로 꿰매기 시작한 곳도 그 협곡이었다. 그곳이 그들에게는 의미 있는 장소였지만, 편지를 받는 사람들에게 그 점을 납득시킬 수는 없었다. 다음과 같이 쓰는 것은 우스꽝스러운 짓처럼 느껴졌다. 제인이 바로 이 협곡에서 우리의 가장 좋은 칼과 함께 갑작스러운 홍수에 휩쓸려 떠내려갔어. 제인이 노래를 아주 잘했기 때문에 그녀를 잃은 것이 슬프기는 하지만 그들이 지금까지도 애타게 그리워하는 것은 그 칼이라는 점을 편지를 받는 사람들은 결코 이해하지 못할 터였다.

그 사진은 지평선을 향해 구불구불 나아가는 들쑥날쑥한 붉은 절벽들과 강을 따라 죽 이어지는 초록색 잎사귀의 포플러나무들을 찍은 것이었다. 그 강물은 차고 깨끗했으며, 때로는 넓디넓은 석회암 위로 얕게 흘러서 그들은 몇 킬로미터에 걸쳐 고작 정강이까지만 올라오는 강물 속을 걸어갈 수 있었다. 그렇다, 거기서 제인과 샘을 잃기는 했지만, 그들은 그 협곡에서 행복했다.

글렌을 보니 대학에서 보낸 것임을 알아볼 수 있는 봉투 한 무더기를 들고 편지를 읽으면서 점점 더 동요하고 있었다. 그는 여전히 학과 회의록을 받아보았고, 그가 자리를 비운 사이 내려진 결정들은 그의 화를 돋웠다. "그거 읽지 마." 언젠가 비가 말했었다. "하지만 우편물인걸." 그는 종이 사이에 코를 박은 채 대답했었다.

그녀는 주인이 찾아가지 않은 작은 봉투 더미가 카운터에 놓여 있는 것을 보았다. 아마도 어머니에게서 온 우편물일 터였다. 시티에서 벌어진 기묘한 일들에 대한 그간의 신문 스크랩, 어머니의 브리지* 클럽에 도는 뜬소문, 그녀에게 돌아오라고 애원하는 눈물로 얼룩진 카드 등등. 그녀는 아직 그것들을 읽을 준비가 되어 있지 않았다.

그녀는 후안의 주의를 끌어 그를 자판기로 데려갔다. 그는 접착테이프와 전구를 싸고 있던 조금 도톰한 포장지를 철사처럼 만들어 구부린 뒤 쫀득쫀득한 그래놀라 바들을 마치 상자에서 손으로 꺼내듯 쉽게 꺼냈다.

"당신은 마술사예요." 비가 튜닉 주머니에 그래놀라 바를 주워넣으며 말했다.

후안이 빙긋 웃으며 말했다. "우리 엄마가 자랑스러워할 거예요."

두 사람은 그래놀라 바를 커뮤니티 사람들에게 나눠주었다. 그들은 이미 두어 개의 위문용 식량 꾸러미를 뒤져 먹은 상태였고,

---

* 카드놀이의 일종.

산패한 냄새가 나는 제과류 탓에 털썩 주저앉아 배를 움켜쥐고 있었다. 꾸러미를 차지하지 못했던 사람들은 여러 개의 그래놀라 바를 움켜쥐고 입속으로 공격적으로 쑤셔넣었다. 모두 마치 방금 막 싸움을 했거나 섹스를 한 것처럼 녹초가 된 채 방 이곳저곳에 널브러졌다.

"저 문은 어떻게 숨길 거예요?" 밸이 쫀득쫀득한 그래놀라 바가 가득 든 입으로 물어보았다.

그들은 모두 최소한 그날만은 그들의 용감한 리더인 글렌을, 이 모든 것을 가능하게 한 그 남자를 바라보았다.

글렌은 몸이 얼어버렸다. "어." 그가 말문을 열었다. "그거 좋은 질문이네요. 다 함께 그 문제에 대해서 이야기를 나누고 전원 합의에 도달해야 해요." 그는 원활한 토론 진행을 위해 자세를 똑바로 하고 앉았다.

칼이 일어섰다. "숨기지 않는 거죠." 그가 말했다. "그냥 무슨 일이 있었는지 설명하는 겁니다. 여기 왔을 때, 이미 이랬다고요. 그러면 그들이라고 별수 있겠어요?" 칼이 히죽히죽 웃었다.

"그래요." 데브라가 소리쳤다. "그들을 엿 먹이고, 그들의 문도 엿 먹이고."

"바로 그거예요, 데브라." 칼이 말했다. "그들을 엿 먹이고, 그들의 문도 엿 먹이고. 덤으로 그들의 규칙도 엿 먹이고."

모두가 기운 없이 주저앉은 채로 와 하고 무기력한 환성을 올렸다.

토론은 끝나버렸다. 칼은 그들을 제 뜻대로 하기 위해 고삐를 틀어쥐었고 그들은 기꺼이 따라갔다. 비는 글렌의 가슴이 푹 꺼지는 것을 보았다.

*

그들은 재활용 분리배출 번호에 따라 포장재를 분류해서 처리하고, 각자 물병을 가득 채우고, 화장실을 사용한 다음 그 사무실을 떠났다. 그들은 그들의 잠자리가 원을 그리며 모여 있는 곳으로 돌아갔다. 아까까지 있던 말들은 사라지고 없었다.

"나는 그 말들이 멍청한 녀석들이라는 결론을 내렸어요." 해럴드 박사가 배를 움켜쥐고 말했다. 그에게는 성실하게 소포를 보내주는 전처가 있었다. 하지만 그녀는 태양처럼 생긴 마카롱과 팔미에 같은 특이한 디저트를 만들었다. 한번은 눈처럼 새하얀 설탕을 흩뿌린, 밀가루를 넣지 않은 초콜릿 케이크를 보내기도 했다. 한때 비가 영감을 얻기 위해 훑어보곤 했던 오래된 잡지에 실려 있던 것처럼 복잡하고 전문적인 듯 보이는 아름다운 디저트들이었다. 매번 만드는 데 꼬박 하루는 걸렸을 게 틀림없었다. 하지만 그것들은 신선도가 잘 유지되지 않았다. 어쨌든 그는 그것들을 먹었다. 비는 그 여자가 전남편을 위해 그렇게 많은 수고를 감수하려는 것이 이상했다. 그리고 가끔은 그녀가 정말로 전 부인일까, 아니면 해럴드 박사가 데브라에게서 관심 같은 것을 끌려고 어떤 역할, 그러니까 외로운 이혼남 역할을 하고 있는 것은 아닐까 생각해보기도 했다. 만약 그가 그런 척하고 있는 것이었다면, 별다른 효과가 없는 것은 확실했다. 이 여자가 누구든 간에 그녀는 여전히 해럴드 박사를 사랑하는 것이 분명했다. 따라서 그가 결혼생활을 그만두었든, 아니면 단순히 아내를 남겨두고 온 것에 불과하든 비가 궁금해해야 할 것은 그 이유였다. 이곳에서 그가 딱히 환영받고 있는 것도 아니었다. 어쩌면 그는 가슴앓이를 즐기는 유형의 남자인지도 몰랐다. 어쩌면 그는 그녀를 아주 싫어하는지도 몰랐다. 해럴드 박사가 말 여물통으로 다가가서 그것을 뒤집어엎자 약간의 물, 그러니까 말들에게 제공했지만 정작 그 녀석들에게는 필요하지 않은 듯한 물이 쏟아졌다.

데브라가 혀를 끌끌 찼다. "왜 완벽하게 질 좋은 물을 낭비하는 거예요?"

해럴드 박사는 부끄러워하는 것처럼 보였다. "말들이 허비하고 있었죠." 그가 자신의 행동을 후회하며 중얼거렸다. 그는 아마도 데브라에게 깊은 인상을 주려고 했을 터였다. 그녀는 그를 보며 고개를 절레절레 저었다.

그들은 모닥불에 장작을 더 집어넣고 이를 쑤셔서 잇새에 낀 그래놀라 바의 끈적끈적한 알갱이들을 빼내면서, 불티가 탁탁 튀는 모닥불 주위를 서성거렸다. 비는 마구간 근처 흙바닥에 그녀의 담요를 펼쳤다. 애그니스가 옆에 무릎을 꿇고 앉아 그 직물을 쓰다듬었다.

"따끔거려요." 그애가 말했다. 그러면서도 계속 쓰다듬었다. 곧이어 그것을 향해 고개를 숙여 냄새를 맡고, 뺨을 대고 문지르더니 짐승가죽 위에서는 결코 하지 않던 방식으로 몸을 동그랗게 말며 사르르 무너져내렸다.

"따끔거리지." 비가 딸의 등을 문지르며 말했다. 공간이 부족하면 손을 다 쓰는 대신 손끝만 쓰다가 이내 다시 시작했다.

애그니스가 담요에 막혀 알아듣기 힘든 목소리로 웅얼웅얼 말했다. "편지를 읽어봐요."

"그럴 거야." 밝게 말했지만, 비는 편지 읽는 것을 두려워하고 있었다. 맨 위에 있는 편지는 어머니로부터 온 것이었고, 어머니가 그녀에게 지우려 하는 죄책감만 떠올리게 할 뿐이었다. 게다가 오늘, 벽장들을 샅샅이 뒤져 시티의 음식을 먹은 지금은 어머니의 소망을 거스르려는 그녀의 결심마저 약해져 있었다.

그녀가 어머니를 마지막으로 봤을 때, 그들은 싸웠다. 어머니가 그녀의 요청으로 들렀을 때였다. 비는 자신들이 그주에 윌더니스주로 떠날 것이라고 어머니에게 말했다. 애그니스는 유니콘 봉제인형을 손에 움켜쥐고 진지한 얼굴로 주의깊게 상황을 관찰하며 그녀의 옆에 있었다. 어머니는 눈을 가늘게 뜨고 아파트를 살피다가 짐을 유심히 쳐다보았다. 이제 막 쌓이기 시작한 옷 무더기들을 눈여겨보았다. 어머니는 그 아이디어에 회의적이기는 했지만, 그때까지는 자신의 의견을 정중하게 말했었다. 그래서 어머니가 분노와 불신으로 점철된 긴 열변을 쏟아냈을 때 비는 충격을 받았다. 그녀는 비가 **정말로** 그 계획을 관철하리라고 생각하지 않았던 것이다. 비가 **정말로** 떠나리라고는 생각하지 않았던 것이다. **내가 참 어리석었구나.** 비는 어머니의 얼굴이 격한 감정에 일그러지는 것을 지켜보면서 그렇게 생각했다. 그녀의 어머니는 그 계획을 터무니없다고 주장했다. 그녀는 애그니스를 몰래 데려가 비가 못 찾는 곳에 숨기겠다고, 그러면 떠나지 못할 거라고 위협했다. 심지어 분노와 좌절감에 눈물을 흘리며 손을 뻗어 애그니스를 잡으려고 하다가 이런 말까지 내뱉었다. "너는 저애

를 죽일 셈이야!" 그녀의 어머니는 악을 쓰듯 소리쳤다. 비의 가
슴은 돌처럼 차가워졌다. 어떻게 그런 생각을 할 수 있었을까?
비는 애그니스를 구하려고 안간힘을 쓰고 있었다. 비는 어머니를
억지로 복도로 쫓아냈다. 현관에서 그녀의 어머니는 거칠게 숨을
들이마시며 비통하게 말했다. "그러면 안 된―" 그때 비는 어머
니의 눈앞에서 문을 닫아버렸다. 비는 현관 문구멍으로 어머니가
문에 이마를 대고 흐느껴 우는 것을 지켜보았다. 어안렌즈를 통
해 보이는 어머니의 등은 길게 복도 쪽으로 내밀어진 채, 덜덜 떨
리며 들썩대고 있었다. 비는 그녀를 거기에 남겨두고 짐을 마저
다 꾸리기 위해 허둥지둥 움직였다. 잠도 자지 않았다. 이튿날 애
그니스와 함께 집을 떠나 글렌의 아파트로 갔다. 비의 집에 둘 수
없는 글렌의 서류, 책, 물건들을 보관하기 위해 그 공간을 계속
유지하고 있었다. 그곳에서 그들은 모든 일을 마무리하고, 그 누
구에게도 말하지 않고 떠나버렸다. 그것은 몹시 이례적인 정면대
결이었다. 그녀와 어머니는 여간해서는 싸우는 법이 없었다. 비
는 외동딸이었고, 애그니스의 아버지가 그랬던 것처럼 그녀의 아
버지도 이방인이었다. 그때껏 딱히 아주 가깝게 지낸 것은 아니
었지만, 두 사람은 줄곧 함께였다.
    그 싸움이 있은 지 육 개월 후에 비가 받은 편지는 눈물로 얼룩
져 있었고 내용이 간단했다. 너무 걱정스러워. 아무것도 못 먹겠다.
잠도 오지 않고. 애그니스를 봐줄 진짜 의사를 찾아냈어. 그애가 괜찮을
거라고 약속할 수 있다. 제발 집으로 돌아와!
    그것은 비가 윌더니스주에서 받은 첫번째 편지였다. 그녀는 지
독하게 외로웠다. 그리고 어머니가 그녀 때문에 울고 있다는 생

각에 하마터면 주州 경계선을 향해 전속력으로 달려갈 뻔했다. 어떻게 어머니를 두고 그냥 떠나버릴 수 있었을까? 무슨 생각이었던 것일까? 끔찍한 실수를 저질렀다. 이런 생각들이 그녀가 편지 봉투 더미 위에 있는 어머니의 편지를 만졌을 때 머릿속에 다시 떠올랐다. 자주 떠오르는 생각들이었다.

비는 어머니에게 보낸 답장에서 자신의 논리를 다시 한번 설명했다. 그에 대한 어머니의 답신은 신속하고 열성적이었으며, 여전히 시비조이기는 했지만 애써 이해해보려는 솔직한 태도를 알아볼 수 있었다. 이후 그들은 마땅히 해야 할 일인 것처럼 서로 편지를 주고받았다. 각각의 포스트에서 여러 통의 편지를 받았고 또 보냈다. 이곳에 대한 생각, 시티에 대한 생각도 주고받았지만 대부분은 애그니스를 보살피는 것에 대한 생각이었다. 그 문제 때문에 결국 이렇게 된 것이 아니었던가? 애그니스의 이상한 면에 대한 어머니의 의견은 이랬다. 꼭 그 나이 때의 너를 닮은 것 같구나. 그녀는 잊고 있던 자신의 과거 일들을 다시 떠올리게 되었다.

비는 가장 최근의 봉투를 집어들었다. 소인 날짜가 육 개월 전이니 분명히 편지가 한 통 더 오는 중일 거라고, 아직 여기 도착하지는 않았더라도 분류도 배달도 되지 않은 채 어딘가 다른 포스트에 있을 거라고 생각했다. 다른 편지 봉투는 그녀가 없는 동안 그녀의 재정과 업무를 처리하는 법률사무소에서 온 것이었다. 그녀는 몇 년간 그들로부터 많은 편지를 받는데, 항상 그녀의 아파트 전대 임대료 변동이나 조세에 대한 최신 정보가 담겨 있었다. 비록 그녀는 세금을 낼 직업이 없기는 했지만 말이다. 그

봉투는 열어보기가 한결 쉬웠다. 그녀는 덮개 아래로 손가락을 조심스럽게 밀어넣어 봉인을 뜯었다.

금년 3월 17일에 있을 귀하의 어머니 유언장 낭독에 참석해 주시기를 귀하게 요청하는 바입니다. 고인 소유의 재산과 연관된 제반 사항은 귀하와 이해관계가 있기에 귀하의 관심이 필요합니다.
귀하께서 이번 낭독 참석의 중요성을 인식하시기를 요청드립니다.

비의 두 뺨이 화끈 달아올랐다. 귓가에 세찬 바람이 윙윙거리는 소리가 들렸지만, 피부에는 오로지 따가운 햇살만 느껴질 뿐이었다.
"안 돼." 그녀는 나직이 말하며 어머니의 편지를 뜯어보았다.

애야, 지난번 내 편지 못 받은 거니? 전화를 걸었더니 어느 친절한 레인저가 자기한테 메시지를 남기라고 하더구나. 내 전갈 못 받았니? 음, 나는 나를 치료해줄 사람을 찾았고, 당연히 무척 행운이라고 여겼어. 하지만 슬프게도 치료는 실패했지. 암은 더이상 손쓸 수 없는 상태란다. 시간문제일 뿐이라고들 하더구나. 그래서 다시 한번 간곡히 부탁하는데, 우리 예쁜 딸을 한번 더 볼 수 있게 제발 집으로 돌아와줘. 네 딸 애그니스도 데려오고. 우리 셋이 다시 모이면 얼마나 신날까. 그애가 지금은 너를 얼마나 닮았는지 보고 싶다. 어쩌면 나까지 닮았을까? 사랑을 보내며, 엄마가.

어머니가 죽었다.

어머니는 병에 걸렸음을 느꼈고, 진단을 받았고, 치료는 기대를 저버렸다. 그리고 이내 비도 전혀 모르는 사이에 죽어버렸다.

그러는 동안 내내 비가 왜 거기 없는지 궁금해하면서.

비는 따뜻하고 작은 손이 자기 다리를 탐색하는 것을 느꼈고, "엄마"라고 부르는 소리를 들었다. 편지에서 눈을 들어보니 불 주변의 모든 사람들이 그녀를 뚫어져라 쳐다보고 있었다. 그녀는 그 순간 자신이 목놓아 엉엉 울고 있다는 것을 알아차렸다. 찝찔한 눈물과 콧물의 맛을 느꼈고, 자신이 한참을 울고 있었음을 깨달았다. 며칠이나 지난 것 같기도 했다.

그녀의 두 팔이 툭 떨어져내렸다. 편지가 그녀의 손에서 부질없이 떨렸다. "어머니가 돌아가셨어요."

글렌은 진심으로 슬픈 표정을 지었다. 칼은 가식적으로 슬픈 표정을 지었다. 밸은 그 남자들을 바라보며 어떤 종류가 됐든 슬픈 표정을 지으려고 애썼다. 그녀가 비의 어깨로 손을 뻗었지만 비는 뒷걸음질쳤다. 이중 어느 누구도 그녀의 어머니를 알지 못했다. 깨닫고 보니, 이중 어느 누구도 그녀를 정말로 알지는 못했다. 그녀의 어머니가 알던 것처럼은 아니었다. 그녀는 자신의 얼굴이 역겨워하는 표정으로 바뀌는 것을 느꼈다. 그녀를 둘러싼 얼굴들이 초조한 듯 눈길을 돌렸다.

비는 훌쩍이는 소리를 듣고 아래를 내려다보았다. 애그니스의 두 눈에 눈물이 맺혀 있기는 했지만, 그애의 훌쩍거림은 의도적인 연기였다. 그애는 엄마인 비를 흉내내고 있었다. 그녀에게서 본 감정들에 도달하려 노력하고 있었다.

"할머니가 죽었어요." 그애는 과장되게 입술을 떨면서 비에게 선언하듯 말했다. 그리고 그 때문에 비는 애그니스가 마치 이런 아픔과 감정적 유대의 소유권을 가로채기라도 한다는 듯 격분했다. 이 유대는 비가 그녀 자신의 딸을 보살피기 위해 포기한 중요한 관계였다. 거기서 선웃음을 치고 있는 낯선 자신의 딸, 자연에 너무 가까워져 사랑이 무엇인지도 모르는 듯한 그녀 자신의 딸, 이제껏 좀처럼 바란 적이 없었고 지금은 받을 자격이 없는 관심을 구하는 바로 그 딸을 위해서 말이다.

비의 심장이 잠시 멈췄다. 화끈거리던 뺨은 얼음처럼 차가워졌다. 그녀는 애그니스의 얼굴을 향해 몸을 숙인 다음 자신의 쿵쾅거리는 가슴을 가리키고 차갑게 강조하면서 거듭 말했다. "내 어머니가 돌아가셨어. 내 어머니."

거봐. 그녀는 깊은 슬픔이 다시 품으로 기어드는 것을 느꼈고, 그 덕분에 마음이 아주 따뜻해지고 위로를 받아서 하마터면 빙긋 웃을 뻔했다. 그녀의 어머니는 다시 그녀와 함께 안전하게 있었다. 바로 그곳이 어머니가 있을 곳이었다.

금속성의 맛이 느껴졌다. 그녀가 볼 안쪽을 줄곧 깨물고 있어서 피가 났던 것이다. 그녀는 그것을 담요에 뱉었다. 애그니스는 마치 그 핏덩이가, 그 눈물 섞인 피투성이 점액이 진짜인지 검사라도 하듯 손가락으로 건드리더니 호기심과 약간의 두려움을 안고 비를 보았다.

요란하고 우렁찬 경적소리가 울리자, 비와 애그니스는 최면에 걸린 듯 몽롱한 상태에서 깨어나 움찔했다.

유조차 한 대가 도로를 따라 속도를 줄이면서 끼익하는 소리를 내고 있었다. 비는 커뮤니티 사람들 절반이 그 유조차를 맞이하려고 이미 길가로 나간 상태라는 것을 알았다. 언제 그 차가 보이기 시작했을까? 그 차는 마치 유령 같았지만, 그녀는 그것이 지나간 자리에서 피어오른 진짜 모래먼지를 보았다. 그 트럭의 거대한 크기와 대비되는 그들의 형상을 보면서, 비는 그들이 정말로 얼마나 굶주려 보이는지 깨달았다. 그들의 몸이 얼마나 거칠게 움직이는지 느껴졌다. 어쩌면 그들은 그 트럭의 정부 보조금을 약탈할지도 몰랐다. 어쩌면 운전사의 목을 베고 트럭을 강탈한 다음, 차를 몰고 여기서 멀리 떨어진 곳으로 갈 수도 있었다.

비는 자세를 바로잡았다. 손바닥에 퉤퉤 뱉어 모은 침으로 머리를 쓱쓱 매만졌다. "나는 가야 해." 그녀는 그렇게 선언하듯 말하고, 무의식적으로, 반사적으로 그 차를 향해 나아갔다. 마치 그것이 자석처럼 온몸의 광물질과 금속 성분을 끌어당기는 것 같았다.

"비." 그녀는 글렌이 경고가 담긴 목소리로 말하는 것을 들었다. 하지만 싫다. 그녀는 뒤돌아보지 않을 터였다.

운전사가 그들 일행 앞에 차를 세우고, 조수석의 열린 창문 쪽으로 몸을 숙였다. "여기 그대로 있으면서 지시를 기다리라고 여러분한테 꼭 전달하라고 해서요."

"비." 글렌이 다시 한번 부르는 소리가 들렸다. 하지만 싫다. 그녀는 뒤돌아보지 않을 터였다.

"뭐라고요?" 데브라가 그 운전사에게 반문했다.

"여기서 지시를 기다리세요."

"무슨 지시요?"

"이런, 나도 몰라요." 그가 데브라에게 말했다. "나는 그냥 전달만 하는 거예요."

"어디로 가는 길이죠?"

"미들 포스트로 휘발유를 싣고 가는 길이에요."

미들 포스트라는 단어를 듣자마자, 비는 발걸음을 재촉했다.

"지시는 언제쯤 오는데요?"

그 남자는 어두운 운전석에서도 잘 보일 정도로 거칠게 어깨를 으쓱했다. "여기 그대로 있어요." 그는 거듭 말하고 트럭의 가속 페달을 밟았다.

비는 뛰기 시작했다.

"비!" 글렌이 깜짝 놀라 새된 목소리로 고함을 질렀다. 그녀의 등뒤에서 뜀박질 소리가 들렸다.

싫어, 싫어, 싫어, 싫어. 그녀는 그대로 있지 않을 터였다.

트럭은 서서히 속도를 내며 모여 있는 사람들로부터 멀어져갔고, 비는 트럭을 따라잡기 위해 활 모양을 그리며 나아갔다. 그녀는 디딤대 위에 홀쩍 올라탔다.

"이봐요." 운전사가 고함을 지르며 브레이크를 꽉 밟았다.

비는 트럭을 잡은 손을 놓으며 차문을 열었다.

"나 좀," 그녀는 숨을 헐떡거렸다. "여기서 나가게 해줘요."

그는 그녀를 두려워하는 것처럼 보였고, 그녀 스스로도 이 순간 이곳을 떠나기 위해서라면 무슨 짓이든 할 자신이 위험하다고 느꼈다.

그가 고개를 끄덕이자 그녀는 얼떨결에 가까스로 몸을 끌어올려 그를 타고 넘은 다음 차창에 쿵 부딪히며 조수석으로 떨어졌다. 그녀는 자신의 악취 때문에 그가 헛구역질하는 소리를 들었다. 그녀는 자신의 이름을 외치는 소리, 멈추라는 소리를 들었다.

"곤경에 처한 건가요?" 운전사가 나지막이 물어보았다.

그녀는 고개를 가로저었다. "어서 가요. 어서. 어서." 그녀가 대시보드를 주먹으로 계속 내리치며 소리쳤다. 그녀는 주문에 걸려 있었다. 그녀는 해리성 둔주* 상태에서 벗어나려 안간힘을 쓰며 두 눈을 비볐다. 트럭이 덜컹거리며 나아가기 시작했다.

그제야 비로소 그녀는 정신을 차렸다.

차창 밖의 커뮤니티 사람들을 내다보니 몇몇은 화가 난 듯했고 몇몇은 말문이 막힐 만큼 깜짝 놀란 듯했다. 그녀는 극도의 공포에 질린 표정을 하고 있는 글렌을 발견했다. 그이는 괜찮을 거야. 파도처럼 밀려드는 안도감을 느끼며, 그녀는 생각했다. 그 순간 그의 두 손이 그녀 딸의 두 어깨를 움켜잡고 있는 것을 보았다. 그애는 엄마가 트럭을 타고 떠나는 내내, 온통 당혹감과 분노가 끓어오르는 얼굴로 입을 딱 벌리고 서 있었다.

비는 숨을 쉴 수가 없었다. 그녀는 몸을 웅크려 뜨거운 비닐 시트에 바짝 파묻으며 얼굴을 가렸다.

"어서 가요, 어서, 어서, 어서, 어서."

---

* 자신의 정체성이나 과거 자신의 다른 중요한 정보에 대한 기억을 잃고, 자신이 속한 곳에서 벗어나 방황하는 상태.

4부

애그니스의
발라드

잠에서 깨어났을 때 애그니스는 엉덩이를 대고 앉아 의아해하는 얼굴로 자신을 지켜보며 밤새도록 그 귀에 대고 자장가를 부른 프레리도그 한 마리를 보았다.

애그니스가 눈을 비비자, 프레리도그는 흠칫 놀랐지만 의아해하는 눈길은 거두지 않았다.

"나는 애그니스야." 애그니스가 답했다. "그리고 맞아, 나는 여기 살아."

프레리도그는 고개를 갸웃거렸다. 주둥이를 찡그렸다.

"나도 여기 산다니까." 애그니스가 뼈만 앙상한 손가락으로 프레리도그를 향해 돌멩이를 튕기자, 녀석은 항의의 표시로 얼굴을 일그러뜨리더니 이내 자기 굴속으로 사라져버렸다.

자장가의 애초 목적은 애그니스의 꿈에 유령처럼 나타나서 그애가 겁을 먹고 달아나게 하는 것이었고, 어떤 바보라도 그 사실을 짐작할 수 있었다. 꿈을 꾸는 사람에게 무언가 끔찍한 것이 자신의 귀에 기어든다고 여기게 만드는 쩍쩍거리고 구구거리는 소리. 안전하지 않다고 느끼게 만드는 소리. 하지만 그런 소리들에 애그니스는 위로를 받았다. 그것은 잘 아는 소리들이었다. 도망친 못된 엄마에 대한 생각을 차단하기 위한 덮개였다. 그들 가운데서도 가장 못된 사람. 어쩌면 그녀는 한낱 못된 엄마에 지나지 않았을지도 모른다. 모든 입맞춤도 결국 그 입맞춤 없이는 고통스럽게 만들려는 속셈이 있는 잔인한 것이었다. 애그니스는 잠자리에서 후다닥 뛰쳐나갔다. 캠프에서는 사람들이 이미 웅성거리고 있었다.

애그니스는 엄마가 떠나버렸다는 것을 믿지 않았다. 처음에는 그랬다. 엄마가 마치 짐승에게 발톱으로 움켜잡힌 것처럼 비명을 지르는 그 멍청한 운전사를 뛰어넘는 것을 지켜보면서도 믿지 않았다. 그 트럭이 도로를 따라 굴러가기 시작하면 곧바로 멈춰 서서 제자리로 돌 거라고, 아니 어쩌면 돌아오려고 미친듯이 서두르다가 진정한 자신으로 변한 엄마가 문을 확 열고 사지로 뛰어올 것이라고 믿었었다. 허공에 대고 코를 킁킁거리고 힝힝거리면서, 가족의 냄새가 나는 곳을 찾아내려 애쓸 것이라고 믿었었다.

애그니스는 그 트럭이 피워올린 모래먼지가 가라앉고 도로가 텅 빈 것을 볼 때까지 엄마가 떠나버렸다는 것을 믿지 않았다. 그리고 그 모래먼지가 가라앉는 데는 아주 오랜 시간이 걸렸다. 얼마나 오래 걸렸는지 애그니스는 몰랐다. 어쩌면 며칠이 걸렸는지도 모른다. 애그니스는 모래먼지 때문에 시간을 잃어버렸다. 어쩌면 그래서 어떤 밤에는 한창 자다가도 담요가 당겨져 잠자리 발치의 자기 몸 위로 덮이는 것을, 그리고 엄마가 다른 누구도 할 수 없는 방식으로 잠자리를 데우면서 애그니스가 꽉 움켜잡아 안전하게 지킬 수 있게끔 한 발을 애그니스 쪽으로 슬그머니 미는 것을 느꼈다고 생각했는지도 모른다. 깨어보면 허공을 잡으려고 손을 허우적거리고 있을 뿐이었지만 말이다.

그렇지만 이제 애그니스는 엄마가 떠나버렸고 돌아오지 않으리라는 것을 알았다. 그래서 뭐? 그것이 떠났다는 말을 수용한 후 마음속에 떠오른 말이었다. 대신 나서줄 다른 엄마들이 있었다. 그들은 즉시 나서서 일찍이 애그니스의 못된 엄마보다도 더 살뜰히 그애를 보살펴주었다. 적어도 그 당시 애그니스는 그렇게 생각했다.

그렇지만 그 트럭이 문제였다. 은빛 원통형 탱크를 온통 가로지르며 검은색 갈고리 발톱 상표가 그려져 있고, 마치 태양처럼 그들의 가장 좋은 칼이 빛을 반사해 반짝거리게 하는 헤드라이트가 달려 있고, 무광택 금속 하단부는 임박한 폭풍처럼 강력하던 그 트럭. 그리고 그것이 뿜어내던 모래먼지. 아주 심한 모래먼지. 트럭은 꿈속에서 애그니스의 뒤를 따라오곤 했다. 잠에서 깨기 직전, 그 트럭이 애그니스의 귀에 대고 노래를 부르던 프레리도그를 치었다. 부서진 아스팔트 위로 널브러진 내장. 그것을 간신히 그러모아 애그니스와 다른 아이들에게 저녁으로 먹이는 칼. 애그니스는 프레리도그의 노래가 마음에 들었기 때문에 먹으려 하지 않았다. 사람들은 그애에게 먹이려고 안간힘을 썼다. 하지만 그들이 앙다문 입술 사이로 자그마한 다리 부위를 밀어넣기 전에 잠에서 깨어났다.

아침식사는 데브라가 준비했는데, 그녀는 늘 최고의 아침식사를 만들었다. 애그니스는 그릇 가방에서 그릇을 찾아냈다. 그 나무그릇을 즐겨 쓰는 것은 손가락을 걸 수 있는 마디가 있어서였다. 애그니스가 좋아한다는 것을 잘 알았기 때문에 다른 사람들은 아무도 사용하지 않았다. 그애가 그릇을 가져다주자 데브라는 거기에 옥수수죽을 퍼담은 다음 자기 입술에 손가락을 갖다대면서—비밀이야—그 위에 무언가를 뿌렸다.

"특별한 거야." 그녀가 말했다.

거기에는 아무것도 없었다. 결코 아무것도 없었다. 뿌릴 것이 아무것도 없었기 때문에 데브라는 늘 아무것도 뿌리지 않았다. 애그니스는 그것을 알고 있었다. 하지만 만약 데브라가 그렇게 하지 않는다면, 맛이 없을 터였다. 설사 그녀가 첨가하는 것이 오직 공기와 어쩌면 그녀 손에 묻어 있을 약간의 흙먼지에 불과했을지라도 말이다. 애그니스는 뿌릴 만한 게 무엇이 있는지 상상조차 할 수 없었지만, 데브라는 아이디어가 있는 것 같았다. 무언가 다른 시간과 장소에서 온 것. 데브라는 가장 연장자였고, 그들 중 누구보다도 세상 이치를 더 잘 알고 있었다. 그녀는 틀림없이 뿌려먹는 것 한두 가지쯤은 본 적이 있을 터였다.

"으으음." 애그니스는 한입 머금으며 만족스럽다는 듯 소리를 냈다. 그러자 데브라가 마치 무언가 짓궂은 짓을 하고 무사히 빠져나가기라도 한 것처럼 키득거렸다.

애그니스는 글렌 옆에 웅크리고 앉아 인사의 의미로 그의 무릎에 재빨리 자기 머리를 댔다.

"이런, 꼬맹이구나." 그가 말했다. 미소로 잠시 활짝 펴진 그의 얼굴은 이내 다시 울상이 되었다. 그는 두 눈에 지평선을 담고 있었다.

그들은 곧 이곳을 떠날 터였고, 애그니스는 그것이 기뻤다. 곧 글렌이 응시하는 지평선이 새로워지고, 그는 애그니스의 엄마를 찾지 않게 될 터였다. 애그니스와 달리 글렌에게는 그녀를 대신할 사람이 없었다.

애그니스는 아침을 걸신들린 듯 먹어치우고 그릇을 핥은 다음 가방에 다시 넣었다. 숟가락을 빨아먹고는 자신의 자루에 넣었다. 그들의 잠자리를 둥글게 말아 글렌의 멜빵에 묶었다. 애그니스는 자신의 담요를 끄집어내 자신의 멜빵에 묶었다. 대개 엄마와 글렌이 함께 모든 것을 가지고 다녔지만, 지금은 애그니스가 도와야 했다. 애그니스는 기뻤다. 드디어 자신이 얼마나 힘이 센지 보여줄 수 있었기 때문이다. 엄마가 떠났다는 행복감이 전광석화처럼 스쳐지나갔다. 글렌이 두 팔을 쓸모없이 축 늘어뜨린 채 애그니스의 등뒤로 나타났다.

"내가 할게요." 애그니스가 그렇게 말하며 그를 거기 그냥 서 있게 했다. 애그니스는 땅바닥을 쓸고 돌멩이 몇 개를 주변으로 옮겼다. 그리고 잠시 뒤로 물러서서 그 광경을 감상했다. 세이지 잔가지가 하나 눈에 띄어 돌멩이들 사이로 톡 던져넣었다.

"완벽해." 애그니스가 짝짝 박수를 치며 말했다. 그 프레리도 그가 의견이라도 제시하듯 머리를 내밀었다가 다시 획 들어가버렸다.

애그니스는 그 굴로 고개를 숙였다. "이건 정말 완벽하다고."

그렇게 악을 쓰듯 소리를 질렀다.

글렌이 두 어깨를 잡았다. "됐어, 녀석은 네 말을 들었어." 글렌이 애그니스를 똑바로 세우며 말했다. 애그니스는 자신의 멜빵을 한쪽 어깻죽지 너머로 휙 걸쳐메서 상반신에 사선으로 둘렀다. 무거웠지만 내색하지 않기로 굳게 결심했다. 그리고 그들의 모든 침구 무게에 눌려 고군분투하는 글렌을 지켜보면서 다음번에는 훨씬 더 많은 무게를 책임지겠다고 마음 깊이 새겨두었다.

그들은 다 모여서 모닥불과 취사구역을 자신들이 손대기 이전 자연 그대로의 상태로 되돌려놓았다. 숯이 된 땔감을 파묻고, 가능한 것은 땅바닥의 모래먼지에 잘 섞이도록 가루로 빻았다. 해럴드 박사가 질 좋은 뼈들을 순전히 쓰레기인 것과 분리해 가지고 갈 수 있도록 따로 모았다. 그는 그것들로 묽은 수프를 끓였다. 다들 그의 묽은 수프를 몹시 싫어했다.

칼이 애그니스의 어깨에서 멜빵을 살짝 들어올렸다. "우와." 그가 감탄사를 내뱉었다. "짐이 무거운걸. 너 뭐하는 거니? 글렌 짐을 모조리 네가 들어주려고?" 그는 글렌을 비웃으며 웃음을 터뜨렸다.

애그니스는 칼이 자신의 비밀을 공개적으로 알린 것이 자랑스러우면서도 미친듯이 화가 나서 몸을 휙 틀었다. 글렌은 다시 울상이 되었다. 애그니스가 그들이 가야 할 방향으로 허둥지둥 달려가자 다른 사람들도 그 뒤를 따랐다. 뒤를 돌아보았을 때 저멀리 작게 보이는 글렌은 막 걸음을 옮기기 시작한 참이었다. 그는 마치 떠나고 싶지 않은 듯 천천히 움직였다. 애그니스는 걸음을 재촉했다.

애그니스는 이곳을 영영 떠나고 싶어 기다릴 수가 없었다. 떠나고 싶은 마음이 몹시 간절했고, 이곳을 자신의 기억에서 지워버릴 작정이었다. 마음속으로 엄마가 타고 달아난 트럭이 불덩이가 되어 폭발하고 지평선에서 사라져 없어지는 광경을 지켜보았다. 예전에 시티에 있는 그들의 아파트에서 어느 날 밤 엄마가 잠들어 있을 때 애그니스가 몰래 본 영화의 한 장면이었다. 메마른 나무의 한가운데에 번개가 떨어졌을 때도 비슷한 광경을 보았다. 자신의 짧은 삶에서 불덩어리를 두 번이나 보다니 행운인 것 같았다. 그리고 지금 애그니스는 엄마가 그런 불덩어리를 만났다고 상상할 수 있었다.

애그니스는 짝짝 박수를 쳤다. 더할 나위 없이 확실한 끝이었다.

*

로어 포스트에 레인저는 단 한 명도 나타나지 않았다. 마치 커뮤니티 사람들을 미들 포스트, 그들의 아름다운 비밀 골짜기, 어렴풋이 보이는 칼데라에서 아주 멀리멀리 이동하게 하는 것 말고는 로어 포스트로 보낸 이유가 달리 아무것도 없는 것 같았다. 일주일 혹은 여드레쯤 후에, 새로운 지시 문서가 드론으로 투하되었다. 가제식 노트에서 뜯어낸 종이에, 그들이 가진 지도상의 먼 끝부분에 위치한 또다른 새 포스트 좌표가 다음과 같은 말과 함께 적혀 있었다. 새 인계 장소. 칼이 으르렁거리듯 말했다. "뭘 인계하러 가라는 거야?" 그들이 가본 적 없는 또하나의 지역이었다. 그들이 있는 곳과 새로운 포스트 사이에는 아래위가 뒤집힌

W자가 일곱 개 있었다. 산맥. 수많은 산들.

지도에는 다른 산들도 많았다. 그들은 그런 곳에서 겨울을 난 적이 있었다. 여름을 난 적도 있었다. 산은 머물기에 좋은 지역이었다. 하지만 지도를 보면서 그들은 자신들이 이미 시간을 보냈던 산들은 뒤집힌 W자 두 개 혹은 뒤집힌 V자 네 개로 표시되어 있다는 것을 알아차렸다. 이 새로운 일곱 개의 뒤집힌 W는 마치 산들이 끝없이 광활하게 이어져 있음을 나타내는 것처럼 서로 중첩되어 있었다. 커뮤니티 사람들은 지평선을 유심히 바라보았지만, 보이는 것이라고는 온통 평지뿐이었다. 지도상의 이 새로운 산맥 너머는 텅 비어 있다가 월더니스주의 경계를 표시하는 X자들이 불쑥 나타났다. 그것은 바위투성이 경계 능선, 인간이 만든 벼랑길일 거라고 그들은 짐작했다. 어쩌면 다른 종류의 경계선일지도 몰랐다. 하지만 그 사이에 아무것도 보이지 않는 것은 이상했다.

태양은 낮게 떠 있었지만, 그것이 시야에서 완전히 사라져 없어질 때까지 그들의 얼굴에는 여전히 햇볕이 뜨겁게 내리쬐었다. 태양이 사라진 후 하늘은 자줏빛으로 타올랐고, 반짝반짝 빛나는 마지막 조각들이 가라앉는 바로 그 순간 눈의 착각이나 빛으로 인한 착시처럼 초록빛이 순간 반짝였다. 전에도 목격한 적 있는 광경이었고, 그때 애그니스는 그것을 마법사라는 별명으로 불렀다. 지금 칼이 애그니스에게 그 사실을 일깨워줬다. 애그니스는 얼굴을 찌푸렸다.

"그냥 빛일 뿐이에요." 애그니스가 말했다. 더이상은 그런 어리석은 여자아이가 아니었다.

엄마가 없다는 것은 이제 어른이라는 것을 의미했다. 애그니스는 자세를 바로 하면서 자신이 중요한 존재라는 것을 다들 깨닫기를 바랐다. 애그니스는 맨 앞에서 커뮤니티 사람들을 이끌며 평지를 가로질렀고, 그것은 쉬운 일이었다. 애그니스는 빠르고 확신에 차 있었다. 때때로 너무 앞서가는 바람에 사람들이 멈춰서서 기다려달라고 요청하기도 했다.

그날 밤 모닥불 가에서, 밸이 그녀 옆에 쪼그리고 앉았다.

"네가 이제는 어른이라든가 뭐 그렇다는 건 나도 잘 알아." 밸이 말했다. "그래도 일행과 함께 움직일 필요가 있어."

애그니스의 얼굴이 빨개지며, 한 꾸러미로 묶인 이 칭찬과 질책에 가슴이 콩닥거렸다.

"안전하지 않다고." 밸이 계속 말했다. "그리고 만약 너한테 무슨 일이라도 생긴다면, 우리 모두 무척 속상할 거야."

"아줌마는 너무 느려요."

"너는 너무 빨라." 밸이 말했다. "나랑 같이 걷자. 그러면 우리는 같은 속도로 걸을 수 있어."

"맨 앞에서요?"

"그래, 함께 맨 앞에서 걸을 수 있어. 글렌한테 함께 걷고 싶은지 물어봐줄 수도 있고."

"아니요." 애그니스가 재빨리 대답했다. 밸이 깜짝 놀라는 기색을 보일 정도였다. "아저씨는 뒤쪽에서 걷고 싶어해요. 내가 잘 알아요."

밸이 어깨를 으쓱했다. "좋아, 나는 너를 신뢰해." 무심코 한 말이었지만 애그니스에게는 의미심장한 서곡으로 들렸다. 왜냐하면 신뢰는 어른의 단어였기 때문이다. 게다가 이곳에서는 별생각 없이 하는 일은 아무것도 없었다.

그들은 한자리에서 몇 번의 해돋이를 보며 야영한 다음, 짐을 싸서 계속 나아갔다. 곧, 지평선이 이제는 그들에게 익숙한 곧은 모습이 아니라 마구 헝클어진 것처럼 보였다. 앞길의 갈색 풍경은 날이 갈수록 더 커 보이는 흰색, 회색, 검은색 둔덕들로 변해갔다. 종아리 통증이 심해졌는데, 그것은 그들이 오르막을 올라가고 있다는 징후였다.

토양은 모래먼지와 실트*에서 바위와 그들의 발밑에서 버석바스라지는 흙덩이로 변했다. 그들이 걸어갈 때 애그니스는 작은 두 손으로 그것들을 퍼올려 손바닥에서 더 잘게 부스러뜨린 다음, 그 서늘한 흙이 손가락 사이로 미끄러져 땅바닥에 둔탁하게 떨어지는 것을 느꼈다. 사막의 공기 중에 떠 있는 고운 모래먼지와는 전혀 달랐다. 애그니스는 가볍게 숨을 쉬었다. 어깨에서 힘이 풀렸다. 모래먼지 때문에 자신이 긴장했었다는 것을 깨달았다. 그들은 모래폭풍에 숨이 막힌 적이 있었다. 모래폭풍에 애그니스의 엄마는 유령이 되어버렸다. 이후 그 트럭에 올라탄 엄마를 사라져 보이지 않게 숨겨준 장막도 바로 모래먼지였다. 이제 모래먼지를 뒤로했으니 달갑지 않은 놀라운 일들 역시 뒤로 사라졌다는 것을 애그니스는 알았다.

곧 자라다 만 작달막한 노간주나무들이 보이기 시작했고, 밤비가 땅을 식히며 공기를 허브향이 나고 달콤시큼한 노간주나무 진

---

* 모래와 찰흙의 중간 굵기인 흙.

액으로 끈적끈적하게 만들었다. 밤마다 그들이 피운 불에서는 향긋한 냄새가 났고, 그들은 아침 청소를 하다가 묻은 수액을 그대로 묻히고 돌아다녔다. 불에 탄 나뭇가지들을 치우며 발로 밟아 으스러뜨리려 했지만, 결국 모카신이나 손바닥에 들러붙은 가지들을 내던지려는 손가락들 사이에 수액이 묻을 뿐이었다. 열기와 습기가 섞이며 그 나무들이 수액을 내뿜었고, 어느 한 그루에 스치기라도 하면 충분한 양의 바위 부스러기가 그 점착성을 지워 없애줄 때까지 끈적끈적한 옷을 입고 있어야 했다.

어느 날 저녁, 노간주나무숲 가장자리에서 야영하면서 애그니스는 두 손에 수액을 모아 점착성이 사라질 때까지 몸 곳곳에 쩍쩍 달라붙게 하는 일을 반복했다. 그리고 끈적끈적한 노간주나무들을 껴안고 나서 몸을 떼어내려 안간힘을 썼다.

애그니스가 나무에서 벗어나려 온몸을 비틀어대고 있을 때, 시스터와 브라더와 파인콘이 다가왔다.

"뭐하는 거야?" 시스터가 물어보았다.

"스티커 놀이."

"우리도 같이 해도 돼?"

애그니스가 시스터를 바라보며 좋다고 했다. 그런 다음 브라더를 바라보며 좋다고 했다. 눈길이 파인콘에게 이르렀을 때, 늘 고집하는 작은 사슴 넥타이를 맨 그애가 너무 멍청해 보여서 애그니스는 머뭇거리지 않을 수 없었다.

파인콘의 눈에 눈물이 핑 돌았다. "왜 나를 안 좋아하는 거야?" 그애가 특유의 높고 떨리는 목소리로 말했다.

"안 좋아하지 않아." 애그니스가 거짓말을 했다.

"나랑 놀고 싶어하지 않잖아."

"네가 하는 놀이들을 안 좋아하는 거야."

"나는 놀이를 안 해."

"항상 가게 놀이를 하고 싶어하잖아."

"아니야! 나는 가게 놀이 안 좋아해!"

"거짓말하지 마, 파인콘." 시스터와 브라더가 입을 모아 말했다.

파인콘은 윌더니스에서 태어났는데도, 가게에서 금전등록기를 다루는 시늉을 하는 것 말고 다른 놀이를 하고 싶어한 적이 결코 없었다. 파인콘은 언젠가 누군가에게 금전등록기 이야기를 들은 적이 있었다. 오래전 그들이 시티에서 살던 시절 어떻게 물건을 샀는지, 판매원이 얼마나 무례하게 굴었는지에 대해. 그때 그 애는 커뮤니티의 모두에게 다양한 가게와 금전등록기의 작동방식에 대해 설명해달라고 부탁했다. 그것은 아주 멍청한 짓이었지만, 그 애가 거기에 아주 많은 시간을 들이는 바람에 어른들은 모두에게 그 애와 함께 그 놀이를 하라고 권유했다. 심지어 어른들도 가게에서 바위며 세이지 잎사귀를 사는 척해야 했다.

"너는 가게 놀이만 하고 싶어하잖아."

"나는 누나가 하는 놀이도 해."

"하지만 내가 하는 놀이들을 좋아하지는 않잖아."

"아니야, 좋아해."

"좋아, 그러면, 곰과 코요테 놀이는 어떠니?"

파인콘은 입술을 꼭 깨물었다.

"아니면 막대 잡기 놀이라든가."

파인콘은 몸서리쳤다. "그런 놀이들은 안 좋아해."

애그니스는 끙 소리를 냈다. "봤지? 네 이름은 파인콘이야. 그런 놀이를 하고 싶어해야지."

"왜 내가 내 이름 때문에 그래야 하는 건데?"

"그야 파인콘이니까!"

"나도 잘 알아!"

"그건 이곳에서 따온 이름이야. 네가 사는 곳에서 따온 거라고. 나는 내 이름이 랩터나 스포티드 뉴트처럼 야성적인 거였으면 좋겠어."*

"하지만 누나 이름은 애그니스야."

"내 이름이 뭔지는 나도 알아."

"그건 무슨 뜻이야?"

"나도 몰라. 우리 집안에서 자주 쓰는 이름이야."

"꼭 애거니**라고 하는 것 같아." 시스터가 말했다.

"시스터는 괜찮은 줄 알아, 시스터?"

"그건 내 이름이야." 시스터가 콧방귀를 뀌며 말했다. 그러고 나서 의기양양하게 턱을 치켜들었다. "이름의 느낌에 따라 그 사람이 어떤 사람인지 알 수 있는 거야." 그애는 괴로운 듯 얼굴을 찡그리고, 입술을 떨며, 무엇이든 다 꿰뚫어볼 수 있다는 듯 눈물고인 두 눈을 말똥거리고 있었다. "애그니스." 그녀가 으르렁거리듯 말했다.

애그니스는 눈살을 찌푸렸다. 시스터나 브라더와는 싸움을 시

---

* '랩터(Raptor)'는 맹금류, '스포티드 뉴트(Spotted Newt)'는 얼룩무늬 도롱뇽을 가리킨다.

** agony. '극도의 고통' '심한 고뇌'를 뜻하는 영어 단어.

작하고 싶지 않았다. 사실은, 심지어 파인콘과도 마찬가지였다. 어른들이 다투는 모습은 꼴도 보기 싫었다. 그런 부류의 어른은 되고 싶지 않았다. "알았어." 애그니스가 말했다. "내가 말하려던 건 그저 내 이름도 야성적인 것이면 좋겠다는 것뿐이야. 라이트닝이나 콘도르 같은 이름이 죽도록 갖고 싶어.* 혹은 심지어 파인콘도."

"죽도록 갖고 싶은 이름 놀이 하자." 파인콘이 말했다.

"어떻게 하는 건데?"

"잘 모르겠어. 이름이 갖고 싶어서 죽이는 척을 해볼까?"

"뭘 죽여?"

"서로를?"

애그니스가 어깨를 으쓱했다. "좋아."

그 놀이는 오래가지는 못했지만 재미있었다. 게다가 그후에, 애그니스는 파인콘에게 조금 더 호의를 가지게 되었다. 그애는 배우는 중이었다. 애그니스는 언제고 그애가 데브라에게 만들어달라고 부탁했던 그 넥타이를 훔칠 작정이었다. 파인콘이 넥타이를 어디에서 본 적이 있는지는 알 수 없었다. 하지만 그애는 그넥타이를 아주 마음에 들어했고, 몸을 구부린 채 그것을 마치 똑딱거리는 시계추처럼 좌우로 흔들곤 했다.

그들은 다시 노간주나무들을 껴안기 시작했다. 그리고 이내 애그니스가 머리카락에 수액을 발라 뒤로 넘긴 다음, 그 위에 흙덩

---

* '라이트닝(Lightning)'은 번개, '콘도르(Condor)'는 남북 아메리카 특산인 대형 육식조의 일종이다.

어리를 쌓아 끈끈함이 가시게 하는 새로운 놀이를 만들어냈다. 애그니스는 그 놀이를 젖은 머리라고 불렀지만, 웬일인지 머리카락에 묻은 수액은 꼭 들러붙어 있었고 다시 끈끈함이 없어질 만큼 충분히 흙이 발리지도 않았다.

데브라가 한데 모았을 때 그들은 머리카락이 이상한 각도로 비스듬히 엉겨붙어 있어서 마치 스콜을 만난 쿠거처럼 보였다. 그녀가 고개를 절레절레 저었다.

"너희 머리를 흙으로 덮어버리거나 머리카락을 잘라주면 될 거 같네. 마음대로 골라봐."

그날 밤 모닥불 가에서 그 아이들은 꼴사나운 뭉툭한 모양으로 머리를 잘랐고, 애그니스는 두피가 보이도록 바짝 깎였다.

데브라가 혀를 끌끌 찼다. "심지어 맨살에도 묻었어." 그녀는 흙을 뿌리고 끈적끈적한 부분들이 정돈될 때까지 매만져주었다. "무슨 생각이었던 거니?"

애그니스는 머리의 끈적거리는 부분을 계속 만지며, 남아 있던 짧고 부드러운 머리카락이나 두피에 똬리를 틀고 붙어 있던 좀더 긴 머리카락을 찾아냈다. 그리고 잘린 머리카락을 모아서, 수액을 더 발라 하나로 합친 다음 굉장히 긴 꽁지머리를 만들었다.

"갖고 있다가 엄마한테 보여주려고?" 데브라가 물어보았다.

애그니스는 꽁지머리로 벌린 손바닥을 찰싹 때렸다가, 뜻밖의 힘에 놀라 움찔했다. "안 돼요." 그애가 말했다.

"왜 안 되는데?"

"엄마는 죽었어요." 애그니스가 다시 한번 꽁지머리로 손바닥을 때리며 말했다. 그애는 벌떡 일어나 와 함성을 지르며 꽁지머리를 자신의 머리에 휙 둘러 감았고, 다른 아이들도 저마다 머리카락을 모아서 함께하려고 했다. 하지만 원래 애그니스의 머리카락이 가장 길었기에 그애의 꽁지머리가 가장 인상적이었다. 그래서 다른 아이들은 그저 뒤에서 그애의 동작을 따라 하면서 껑충껑충 뛰어다닐 뿐이었다. 애그니스가 가장 나이가 많았다. 애그니스의 새 머리가 가장 끔찍했다. 애그니스는 그 점 때문에 자신이 리더가 되었다는 것을 잘 알았다. 애그니스는 신이 나서 살금살금 돌아다니며 다른 아이들이 그애만의 독특한 개성을 제대로 구현하지 못하는 것을 지켜보았다. 하지만 껑충껑충 뛰어다니던 애그니스는 이내 어른들이 주고받는 눈빛에서 불쾌함을 느끼고 우뚝 멈춰 섰다. 다른 아이들도 따라서 멈춰 설 것이라는 걸 잘 알았다. 애그니스는 꽁지머리를 불속에 던져넣고 행진하듯 당당하게 잠자리로 걸어갔다. 아이들이 뒤를 따랐다. 그들의 머리카락은 노간주나무 수액과 함께 불에 탔고, 그 냄새가 너무 심해서 다른 사람들도 모두 잠을 자러 갔다.

*

산기슭의 낮은 산들이 기복을 이루며 겉보기와 달리 마음놓을 수 없는 어딘가로 이어졌다. 들쭉날쭉한 암석은 어찌나 잘 부서지는지 굳어서 단단해지고 형태가 잡힌 흙덩어리에 오히려 더 가까웠다. 그들이 더 높이 기어오르는 동안 암석이 그들의 발밑이나 손안에서 줄곧 부서졌다. 이윽고 기복이 더 심한 구릉지, 그러니까 더 높은 지대의 초지들이 나타났다. 그곳에서 그들은 자신들이 정확히 무엇을 향해서 가고 있는지 감을 잡기 위해 며칠 밤 야영하며 정찰을 해야 했다.

낮에 사냥감이나 식량을 찾아 캠프에서 길을 나설 때면, 그들은 동물들이 달라진 것을 깨달았다. 다람쥐는 회색이나 갈색이 아닌 빨간색이었다. 사슴은 그들로부터 달아날 때 텁수룩한 검은 꼬리가 60센티미터 높이까지 일어섰다. 그 사슴들은 새로 돋은 연한 뿔도 굵고 검었다. 그리고 저지대의 사슴들에 비해 작은 편이었다. 늑대들은 더 컸고, 애그니스가 목격한 곰 한 마리는 검은색이 아니라 갈색이었다. 그리고 다 펼친 날개 길이가 사람 셋을 합친 것만큼 길어서 하늘 높이 날아갈 때 태양을 완전히 가려버리는 콘도르들도 있었다. 그 모든 생소한 면들로 인해 그 땅이 새삼 위험하게 느껴졌다.

그런데도 산악지대로 이어지는 것처럼 보이는 그 땅에서 바큇자국을 발견한 적이 있었다. 마치 아주 오래전 한때, 사람들과 그들의 차가 아주 오랫동안 아주 많은 영향을 주면서 이곳을 지나가는 바람에 그 산비탈을 모조리 뜯어내지 않고서는 복원되거나 다시 자연 그대로의 상태가 될 수 없는 것처럼 보였다. 그것이 앞으로 가야 할 길을 그들의 귀에 대고 속삭여주는 것 같았다.

바큇자국을 발견한 사람은 애그니스였다. 산기슭에 들어선 초반에 커뮤니티 사람들은 개울을 따라가고 있었는데, 애그니스가 일직선으로 나아가자 다들 무턱대고 그 뒤를 따라갔다. 곧 그들은 홈이 팬 땅을 따라 걸어가고 있다는 것을 알아차렸다.

"그걸 봤던 거니, 애그니스?" 칼은 그렇게 물어보며, 이것이 행운인지 아니면 숙달된 능력인지 확실히 하려고 했다.

애그니스는 고개를 가로저었다. "이쪽에 사슴이 더 많을 거예요 ─ 저 나무들 보이죠? ─ 그리고 우리는 사슴을 원하잖아요. 그래서 여기로 데려온 거예요."

"그럼 넌 땅바닥에 파인 이 선들을 일부러 따라온 거야?"

애그니스는 이해가 되지 않았다. "왜 이런 선을 안 따라와요? 걷기에 더 편하잖아요."

처음에 몇몇 사람은 그 변화에 두려움을 느꼈다. 위험한 일이었다. 후안은 개울로 되돌아가자고 건의했다. 그들은 근처에 개울이 있으면 늘 개울가에 머물렀다.

하지만 다른 사람들은 애그니스 편을 들었다. 칼이 말했다. "우리한테 급성장중인 추적자가 있었네요."

그들은 캠프를 치고, 하루 동안 개울을 따라가서 발견한 것을 보고할 팀을 파견했다. 그 개울은 산 위로 더 올라가면 있는 엷은 푸른색 물웅덩이에서 시작되었다. 눈 녹은 물이었다. 어쩌면 샘물 역시 흘러들어 섞였는지도 몰랐다. 편자 모양의 수직 절벽이 개울을 둘러싸고 있었다. 빠져나갈 확실한 길이 없었다. 그 팀은 그 막다른 길에 대한 소식을 가지고 돌아왔다.

사람들이 어깨를 툭툭 두드리자 애그니스는 수줍게 미소 지었다. 밸이 군데군데 그루터기 같은 머리카락이 다시 돋아나는 그 애의 두피를 손으로 문질렀다.

"우리 겁 없는 리더." 밸이 말했다.

애그니스는 그들이 자신을 딱하게 여긴다는 것을 잘 알았다. 그 애는 줄곧 엄마 없는 아이가 될 운명이었던 것처럼 엄마 없는 아이가 되었다. 하지만 이곳에서 애그니스는 항상 작은 것들을 눈여겨보았다. 생명체들. 애그니스는 엄마라는 존재는 스스로 무엇인가 다른 존재가 되고 싶어하기 전까지만 엄마일 뿐이라는 것을 깨닫고 있었다. 일찍이 이곳에서 지켜본 그 어떤 엄마도 영원히 엄마로 남아 있지 않았다. 애그니스는 자기도 모르는 사이 이 상황에 대비가 되어 있었다. 그애는 한 번도 울지 않았고, 그것은 틀림없이 그 상황에 대비가 되어 있다는 것을 의미했다. 애그니스는 더이상 새끼곰이 아니라, 이 세상에서 자신의 자리를 찾고 있는 청소년이었다. 그래서 밸이 겁 없는 리더라고 불렀을 때 애그니스는 그녀의 말을 믿었다. 밸은 지금 있는 그대로의 애그니스를 인정했다. 대등한 존재로.

그날 밤 불 옆에서 어른들이 캠프 철거와 아침에 할 일에 대해 논의할 때 애그니스는 그들에게 더 가까이 다가갔다. 아이들은 하품을 하며 저마다 노간주나무 열매들을 발가락 사이에 끼고 쥐어짰다. 그들은 소리 내어 웃으면서 애그니스가 자기들의 우스꽝스러운 짓을 보고 있는지 살폈다. 하지만 애그니스는 변함없이 어른들에게 시선을 고정한 채 아침에 자신에게 기대하는 것이 정확히 무엇인지 알고자 대화에 귀를 기울였다. 어쨌든 애그니스는 그들의 겁 없는 리더였다. 산으로 이어지는 흔적을 발견한 사람도 바로 애그니스였다. 그리고 애그니스는 그들이 그 흔적을 따라 반드시 산 너머 맞은편으로 갈 수 있도록 이끌어야 했다.

*

바큇자국을 따라간 덕에 그들은 하늘 높이 우뚝 치솟은 하얀

봉우리들을 피했다. 터무니없이 험준해 보이는 새로운 문턱에 도착할 때마다 매번 그들은 그 바큇자국을 따라 보다 완만한 곳으로 지나갔다. 가파른 오르막을 우회하면서. 강과 개울을 따라가면서. 깎아지른 듯한 수직 절벽을 한 발짝 옆으로 피하면서. 힘겹게 기어올라야 할 때도 몇 번 있었다. 언제라도 그럴 수 있을 터였다. 하지만 그들이 궁금한 것은 레인저들이 그 바큇자국에 대해 알고 있는지였다. 커뮤니티 사람들이 따라가기를 바라고 의도적으로 그 자국들을 남겼는지. 아니면 자신들이 단순히 운이 좋아서 그 자국들을 찾아냈던 것인지. 그들은 심지어 꼭대기가 보이지도 않는 거대한 나무들 사이며 그 주위를 거침없이 지나갔다. 나무껍질의 색깔과 질감이 변했다. 눈 모양의 옹이가 있고 반들반들 윤이 나는 흰색에서 비늘에 뒤덮인 듯한 주황색으로, 이윽고 마치 꺼져가는 불에서 꺼낸 숯처럼 검은색이나 다름없는 어두운색으로. 때로는 단단하게 굳은 눈을 헤치며 나아가다가 살얼음이 깨지고 구멍이 뻥 뚫려서 모카신을 신은 발이 바로 밑 가루눈에 빠지기도 했다. 그들은 오래전 화재로 으스스해진, 눈이 녹기 시작한 눈밭을 며칠씩 걸어갔다. 남아 있는 것이라고는 흐릿한 하늘을 향해 눈 밖으로 돋아 있는, 나뭇가지 하나 없이 칼날처럼 날카로운 검은색 나무 밑동들뿐이었다. 그들은 그 눈밭을 지나 바큇자국이 알려주는 대로 좁은 고갯길을 따라 가느다란 폰데로사소나무가 무리 지어 있는 숲으로 내려갔다. 산불은 아무 이득도 안겨주지 못한 채* 그 잔해로 그들의 발만 까맣게 만들 뿐

---

* 원래 폰데로사소나무는 산불이 지나가면 새 나무가 올라온다.

이었다. 그들은 산에서 여름을 나는 동안 이 청정한 숲을 헤치며 계속 나아갔다. 이윽고 숲이 울창해지더니, 곧 장막에 뒤덮인 듯 어둡고 축축해졌다. 몹시 어둡고 축축해서 그들이 가진 짐승가죽의 거친 털끝마다 이슬이 방울방울 맺혔다. 이곳에서는 걸음이 느렸다. 카펫처럼 깔린 이끼 아래 숨겨진 굵은 나무뿌리들로 바닥이 울퉁불퉁했다. 모든 것이 차가웠다. 의기소침한 분위기가 일행 위로 내려앉았다.

그러다가 어느 순간부터 모든 것이 내리막처럼 보였다. 바큇자국은 시야에서 나타났다 사라졌다 하거나 이끼며 낙석에 가려 보이지 않았다. 하지만 나아갈 길은 분명했다. 세찬 강물 소리가 점점 커지더니 결국에는 폭포수에 둘러싸인 것 같았다. 공기는 피부를 찌를 듯 차가웠다가 서늘해졌다가 다시 축축하게 변했고, 그들의 옷은 한시도 마르지 않는 것 같았다. 작은 곰팡이 포자들이 그들의 옷을 뒤덮었다.

그들이 걸어갈수록 웅웅거리던 물소리는 세찬 울부짖음이 되었다가 이내 보이지는 않지만 분명 지척에 있는 크고 웅장한 강의 굉음이 되었다. 그들은 그것을 '보이지 않는 강'이라고 불렀는데, 마치 바로 발치에서 흐르는 것처럼 물소리가 들렸지만 강의 희미한 흔적조차 찾을 수 없었기 때문이다. 숲에는 이제 물을 잔뜩 머금은 푸른 초목이 너무 울창해서 바큇자국이 더이상 보이지 않았다. 그들은 방향감각을 상실했고, 어떤 사람들은 소리 높여 후회하며 오래전에 바큇자국이 방향을 틀었다고 확신했다. 그들은 울창한 나뭇잎 사이로 햇살이 얼룩덜룩 비치는 이런 정글을 헤치며 여행할 생각이 결코 없었다.

하지만 애그니스는 자신의 발밑에서 바큇자국이 느껴진다고 확신하며 날쌔게 움직였다. 땅바닥을 덮은 나뭇잎이나 온 세상을 뒤덮은 눈 밑에 깔린 생쥐가 올빼미에게는 보이는 것처럼 애그니스에게도 그 자국들이 보였다. 설사 그것들이 바큇자국이 아니더라도 앞으로 나아가기에 좋은 길이라는 것을 애그니스는 알고 있었다. 왜냐하면 주변이 두드러지게 어두운데도 동물들의 눈이 반짝 빛나는 것이 보였기 때문이다. 동물들의 여유가 느껴졌다. 이 좁은 길은 그들에게 안전했다. 그들은 반짝이는 눈으로 흘깃거리지 않았다. 빤히 지켜보는 그들의 눈빛에는 두려움이 아니라 나른함이 있었다. 그들의 귀는 괘종시계가 작동하는 방식대로 소리를 따라 반사적으로 휙휙 돌아갔다. 소리는 울리지 않는 괘종시계였지만. 애그니스는 안도감을 느꼈다. 어깨의 힘을 풀고 쾌활하게 휘파람을 불어 다른 사람들도 그런 기분을 느끼게 하려고 노력했다.

그러던 어느 날, 그들은 어둠에 에워싸였던 것만큼이나 갑작스럽게 어느 절벽 끝에 이르러 그 어둠에서 벗어났다. 너무나 갑작스러워서 만약 칼이 애그니스의 튜닉 뒷부분을 움켜잡지 않았더라면, 애그니스는 그대로 굴러떨어졌을지도 몰랐다.

숲은 허공에 자리를 내준 상태였다. 푹신한 땅은 건너편에 있는 다른 절벽 면까지 아주 멀리 펼쳐진 물속으로 허물어져 있었고, 그 건너편 절벽 면에는 군락을 이룬 젖은 양치식물이 붙어 초록색으로 반짝반짝 빛나고 있었다. 그들은 평생 그렇게 많은 물을 본 적이 없었다. 보이지 않는 강은 거대한 괴물이었다.

양치식물에 뒤덮인 절벽 위에는 비스듬히 서 있는 무수히 많은 전나무가 처음 보는 하얀 산꼭대기들을 향해 치솟아 있었다. 그리고 그 모든 것 앞에는 전기가 흐르는 것처럼 보이는 높은 철제 울타리가 있었다. 경계선이었다. 그들은 지도를 살펴보았다. 그곳은 어떤 땅일까? 조림지일까? 그렇다면 공장들과 연기는 어디에 있는 것일까? 강은 폭이 1.5킬로미터쯤 되어 보였다. 하지만 그들의 지도에는 나와 있지 않았다. 길을 잘못 들었던 것일까?

이 강을 건너는 것은 불가능했다. 울타리가 그 강물에 전기를 흘려보내고 있기라도 한 것처럼 보였다. 애그니스는 자신이 모터의 윙윙 소리를 들을 수 있다고 생각했지만 그것이 어떤 소리인지, 강물의 굉음 혹은 곤충떼가 내는 소리와는 어떻게 다른지 더 이상은 확신하지 못했다. 온통 시끄러운 소음뿐이었다. 손가락을 대보니 귀가 진동하고 있었다.

애그니스는 바큇자국을 더듬더듬 찾으며 부드러운 땅바닥에 발을 끌고 걸었다. 오로지 뿌리와 바위만 느껴질 뿐이었다. 발끝 너머로 아래쪽 강을 죽 훑어보았다. 절벽 면은 아래를 바라보며 비스듬히 기울어 있었고, 줄기가 울퉁불퉁한 나무들이 진흙과 바위가 뒤섞인 흙더미에서 불쑥 튀어나와 있었다. 애그니스는 발가락을 오그리고 모카신 앞코를 푸석푸석한 흙속으로 쑥 밀어넣었다. 그 절벽의 시작점이 줄곧 여기였던 것은 아니었다.

왼쪽을 바라보니 나무들이 뒤로 물러나 있고 땅이 강 쪽으로 불쑥 튀어나와 있었다. 그 돌출된 땅바닥에 하늘을 향해 곡선을 그리며 나아가는 바큇자국들이 보였다. 애그니스가 칼의 손을 잡아당기며 손가락으로 가리켰다.

"이쪽이에요." 칼이 다른 사람들에게 말했다.

애그니스는 빙긋 웃었다. 그는 애그니스가 바라던 대로 했고 심지어 말할 필요조차 없었다. 자신이 과묵하지만 긴요한 일을 하는 동물이 된 기분이 들었다. 우두머리가 된 기분이 들었다. 일행들이 고개를 끄덕이거나 코웃음을 치면서 따라왔다. 단순히 애그니스가 이동했다는 이유만으로 그들이 따라오기까지 시간이 얼마나 걸렸을까?

그들은 거무스름한 나무들이 뒤엉킨 잡목림을 마지막으로 이리저리 헤치며 나아가다가, 바람에 하느작거리는 키 큰 초록색 풀밭으로 빠져나갔다. 그리고 이제는 나무들과 씨름하는 대신 바람에 거칠게 떠밀렸다. 숲에서 흡수해두었던 수분을 태양에 바짝 건조된 공기에 빼앗기면서 피부가 조여들며 쪼글쪼글해졌다. 즉시 갈증이 났고 피로를 느꼈다. 그 돌출된 땅의 가장 높은 지점에서 그들은 바큇자국이 아래로 이어지는 것을 볼 수 있었다. 저멀리 몇 킬로미터 앞에 있는 모래사장처럼 보이는 곳으로 강물이 흘러들어가는 지점을 향하고 있었다. 깎아지른 듯한 절벽들은 완만한 낭떠러지로, 눈에 보이지 않는 조수에 집어삼켜지거나 노출된 모래톱으로 부드러워져 있었다. 그리고 저멀리 강어귀에서 거품이 이는 흰 물결이 보이자, 그들은 어쩌면 그것이 바다일지도 모르겠다고 생각했다. 지도를 살펴보자, X자들로 표시된 경계선만 보였다. 다른 기호는 전혀 없었다. 그들은 지금껏 늘 어디를 가도 거기서 거기일 거라고 짐작했다. 사막. 초원. 산. 그들은 숨을 들이마셨다. 소금물이었다. 입에 침이 고였다. 그것은 분명 바다였다. 무언가 실수가 있는 게 틀림없다.

계속 걸어갈수록 새로 보이기 시작한 강은 폭이 넓어졌고, 그것을 가로지르는 그 인상적인 울타리는 그들과 반대 방향으로 뻗어가 마침내 아주 자그맣게 보였다. 그 강이 그들이 늘 보던 그런 강이었을까?

그들은 바큇자국을 따라 강가로 갔고, 그 거대한 강을 따라 계속 걸어갔다. 그것은 그들이 평생 본 것보다 더 많은 물이었다. 아주 빠르게 흐르고 있었기 때문에 거의 흐르지 않는 것처럼 보였다.

더 가까이 다가가자, 물에 잠긴 잔해들로 가득찬 강기슭이 보였다. 대패로 깎아냈는데도 틀어져버린 오래된 목재. 대형 기계에 장착했던 엔진. 둘레 길이가 열두 뼘도 넘는 커다란 타이어. 커다란 벌목용 톱에서 빠진 오래되고 녹슨 톱니. 그리고 가구까지. 한때는 격자무늬 천이거나 폴리에틸렌 섬유로 덮였을 소파들. 침수된 삼림지대 풍경의 덮개를 씌운 낡은 안락의자. 작은 통나무 오두막의 온전한 한쪽 벽.

칼이 한 무더기의 천과 목재와 오물 더미 위로 올라가더니, 거기서 녹슨 게잡이용 통발 하나를 비틀어 꺼냈다. 물가로 더 내려가서는 릴낚싯대를 발견했다. 그가 스피너를 비틀어 돌리자 빙글빙글 돌았다. 낚싯줄은 없었다. 그는 그것을 어깨에 걸쳐메고 계속 걸어갔다.

그들은 무방비 상태로 있다가 생각지도 못한 일몰을 맞이했다. 장막에 뒤덮인 듯한 그 숲을 벗어난 뒤부터 해는 본격적으로 호를 그리며 떨어지고 있었다. 그들은 강기슭 근처에 간단한 캠프를 설치했다. 육포로 순식간에 한 끼를 해결했고, 곧 칼과 해럴드 박사가 게잡이용 통발을 물속에 던져넣었다. 짙고 짠 공기에 졸음이 쏟아져서, 하늘이 제대로 어두워지기도 전에 다들 잠들어버렸다.

아침에 그들은 다리를 찔러대는 만조의 밀물 때문에 잠에서 깼다. 커다란 달이 강어귀의 물거품이 잔뜩 이는 수평선 아래로 떨어지고 있었다. 달의 모양이 다른 날이었더라면 젖지 않았을지도 모를 일이었다. 처음에 그들은 물이 차가워서 따가운 것이라고 생각했다. 하지만 곧 물이 핥고 지나간 부위는 어디든 다 발진이 돋아 있는 것을 발견했다.

몸을 씻을 맑은 물을 찾으러 네 사람이 무쇠솥을 들고 파견 나갔다. 네 사람은 이끼에서 짜낸 시원한 물과 물이끼 덩어리들을 가지고 돌아왔고, 사람들은 모두 그것들로 말끔히 몸을 닦았다. 찌르는 듯한 아픔이 가라앉았다.

칼은 젖은 부분을 건드리지 않으려고 조심하면서 맨손으로 게 잡이용 통발을 끌어올렸다. 진흙과 껍데기가 붉은 조개 두어 마리, 눈은 하나이고 발은 너무 많이 달린 노랗게 물든 게 한 마리가 고작이었다.

보이지 않는 강은 유독물질에 오염된 강이었다. 깨끗한 강이었다면 그들이 원했을 모든 음식을 제공했을 것이다. 다른 시대였다면, 그들은 가능한 한 오래 이런 강을 죽 따라가며 머물렀을지도 모른다. 그들은 식량을 얻기 위해 물고기를 잡았을 것이다. 버섯을 찾아내거나, 아니면 뒤져볼 만한 다른 무언가가 틀림없이 있었을 것이다. 그들은 가옥과 연어, 송어, 사슴, 엘크, 곰에 쓸 훈연실을 마련했을 것이다. 만약 이 강이 깨끗하고 동식물이 무럭무럭 자라는 그런 강이었다면 그들은 거기서 새로운 문명사회를 건설하기 시작했을 것이다. 레인저들은 그들을 강제로 떠나게 해야 했을 것이다.

하지만 그 오염된 강은 이제 강바닥에 그저 오물을 먹는 돌연변이 개체들만 서식하는, 생물종이 아주 빈약한 유령 강이었다. 거센 물소리보다 더 큰 소리로 우는 새도, 진흙 속에서 개골거리는 청개구리도 없었다. 동물들은 그 어두운 숲을 안식처로 삼고 떠나려 하지 않았는데, 유독물질에 오염된 이런 강가에 다가가려 하지 않는다고 해서 그들이 비난받을 이유는 없었다. 커뮤니티 사람들은 야생 포도와 그들의 똥을 질긴 자줏빛 껍질색으로 물들게 한 단단한 비치플럼*을 발견했다. 하지만 그 외에는 생명이라곤 찾아볼 수 없는 풍경이었다.

"아직은 되돌아갈 수 있을까요?" 데브라가 말했다.

"안 돼요, 포스트에 도달하지 못했어요." 글렌이 말했다.

"정말로 이 근처에 포스트가 있다고 생각하는 거예요? 지금껏 지도에서 맞는 게 하나도 없었잖아요." 어김없이 데브라 편을 들며 해럴드 박사가 말했다.

"내 생각엔 그들이 우리를 죽이려는 것 같아요." 밸이 말했다. "그 울타리가 없었더라면, 우리는 분명히 강을 건너려고 했을 거예요. 이 유독한 물속에서 산 채로 불타고 있었을 거라고요."

"그래서 우리를 막으려고 거기 울타리를 쳐놓은 거잖아요." 글렌이 말했다. "울타리는 유혹하기 위한 게 아니에요."

"나는 늘 울타리의 유혹에 넘어가죠." 밸이 말했다. "그건 도

---

* 주로 북아메리카에서 자라는 야생 자두의 일종.

전장이거든요." 칼이 고개를 끄덕여 동의하자, 그녀는 미소를 지었다.

"이런, 벨, 일반적으로 울타리는 접근하지 말라는 표시라고요." 글렌이 말했다. "그건 도전장이 아니에요. 울타리는 규칙이죠."

칼이 코웃음을 쳤다. "출입 금지 표지판을 본다면 당신은 어떻게 하겠어요?" 그가 물었다.

"나는 무단침입하지 않을 거예요." 글렌이 대답했다.

"말도 안 돼."

"당신이라면 하겠어요?"

"당연하죠! 땅은 소유하라고 있는 게 아니라고요."

"하지만 모든 땅에는 소유주가 있어요."

"이 땅은 아니에요."

"아니, 이 땅도 그래요. 이건 행정부 소유죠. 당신은 기다려서 허락을 받고 나서야 이 땅에 들어왔어요. 그냥 몰래 들어온 게 아니잖아요."

벨이 말했다. "이런 대화는 질색이에요. 우리 삶이 너무 지루해 보이잖아요."

"지루한 게 사실이죠." 글렌이 말했다. "어느 정도는 그게 핵심 아닌가요?"

칼의 입이 떡 벌어졌다.

애그니스는 이런 대화에는 관심이 없었다. 왜니 어떻게니 하는 데 누가 관심이나 있겠는가? 그럴 것이라느니 안 그럴 것이라느니 하는 데 누가 관심이나 있겠는가? 그애는 왜 어른들이 항상 이런 단어들을 두고 입씨름을 하는지 결코 이해가 되지 않았다. 그래야 한다와 그래서는 안 된다. 할 수 있다와 할 수 없다. "그냥 있는다와 행동한다." 애그니스는 혼잣말로 중얼거렸다. 중요한 것은 그것뿐이다. 그냥 있는다와 행동한다. 그냥 있는 것과 행동하는 것. 지금 당장과 잠시 후.

애그니스는 조간대*와 오염된 강 근처에서 떠나, 줄지어 늘어선 나무들을 따라 걸었다. 바큇자국은 또다시 사라지고 없었다. 애그니스는 이 강이 깨끗해서 물가에 사는 온갖 새들과 물수리를 불러모으던 때를 마음속에 그려보려 했다. 물고기를 찾다가, 물이 심하게 요동치며 거품이 일 만큼 아주 많은 물고기가 꼬리를 철벅거리며 그녀에게 강물을 튀기는 것을 보게 될지도 모를 일이었다. 그것은 일행 중 한 사람이 가져온 책에서 본 장면이었다. 그 책은 해안에 상륙하자마자 수많은 호기심 많은 동물들의 첫인사를 받았던, 이종의 개척자들에 대한 책이었다. 그 물은 생명력으로 요동쳤다. 그리고 그 땅은 네발짐승이 우글거렸는데도 모두에게 넉넉했다. 그것은 그들이 밤에 모닥불 주위에 둘러앉아 했던 이야기 가운데 하나였다. 애그니스가 상상하고 가장 믿기 힘들다고 생각했던 이야기였다. 애그니스는 그것들을 모두 믿으려고 노력했다. 그것은 엄마가 애그니스에게 당부한 일이었다.

애그니스의 엄마는 커뮤니티 최고의 이야기꾼이었다. 이야기를 들려주는 경우가 가장 드물기는 했지만 말이다. 하지만 그녀는 이야기의 형태로든 아니면 실생활에서든, 의외성의 마법을 잘

---

* 밀물과 썰물에 의해 주기적으로 잠기는 지역.

4부 애그니스의 발라드 251

알고 있었다. 애그니스는 시티에서 보낸 자신의 마지막 생일을 기억했다. 새벽녘에 잠에서 깨어보니, 내쫓겼던 태양이 창문에 드리워진 커튼 틈새로 이리저리 기웃거리고 있었다. 몽롱한 눈으로 애그니스는 침대 머리맡에서 무언가가 반짝 빛나는 것을 보았다고 생각했다. 작고 평범한 흰색 상자였다. 그 안에는 솜에 딱 맞게 끼워놓은 작은 펜던트가 있었다. 가장자리에 금도금을 한 오렌지색과 갈색의 나비였다. 나비는 사라지고 없었지만, 애그니스는 엄마가 보여준 오래된 책들을 떠올리고 그것이 무엇인지 알아보았다. 그것은 그때껏 본 것 중 가장 우아한 것이었지만, 정작 애그니스를 매료한 것은 마치 마법이라도 부린 것처럼 그것이 나타나 있는 방식이었다. 마음 한구석으로는 자신이 잠에서 깨어났을 때 그것이 거기 놓여 있게끔 엄마가 한밤중에 몰래 들어왔던 게 분명하다는 걸 알고 있었다. 하지만 방에서 나갔을 때 애그니스는 엄마에게 고맙다고 하지 않았고, 엄마는 그것에 대해 언급하지 않았다. 펜던트가 애그니스의 목 주위에서 반짝이는 것을 알은척하지도 않았다. 엄마는 애그니스가 시작한 이 놀이에 말없이 동참했는데, 그 놀이에서는 장신구 하나가 몹시 특별하고 몹시 소중한 나머지 눈에 보이지도 않을 정도였다. 오로지 목에서 느껴질 뿐이었다. 그것을 가지고 있는 동안 내내, 애그니스는 그것이 어떤 다른 왕국에서 온 선물인 척했다. 모든 것이 매력적이고 마법에 걸려 있으며 우아한 곳에서 왔다고 말이다. 그리고 엄마는 애그니스가 그렇게 생각하도록 내버려뒀다.

애그니스가 월더니스에서 그 나비 목걸이를 잃어버렸을 때, 커뮤니티는 첫번째 벌금을 낸 셈이었다.

*

그들은 땅이 돌출된 부분을 드나들며 강가를 따라 걷다가, 틀림없이 화덕이었을 것 같은 자리를 중심으로 원을 그리며 놓여 있는 낡은 안락의자 몇 개를 우연히 발견했다. 움푹 팬 자국과 흩뿌려진 돌멩이들이 있기는 했지만, 여기서는 오랫동안 어떤 불도 타오른 적이 없었다. 원 주위에는 빈 깡통들이 널려 있었고, 녹이나 위험한 톱날 같은 것은 알지도 못하는 아이들이 그것들을 손으로 집어들고 뒤집어보았다. 어른들 역시 그런 것을 깜박하고 있다가 결국 브라더가 손가락을 베었고 아이들은 어쩔 수 없이 새 장난감들을 내려놓아야 했다. 이것들은 여기에 언제부터 있었고, 누가 남겼을까? 책임을 등한시한 레인저들일까? 자연생태계를 복원하면서 이 구석진 곳은 잊혔던 것일까? 조림지에서 도망친 일꾼들이었을까? 오염된 강을 건너 도망친 사람은 절대 있을턱이 없었다. 누구도 성공하지 못했을 것이다.

"때로는 마치 문명사회가 걸어서 한나절 거리에 있는 것처럼 느껴질 때가 있어요." 데브라가 그 울타리를 주시하며 말했다. 어른들은 침통하게 고개를 끄덕였다. 그것은 애그니스가 알고 있듯이 엄마도 느낀 바로 그 기분이었다. 대체 왜 우리가 여기 있는 걸까? 무슨 의미가 있지? 아이들이 이런 질문을 하는 것은 전혀 들어보지 못했다. 그 답은 사방 어디에나 있었다.

원을 그리며 놓여 있는 의자들 너머에서 그들은 낡은 유아용 의자를 발견했는데, 자동차가 쓸모 있던 시절에 부모가 팔꿈치 안쪽에 걸고 흔들거나 장착용 고리로 차에 설치했을 법한 의자였다. "카시트네." 데브라가 기억해냈다. 손잡이에는 쪽지가 매달려 있었는데, 비닐 커버로 감싼 메모용 카드에 매직펜으로 쓴 내용은 비바람에 바랬지만 알아볼 만은 했다. 이 아기의 이름은 레이철입니다. 부디 잘 돌봐주세요. 이제 레이철은 없었다. 그들의 어깨는 더 큰 세상에 짓눌려 다시 한번 움츠러들었다.

애그니스는 화가 치밀어, 눈을 치켜뜨고 코를 쳐들며, 자신이 할 수 있는 일을 찾아 빙빙 돌았다. 다른 사람들은 마치 자신들이 정확히 어디를 향해 가고 무엇이 자신들을 기다리고 있는지 알고 싶어하는 것처럼, 이 공허한 징조 주위를 말없이 빙빙 돌았다.

"저기, 어이, 이봐요!" 어떤 목소리가 크게 외쳤다.

그들보다 높은 곳에, 바큇자국이 나 있는 바로 옆 돌출된 땅 맨 꼭대기에 짙은 남색 운동복과 주머니마다 쌍안경, 칼, 조류도감, 판초가 비어져나와 무거운 사파리 조끼 차림으로 공이치기를 뒤로 당긴 준비 자세로 소총을 치켜든 한 남자가 서 있었다. 그는 한쪽 눈을 여전히 조준경에 대고 바라보면서, 한 손을 들어 흔들었다.

"우리 일행은 다들 여기 모여 있어요." 그가 말했다. "방금 막 이 고개를 넘었죠."

커뮤니티 사람들은 곧바로 대응할 채비를 하고 각자의 칼에 손을 댔다. 헉하고 놀란 숨을 들이마실 틈조차 없었다.

그 남자는 눈썹을 치켜세우며, 한쪽 눈에서 소총을 내렸다. "우리한테 여기서 만나게 될 거라고 한 사람들이 당신들 맞죠?"

커뮤니티 사람들은 천천히 손을 펴고 고개를 돌려 칼을 바라보았고, 칼은 입을 굳게 다물고 있었다.

"우리가 당신들이 인계하러 오기로 한 신참들인 거죠?" 그 남자가 말했다.

그들은 눈만 껌벅거렸다.

후안이 나직이 중얼거렸다. "인계 장소." 그는 고개를 절레절레 저었다. "인계 장소?" 그는 화가 나서 씩씩거렸다. 인계한다는 게 **사람들**을 인계한다는 뜻이었어?"

"빌어먹을 쌀을 좀 주려는 건 줄 알았는데." 데브라가 말했다.

"확실히 좀더 구체적으로 말해줄 수도 있었을 텐데요." 글렌이 말했다.

"제기랄." 밸이 말했다.

애그니스는 칼을 바라보았는데, 그는 놀랍게도 잠자코 있었다. 그는 그 남자를 빤히 올려다보며 자기 턱을 쓰다듬었다.

운동복을 입은 남자는 그들을 더 잘 보려고 애쓰며, 햇빛을 가리기 위해 이마에 한 손을 댔다. 곧이어 그는 신이 나서 손뼉을 쳤다. "어, 웬일이야!" 그가 외쳤다. "내가 보낸 무쇠솥을 받았군요!"

그렇게 스무 명이 있었다. 또다시.

그 신참들은 대기자 명단에서 발탁되었다. 커뮤니티 사람들이 전에는 한 번도 들어본 적 없는 명단이었다. 대기자 명단의 이름 은 여러 해 동안 몇 개에서 몇백 개로, 이윽고 몇천, 이윽고 몇만, 이윽고 몇십만 개로 늘어났다. 어쩌면 더 많을지도 몰랐다. 신참 들 말로는 그랬다.

또 그들 말로는, 그들은 처음에는 버스에 실려 다른 출입구, 그 러니까 광산지대의 어느 길쭉한 구역을 죽 지나가는 길에 있는 로어 어쩌고 하는 곳으로 향했다. 하지만 그곳에서 약간의 소동 이 있었고, 그들은 갑작스레 차를 돌려 장소를 바꿔야만 했다.

그들 말로는, 그들은 또 한번 버스로 장거리 이동을 한 후에, 눈을 가리고 적막한 선착장에 남겨졌고, 소형 모터보트로 강가로

호송되었으며, 그 보트가 부르릉거리며 멀어져가는 소리가 더이상 들리지 않을 때 가리개를 벗을 수 있었다.

그들 말로는, 그들은 이 강가에 꽤 오랜 기간 있었다. 어쩌면 몇 달 혹은 그 이상일 터였다. 그들은 한동안은 달력을 가지고 있었다.

"하지만 태워 없앴죠." 칼이 말했다.

"그래요." 운동복을 입은 남자가 말했다. 여러 해 전 그들에게 무쇠솥을 보낸 사람이 바로 이 남자였다. 그의 말에 따르면, 이름은 프랭크였다.

그들 말로는, 강기슭에 내렸을 때만 해도 시계가 여럿 있었다.

"하지만 망가졌죠." 칼이 말했다.

프랭크는 누군가가 그들의 새로운 삶이 맞닥뜨린 뜻밖의 사실들을 이해한다는 데 안도한 표정을 지으며 고개를 끄덕였다.

프랭크는 자기 일행을 둘러보며 안타깝다는 듯 말했다. "처음에는 두 명이 더 있었어요."

"하지만 죽었죠." 칼이 손사래를 쳤다. "마음 쓰지 말아요, 가끔 있는 일이에요."

"다들 자책하지 마세요." 글렌이 다 이해한다는 미소를 지으며 상냥하게 말을 보냈다.

칼이 눈알을 굴리며 쳐다보았다.

"무슨 일이 있었는지 이 사람들한테 다 말해야 하나요?" 여자들 중 하나가 물어보았다. 그녀는 찢어진 호피 무늬 치마에 반짝거리는 샌들을 신고 있었다.

칼이 얼굴을 찡그렸다. "아니요."

신참들은 안도하는 동시에 훨씬 더 고통스러운 것처럼 보였다. 자신들이 비난받지 않을 것을 알고 기쁘기는 하지만, 외롭고 자신들의 슬픔을 어떻게 감당해야 할지 자신이 없었기 때문이다. 커뮤니티 사람들은 그들을 경계하듯 바라보았다. 새로운 걱정거리가 있는 새로운 사람들은 바라지 않았다. 새로운 슬픔이 있는 사람들. 그들은 단지 가라는 곳에 온 것뿐이었다. 이제 모든 것이 달라졌다.

애그니스는 소개가 마저 진행되는 동안 이 새로운 사람들을 주의깊게 살펴보았다. 그들의 겉모습이 생소하면서도 익숙했다. 애그니스는 냄새를 맡을 수 있도록 어느 여자아이의 신발에 조금씩 더 가까이 다가갔다. 그것은 솜처럼 하얗고 부드러웠다. 끈을 꿰는 작은 구멍들과 혀 부분 때문에 신발은 마치 도마뱀 같아 보였다. 신발끈은 없었다. 애그니스는 모든 신발에 끈이 있는 줄 알았다. 애그니스는 벽장을 열면 풍겨나왔던 냄새에 대한 강렬한 기억이 있었다. 그 신발에서 그 냄새가 날 것임을 알고 있었다. 하지만 너무 가까이 다가갔더니, 신발을 신은 여자아이가 애그니스를 발로 찼다. 애그니스보다 나이가 많은 그 아이는 줄곧 애그니스가 다가오는 것을 지켜보고 있었다. 애그니스는 화가 나서 이를 드러냈지만 그 아이 옆에 있던 여자가 아이의 팔을 철썩 때렸고, 아이는 야단스레 울부짖었다.

"정신 차려, 패티." 그 여자가 으르렁거리듯 말했다. 두 사람의 의심 많은 얼굴 표정이 똑같아서 애그니스는 그 여자가 분명 그 아이의 엄마이거나 친척일 거라고 생각했다.

그 아이는 자기 팔을 문지르면서, 모든 것을 애그니스 탓으로 돌리며 도끼눈으로 노려보았다. 자신의 발을 애그니스와 가까이 두지 않으려고 어떻게든 자기 몸 쪽으로 더 가까이 끌어당기려 했다. 하지만 애그니스는 이미 뒤로 물러선 상태였다.

그 어머니가 모두에게 말한 바에 따르면, 그녀의 이름은 퍼트리샤였고 아이는 그녀의 딸 패티였다.

"둘 다 이름이 퍼트리샤라고요?"* 데브라가 물어보았다.

"나는 패티예요." 그 여자아이가 칭얼거렸다. "패티라고만 불러요."

"그리고 나는 퍼트리샤라고만 부르죠." 패티의 엄마가 눈을 말똥거리며 말했다.

패티와 같은 또래로 보이는 설레스트라는 이름의 여자아이가 한 명 더 있었다. 그애는 머리 한 갈래가 파란색이고 전투용 반장화를 신었는데, 애그니스가 생각하기에 그 무리 중에서 신발을 현명하게 선택한 축에 속했다. 아이의 엄마 헬렌은 찢어진 치마에 발목 끈이 달린 샌들을 신었고, 발톱에는 반짝반짝 빛나는 금빛 페디큐어를 칠했다. 그 어머니는 자기 딸 옆에 서 있었지만, 마치 추운 것처럼 팔짱을 끼고 거리를 둔 것을 보면 딸이 창피한 듯했다. 딸도 같은 마음인 듯 구부정한 상체가 패티 쪽으로 치우쳐 있었다. 애그니스는 두 소녀가 연대하여 서로의 손을 스치는 것을 지켜보았다.

패티의 아빠가 프랭크였다. 그가 자기 일행을 대변해 대부분의 이야기를 했다.

---

* '패티(Patty)'는 '퍼트리샤(Patricia)'의 애칭이다.

아이들은 두 명이 더 있었다. 어린 남자아이와 여자아이로, 그들의 엄마와 함께였다. 엄마는 린다였고, 남자아이와 여자아이는 호벤과 돌로레스였다. 아이들은 저멀리 쭉 뻗은 수평선에 압도된 것처럼 보였고 계속 눈을 내리깔고 있었다. 때때로 돌로레스라는 아이는 코를 막았다. 그들이 몇 주 동안, 어쩌면 몇 달 동안 그곳에 있었을 텐데도 아직 냄새에 익숙하지 않은 듯했다. 그곳은 너무 눅눅한데다가 썩어가고 있었다. 소금기가 너무 많았다. 그 여자아이가 잠깐 고개를 들었을 때 애그니스는 그애의 눈길을 끌며 동조하듯 코를 찡그렸다. 돌로레스는 애그니스 바로 너머를 바라보며 부끄러운 듯 미소 지었다. 그보다 더 가까운 데는 눈길이 가닿지 않기라도 하는 듯. 안경을 쓴 호벤은 벨벳 모자처럼 보이는 까까머리를 하고 있었다. 돌로레스는 머리를 두 갈래로 땋았고, 맨 위쪽을 접어내린 양말목에 레이스가 달린 양말을 신었다. 원래 흰색이었을 그 양말은 이제 얼룩이 번져 짙은 갈색이 되었지만 접어내린 양말목은 딱 맞게 꿰매 붙인 것처럼 아직도 터무니없을 정도로 짱짱했다. 돌로레스는 애그니스에게 그애 자신을, 처음 이곳에 온 어린 여자아이였을 때를 떠올리게 했다. 비록 애그니스가 그 여자아이보다는 더 신이 나 있기는 했을 테지만 말이다. 하지만 어쩌면 애그니스의 기억이 부정확한지도 몰랐다. 애그니스 역시 그때는 많은 것을 최대한 살펴보지 못한 채, 새로운 풍경과 소리와 냄새로 인해 겁에 질려 있었을지도 몰랐다. 하지만 기억이 나지 않았다. 지금 자신이 어떤지만 잊지 않고 기억할 수 있을 뿐이었다. 애그니스는 글렌에게 물어보려고 마음에 새겨두었다.

"저쪽은 제이크예요." 프랭크가 말했다. "저애도 우리 일행이죠." 그는 애그니스가 예전 아파트를 떠올리면 기억나는 커튼 같은 앞머리로 눈을 가린 한 남자아이를 가리켰다. 옆으로 휙 밀어서 고리에 걸어놓았던 커튼이었다. 그 남자아이의 귀가 옆으로 넘긴 앞머리를 고정시키는 고리 역할을 해야 했다. 하지만 잘되지 않아 그애는 눈을 찌르는 머리카락을 치우기 위해 계속해서 고개를 휙휙 젖혀대고 있었다. 의도적으로 눈을 가린 것 같기는 했지만, 애그니스에게는 그 아이가 앞을 보고 싶어하는 것처럼 보이기도 했다. 전혀 이치에 맞지 않는다는 생각이 들었다. 그런 머리카락으로 인해 여기서 죽임을 당하게 될 모든 방식을 상상해보며 애그니스는 그애를 빤히 쳐다보았다. 이윽고 남자아이가 눈에서 머리카락을 걷어내고 애그니스를 보며 미소 지었다. 애그니스는 그 아이가 줄곧 자신을 지켜보고 있었다는 것을 깨달았다. 아이의 머리카락에 대한 애그니스의 온갖 생각이 얼굴에 쉼없이 드러나는 것을. 애그니스가 눈치채지 못했던 것은 그애가 자신의 눈을 감춘 채 애그니스를 속여 방심하게 했기 때문이었다. 그것은 함정이었는데, 그들이 작은 동물들을 잡으려고 설치해놓은 벼락틀만큼이나 효과적이었다. 그리고 지금 애그니스는 그애의 웃음이 미소라기보다는 오히려 히죽거림에 더 가깝다는 것을 알 수 있었다. 다 알고 있다는 듯한 표정. 그 남자아이는 직관력이 뛰어났다. 애그니스는 파도처럼 밀려드는 존경심을 느끼며 얼굴을 붉혔다.

신참들은 텐트로 임시 캠프를 설치하고, 그 주변에 쓸모없는 판잣집을 몇 채 지어놓았다. 낡은 널빤지들을 발견했고, 못은 이런 예상치 못한 불모지에서 문명의 잔해를 뒤져 찾아냈거나 아니면 직접 가지고 들어왔다고 했다. 어느 쪽이든 그들은 자신들의 불법적인 구조물들에 점점 더 정이 들어버린 것 같았다. 커뮤니티 사람들은 그게 십중팔구 처벌받을 규칙 위반 사항이라고만 생각했다. 캠프 주변에는 열매의 껍질이 폭폭 박혀 있는 자줏빛 똥덩어리들이 있었다. 그들은 단단한 비치플럼과 야생 포도로 연명해왔기 때문에, 굳이 구덩이 변소를 파지 않았던 것이다. 누군가는 얼룩진 똥덩어리들을 일일이 찾아서 파묻어야 할 터였다.

칼이 그들에게 유아용 카시트와 행방불명된 아기 레이철에 대해 아는 것이 있는지 물어보았다. 신참들은 아무것도 모른다고 했고, 그들의 말은 쉽게 믿을 수 있었다. 그들은 자신들에게 곧 닥칠 일을 짐작도 못했다. 카고 반바지와 로퍼, 치마와 버튼다운 셔츠를 입고서. 고무 밑창이 온전한 신발을 신고서 말이다. 그들은 오래 버티지 못할 것처럼 보였다. 그 살찐 배와 넓적다리로는 무리였다. 그들의 피부는 아주 부드럽고 햇볕에 익지도 않았다. 발톱은 모두 온전했다. 발가락도 모두 있었다. 그들의 머리카락은 손상되지 않아 매끄럽고 햇살 아래 반짝거렸다. 애그니스는 자신들이 그렇게 살집 있고 탐스러워 보였던 것이 언제였는지 거의 기억도 나지 않았다. 하지만 자신들도 한때 그랬었다는 것은 알고 있었다. 애그니스의 입에서 침 한줄기가 주르륵 흘러나와 모래로 떨어졌다.

"자, 이제 우리는 커다란 커뮤니티가 되었어요." 칼이 말했다. "며칠 동안 여기 머무르면서 더 많은 식량을 구해야 할 겁니다. 여기 이 신참들에게 우리가 어떻게 작업하는지 보여주죠. 우선은 내일 이 판잣집들을 철거할 거예요."

"왜요?" 신참들이 외쳤다.

"여기에서는 건물을 지으면 안 되니까요."

"왜 안 되는 거죠?"

"정말 몰라서 그래요?" 칼이 물었다. 그가 매뉴얼을 움켜잡더니 그들에게 던졌다. 그것은 형형색색의 신발을 신은 그들의 발 앞에 떨어졌다.

"당신들은 이미 이걸 숙지했어야 해요." 그가 말했다. "버스에서 내내 뭘 한 건가요? 영화라도 봤어요?"

그들은 멋쩍은 표정으로 서로 눈짓을 주고받았다.

"규칙 하나만 대봐요."

"음." 프랭크가 잠시 주저했다. "흔적을 남기지 마라?"

"그러면 그게 무슨 뜻입니까?"

그들은 모두 시선을 떨구었다.

"이곳의 규칙을 조금도 모른다는 건가요?" 칼이 흥분해서 점점 더 핏대를 세우는 모습에 애그니스는 남몰래 숨죽여 웃었다. 칼은 규칙을 몹시 싫어했다. 하지만 믿기지 않는다는 듯 신참들을 빤히 쳐다보고 있는 지금 태도에서는 그런 티가 전혀 나지 않았다. 그는 극도의 실망감으로 온몸을 축 늘어뜨린 채 고개를 절레절레 저었다. 마치 중요한 것은 오로지 규칙뿐이라고 생각하기라도 하듯.

"우리는 시간이 많지 않았어요." 프랭크가 외쳤다. "어느 날 전화를 받고 지금 여기에 와 있는 거라고요." 다른 사람들이 고개를 끄덕였다.

헬렌이 말했다. "여기 가져온 이 모든 걸 일주일 만에 후다닥 준비했어요. 미친 짓이었죠. 버스에 타고 나서 매뉴얼을 받았지만……"

칼이 한숨을 쉬며 말했다. "이거참, 말문이 다 막히네요. 정말로요." 그는 실망감에 흠뻑 젖어 또다시 고개를 절레절레 저었다. "만회할 시간이 많지 않아요. 그리고 우리의 성공은 모두가 이 규칙들을 따르는 데 달려 있고요." 그는 고개를 힘차게 끄덕이며 잠시 뜸을 들였다. "아주 중요한 규칙들이죠. 여러분이 살아남으려면 나를 바짝 따라와야만 할 거예요."

신참들은 칼이 자기들을 구해줄지도 모른다는 듯 그를 쳐다보았다. 하지만 조금 전까지만 해도 그들은 구원의 손길이 필요하다고 생각하는 것처럼 보이지 않았다. 칼은 그들에게 그 점을 신속하게 깨우쳐주었다. 그는 그들에게 겁을 줘서 그가 하는 말은 무엇이든 다 믿게끔 했다. 애그니스와 사냥 놀이를 할 때 그가 보이는 행동과 꼭 마찬가지였다! 그는 사냥꾼일 때 자비와 동정심에 대한 긴 연설을 늘어놓는 것을 좋아했고, 잡았다 풀어주기를 여러 번 거듭한 후에야 비로소 애그니스를 죽이곤 했다. 애그니스는 자신이 사냥꾼일 때, 그냥 즉시 그를 죽여버렸다. 칼은 땅바닥에서 죽은 척을 하며 속삭이곤 했다. "네 먹잇감을 좀 갖고 놀아야 해—그게 제일 멋진 부분이라고." 그는 극적인 것을 좋아했다. 하지만 애그니스는 왜 그래야 하는지 알 수가 없었다.

해가 지기 시작하자 박쥐들이 나타나서 그들이 괜찮은 먹잇감인지 알아보려고 날카로운 울음소리를 내며 그들의 머리 주변을 빙빙 돌다가 이내 자기들 입맛에 더 딱 맞는 먹이로 쏜살같이 날아갔다. 커뮤니티 사람들은 원형으로 배치된 신참들의 텐트 둘레에 더 큰 원을 그리며 자신들의 가죽 이부자리를 깔았다. 그들은 신참들을 보호하기 위해서라고 말했지만, 애그니스는 그것이 신참들을 견제하기 위해서라는 걸 잘 알았다.

커뮤니티 사람들이 모닥불을 피우자, 칼은 신참들이 불을 둥글게 에워싸고 매뉴얼의 몇몇 항목을 큰 소리로 낭독하게 했다. 애그니스는 근처에서 서성거리며 귀를 기울였다.

그들은 빠른 속도로 훑어나가면서, 2절 처음부터 2절 18조까지, 그리고 4d절과 4e절과 4f절과 4g절을 읽었다. 미세 쓰레기와 사냥감 포획 상한선, 포스트 체크인 절차와 쓰레기 계량, 그리고 편지에 자랑스레 적어도 되는 내용에 대한 부분들이었다. 그들은 심지어 커뮤니티 사람들조차 더이상 지키지 않는 규칙들, 그러니까 한 캠프에 칠 일 이상 머물지 않는 것이 가장 핵심인 부분도 읽었다.

그들은 그것을 마치 잠들기 전 아이들에게 들려주는 옛날이야기처럼 돌아가며 읽었다. 호벤과 돌로레스는 엄마에게 기대 잠들어 있었다. 매뉴얼은 지루한 이야기였다.

애그니스는 그들이 모닥불 가에서 책에 있는 이야기들을 읽곤 했던 초창기를 기억했다. 하지만 한 번이라도 매뉴얼을 읽은 기억은 없었다. 그것은 오로지 어른들만 읽어야 하는 것이었다. 재미도 없었고 사람이나 동물이 나오지도 않았고 정말이지 아무 일도 일어나지 않았다. 오로지 많은 선과 점과 숫자와 기호뿐이었다. 『우화집』의 이야기들과는 달랐다. 그것은 그애가 특히 좋아하는 책이었는데, 갑자기 불어난 물에 잃어버리고 없었다. 애그니스 역시 그 홍수에 하마터면 행방불명될 뻔했다. 강기슭에서 책을 읽고 있을 때였다. 한 여자아이가 혼자 걸어가는 깊고 어두운 숲에 대한 묘사에 마음을 빼앗긴 채 차갑고 축축한 모래를 발가락으로 톡톡 치다가 누군가가 뒤에서 홱 잡아당기는 바람에 깜짝 놀라 그 책을 떨어뜨렸다. 쫙 펴진 뒤 절대 말려들어가지는 않는 개구리의 혀 같은 엄청난 양의 탁한 갈색 흙탕물 줄기가 느닷없이 덮치려는 순간이었다. 글렌이 와락 잡아챘던 것이다. 애그니스는 마른 강기슭을 안전하게 딛고 선 채로, 어리석고 부주의한 여자아이와 오해를 산 늑대에 대한 우화의 배경 속 어딘가에서 자신의 이름이 연달아 다급하게 불리던 꿈처럼 어렴풋한 기억을 가지고 있었다.

자신의 두 손을 내려다보고 그 책이 없어진 것을 알아차렸을 때, 애그니스는 울기 시작했다. "왜 우냐면요," 애그니스는 글렌과 눈물어린 눈을 희번덕거리며 전속력으로 달려온 엄마에게 말했다. "늑대한테 무슨 일이 생겼는지 못 봤단 말이에요." 곧이어 엄마가 울기 시작했고, 이어서 글렌이 울기 시작했다. 두 사람은 애그니스를 와락 끌어안았고, 그들은 다 함께 쓸려가버린 그 책 때문에 울었다. 그들은 일주일 후 강 하류를 건널 때 책을 발견할 터였다. 그것은 바위에 찢어졌거나 둥지를 지을 재료로 뜯겨나간 상태였다. 아직 남아 있는 부분은 두툼하게 부풀고 페이지마다 온갖 색깔과 검은색 단어들이 잔뜩 번져 있었다. 애그니스가 그것을 주워들었을 때, 제본된 부분이 둘로 쪼개졌다. 두 동강 난 무거운 책이 손에서 뚝 떨어져내렸다. 하지만 이번에는 울지 않았다. 애그니스는 전혀 슬픔을 느끼지 않았고, 그로 인해 처음에 그것을 잃어버렸을 때 왜 그들 모두가 그렇게 속상해했는지 궁금해졌다. 비통한 마음이 그렇게 덧없는 것이었나?

『우화집』이 없어진 후, 그들은 모닥불 가에서 자신의 이야기를 하기 시작했다. 그 덕분에 하루하루가 흥미로워졌다. 주목할 만한 것이라고는 하얀 태양 혹은 오로지 층구름 하나에 온통 뒤덮인 하늘이 고작인 날이었을지라도 말이다. 바스락거리는 짐승 한 마리 없고, 멈춰 서야 할 때와 나아가야 할 때를 알리기 위해서가 아니면 거의 아무도 말을 하지 않은 날이었다고 해도 말이다. 결국 하루가 끝날 무렵이면 그와 같은 이야기가 그날을 견딜 만하게 해주었다.

애그니스는 글렌이 모닥불로 다가가는 것을 지켜보았다. 그가 서서 귀를 기울이자 잠시 후 결국 신참들이 낭독을 중단하고 그를 응시했다.

"나 때문에 중단할 필요는 없어요." 글렌이 말했다. "그냥 듣고 있던 중이었어요."

"왜요?" 퍼트리샤가 물어보았다.

"당신은 이런 건 다 아는 거 아닌가요?" 프랭크가 말했다. 그들은 주시받는 것을 달가워하지 않는 듯했다.

글렌이 더듬거리며 말했다. "음, 그래요, 나는 그냥……" 그가 망설이다가 이내 자리에 앉았다. "그냥 물어볼 게 좀 있어서요."

"그래서요?" 프랭크가 눈썹을 치켜세웠다.

"우리 모두 지금 여기에 있고 생존이니 뭐 그런 일들에 집중하길 원한다는 건 나도 잘 알지만, 그냥 궁금했어요. 시티의 상황이 얼마나 안 좋은지 자세히 설명해줄 수 있을까요?"

"무슨 말이죠?" 헬렌이 물었다.

"그러니까 내 말은, 여러분 모두 상황이 얼마나 안 좋은지 언급했잖아요. 너무 안 좋아서 대기자 명단이 엄청나게 길다고요. 그리고 나는 여러분이 전부 과학자나 모험가나 아주 심하게 아픈 아이가 있는 사람들은 아니라는 인상을 받았죠. 우리가 올라 있던 명부는 그런 식이었거든요. 그래서 그냥 상황이 얼마나 안 좋은지 좀 알려줄 수 있나 궁금한 것뿐이에요. 맨 처음에 우리는 여기 올 최초의 스무 명을 좀처럼 찾아낼 수가 없었거든요. 그래서 사람들이 지금 여기로 오고 싶어한다는 게 그저 놀라울 뿐이에요."

애그니스는 글렌이 한꺼번에 그렇게 많은 말을 하는 것을 본 적이 없었다. 그런 질문을 하는 그는 초조해 보였다. 애그니스는 신참들과 그들의 가늘게 뜬 눈을 바라보았다. 아무래도 그가 무례하게 굴고 있는 것일까?

"'우리는 사람들을 찾아낼 수가 없었다'고 하는데, '우리'가 누구죠?" 프랭크가 물었다.

"나랑 내 아내요. 우리가 이 실험을 준비해서, 계속 진행중이고 뭐 그런 셈이죠."

신참들이 서로를 쳐다보았다.

"칼이 시작한 줄 알았어요." 린다가 말했다.

글렌은 한 대 얻어맞은 듯 보였다. 하지만 미소를 지었다. "저런, 아니에요. 칼은 오래전에 내 학생들 중 하나였어요. 확실히 도와주기도 했고요. 하지만 아니요. 시작한 건 나랑 비랑 애그니스였어요. 우리가 최초의 연구 대상이었죠." 그가 머리를 쓰다듬

268

자 애그니스의 얼굴이 붉어졌다.

"비가 누구죠?" 퍼트리샤가 물었다.

글렌은 그들이 그녀를 알지 못한다는 것을 깨닫고 말문이 막힌 듯 보였다. 당연히 그들은 알지 못할 터였다. 그녀는 여기 없었다. 그가 더듬거리며 말했다. "그녀는 내 아내예요. 애그니스의 엄마죠."

"죽었나요?"

"아니, 아니요. 아니에요." 그는 세차게 고개를 저었다. "그녀는 시티로 돌아가야 했어요."

몇몇 신참들이 놀라 헉하고 숨을 들이쉬었다.

"왜요?" 헬렌이 소리쳤다.

"어머니가 돌아가셨거든요. 그 일을 처리하러 가야만 했죠."

"뭘 처리해요?" 헬렌이 어리둥절한 듯 물어보았다.

"어머니의 사망이요."

"하지만 어머니는 돌아가셨잖아요." 프랭크가 말했다.

"맞아요."

"그러니까 그분이 돌아가셨다면, 왜 돌아가야 했나요? 임종 전이었다면 이해할 수 있지만, 이미 돌아가셨다면서요. 아닌가요?"

글렌이 침을 꿀꺽 삼켰다. 그는 고개를 끄덕거렸다.

"그런 이유로 돌아갔을 리가 없어요." 프랭크가 말했다.

"뭐라고요?"

"아무도 일부러 시티에 가려고 하지는 않을 거예요. 모두들 떠나려고 하죠."

"과장하지 마, 프랭크." 퍼트리샤가 말했다. "모두 다 떠나려 하는 건 아니야. 당신이 모르는 사람도 많잖아."

"아니, 아는 사람도 정말 많지, 퍼트리샤." 프랭크가 내뱉듯 말했다. "내가 당신보다 훨씬 더 많이 안다고." 애그니스는 그의 말투에 깜짝 놀랐다. 그는 상냥해 보였던 것이다.

애그니스는 글렌이 화가 치밀 때면 자주 그러듯 입술을 오므리는 것을 보았다. 그는 그의 학과에서 온 우편물을 받을 때면 그랬다. 칼이 연설을 하고 있을 때면 그랬다. 애그니스가 그의 팔에 자신의 손을 얹자 그는 숨을 들이쉬었다.

"퍼트리샤, 미안해요." 헬렌이 말했다. "하지만 나도 프랭크의 말에 동의해야겠어요." 그녀가 고개를 돌려 글렌을 바라보았다. "시티는 돌아갈 만한 곳이 아니에요. 장담하는데, 그녀는 어딘가 다른 곳으로 갔을 거예요."

"아니요." 글렌은 차분하게 말했다. "그녀는 시티에 있어요."

"아마 사유지 지구로 갔을 거예요." 린다가 말했다.

신참들의 입에서 갖가지 소리가 났다. 쯧쯧 혀 차는 소리, 음 같은 소리, 못마땅해하는 소리, 이해한다는 소리, 연민에 찬 소리.

"확실히 거기 있을 거예요." 프랭크가 말했다.

"운 좋은 여자네요." 퍼트리샤가 말했다.

"하지만 아가, 너를 두고 그냥 떠나버린 거지?" 헬렌이 애그니스의 뺨을 만지며 큰 소리로 말하자, 애그니스는 흠칫 놀랐다.

"이제 그만해요." 글렌이 외치자, 캠프 전체가 조용해졌다. "나는 그저 시티에 대해 알고 싶을 뿐이에요. 내 아내가 거기 있어요. 그리고 나는 그녀가 걱정스러워요."

애그니스는 그의 목소리가 떨리는 것을 듣고는, 어이없어하며 침을 꿀꺽 삼켰다. 엄마는 분명히 그들을 걱정하지 않았는데 어떻게 그는 그녀를 걱정할 수 있는 걸까? 그리고 이 모든 사람 또한 알고 있었다. 그는 헬렌의 말을 듣지 못했나? 엄마는 우리를 두고 떠났어요.

헬렌은 화가 치민다는 듯 손짓을 했다. "뭘 더 알아야겠는데요? 상황이 안 좋아요. 우리는 떠났고, 떠나려고 애쓰는 사람들은 훨씬 더 많아요."

신참들은 다시 한번 안타까운 마음을 표현하기 위해 입으로 이런저런 소리를 냈고, 글렌은 어깨가 축 처져서 걸어가버렸다.

신참들은 이제 자기들끼리 끌끌 혀끝을 차며 더 조용한 소리를 내고 있었다. 마치 박쥐떼처럼 다른 사람은 아무도 이해할 수 없는 그들만의 생각과 아이디어와 느낌을 서로에게 전하는 것처럼. 그들은 매우 결속력이 강한 집단이었다. 애그니스는 처음으로 어쩌면 그들이 보이는 것만큼 운이 나쁜 것은 아닐지도 모른다고 생각했다.

애그니스는 자리를 뜨려고 돌아섰다.

"야." 어둠 속에서 속삭임이 들려왔다.

원을 그리며 퍼진 모닥불 불빛 바로 바깥에 딴짓을 하며 앉아 있는 것은 패티와 설레스트라는 두 여자아이와 제이크라는 남자아이였다. 그들은 모두 저마다 그녀가 읽어낼 수 없는 얼굴로 모닥불을 빤히 쳐다보고 있었다. 그들의 표정은 이상할 정도로 멍했다.

이내 설레스트가 애그니스를 유심히 바라보았다. "너는 머리가…… 왜 그래?"

애그니스는 짧게 깎은 부드러운 머리카락을 만졌다. "짧게 자른 것뿐이야." 그녀가 말했다.

두 소녀는 서로 마주보며 눈을 말똥거렸다. "그럴 리가." 설레스트가 말했다.

패티가 말했다. "너는 몇 살이니?"

"나도 몰라." 애그니스가 말했다. "스무 살쯤?"

여자아이들은 폭소를 터뜨렸다.

"말도 안 돼." 패티가 말했다. "우리는 열네 살이야." 그리고 자신들 셋을 손가락으로 가리켰다. 남자아이는 아직 말을 하지 않았지만, 폭포처럼 늘어진 앞머리 뒤에서 애그니스를 지켜보고 있었다. 애그니스는 쿠거가 위에서 뛰어내리는 것을 상상해보았다. 남자아이는 쉭 하고 날아오른 쿠거가 그 앞머리를 가르고 나서야 비로소 두 눈으로 보게 될 터였다. 아, 그때서야 보게 될 터였다. 하지만 그래 봐야 너무 늦었을 것이다. 얼마나 슬픈 최후인가. 얼마나 불필요한 손상인가.

설레스트는 애그니스가 자기들을 살피는 걸 눈여겨보았다. "네가 무슨 생각 하고 있는지 알아." 설레스트가 말했다.

"그걸 네가 안다고?" 애그니스가 물었다.

"우리가 무척 닮았다고 생각하고 있겠지." 설레스트가 자신과 패티를 손가락으로 가리켰다. 애그니스는 두 사람을 쳐다보고 있지도 않았었다.

"우리는 쌍둥이야." 패티가 말했다.

그들은 닮은 데가 하나도 없었다. 한 사람은 마른 모래 색이고,

다른 한 사람은 젖은 흙 색이었다. 심지어 한쪽이 두세 살은 더 먹은 것처럼 보였다. 게다가 엄마도 달랐다. 하지만 애그니스는 고개를 끄덕였다.

"제이크는 내 사촌이야." 패티가 엄지손가락을 내밀어 남자아이를 가리키며 말했다.

애그니스는 눈을 가늘게 뜨며 그애를 바라보았다. "그게 정말이야?"

"그래." 제이크가 말했다. 그애의 목소리는 애그니스가 예상했던 것보다 더 저음이었다. 얼굴에 수염은 없었지만, 목소리는 성인 남자처럼 들렸다. 그애의 어깨와 달리 순한 느낌이라고는 없는 목소리였다. 그애는 애그니스의 눈길을 계속 사로잡았다.

"나는 여동생이 있었는데 죽었어." 애그니스가 말했다.

"끔찍해." 설레스트가 말했다:

"그래서, 너희 엄마는 정말로 시티로 돌아간 거야?" 패티가 말했다.

"그래." 애그니스가 말했다. "그리고 시티가 엄마를 죽였지."

"그럼, 너희 엄마도 죽었어?"

"그래."

"흥! 그러면 왜 너희 아빠는 엄마가 걱정된다고 한 건데?" 설레스트가 물었다.

"글렌 아저씨? 우리 엄마가 떠나버렸다는 걸 받아들이려 하질 않아."

"그거참 안됐네." 쌍둥이가 낮은 목소리로 중얼거렸다.

애그니스는 고개를 끄덕였다. "내가 아저씨한테 엄마는 돌아오지 않을 테고 우리는 엄마 없이도 괜찮다고 말해." 그 말을 그에게 소리 내어 얘기해본 적은 없었다. 그들은 애그니스의 엄마에 대해 자주 이야기하지 않았다. 하지만 만약 그가 언제든 물어본다면, 애그니스는 그렇게 대답할 터였다. 그가 사실을 알게 된다면 이 상황을 견뎌내기가 한결 수월해질 것이라고 생각했다. 애그니스는 그것이 엄마의 진짜 이야기라고 결론지었기 때문에 상황을 견디기가 한결 수월했다.

쌍둥이가 고개를 끄덕였다. 애그니스는 제이크에게 힐끗 눈길을 던졌다가, 그애의 얼굴에서 회의적인 표정을 보았다.

"어떻게 죽었는데?" 제이크가 웅얼거리듯 말했다.

애그니스가 눈을 깜박거렸다. "내가 말했잖아. 시티가 엄마의 목숨을 빼앗았다고."

"알아, 하지만 어떻게?"

"그건 몰라."

"그러면서 죽었는지는 어떻게 알아?"

"그냥 알아." 애그니스가 톡 쏘아붙였다.

쌍둥이가 몹시 의미심장한 눈길을 주고받는 모습에 애그니스는 그들이 이제껏 생각한 모든 것을 방금 막 공유했을지도 모른다고 상상했다.

"음, 시티가 정말 너희 엄마의 목숨을 빼앗았다고 해도 놀랍지는 않아." 설레스트는 그렇게 말하며, 그애의 엄마 헬렌이 아까 애그니스가 바라볼 때 그랬던 것처럼 고개를 가로저었다. "솔직히 말해서, 여기서 살다가 시티로 돌아가 살아남을 수 있다고 생각하지 않거든. 아마, 공기 때문에 즉시 목숨을 잃게 될 거야."

"그렇고말고." 패티가 말했다.

"그럴 거야." 제이크가 말했다.

"시티에는 여전히 아픈 아이들이 많아?"

"아, 물론이지." 설레스트가 내뱉듯이 대답했다.

"너희도 아팠니?" 애그니스가 물어보았다.

설레스트가 고개를 가로저었다. "내가 더 어렸을 때는. 하지만 이제는 아니야."

"하지만 우리는 여기 있을 자격이 충분해." 패티가 소리를 높였다.

"워워." 제이크가 상냥하게 달래듯 말했다. "진정해, 패티."

패티는 위험에 빠진 사슴처럼 숨을 가쁘게 몰아쉬며 비웃음을 머금고 애그니스를 힐끗 쳐다보았다.

그들은 침묵에 빠져 매뉴얼의 내용에 귀를 기울였다. 윌더니스주의 벌금 제도에 관한 부분이었다. 쓰레기 벌금, 제한구역 무단 침입 벌금. 애그니스가 보기에 가장 터무니없는 것은 사망에 대한 과중한 벌금이었다. 그들이 그 부분을 읽으면서 그것이 어떤 뜻인지를, 아주 이상하다는 것을 깨닫기는 했는지 의심스러웠다. 언젠가 칼이 강물에 물수제비를 뜨면서 그것을 설명해준 적이 있었다. 시신이야 일이 잘 풀리면 썩은 고기를 먹는 야생동물의 먹이가 된다고 쳐도 옷과 개인적인 물품들은 자연에 주는 영향을 줄이기 위해 회수해야만 하는데, 그 일은 대개 구조 임무나 다름 없었고 죽은 사람의 가족이나 가장 가까운 친척이 지불해야 할 비용인 셈이었다. "살아 있어야 할 또하나의 이유인 거지." 칼은 애그니스에게 그렇게 말했다.

제이크의 관심은 또다시 자기 신발에 쏠렸고, 자신이 닦고 있는 것을 보려고 고개를 획획 움직이며 머리카락을 거듭 넘겼다.

"있잖아, 너는 여기서 죽게 될 거야." 애그니스가 조용히 말했다. "그러면 그 사람들이 틀림없이 네 시신을 찾아내서 남은 부분을 항공기로 실어 보낼 거고."

쌍둥이가 폭소를 터뜨렸다. "와." 그들은 일제히 입을 모아 외쳤다.

애그니스는 앞이 안 보이는 시늉을 하면서 두 손을 눈앞에서 휘둘렀다. "네 앞머리 때문이야."

제이크가 진지하게 고개를 끄덕였다. "우리는 모두 죽게 될 거야." 그러고는 앞머리를 획 젖혔다. "언젠가."

설레스트가 과장된 몸짓으로 밤의 모래사장에 벌러덩 드러누웠다. 패티가 바로 뒤따랐다.

애그니스는 고개를 기울이고 그들을 유심히 바라보았다. "쟤들 다친 거야?" 애그니스가 제이크에게 물었다.

"좀 작작 해." 설레스트가 바닥에 누운 채 말했다. 그애는 팔꿈치로 바닥을 짚고 다시 몸을 일으키며 빙긋 웃다가 이내 타고난 듯 자연스러워 보이는 못마땅한 표정을 지었다. "여기서는 대체 뭐가 어떻게 돌아가는 건지 네가 우리한테 알려줘야 할 거야." 그애가 말했다. 그러고는 상대를 위축시키는 눈초리로 나무, 강, 스쳐지나가는 새들, 애그니스의 때 묻은 모카신 따위를 죽 둘러보았다. "그러니까, 대체 여기 뭐하는 데야?"

"윌더니스야." 애그니스가 대답했다.

"그래서? 그러니까, 그게 뭐냐고?"

애그니스는 제이크를 바라보며 말했다. "윌더니스라고."

설레스트는 두 눈만 멀뚱거리다가, 다시 땅바닥에 벌러덩 드러누웠다.

쌍둥이는 물끄러미 하늘만 쳐다보았고, 애그니스는 자리를 떴다. 쌍둥이 때문에 진이 빠졌다.

"여기 별들이 그렇게 훨씬 더 멋진 것도 아니야." 애그니스는 설레스트가 불평하는 소리를 들었다.

"나도 방금 막 그 생각을 하고 있었어." 패티가 말했다.

"그러니까 내 말은, 이게 다 무슨 소용이냐는 거야."

"바로 그거야."

애그니스는 한번 더 제이크를 돌아다보았다. 그애는 여전히 애그니스를 지켜보는 중이었다. 애그니스는 제이크의 눈길을 받으며 자신의 등이 얼마나 구부정한지를 의식하고 등을 쭉 폈다. 제이크를 주먹으로 한 대 치고 싶은 충동이 이는 바람에 어른들, 그러니까 자신이 속한 무리가 고기를 준비하는 곳으로 가능한 한 빨리 달려갔다.

*

이튿날 아침 그들은 신참들이 세운 판잣집들을 부수기 시작했다. 그 나무판자들은 녹슨 대못과 잔못들이 박혀 있고 가늘고 들쑥날쑥한 가시가 있는가 하면 곰팡이가 슬어 있어 위험했다.

애그니스는 한 작은 판잣집에서 혼자 작업하고 있었다. 겉면은 낡은 사과 상자의 얇은 널빤지로 만든 것이었다. 벽에는 목가적인 사과 농장을 그린 먼지투성이의 조각난 그림들이 있었다. 모래톱에 사는 게들이 바닥을 팔딱팔딱 뛰어 돌아다녔다. 널빤지를 잡아당길 때마다 모래먼지와 미세한 입자들이 별안간 자욱하게 피어올라 애그니스를 덮쳤다. 입을 막아보아도 아무 소용이 없었다. 널빤지 몇 개를 잡아 뽑은 후, 애그니스는 느닷없이 터진 기침에 온몸을 떨면서 밖으로 비틀비틀 걸어나갔다. 그렇게 몸을 반으로 접듯 상체를 구부리고 눈물 고인 눈으로 물끄러미 쳐다보다가, 옛 기억이 떠오르자 두려움에 등을 웅크렸다. 애그니스는 작은 침실의 분홍색 침대에 웅크리고 누워 분홍색 침대보에 대고 쿨럭쿨럭 기침을 하다가 결국 빨간 비말이 뿜어져나와 시티의 눈부신 야간 조명을 받아 선명히 빛나던 것을 떠올렸다. 애그니스는 엄마가 나타나서 자신을 재빨리 가슴에 안아올리고는, 복도로 나가 한참 아래층에 있는 다른 집까지 수많은 계단을 뛰어내려가는 것을 알았다. 그것은 예비용 공간이었고 표백제 냄새가 났다. 애그니스의 엄마가 응급상황에 보수를 지불하는 개업의의 것이었다. 더이상 응급상황이랄 것이 없었기 때문에 더이상 응급상황을 다루는 의사도 거의 없었다. 인구과잉 때문에 응급상황은 정도의 차이는 있어도 어느 정도 운명이라고 여겨졌다.

엄마가 애그니스를 그 의사의 침상에 눕혔을 때, 애그니스는 엄마의 셔츠에 묻은 자신의 피를 보았다. 그것은 작은 핏방울이나 핏자국이 아니었다. 자신의 얼굴을 거기 피로 새겨놓은 것처럼 보였다. 작은 눈구멍 하나, 매끄러운 한쪽 뺨, 딱 벌어진 입. 지금도 이따금 숲속을 걷다가 어딘가에서—나무줄기에 붙어 있는 이끼나 푸른 풀밭에서 슬쩍 비어져나온 바위 같은 데서—색색의 얼룩을 보면 그 옆얼굴, 즉 자신의 얼굴을 떠올리곤 했다. 그것은 애그니스가 가까스로 모면한 죽음의 데스마스크였다. 애그니스는 많은 곳, 많은 것에서 이 마스크를 보았다. 갖가지 색깔로. 나무의 초록 피. 물의 파란 피. 바람에 흩날리는 하얀 꽃잎들. 그것들을 살아 있게 만드는 것이 무엇이든, 그것들을 불가사의한 존재로 만드는 핵심이 무엇이든.

이튿날 엄마를 다시 보았을 때 그 자국은 사라지고 없었다. 새 셔츠. 깨끗하고 복숭아색이었다. 애그니스는 엄마가 그 순간의 흔적을 처분해버릴까봐 화가 났던 것을 기억했다.

하지만 그런 일은 전에도 있었다. 의사에게 다급히 달려가는 일들. 그런 일은 또다시 일어날 터였다.

"점점 내성이 생기고 있어요." 애그니스는 의사가 그 약에 대해 했던 말을 기억했다.

"그럼 어떤 조치를 해주실 수 있나요?" 엄마가 물었다.

"아무것도 못해요. 이게 우리의 현주소예요. 숨쉴 만한 다른 공기를 구하지 못한다면 말이죠." 그녀가 말꼬리를 흐리며 말했다. 이내 씁쓸하게 코웃음을 친 건 그것이 황당한 생각이었기 때문이다. 숨쉴 만한 다른 공기라니.

애그니스는 허리를 죽 펴며 다른 공기를 조심스레 깊이 들이마셨고, 돌로레스가 자신을 주시하는 것을 보았다. 그 여자아이는 불안정한 판잣집 한 채 뒤에 몸을 조금 숨기고 있었다. 한편에 리걸Regal이라고 적혀 있는 나무상자 파편으로 지은 집의 모퉁이였다.

돌로레스는 애그니스의 발작을 거울처럼 그대로 흉내내며, 자신의 손에 대고 약한 기침을 몇 차례 해 보였다. 애그니스는 돌로레스가 교감하려 노력하고 있는 것일지도 모른다고 생각했다. 어쩌면 그것은 돌로레스가 은밀히 건네는 악수인지도 몰랐다. 그렇다, 십중팔구 돌로레스도 줄곧 아팠던 것이다. 그애는 최근까지도 아팠던 것처럼 보였다. 비쩍 마른데다 머리카락은 윤기가 없고, 피부는 누렇게 떠 있었다. 눈 밑은 거무스름했다. 자기 몸에 완전히 얽매여서 전전긍긍하는 태도. 마치 무심코 움직였다가는 고통스러운 기침 발작이 일어날 것처럼 굴었다. 애그니스는 그 모든 것을 자신의 몸 어딘가에 기억하고 있었다.

"얘." 애그니스가 불렀다. 자신이 보이는 게 어리둥절하다는 듯 돌로레스의 두 눈이 휘둥그레지며 반짝 빛났다. "안녕?"

돌로레스가 침을 꿀꺽 삼키는 소리가 분명히 들렸다. 하지만 그애는 헛간 뒤에서 나와 조심스럽게 애그니스에게 다가왔다.

"왜 너희 일행 중에는 너나 네 남동생 같은 아이들이 더 없는 거야?" 애그니스가 물었다.

진짜 질문을 받자 돌로레스의 눈이 다시 한번 휘둥그레졌다. 그애는 자신을 믿어달라고 애원하듯 온몸을 동원해 어깨를 으쓱했다. 모른다는 것이다.

그애는 자리에 앉더니 작은 고무공을 내밀어 모래사장 위 애그니스의 발치로 굴려 보냈다. 그애가 공을 다시 굴려 보내라는 손짓을 하자, 애그니스는 무릎을 꿇고 앉았다.

"한 명 있었어." 돌로레스가 말했다.

"아, 그래." 애그니스가 말했다.

"몇 살이야?"

"모르겠어." 애그니스가 말했다.

"정말?"

"정말. 나는 서른 살일 수도 있어. 하지만 아마도 그거보다는 훨씬 어릴 거야. 너는 몇 살이니?"

"세 살은 넘었어."

"그거참 멋지네."

"여기 꽃 있어?"

"꽃은 많은데, 일 년 중 특정한 기간에만 펴."

"일 년 중 어느 때?"

"가을."

"지금 피어 있어?"

"별로."

돌로레스는 큰 눈으로 생각에 잠겨 작은 입을 오므리고 있었다. 그애가 여기 있는 것은 행운이었다. 운좋게도 여기 있으면서 건강이 회복되고 있었다. 애그니스는 마음속 깊은 곳 어딘가에서는 돌로레스도 그것을 알고 있을지도 모른다고 생각했다. 잠시 동안 애그니스의 머릿속에는 자신이 그랬던 것처럼 병든 꼬마 돌로레스가 걷잡을 수 없이 피를 뿜어내는 이미지가 넘쳐났다. 몹시 불쾌하고 끔찍했으므로 애그니스는 그것을 머릿속에서 재빨리 밀어냈다. 자신을 그렇게 기억하는 것은 괜찮았지만, 설사 상상 속에서만이라고 해도 다른 누군가가 그런 일을 겪게 하는 것은 잔인한 짓 같았다.

그들이 처음 윌더니스주에 당도했을 때, 애그니스는 다섯 명의 아이 중 하나였다. 시스터와 브라더는 여전히 여기 있지만, 알리는 곧 죽어버렸다. 아마도 이미 너무 아파서 그토록 거친 삶을 감당할 수 없었던 것 같다. 이곳에는 또다른 위험요소들이 있었다. 어른들은 틀림없이 그것을 알고 있었을 것이다.

애그니스는 플로르가 떠나던 것도 기억했다. 그애의 엄마인 마리아가 여기 온 것이 실수였다는 결론을 내렸을 때였다. 플로르의 엄마는 첫번째 사망자가 발생하자, 그리고 곰이 그들의 캠프를 습격하자 겁을 먹었다. 아무도 다치지는 않았지만, 그 곰은 그들의 잠자리를 한껏 즐기며 그 위에 똥까지 싸고 그들의 식량을 모조리 먹어치우면서 떠나기를 거부했다. 그들은 이틀 동안 식료품 없이 지내며, 그 곰을 죽일 기회를 엿보면서 살금살금 접근했다. 그 모든 일을 해내는 동안 굶주린 날도 며칠 있었다. 다음 포스트에서 마리아는 안내 데스크에 있는 레인저에게 가서 말했다. "포기할게요."

"포기요? 뭘 포기해요?"

"나도 잘 모르겠어요. 나의 윌더니스 시민권을 포기할게요."

"부인, 제기랄 대체 무슨 소리를 하는 거예요?"

"집에 가고 싶어요."

"그래, 그렇다면, 좋아요. 집에 가요."

그녀는 그를 멍하니 응시했다. "어떻게요?"

그가 종이 한 장을 꺼냈다. "버스 운행 시간표예요. 언제 가고 싶은지 알려주면 우리가 택시를 불러줄 수도 있어요." 그들이 그곳에 머문 시간은 한 달쯤이었는지도 모른다.

이듬해 봄 데브라가 포스트에서 마리아가 보낸 편지를 받았다. 꼬마 플로르는 죽고 없었다.

"글쎄, 그애는 여기에서도 죽었을지 몰라요."데브라는 마지 못해 어깨를 으쓱했다. 장담은 할 수 없었다.

애그니스가 미소를 짓자, 돌로레스는 잠시 애그니스의 얼굴을 심각하게 바라보다가 머뭇거리며 희미한 미소를 지어 보였다. 애그니스는 이곳에 도착했을 때 돌로레스보다 조금 더 나이가 많았다. 세 살에 이곳에서 지낸다는 것이 어떤 느낌일지 상상도 되지 않았다. 애그니스는 무언가 돌로레스 얼굴에 서린 의심을 없애줄 말을 해주고 싶었다.

"돌로레스!"린다가 날카롭게 외치자 돌로레스는 자기 엄마에게 전속력으로 달려갔다. 린다는 딸이 암탉의 날개 밑 병아리처럼 가장 안전한 그녀의 겨드랑이 밑으로 잽싸게 들어오는 동안 호기심과 불신이 담긴 눈초리로 애그니스를 유심히 살펴보았다. 돌로레스의 얼굴은 평온해졌다. 애그니스는 가슴이 저리도록 결핍을 느꼈다. 그토록 어리고, 그토록 쉽게 안심할 수 있었던 때가 기억났다. 애그니스는 이제 어른이 되어 행복했다. 하지만 그렇게 든든한 느낌이 그리웠다. 그것은 애그니스의 삶에서 영원히 사라져버렸다.

처음 보는 수많은 얼굴을 사이에서, 애그니스는 자신들이 그 어두운 숲으로 들어가기 전부터 한 번도 엄마의 얼굴을 떠올리지 않았다는 것을 깨달았다. 그전에는 날마다 엄마의 얼굴을 꿈에서 보다가 잠에서 깼다. 엄마에 대한 꿈은 아니었다. 꿈에서 보이거나 알게 되는 모든 것 위로 엄마의 얼굴이 그저 빙빙 맴돌 뿐이었다. 코요테떼가 캠프를 습격한 꿈속에서 엄마의 얼굴은 대학살의 현장 위에서 빛나는 달이었다. 베개 밑에서 숨겨져 있던 달래 한

단을 찾아낸 꿈속에서는 작고 하얀 알뿌리에서 흙을 떨어내자마자 그 진주 같은 껍질에 엄마의 얼굴이 나타났다. 애그니스가 밸과 함께 개구리를 잡으며 산책하던 중에 그들을 깜짝 놀라게 했던 올빼미의 얼굴도 엄마였다. 아니, 그것은 틀림없이 꿈이 아니라 진짜였을 것이다. 그들은 저녁거리로 개구리와 달팽이를 잡았었다. 그리고 엄마는 짜증을 내며 그들을 빤히 내려다보았다. 애그니스가 엄마의 무시무시한 얼굴을 본 것은 맹세코 진짜였다. 화가 난 엄마, 여전히 화가 나 있을 엄마를 본 것은.

설레스트는 그야말로 겁에 질린 듯한 모습으로 발을 질질 끌며 애그니스에게 다가왔다.

"웩." 그애가 기대감에 차서 애그니스를 쳐다보며 소리를 냈다.

"웩이라니?" 애그니스가 물었다.

"웩." 설레스트가 철거중인 그 판잣집을 훑어보며, 더욱 힘주어 소리를 냈다. "이건 정말 멍청한 짓이야." 그애가 분명히 말했다.

"왜?"

설레스트가 입을 삐죽거리며 말했다. "우리 작은 집이 그리워."

"시티에 있는 거?" 애그니스가 물었다.

설레스트가 눈알을 굴렸다. "아니, 여기. 그 집에는 꽃무늬 커튼이 달린 작은 창문이 있었어. 나는 그 매끈한 바닥을 춤을 추며 가로질렀고, 장미꽃 향기도 났어."

"거짓말." 애그니스가 대꾸했다. "여기에 장미꽃 향기가 나는 건 아무것도 없어." 마지막으로 장미꽃 향기를 맡았던 때가 언제인지 기억도 나지 않았다. 애그니스가 맡는 것이라고는 소금물과

284

부패와 소금과 전나무 냄새가 전부였다.

설레스트가 고개를 가로저었다. "그런 척하는 거야, 멍청아."

애그니스는 고개를 끄덕였지만, 그런 척하는 것과 거짓말하는 것의 차이가 무엇인지 확실히 알지는 못했다.

설레스트가 말했다. "그리고 내가 어디서 커튼을 구하겠니? 게다가 백만 킬로미터 안에 매끄러운 거라고는 아무것도 없어. 하지만 그렇게 하면 나는 기분이 좋아져."

"왜 기분이 좋아져야 하는데?"

"슬프니까."

"왜?"

"왜냐하면 나는 여기 있고 싶지 않으니까."

"아." 애그니스는 가슴이 쿵쾅거리는 채로 맥없이 땅바닥을 내려다보았다. 무엇인가를 쫓고 있는 것 같았다. 어떤 느낌을. 그것은 무엇일까? 그것이 애그니스가 뻗은 손가락 끝에 닿는 그때—

"나도 슬펐어." 애그니스는 거의 숨도 쉬지 않고 침을 튀기며 다급히 말했다.

"언제?" 설레스트가 눈을 가늘게 뜨고, 바보 취급을 당한다면 갚아주겠다는 태세로 말했다.

"여기 왔을 때."

설레스트는 애그니스의 더러운 모카신 위를 행진하듯 타고 넘는 개미들, 애그니스가 손을 닦으며 덧옷에 묻은 얼룩들을 바라보았다. 흙이 묻어 더러워진 단단한 두 팔. 손톱 밑에 낀 진흙. "너도 그랬구나." 설레스트가 회의적으로 말했다.

"그래." 그 기억이 여러 해 동안 흩어져 있다가 느닷없이 한꺼번에 밀려드는 바람에 천천히 맞장구쳤다. 애그니스는 이곳에 오고 싶지 않았다. 친구들을 두고 떠나고 싶지 않았다. 아무리 많은 피를 토했다고 해도 말이다. 분홍색 침대를 두고 떠나고 싶지 않았다. 매일 아침 엄마가 잡지에 나오는 것처럼 반듯하게 정돈하던 그 침대를. 애그니스는 자신들이 어디로 가는지, 그곳이 어떤 곳일지 제대로 알지 못했다. 하지만 엄마가 어깨 근육에 잔뜩 힘을 준 채 허리를 곧게 펴서 더 강해 보이려고 안간힘을 쓰는 태도에서 그곳이 험지라는 것은 알 수 있었다. 위험이 도사리고 있다는 것을. 엄마가 두려워한다는 것도. 그리고 애그니스는 자신들의 작지만 쾌적한 집을 둘러보며 의아하게 여겼다. 왜? 왜 자신들은 알지도 못하는 곳에 가려고 잘 아는 곳을 떠나려는 걸까? 그즈음 애그니스는 틀림없이 아직은 다섯 살이 되기 전, 네 살이었을 것이다. 딱 돌로레스처럼 양말목에 레이스가 달린 양말을 신고, 딱 돌로레스처럼 땋은 머리를 하고 있었다. 엄마는 밤에 자기 전, 목욕을 해서 머리가 아직 젖어 있을 때 애그니스의 머리를 땋아주었다. 자고 나면, 머리카락은 꿈결에 베개와 치른 한판 승부 때문에 머리 주위에 둥그런 후광 모양으로 흐트러져 있곤 했다. 애그니스는 살고 있던 아파트 건물 지하의 보육원에 가곤 했다. 그곳에서 낮잠을 자고 귀기울여 이야기를 들었다. 친구들과 함께 주스 팩을 하나씩 나눠 받았다. 그애들 이름이 뭐였더라? 애그니스는 기억하지 못했다. 만약 그곳을 떠나온 후로 엄마가 그애들의 이름을 언급했더라면 기억했을지도 모른다. 애그니스 자신의 삶에 관한 이야기들을 들려줬더라면 말이다. 하지만 엄마는 오직 자신의 어머니인 애그니스의 할머니, 혹은 자신의 할머니인 애그니스의 증조할머니, 혹은 그녀 자신과 애그니스에 대한 이야기만 했을 뿐이다. 애그니스는 엄마의 자기중심성에 화가 났다. 하지만 이내 엄마가 애그니스와 친구들에 대한 이야기를 전혀 몰랐으리라는 것을 생각해냈다. 그런 이야기들은 애그니스만의 추억이었다. 그들이 무지개를 만들기 위해 콘크리트에 대고 주스 팩을 찍 짜던 모습, 구연동화 시간에 서로의 머리카락으로 장난을 치던 모습. 애그니스는 그런 순간들을 함께했던 여자아이들의 이름을 잊어버렸다. 그런 시간들은 또한 애그니스가 엄마 없이 지내온 시간들이기도 했다. 애그니스는 처음부터 끝까지 한결같이, 지금까지도 혼자였다.

바로 그 순간 한 가지 생각나는 것이 있었다.

"정말로 여기 있고 싶은 사람은 아무도 없었어." 애그니스가 설레스트에게 말했다. "하지만 별수없었던 거지."

"아무도 없었다고?" 설레스트가 물었다.

"뭐, 칼 아저씨는 있고 싶었을 수도 있어."

"누가 칼 아저씨야?"

애그니스가 손가락으로 칼을 가리켰는데, 그는 사람들이 허물어뜨린 판잣집들의 썩은 널빤지 사이에서 구더기들을 찾아 입속으로 쏙 밀어넣고 있었다.

"아, 그래." 설레스트가 맞장구쳤다. "그럴 수도 있겠다."

"아저씨는 이상하다거나 뭐 그런 사람은 아니야." 애그니스는 이 아이의 눈을 통해 그를 보며 처음으로 그의 불결한 상태를 알아차렸다. 그의 악취, 엉겨붙은 머리카락, 들뜬 눈빛을 인식하자

칼을 보호해주고 싶은 기분이 들었다. "아저씨는 그저 여기랑 잘
맞는 것뿐이야."

"너처럼?"

애그니스는 자부심과 약간의 수치심으로 얼굴이 확 붉어졌다.
"나처럼. 지금의 나처럼." 애그니스는 그 말이 정말로 자기에게
서 나오는 것인지 확신하지 못하다가 한 박자 늦게 깜짝 놀라며
말했다. "원래 나는 머리카락이 엉키는 게 싫어서 엄마가 날마다
머리를 빗어주기를 바랐어." 애그니스는 손도끼로 자른 자신의
머리카락을 손가락으로 가리켰다. "하얀 옷을 입고 버스에서 내
렸지." 애그니스는 그 이미지에, 눈부신 태양 아래 환히 빛나는
그 옷에 놀라 움찔하면서 말했다. 눈을 가늘게 떠보았다. 마치 다
른 어린 소녀를, 낯모르는 쾌활한 사람을 보고 있기라도 한 듯.
"손톱에는 매니큐어가 칠해져 있었어." 애그니스가 말했다. "분
홍색으로 칠해져 있었지. 분홍색은 내가 제일 좋아하는 색이었
어." 애그니스는 웃음을 터뜨리기 시작했고, 이내 더 자지러지게
웃었다. 곧이어 셜레스트가 가세했고, 강변 도처에서 사람들의
시선이, 특히 패티의 시선이 쏠렸다. 그들은 웃음을 멈췄다.

셜레스트가 몸을 가까이 숙이며 속삭였다. "내가 매니큐어를
가져왔어."

애그니스는 속이 뒤집히는 것 같았다. 그 색깔을, 대지의 것이
아닌 색깔을 보기를 바라면서도 너무나 비현실적인 무언가와 관
계가 있는 것, 그러니까 엄마의 세계, 즉 죽은 세계에 속한 것과
관계가 있는 것은 아무것도 바라지 않았다.

"네가 그걸 칠한 모습을 보면 정말 웃길 텐데." 셜레스트가 말

했다. 그리고 애그니스의 지저분한 손톱들을 눈여겨보았다.

"내 생각에 그건 방해가 될 것 같아." 애그니스가 말했다. 매니큐어를 칠한 손톱으로 사냥을 할 수 있을까? 그 손으로 밥을 먹을 수 있을까? 힘줄을 꼬아 질긴 실을 만들 수 있을까? 그것이 과연 떨어져나가기는 할까? 아니면 그것을 뜯어먹어야만 할까? 뜯어먹다가 그 성분에 의지하게 되어 그게 없어지면 곧바로 죽나? 애그니스는 가슴이 몹시 두근거렸다.

"그리고 분홍색이야." 설레스트가 말했다.

애그니스가 입을 열어 싫다고 말하려던 바로 그 순간 설레스트가 말했다. "서둘러." 애그니스는 그애를 뒤따라갔다.

설레스트가 커뮤니티 사람들과 신참들을 지나쳐 터벅터벅 걸어가자 패티가 불쑥 나타나 그들과 함께 걷는 것으로 말로는 표현할 수 없는 동지애를 드러냈다. 그들은 아무 말 없이 황량하고 화창한 이쪽과 축축하고 어두운 저쪽 사이의 경계선을 넘어 숲으로 건너갔다.

설레스트가 숫자를 셌다. "하나, 둘, 셋, 넷……" 열까지 세고 나서 왼쪽으로 방향을 틀었다. "하나, 둘, 셋, 넷……" 열까지 세고 오른쪽으로 방향을 틀었다. "하나, 둘, 셋, 넷……" 열까지 세고 멈춰 섰다. 이끼로 뒤덮인 커다란 둥근 바위가 있었다. 설레스트가 축축한 초록색 이끼 조각 하나를 걷어내고 바위에 팬 홈을 드러냈다. 그 홈에서 선명한 형광분홍색 광채가 구름 사이로 별안간 비치는 눈부신 햇살처럼 퍼져나왔다.

설레스트는 그 병을 마치 아기 새처럼 집어들어 두 손으로 어루만지다가, 모델처럼 쥐고 다른 여자아이들에게 보여주었다.

"네온 드림라이프라고 해." 그애가 속삭이자, 패티가 신음소리를 냈다.

"반짝이가 들어 있어. 하지만 손톱에 칠하기 전에는 보이지 않아."

"나한테 칠해줘." 패티가 말했다. 설레스트가 병뚜껑을 돌려서 열자, 다 함께 병 입구에 코를 들이밀고 숨을 들이마셨다.

패티가 토해내듯 말했다. "정말 너무 마음에 들어."

애그니스의 입에 침이 고였다. 그 형광분홍색을 마시고 싶었다. 그것이 자신의 목구멍을 타고 흐르는 것을 느끼고 싶었다.

설레스트가 손바닥을 내밀자, 패티가 그 위에 슬며시 자신의 손을 얹었다.

설레스트는 손톱 하나하나를 붓으로 천천히 쓸어내렸다. 한 번, 두 번, 세 번, 깨끗하게, 조심스럽게. 패티가 바르르 떨었다. 그애는 놀라운 일을 고대하며, 눈을 질끈 감고 있었다.

"절대로 손대지 마." 마침내 설레스트가 말했다. 패티가 눈을 떴다.

소녀들은 모두 패티의 손에 더 바싹 다가갔다. 패티가 손가락을 꼼지락거렸다. 애그니스는 일찍이 그렇게 강렬한 색을 본 기억이 없었다. 아니, 꽃들은 있었다. 하지만 진짜 꽃들은 먼지에 덮여 있거나 눈부신 태양 아래 색이 희미해져버렸다. 아마도 언젠가 봄비가 내리고 나서 태양이 구름을 뚫고 나왔을 때 제비꽃들이 자주색으로 반짝거리는 것을 본 적이 있었던 것 같은데, 애그니스의 눈에는 패티의 손톱이 충격적인 것처럼 그것도 충격적이었다. 가끔은 노을빛이 지독할 정도로 오색찬란했다. 방금 막 쏟아져나온 피의 색깔은 충격적이었다. 그러니까 그들이 짐승을 도살하고 그 위를 통째로 꺼냈을 때, 그 빨갛고 파란 혈관들은 할머니의 옛날 교과서들 중 하나에 실려 있던 인체 해부도와 비슷했다. 그 파란색은 선명하고 깨끗했다. 하지만 이 분홍색은, 바라보고 있으면 눈이 아팠다. 그래서 같이 바르고 싶은 기분이 들지 않았다. 애그니스는 엄마의 잡지와 엄마가 실내장식을 할 때 썼던 과감한 색깔들을 기억했다. 하지만 그 종이에서 반들반들 윤이 났다고 한들 그것은 여전히 멀리 떨어져 있는 세상이었다. 실생활에서 결코 볼 수 없을 장소의 사진들이었다. 손이 닿지 않을 만큼 멀었다. 애그니스가 손을 뻗었다.

"건드리지 마! 안 말랐단 말이야!" 설레스트가 찢어질 듯 날카롭게 외쳤다.

애그니스는 재빨리 손을 거둬들였다. 볼에 홍조가 피어올랐다. 두 손으로 두 볼을 감쌌다. 자기 볼의 분홍색이 패티 손가락의 분홍색만큼 예쁘지 않다는 것을 알고 있었다.

패티는 자기 손가락을 생일 케이크에 꽂힌 초처럼 후후 불었다.

"이번에는 내 차례야." 애그니스가 말했다.

"네 손톱에서 벗겨지지 않고 그대로 있을지 잘 모르겠네." 설레스트가 애그니스의 손톱을 유심히 바라보았다. "네 손톱은 너무 더러워."

애그니스는 자신의 손에 침을 뱉어 손톱을 다 닦았다.

설레스트가 토하는 시늉을 했다. "정말 역겨워." 그애는 그렇게 말하고 자기 손바닥을 내밀었다.

애그니스가 그 위에 슬며시 자신의 손을 얹었다.

"손톱 하나만 해볼래. 시험삼아서. 오래가지도 않을 거라면 좋은 광택제를 낭비하고 싶지 않아."

"제발 부탁해." 애그니스가 울먹이며 말했다.

"매니큐어 바르고 싶은 거야, 아니야?"

"해줘."

"그럼, 어디에 발라줄까?"

애그니스는 자신의 흉이 진 손, 들쭉날쭉한 손톱, 손톱 밑에 낀 흙을 바라보았다. 왼쪽 새끼손가락을 꼼지락거렸다. "여기." 분명 가장 적게 사용하는 손가락이었다. 거기 바르면 더 오래 더 깨끗하게 유지될 것 같았다. 매니큐어가 벗겨지지 않고 그대로 있을 터였다. 어쩌면 영원히. 애그니스는 그 손가락을 자기 입에 넣어 혀로 그 손톱을 깨끗이 닦으려고 노력했다. 그런 다음 자신의 덧옷에 닦았다.

애그니스는 두 눈을 감았다.

붓은 부드러웠다. 간지러웠다. 그 액체는 거의 차가울 지경이었다. 겨울철에 얼음같이 찬 뿌연 강물에 새끼손가락을 살짝 담그고 있는 기분이었다. 목덜미에 소름이 돋는 것 같았다. 곧이어 손톱 위의 모든 것이 막히며 바싹 오그라들고 숨쉬기를 중단했다. 그 손톱이 숨이 막혀 헐떡이고 있는 것이 느껴졌다. 하마터면 비명을 지르며 펄쩍 뛰어올라 달아날 뻔했다. 견딜 수 없이 싫었다.

"됐어." 설레스트가 말했다. "이렇게 해봐."

눈을 뜬 애그니스는 설레스트가 자신의 두 손을 후후 불고 있는 모습이 보이자, 아래를 내려다보았다.

그 분홍색이 이 어두운 숲에서, 심지어 애그니스는 존재하는 줄도 몰랐던 빛을 반사하고 있었다. 그 빛이 애그니스의 손톱 위에서 일렁거리며 점점 더 많은 색깔을 손톱에 불어넣는 것처럼 보였다. 애그니스는 알록달록 빛나는 반짝이들을 보았다. 지나치게 많지는 않았다. 딱 알맞았다. 생동감 있고 흠잡을 데 없었다.

설레스트가 뚜껑을 도로 닫았다.

"너는 안 할 거야?"

"나는 특별한 때를 기다릴 거야."

"여기서 무슨 특별한 일이 생기겠어?" 패티가 말했다.

"확실히 뭔가 있겠지." 설레스트가 말했다. "누가 결혼하지 않을까? 아니면 파티라도 열지 않을까? 우리 엄마는 파티 여는 걸 정말 좋아해."

"너는 여기 왜 왔어?" 애그니스가 물어보았다.

"너는 여기 왜 왔는데?" 설레스트가 다시 한번 미심쩍다는 듯 눈을 가늘게 뜨며 응수했다.

"몸이 아팠어."

"그런 말은 전에도 들은 적 있어."

애그니스는 자신의 피로 얼룩진 베갯잇을 다시 보았다. 자신이 내뿜은 핏방울들은 결코 말끔히 지워지지 않았다. "아니, 다 기억나. 나는 그랬어. 몸이 아팠어."

"그래서 너희 엄마가 너를 구하려고 여기로 데려온 거니?"

애그니스는 잠시 숨을 죽였다. 전에는 그런 식으로 생각해본 적이 없었다. 얼굴이 화끈 달아올랐지만, 이유를 확실히 알 수가 없었다. "그럴 거야." 애그니스가 대답했다. 그렇지만 이런 이야기는 내키지 않았다. "글렌 아저씨랑 같이." 애그니스가 덧붙였다.

"글렌 아저씨가 누구야?"

"우리 아빠."

"왜 아저씨라고 부르는 건데?"

"진짜 아빠는 아니거든."

"그래, 둘이 하나도 안 닮았어." 패티가 말했다.

"둘이 하는 행동도 하나도 안 비슷해." 설레스트가 말했다.

"아저씨는 훌륭한 리더야." 애그니스는 글렌 같은 사람이 자신의 아버지가 될 수도 있다는 생각에 가슴을 쫙 펴며 말했다.

쌍둥이가 폭소를 터뜨렸다.

"너는 정말 웃겨." 설레스트가 말했다.

"아저씨가 우리를 여기로 데려왔어." 애그니스가 혼란스러운 마음으로 말했다.

"너희 엄마가 그랬다고 한 줄 알았는데."

"둘이 같이 했어."

"틀림없이 그렇게 간단하지는 않았을 거야." 설레스트가 얼굴을 찡그렸다. "우리 엄마는 자기 마음에 안 들면 어떤 일도 안 하거든."

"잘 모르겠어. 우리 엄마는 여기서 꽤 불행했던 것 같아. 그래서 떠난 거야."

"너희 할머니가 돌아가셔서 떠난 줄 알았는데."

애그니스가 눈을 깜빡거렸다. "맞아, 그랬어."

설레스트가 애그니스를 응시했다. "너는 틀림없이 열 살이나 뭐 그쯤일 거야, 맞지?"

"그거보다는 훨씬 더 많아." 애그니스가 말했다.

"열한 살일 수도 있겠다."

"내가 몇 살인지는 잘 몰라." 애그니스가 말했다.

"괜찮아." 설레스트가 애그니스의 어깨에 팔을 두르며 말했다. "너는 열한 살이야. 그렇게 결정났어." 애그니스는 자신이 설레스트를 좋아하는지 알지 못했다. 하지만 설레스트의 부드럽고 포동포동한 팔이 자신의 어깨에 묵직하게 얹혀 있는 것은 좋았다.

설레스트가 매니큐어를 건네자, 패티는 마치 낮잠이 든 아기를 눕히듯 그것을 바위 홈에 도로 넣은 후 이끼를 끌어당겨 살살 다시 덮고 제자리에 잘 들어가게 다독인 다음 반짝반짝 빛나는 젖은 두 손으로 자신의 얼굴을 토닥거렸다. "이슬은 피부에 굉장히 좋아." 그애가 말했다.

그들은 숲에서 터벅터벅 걸어나와 눈을 가늘게 뜨고 수면 위로 부서지는 무자비한 햇살을 바라보았다. 애그니스는 이제 막 타오르기 시작하는 모닥불의 연기 냄새를 맡았다. 배에서 꼬르륵 소리가 났다. 애그니스는 자신의 아름답게 칠한 손톱을 주먹을 쥐어 감췄다.

*

이튿날, 칼이 잡다한 일들을 처리하는 시간을 마련했다. 그는 커뮤니티의 모든 주요 임무의 작업장을 제각각 준비했고, 신참들은 각각의 작업장을 방문해 그들에게 기대하는 일과가 무엇인지 배웠다. 거의 모든 일이 지저분하고 냄새가 나는데다가 아마 자신들이 그런 일들을 잘해내지 못할까봐 걱정했기 때문인지 약간의 기대감을 제외하고는 두려움이 그들의 표정 대부분을 차지했다. 그들은 데브라가 새 모카신을 만들기 위해 뻣뻣한 힘줄 실로 질긴 짐승가죽을 꿰매는 것을 지켜보았다. 그녀는 그들이 그녀의 굳은살을 만져볼 수 있게 두 손을 내밀었다. 힘줄 실을 준비하는 사람들의 손에서는 금방 사라지지 않는 동물 뱃속 냄새가 나곤 했는데, 더 만들어야 할 때가 오기 전에 그 냄새가 사라지는 법은 결코 없었다. 가죽을 준비하는 사람들은 연기 속에서 땀을 흘리며 콜록콜록 기침을 했다. 연기를 피우는 사람들은 훈연 텐트 안에서 콜록거리며 땀을 흘렸다. 그리고 설사 이런 수작업보다 물건들을 운반하는 일이 더 좋은 대우처럼 보였다고 할지라도 신참들은 아침에 잠자리에서 일어났을 때 무쇠솥과 책가방을 가장 자주 운반하는 사람들의 등이 구부정하고 뻣뻣하게 굳어 있는 것을 목격했다.

"왜 이 책들을 다 들고 다니나요? 지금쯤은 이미 다 읽지 않았어요?" 퍼트리샤가 물어보았다.

"네." 해럴드 박사가 대답했는데, 그는 책가방을 운반하는 다양한 방법을 실제로 보여주는 중이었다.

"왜 계속 가지고 있는 거죠?"

"그러면 다시 읽을 수 있거든요." 데브라가 보통은 해럴드 박사에게만 쓰는 퉁명스러운 말투로 대답했다. 박사가 알아차리고는 그녀에게 재빨리 미소를 지어 보였다. 그는 데브라가 책을 좋아했기 때문에 그 가방을 자주 날랐다.

"우리에게 역사가 있다는 건 좋은 일이죠." 글렌이 고개를 끄덕이며 말했다.

"왜요?" 퍼트리샤가 코를 찡그렸다.

글렌이 빙긋 웃었다. 그는 입을 열었다가 다물었다. 그리고 다시 한번 미소를 지었다. 애그니스는 그에게 대답할 말이 없다는 것을 알아차렸다. 전에는 아무도 한 적이 없는 질문이었다.

마침내 칼이 불쑥 끼어들어 말했다. "역사는 좋은 거죠, 아닌가요?" 다들 그 말을 수사적 질문이라고 여겼다. 아무도 대답하지 않았다.

"그럼, 이 큰 솥은요?" 린다가 말했다. "이렇게 무거운 걸 가지고 다니는 게 어떻게 그럴 만한 가치가 있다는 건지 모르겠어요." 그녀가 끙끙거리며 있는 힘껏 땅바닥에서 들어올리려고 해봤지만 그것은 꿈쩍도 하지 않았다. 린다는 체구가 작았다. 거의 애그니스만큼이나 작았다.

"그건 그럴 만한 가치가 있어요." 커뮤니티 사람들이 거의 동시에 입을 모아 말하자, 프랭크의 얼굴이 빨갛게 상기되었다.

신참들은 그 솥을 운반하는 사람의 역할이 중요하다는 것을 깨달으며 웅얼거렸다. 하지만 아무도 거추장스러운 책가방을 부둥켜안은 해럴드 박사를 쳐다보려고 하지는 않았다.

칼이 손뼉을 쳤다. "자, 지금부터는 사냥이에요."

신참들이 어슬렁거리며 줄지어 걸어갔다. 칼이 강변을 따라 과녁을 세워놓은 상태였다. 통나무 한 무더기와 그 위에 걸쳐놓은 가죽 한 장.

커뮤니티에는 쓸 만한 활이 두 개뿐이어서 신참들은 번갈아 사용했다. 저마다 쏜 화살들이 사방팔방으로 날아갔고 어느 하나

과녁에 근접하지 못했다. 쉬운 표적이었는데도 말이다. 애그니스는 활시위를 힘껏 당기지 않고도 맞힐 수 있을 정도였다. 손이 작고 빠른 여자들조차 전혀 잘하지 못했다. 제이크도 그렇다는 것을 알아차리고 애그니스는 실망했다. 어쩌면 애그니스가 그를 가르칠 수 있을지도 몰랐다.

"우리는 총을 더 잘 다뤄요." 프랭크가 얼굴을 찡그리며 말했다. 그의 화살은 강물을 향해 날아갔다.

"총은 여기서 오래가지 못해요."

"그래요?"

"총알이 금방 바닥나죠." 밸이 톡 쏘아붙였다.

"그냥 더 주문하면 되지 않나요?"

"여기서는 물건 주문 따위는 하지 않아요." 밸이 말했다.

"배달은 예측이 불가능하거든요." 글렌이 피식 웃으며 말했다.

애그니스는 그가 지나가는 말로 가볍게 한 말이라는 것을 알았지만, 신참들 중 몇몇 어른은 눈을 굴렸다. 어쩌면 글렌이 자신들을 비웃고 있다고 생각했는지도 모른다. 아니 어쩌면 그가 어리석다고 생각했는지도 모른다. 쌍둥이와 제이크는 입을 헤벌리고 글렌을 빤히 쳐다보았다.

"이봐요, 살아남으려면 우리는 모든 걸 다 잘해야 해요." 칼이 말했다. "우리 중 몇몇은 뭐든 다 남보다 더 잘하겠죠. 네, 좋아요. 뭐가 됐든 다들 자기 몫을 해내기만 하면요. 하지만 모두가 모든 일을 다 할 줄 안다면 도움이 될 거예요."

신참들이 고개를 끄덕였다. 그들이 칼을 다른 누구보다 더 마음에 들어하는 것은 분명했다. 그들은 이미 그에게 답을 구하고 있었다.

칼이 말을 이어갔다. "커뮤니티의 고정 사냥꾼이 되는 것은 우리 중 일부일 테지만, 그래도 모두 활과 화살이 편해져야 해요. 여기 오기 전에 어떤 종류의 훈련을 했죠?"

"훈련이라고요?" 헬렌이 나직한 목소리로 반문했다.

"네, 훈련이요. 활사냥이 기본이라는 건 다들 알고 있었을 테죠. 활쏘기나 뭐 그런 거에 관한 책을 좀 읽어본 정도라도요."

칼이 신참들을 빙 둘러보았다. 다들 아무 말이 없었다.

칼이 손뼉을 쳤다. "자, 좋아요. 그건 상관없어요. 나랑 훈련을 마치고 나면, 여러분은 총이 필요 없을 테니까."

칼이 패티의 엄마에게 고개 숙여 인사했다. "이름이 뭐였죠?"

"퍼트리샤요."

칼이 패티를 바라보았다. "너도 퍼트리샤고?"

패티의 엄마가 말하려고 입을 열었지만, 패티가 소리쳤다. "난 그냥 패티예요! 그리고 저분은 그냥 우리 엄마고요!"

퍼트리샤가 날카롭게 말했다. "진정해." 그녀는 숨을 깊이 들이마셨다가 휴 하고 천천히 내쉬었다. 그녀가 고개를 돌려 칼을 바라보았다. "그럼 그냥 다들 나를 패티 엄마라고 부르는 게 어때요?" 그녀는 전혀 웃음소리처럼 들리지 않는 웃음을 요란하게 터뜨렸다.

"좋아요, 패티 엄마, 틀림없이 뭔가 준비를 했겠죠, 안 그래요?" 칼이 윙크했다.

"책을 몇 권 읽었어요." 패티의 엄마가 의기양양하게 턱을 치켜들었다.

패티가 폭소를 터뜨리며 말했다. "아니, 안 읽었잖아요."

칼이 고개를 돌려 그 부루퉁하고 깡마른 소녀를 바라보았다. "그리고 어린 숙녀분, 숙녀분은 뭘 했죠?"

"아무것도 안 했어요. 난 어린애니까."

설레스트가 코웃음을 쳤다. "어린 숙녀라잖아."

패티와 설레스트는 소리 내어 웃고 또 웃었다.

"조용히 해!" 칼의 눈빛이 이글거렸다. 쌍둥이는 즉시 입을 다물고, 경멸에 찬 눈빛을 주고받았다. 하지만 애그니스는 그애들이 얼굴을 붉히는 것 역시 볼 수 있었다.

"손을 보여줘." 그가 요구했다.

그들은 손을 내밀었다.

칼은 그의 두 손에 그애들의 손을 하나씩 잡고 꼭 쥐었다가 쿡 찌르고 뒤집어보았고, 팔뚝을 움켜잡았다가 곧 손바닥을 철썩 때렸다.

"아야." 그들이 일제히 외쳤다.

그는 그들의 팔을 꽉 쥐었다. 혼잣말처럼 음, 음 하고 흥얼거렸다. 그들의 손가락을 잡아당겨 자기 엄지손가락을 그들의 손바닥에 대고 꼭 눌렀다.

"여기 타고난 소질의 적임자들이 있는 것 같군요." 그가 말했다. 패티의 부모와 설레스트의 엄마가 박수를 쳤다. 신참들은 마치 자기 소질이 칼에게 깊은 인상을 줘서 신이 난 것처럼 몸을 죽폈다.

"너희 어린 숙녀들 생각에는 저 과녁을 맞힐 수 있을 거 같니?"

그애들은 얼굴을 찡그렸다.

"내 생각에는 그럴 수 있을 거 같아." 칼이 말했다. 그는 말을 멈추고 그들이 말하기를 기다렸다. 그는 교사처럼 행동하고 있었지만, 애그니스는 그가 십대 여자아이들에게 익숙하지 않을지도 모른다고 생각했다.

"너희 생각은 어떠니?"

설레스트는 화가 나서 눈을 굴렸다.

"우리가 뭘 해야 하는지 그냥 말해줘요." 패티가 투덜거렸다.

칼은 그들에게 활과 화살을 나눠주었다.

그들이 쏜 첫번째 화살은 그들의 발치에 떨어졌다.

"이건 바보 같은 짓이에요." 패티가 말했다.

칼이 그들에게 새 화살을 건네자, 설레스트가 항의하며 발을 동동 굴렸다. "엄마!"

그애의 엄마는 고함을 지르는 게 예사인 듯 쉰 소리로 딱딱거리며 말했다. "설레스트, 제발 그냥 좀 해."

설레스트의 화살은 패티의 화살과 마찬가지로 오른쪽으로 한참을 빗나갔다.

"다시." 칼이 말했다.

"싫어요." 설레스트는 덫에 걸린 동물처럼 버럭 화를 내며 소리질렀다. 그애의 앙칼진 목소리에 애그니스는 귀가 멍해졌다. 하지만 그렇게 항의하고도 그애는 패티와 나란히 활시위를 당겼다. 애그니스는 그애들이 그렇게 몹시 화가 난 듯 보이면서도 동시에 그토록 지루해 보이는 데 매료되었다.

쌍둥이는 제대로 쳐다보지도 않고 화살을 날렸다. 하지만 그들의 화살은 과녁의 한복판을 단박에 관통했다. 그들은 하마터면

서로의 화살을 쪼갤 뻔했다. 이것을 본 후 설레스트의 분노는 사라졌고, 그애는 다시 몹시 지루해했다.

애그니스는 그애들이 자신이 여태껏 본 가장 아름다운 사람들일지도 모른다고 생각했다. 쌍둥이의 분노는 갑작스러웠고 한계가 없었다. 너무 감상적이고 비논리적이어서, 애그니스는 그로 인해 느끼는 자신의 기분을 말로 다 설명하기가 어려웠다. 하지만 그것이 강력하다는 것은 알았다. 그리고 자신의 내면 어딘가에도 그런 힘이 있다는 것을 알았다. 일찍이 그렇게 예상치 못하게 사나웠던 동물을 본 적이 언제였는지 생각해내려 했지만, 그런 적이 있었는지도 확신이 서지 않았다. 왜냐하면 동물이 사나워지는 데는 분명한 이유가 있었지만, 쌍둥이의 감정은 어디서 생기는 것인지 도저히 파악할 수 없었기 때문이다.

"다시." 칼이 말했다.

설레스트는 이번에는 소리를 지르지 않았다. 패티가 한 것처럼, 그저 눈을 말똥거리며 활시위를 당겼을 뿐이다. 그들은 활 쏘는 법을 터득했다는 데 도취되어 있었다. 두 사람 다 애그니스가 죽어가는 동물들이 뿜어낼 때 말고는 본 적이 없는 한숨을 내쉬었다. 그들은 과녁을 맞혔다.

"너희 둘 다 어떻게 그렇게 조준을 잘했지?" 칼이 물었다.

"고무줄 새총으로 쥐를 쏴봤으니까요." 설레스트가 말했다.

"쥐를 봤다고?" 애그니스가 깜짝 놀라며 물었다. "시티에서?" 애그니스는 시티에서 어떤 동물도 본 적이 없었다.

"우리보다 더 좋은 구역에서 살았나보네." 패티가 비난하듯 말했다.

"하지만 나는 시티에 쥐가 남아 있는 줄도 몰랐어."

"아, 그러면 확실히 우리보다 더 좋은 구역에서 살았네." 설레스트가 말하고 나서, 쌍둥이는 폭소를 터뜨렸다.

칼은 고개를 가로저었다. "그거로는 하나도 설명이 안 돼—새총은 완전히 다른 부위의 근육을 쓰거든."

패티가 말했다. "음, 상당히 큰 새총이었어요." 그애는 꼭 자기 엄마가 그랬듯이 뽐내면서 턱을 치켜들었다.

그가 설레스트를 바라보았다.

"그건 상당히 큰 쥐들이었죠." 설레스트가 단도직입적으로 말했다.

칼이 킬킬 웃었다. 그는 기뻐서 손뼉을 치며 말했다. "아무려나! 사냥할 시간이야!"

그가 쌍둥이를 친근하게 끌어안자, 그들은 즉시 슬그머니 벗어나 자석처럼 다시 서로 찰싹 달라붙었다.

그들이 숲속으로 사라진 후 한동안 애그니스는 떠들썩한 웃음소리를 들었고, 가끔은 비명도 들었다. 그것이 쌍둥이라는 것을 알면서도 그 소리에 끊임없이 쫓기는 기분이 들었다.

저녁 무렵, 두 여자아이와 칼이 어미 사슴 한 마리와 새끼 사슴 한 마리를 가지고 돌아왔다. 어미가 새끼 곁을 한사코 떠나려 하지 않는 바람에 두 마리 다 목숨을 잃은 것이 틀림없었다. 칼이 어깨에 둘러멘 작은 새끼 사슴의 분홍색 혀가 좌우로 살짝 흔들리고 있었다. 어미 사슴은 목이 찢어져 있었는데, 아마 들쭉날쭉한 화살촉에 그렇게 됐을 터였다. 그리고 그 사슴은 한쪽 뒷다리가 꺾여 있었다. 화살로는 그저 잠깐 기절만 시킨 후 소녀들이 직접 몸싸움을 벌여 죽이기라도 한 것처럼.

칼은 새끼 사슴을 그들의 도축장에 내려놓고는, 눈을 크게 뜨고 고개를 절레절레 저으며 모닥불 가에 있는 사람들에게 다가갔다. 그의 셔츠는 핏방울들로 점점이 물들어 있었고 수염에는 피가 엉겨 있었다. "저애들은 저 불쌍한 짐승을 사실상 때려죽였어요." 그가 말했다.

"그러게 내버려둔 거예요?" 데브라가 잔소리를 했다.

"배워야 하니까." 그가 느닷없이 활짝 웃었다. 그 일을 즐겼던 것이다.

쌍둥이는 칼들을 보관해둔 곳으로 그 어미 사슴을 끙끙대며 조금씩 끌고 갔다. 쏟아져나온 피가 숲속의 도축 현장에서 강변까지 흔적을 남겼다. 그 강변에서 보낸 나머지 날들 동안, 그들은 다른 동물이 숲에서 살금살금 돌아다니거나 강변에 모습을 드러내는 것을 결코 보지 못했다. 피는 일종의 경고신호인데, 쌍둥이는 아직 몰랐던 것이다.

*

오염된 강을 계속 따라갈 수는 없었기 때문에, 그들은 왔던 길로 되돌아가기로 결정했다. 실제로는 칼의 결정이었다. 실제로는 신참들의 지지를 등에 업은 칼의 결정이었다. 오염된 강 근처에서 보내는 날들이 막바지에 다다랐을 때, 신참들이 공식적으로 칼을 리더로 여긴다는 것은 분명했다. 원래의 커뮤니티에는 공식적인 리더가 결코 없었지만 말이다. 이제 그들에게는 공식 리더가 있었다.

　애그니스는 모닥불 가에서 진행된 회의에 참석했었다. 하지만
다른 어린 구성원들은 아무도 참석하지 않았다. 애그니스는 놀라
며 설레스트와 패티와 제이크도 그 자리에 있어야 한다고 생각했
다. 하지만 애그니스가 원을 그리며 모인 사람들 사이에 자리를
잡고 앉자 신참들이 회의적인 눈초리를 보냈다. 칼이 옆에 앉았
을 때 애그니스는 그들의 표정이 바뀌는 것을 보았다. 그들은 눈
썹을 치켜세우며 고개를 끄덕거렸다. 애그니스의 참석을 칼이 승
인해주었던 것이다. 그는 그것을 알았을까? 그래서 그랬던 것일
까? 애그니스의 한쪽 다리가 경련을 일으켰다.

　"그래서," 글렌이 말문을 열었다. 늘 그가 회의를 개시했기 때
문이다. 그는 대학에서 온갖 회의에 참석했기에 가장 경험이 많
았다. "다음 단계들을 위한 계획을 세워야 해요. 하지만 그에 앞
서, 여기서 우리가 어떻게 결정을 내리는지 설명할 필요가 있겠
네요." 그가 데브라에게 고개를 끄덕이자, 그녀가 전원합의제에
대해 설명했다.

　그녀의 설명이 끝나자 신참들이 고개를 천천히 주억거렸다. 이
내 그들은 무언가 미묘하게 역겨운 것을 먹은 듯 얼굴을 일그러
뜨렸다.

　"힘들 거 같네요." 린다가 말했다.

　"힘들어요." 칼이 말했다.

　"그게, 어쩌면, 너무 힘들지도 몰라요." 프랭크가 말했다.

　칼이 한 바퀴 빙 둘러보며 고개를 끄덕였다. 글렌이 말하려고
입을 열었지만, 칼이 가로막았다. "그래요, 당신 말이 맞는 것 같

아요, 프랭크. 이렇게 구성원이 많으면 그야말로 너무 힘들죠."

프랭크가 한 말 그대로는 아니었지만, 그래도 프랭크는 고개를 끄덕였다.

"더구나, 늘 전원합의로 결정을 내리는 것도 아니에요." 칼이 안심시키듯 말했다.

"아니, 늘 그렇게 해요." 데브라가 말했다.

"아니에요." 칼이 말했다. "물을 찾기 위해 하루 동안 경로를 이탈해서 가보자고 내가 제안했던 거 기억나요?"

"네, 그리고 그렇게 했죠, 왜냐하면 우리 모두 동의했으니까요." 데브라가 말했다.

밸이 불쑥 끼어들었다. "그 일을 제대로 기억하고 있는 거 같지는 않네요, 데브라."

"이런, 우리 밸, 나는 아주 잘 기억하고 있어요." 데브라가 도움을 청하듯 글렌을 바라보았다.

"이봐요, 칼." 글렌이 말했다. "구성원이 더 많아졌다고 해서 그게 곧 우리가 하나의 그룹으로 결정을 내리는 걸 중단해야 한다는 의미는 아니에요."

"우리는 전에도 이만큼 많았고, 아주 잘해냈어요." 데브라가 중얼거렸다. 데브라는 전원합의제를 몹시 좋아했다.

"이봐요," 칼이 두 손을 들며 말했다. "나는 단지 우리 커뮤니티의 최선의 이익만 생각할 뿐이에요. 우리의 **새로운 커뮤니티** 요." 그가 신참들에게 고개를 끄덕였다. "이제 새롭고 더 큰 그룹이 됐으니, 하나의 **그룹**으로서 결정을 내리는 방법을 정해야 한다고 생각해요. 이 그룹으로서 말이죠. 우리의 예전 그룹이 아니라요. 어쩌면 신참들은 전원합의제를 논리적으로 이해하지 못할지도 몰라요. 내가 그랬거든요."

"나도 그랬어요." 밸이 맞장구를 쳤다.

"당신이 전원합의제를 좋아하지 않는 건 책임자가 되고 싶기 때문이죠." 데브라가 톡 쏘아붙였다.

"저, 나도 전원합의제를 좋아하지 않는 거 같아요." 프랭크가 말했다. "우리를 잘 대변해주는 거 같지 않거든요."

신참들이 고개를 끄덕였다.

"그건 더할 나위 없이 우리를 잘 대변해주는데요." 데브라가 외쳤다.

"하지만 만약에 이런 상황이 일어난다면요." 헬렌이 물었다. "투표를 하는데 다들 한쪽으로만 투표를 하고 나는 그쪽에 투표하고 싶지 않아요. 하지만 한 바퀴 빙 둘러보니, 다들 나한테 아주 화가 나 있어서 내가 그 대세를 따른다면 어떻게 되는 거죠?"

"그럴 일은 없어요." 데브라가 말했다.

"잠깐만 기다려줘요, 데브라." 밸이 말했다. 그녀가 고개를 돌려 헬렌을 바라보았다. "나는 그런 적이 있어요."

헬렌은 자신의 목에 손을 대며, 눈물 고인 동정어린 눈으로 밸에게 고개를 끄덕였다.

"그 말을 들으니 깨닫게 되네요." 프랭크가 말했다. "차라리 나 자신의 투표권을 갖고 그 표가 집계되면, 결과가 어떻든 간에 그걸 받아들이고 싶다고요."

칼이 고개를 끄덕였다. "신참들은 결정을 내릴 새로운 방식을 원하는 거 같네요."

밸이 손뼉을 쳤다. "투표하죠." 나머지 커뮤니티 사람들이 잠시 이의를 제기했다. 하지만 할 수 있는 일이 별로 없었다. 애그니스가 보기에, 칼과 밸과 신참들이 한편이라면 나머지 사람들은 수적으로 열세였다.

"그게 다수 의견이고요." 칼이 말했다.

"하지만 전원합의제를 투표에 부치려면 전원합의가 필요해요." 데브라가 말했다.

"말이 되는 소리를 해요." 칼이 말했다.

"하지만—"

"전원합의제는 이제 없어요. 그건 끝났다고요."

"내가 깨달은 걸 이야기해도 될까요?" 프랭크가 말했다. 그는 물어보면서 칼을 똑바로 바라보았다.

"말씀하시죠." 칼이 인자하게 말했다.

"역할을 계속 다시 분담하려면 많은 수고가 필요해요. 여러분과 함께한 건 고작해야 잠깐이었는데도 나는 누가 뭘 하는지 벌써 헷갈려요. 여러분의 기존 체계를 업데이트해볼 수도 있을 거 같은데요."

"계속해요." 칼이 열성적인 어조로 말했다.

"지금부터는 우리가"—그가 신참들을 손가락으로 가리켰다—"요리와 음식 배급을 맡아야 할 것 같아요. 그게 신출내기들이 제일 쉽게 할 수 있는 일이니까. 그렇게 하면 언제까지나 날마다 결정을 내릴 필요가 없죠. 임무를 교대하려면 할 게 많잖아요."

칼이 고개를 끄덕였다. "할 게 많죠."

"날마다 교대하는 건 아니에요." 데브라가 말했다. "역할을 분담하기 위해 사용하는 체계가 있어요. 아주 쉽고요." 그녀의 얼굴이 불신으로 일그러졌다.

"하지만 그 체계에는 꼭 표결이 필요하죠. 결정 과정이요." 프랭크가 말했다. "매일 아침 내가 아침을 만든다는 걸 그냥 알고 있는 것에 비하면 할 게 많죠."

"많죠." 칼이 맞장구를 쳤다.

"그래요, 난 늘 그게 너무 지나친 거 같았어요." 밸이 말했다.

"하지만 우리는 항상 이런 식으로 해왔고, 그건 효과적이에요." 데브라가 대꾸했다.

"글쎄요," 칼이 말했다. "어쩌면 무언가 다른 걸 시도해볼 때인지도 모르죠. 우리는 이곳에서 융통성을 발휘해야 해요, 데브라."

"투표하죠." 밸이 말했다.

커뮤니티의 옛 구성원들이 수적으로 열세였다.

"지금부터는 신참들이 요리를 하고 음식을 나눠주게 될 거 같네요." 칼이 말했다. "그러면 정말 많은 도움이 될 거예요." 그는 고개를 돌려 프랭크를 바라보았다. "당신이 그 얘기를 꺼내줘서 정말 기쁩니다."

프랭크가 활짝 웃었다. "그러면 의견을 하나 더 얘기해도 될까요?"

"속시원히 말해봐요."

"우리를 신참이라고 부르는 건 그만둘 수 없을까요? 그러니까, 우리도 커뮤니티의 일원이 아닌가요?"

칼이 웃음을 터뜨렸다. "이거참, 한 번에 한 가지씩만 하죠."

"그게 무슨 뜻이죠?" 프랭크의 표정이 사나워졌다.

"어느 정도는 우리가 경험이 많다는 걸 명심하는 게 중요하다고 생각해요. 가르치는 사람들인 거죠. 여러분은 아직 배우는 중이고요. 우리 모두가 더 대등한 입장에 설 때까지는 구분이 필요한 거 같네요. 그러니까 여러분은 계속 신참일 겁니다. 그리고 우리는 원주민Original이 될 거고요. 아니, 우리는 **근원주의자**Originalist가 될 거예요! 그리고 우리는 함께 하나의 커뮤니티가 될 겁니다." 칼은 두 손을 꼭 맞잡고 머리를 숙여 인사했다.

"하지만 언젠가는 우리를 신참이라고 부르는 걸 그만두겠죠?" 프랭크가 물었다.

"좀 두고 보죠."

"외람되지만, 칼." 후안이 말했다. "근원주의자들이라니요? 이름 같은 걸 정하기 전에 다 함께 대화부터 나눠야 하는 거 아닌가요?"

"아니죠." 칼은 깍지 낀 손에 머리를 기대고 빙긋 웃으며 몸을 뒤로 젖혔다. 후안은 놀라서 눈만 깜빡거렸다. "음, 나는 이게 아주 생산적인 회의였다고 생각하는데, 아닌가요?"

프랭크가 이마를 찡그리며 더 말하려고 입을 열었지만 패티의 엄마가 그의 팔을 꽉 쥐며 고개를 가로저었다.

밸이 키득거렸다.

애그니스는 주위를 한 바퀴 빙 둘러보았다. 근원주의자들은 입을 떡 벌리고 칼과 신참들을 응시했다. 프랭크는 그 이름에 대해 약간 떨떠름한 듯 보였지만 신참들은 대체로 만족하는 듯했다.

언뜻 보기에 글렌은 거의 즐거워하는 것 같았다. 하지만 애그니스는 전에도 그 표정을 본 적이 있었다. 엄마가 사라진 후였다. 그것은 경악도, 심지어 완전한 체념도 아니었다. 그런 감정도 서려 있기는 했지만. 그 당시 애그니스는 그 표정을 이해하지 못했지만, 전후 사정상 지금은 아주 명백했다. 심지어 그가 고개를 돌려 애그니스를 바라보며 얼굴에 억지 미소를 머금으려는 순간에도 말이다. 글렌은 두려워하고 있었다.

*

근원주의자들은 무거운 장비와 아이들이 있는 대규모 집단이라 이때껏 빠르게 이동한 적은 없었다. 그런데도 신참들은 그들의 이동 속도를 더욱 늦추었다. 확대된 규모의 이 새로운 커뮤니티는 지나간 자리에 짓밟힌 숲을 남겼기에, 근원주의자들은 의문이 들었다. 그들은 이제 온전한 하나의 집단으로서 처벌을 받게 될까? 아니면 레인저들은 명백하게 신참들이 관련된 문제에서는 신참들을 처벌할까? 근원주의자들은 처음 왔을 때 엄한 처벌을 받았다. 벌금을 부과받고 추방하겠다는 위협에 시달렸다. 신참들도 똑같은 취급을 받게 될까?

점심시간에 신참들은 신음소리를 내며 쓰러지듯 이끼 위로 몸을 던졌다. 근원주의자들과 모든 어린아이들이 필요하다면 벌떡 일어설 채비를 한 채 쪼그려앉아 무릎 위로 팔짱을 끼고 있는 동안에도, 쌍둥이와 제이크는 나무에 기대고 있었다.

애그니스는 그들이 마치 새로 나타난 사슴떼인 양 하나하나 뜯

어보았다. 어느 쪽이 외톨이 수사슴인지 알고 싶었다. 어느 쪽이
무리를 이끄는 암사슴일까? 어느 쪽이 더 많은 영역과 권위를 두
고 다툼을 벌일까? 어느 쪽이 먼저 죽을까?

프랭크는 큰 키와 살집 있는 몸에 손이 부드럽고 발에 쉽게 물
집이 잡히는 남자였다. 본인이 자처했든 어쩌다보니 그렇게 되었
든 그는 신참들의 리더였다. 하지만 애그니스는 그가 결정을 내
리기 전에 잠시 머뭇거리는 것을 알아차렸다. 그는 주위를 두리
번거렸다. 그는 확신이 없었고 능력도 부족했다. 게다가 쉽게 화
를 냈다.

더 좋은 리더는 린다였을 것이다. 자식인 호벤과 돌로레스를
단호히 통제한 것을 보면 알 수 있었다. 하지만 그녀는 여유가 없
었다. 그녀는 일행이 멈춰 설 때마다 한숨을 쉬며 자리에 털썩 주
저앉았다. 호벤의 까까머리는 마치 대걸레처럼 자라날 터였다.
애그니스는 갈수록 더 엉겨붙고 헝클어지는 돌로레스의 머리카
락이 한때는 소중한 것이었음을 알 수 있었다. 돌로레스의 엄마
가 아마도 밤마다 집에서 빗어주었을 것이다. 하지만 더이상은
아니었다. 호벤과 돌로레스는 여기서 건강하게 자랄 테지만, 린
다는 너무 지쳐 있어서 좋은 리더가 될 수는 없었다. 참 안타까운
일이라고 애그니스는 생각했다.

애그니스는 호벤과 돌로레스가 시스터와 브라더를 빤히 쳐다
보는 것을 지켜보았다. 시스터와 브라더도 그애들을 빤히 마주보
았다. 시스터와 브라더는 호벤보다 나이가 조금 더 많았지만, 아
주 많은 것은 아니었다. 어쩌면 그들은 친구가 될 수도 있을 터였
다. 애그니스는 파인콘이 자신을 졸졸 따라다니는 데 넌더리가

났기 때문에 그애들이 파인콘을 좋아하기를 바랐다.

설레스트의 엄마인 헬렌은 캠프의 모든 남자들에게 관심이 있었다. 그녀는 스카프로 긴 머리를 뒤로 묶었다. 자신의 긴 치마를 잡아매서 햇볕에 그을린 다리를 드러냈다. 그녀의 다리는 시티에 서라면 탱탱하다고 여겨겠겠지만 이곳에서는 안 어울리는 것 같았다. 헬렌의 다리를 보면 애그니스는 배가 고파졌는데, 어쩌면 칼 역시 배가 고파졌는지도 모른다. 왜냐하면 그가 헬렌의 다리를 응시하는 것이 자주 보였기 때문이다.

애그니스의 뺨이 화끈거렸다. 정신이 번쩍 들었다. 모닥불 건너편에서 제이크가 치켜세운 눈썹을 꿈틀거리며 고개를 살짝 왼쪽으로 휙 젖혔다. 그 방향으로 시선을 돌리자, 데브라 역시 헬렌의 다리를 응시하며 한 손가락으로 탐색하듯 빗장뼈를 죽 훑는 것이 보였다. 애그니스가 제이크를 돌아다보자, 그애는 어깨를 으쓱했다. 애그니스는 해럴드 박사가 앉아 있는 오른쪽으로 미세하게 고개를 기울였다. 비록 박사의 얼굴을 볼 수는 없었지만, 그가 데브라를 응시하고 있으리라는 것을 알고 있었다. 제이크는 그쪽으로 시선을 던졌다가 눈이 휘둥그레졌다. 그애의 얼굴에 경외심으로 가득찬 함박웃음이 차올랐다. 애그니스는 그애가 정말로 웃는 것을 본 적이 없었다. 그저 얇은 입술로 히죽거리거나, 눈살을 찌푸리거나, 깊은 생각에 잠긴 표정을 봤을 뿐이었다. 두 앞니 사이에는 넓은 틈새가 있었고 치아는 미나리아재비처럼 노랗고 혀는 들쥐의 코처럼 분홍색이었다. 제이크의 함박웃음은 눈매가 온화한 엷은 미소로 사그라들었다. 그애는 모닥불 건너편에 앉아 있는 애그니스를 바라보며 고개를 살짝 저었고, 뭔가가 정말로 만족스러워서 도저히 떨쳐지지 않는 것처럼 계속 미소를 머금고 있었다. 그것은 애그니스가 지금껏 살면서 그리 자주 보지 못했던 무언가였다. 그들이 이곳에서 누리는 그 모든 것에도 불구하고 즐거움은 자주 누리지 못한다는 것을 애그니스는 깨달았다. 이런 종류의 즐거움은 아니었다. 결코 다시는 맞닥뜨리지 못할 경우에 대비해 그것을 기억 속에 깊이 새겨두고 싶었다.

애그니스는 다시 헬렌과 그녀의 다리로 주의를 돌렸다. 헬렌은 구제불능은 아니었다. 하지만 참을성이 없었다. 그것이 여기서는 위험 요소일 수도 있었다. 패티의 엄마는 어떨까? 그녀는 신경질적이고 욱하는 성미로 보였다. 애그니스는 그녀가 십중팔구 바보 같은 실수를 저지를 가능성이 있다고 생각했다. 어쩌면 그녀가 제일 먼저 죽을지도 몰랐다. 혹시 아이들 가운데 한 명일지도 모르고. 하지만 이런 생각에 애그니스는 슬퍼졌고, 돌로레스와 호벤을 보호하겠다고 다짐했다. 만약 그 아이들이 맨 처음 죽는 게 아니라면, 그때는 누구일까? 애그니스는 제이크가 이런 알아맞히기 게임을 끔찍하다고 여길지 궁금했다. 이런 걸 생각하는 건 이상한 일일까? 셀레스트나 패티나 제이크에게는 아무 일도 일어나지 않을 것이라고 확신했다. 비웃음 뒤에 숨은 그애들은 너무도 강하고 날카로웠다. 애그니스의 의견으로 린다는 흠잡을 데가 없었다. 혹시 프랭크일까. 그는 약삭빠르게 구는 능력이 있었다. 애그니스는 회의에서 그것을 목격했다. 비록 그것이 프랭크의 주도력이라기보다는 칼의 영향일지도 모른다고 생각은 했지만 말이다. 그렇다, 프랭크는 준비가 되지 않은 사람이었다. 이곳의 새로운 환경에서뿐만 아니라 아마도 모든 상황에서. 하지만 그의 진짜 약점은, 애그니스가 판단하기에는, 그가 이 사실을 모른다는 것이었다. 애그니스는 그를 지켜보았다. 그가 앞에 있는 무언가를 향해 손을 뻗었다. 개구리 한 마리가 뛰어올랐다. 그러자 프랭크도 펄쩍 뛰어올랐다. 줄곧 그 개구리를 관찰하며 쿡쿡 찔러보기까지 했는데도. 프랭크는 두 눈을 감고 그 순간이 지나가기만을 기다리는 패티의 엄마를 팔꿈치로 쿡 찌르며 고개를 뒤로 젖히고 웃음을 터뜨렸다. 그 개구리가 독이 있는 변종이라는 것조차 잊어버렸던 것이다. 프랭크는 제 손으로 벌여놓은 일들에 깜짝 놀라곤 했다. 애그니스는 그렇다고, 프랭크가 제일 먼저 죽을 것이라고 생각했다.

*

그들은 며칠 동안 볕도 들지 않는 축축한 숲속을 걸은 끝에 별안간 주황색 껍질의 소나무들이 드문드문 흩어져 있고 시야가 탁 트인 숲으로 들어섰다. 느닷없이 모습을 드러낸 태양의 눈부신 빛을 물리치려고 저마다 팔이며 손을 들어올렸다. 그들은 손가락 틈새로, 꼭 쥔 주먹 너머로 풍경을 내다보면서 새삼 확실히 알아볼 수 있게 된 대낮에 적응하려 애썼다.

나무가 빽빽했다가 성글어지고 나무껍질은 주황색에서 흰색으로, 다시 주황색으로 바뀌었지만 숲은 여전히 서늘하고 바람이 잘 통하며 건조했고, 어떤 이유인지는 몰라도 쓸모 있는 생명체는 보이지 않았다. 곧 식량이 필요해질 터였다. 그래서 며칠 동안 그들은 신속하게 걷고 캠프를 치며, 대체로 한뎃잠을 자고, 육포를 먹고, 요리는 최소화했다.

그들은 숲을 따라가다 마침내 어느 높은 산등성이 끝에 이르렀다. 그 끝은 그들의 발밑부터 골짜기 바닥까지 무너져내려 있었다. 그 낭떠러지는 아마도 백 그루쯤 되는 나무의 키를 합친, 또는 그 이상으로 까마득한 높이였을 것이다. 골짜기는 마치 아침 하늘이 지상으로 내려앉은 것처럼 안개가 자욱하고 고요했다. 애그니스는 그들 바로 밑에 있는 기반암 위에서 빨간색 쪼가리를 보았다. 어떤 반사광, 무언가 반짝이는 것, 아니면 최소한 한때는 반짝였던 것이었다. 자연에 존재하는 그 어떤 것보다 더 빛을 잘 반사하는 것. 비닐로 만든 것. 신참들은 그것을 알아차리지 못했다. 그들은 아주 최근에야 비닐에 대해 잘 알게 되었다. 따라서 그것을 알아차릴 만큼 각인이 되지 않았다. 하지만 모든 근원주의자들은 그 산등성이 끝으로 걸어가자마자 즉시 그것을 향해 고개를 휙 돌렸다.

근원주의자들이 그 반짝이는 금빛 털을 알아보는 데는 잠시 시간이 걸렸다. 오래된 탁한 갈색 피와 고관절처럼 움푹 들어간 어두운 틈이 있는 큰 관절 부위. 시신이었다. 빨간 비닐 판초를 걸치고, 밀짚 같은 금발이 마치 사슴의 뒷다리와 엉덩이에 난 성가신 털처럼 덥수룩한 인간의 몸. 무언가가 영양분을 구하려고 골반을 움푹 파내지만 않았다면 거의 손상되지 않은 시신이었다. 습격당한 것일까, 아니면 무언가가 이 수수께끼 같은 시신을 발견해 먹은 것일까? 그 시신은 산등성이가 흔적도 없이 무너져내린 곳 바로 앞의 작은 기반암 위에 있었다. 칼과 후안이 그 시신을 수습하기 위해 산등성이의 바위들 사이를 조심스럽게 헤집고 나아갔다.

그 남자는 선천적으로 창백했지만, 분명 물집이 잡힐 정도로 햇볕에 심하게 탄 후 피부 곳곳에 적갈색으로 딱지가 앉은 상태였다. 머리에는 펑퍼짐한 꼬리가 달린 초록색 캡 모자가 여전히 씌워져 있었다. 그 꼬리에 가린 목 피부는 부드럽고 서늘했다. 애그니스가 손가락으로 그 피부를 눌러보니 탄력이 느껴졌다. 그는 카고 반바지를 입고 허리 벨트에 작은 가방을 차고 있었다. 반바지는 햇볕에 바랬고 가방은 작지만 사나운 무언가에 의해 찢어져 있었다. 어쩌면 오소리였는지도 모른다. 그 안에 무엇이 있었든 간에—음식, 아마도 육포였겠지만—이제는 사라지고 없었다.

그들은 그 시신을 뚫어져라 바라보며 알아낼 수 있는 모든 세부사항을 파악했다. 하이킹 신발, 하얀 양말 한 짝과 피투성이 양말 한 짝. 짧게 자란 성긴 턱수염과 숱 많은 콧수염. 목에는 손수건이 여전히 단정하게 묶여 있었다. 거기에는 휴대용 고배율 망원경도 걸려 있었다. 마치 조류 관찰을 하러 길을 나선 사람처럼 보였기에, 근원주의자들은 전에 만난 적은 없지만 비번이라 약간의 여유를 즐기고 있던 레인저일지도 모르겠다고 생각했다. 하지만 그 창백한 목이 마음에 걸렸다. 피부색이 창백한 레인저라고 해도 계속 그렇게 흰 피부 그대로일 수는 없었다. 게다가 햇볕 화상 자국까지 있었다. 피부색이 창백한 레인저가 햇볕으로 인한 화상이 그렇게 악화되게 내버려둘 리가 없었다. 반바지는 규정대로일 수도 있었지만, 신발은 그럴 리가 없었다. 어떤 레인저도 목 짧은 신발을 신으려 하지 않았다. 그들은 부츠를 신었다. 게다가 그 허리 벨트에 차는 작은 가방. 그 작은 가방까지 있었다.

칼이 고개를 돌려 신참들을 바라보았다. "당신들 일행이 더이상은 없다고 말했던 것 같은데."

"없어요." 프랭크가 말했다. "그는 우리 일행이 아니에요."

"그러면 누구 일행이었던 거죠?" 칼이 처음 시작한 힐문하는 태도로 벨이 말했다.

신참들은 어깨를 으쓱했다. 그들은 너무 초보라 짐작도 할 수 없었다.

근원주의자들은 서로를 바라보다가, 곧 그 남자를 다시 보았다. 풋내기. 무지한 인간. 그의 역량 밖이었건만, 그런데도 지금 여기 와 있었다. 여기 이 깊숙한 곳에. 어떻게 이런 사람이 관문을 통과할 수 있었을까? 이렇게 멀리 올 수 있었을까? 그의 장비는 어디에 있을까? 캠프가 있을까? 그와 비슷한 사람들이 더 있을까?

데브라가 말했다. "아마도 레인저 중 한 명을 찾아왔다가 길을 잃었을 거예요. 아마도 친척일 테죠."

"아니면……" 린다가 말했다. 그녀는 주위를 둘러보고 헛기침을 했다. "그게, 나는 잘 모르겠어요. 방금 막 여기 왔잖아요. 그런데 여기에 다른 그룹도 있나요?"

"무슨 말이죠?"

"여러분 같은 다른 그룹을 말하는 거예요. 우리 같은 그룹이요. 여기에서 이렇게 살고 있는 사람들."

"당연히 없죠." 칼이 대답했다. 하지만 그는 당혹스러워 보였다. 고개를 시신 쪽으로 갸웃이 기울인 채 입술을 깨물었는데, 그의 그런 모습을 애그니스는 한 번도 본 적이 없었다.

벨이 단박에 그를 지지하고 나섰다. "정말 멍청한 질문이네요." 흥분해서 튀긴 침 한 방울이 죽은 남자의 뺨에 떨어졌다.

린다는 발끈해서 씩씩거렸다. 애그니스는 그녀가 아마도 동정적인 눈길을 찾으려는 듯 주위를 두리번거리는 것을 보았다. 하지만 모두 그 시신을 향해 묵례를 한 후 멍하니 있다가, 문득 새로운 사실을 깨닫기 시작했다.

*

그들은 그 시신을 남겨두고 산등성이를 걸어가다가 마침내 저지대로 이어지는 완만한 내리막을 발견했고, 우뚝 솟은 산등성이 정면 바로 아래 산자락에 캠프를 차렸다. 그 아래 자리를 잡고 나서야 비로소 그것이 겨울능선이라는 것을, 그러니까 계절에 상관없이 항상 눈가루가 뿌려져 있는 것처럼 보인다는 이유로 그런 이름을 붙였던 산등성이라는 것을 깨달았다. 하지만 도저히 겨울능선일 것 같지가 않았다. 애초에 그들은 그 산등성이에서 너무 멀리 떨어져 있었다. 새로운 바큇자국이나 어떤 지름길을 따라오다가 뜻하지 않게 여기 이르게 되었던 것일까? 아니면 윌더니스가 그들이 상상했던 것보다 더 작은 것일까? 근원주의자들은 저마다 고개를 뒤로 젖혀 군데군데 보기 좋게 울창한 상록수가 자란 하얀 암벽을 바라보았다. 몇몇에게 그것은 진한 향수를 불러일으키는 풍경, 고향의 느낌에 가장 가까운 풍경이었다. 겨울능선이 보인다는 것은 미들 포스트에 근접한 그들의 사랑스러운 비밀 골짜기가 그렇게 멀지 않다는 것을 의미했다. 그 골짜기는 몇 년 전 끊임없이 이동해야 한다는 개념이 자리잡히기 전까지만 해도 거의 한 철 내내 캠프를 쳤던 곳이었다. 레인저들에 의해 그곳에서 쫓겨날 때는 고향에서, 가족 비슷한 것이 되었던 그 골짜기에서 추방당한 기분이었다. 유유히 흐르는 시원한 강물, 철옹성 같은 깎아지른 절벽, 애그니스가 즐겨 들어가 놀았고 엄마가 자신의 소중한 비밀 소지품들을 보관해두던 동굴, 동생이 태어난 외진 풀밭이 있는 곳.

그들은 여전히 산등성이 쪽으로 고개를 길게 뺀 채, 원을 그리며 모였다.

칼이 말했다. "식량이 얼마 안 남았어요. 대대적인 사냥을 해야 할 거예요. 사냥한 동물을 다 처리하려면 며칠 동안 여기 머물러야 할 테죠. 그걸 운반할 가방을 더 만들어야 하는 건 말할 것도 없고요. 그러니 캠프를 신경써서 잘 쳐요."

애그니스는 모닥불 가에 쪼그리고 앉아 죽은 솔잎들을 움직여 도형을 만들면서, 그렇게 움직이면 솔잎들이 기분 나빠할지도 모르겠다고 생각했다. 자체적인 형태를 더 좋아할 수도 있으니까 말이다. 칼이 다가왔다.

"초원 끄트머리에 사슴이 있을 거 같지 않니?" 그가 물었다.

"있을 거 같아요." 애그니스가 대답했다.

"좋아. 가서 우두머리를 찾아내봐."

"알았어요."

애그니스는 초원으로 걸어들어갔다. 사슴들이 그쪽에 있다는 것을 알고 있었다. 왜냐하면 바람이 그 방향으로 불고 있었는데, 그들은 포식자들 쪽에서 바람이 불어가는 쪽에 있는 것을 좋아했고, 오늘은 커뮤니티가 바로 그 포식자였기 때문이다.

"야."

애그니스가 멈춰 섰다.

제이크가 천천히 달려왔다. "나도 가도 돼?"

"왜?"

"그러면 네가 어떤 식으로 일하는지 볼 수 있잖아. 나는 일을 배울 필요가 있어. 그래서, 지금은 뭐하는 거야?"

"암사슴들을 정찰하려고 해."

"왜?"

"우두머리 암사슴을 찾아내려고."

"왜?"

애그니스가 비웃었다. "왜? 왜냐니, 무슨 소리야?"

"말 그대로, 왜냐고." 제이크가 머리카락을 홱 젖혔다. "난 이런 일에 대해서는 아무것도 몰라."

애그니스가 한숨을 쉬며 말했다. "이리 와."

그들은 애그니스의 눈에 사슴떼가 보일 때까지 걸어갔다. 이어서 30미터 남짓 더 걸어간 다음 애그니스가 땅바닥을 가리키고 엎드렸다. 제이크도 옆에 엎드렸다. 그들은 30미터쯤 더 천천히 기어가다가 멈췄다.

애그니스는 휴대용 고배율 망원경을 꺼내고는 가만히 앉아 풀밭에 있는 그 무리를 지켜보았다. 제일 큰 암컷들의 반점을 주목해서 보았다. 애그니스가 생각하기에 우두머리일 법한 사슴은 두 마리였다. 몸통 너비. 주둥이의 모양. 애그니스는 손을 이리저리 움직여 풀숲을 쓸며 부자연스럽지만 겁먹을 만한 것은 아닌 소리와 움직임을 꾸며냈다. 사슴들의 머리가 번쩍 들렸다. 귀가 휙 돌아갔다. 모든 사슴이 반응을 보였다. 그래서 애그니스는 잠시 기다렸다가 손뼉을 쳤다. 다리에 하얀 털이 난 부위가 가장 긴 암컷이 소리가 난 방향으로 주둥이를 휙 돌리고 잠시 가만히 있다가 콧소리를 내며 울어대자, 모든 사슴이 초원을 가로지르며 줄행랑을 쳤다.

"됐어." 애그니스가 일어서며 말했다.

"됐다니 뭐가?"

"돌아가도 돼."

"어느 게 우두머리인지 알아냈어?"

"응." 애그니스가 대답했다.

"어느 거야?"

"모르겠다고?"

"모르겠어."

애그니스가 휘파람을 불었다. 이것은 손이 많이 가는 일이었다. "콧소리를 낸 사슴. 그게 우두머리였어."

"그 정보로 뭘 할 건데?"

"우선 그 암사슴부터 죽이면, 다른 사슴들은 사냥하기가 더 쉬워. 그 암사슴이 그들의 리더야. 그 사슴이 없으면 나머지는 스스로를 어떻게 지켜야 하는지를 몰라."

"그거참 슬픈 일이네."

"아니, 그렇지 않아."

"그런데 새끼들은 어떻게 되는 거야?"

"우두머리가 없으면 새끼들은 죽이기가 훨씬 더 쉬워."

제이크가 놀라 움찔했다. "안 돼."

"새끼들은 아주 쓸모가 있어. 가죽이 바로 벗겨져."

"제발 그만."

"새끼 사슴들은 아이들 실습용으로 좋아. 너도 한 마리 실습해봐야 해."

"절대로 안 할 거야."

"꼭 한 마리 실습해봐야 할 거야."

"이거 합법적인 거야?"

"왜 아니겠어?" 애그니스는 걸음을 멈췄다. 여기서 금지된 일들이 있다는 것은 알고 있었지만 이것이, 그러니까 진화의 산물을 이용하는 것이 그런 일들 중 하나라고는 생각할 수 없었다. "이건 진화야."

"하지만 뭔가를 재배하거나 집을 짓는 건 안 되잖아."

"그래서?"

"음, 그런 것도 어느 정도 진화 같은 거 아니야?"

"그건 달라."

"다르다고?"

"그래, 달라." 애그니스는 단호하게 말했지만 자신은 없었다. 글렌에게 물어봐야 할 터였다. 애그니스는 물어봐야만 한다는 게 아주 싫었다. 차라리 본능적으로 아는 편이 나았다. 하지만 제이크의 질문들은 허를 찔렀다. 얼마 전까지만 해도 그룹 내 모두가 기본적으로 같은 정보를 알고 있었고 대부분의 사안에 동의했다. 더이상은 아니었다. 피곤한 일이었다. 그들은, 그러니까 쌍둥이와 제이크는 애그니스와 아주 다르게 행동했다. 그들은 매우 다른 질문을 했고, 매우 다른 것을 알아차렸다. 그들은 애그니스가 당연한 일이라고 생각하는 것을 당연한 일이라고 생각하지 않았다. 그로 인해 호기심이 생기기도 했지만, 그것이 몹시 싫기도 했다. 그들이 다르다는 것이 몹시 싫었다. 그로 인해 자신이 다르다는 느낌이 들었다. 그들이 떠나온 곳에서는 자신이 이상하게 여겨질 것을 알고 있었다. 하지만 애그니스 역시 그곳에서 왔다.

애그니스가 화제를 바꿨다. "쌍둥이는 정말 쌍둥이야?"

"아니. 내가 아는 한 걔들은 그냥 버스에서 만났을 뿐이야."

"패티는 퍼트리샤를 줄인 거야?"

"아니, 그냥 패티야."

"그건 평범한 이름인가?" 애그니스가 정말로 알고 있는 것은 오로지 근원주의자들과 레인저들의 이름과 그들이 가지고 다니는 책들에 나오는 이름, 그러니까 이전 시대의 이름과 우화에 나오는 이름뿐이었다. 그 이름들은 위엄 있게 들렸다. 하지만 패티는 그야말로 패티였다. 패티는 밸 같은 이름, 그러니까 말하기에 더 즐거운 무언가를 줄인 것이 아니었다. 밸러리아는 애그니스가 부를 수 있는 노래였다. 엄마의 이름은 비어트리스를 줄인 것이었다. 비어트리스는 애그니스를 즉시 얼어붙어버리게 만드는 이름이었다. 하지만 엄마의 이름은 결코 입에 올릴 이유가 없는 이름이었다. 게다가 엄마가 떠났고, 죽었고, 끝장난 지금은 십중팔구 절대로 그럴 리가 없었다. 애그니스는 시티에서 알고 지낸 친구들의 이름을 떠올릴 수 있으면 좋겠다고 생각했다.

"평범한 이름이 아닌 건 아니야." 제이크가 말했다.

"음."

"사실 처음에는 둘 다 설레스트라는 이름이었고, 며칠 동안은 설레스트 1과 설레스트 2로 통했어. 그다음에는 파란 머리 설레스트와 평범한 설레스트. 그다음에는 평범한 설레스트가 자기 이름은 패티라고 선언했고. 그래서 지금 걔들은 설레스트와 패티야."

"왜 패티야?"

"내 짐작인데, 그애는 늘 패티라고 불리고 싶었던 것 같아."

"하지만 사람들이 자기를 퍼트리샤라고 부르면 엄청 화를 내잖아."

"음, 그건 그애 이름이 패티이기 때문이지." 제이크가 어깨를 으쓱했다. "사람들이 너를 애그니스티아나 뭐 그런 다른 이름으로 부른다면 너도 엄청 화가 나지 않겠어?"

"하지만 그건 내 이름이 아닌데."

"바로 그거야."

제이크가 고개를 뒤로 휙 젖혀서 앞머리를 얼굴에서 걷어냈다. 애그니스는 그애의 앞머리가 슬며시 원래대로 돌아오는 것을 지켜보았다. 무언가 제이크의 앞머리를 잘라줄 것을 찾아 호주머니 속을 더듬었지만, 애그니스의 칼은 캠프에 있었다.

돌아가는 길에 그들은 풀밭에서 우연히 방울뱀과 마주쳤는데, 애그니스가 미처 주의를 주기도 전에 뱀이 갑자기 제이크를 공격했다. 하지만 그애는 이미 뱀이 있는 자리를 피해 방향을 바꿔 일부러 빙 돌아가는 중이었다. 그애는 그 뱀을 알아챈 티를 내지도, 펄쩍 뛰지도 않았고 심지어 너무 경험이 없으니 그럴 만하다는 애그니스의 예상과 달리 저게 무슨 소리야? 하고 묻지도 않았다.

제이크는 결코 걸음걸이가 흐트러지지 않았고 그애의 말을 빌리면 이른바 '사유지 지구의 신화'라는 것에 대해 계속 지껄였다. 애그니스가 방울뱀이 꼬리를 흔드는 또렷한 소리를 처음 듣자마자 묵살해버린 이야기였다. 어떻게든 그는 뱀의 존재를 알아차리고 걱정할 필요가 없을 만큼 충분한 공간을 뱀에게 내준 것이었다. 비록 그 뱀이 불안감을 느끼지 않을 만큼 충분한 공간은 아니었지만. 애그니스는 만약 그애의 손목에 손가락을 갖다대면 맥박은 안정적이고 피부가 서늘할 것이라고 짐작했다. 애그니스는 남은 거리를 마저 걸어가 그날 하루를 마무리할 때까지 줄곧 이런 깨달음을 곰곰이 생각해봤고, 나중에는 수세에 몰린 참매, 발정기의 무스, 나무 위에서 서성거리는 쿠거의 이미지를, 평온한 제이크와 마주친 그 동물들의 무시무시한 얼굴을 떠올리며 잠이 들었다. 윌더니스에 처음 온 사람이 이곳이 반드시 드러낼 그 모든 것에 깜짝 놀라지 않으려면 많은 게 필요했다. 그런데 대체 무엇이 많이 필요할까?

*

그들은 겨울능선 아래에서 며칠 밤을 야영하면서 사냥하고, 필요한 것을 보충하고, 잣방울이 주렁주렁 매달린 잣나무들에서 잣을 채취하고, 사냥물은 가죽을 벗겨 훈연했다. 훈연 텐트를 설치해 줄곧 훈연했고, 모두에게 일거리가 있었고, 모든 것을 배우려 종종걸음치는 신참이 하나씩 그림자처럼 따라다녔다. 두런두런 이야기 소리가 들리는 산등성이 밑 그늘진 마을. 아주 낯익은 모습이었다.

어느 날 아침 레인저들의 트럭 두 대가 캠프에 차를 댔다. 트럭
한 대는 밥이 몰고 왔다. 다른 한 대에는 커뮤니티 사람들도 본
기억이 없는 레인저 두 명이 타고 있었다. 두 사람은 서로 조용히
무언가를 의논한 후 머뭇머뭇 트럭에서 내렸다. 밥은 그의 트럭
에 그대로 있었다.

애그니스는 손을 흔들며 그의 트럭으로 다가가기 시작했다. 엄
마는 늘 밥을 좋아했고 애그니스도 마찬가지였다. 전에는 포스트
밖에서 그를 본 적이 없었다. 하지만 가까이 다가가기도 전에 그
가 고개를 가로저으며 손짓을 해서 애그니스를 쫓았다. 그는 클
립보드와 펜을 꺼내더니 다른 레인저 두 명을 골똘히 응시했다.
애그니스는 꼼짝 않고 그대로 있었지만, 얼굴을 찡그리며 그가
쳐다봐주기를 바랐다. 애그니스는 특별 간식을 원했다.

그 레인저들은 새로운 명단, 그러니까 신참들이 포함된 명단으
로 인원을 점검했다. 비가 호명되자, 침묵이 흘렀다. 레인저들은
그들을 짜증스러운 눈초리로 바라보았다. 이내 한 사람이 말했
다. "아 참, 그녀는 무단이탈자야."

두 사람이 의논했다.

"그러면 왜 이 목록에 올라와 있는 거지?"

"그거야 나도 모르지. 이건 밥이 준 명단이잖아."

"그녀를 명단에서 지워야 할까?"

"아니, 그러면 안 돼. 밥이 명단을 작성했어. 그러니까……"

"그럼 이름은 그냥 남겨두고 부재 표시만 하면 될까?"

"지금 엉뚱한 사람한테 물어보는 거야."

"글쎄, 지우지 말라고 한 사람이 너잖아. 나한테는 네가 완전
히 믿을 만한 사람이거든."

"밥한테 물어보는 게 어때?"

"너 해고되고 싶어?"

"이봐, 멕, 진정 좀 할래?"

그들은 잠시 가쁜 숨을 쉬며 서로를 빤히 쳐다보았다. 이윽고
그들의 얼굴에서 분노가 서서히 사라졌다. 마침내 그들은 웃음을
터뜨렸다.

"자, 여러분." 멕이라는 이름의 레인저가 입을 열어 무리에게
다시 말을 걸었다. "우리가 왜 여기 왔는지 여러분도 알지 않나
요?"

"여러분은 계속 이동해야 해요." 다른 레인저가 말했다.

그들은 사방을 돌아다니며 훈연 텐트에 깔려 쓰러지고 짓이겨
진 풀이며 너무 꽉 찬 변소용 구덩이를 가리켰다. "여러분도 알
다시피 일단 구덩이가 반쯤 차면 그 즉시 새 구덩이를 파야 해
요." 멕이 막대기로 구덩이를 쿡 찌르며 말했다. 그리고 그들은
잣을 지나치게 많이 땄다고 지적했다.

"이건 전부 치워야 해요." 다른 레인저가 그들의 모든 소유물
과 일행을 아우르는 듯 동그라미를 허공에 그리며 말했다.

"미세 쓰레기가 많이 눈에 띄니까 그것도 확실히 다 쓸어 없애
고요." 멕이 깨끗한 땅바닥을 가리키며 말했다.

"우리는 미들 포스트로 가야 하나요?" 글렌이 물어보았다.

레인저들이 고개를 가로저었다. "아니요. 이번에 여러분은 어
퍼 미들 포스트로 갈 거예요."

레인저들은 떠나려고 돌아섰다.

"잠깐만요." 글렌이 말했다. "이 새로운 구성원들을 만난 강가에 놓여 있던 그 의자들에 대해 뭔가 아는 게 있나요?"

"무슨 의자요?"

"음, 원을 그리며 놓여 있는 의자, 낡은 안락의자, 소파요. 모든 게 마치 과거 언젠가 모임이 열렸던 것처럼 정돈되어 있었어요."

"아주 가까운 과거에요." 밸이 끼어들었다.

멕과 다른 레인저가 서로를 쳐다보았다. 다시 한번 그들은 서로를 열심히 응시했다. 다른 레인저가 복화술사처럼 경직된 입술로 중얼거렸다. "밥을 불러와야 할까?"

멕이 고개를 가로저었다. 그녀가 커뮤니티 사람들 쪽으로 돌아섰다. "무슨 얘기를 하는 건지 모르겠어요." 그녀가 말했다. "그러니 우리가 그 문제에 대해 걱정할 필요도 없겠죠."

"알았어요, 그럼, 겨울능선에 있는 그 시신은 어떻게 된 거죠? 그것에 대해선 알고 있나요?" 밸이 짜증을 냈다.

칼이 그녀를 팔꿈치로 쿡 찔렀다.

레인저들은 서로 눈짓을 주고받으면서도 겉보기에는 아닌 척하려고 애를 썼다.

"무슨 얘기를 하는 건지 모르겠어요." 멕이 거듭 말했지만, 그녀의 어조는 격앙되고 흥분해 있었다.

"시신이라고요? 여러분이 어디에 있었다고 했죠?" 다른 레인저가 물어보았다. 그의 목소리는 극적인 호기심을 띠고 있었다.

칼이 밸을 잠자코 있게 하려고 다시 한번 팔꿈치로 쿡 찔렀다.

"겨울능선이요." 칼이 태연하게 말했다. 그리고 손가락으로 바로 위 허공을 찔렀다. "저 위요. 우리는 그 남자가 어느 레인저의 방문객일 거라고 생각했어요. 그곳에 어울리는 옷차림이 아니었거든요."

맥과 다른 한 레인저가 눈짓을 몇 번 더 주고받았다. "아, 그래요." 맥이 말했다. "틀림없이 브래드의 삼촌일 거예요."

"뭐라고?" 다른 한 레인저가 말했다.

"알잖아, 브래드의 삼촌." 맥이 화난 어조로 낮게 말했다.

"브래드—"

"알았어요." 맥이 말했다. "그건 우리가 처리할게요. 불쌍한 브래드. 다른 건 뭐 없나요?"

근원주의자들과 신참들은 조심스럽게 고개를 가로저었다.

두 레인저는 자신들의 트럭으로 돌아가 서류를 작성했다. 애그니스는 밥을 향해 돌아섰다.

이제는 그가 미소를 지으며 손짓해 애그니스를 불렀다. 하지만 가까이 다가갈수록 그의 미소 띤 얼굴은 찡그린 얼굴로 변해갔다.

그가 차창을 내렸다.

"잘 지내니?"

"네." 애그니스가 대답했다.

"확실한 거야?"

"네. 왜요?"

그가 어깨를 으쓱했다. "너무 비쩍 말라서."

애그니스는 자신을 내려다보았다. 늘 이런 모습이었다. 고개를 돌려 커뮤니티 사람들을 바라보았다. 신참들은 여전히 살집이 좋았고, 근원주의자들은 늘 그랬듯이 여전히 비쩍 말랐다. 글렌이 통나무에 털썩 주저앉는 것이 보였다. 그가 가장 비쩍 마른 사람인 것 같았다. 그는 최근에 점점 더 지독하고 고통스러운 기침을 했다. 지금에야 그가 얼마나 아파 보이는지를 깨달았다. 애그니스가 말했다. "그런데 글렌 아저씨는―아저씨는 정말 비쩍 말랐어요. 아픈 거 같아요. 기침을 많이 해요. 아저씨를 도와줄 수 있나요?"

밥이 주위를 두리번거렸다. 목소리를 낮춰 말했다. "안 되는 거 알잖니, 아가."

애그니스는 트럭 디딤대를 밟고 서서 그 안을 자세히 들여다보려고 했다. 그가 특별 간식을 주기를 바랐다. 한번은 바나나를 준 적이 있었다. 또 한번은 사과를 주었다.

"너 정말 배고파 보여."

애그니스의 두 눈이 휘둥그레졌다. 애그니스는 혀를 쏙 내밀고 어설픈 손놀림으로 새끼 고양이처럼 애원했다. "나한테 줄 거 뭐 없어요?"

"나 지금 진지해. 너 확실히 괜찮은 거니?" 그가 다시 한번 물어보았다. 그 침착한 태도를 보며 애그니스는 그가 시간을 질질 끄는 것처럼 느껴졌다.

애그니스가 두 손으로 차문을 탁 쳤다. "나는 특별 간식을 원해요." 애그니스는 단호하게 말했다.

그가 낄낄 웃었다. "음, 괜찮은 것 같구나. 그건 확실해." 그는 자기 호주머니를 뒤져서 초록색 막대사탕 두 개를 꺼냈다. "네가 제일 좋아하는 걸 가져왔어. 자, 아무한테도 말하지 마." 그가 말했다. "네 가방에 넣어둬. 더 있었으면 좋을 텐데."

애그니스는 막대사탕을 자신의 가방에 슬쩍 넣었다. 비닐이 바스락거리는 소리가 났다. 소리가 너무 컸다. "쉿." 애그니스가 말했다. 그리고 가방 밑바닥에서 빛을 받은 그것들을 바라보았다. 몹시 인공적인 초록색이었다. 그것이 막대사탕이라는 것은 애그니스도 알고 있었지만, 대체 언제 먹어봤는지는 기억이 나지 않았다. 왜 그는 그것이 애그니스가 제일 좋아하는 것이라고 생각했을까? "여기서 뭐하는 거예요?"

"순찰 도는 거야."

"난 아저씨가 미들 포스트를 떠나는 법이 없는 줄 알았어요."

그가 웃음을 터뜨렸다. "음, 새로운 일을 맡았어. 신입 레인저들을 교육해." 그는 턱을 들어 그 레인저들이 걱정스럽게 서류를 휙휙 넘겨보고 있는 곳을 가리켰다. 그러더니 고개를 절레절레 저었다. "지금은 여기저기 돌아다니는 일을 하고 있지."

"미들 포스트가 그리워요?"

"저, 미들 포스트는 이제 문을 닫았어."

"영원히요?"

"잘 모르겠어. 아니었으면 좋겠는데. 네가 사실을 알고 싶을까 봐 말해주자면 나는 그냥 포스트에서 시간을 보내는 게 더 좋기는 하지만, 이것도 좋은 일이야. 사람을 더 많이 만나게 돼. 그리고 이 일로 청구서 대금 지불도 하고." 그가 어깨를 으쓱했다.

"레인저는 어떤 종류의 청구서를 받아요?"

"옛날식의 평범한 청구서. 사람은 누구나 다 청구서를 받아."

"나는 아니에요."

"너는 어린애잖니."

애그니스는 가슴을 쫙 폈다. "나는 리더예요."

밥은 놀라서 눈을 휘둥그렇게 떴다가, 금세 아주 진지해져서는 애그니스에게 거수경례를 했다.

"그럴 필요는 없어요." 애그니스가 수줍게 말했다.

"조만간 너희 엄마랑 얘기를 나눠볼 생각이야." 그가 말했다. "엄마한테 대신 전해줬으면 하는 말이 있니?"

애그니스가 눈을 깜빡거렸다. "우리 엄마하고 무슨 수로 얘기를 할 건데요?" 애그니스가 말했다.

"통화할 거야. 전화로 말이야. 너랑 글렌을 봤다고 말해주고 싶어."

"하지만 엄마는 죽었어요."

그의 얼굴이 침울해졌다. 하지만 이내 미소를 지었다. "아가, 너희 엄마는 잘 있어. 그저 시티에 있는 것뿐이야. 너도 알잖니."

애그니스는 차문을 꽉 붙잡았다. 자신이 떨어질지도 모른다는 생각이 들었던 것이다. 마음속 깊은 곳에서는 엄마가 죽지 않았다는 것을 모르지 않았다. 하지만 죽은 것 같은 느낌이 들었다. 믿을 수 없는 것은 그녀에게 그렇게 쉽게 접근할 수 있을지도 모른다는 점이었다. 전화기. 만약 애그니스 옆에 전화기가 있었다면, 그 거리가 그렇게 어마어마하게 멀어 보이지 않았을지도 모른다. 하지만 애그니스는 월더니스에 살고 있었다. 엄마는 밥이건 전화를 받아가며 시티를 바삐 돌아다니고 있었다.

"우리 엄마랑 자주 통화했어요?"

"아니, 하지만 통화를 한 적은 있어."

"왜요?"

"너희 엄마가 너를 보살펴달라고 부탁했거든. 너는 엄마랑 통화해봤니?"

애그니스가 얼굴을 찡그렸다. "당연히 아니죠."

"포스트에서도 안 해봤어? 네가 엄마한테 전화할 수 있게 해주기로 되어 있었는데."

애그니스의 눈에 눈물이 글썽거렸다. 운전대 위에 걸쳐 있는 밥의 손가락 마디에 난 털을 유심히 바라보았다. 자신들이 포스트에 마지막으로 갔던 것이 언제였는지 기억도 나지 않았다. 아니, 자기가 평생 한 번이라도 전화기를 사용해본 적이 있는지도 기억나지 않았다. 애그니스는 고개를 가로저었다.

"아. 이거참." 그가 무언가 할말을 찾으려 했다.

"엄마는 어때요?" 애그니스가 물어보았다. 심지어 어른스럽게도 한결같은 어조를 유지했다.

"잘 있어. 미치도록 널 보고 싶어해."

애그니스는 어른스럽게, 밸이 자주 그러듯 과장되고 냉소적으로 웃음을 터뜨렸다. "아하하." 애그니스가 말했다. "저런, 웃기는 일이네요."

"정말이야."

애그니스는 진짜로 소리 내어 웃었다. 새삼스레 무언가 쓰라린 감정이 쏟아졌다. "어쩌면 그럴 수도 있죠." 애그니스가 말했다. 그리고 흙으로 장난을 치려고 쪼그려앉았지만, 나이를 먹어 아침이면 늘 자신의 뻣뻣한 무릎을 저주하는 해럴드 박사 같은 사람이 된 것처럼 몸이 쑤시고 아팠다.

"음, 엄마한테 너희를 봤다고 말하려고. 너랑 글렌 말이야."

"원하신다면요." 애그니스는 올려다보지 않았다.

그가 자기 차에 시동을 걸었다.

"브래드가 누구예요?" 그애가 물었다.

"브래드?"

"레인저라던가? 그 브래드라는 레인저의 삼촌이 방문중이었던 거 아니에요?"

그가 여전히 걱정스러운 듯 얼굴을 찡그렸다. "브래드라는 레인저는 없어. 이건 네가 하는 역할 놀이 중 하나니?"

"네." 애그니스가 대답했다. "코요테들이 그 사람에 대해 이야기하는 걸 들었어요." 애그니스가 미소를 짓자, 그가 웃음을 터뜨렸다. 애그니스가 분위기를 밝게 만들자 그의 어깨에서 긴장이 스르르 풀렸다.

그가 말했다. "이런, 그럼, 브래드의 삼촌은 틀림없이 코요테들의 친구 중 하나였겠네. 저기 칼한테 오늘밤 음식을 좀더 달라고 해. 밥이 그러라고 했다고 전해."

애그니스는 고개를 끄덕였다. 절대로 그러지 않을 작정이었다. 애그니스는 다른 모든 사람들과 동일한 양을 받았다. 그건 분명했다.

그날 밤늦게 대부분의 근원주의자들과 신참들이 잠들어 있는 동안, 서치라이트들이 겨울능선 상공을 높게 비추고 헬리콥터의 웡웡대는 소리가 그들 주위를 맴돌았다. 트럭 불빛이 산등성이가 무너져내린 곳으로 밀려들어오더니 낮게 깔린 구름들을 휩쓸어버렸다. 커뮤니티 사람들이 잠든 곳에서 보면 마치 조용한 침입

같았다.

대다수가 잠들어 있었지만 애그니스와 제이크는 그 불빛을 목격했다. 그들은 다른 모든 사람들보다 더 늦게까지 깨어 있었고 초승달이 뜨던 무렵부터 줄곧 그랬기 때문이었다. 대개는 아무 말 없이 함께 앉아 있었다. 모닥불을 빤히 쳐다보며, 상대방이 무엇을 궁금해하고 있을지 궁금해하면서 말이다.

그들은 잠시 동안 신기한 듯이 그 불빛을 지켜보았다.

"저게 뭐지? 외계인일까?" 제이크가 물었다.

"레인저야."

그들은 각자 나무토막 끝에 불을 붙여, 자고 있는 커뮤니티 사람들을 뒤로하고 흐릿한 어둠 속에서 풀밭을 헤치며 조심조심 걸어갔다. 그들은 불붙은 나무토막 끝으로 허공에 단어의 철자를 하나하나 정확히 썼다. 잉걸불로 위쪽에 있는 침입자들에게 보내는 비밀 메시지를 작성하는 것이었다.

애그니스는 이렇게 썼다. 거짓말쟁이들. 겁쟁이들. 안녕 브래드의 삼촌.

제이크는 이렇게 썼다. 얼간이들.

그 말들이 시각에 새겨져서 눈을 깜빡일 때마다 매번 눈꺼풀 안쪽으로 그 단어들이 보였다.

"저 사람들은 너무 멍청해." 제이크가 모닥불로 다시 걸어가며 말했다.

"왜?"

"만약 낮에 시신을 수색했다면 우리가 십중팔구 그들을 보지 못했을 거야. 적어도 서치라이트 불빛은 분명 못 봤겠지. 어쩌면 소리는 들었을지도 모르지만."

애그니스는 의문스럽다는 듯 음 소리를 냈다. 그날은 햇빛이 눈부시게 내리쬐는 날이었다. 애그니스라면 그 트럭들의 금속 차체를 스치고 반사되어 반짝이는 햇빛을 보았을 터였다. 애그니스라면 그 헬리콥터가 몇 킬로미터쯤 떨어져 있어도 그 소리를 들었을 터였다. 오늘밤은 구름이 낮게 깔려 있어서 시도해보기 좋은 밤이었다. 만약 그 구름들이 분명 레인저들의 짐작대로 산등성이를 휘감고 있었더라면 그 불빛은 대부분 보이지 않았을 것이다. 구름으로 인해 헬리콥터 소리가 약해졌을 것이고, 어쩌면 보이지는 않아도 야생마 몇 마리가 가까운 곳에서 달리는 소리처럼 들렸을지도 모른다. 아니면 어떤 이상한 곤충이 근처에서 우는 소리처럼 들렸을지도 모른다. 공교롭게도 때마침 그 구름들 사이로 잠시 틈이 생겼고 별이 총총 빛나는 하늘까지 훤히 보이는 깨끗하고 시원한 공기로 수색대와 아래쪽에 있는 사람들을 휘감으면서 레인저들의 행운은 바닥이 났다. 한밤중의 수색은 그들이 계획을 잘 세웠다는 것을 의미했지만, 자연은 흔히 그렇듯 그들에게 불리하게 작용했다. 게다가 애그니스와 제이크가 깨어 있었던 것도 그들에게는 불리하게 작용했다. 애그니스는 다시 한번 음 소리를 내며 제이크가 자기 이론을 계속 말하게 내버려뒀다. 애그니스는 제이크가 자신의 이 새로운 세계를 이해하려고 노력한다는 것이 마음에 들었다. 비록 그렇게 잘못 이해했다고 할지라도 말이다. 머지않아 애그니스가 레인저들에 대해 설명해줄 터였다. 때로는 그들이 보기보다 훨씬 더 똑똑하고 훨씬 더 강력하다는 것을 말이다. 게다가 설사 레인저들이 비밀리에 시신을 수

색하려 했다고 할지라도, 정말이지 커뮤니티 사람들에게 아무것
도 숨길 필요는 없었다. 본질적으로 커뮤니티는 별문제가 아니었
다. 커뮤니티는 애그니스도 깨달았듯이 아무 힘이 없었다. 엄마
는 모든 레인저들과 좋은 관계를 가지려고 노력했지만 애그니스
가 아는 한 신뢰할 수 있는 레인저는 밥뿐이었다. 제이크가 지금
그 모든 것을 알 필요는 없었다. 애그니스도 이제 막 이해하기 시
작한 것들이었고, 그런 것들을 이해하기 전에 오히려 더 자신의
세상을 좋아했다. 이해하지 못하는 제이크는 순진해 보였고, 애
그니스는 그애를 보호하고 싶은 기분을 느꼈다.

그들은 모닥불 쪽으로 천천히 걸어갔다. 애그니스가 자신의 못
이 박인 손을 제이크의 부드러운 손안에 슬며시 밀어넣자, 어둠
속에서 그애가 은밀한 기쁨에 헉하고 숨을 삼키는 희미한 소리가
들렸다. 애그니스는 그애가 미소 짓기 시작할 때 근육들이 움직
이는 소리까지 들렸다고 믿었는데, 그건 애그니스의 청력이 그
정도로 뛰어나기 때문이었다. 그들은 그렇게 캠프 언저리까지 걸
어간 다음, 슬며시 서로의 손을 풀어주고 각자 잠자리에 들었다.
애그니스의 자리는 드르렁드르렁 코를 고는 글렌의 옆이었고, 제
이크는 프랭크 옆이었다. 그렇다 해도 프랭크의 가족과 같은 잠
자리는 아니었다. 애그니스는 제이크의 잠자리가 살짝 옆으로 밀
려나 있는 것을 보자, 그애가 틀림없이 다소 외로운 처지일 것이
라는 생각에 마음이 슬퍼졌다. 애그니스는 그애의 가족에 대해
물어본 적이 없다는 것을 깨달았다. 물어봤어야만 했을까? 애그
니스는 제이크가 몸을 웅크리고 가죽 이불을 끌어 덮어, 연기가
풀썩 솟아오르며 모닥불이 꺼지듯 땅바닥의 어둠 속으로 사라지

는 것을 지켜보았다.

*

그들은 오전 내내 짐을 쌌다. 훈연 텐트를 걷었다. 숙성용 텐트를 걷었다. 구성품들은 수사슴 가죽 가방들에 돌돌 말아넣어 지정된 운반자들이 가죽끈으로 동여맨 배낭에 매달았는데, 그날의 운반자는 패티의 엄마와 린다였다. "불의 시험*이네." 짐이 잔뜩 든 자신의 배낭을 들어올리며 린다가 말했다. 패티의 엄마는 짐의 무게에 짓눌려 휘청거리며 애그니스가 훨씬 가벼운 것처럼 그것을 건넨 것에 깜짝 놀랐다. 훈연육이 배분되었다. 고기를 긁어낸 귀중한 뼈와 여러 묶음의 훈연된 뼈도. 필요 없는 나머지 뼈는 파묻었다. 무두질한 가죽은 등에 걸쳤는데, 그것들이 완성되기까지는 아직 시간이 필요했기 때문이다. 가죽을 운반하는 사람들은 한결같이 내리쬐는 햇살 아래 세이지 꽃이 만발한 지역을 지나가면서도 오로지 무두질에 사용된 머릿골의 사향 같은 진하고 끔찍한 냄새만 맡았을 뿐이다.

며칠 후, 그들이 익히 잘 아는 그 골짜기에 가까워지자 애그니스는 오솔길의 흔적이 보이는 것 같았다. 거의 알아보기 힘들었지만, 애그니스에게는 보였다. 동물의 자취일 수도 있었지만, 어쩐지 아주 오래전에 그들이 사슴 가죽 슬리퍼나 낡은 고무 밑창으로 밟아 터를 닦은 길이라는 것을 알 수 있었다.

---

* trial by fire. 매서운 시련이나 고난을 의미하는 관용구.

애그니스는 이곳을 잘 알고 있었다. 비록 사람들을 인도해 지나간 적은 없었지만. 그 땅의 왼쪽은 엄마와 글렌과 애그니스가 시간을 보내던 동굴들 쪽으로 이어지는 오르막이었다. 오른쪽의 비밀 풀밭은 여동생이 거의 태어날 뻔했던 곳이었다. 일행과 걸어가는 동안 애그니스는 엄마가 고개를 숙이고 쪼그려앉아 몸을 흔들던 방식과 반짝이는 덩어리를 들어 입을 맞추던 그 기이한 순간을 기억하며 그곳을 유심히 바라보았다. 그때 애그니스는 다른 곳에 걸터앉아 엄마가 한참 동안 무릎을 꿇고 있는 것을 보았다. 그녀는 몇 시간처럼 느껴지는 시간 동안 완벽하게 고요한 가운데 무릎을 꿇고 있었다. 이윽고 엄마는 일어서더니 코요테를 걷어차고 나서 떠나버렸고, 애그니스는 글렌이 낮잠을 자던 동굴로 뛰어 돌아갔다.

매들린이 묻힌 자리는 갓 자란 풀로 부드러웠고 그로 인해 애그니스는 일종의 기념일이 얼마 남지 않았을 것이라고 생각했지만, 그것이 얼마나 오래전 일인지는 생각해낼 수가 없었다. 여기서는 모든 사람이 시간에 개의치 않았다. 애그니스도 크게 신경쓰지 않았지만, 지금은 시간을 내서 자신의 여동생을 기려줄 사람이 아무도 없다는 사실이 슬픈 것 같았다. 애그니스는 죽은 사람을 그런 식으로 생각해본 적이 한 번도 없었다. 하지만 일행을 이끌고 그 골짜기로 가는 내내 그곳이 황량하게, 그러니까 이 순간까지 줄곧 아무것도 없었던 장소로 보였다. 진정으로 모든 것이 차고 넘치는 곳임을 잘 알고 있었는데도 말이다.

엄마는 애그니스에게 아기의 이름을 말해주지 않았지만, 애그니스는 그녀와 글렌이 밤에 가죽 이불을 덮고 비밀리에 대화하면서 남몰래 그 이름을 말하는 것을 들은 적이 있었다. 애그니스는 그날 엄마가 동굴로 돌아오는 모습을 지켜보았던 것, 엄마가 몸을 씻으려고 쪼그려앉은 자세, 애그니스와 글렌이 하는 게임을 빤히 쳐다보면서도 동참하지 않던 모습, 베개에 코를 비비던 모습을 기억했다. 그렇지만 엄마의 얼굴에는 아무 표정도 없었다. 애그니스에게 엄마는 몸만 그 자리에 남긴 채 멀리 떠나가버린 것처럼 보였다. 이윽고 얼마쯤 시간이 흐른 뒤 엄마가 여느 날과 다름없이 그들을 데리고 캠프로 돌아가던 모습도 기억했다. 만약 애그니스가 잘 몰랐더라면, 방금 막 무언가 안 좋은 일이 일어났다고는 생각하지 않았을 터였다. 며칠 동안 엄마 주위에는 그녀를 건드리지 못하게 하는 보호막이 쳐져 있어서, 그들이 잠자리에 들고 나서야 비로소 애그니스는 엄마의 발목에 수갑을 채우듯 매달리곤 했다. 애그니스가 엄마와 가까이 있어야 했던 것은, 설사 그 아기가 실재한 적은 없다고 할지라도, 자신의 여동생이 그리웠기 때문이다. 애그니스는 위안을 얻고 싶었지만 방법을 몰랐다. 자신이 엄마를 위로해주었어야 했는지도 모른다고 생각했다. 하지만 엄마는 벽 같았고, 엄마가 자신에게 아무것도 필요로 하지 않는다고 짐작했다. 그녀는 결코 필요한 것이 없었다. 애그니스는 위로가 필요할 수도 있는 사람은 매들린이라는 결론을 내렸다. 그래서 이튿날 밤 매들린 곁에 함께 있어주려고 그 아기가 묻혀 있는 곳으로 갔다.

아무것도 남아 있지 않았다. 가느다란 뼈 몇 조각이 덤불 아래 내던져져 있는 것이 보였다. 한 조각을 집어들어 엄지와 검지로 구부려보았다. 뼈는 물렀다. 축축하게 젖어 있어서 달빛을 받아

반짝반짝 빛났다. 애그니스는 별안간 자신을 뒤흔드는 강렬한 욕
구를 느꼈다. 애그니스는 무언가를 원했다. 기억할 만한 무엇인
가를. 어떻게든 매들린과 연결해줄 무엇인가를. 하지만 그 뼈를
원하지는 않았다. 그것들은 여전히 썩은 고기를 찾아다니는 짐승
들의 먹이가 되고 무엇인가에 도움이 될 수 있었다. 애그니스는
엄마가 시신 위에 올려놓았던 넓적한 초록색 잎사귀들 중 하나를
집어들었다. 냄새를 맡으려고 코에 갖다댔는데 그만 그것이 코끝
에 들러붙어버렸다. 코에서 떼어내자 밤의 까만 빛 속에서 그것
이 걸쭉하고 끈적끈적한 피로 덮여 있는 것이 보였다. 애그니스
의 코와 뺨은 그 피로 젖어 있었다. 애그니스는 그것을 닦아내지
않았다. 여동생은 그대로 남은 채 피의 마지막 수분이 다 증발하
면서 스멀스멀 근지러운 느낌이 들었다. 애그니스는 그것을 더
많이 발랐다. 그것이 말라버리자 피부가 꽉 조여서 얼굴을 찡그
리거나 미소를 짓거나 말하기가 힘들었다. 비 오는 날에 엄마와
함께 얼굴에 진흙을 바르던 때와 비슷했다. "우리는 스파에 온
거야!" 엄마는 애그니스의 뺨에 묻은 진흙을 닦아주면서 소리치
곤 했다. 애그니스는 스파가 무엇인지 몰랐지만 엄마가 웃음을
터뜨릴 때마다 아주 기뻤다.

애그니스는 그 피로 된 마스크를 쓰고 캠프로 되돌아가기는 했
지만, 엄마나 글렌이 보지 못하도록 손바닥에 침을 잔뜩 뱉어 닦
아냈다. 얼마나 이상한 짓을 한 것인가. 자신이 왜 그런 짓을 했
는지 말할 수 없었다.

오랫동안 그 아기를 생각하지 않았다. 그 아기에 대해 무슨 생
각을 해야 할지 알지 못했다. 하지만 지금, 매들린을 떠올리니 다

시금 몹시 외로워졌다. 아마도 매들린은 자신이 살아남는 데 실패한 뒤 얼마나 오랜 시간이 흘렀는지 전혀 모를 테지만. 이런 곳에 살아 있었던 적이 없다니, 정말 슬픈 일이었다.

애그니스는 갑자기 글렌의 손이 잡고 싶어서 걸음을 멈추고 그를 찾아 주위를 두리번거렸다. 하지만 그는 훨씬 먼 후방에, 일행의 뒤쪽에서 나름의 리듬에 맞춰 콜록대는 기침소리로 그날의 정적을 깨며 천천히 나아가고 있었다. 그는 이제 애그니스가 자기와 함께 걷는 것을 결코 바라지 않았다. 애그니스의 발목을 붙잡을까봐 걱정한다는 것을 애그니스도 잘 알았다. 그는 애그니스가 맨 앞에서 가는 걸 좋아한다는 것을 잘 알았다. 애그니스는 그가 안 된다고 말하는 걸 괴로워한다는 사실을 알았기에 물어보기를 이미 그만두었다. 애그니스는 그가 풍경을 훑어보는 것을 지켜보았다. 그 역시 그곳이 어디인지 알고 있었다. 애그니스는 다시 걷기 시작했다. 그들은 오르내리기를 거듭하며 그들의 첫번째 집, 강물이 유유히 흘러 지나가는 곳, 그들의 아름다운 비밀 골짜기로 향했다.

옛 캠프 자리는 그들이 처음 도착했을 때처럼 초목이 무성하게 웃자란 상태였다. 그들이 풀을 밟아 뭉개거나, 무두질을 하려고 마른 세이지 가지를 지나치게 많이 거둬가기 전처럼 말이다. 자신들이 없는 편이 정말이지 더 좋아 보인다고 애그니스는 생각했다. 돌아왔다는 데 파도처럼 후회가 밀려들었다. 하지만 그 순간 애그니스의 배가 꿀렁거리며 따뜻해졌는데, 돌아와서 기분이 아주 좋았기 때문이었다.

애그니스는 도구 운반을 담당했기에 도구들을 자연 그대로 동그렇게 늘어선 돌멩이들 쪽으로 가져가 그들의 작업구역을 마련했다. 글렌이 그들이 항상 원형으로 잠자리를 배치하던 곳에 잠자리를 마련하는 것이 보였다. 이번에는 신참들도 함께여서 원이 더 커야 했다. 몇몇 신참이 그를 거들었다. 프랭크, 패티의 엄마, 그리고 린다였다. 곧이어 칼과 벨이 합류해 모두 글렌과 이야기를 나누었다. **불쌍한 글렌 아저씨,** 애그니스는 생각했다. 그는 다른 사람들에 비해 몸집이 아주 작고 깡말랐다. 그들은 아주 꼿꼿이 서 있는 반면에 그는 너무 구부정했다. 그들이 빙 둘러서 있는 쪽에서 그의 밭은기침소리가 들렸다. 그의 폐가 축축한 숲에서 들이마신 과다한 습기를 결코 다 뱉어내지 못하기라도 하는 것 같았다. 그가 잠이 들면 애그니스는 그를 살살 밀어 모로 눕혀주곤 했다. 애그니스가 아팠을 때 엄마가 해주던 일이었다. 혹은 가래가 고이지 못하게 자기 가방으로 그의 머리를 받쳐주었다. 그들이 걸어갈 때면, 그는 대체로 상태가 양호했다. 몸을 움직이는 것이 도움이 됐다. 최악은 밤에 누워 있을 때였다. 그럴 때면 그는 자신의 젖은 숨에 빠져 죽어가는 것처럼 푸푸거리며 침을 튀겼다.

자기들끼리 무슨 얘기를 하고 있는 걸까? 애그니스는 궁금했다. 그애는 훈연기를 설치했다. 전원합의제가 없어진 뒤로 결정이 내려지고 있는 때가 언제인지 알아내기가 어려웠다. 어른들이 모두 함께 모이는 모습이 보이면 그들이 무엇인가를 결정하기 위해 토론하고 있다는 걸 알 수 있었다. 지금은 어른들로 구성되기만 했다면 어떤 소그룹도 어떤 것이든 다 토론하는 중일 수 있었다. 칼이 끼어 있으면 아마도 무언가 결정이 내려지는 중일 터였다. 애그니스는 다시 유심히 바라보다가 글렌이 어깨에 가죽 이불을 걸치고 떠나가는 것을 보았다. 칼과 밸은 동그랗게 배치된 잠자리 옆에서 서성거리며 서로를 향해 몸을 숙이고 조용히 이야기를 나눴다. 글렌이 가는 것을 지켜보면서.

애그니스가 힘차게 달려갔다. "글렌 아저씨가 왜 자기 침구를 가지고 가는 거죠? 어디로 가는 거예요?"

"몸이 회복될 때까지 캠프를 떠나 어딘가 다른 곳에서 잠을 잘 거야." 칼이 경쾌하게 말했다.

"뭐라고요? 왜요?"

"잠들려고 애쓰는 사람들을 자기가 괴롭히고 있을까봐 걱정해왔거든. 기침을 해대니까 말이야. 무슨 말인가 하면, 그게 끊이질 않는다는 거야. 상당히 거슬리지. 다른 곳에서 자겠다고 자청했어. 다 나을 때까지."

"하지만 저 밖에서 자면 안 돼요. 오히려 모닥불 근처에서 자야죠. 몸을 따뜻하게 해야 한다고요."

"그래도 다들 그의 말에 동의할 거야." 칼이 유쾌한 어조를 좀 더 직설적인 것으로 바꾸었다.

"그러면 다른 사람들이 모두 다른 곳으로 가는 건 어때요?"

칼과 밸이 코웃음을 쳤다. "이러지 마, 애그니스." 밸이 말했다.

"그건 어처구니없는 제안이야. 겨우 글렌 한 사람 편하라고 우리가 다 옮기자고?" 칼이 웃음을 터뜨렸다.

"그만 웃어요." 애그니스가 발을 굴렀다.

밸이 엄한 표정을 지었다. "얘, 우리가 이미 글렌에게 호의를 베풀고 있다는 걸 너도 알잖니. 고맙게 여겨야지."

"무슨 소리예요?"

벨이 말했다. "아가, 그는 무척 아파. 만약 다른 사람이 아팠다면 우리는 지금쯤 그를 남겨두고 떠났을 거야. 우리는 글렌 때문에 지체되고 있어."

"아니, 아저씨 때문이 아니에요. 신참들 때문이죠."

"아니, 글렌 때문이야." 칼이 톡 쏘아붙였다.

"이봐요." 벨이 칼에게 부드럽게 말했다. 그리고 손을 내밀었는데, 그의 입을 다물게 하려는 것 같았다. 하지만 그러는 대신 애그니스의 어깨에 손을 얹었다.

애그니스는 입술이 덜덜 떨리는 것을 느끼며 생각했다. 안 돼, 안 돼, 안 돼. 자신의 감정을 통제하려고 두 주먹을 꽉 틀어쥐었다. 심호흡을 했다. "하지만—"

"하지만 그에겐 그런 일을 하지 않을 거야." 벨이 말했다. "너한테도 안 할 거고."

"아저씨를 쫓아보냈잖아요." 애그니스가 들릴락 말락 한 목소리로 말했다.

"그건 그의 생각이었어." 칼이 내뱉듯 말했다. "그가 자청했다고. 가서 물어봐. 아니, 네가 원한다면 가서 그와 함께하면 더 좋고." 그는 걸음을 옮기기 시작했다.

애그니스는 눈을 깜빡였다. 그런 생각은 해본 적이 없었다. 모닥불은 아주 따뜻했고, 캠프는 모든 사람이 있는 곳이었다. 누가 왜 굳이 저 밖에서 잠을 자겠는가? 칼 아저씨는 절대 내가 그러도록 허락하지 않을 거야, 애그니스는 속으로 혼자 말했다. 대체 누가 뭘 허락한다는 거야? 어떤 소리가 말했다. 너 하고 싶은 대로 해.

"알았어요, 그럴게요." 애그니스는 자신의 가죽 이불들을 주워 모았다.

칼이 돌아서며 소리 내어 웃었다. "이런, 그거참 잘됐구나. 한밤중에 네가 뛰어 돌아오면 그때 다시 보자."

"내가 용감하지 않다고 생각해요?"

"너는 어린애야. 용감해봤자 얼마나 용감하겠어?"

밸이 칼을 보며 눈썹을 치켜세웠다.

"왜?" 칼이 외쳤다. "저애 주위에는 항상 일행이 있었어. 저애 혼자서 어떻게 해나갈지 누가 알겠어?"

애그니스는 자리를 박차고 걸어가기 시작했다. "혼자 아니예요. 글렌 아저씨랑 함께 있을 거라고요."

"그러시군. 참 훌륭한 보호자야."

애그니스는 다시 한번 발을 구르며 소리질렀다. "그럼요!" 이내 목소리가 떨리고 눈시울이 젖어들었다. 애그니스는 글렌을 따라 터벅터벅 걸어갔다. 뒤에서 밸이 칼을 나무라는 소리가 들렸다. "이대로 저애를 그냥 가게 내버려둘 셈이야?"

"저애는 혼이 좀 나봐야 해." 그가 되받아쳤다.

글렌은 매들린이 묻힌 곳을 향해 걸어갔지만, 얼마 가지 못해 걸음을 멈추고 자리에 주저앉아버렸다. 그는 세이지 덤불 한가운데서 자기 옆에 담요를 수북이 쌓아둔 채 다리 위로 몸을 구부리고 있었다. 피곤한 기색이 역력했다. 애그니스가 그의 가죽 이불을 그러모으자 그가 신음소리를 냈다.

"너 뭐하는 거니?" 그가 물었다.

"아저씨 물건을 나르려고요." 애그니스는 그의 이불을 자신의 다른 쪽 어깨에 걸쳤다. 그애는 이제 여러 장의 가죽 이불을 두르고 있었다. 그것들은 거의 땅바닥에 닿을 지경이었다.

"아니, 그러니까, 너 여기서 뭐하는 거야? 네 침구까지 가지고서."

"우리 침구예요."

"그건 너를 위해서 남겨둔 거야."

"음, 나는 아저씨랑 같이 갈 거예요. 어디로 가고 싶어요?"

"아니, 안 된다, 얘야, 너는 계속 다른 사람들과 같이 자. 돌아가."

"아니요, 나는 아저씨랑 같이 지낼 거예요."

"안 돼, 애그니스, 진심이야. 너는 돌아가야 해. 이러는 건 너한테 좋지 않아."

"싫어요."

"애그니스, 꼭 그래야 해."

애그니스는 가죽 이불을 다 내팽개쳤다. "이래라저래라 하지 마요." 악을 쓰듯 말했다. 애그니스는 작은 두 주먹을 꽉 틀어쥐고 차렷 자세를 하고 있었다. 자신이 글렌을 몹시 사랑하지 않았다면 한 대 쳤을지도 모른다고 생각했다. 커뮤니티 전체를 이끌어 오염된 강에서부터 이곳까지 정말이지 온 윌더니스를 지나왔는데도, 자신이 이 무리에 꼭 필요한 존재로 자리잡았다는 것을 잘 알고 있는데도 지금 이 순간은 무력감을 느꼈다. 밥에게 도움을 청하고 거절당한 것을 떠올리면서 무력감과 당혹감을 느꼈다. 그때 이후로 한 일이라고는 글렌이 잠을 잘 수 있게 도와준 것이 전부라는 생각을 할 때도 마찬가지였다. 그것이 다였다. 그는 조금도 호전되지 않았고, 애그니스는 그의 병세를 호전시킬 방법을 몰랐다. 글렌을 도울 수 있는 방법을 어떻게 모를 수가 있을까? 그것 말고 다른 일은 그렇게 많이 할 수 있는데.

글렌의 팔이 어깨를 감싸안는 것이 느껴졌다. 애그니스는 자신이 주먹 쥔 손에 얼굴을 묻고 격렬하게 울고 있다는 것을 깨달았다. 눈앞에 번쩍번쩍 하얀 별들이 보이는 것 같았다.

"쉬." 그가 애그니스의 머리를 쓰다듬으며 말했다. "착하지." 그의 목소리는 차분하고 맑았다. 조금 전처럼, 그리고 그전에 그토록 오랫동안 그랬던 것처럼, 거칠지 않았다. 눈물로 시야가 흐릿해지니 그는 그들을 이곳으로 데려온 강한 남자와 닮아 보였다. 등은 꼿꼿하고, 애그니스의 어깨에 걸친 팔은 근육의 무게가 더해져 무거웠다. "우리는 정말 좋은 장소를 찾게 될 거야." 그가 말했다. 그는 애그니스의 정수리에 입을 맞추고, 잎사귀처럼 가볍다는 듯 가뿐히 침구를 그러모았다. 하지만 허리를 쭉 펼 때 비틀거리는 것을 애그니스는 보았다. 이런 일이 그에게 남은 모든 힘을 빼앗아가고 있다는 것을 알았다. 사실은 그야말로 애그니스의 도움이 필요한데도 그는 애그니스를 돌보기 위해 있는 힘을 다 내고 있었다. 그래서 자신의 기분이 몹시 좋아진다는 것이 애그니스는 부끄러웠다. 훌쩍거리면서 그가 자신을 이끌고 가게 내버려두었다. "내가 딱 좋은 데를 알고 있지." 그가 말했다. 그는 그들의 동굴로 이어지는 바위투성이 비탈길로 애그니스를 데리고 갔다.

해가 지기 시작하자 작은 모닥불을 피웠다. 그리고 가죽 이불을 덮고 반듯이 누워, 팔베개를 한 채 별똥별을 찾아보았다. 무언가가 떠오르면, 그 생각을 이야기했다. 하지만 대개는 조용히 누워 있었다.

제이크가 그들 몫의 저녁으로 음식 한 그릇을 가져다주었었다. 그리고 잠깐 동안 그들과 함께 앉아 있었다.

그애가 떠나자, 애그니스가 자신의 가방에 손을 집어넣으며 말했다. "특별 간식이 있어요." 애그니스는 초록색 막대사탕 두 개를 꺼냈다.

글렌의 눈빛이 바람에 확 타오른 잉걸불처럼 번쩍 빛났다. "이야."

그들은 각자 셀로판 포장지를 조심스럽게 뜯어내서 접은 다음 애그니스의 가방에 밀어넣었다. "바람에 실려 날아가면 곤란할 테니까." 애그니스가 아주 진지하게 말했다.

"셋에 먹는 거다." 글렌이 말했다.

"하나."

"둘."

그들은 초록색 막대사탕을 각자 입에 갖다댔다.

애그니스는 입술을 오므렸다. 그런 맛을 먹어본 적이 있는지 기억이 나지 않았다. 마치 약간의 벌집과 찔레나무 열매 하나를 동시에 먹는 것 같았다. 꽃사과와 같았다. 그것은 몇 년 전에 우연히 조금 먹어본 적이 있었다. 애그니스의 입에 침이 고이고 혓바닥이 오그라들었다. 침을 뱉고 싶었다. 하지만 목구멍 안쪽으로 단맛도 느껴졌다. 애그니스는 글렌을 바라보았다. 그는 으음 소리를 내며 막대사탕을 입에 넣었다 뺐다 하는 내내 입가에 미소를 머금은 채 눈을 감고 있었다.

"마음에 들어요?" 애그니스가 물었다.

그는 여전히 눈을 감은 채 막대사탕을 천천히 빼냈다. "무척 마음에 들어."

"나는 잘 모르겠어요."

그의 눈이 번쩍 뜨였다. "정말? 너는 막대사탕을 무척 좋아했었어. 하기야 엄청 좋아했던 건 오렌지맛이었던 거 같기는 해."

"정말요?"

"아, 그럼. 너희 엄마는 막대사탕을 몇 봉지씩 사서 오렌지맛만 다 모은 다음 서랍에 넣어두곤 했지. 너는 일주일에 한 개씩 받았어. 좋아서 난리가 나곤 했지."

"기억이 안 나요."

"어렸잖아."

"그렇지만 많은 게 기억나는걸요."

"글쎄, 그건 사소한 일이니까." 그가 어깨를 으쓱했다.

"엄마가 다른 맛 사탕들은 어떻게 했어요?"

"같은 건물에 사는 아이들한테 나눠줬지." 그가 낄낄 웃었다. "우리도 많이 먹었고."

"엄마가 가장 좋아하는 맛은 뭐였어요?"

"아, 초록색이었어. 너희 엄마가 그걸 좋아한 건 그게 어떤 맛을 흉내낸 게 아니었기 때문이야. 그런 맛이 나는 건 그것뿐이지."

"어떤 맛을 흉내낸 게 아니라고요?"

"나는 사과맛인 것 같은데, 아니더라고."

"꽃사과맛인 줄 알았어요."

"너한테는 그런 맛이 났니?"

"네, 나한테는 그런 맛이 났어요."

"그럴 수도 있겠구나. 너 네 막대사탕 먹을 거니?"

"아니요."

"내가 먹어도 될까?"

하지만 애그니스는 이미 그에게 사탕을 건네주고 있었다.

애그니스가 물어보았다. "엄마가 다른 아이들에게 막대사탕을 주곤 했다고요?"

"그래, 여러 가지를 주곤 했어. 네가 너무 자라서 못 쓰게 된 것들 말이야. 혹은 네가 원하지 않는 장난감들도. 그 건물에 아이들이 많지는 않았어. 너보다 어린 아이들은 기껏해야 몇 명밖에 없었지. 그애들 기억나니?"

"아니요." 애그니스는 아이들이 몇 안 되는 그런 규모의 건물이 떠오르지 않았다. 그 아이들의 모습을 생생하게 그려보는 것은 더더욱 불가능했다. "내가 그애들과 아는 사이였나요?"

"아, 그럼. 근처에 사는 아이들이었어. 너희들은 모두 친구였어. 다 함께 복도를 이쪽저쪽으로 뛰어다니곤 했지. 야간 통행금지가 시작되면 더 그랬고. 그 바람에 모두들 골머리를 앓았지. 하지만 부모들은 그걸 재미있어했어. 우리는 누군가의 아파트에서 만나 술을 마시곤 했어. 물론 너희들이 아프기 전 얘기지. 너랑 다른 아이들 말이야." 그는 손가락으로 자신의 턱을 연신 두드려 댔다. "그애들 이름은 웨이, 미겔, 세라였던 거 같아." 그가 웃음을 터뜨렸다. "와. 이게 기억난다니 믿기지가 않네."

"나는 기억 안 나요." 애그니스가 다시 한번 말했다. 하지만 사실 그 복도의 형광등과 콘크리트 바닥을 머릿속에 그려보고 있었다. 복도 한쪽 끝에 다다를수록 숨이 차 헐떡이는 소리와 비명 소리가 났다. 곧이어 새로운 광경, 그러니까 그 복도의 다른 쪽 끝이 보이고 그쪽을 향해 날아오를 듯 달리기 시작했다. 문 너머에서는 어른의 웃음소리가 들렸다. 얼음이 유리잔 가장자리에 부딪치는 소리가 들렸다. 두 볼이 아팠다. 눈시울이 축축했다. 애그니스는 미소 짓고 있었다. 문에서 찰칵 소리가 났다. 한 형체가 복도로 나왔고, 애그니스는 그것과 충돌했다. 아니다. 그 형체를 향해 뛰어들었다. 그 품속으로. 두 팔이 그애를 안아올렸다. 두 눈이 반짝반짝 빛나고 있었다. 미소를 머금은 엄마의 얼굴. 엄마 입에서 무언가 톡 쏘는 듯한 냄새가 났다. 문이 살짝 열려 있고, 안에서 흘러나오는 소리는 이제 시끌벅적하게 들렸다.

"자, 자, 모두 잠자리에 들 시간이야." 그녀가 말했다. 애그니스와 아이들은 우우, 하고 야유를 보냈다. 안에 있던 어른들도 우우, 하고 야유했다. 엄마는 과장되게 뒤로 비틀거리며 간신히 애그니스를 붙들고 있었고, 애그니스는 두 팔로 목을, 두 다리로 허리를 꽉 감아서 엄마를 감싸안고 있었다.

"어째서 내가 악역이야?" 엄마가 외쳤다. 애그니스는 엄마의 목덜미에 얼굴을 묻었다. 엄마의 뜨거운 체취를 맡을 수 있었다—그 건물 안은 항상 더웠다. 창문이 하나도 열려 있지 않았다. 애그니스는 어른들이 마시던 것들의 냄새를 다 맡을 수 있었다. 이내 글렌의 냄새가 났는데, 그가 나타나서 애그니스의 코를 베어먹는 시늉을 했기 때문이었다. 그뒤로는 졸음이 쏟아졌던 것 말고는 기억이 나지 않았다. 포근한 느낌, 서늘한 침대보의 감촉, 엄마의 건조한 입술이 닿던 느낌만 기억났다. "잘 자라, 우리 아가."

별똥별이 그들의 머리 위에서 푸른 선을 그리며 떨어져내렸다.

그렇게 멋진 삶을 두고 떠나는 것은 틀림없이 무척 끔찍했을 것이라고, 애그니스는 생각했다.

*

아침 사냥이 끝나고, 신참들이 그 일대를 탐험하는 동안 애그니스와 다른 근원주의자들은 짐승들의 가죽을 벗겨내고 씻어서 불 옆에 펼쳐놓았다.

밸이 애그니스 옆에 나타나 자리에 앉았다.

"꼬마야, 잘 지냈니?"

"잘 지냈어요."

"우리 여전히 친구지?" 밸이 한 손을 내밀었다.

애그니스는 그녀와 악수했다. "친구예요."

밸이 애그니스의 머리를 어루만졌다. "그나저나, 네 머리 참 우스꽝스러워." 그녀가 혀를 쯧쯧 차며 못마땅한 듯한 목소리로 말했다. 하지만 그러면서도 다정했다. 밸은 그녀 나름의 방식으로 친절하게 굴려고 노력하는 중이었다.

애그니스는 자신의 머리를 만져보았다. 빡빡 깎은 머리가 일제히 자라나고 있어서 기억 속에 마치 안개 사이로 보이는 이미지처럼 남아 있는 예전 야생동물 특집 방송의 한 장면을 마음속으로 그려보게 되었다. 갈기가 미처 다 자라지 않은, 아직은 어린 사자의 모습. 그 사자 무리의 언저리에서 살금살금 숨어 다니는 녀석은, 우두머리를 상대할 준비가 안 되어 있었다. 아직은.

"자부심을 갖고 머리를 다시 자르고 싶은지, 아니면 엉덩이까지 자라는 동안 바보처럼 보일 건지 결정해야 할 거야." 꼭 화장을 한 것처럼 형태가 아주 뚜렷하고 새까만 밸의 눈썹이 꿈틀거렸다. "정말이지 무척 바보 같아 보여." 그녀가 빙그레 웃으며 말했다.

"제발 잘라주세요." 애그니스가 부탁했다.

"좋아." 밸이 손뼉을 쳤다. "사나워 보일 거야."

"리더가 될 준비가 된 어린 사자처럼 보이고 싶어요."

"그래, 좋고말고. 그 녀석이 사나울 수도 있다는 소리네."

밸이 무릎을 꿇자, 애그니스는 그녀를 등지고 앉아 셔츠를 벗었다.

애그니스는 밸이 머리를 자르기 위해 부분별로 나눠 손가락 사이사이에 끼우는 동안 눈을 감고 있었다.

머리카락이 민들레 씨앗처럼 바람을 타고 가닥가닥 날아갔다.

"소원을 빌어." 밸이 말했다.

"빌었어요."

"무슨 소원?"

"말하면 이뤄지지 않을 거예요."

"이런, 아가, 어찌됐든 그건 이뤄지지 않을 거야. 무슨 소원인데?"

"우리 엄마가 고통받지 않게 해달라고 빌었어요." 애그니스가 대답했다. 정말로 그렇게 빌지는 않았지만, 그러면 자신이 고결해 보일 것 같다고 생각했다.

"어머나, 너 참 이타적이구나. 그래도 다음번에는 너 자신을 위한 소원을 빌어."

"하지만 이뤄지지 않는다고 했잖아요."

"너처럼 다른 사람들을 위한 소원을 빌면 어떻게 되는지 절대로 알 수 없을 거야. 자기 자신을 위한 소원이라면 최소한 결과는 알게 되겠지. 내 논리가 이해되니?"

"네, 알겠어요. 아줌마는 무슨 소원을 빌었어요?"

"아기를 갖게 해달라고."

"아기들은 좀 별로예요."

"그건 네 말이 맞아."

"그러면 왜요?" 애그니스는 귀 뒤에서 속삭이듯 싹둑거리는 가위 소리를 들었다.

"왜냐하면 아기를 원하니까. 그리고 나는 원하는 걸 얻지 못하는 건 질색이거든."

애그니스는 밸의 삶에 대해, 혹은 자신이 알고 있는 그녀의 삶에 대해 생각해보았다. 애그니스는 밸을 좋아했다. 다른 많은 사람들보다 훨씬 더 많이. 밸이 원하는 것을 얻지 못한 사람이라고 생각해본 적은 한 번도 없었다. 하지만 자신이 밸이 원하는 것을 정말로 다 눈치채지는 못했을 것이라고 추측했다. 그리고 만약 그녀가 원하는 것이 아기였다면, 그녀에게는 확실히 아기가 없었고, 그녀는 확실히 줄곧 노력해왔다. 많이. 모두가 그걸 알고 있었다.

"좋아, 다 됐어, 우리 아가씨. 내 입으로 이런 말 하기는 좀 그렇지만, 멋져 보여."

밸이 한 손을 마치 거울처럼 애그니스의 눈앞에 들이댔다. "보이지, 한번 봐봐."

애그니스는 밸의 손바닥 굳은살을 응시하며 자신의 머리카락을 만졌다. 까르륵거리며 좋아했다. 여자들이 자기들 사무실 건물 밖에서 입맞추는 시늉을 하며 서로 인사를 나누는 것을 지켜봤던 덕에 그럭저럭 할 줄 아는 행동이었다. "무척 마음에 들어요." 애그니스가 소리쳤다. 그리고 립스틱을 여러 겹 바른 것처럼 굴며, 자신이 상상하기에 립스틱을 여러 겹 바른 사람이 지을 법한 미소를 지었다. 도톰하고, 끈적끈적하고, 움직이기 힘들고, 진흙으로 뒤덮인 자신의 입술을 상상했다. 일상생활과 아무 상관이 없고, 결코 다시는 관련이 없을 그런 이상한 이미지들이 기억난다는 것이 웃겼다. 믿기 어려운 세상 속 화장한 여자들의 모습을 기억한다니. 애그니스는 그들이 키득거리는 것을 본 적이 있는 것처럼 손가락을 자신의 쇄골에 대고 허리를 꼿꼿이 편 자세로 턱을 치켜든 채 키득거렸다.

"너는 아주 재미있는 괴짜야." 밸이 애그니스의 빡빡 깎은 머리 꼭대기에 재빨리 키스를 하고 점심 준비를 거들기 위해 벌떡 일어서며 말했다. 애그니스는 헤엄이 머리를 헹구기 좋은 방법인 데다가, 글렌에게도 좋을 것이라고 판단했다.

그는 통나무에 앉아 나뭇조각을 깎아서 낚싯바늘을 만들고 있었는데, 그의 두 손은 여기저기 작은 칼에 베여 피가 나는 상처들로 뒤덮여 있었다. 애그니스는 그가 눈을 들어 쳐다보기까지 잠시 곁에서 그를 지켜보았다. 마침내 올려다보았을 때, 그의 몸동작은 느리고 뻣뻣하고 고통에 차 있었다. 그는 미소를 지었다.

"케 보니타."* 그는 그 말이 무슨 뜻인지 알려주려고 자신의 머리카락을 만져 보였다.

"고마워요, 아저씨."

그가 애그니스의 덧옷에 붙어 있던 머리카락 한 가닥을 떼어내며 말했다. "소원을 빌어."

"벌써 빌었어요."

"그럼 내가 빌게." 그는 눈을 감고 그 머리카락을 바람에 날려 보내기 전 입을 맞추려고 그의 입술에 가져다댔다.

그는 애그니스 등뒤에서 내리쬐는 햇살에 눈을 가늘게 뜨며 미소를 지었다.

"나랑 같이 헤엄칠래요?" 애그니스가 물었다.

그는 여전히 미소를 머금은 채 눈을 가늘게 뜨고 애그니스를 바라보면서, 고개를 가로저으며 아니, 라고 입 모양으로만 말했다. 그리고 애그니스의 한 손을 잡고 앞뒤로 흔들었다. "네가 정말 자랑스럽구나, 우리 아가씨." 그가 말했다. 그의 목소리는 또다시 새된 소리로 나왔고 마지막에는 속삭임으로 잦아들었다.

"고마워요, 아저씨."

---

* '정말 예쁘다'라는 뜻의 스페인어.

그는 손을 놓고 나뭇조각을 다시 깎기 시작했고, 애그니스는 어떻게든 그의 마음을 바꾸고 싶었지만 어떻게 해야 할지 알지 못한 채 잠시 더 그대로 서 있었다.

모두들, 심지어 신참들 가운데 가장 어린 아이조차도 캠프 도처에서 바삐 움직이고 있었지만 애그니스는 강으로 갔다. 자신이 중요한 일을 소홀히 하고 있다는 것을 잘 알았다. 저 무책임이라는 벌레가 갈비뼈를 타고 꿈틀꿈틀 움직이자 다시 한번 걱정도 책임도 없는 어린애가 된 것 같은 기분을 느꼈고, 그 기분을 남몰래 가슴속에 고이 간직했다.

애그니스는 차가운 물에 발가락을 담그고, 엄마와 했던 빨래에 대해 생각했다. 그 당시 그들은 자신들이 가지고 있던 특별한 생리대용 천 조각들을 강에서 세탁하곤 했다. 그것들은 그저 데브라가 용도에 맞게 낡은 면 티셔츠를 길게 자른 조각들일 뿐이었다. 하지만 그것들은 그들이 일상적으로 의존하던 시티의 마지막 흔적들 중 하나이기도 했다. 애그니스는 지금보다 훨씬 더 작았고, 엄마는 이따금 애그니스가 물속으로 너무 깊이 들어가게 내버려둬도 될지 불안해하는 듯 보였다. 하지만 이제 애그니스는 헤엄을 칠 줄 알았다. 유유히 흐르는 강의 더 깊은 곳으로 풍덩 뛰어들어, 온몸을 강물에 푹 담그고 두피와 어깨와 가슴에 흐트러져 있는 머리카락들을 씻어냈다.

그런 뒤 몸을 돌려 뒤집고 계속 물속에 잠겨 있기 위해 두 손을 지느러미처럼 움직이면서 눈을 떠 물 밖 하늘의 푸른색을 보고 물속 깊은 곳에서 약해진 햇빛의 영향력을 확인했다. 이 강의 다른 구역은 유속이 빨라져서 위험했다. 가만히 있으려고 노력한다면, 심지어 이곳에서도 끌어당기는 그 힘이 시작되는 것을 느낄 수 있었다. 약한데다가 거칠지는 않았지만, 오해의 여지가 없는 인력이었다. 서 있거나, 씻고 있거나, 심지어 발을 디디고 똑바로 서서 걸었더라면 그 힘을 알아차리지 못했을 것이다. 하지만 일단 몸에 힘을 풀고 나면 그 즉시 상당히 빠르게 하류로 떠내려갈 수도 있었다. 하지만 지금 이곳에서는 강물이 마치 차가운 뱀이 스르륵 기어가듯 굽이치며 흘러갔다. 그리고 애그니스가 아는 한 위험 요소는 전혀 없었다.

애그니스는 밥과 만난 일을 돌이켜 생각해보았다. 막대사탕을 주고 나서 애그니스를 바라보던 그의 눈빛. 그의 양미간에는 걱정으로 깊은 골이 패어 있었다. 그들이 만난 첫날에도 그 표정을 본 것이 기억났다. 그들의 이동은 몹시 고단했다. 애그니스의 엄마는 녹초가 되어버렸다. 울어서 얼굴이 마치 거미줄처럼 얼기설기 얽힌 붉은 실핏줄들로 울긋불긋했다. 애그니스는 집에서 보낸 마지막날 엄마와 할머니가 싸웠던 것을 기억했다.

"가면 안 돼." 할머니가 말했다.

애그니스의 엄마는 당황하고 속상해했다. 하지만 그 이상으로 혼란스러워했다. "나는 꼭 가야 해요. 왜 일을 더 힘들게 만드세요?"

"왜냐하면 너무 바보 같은 짓이니까." 할머니는 마치 애그니스가 보던 만화영화들에서 사람이 미친듯이 화가 나면 귀에서 연기가 나는 것처럼, 주먹을 불끈 쥐며 얼굴을 찡그렸다. 할머니는 아주 미친듯이 화를 냈다.

"이건 바보 같은 짓이 아니에요, 엄마. 중요한 일이라고요. 애그니스는 아무래도 상관없어요?"

할머니는 눈이 커지더니, 마치 애그니스를 난생처음 보는 것처럼 쳐다보며 눈을 깜빡거렸다. 화가 누그러졌고 미소를 지었다. 할머니가 애그니스를 껴안으려고 손을 뻗자 애그니스는 그녀에게 다가갔지만, 엄마가 묵직한 팔로 애그니스를 도로 자기 뒤쪽으로 밀쳤다. 그 순간 할머니가 울부짖었다.

눈물을 뚝뚝 떨어뜨리는 할머니를 보니 가슴이 조여들었다. 애그니스는 숨통이 바짝 조이고 눈물이 차오르는 것을 느꼈고 엄마가 화를 내는 소리를 들었다. 그러다 엄마가 유리잔을 벽에 던졌을 때, 모든 것이 갑자기 끝나버렸다.

"이래라저래라 하지 마요." 엄마가 소리를 질렀다. 할머니도 소리를 질렀다. "하지만 너무 겁이 나." 애그니스는 엄마의 팔에서 슬그머니 벗어나 들키지 않게 천천히 자기 방으로 향했다.

걱정할 필요는 없었다. 둘 중 어느 누구도 애그니스가 자리를 뜨는 것을 알아차리지 못했다. 비록 애그니스에 관한 일로 싸우는 거라고 주장하기는 했지만, 그들은 애그니스가 그 자리에 있다는 것을 잊고 있었다. 이제 그들은 몹시 감정적인 말에만 매달리면서 서로를 보며 울부짖고 있었다. 전에는 그런 모습을 본 적이 한 번도 없었다. 물론 지금은 쌍둥이를 알고 있었고 그들도 아주 비슷한 방식으로 행동했다. 지금 애그니스는 그것을 보며 감탄할 수 있었다. 하지만 그 당시에는 겁이 났던 것이 기억났다.

그날 밤 애그니스는 딸깍 소리가 나지 않도록 손잡이를 천천히 돌려 자신의 방문을 닫았다. 그들의 목소리에 밴 고통이 방문이라는 장벽에 의해 누그러졌다. 애그니스는 방안을 맴돌며 자신의 물건들을 만져보면서 그것들이 무언가 해줄 말이 있는지 들어보려 했다. 손가락으로 창문을 톡톡 두드리며 답변을 기다렸다. 베갯잇에 머리를 넣어 뒤집어쓰고 면직물을 통해 숨을 쉬었다. 침대 위에 그렇게, 베갯잇을 뒤집어쓴 채 베갯속을 베고 누워 있었다. 그렇게 잠이 들었다. 그러다 엄마가 서랍에서 물건들을 끄집어내는 소리에 잠에서 깼다.

"뭐하는 거예요?" 애그니스가 베갯잇 안에서 나는 먹먹한 목소리로 말했다.

"아, 잘됐다. 살아 있었구나." 엄마가 배낭에 애그니스의 따뜻한 옷들을 채워넣는 데 정신이 팔린 채 말했다. 거칠고 몹시 지친 목소리였다. 눈에는 핏발이 서 있었다. 한숨도 자지 않은 것이었다. 애그니스가 한 번도 본 적이 없는 거대한 티셔츠를 입고, 푹신해 보이는 양말을 무릎까지 끌어올려 신고 있었다. 머리는 옆통수에 축 늘어진 포니테일로 느슨하게 묶여 있었다. 마치 한때 행복했던 아이처럼 차려입은 불행한 어른 같았다. "아가, 너한테 가장 특별한 물건 두 개만 골라볼래? 오랫동안 가지고 다녀도 괜찮을 만한 걸로?"

"왜요?"

"왜냐하면 우리는 떠날 거니까. 그리고 한동안은 네가 가진 다른 물건들은 볼 수 없을지도 몰라."

애그니스가 심각한 표정으로 고개를 끄덕였다. "할머니는 갔어요?"

"가셨어. 두 개만 엄마 방으로 가져다줘, 알았지?" 엄마는 허둥지둥 애그니스의 정수리에 입을 맞추었다.

애그니스는 자신의 유니콘 봉제 인형과 나비 목걸이를 선택했다. 그리고 윌더니스에 온 지 채 두어 달도 지나지 않아 그 목걸이를 잃어버렸다.

"이런, 그걸 찾으려고 사방을 다 뒤져보던 참이었어요. 어떻게 발견했어요?" 한 레인저가 그것을 발견했다고 전했을 때 애그니스의 엄마가 외쳤다.

"우리가 못 찾아내는 건 없죠." 그 레인저가 말했다. 돌처럼 차갑게 굳은 그의 얼굴에 엄마의 미소가 흔적도 없이 지워졌다. 그는 그 목걸이를 돌려주려 하지 않았다. 그것을 증거물 보관실에 보관해둘 것이라고 말했다.

"뭐에 대한 증거물이라는 거죠?" 엄마가 물어보았다.

"당신들의 규칙 위반에 대한 증거죠."

그것이 애그니스가 기억하는, 밥이 아닌 다른 레인저와의 최초의 접촉이었다. 이곳으로 유입되던 날 그들을 인도했던 레인저가 바로 밥이었으니까.

애그니스는 엄마가 시티에서, 심지어 할머니가 죽었는데도 할머니 때문에 그곳에서 사는 것에 대해 생각해보았다. 이해가 되지 않았다. 애그니스도 할머니를 사랑했다. 하지만 나는 살아 있어.

물살 아래에서, 애그니스는 강기슭에서 일어난 소동을 느끼고 깜짝 놀라 머리를 획 내밀었다.

패티와 설레스트가 벌거벗은 채 어기적어기적 강물을 헤치며 물속으로 들어오고 있었다.

"너는 사기꾼이야." 설레스트가 노래하듯 말했다. "그런 식으로 일을 빼먹다니."

애그니스는 너무 창피해 쥐구멍에라도 들어가고 싶은 심정이었다. "전에는 빼먹은 적 한 번도 없어." 물에 코끝까지 몸을 담그고 비참한 표정으로 캠프 쪽을 돌아보면서 애그니스가 말했다.

"아, 그래." 셜레스트가 얼굴을 찡그렸다. "나는 네가 말썽꾼일 거라고 생각했어. 더 자주 빼먹어야지." 그애가 말했다.

"으윽, 나는 나무 깎는 일을 해야 했어." 패티가 말했다. "그래서 지금 손가락이 가시투성이야." 그애는 빨갛게 부어오른 손가락을 흔들었다. 상태가 심해서 아마도 해럴드 박사의 진찰을 받아야 할 것 같았다.

"최소한 나처럼 죽은 것들을 만질 필요는 없었잖아." 셜레스트가 역겹다는 듯 얼굴을 찡그렸다.

"하지만 너는 죽은 것들을 굉장히 좋아하잖아." 애그니스가 말하자, 셜레스트가 두 눈을 말똥거렸다.

아이들은 물위에 누워 둥둥 뜬 채 총알 모양의 구름 몇 조각이 하늘에서 빠르게 흘러가는 것을 지켜보았다. 그렇지만 바람이 높은 곳에서 불었기에, 그들 주위에 흔들리는 건 아무것도 없었다.

"여기는 꽤 괜찮은 곳이네." 셜레스트가 조금 아쉬운 듯한 목소리로 말했다.

"내가 기억하는 첫번째 장소야." 애그니스가 말했다.

"네가 처음 다녀간 곳이었어?"

"그런 곳들 중 하나야. 맞아. 우리가 들어온 포스트가 근처거든."

"우리는 포스트에 아직 못 가봤어." 패티가 푸념했다.

"별거 아니야."

"하지만 간식이 있잖아!"

"고작 몇 군데만 있어. 대부분은 자판기에서 사라졌어. 물은 있어. 그게 가장 좋은 거라고 할 수 있을걸."

"그러면 잘생긴 레인저들은?" 패티가 물어보았다.

"레인저들은 나이가 많아." 애그니스가 말했다. 그리고 설레스트와 함께 패티를 놀렸다.

"그렇게 나이들어 보이지는 않는데." 패티가 조용히 말했다.

"레인저들은 네 시간을 낭비할 가치가 없어." 설레스트가 말했다.

"왜 그런 말을 해?" 애그니스가 물어보았다.

"이런, 그거야 뻔하잖아, 안 그래, 애그니스?"

애그니스는 설레스트가 그렇게 빨리 그런 결론에 도달했다는 데 놀랐다. "그래, 그런 거 같아."

"**그런 거 같아.**" 패티가 팬스레 흉내내며 놀렸다.

그들은 계속 물에 둥둥 떠 있었다. 애그니스는 새의 날갯짓 소리와 이따금 물속의 손에서 물이 튀기는 소리를 들으려고 귀를 기울였다.

애그니스는 자신이 졸고 있는 것 같은 기분이 들었지만, 물속에서 잠드는 것이 가능한지는 알지 못했다. 쌍둥이가 비명을 지르는 소리가 들렸을 때, 애그니스는 마치 수액 속에 떠 있는 것처럼 움직임이 느렸다. 팔다리를 허우적대며 벌떡 일어서서 주위를 두리번거렸다. 위협적인 존재는 보이지 않았다. 쌍둥이는 머리만 밖으로 내놓고 물속에서 몸을 웅크리고 있었다. 그 순간 애그니스는 비명을 지르는 그들의 입가에 웃음기가 어려 있는 것을 알아차렸다. 다시 한번 눈을 비비고 바라보았다.

제이크가 안절부절 어찔 줄 몰라하며 두 팔을 축 늘어뜨리고 입을 딱 벌린 채 강기슭에 서 있었다. 뭐라 말하려고 애써보지만 쌍둥이의 비명, 애그니스가 깨닫고 보니 기쁨의 소리였던 그 비명소리가 너무 커서 제대로 들리지도 않았다.

"제이크! 우리 벌거벗었단 말이야!" 설레스트가 빽빽거리며 고함을 쳤다.

여자아이들은 애그니스에게 관심을 돌렸다.

"몸을 숙여, 애그니스." 패티가 눈을 꼭 감고 소리를 질렀다.

"왜?" 애그니스가 물어보았다.

패티가 소리질렀다. "벌거벗었으니까!"

"그래서?"

쌍둥이가 발작적으로 웃음을 터뜨리자, 그들의 입속으로 물이 밀려들어갔다. 그들은 마치 물에 빠진 것처럼 보였다.

애그니스는 뼈만 앙상한 엉덩이에 손을 얹고 제이크를 향해 돌아서며 물었다. "그래서 불편해?"

"아니." 제이크가 눈길은 땅바닥에 두고 대답했다.

"봤지?" 애그니스가 어깨까지 물속에 잠겨 있는 쌍둥이에게 말했다. 패티와 설레스트는 미친듯이 깔깔거렸다. 데브라가 그러는 것처럼. 뱀도 여전히 가끔씩 그러는 것처럼 말이다. 그들은 얼굴을 엉망으로 일그러뜨리며 폭소를 쏟아냈다.

"너는 정말 괴상해." 쌍둥이가 입을 모아 소리질렀다. 그러자 애그니스는 질투심에 가슴이 따끔거렸다. 애그니스는 다른 사람과 동시에 똑같은 말을 해본 적이 없었다. 그것은 불가능해 보였다. 너희 그거 어떻게 한 거야? 애그니스는 물어보고 싶었지만, 지금 그들은 그애의 몸을 뚫어져라 쳐다보고 있었고 그애를 달가워하지 않는 것 같은 분위기를 풍겼다.

"나는 갈게." 애그니스가 말했다. 제이크가 서 있는 곳으로 걸어가자, 제이크는 겁을 먹기라도 한 것처럼 강가에서 물러나서는, 고개를 숙인 채 작은 원을 그리며 맴돌기 시작했다.

애그니스는 덧옷을 다시 입었다. "따라와." 애그니스가 제이크에게 말했다.

제이크는 쌍둥이 근처를 떠나 강 아래쪽으로 애그니스의 뒤를 따라갔다. "머리 잘랐네." 제이크가 땅바닥을 보며 말했다.

"그래." 애그니스가 말했다.

"어째서?"

"그 머리 모양은 미성숙해 보였거든. 새끼 사자처럼 말이야."

"새끼 사자가 어때서?"

"털북숭이 아기 같잖아."

"아."

"왜?"

"저기, 나는 네 머리가 마음에 들었어. 멋지다고 생각했어. 다 보록하고." 그가 빙긋 웃으며 말했다. "그러니까 내 말은, 지금 네 머리도 멋지다는 거야."

애그니스는 얼굴이 화끈거리는 것을 느꼈지만, 곧 그것은 노여움으로 변했다. "이런, 나는 네 머리가 바보 같다고 생각해. 늘 그렇게 생각했고."

"왜?" 그애가 새된 목소리로 서글프게 반문했다.

"네 앞머리. 너는 목숨을 잃게 될 거야."

"내 앞머리 때문에?"

"그게 눈을 가리잖아. 돌부리에 걸려 넘어질 거야. 쿠거가 위에서 공격해 올 거야. 머리카락을 너무 세게 넘기다가 목이 부러질 수도 있고." 애그니스는 조금 숨이 차서 말을 멈췄다.

"내 머리카락에 대해서 많이 생각한 것 같네."

"네가 그것 때문에 어떻게 죽을지에 대해서야, 맞아. 줄곧 생각했어."

"그 말, 칭찬으로 들을게. 네가 내 생각을 하고 있다는 뜻이니까."

다시 한번 애그니스는 목과 뺨이 화끈거리는 것을 느꼈다. "단지 네가 새로 왔기 때문이야. 네 머리 모양은 정말 터무니없고, 머지않아 너는 그것 때문에 죽을 거야. 누군가가 말해줄 필요가 있어."

"다른 사람들도 그렇게 생각해?"

"글쎄, 내가 네 머리카락 얘기만 하고 다니는 건 아니라서." 애그니스가 톡 쏘아붙였다. "하지만 확실히 너만 빼고 다들 알고 있을걸."

제이크가 고개를 끄덕였다. "네가 좀 잘라줄래?"

애그니스는 그 어처구니없는 부드러운 앞머리를 제이크가 여전히 제이크다워 보이도록 일자로 자르려고 하는 자신의 손가락을 상상해보았다. 애그니스는 자신이 숨을 참고 있다는 것을 깨달았다. 천천히 숨을 내쉬었다.

제이크는 애그니스의 생각이 순식간에 온 얼굴에 고스란히 드러나는 것을 지켜보았다. 하지만 애그니스가 계속 침묵을 지키자 제이크의 미소는 희미해져갔다. "아니, 뭐 꼭 그럴 필요는 없어." 그가 더듬거리며 말했다.

"아니야, 하고 싶어."

"알았어." 제이크는 긴가민가하는 눈치였다.

"정말 하고 싶어. 정말, 정말 하고 싶어."

"알았어." 그는 한결 행복해 보였다.

"거기 그대로 있어." 애그니스가 제이크에게 소리치며 뛰기 시작했다. 제이크는 그대로 남아 있었다.

애그니스는 밸에게 가위를 얻으러 달려가는 내내 미소를 머금었다. 그리고 두근거리는 가슴을 안고 제이크에게 되돌아갔다.

애그니스는 몇 번 심호흡을 했다. "머리를 어떻게 해줄까?"

"너랑 비슷하게?"

"하지만 네 앞머리만 손대는 건 줄 알았는데?"

"뭐든 네가 하고 싶은 대로 해. 너를 믿어."

애그니스는 안절부절못하며 제이크를 바라보았다. 두피에 닿을락 말락 할 만큼 바싹 다가가 제이크의 머리통 전체를 만지는 것을 상상해보았다. 자신의 귀가 베이지 않게 밸이 접어주었던 것처럼, 잊지 않고 그애의 귀를 앞으로 접는 것. 깔끔하게 자르기 위해 그애의 목덜미를 가까이에서 찬찬히 들여다보는 것, 그애의 목에 대고 숨을 내쉬어 그애가 그 숨결을 느끼고 자신에 대해 무언가 새로운 것을 알게 하는 것을 상상해보았다.

"당장은 앞머리만." 애그니스가 말했다.

애그니스는 두 손으로 손바가지를 만들어 강물을 떠서 제이크의 머리를 적셨다. 그러고는 앞머리를 얼굴 아래로 쭉 펴서 그 끝이 턱밑으로 말려들어가게 했다. 제이크는 앉고 애그니스는 서 있어서, 그애의 얼굴에 닿으려고 등을 구부리며 상체를 내밀었다. 애그니스가 제이크의 턱을 치켜들자 순간 그 앞머리가 갈라지면서 양쪽 귀로 스르르 미끄러졌다. 애그니스의 귀에 쌍둥이가 강 위쪽에서 첨벙거리는 소리가 들렸다. 제이크는 애그니스의 일거수일투족을 주시하고 있었다.

애그니스는 제이크의 앞에 책상다리 자세로 자리를 잡았고, 그런 식으로 유리한 입장에 서려 했다. 하지만 거리가 너무 멀었다. 그래서 무릎을 꿇고 앉자, 자신의 무릎이 제이크의 무릎에 닿으며 상체가 제이크에게 기울었고, 이 자세를 유지하려면 자신의 얼굴이 그애의 얼굴에 바짝 다가갈 수밖에 없다는 것을 깨달았다. 애그니스가 몸을 뒤로 젖히려다가 옆으로 쓰러질 듯 비틀거리자 제이크가 균형을 잡아주려고 한 손으로 애그니스의 엉덩이를 받쳤고, 애그니스가 균형을 잡고 나서도 한참 동안 손을 그대로 두었다. 제이크의 손은 어설프게 살며시 닿아 있었지만, 그래도 덧옷 너머로 여전히 온기를 전하고 있었다.

애그니스는 숨을 참았다가, 자신의 허파에서 나온 오래된 공기가 제이크의 얼굴에 가닿지 않게 조심하면서 어쩔 수 없을 때만 입꼬리로 천천히 숨을 내쉬었다.

애그니스는 정말이지 이런 머리는 어떻게 잘라야 하는지 알지 못했다. 그건 그렇고, 뭐가 앞머리지?

애그니스는 제이크의 앞머리를 팽팽하게 잡아당기며, 조금씩 잘라냈다. 제이크는 무언가에 집중한 것처럼 작은 입을 웃는 것 같기도 하고 일그러진 것 같기도 한 모양으로 만든 채 결눈질하고 있었다. 머리카락이 뭉텅뭉텅 떨어지자, 애그니스는 그것들을 자신의 호주머니에 밀어넣고 싶었다. 물기가 마르면 깃털 장식처럼 그것들로 온 얼굴을 뒤덮고 싶었다.

애그니스는 머리 자르는 일이 끝나지 않기를 바랐다. 그래서 그 일이 끝나자 이렇게 말했다. "아, 이런." 이제 제이크는 손을 치워야 하고 이런 순간은 결코 다시 오지 않을 것이기 때문이었다.

"뭐라고?"

애그니스는 자신의 실망감을 감추려고 했다. "망쳐버렸어. 너 괴상해 보여."

"얼마나 괴상한데?"

"그 정도 짧게 자른다고 머리털이 이렇게까지 삐죽삐죽 서버릴 줄은 몰랐어." 제이크의 머리카락은 그애의 머리 꼭대기에 얹힌 한 덩어리 이끼처럼 보였다.

제이크가 곤추선 머리카락 뭉텅이를 만져보았고, 애그니스는 그애의 손이 닿았던 곳으로 차가운 공기가 몰려드는 것을 느꼈다. 몸이 부르르 떨렸다.

"괜찮을 거 같아." 제이크가 빙긋 웃으며 말했다. "고마워." 그리고 자리에서 일어나 애그니스가 일어서도록 거들어주었다. 머리카락 몇 가닥이 제이크의 가슴에서 둥실 들리더니 저만치 날려갔다.

"소원을 빌어." 애그니스가 말했다.

"그건 어린애들이나 하는 짓이야." 그애가 말했다. "네가 빌어."

제이크가 걸음을 떼기 시작했다.

애그니스가 불쑥 말을 꺼냈다. "머리카락을 털어내려면 헤엄을 쳐야 하지 않아?"

"아니야, 나는 됐어." 제이크가 말했다.

"알았어."

"다시 한번 말하지만, 고마워." 제이크는 그 말을 한 후 떠나려고 발길을 돌렸다. 그애는 머리카락을, 그러니까 이제는 없어진 머리카락을 치우듯 머리를 휙 젖히고 갑자기 달리기 시작했다.

"그거 좀 그만해." 애그니스는 멀어져가는 제이크의 뒷모습을 보며 속삭이듯 말했다.

애그니스는 캠프를 거쳐 동굴로 가는 대신에 우회로를 택했다. 남의 눈에 띄어 일터로 끌려가고 싶지 않았다. 오늘은 일하고 싶지 않았다. 전에 그런 기분을 느껴본 적이 있는지 떠올려보려 했다. 오늘 다른 모든 사람들과 떨어져 있고 싶어진 것은 무엇 때문이었을까? 가슴에 낯선 중압감을 줄곧 느끼던 애그니스는 동굴에 도착했을 때 땅바닥에 푹 쓰러지듯 드러누워버렸다.

마치 수십 장의 엘크 털가죽이 몸 위에 쌓여 있는 것처럼 크고 무겁게 느껴졌던 한순간이 지나가자 곧 제이크가 달아나버린 이유가 궁금해졌다. 애그니스의 팔은 그애가 느끼고 있던 것이 무엇이든 그 감정의 무게에 짓눌려 움직이기가 힘들었다. 제이크 역시 그렇게 느끼지 않았을까? 그애는 그렇게 느끼지 않았을 수도 있을까? 충분히 그럴 수 있다고, 애그니스는 생각했다. 제이크는 그렇게 느끼지 않았을 가능성이 크다면 어쩌지? 애그니스는 모닥불 옆에서 자신이 제이크의 손을 꽉 붙잡았을 때 기쁜 듯 헉하고 들이마시던 그애의 숨소리, 혹은 그애의 손이 닿아 있던 엉덩이의 따스한 욱신거림을 기억해내려 했다. 하지만 이제 그것들이 다르게 보이며 자신이 다 착각했던 것은 아닐까 하는 생각이 들었다. 어쩌면 친구 같고 남매 같은 행동이었을 수도 있었다. 애그니스가 느꼈던 열기는 애그니스 자신의 당혹감이었지 그들 사이의 어떤 교감은 아니었다. 헉하고 들이마시던 그애의 숨소리는 경악이었다. 불쾌감이었다. 남매 같다고 느끼기는커녕, 어쩌면 제이크는 애그니스가 질색일 수도 있었다. 어쩌면 애그니스 생각만 해도 진저리를 칠 수도 있었다.

애그니스는 무언가가 다리를 스치고 지나가는 것이 느껴져 아래를 내려다보았다가 뻔뻔스러운 다람쥐 한 마리가 자신의 덧옷에 붙어 있던 약간의 빵 껍질을 야금야금 먹고 있는 것을 보았다. 그 다람쥐가 다가오는 것은 눈치조차 못 챘다. 제이크가 무슨 마음일지 생각하는 데 너무 정신이 팔려 있었던 것이다.

"이제 그만." 애그니스는 혼잣말을 했다. 제이크를 생각하는 것은 위험한 일이 되어버렸다. 애그니스 자신의 감정 때문에 장애를 입거나 목숨을 잃을 수도 있었다.

"네가 쿠거였다면 어떻게 됐을까?" 애그니스가 다람쥐에게 말했다. "나는 죽었겠지."

다람쥐는 애그니스가 실수를 저질렀다는 데 동의하며 찍찍거렸다. 맞아, 다람쥐가 찍찍 울어댔다. 그 남자애에 대해서는 **생각하지 않는 게 제일 좋아.**

"고마워." 애그니스가 말했다. "이제 그애 생각은 하지 않을 거야." 애그니스는 두 손을 내밀어 탁탁 털었다. "끝이야." 그렇게 말하고는 한숨을 쉬었다.

애그니스는 쪼그려앉았던 자리에서 일어나 두 다리를 툭툭 털고 동굴로, 그러니까 엄마가 베개와 잡지를 감춰놓았던 안쪽까지 들어갔다. 하지만 그것들은 사라지고 없었다.

가슴의 중압감이 목구멍까지 조금씩 차올랐다. 더이상은 그 어디에도 익숙해지면 안 되는 때 어딘가 아주 익숙한 장소에 있다는 사실과 관련 있는 것이 틀림없다고 짐작했다. 그들에게 그런 곳은 존재할 수 없었다. 이번 생에는 안 될 일이었다. 그것이야말로 핵심적인 부분 아니었나? 그들에게서 집에 대한 감각을 완전히 제거하는 것. 그들이 어디에서나 집에 있는 것처럼 편하게 지낼 수 있게 하는 것, 아니면 아무데서도 그렇게 지내지 못하게 하는 것. 그게 그건가?

앉아 있었던 자리로 돌아갔을 때, 애그니스는 땅바닥에 검붉은 점 하나가 있는 것을 알아차렸다. 주위를 둘러보고, 그것을 만져보려고 쪼그려앉았다가, 몸속에서 무언가가 이완되는 것을 느꼈다. 한 발짝 물러나자 땅바닥에 갓 방울져 떨어진 것이 보였다. 다리 안쪽을 만져보았다. 들어올린 손에는 똑같이 검붉은 작은 얼룩이 묻어 있었다. 그 얼룩을 혓바닥에 대보았다. 쇠, 금속, 겨울. 피였다. 애그니스는 쪼그리고 앉아 두 발 사이의 땅바닥이 보이게 덧옷을 추켜올렸다. 작은 빨간 방울들이 천천히 떨어지는 것을 지켜보았다. **한 방울, 두 방울.** 시간이 흘러가는 것과 비슷했다. 애그니스는 그 방울의 가장자리가 흙바닥에서 번지며 들쭉날쭉해지는 것을 지켜보았다. 그 방울들이 살짝 간지럼을 태우며 자신의 몸에서 흘러나오는 것을 느꼈다. 한 방울. 두 방울. 세 방울. 열 방울까지. 그러다가 이내 멈췄다.

그것이 무엇인지는 잘 알았다. 밸에게 말할 생각에 흥분됐다. 글렌에게는 말하기가 조금 멋쩍었다. 애그니스는 그들이 이런 종류의 일을 위해 고안해낸 어떤 특별한 의식이 있을까 생각해보았다. 분명히 커뮤니티 여자들이 생리를 하기는 했지만, 여기서 첫 생리를 한 것은 애그니스가 최초였다. 벅찬 감정이 밀려왔다. 쓸모 있는 존재가 된 기분이었다. 기분이 좋았다. 활짝 웃으며 가슴에 흥분 같은 게 들끓는 것을 느꼈다. 하지만 그 감정이 차오르다가 목구멍에서 터져버렸을 때, 남겨진 것은 외로움이었다.

애그니스는 자신의 덧옷을 내려다보다가 머리카락 몇 가닥을 발견했다. 길고 짙은 색의 머리카락이었다. 틀림없이 제이크의 앞머리에서 잘려나온 것일 터였다. 애그니스는 그 머리카락들을 조심스럽게 떼어내서 섬세한 붓끝 같은 모양으로 그러모아 뺨에 문질렀다. 그런 다음 살며시 목까지 끌고 갔는데, 감촉이 아주 부드러워서 심지어 그것을 느끼려면 열심히 정신을 집중해야 했다. 하지만 그렇게 집중하다보니 맥박이 빨라졌다. 애그니스는 캠프를 뚫어져라 내려다보며, 불길을 돋우는 제이크의 희미한 형체를 지켜보았다. 애그니스는 머리카락들을 입술 위로 옮기고 미소를 지었다. 그 냄새를 맡아보았다. 아무 냄새도 나지 않았다. 혀를 감아보았다. 아무 맛도 나지 않았다. 입에 넣어보았다. 치아로 갈아 으깼다. 그러고 나서 입안 가득 침을 모아 모두 삼켜버렸다.

*

다시 찬바람이 불어와 주위를 가득 채우자 그들을 둘러싼 공기가 맑고 차가워졌다. 커뮤니티 사람들은 그날 아침 모닥불을 조금 더 크게 지피고, 저마다 잠자리에 펴놓았던 가죽 이불을 거둬들였다. 머지않아 동물들은 산기슭의 구릉지대로 물러나서, 눈이 녹아 강물이 불어날 때까지 골짜기마다 모여 있을 터였다.

그들은 이 캠프에 너무 오래 있었다. 그 골짜기에 계속 머물러 있는 것은 너무 편했다. 사냥감이 풍부했다. 강이 가까웠다. 그들 중 몇몇에게 그곳은 여전히 집처럼 느껴졌다. 어떤 형체가 다가오는 것을 목격했을 때, 그들은 다음번 도보 이동 계획을 세우는 것을 계속 회피하고 있던 참이었다. 그 형체가 당연히 그들에게 떠나라고 지시하러 오는 레인저라고 짐작하며 몇몇은 끙 앓는 소리를 냈고, 그들 모두 죽을 먹으며 다시 모닥불을 응시하기 시작했다.

하지만 그 형체가 더 가까워지면서, 그들은 그것이 레인저가 아니라는 것을 알 수 있었다. 체구가 너무 작았다. 유니폼을 입고 있지 않았다. 트럭도 보이지 않았다.

근원주의자들과 신참들은 모두 칼이나 돌에, 그러니까 뭐가 됐든 저마다 안전을 위해 늘 몸에 지니는 무기에 손을 갖다댔다.

그 사람이 더 가까이 다가왔을 때, 그들은 그것이 허리 곡선이 완만한 중년 여자라는 것을 알 수 있었다. 그녀는 실용적으로 자른 머리에 챙이 넓은 모자를 쓰고 레인저가 착용할 법한 종류의 질 좋은 하이킹 부츠를 신고 있었다. 윌더니스주에서 필연적으로 어떤 종류의 도보 이동을 할 수밖에 없는지 잘 아는 사람이 신을 법한 것이었다. 신참들이 처음 왔을 때 신고 있었던 신발과는 정반대였다.

그 낯선 사람의 얼굴은 그림자에 가려 알아볼 수 없었지만, 그녀는 이런 지형을 잘 아는 것처럼 세이지와 바위들 주변을 빠른 속도로 이동했다.

"저 여자도 당신들 일행인가요?" 칼이 프랭크에게 나직이 물어보았다.

"아니요."

"그러면 틀림없이 새로 온 사람이겠군요. 왜 누군가가 올 거라는 말을 하지 않은 걸까요?"

프랭크가 어깨를 으쓱했다. "나한테 물어봐야 소용없어요."

칼은 그의 칼에 손을 얹은 채, 그 낯선 사람을 맞이하려고 자리에서 일어났다.

애그니스는 칼보다 먼저 바위 뒤로 살금살금 다가갔다. 바싹 다가붙어야 할 것 같은 느낌이 들었다. 그 낯선 사람이 다가오는 것을 지켜보았다. 애그니스의 맥박이 빨라졌다. 목이 따끔따끔 아파왔다.

그 여자는 모자에 가려 얼굴이 잘 보이지 않는 채로 마침내 캠프의 경계를 넘어섰다. 그녀는 칼을 향해 걸어갔고, 그도 힘차게 다가가고 있었다. 하지만 칼은 별안간 도저히 못 믿겠다는 듯 걸음을 늦췄다.

여자가 모자를 뒤로 젖혀 얼굴을 드러냈고, 곧 다른 사람들도 모두 그녀를 볼 수 있었다. 캠프가 조용해졌다. 심지어 새들도 조용해졌다. 사슴들은 가쁜 숨을 쉬고, 발을 구르다가, 뛰어가버렸다.

"이런, 모두 한꺼번에 인사하지 마요." 비가 자기 엉덩이에 손을 얹고 말했다. 그녀는 얼굴을 일그러뜨리며 미소를 짓다가 웃음을 터뜨렸는데, 그것은 그들이 그녀로부터 한 번도 들어본 적이 없는 종류의 웃음소리였다. 그녀의 숨이 차가운 아침 공기 속에서 하얀 입김으로 변했다.

5부

친구
또는
적

애그니스는 그 첫날 깊은 꿈속인 듯 자신의 엄마를 지켜보았
다. 그녀를 보는 것이 꼭 악몽을 꾸는 것처럼 순간순간 거슬렸다.
비는 마치 위험한 이방인처럼 캠프로 다가왔다. 마치 레인저처
럼. 웃음을 터뜨리며 거친 태도로. 등과 목에 힘을 꽉 주고. 위반
사항들을 열거하며 위협하기 시작할 채비를 하고서. 사납게 날뛰
는 겨울 동물인 양 그녀의 입에서 흘러나오던 부연 입김. 하지만
애그니스는 그것이 누구인지 다른 어떤 사람보다도 먼저 알고 있
었다. 다른 사람들이 아직도 칼이나 돌에 손을 얹고 있었을 때,
애그니스는 모습을 감추려 안간힘을 쓰며 몸을 웅크렸다.
　칼이 맨 먼저 애그니스의 엄마에게 인사했다.
　"이런, 이게 누구야." 그는 친근하게 말을 걸며 필요 이상으로
오랫동안 그녀를 껴안고 귓가에 웃음을 터뜨리고는, 마치 둘이

느린 춤을 추고 있기라도 한 것처럼 기묘하게 그녀에게 기대섰다.

애그니스의 엄마가 얼굴을 찡그렸다. "내가 제대로 찾아온 거예요?" 그녀가 그의 어깨 너머를 살피며 말했다.

"그래요." 그가 말했다. "지금은 모든 게 다 달라졌어요."

"장난 아닌걸." 그녀는 몸을 떼고 주위를 둘러보면서 나직이 중얼거렸다. 사람들이 모여들기 시작했다. 호기심어린 얼굴들이 그녀를 유심히 바라보았다.

엄마는 고개를 숙이고 목소리를 낮추며 마치 비밀을 알려줄 것처럼 굴었는데, 어떤 면에서는 그것이 사실이기도 했다. 애그니스에게는 그 말이 들리지 않았으니까.

"대기자 명단에 있던 사람들이에요." 칼이 캠프의 나머지 사람들 쪽으로 한 팔을 뻗으며 말했다. "규모가 두 배가 됐어요!"

"먹여 살리기에는 사람이 많네요."

"우리가 감당 못할 건 아무것도 없어요." 그가 비의 손을 잡으며 말했다.

애그니스는 엄마가 또다시 얼굴을 찡그리는 것을 보았다. 그녀는 처음에는 무심한 듯 무엇인가를 찾다가, 이내 마치 찾아내지 못할까봐 겁에 질린 듯 정신없이 급하게 캠프를 이리저리 둘러보았다. 이윽고 그녀의 눈이 애그니스를 포착했다. 온갖 감정이 그녀의 얼굴을 획 스쳐지나갔다. 그 감정들은 순식간에 찌푸린 얼굴로, 곧이어 눈물어린 눈에 미소를 머금은 얼굴로 변했다. 하지만 애그니스의 눈에는 자신을 바라보느라 칼의 손을 짓이기듯 맞잡은 엄마의 손과 인상 쓴 얼굴만이 보일 뿐이었다.

엄마는 자석처럼 이끌려 애그니스에게 미끄러지듯 다가왔다.

"이봐요, 당신 정말 멋져 보여요." 칼이 그의 입술을 핥으며 그녀의 뒤에서 외쳤다. 그는 몹시 굶주린 듯 보였다.

애그니스는 바위에 걸터앉아 얼어붙은 듯 꼼짝도 하지 않은 채 바위가 되거나 바위 같은 무언가, 돌담이 되어버리겠다고 꿋꿋이 다짐했다. 이 사람 면전에서 돌처럼 무표정하게 있겠다고. 마치 설익어 시큼쑵쓸한 무엇인가를 먹기라도 한 것처럼, 심장이 쿵쾅거리고 눈에 눈물이 고이는 바로 그 순간에도 다짐했다. **쥐죽은듯 가만히 있어**, 애그니스는 스스로를 타일렀다.

애그니스는 자신의 어깨에 한 손이 얹히는 것을 느끼고, 밸이 옆에 있다는 것을 알아차렸다. 어쩌면 칼과 애그니스의 엄마를 지켜보면서 줄곧 옆에 있었는지도 모른다. 어쩌면 바로 지금 애그니스만큼이나 혼란스러운지도 모른다. 애그니스는 고개를 들어 밸을 쳐다보았다. 그녀의 얼굴은 의심의 여지 없이 비를 다시 만났다는 데 실망해서 일그러져 있었다. 밸은 자신의 감정을 훨씬 더 분명하게 인지하고 있었다. 애그니스도 마찬가지로 분명한 실망감을 느끼려 애써봤지만, 그럴 수가 없었다.

엄마는 애그니스로부터 한 발짝쯤 떨어진 곳에 멈춰 선 채 온갖 감정이 뒤섞인 가면 같은 얼굴을 하고 있었지만, 애그니스는 그 감정들 중 어느 것도 이해하지 못했다. 엄마는 애그니스에게 손을 내밀지 않았다. 애그니스의 돌처럼 냉담한 표정이 그녀를 다가오지 못하게 저지했던 것이다. 애그니스는 그 외로운 바위에 발가락을 딱 붙인 채 두 무릎을 끌어안고 걸터앉아 몸을 부들부들 떨었다.

마침내 엄마가 헛기침을 하자, 애그니스는 엄마가 그토록 긴 시간이 흐른 후에 하려는 말이 무엇이든 즉시 마음을 열었다.

"내 딸이 왜 이렇게 비쩍 마른 거예요?" 그녀가 밸을 흘끔거리며 고함을 쳤다.

애그니스는 눈을 깜빡거렸다. 나한테는 말도 안 걸어.

밸이 애그니스의 어깨를 꽉 움켜잡았다. "얘는 늘 비쩍 말라 있었어요."

비는 자신을 얼빠진 듯 바라보는 모든 신참들의 얼굴을 죽 둘러보았다. 그녀의 얼굴에는 비난의 기색이 역력했지만, 눈에는 눈물이 차오르고 있었다. "여기 있는 누구보다도 더 비쩍 말랐잖아요." 목이 메어 목소리가 분명하지 않았다.

"나는 전혀 모르겠던데." 밸이 말했다.

비가 손가락 마디로 애그니스의 턱을 가볍게 밀어올렸다. "왜 이렇게 비쩍 말랐니? 충분히 먹질 못하는 거야?"

그녀의 목소리가 애그니스의 귀를 세차게 때렸다. 가볍게 밀어올린 동작에도 한 대 세게 얻어맞은 것 같았다.

애그니스는 고개를 뒤로 빼며 푹 수그렸다. 당황스러웠다. 겁이 났다. 입을 앙다물었다.

"도대체 지금 뭐가 어떻게 돌아가고 있는 거죠, 칼?" 비가 애그니스를 두고 걸어가며 따져 물었다.

"제발 좀 진정해요." 칼이 첫인사의 훈훈함이 모두 가신 목소리로 투덜거렸다. "빌어먹을 미치광이처럼 말하네. 애그니스는 괜찮아요."

애그니스의 엄마가 다른 사람들에게 들리지 않도록 목소리를 확 낮추어 조용히 말했지만, 그 말은 모두에게 들렸다. "만약 당

신이 저애한테 먹을 걸 제대로 안 주고 아긴 거라면 맹세코 가만
히 있지 않겠어. 글렌은 어디 있죠? 그이까지 수척해지고 있으면
재미없을 거예요. 칼, 망할 인간 같으니."

애그니스는 자신을 내려다보았다. 자신이 정상적으로 보인다
고 생각했다. 언제나처럼 말이다. 애그니스의 배는 늘 그렇듯 꼬
르륵거렸다. 다른 사람들도 다 그런 거 아닌가? 애그니스는 자신
의 덧옷을 끌어당겨 뒤로 젖혔다.

칼이 애그니스 엄마의 팔을 움켜잡아 상체를 바짝 들이대더니,
마치 무언가 더 예리한 것의 끝부분인 양 한 손가락을 그녀의 목
덜미에 대고 화난 기색으로 귀엣말을 했다. 엄마의 얼굴에 온갖
감정이 스쳐지나갔다. 이내 그녀는 혐오감뿐 아니라 슬픔 역시
가득한 얼굴로 숨을 헐떡이며 칼에게서 뒷걸음질쳤다. 칼이 떠나
는 것을 지켜보는 그녀의 손이 파르르 떨렸다. 그녀는 자신을 지
켜보는 모든 사람들을 둘러보았다. 모든 낯선 이들의 눈을. 애그
니스는 근원주의자들이 꼭 애그니스 자신이 그랬던 것처럼, 귀를
쫑긋 세우고 고개를 숙인 채 바쁜 척하고 있는 것을 알아차렸다.
하지만 신참들은 부동자세로 입을 쩍 벌린 채, 겸연쩍은 기색도
없이 칼과 엄마의 말싸움을 빤히 쳐다보고 있었다.

비가 자세를 바로 하고 고개를 돌려 애그니스를 바라보았다.
그녀의 얼굴은 창백했다. 그녀는 애그니스를 향해 천천히 걸음을
옮겼다. 숨을 고르는 것처럼 조심스럽게 호흡했다. "그래도 어쩌
면 이럴까." 그녀가 마침내 목청을 돋우며 말했다. "이제 다 컸
어. 아주 잠깐 자리를 비운 사이에, 다 커버린 거 같구나."

억지로 쾌활한 척하고 있었는데도 애그니스는 그 목소리에 서

린 비난의 기미를 알아차렸다.

"내 생각에는—" 애그니스가 더듬거리며 말했다. 목소리를 가다듬으려고 애써봤지만, 울음이 터질 것처럼 끊어질 듯 말 듯 이어졌다. 목구멍으로 뜨거운 것이 치밀어오르자 곧 어쩐지 자신이 흥분해서 마구 지껄여댈지도 모르겠다는 생각이 들었지만, 그러고 싶지는 않았다. "꽤 오랫동안 떠나 있었던 거 같은데요, 비." 애그니스가 중얼거렸다. 떨림이 다소 진정된 것은 엄마가 놀라 움찔하는 것을 보았을 때였다. 심지어 밸조차도 숨을 날카롭게 들이마셨다. 아니면 웃음을 참고 있었던 것일까?

엄마는 다시 침착해졌다. "나는 아직은 엄마라는 소리가 더 듣기 좋은 것 같아." 그녀가 다시 빙긋 웃으며 말했다. "게다가 그렇게 오랫동안은 아니었잖아?" 그녀는 먼저 애그니스를, 다음에는 밸을 바라보고 나서 이내 누가 지켜보고 있는지 확인하려고 주위를 빙 둘러보았다.

모두가 지켜보고 있었다.

밸이 말했다. "아주 오랫동안이었어요."

"아니에요." 비가 고집스럽고 짜증 섞인 목소리로 말했다. "그렇게 오래는 아니었어요."

하지만 애그니스는 자신들이 엄마가 떠난 직후 눈이 내리는 것을 보았고, 그러고 나서 처음에는 만발한 꽃들에, 그다음에는 여름 더위에 시들어버린 풀잎들, 색이 변해가는 나뭇잎들에 둘러싸여 살았고, 이제 또다시 공기 중에 눈이 내릴 듯한 기운이 감돌고 있다는 것을 알고 있었다. 그것이 바로 그들이 과거에 일 년이라고 부르던 것이자 그애의 엄마가 떠나 있었던 기간이었다. 그렇지만 엄마는 결코 그것을 인정하지 않을 터였다. 날씨는 믿을 것이 못 된다고 주장할 수도 있었다. 애그니스는 말을 하려고 입을 열었지만, 엄마의 다그치는 듯한 눈초리에 하는 수 없이 다물어 버렸다. 말다툼의 여지가 없었다. 그들의 눈이 마주친 순간, 이미 재회의 감격이 복받쳤다. 만약 엄마가 기분이 상하거나 서운했다면, 애그니스가 그 신호를 간과했던 것이다. 그리고 이제 그것은 기억으로만 남아 있었다.

"그리고 네 머리카락 말이야." 엄마가 말했다. "네 아름다운 머리카락은 어떻게 된 거니?" 그녀가 손을 뻗어 애그니스의 머리를 쓰다듬었다.

애그니스는 고개를 홱 숙여서 그 손길에서 벗어났다.

"이제 됐어, 적당히 해." 엄마가 엄지손가락과 가운뎃손가락으로 딱 소리를 냈다. 그러자 애그니스는 마지못해 머리를 다시 가져다 대고 검사를 받았다.

"누가 잘라줬니?"

애그니스는 어깨를 으쓱했다.

엄마가 두 손을 동그랗게 모아 애그니스의 머리를 감싸쥐며 말했다. "그래, 적어도 네 두상은 완벽하게 동그랗구나. 아기침대에서 널 돌려 눕히는 일을 내가 참 잘해냈어. 이렇게 예쁘고 동그란 두상은 날이면 날마다 볼 수 있는 게 아니라고. 어쨌든 나는 좋은 엄마였던 거 같네, 안 그래요?" 그녀가 웃음을 터뜨리며 기대하는 듯한 눈빛으로 밸을 바라보았다. 하지만 밸은 시큰둥한 억지웃음만 살짝 지어 보였다. 엄마가 말했다. "음, 네 머리카락이 짧은 게 아주 마음에 들어. 정말이지 너답구나."

"기르는 중이에요." 애그니스가 웅얼거리며 발가락 사이에서 때를 떼어내 손가락으로 동그랗게 뭉쳤다.

엄마가 애그니스를 향해 한 걸음 더 다가왔다. "이리 와." 그녀는 그렇게 지시하며 딸을 껴안더니 그애가 다리를 펴고 바로 밑 땅바닥을 밟고 설 수 있도록 그 높은 바위 위에서 천천히 끌어 내렸다. 애그니스는 두 손을 엄마에게 대고 살짝 누르며, 발가락 사이에 낀 때를 엄마의 엉덩이에 비벼 닦았다. 애그니스는 애정 비슷한 것, 그러니까 짐짓 꾸며낸 형태의 애정을 보여주는 중이었다. 엄마가 종종 보여주던 것과 비슷한 것이었다. 그리고 나서 애그니스는 그녀의 품에서 미끄러지듯 빠져나와, 마치 줄곧 그 일부였던 것처럼 바위 위로 되돌아갔다. 그리고 구부려 세운 무릎 위에 두 팔을 걸쳐 턱을 괴고 지루하다는 듯 앉아 있었다. 애그니스는 모닥불을 지켜보았다. 현기증을 느꼈다. 엄마에게 비키라고 말하기로 마음먹었다.

"뭐하러 돌아왔어요?" 밸이 질문보다는 비난에 더 가까운 말을 했다.

"나 자신도 그게 궁금하던 참이었어요." 엄마가 말했다. "글렌은 어디 있죠?" 하지만 그것은 특정한 누군가에게 던진 질문이 아니었다. 그녀는 글렌이 어디에 있는지 알고 있었다.

엄마가 팔을 와락 움켜잡는 바람에 애그니스는 그 바위에서 굴러떨어졌다. 다리가 휘청거렸다. 그렇게 휘청휘청 넘어질 것처럼 불안정한 적은 한 번도 없었다.

엄마는 곧장 동굴로 향했다. 마치 글렌과 오래전에 이 만남을 계획한 것처럼 자연스러웠다. 엄마는 글렌의 존재를 감지하는 능력을 가지고 있었다. 냄새로 찾아내기라도 한 것 같았다. 만약 애그니스가 멀리 동굴에 떨어져 있더라도 엄마는 여전히 애그니스를 감지해낼 수 있었을까? 애그니스는 캠프에서 처음 본 사람들과 전부터 알던 사람들 사이에서 자신의 얼굴을 마침내 찾아낸 순간, 엄마의 얼굴에 떠오른 격렬한 표정을 생각해냈다. 자신이 아니라 밸에게 말을 걸었던 것도 떠올랐다. 자기 심장이 얼마나 바보같이 느껴졌던가. 무엇인가를 바라거나 느끼는 것은 무척 어리석은 짓이었다. 하지만 애그니스는 연달아 떠오르는 생각을 멈추고 기억을 거슬러올라가며, 그들의 눈이 마주쳤던 순간을 다시 생각해내려 애썼다. 두 사람 다 흥분이 가셨을 때, 잠시나마 평온하지 않았던가? 그냥 그 순간에 머물러 있을 수만 있다면, 애그니스는 생각했다. 그것은 애그니스가 균형을 잡도록, 두 발로 제대로 딛고 설 수 있도록 도와주는 생각이자 갈망이었다. 애그니스의 팔과 어깨에서 긴장을 풀어주고, 옆에서 함께 걷는 엄마의 손안에 자신의 손을 슬며시 밀어넣을 수 있게 해주는 생각이었다.

*

글렌은 동굴 입구에서 한 팔을 머리 위로 뻗고 가죽 이부자리 위에 엎드려 있었다. 그는 버려진 나뭇가지 더미처럼 보였다. 애그니스는 마음속에 또다시 가책을 느꼈다. 글렌이 애그니스더러 캠프에 돌아가라고 강하게 요구할 때까지 고작 이틀 밤을 그와 함께 보냈을 뿐이었다. 그는 애그니스가 따돌림당하는 것을 원하지 않았다. 어제는 그를 만나러 오지 않았다. 해야 할 일이 너무 많았다. 하지만 애그니스가 없으면 글렌은 함께 있을 말벗이 하나도 없었다. 동굴로 가는 길에 애그니스는 엄마의 얼굴에 나타난 감정을 기억해두려 애쓰며, 그녀의 얼굴을 유심히 바라보았다. 이제 그녀가 글렌의 곁에 있어줄까? 그는 그걸 원할까? 엄마가 떠난 후 글렌이 화내는 것을 본 적은 한 번도 없었다. 애그니스는 그가 보일 법한 화내는 모습에 마음의 준비를 했다.

엄마가 글렌의 겨드랑이에 발끝을 대자, 그가 그 팔을 움직이며 고개를 들어 그녀를 뚫어져라 쳐다보았다.

"돌아왔군." 그가 잔뜩 목쉰 소리로 말했다.

"돌아왔어." 그녀가 말했다.

"환호성이 들렸어."

두 사람 다 웃음을 터뜨렸다.

애그니스는 얼굴을 찡그렸다. 환호성 따위는 전혀 없었다. 애그니스는 두 눈을 귀뚜라미처럼 이쪽저쪽으로 획획 움직이면서 두 사람의 얼굴을 번갈아 바라보았다. 이것은 예상했던 광경이 아니었다.

"못 일어나서 미안해." 글렌이 돌아누우며 말했다.

"괜찮아." 엄마가 말했다.

"기운이 없어."

"알아."

"꽤 오랜 시간 떠나 있었네."

"알아."

그는 조용했다. "괜찮아." 그가 말했다. 애그니스는 그가 진심이라는 것을 알았다.

390

애그니스는 놀라서 눈을 깜빡거렸다. 어떻게 화를 안 낼 수가 있을까? 엄마는 심지어 사과도 하지 않았다.

글렌이 몸을 조금 일으켜 바위에 기대앉았다. "그렇지만 당신이 돌아올 줄은 몰랐어."

"안 돌아올 뻔했어." 그녀는 애그니스 쪽으로 눈길을 돌렸지만, 눈을 마주치려 하지는 않았다.

"당신이 안 돌아왔으면 했어." 글렌이 말했다. 애그니스는 그의 선언에 깜짝 놀랐다. 그 말투에도. 슬프게 들리는 말이었다.

글렌이 가죽 이부자리의 한쪽 가장자리로 서둘러 옮겨가자, 애그니스의 엄마가 그 옆에 누웠다.

"아, 이 가엾은 사람 같으니." 엄마가 말했다. "뼈만 남았잖아."

엄마가 가죽 이불을 잡아당겨 자신들 위로 덮자, 그가 이불을 밀어젖히려 했다. 하지만 그녀가 꽉 붙잡고 있자 그도 마음이 누그러졌다. 그들은 그렇게 조용히 거기 누워 있었다. 애그니스가 거기 있다는 것은 잊은 듯했다. 애그니스는 그들의 발치에 쪼그리고 앉았다.

애그니스는 엄마가 두 눈을 말똥말똥 뜨고 있는 것을 볼 수 있었다. 글렌의 비쩍 말라 비참해 보이는 몸을 죽 훑어보는 두 눈이 빛을 받아 어슴푸레 빛났다. 이윽고 그녀는 눈을 감았고, 그들은 마치 잠든 것처럼 누워 있었다. 그들은 아주 평온했다. 애그니스는 언제고 다시 이런 모습을 볼 수 있으리라고는 상상도 못했었다. 애그니스의 부모는 거의 잠든 것처럼 함께 새근거리고 있었다. 애그니스는 한쪽 발로 바닥을 탁탁 치기 시작했다. 그들과 함께하고 싶은 생각이 간절했지만, 이상하게 환영받지 못할 것 같은 기분이 들었다.

그대로 몇 분간 기다리고 나서 애그니스는 부모 발치의 털가죽 이불 속으로 슬며시 미끄러져들어갔다. 몸을 웅크리고 엄마의 발목을 찾아내 감싸줬었다. 하지만 엄마는 그 발목을 뺐다. 애그니스는 이것을 자신이 정말이지 멋대로 끼어든 증거라고 받아들이고 빠져나가려 했다. 하지만 그 순간, 엄마가 발을 도로 가져다놓더니 애그니스의 옆구리 아래로 슬며시 들이밀었다. 애그니스는 그녀가 또다시 치우지 못하도록 그 발목을 꽉 붙잡았다.

글렌이 한숨을 쉬며 말했다. "상황이 달라졌어."

"그래 보여."

"아니, 보기보다 더해."

애그니스는 좀더 자세히 듣고 싶어서 숨을 죽였다. 글렌이 애그니스를 내려다보려는 듯 고개를 살짝 쳐들었다. 애그니스는 눈을 감았다.

엄마가 헛기침을 하며 화제를 바꿨다. "내가 왜 떠났는지 물어보지 않을 작정이야?"

"왜 떠났는지 알아. 당신 엄마가 돌아가셨잖아." 그가 한층 목소리를 낮추며 말했다. 그녀는 몇 분간 아무 말도 하지 않았다.

"하지만 당신 엄마가 돌아가셨을 때, 당신은 떠나지 않았지." 그녀가 마침내 말했다.

"나는 우리 엄마를 안 좋아했어." 그가 말했다.

"나도 당신 엄마를 안 좋아했어." 그녀가 맞장구를 쳤다.

그들은 웃음을 터뜨렸다.

"기분이 좀 나아졌어?" 글렌이 물었다.

"아니." 그녀가 한숨을 쉬며 말했다. "지금 여기 상황은 좀 어때?"

"별로야. 시티는 상황이 좀 어때?"

"별로야."

그들은 또다시 웃음을 터뜨렸다.

애그니스는 하나도 웃기지 않는다고 생각했다.

"칼이 결정권자야?"

"기본적으로는."

"다들 거기 만족하고?" 그 말을 불쑥 내뱉는 엄마의 목소리에는 비난하는 기색이 어려 있었다.

"음, 아니. 하지만 충분히 많은 사람이 만족하고 있지. 정말이지 신참들이 그에게 제대로 모여들었어."

"그렇구나." 그녀가 잠시 멈췄다가 다시 말을 이어갔다. "여전히 당신이 결정권자여야 해."

"나는 결코 결정권자가 아니었어, 비. 우리 모두가 결정권자였지." 그는 이제 이야기하는 데 지쳐서 한숨을 쉬며 말했다.

"그건 결코 진정한 전원합의제가 아니었어."

"아니야, 진짜였어." 글렌이 예전처럼 한껏 목소리를 높였다. "논의는 했어. 당신이 의견을 제시했고 우리는 당신 말에 동의했지."

"그건 사실이 아니야."

"그 정도면 사실이라고 할 만해. 그게 효과적이기도 했고."

글렌이 한숨을 쉬며 말했다. "지금은 칼과 그의 지지자들이 결정을 내려."

"당신과 애그니스한테 먹을 걸 주지 않는다든가 하는 결정을 말이지. 또는, 내가 봤을 때는, 다른 사람들한테도 그렇고. 어쩌다가 그렇게 된 거야?"

"신참 두어 명이 식사를 접시에 나눠 담는 일을 도맡았어."

"그러고는 당신들한테는 음식을 적게 주고?"

"그렇다는 증거는 없어."

"하지만—"

"그 사람들은 그저 자기들 몫부터 먼저 챙기는 것뿐이야. 아마도 반쯤은 무의식적인 행동이겠지. 심지어 자기들이 그런 짓을 하고 있는 줄도 몰라. 무슨 말인가 하면, 다들 아주 착하다는 거야. 착한 사람들이지." 그가 그렇게 말하자, 비가 비웃었다.

"당신은 늘 밝은 면만 보고 싶어하지. 자기들이 무슨 짓을 하고 있는지 모를 리가 없잖아."

"이런, 당신은 잘 아나보네." 그의 목소리가 날카로워졌다. 지칠 대로 지친데다 당황하기까지 한 상태였지만, 어쩌면 그 이면에서는 화가 나 있었는지도 모를 일이었다. 애그니스는 미처 그것을 깨닫지 못한 자신이 바보 같았다.

엄마가 자신의 주장을 관철하려고 온몸을 잔뜩 긴장시킨 채 당장이라도 어떤 이유를 내뱉어 되받아치려는 듯 가쁘게 숨을 쉬는 소리가 들렸다. 하지만 이내 천천히 길게 숨을 내쉬면서 긴장을 말끔히 풀어버렸다.

그들은 다시 한번 침묵에 잠겼다.

애그니스는 엄마가 자세를 바꿔 글렌에게 몸을 기대는 것을 느꼈다. 그녀가 조용히 말했다. "그럼, 내가 그 사람들을 제거하기를 바라는 거지?"

글렌이 킬킬 웃었다.

"이를테면 살인이라든가?"

글렌은 엄청난 폭소를 터뜨렸다가, 사레가 들려 숨이 막힌 듯 콜록거리기까지 했다. 애그니스가 바라보니 엄마는 글렌이 행복해하는 순간을 즐기면서 혼자 소리 없이 활짝 웃고 있었다. 애그니스는 엄마가 떠나기 전부터도 그가 이 정도로 많이 웃는 것을 들어본 적이 없었다. 그 이전부터도. 매들린 일이 있기 전부터도 그랬다는 것을 깨달았다.

그가 숨을 가다듬고 애그니스의 엄마를 꼭 껴안았다. "당신이 보고 싶었어."

"나도 당신이 보고 싶었어." 엄마가 애그니스에게서 발을 살짝 빼며 그의 품으로 파고들었다. 애그니스는 그 발을 꼭 붙잡았다.

"내가 어떻게 하면 될까?" 엄마의 목소리는 작게 들렸다. 애그니스의 목소리가 그랬던 것처럼. 시티에 살았을 때. 애그니스보다 더 큰 것이 아주 많았을 때. 애그니스가 통제할 수 없을 만큼 아주 많았을 때. 자신에게도 통제할 힘이 있다는 것을 미처 깨닫지 못했을 때처럼.

"착하게 굴어." 그가 말했다. "그냥 착하게 굴기만 하면 돼."

애그니스는 그들이 입맞추는 소리를 들었다.

"당신을 여기로 데려온 내가 정말 바보처럼 느껴져." 글렌이 말했다. "당신과 애그니스 둘 다 말이야."

"안 그랬으면 무슨 일이 벌어졌을지 잘 알잖아."

"그냥 이런 일이 생길 줄 몰랐다는 게 너무 바보 같다는 기분이 들 뿐이야. 여기 있고 싶은 사람들이라면 다 같이 함께할 방법을 찾아낼 줄 알았지."

"커뮤니티의 나머지 사람들과 관계를 끊어야 할까?"

"잠재적인 적이 되기보다는 커뮤니티의 일부로 있는 게 더 안전한 것 같아."

엄마가 고개를 끄덕였다.

"게다가 갈라서는 건 매뉴얼에 어긋나기도 하고."

"매뉴얼의 노여움을 사고 싶지도 않을 테고."

"비."

"미안."

애그니스는 그들이 서로 더 찰싹 달라붙는 것을 느꼈다. 곧이어 글렌이 서서히 잠이 들면서 그의 몸이 이완되는 것도 느꼈다. 하지만 엄마는 아직 깨어 있다는 것을 알았다. 자신들이 둘 다 글렌이 숨쉬는 걸 관찰하고 있다는 것을 알았다.

새들이 애그니스의 발 근처 어딘가에 있는 세이지 덤불에서 친구들을 부르며 구슬프게 울었다. 하늘에는 먹구름이 마치 흙길처럼 죽 펼쳐져 있었다.

"왜 돌아왔어요?" 애그니스가 불평인지 질문인지 확신이 없는 채로 속삭였다.

엄마의 숨죽인 대답이 가죽 이불을 타넘고 글렌의 작은 몸을 타넘어 흘러내려왔다. "너랑 글렌한테 내가 필요했으니까."

애그니스는 발끈 화가 치밀었다. 그 순간 떨어져 있던 시간 덕분에 엄마의 속마음이 알기 쉬워진 것 같은 기분이 들었다. 더이

상 그녀로 인해 많이 당혹스럽지 않았다. "틀렸어요." 애그니스
가 톡 쏘아붙였다.

엄마의 한숨이 애그니스의 귀까지 떠내려왔다. "애그니스, 그
러면 내가 왜 돌아왔을까?"

"엄마한테 우리가 필요했으니까요." 애그니스가 설득력 있게
들릴 만큼 자신감 넘치는 목소리로 말했다.

"그것도 사실이야." 엄마가 말했다. 그녀의 목소리는 이제 태
양이 정점에 도달했다가 지기 시작해서 살금살금 그들로부터 멀
어져가는 그림자들만큼이나 풀기가 죽어 있었다. 그녀는 더이상
말하지 않았다.

애그니스는 깜짝 놀라서 침묵에 잠겼다. 설사 엄마의 마음을
알아맞혔다고 할지라도 아무런 안도감도 들지 않았다. 엄마의 동
기가 무엇인지 안다는 것이 곧 그것을 이해했다는 뜻은 아니었
다. 만약 엄마에게 정말로 자신이 필요하다고 해도 여전히 그 욕
구가 어떤 느낌인지는 알지 못했다. 애그니스는 몸을 따뜻하게
하려고 두 손을 무릎 사이에 끼워넣고 몸을 웅크렸다.

*

애그니스는 엄마가 마치 아침 일과를 다시 배우기라도 하려는
듯 아침 일과마다 그림자처럼 졸졸 따라다니는 것을 발견했다.
그날 아침 조원들은 대부분 아직도 맡은 일에 능숙하지 않은 신
참들이었다. 그들은 애그니스의 엄마를 어떻게 해야 할지 모르는
것처럼 보였다. 그래서 그녀는 그들이 어수선하게 죽을 담아 나

뉘주거나 나중에 캠프 취사장을 무턱대고 치우는 동안 팔짱을 끼고 눈살을 찌푸린 채 그저 옆에 서서 지켜보기만 했다. 애그니스는 엄마가 다시 배우는 중이라기보다 평가하는 중일 거라고 짐작했다.

음식을 먹어치우고 그릇을 닦은 다음 땔나무를 더 넣고 불길을 살렸을 때, 프랭크가 자기 청바지에 손을 문질러 닦으며 일어섰다. 비록 엘크 가죽 자투리가 빈틈없이 덧대어 있기는 해도 아직 청바지를 가지고 있기에 가능한 일이었다. 그는 애그니스의 엄마에게로 걸어갔다.

"안녕하세요." 그가 손을 내밀어 악수를 청하며 말했다.

"안녕하세요." 애그니스의 엄마가 말했다.

"프랭크라고 해요." 그가 말했다.

"안녕하세요, 프랭크." 그녀는 답례로 자신의 이름을 대지 않았다.

그가 기대감에 차서 그녀를 보며 미소 지었다. 아무런 반응이 없자 그는 애그니스에게 고개를 끄덕여 인사했다. 애그니스는 마지못해 답례로 고개를 끄덕이고는 옆걸음질을 쳐서 그들이 있는 곳으로 천천히 다가갔다.

프랭크가 빙긋 웃으며 말했다. "안녕, 애그니스."

"안녕하세요."

그가 비에게 말을 걸었다. "그러니까 틀림없이 당신이 애그니스의 엄마겠군요?"

"그래요." 엄마가 말했다.

"그래서 사유지 지구에서 돌아왔군요?"

"뭐라고요?"

"돌아오기로 결정한 거죠?"

"네, 시티에서요."

"이런." 프랭크가 얼굴을 찌푸렸다. "난 당신이 사유지 지구에 있는 줄 알았어요."

"왜 그런 생각을 했는지 모르겠지만, 나는 시티에 있었어요."

"누군가가 그렇게 말했어요. 당신이 어느 레인저와 함께 사유지 지구로 달아났고 거기서 가족을 부양하고 있다고요."

"말도 안 되는 소리예요. 우리 가족은 바로 여기 있다고요." 그녀가 애그니스의 어깨를 꼭 움켜쥐며 자기 옆으로 끌어당겼다.

프랭크가 애그니스를 가리켰다. "네가 그렇게 말해준 거 같은데."

"저런, 그랬니?" 애그니스의 엄마가 말했다.

"아니요." 애그니스가 말했다. "죽었다고 했어요."

엄마가 움찔했다. 애그니스는 그 모습을 보았다.

프랭크가 안절부절못하며 그들을 주시했다. "음, 누가 뭐라고 했는지 기억이 나지 않네요. 사실 별로 중요하지도 않잖아요?" 그는 소리 내어 웃고 말을 이어갔다. "하지만 여기 이애를 자랑스러워할 거 같네요. 처음 만났을 때 나는 이애가 이 커뮤니티의 리더가 아닐까 싶었죠."

"정말 흥미롭네요. 내가 얼마나 자랑스러워할 거 같아요?"

"글쎄요." 프랭크가 두 사람을 번갈아 힐끔거리며 말했다. "내 짐작으로는 굉장히 자랑스러워할 거 같은데요."

사람들은 모두 고개를 끄덕이고 침묵에 빠졌다. 마치 애그니스의 엄마가 자랑스럽다고 말하기를 기다리고 있는 것처럼. 하지만 애그니스는 그녀가 그런 말을 하지 않으리라는 걸 알고 있었다. 어떤 낯선 사람이 그러라고 시켰을 때는. 엄마는 자신이 어떤 감정을 느껴야 하는지 남들이 이래라저래라 하는 것을 좋아하지 않았다. 게다가 애그니스는 엄마가 신참들을 좋아하지 않는다는 것을 알 수 있었다. 곧이어 엄마는 한마디 말도 없이 캠프를 떠났다. 글렌이 있는 방향으로 되돌아갔다. 애그니스는 같이 가자고 하지 않은 데 상처를 입고 팔을 축 늘어뜨린 채 가만히 서 있었다. 그렇다고 직접 나서서 글렌을 찾아가기도 망설여졌는데, 전에는 전혀 망설이지 않고 했던 일이었다.

엄마는 돌아와서는 모든 사람들과 만나고 인사하며 그날 남은 시간을 보냈다. 애그니스는 그녀가 그렇게 붙임성 있게 구는 것을 본 적이 없었다. 그녀는 포옹하고 귓속말을 속닥거리며 옛 근원주의자들에게 다가갔다. 첫번째는 후안이었다. 그들은 웃음을 터뜨리며 공모라도 하듯 이야기를 나눴다. "다 털어놔봐요." 애그니스는 그가 꾸짖는 듯한 어조로 나직이 말하는 것을 들었다. 그다음은 데브라였는데, 그녀는 엄마를 끌어안고 이야기가 끝날 때까지 몸을 빼지 못하게 했다. 엄마는 심지어 해럴드 박사도 끌어안았다. 아무도 그녀가 떠났던 일로 반감을 품은 것처럼 보이지 않았다. 애그니스는 뱁은 예외라는 데 주목하며 생각했다. 하지만 그건 뱁이 나를 보호하고 싶어하기 때문이야. 엄마는 뱁에게 다가가지 않았고 뱁은 그녀가 이리저리 돌아다니는 것을 못 본 척했다. 엄마는 그날 낮 동안 칼에게 여러 번 다가가 말을 걸었다. 마치 그에게 할말이 계속해서 떠오르기라도 하는 것 같았다. 그녀는 그의 어깨에 한 손을 얹고 이야기를 나누다가, 이내 함께 웃음을 터뜨리거나 진지해지곤 했다. 두 사람은 이전에 그랬던 적이 한 번도 없었는데 마치 무척 중요한 용건이 있는 것처럼 느껴졌다. 애그니스는 밸이 이 모습을 지켜보는 것을 지켜봤다. 밸은 하루종일 얼굴을 찡그리고 있었다.

엄마는 신참에게 다가갈 때면 눈부신 미소를 아낌없이 뿜냈다. 환심을 사려는 듯 사근사근하고 겸손했다. 몸을 기울여 신참의 팔을 건드렸다. 다시 프랭크에게 다가가 순식간에 그가 웃음을 터뜨리게 했다.

엄마는 일단 모든 사람을 만나고, 거듭 만나고, 구워삶고, 위로하고, 사로잡자마자 방관자의 위치로 물러나 관찰했다. 허드렛일을 도울 때도 앞장서지도, 의견을 내놓지도, 말을 많이 하지도 않았다. 그저 지켜보기만 했다. 자신이 없는 동안 커뮤니티가 어떤 식으로 일을 하게 되었는지 유심히 살펴보고 있었다.

애그니스는 엄마가 다른 모든 사람들을 지켜보는 것을 지켜보았다. 엄마가 무슨 생각을 하는지 알 수 있도록 엄마가 무엇을 보는지 알고 싶었다. 엄마가 모든 사람에 대해 시간이 지난 후 혹은 보자마자 무엇인가를 알아차리기를 가만히 기다렸다.

애그니스는 프랭크가 가슴팍이 떡 벌어지고 키가 크지만 약하다는 것을 알았다. 그의 뱃살은 방금 아이를 낳기라도 한 것처럼 주름지고 처져 있었다. 예전 삶에서는 잘 먹던 사람. 올챙이배가 볼록 튀어나온 남자였다. 애그니스는 그의 손끝이 더럽게 착색되고 온통 찢어지고 딱지투성이인 것을 보았다. 처음 도착했을 때 그들의 손끝이 모두 그랬었던 것처럼. 거친 나무껍질과 돌, 짐승가죽과 견과류 껍질의 타닌 성분, 야생 식재료에 익숙하지 않아서였다. 하지만 이제 다른 신참들의 손에는 모두 알맞게 굳은살이 박인 반면 프랭크의 손에는 아직도 딱지가 더덕더덕 앉아 있었다. 그는 늘 어떤 일과에 참여중인 것처럼 보이기는 했지만, 다른 모든 사람들만큼 열심히 일하지는 않았다. 그렇지만 그는 칼의 수족 노릇을 했고, 그것은 중요한 의미가 있었다.

애그니스는 패티의 엄마가 패티가 설레스트와 아주 많은 시간을 보낸다는 데 불만이라는 것을 알아챘다. 프랭크가 칼과 아주 많은 시간을 보낸다는 점 역시 불만이라는 것도 알아차렸다. 패티의 엄마는 캠프 여기저기서 이런저런 잡다한 일들을 하느라 바빴다. 그녀는 외롭고 지루하다는 것을, 그리고 어쩌면 괄시받는다고 느낀다는 것을 감추려 바쁜 척을 했다. 애그니스는 호벤과 돌로레스가 그애들의 엄마인 린다보다도 제이크와 더 많은 시간을 보내는 것을 보았다. 린다는 칼이 밸이나 프랭크와, 아니면 (애그니스가 눈치챈 바로는) 헬렌과 함께 있지 않을 때면 대부분의 시간을 칼과 보내고 있었다. 애그니스의 엄마는 칼을 지켜보는 데 많은 시간을 할애했다. 칼과 그의 희끗희끗한 관자놀이. 전에는 알아채지 못했던 것이다. 애그니스는 데브라가 미세하게 다리를 절뚝거리는 것을 보았다. 애그니스는 이런 사실 중 몇 가지를 놓쳤던 것에 바보가 된 기분이었다.

애그니스는 밸이 자신의 볼록한 배를 감추려는 듯—혹은 보호하려는 듯—자기 체구에 비해 지나치게 큰 칼의 사슴 가죽 재킷을 입고 있는 것을 보았다. 그녀는 임신이기를 바랄 때마다 이런 행동을 일삼았다. 그녀는 아이를 간절히 원했다. 하지만 막 생리

를 한 참이었다. 그것은 이런 커뮤니티에서 사적인 부분으로 남
을 수 없는 일들 중 하나였다. 애그니스는 밸이 안쓰러웠고, 그녀
가 이 한 가지를 가지지 못한다면 마지막 숨을 거둘 때까지 줄곧
얼굴을 찡그리고 있을까봐 걱정스러웠다.

칼의 털가죽을 입고 있으면 아담해 보여도 사실 그녀는 건강하
다못해 거의 포동포동해 보일 지경이었다. 그 순간 애그니스가
알아차린 것은 모든 근원주의자들이 몹시 비쩍 말랐다는 점이었
다. 신참들은 시티에서 축적한 지방 일부를 아직도 간직하고 있
는 것처럼 보였다. 칼과 밸도 튼튼하고 건강해 보였다. 하지만 다
른 근원주의자들은 홀쭉하고 과거 자기 모습의 흔적만 남아 있었
다. 가장 비쩍 마른 사람은 글렌이었다.

애그니스는 엄마가 글렌을 지켜보는 것을 지켜보며 가슴이 미
어지는 듯한 슬픔을 느꼈다. 그리고 신참들 대부분이 글렌을 피
하는 것을 목격했다. 그는 식사를 하러 캠프로 천천히 걸어서 돌
아와 있던 참이었고, 평온한 표정으로 그릇을 들고 줄을 서서 기
다리는 중이었다. 그의 다리는 부자연스럽게 구부러져 있었다.
구부정한 등에는 갈비뼈가 고스란히 드러나 보였다. 이중 어떤
점도 주위의 다른 사람들의 몸과 크게 다르지 않았고, 전부 애그
니스가 전에도 본 적이 있는 것들이었다. 하지만 애그니스가 처
음 목격한 것, 그리고 확신하건대 엄마도 알아챈 것은 그가 비틀
비틀 걷는다는 것이었다. 그의 흔들림 없는 발걸음은 사라지고
없었다. 그는 아직 돌이나 나무뿌리에 익숙하지 않은 신참들보다
도 걸음걸이가 더 서툴렀다. 시티의 매끈한 콘크리트 바닥이나
평평한 길거리와 달리 이곳의 땅바닥은 자연 그대로의 편차가 있

었다. 그것은 큰 차이였다. 글렌의 발은 대지의 질감을 잊어버린 것처럼 보였다. 그것은 되살아나기 힘든 종류의 것이었다.

*

그날 밤 비는 저녁식사 후 모닥불 가에 둘러앉은 커뮤니티 사람들과 함께했다. 모두가 느긋이 쉴 수 있는 시간이었다. 이야기를 전해듣거나 추억담을 나누는 시간. 비는 이 전통을 알고 있었다. 사람들이 그녀에게 물어보고 싶은 것들이 있다는 것도 알고 있었다. 애그니스는 그것이 그녀가 그동안 이런 시간을 피했던 이유였을 거라고 짐작했다. 그녀가 돌아온 지 사흘째였다. 비가 자리에 앉자, 사람들이 수군거렸다. 칼이 큰 소리로 알렸다. "우리의 이야기꾼이 왔습니다." 심지어 어설프게나마 박수갈채까지 터져나왔다. 비는 자리를 잡고 앉으면서 모닥불 불빛에도 보일 정도로 얼굴을 붉혔다. 그녀는 나직이 이야기했고, 커뮤니티 사람들은 몸을 앞으로 내밀었다.

그녀는 트럭 네 대와 화물기 한 대를 타고 나서야 시티로 돌아갈 수 있었다. 그녀가 가장 먼저 한 일은 할당받은 물이 바닥날 때까지 샤워를 하는 것이었다. 그러고 나서는 이십사 시간 후, 또다시 할당받은 물이 바닥날 때까지 샤워를 했다. 그런 다음 스파게티와 감자칩을 정신없이 퍼먹었다. 그러고 나서 그녀는 며칠 동안 앓아누웠다. 그후로도 며칠 더 건물 밖으로 나가기가 두려웠다. 시티는 시끄럽고, 사방 표면이 햇빛을 반사하며 번쩍거려 눈이 부셨다. 그녀는 커튼을 모조리 다 치고 며칠 동안 침대에 누워 웅크리고 있었다. 모닥불 가에 둘러앉은 사람들은 자신들도 그렇게 하고 있다고 상상하며 눈을 감았다. 그녀는 가까스로 용기를 내어 밖으로 나가 몇 가지 용건을 처리했다고 말하며 그 기억에 놀라 움찔했고, 애그니스는 그것이 할머니와 관련된 일들이라는 걸 깨달았다. 그러고 나서는 이곳저곳을 둘러보았다고 그녀는 말했다.

"뭘 봤죠?" 사람들이 물었다.

"스모그 때문에 생긴 아름다운 저녁노을을 봤어요. 스모그가 전보다 훨씬 더 심해졌어요. 건물들은 더 높아진 것 같아요. 그게 가능할 거라고는 생각도 못했는데. 그 건물들의 강철과 유리에 노을빛이 아주 예쁘게 반사되고 있었어요."

"그거 말고는요?"

"슈퍼마켓에 온갖 채소들이 엄청 많았어요. 색이 그렇게 선명할 수가 없었죠. 언제까지나 그 농산물만 바라보며 서 있을 수 있을 거 같았어요."

"뭘 먹었나요?"

"음……" 그녀가 당혹스러운 듯 뜸을 들였다. "줄이 믿기 힘들 정도로 길어서 내가 가게에 들어설 때쯤이면 신선한 먹거리는 거의 다 나가고 없는 게 보통이었어요. 아침 일찍 가야 했죠. 그래서 주로 감자랑 피망을 먹었어요." 그녀는 그들의 실망하는 표정을 보았다. "하지만 몇 번인가 겨우겨우 아름다운 과일과 채소를 조금 구입한 적도 있었죠." 그녀는 활기를 되찾았다.

"그래서요?"

"괜찮았어요." 사람들이 재촉하는 눈길로 그녀를 바라보았다.

"보기에는 완벽했죠." 그녀가 고개를 절레절레 저었다. "하지만 내 기억과는 달랐어요. 색은 예쁘지만 맛은 별로였죠. 그에 비하면 이곳의 달래는 놀라울 정도로 훌륭해요."

사람들이 불편한 듯 자세를 바꾸기 시작했다.

"그럼, 또 뭘 봤죠?" 데브라가 약간 날이 선 목소리로 말했다.

"주방용품을 파는 가게에 들어갔는데, 솥이며 냄비가 다 아주 예쁘고 깨끗하더라고요."

그들은 다음 말을 기다렸다.

"그리고요?"

그녀가 생각에 잠기자 그들은 그녀와 함께 침묵을 지켰다. "솔직히 말할게요." 그녀가 고개를 푹 숙이며 말했다. "내가 본 것들은 거의 다 끔찍했어요."

신참들이 고개를 끄덕였다. 근원주의자들이 물어보았다. "그 끔찍하다는 게, 예전과는 다른 거였나요? 아니면 똑같은 거였어요?"

"똑같은 거긴 하지만, 더 심각했어요."

그녀는 길거리에 쓰레기가 늘었다고 말했다. 그들이 헤치고 지나온 안개처럼 스모그가 낮게 깔려 있었다. 가게마다 밖으로 긴 줄이 구불구불 이어졌다. 브로콜리 같은 것을 두고 싸움이 벌어졌다.

그녀는 건물을 더 지을 공간이 없어서 더 많은 사람들이 기존의 건물에 비집고 들어가는 실정이라고 말했다. "게다가 더이상은 콘크리트를 만들 모래도 없어요."

"왜죠?"

비가 어깨를 으쓱했다. "뭐, 나도 잘 몰라요. 그냥 그렇다고 들었을 뿐이에요."

그녀의 집이 있는 층은 이제 각 아파트마다 딱 한 가족이 아닌 여러 가족이 살고 있는 것처럼 보였다. 하지만 그런 일이 일어나는 바로 그 순간에도 그 건물 아이들 가운데 몇몇은 이미 죽고 없었다고 그녀는 말했다. 그녀는 젖은 눈으로 애그니스를 바라보았다. 애그니스는 친구들의 이름을 기억해내려고 하자 가슴이 요동치는 것을 느꼈다. 글렌은 그들의 이름을 기억하고 있었다—애그니스는 왜 기억하지 못했을까? 그들은 이제 죽고 없었다. 애그니스는 아니었다.

비는 거리에서 노숙하는 사람들이 훨씬 더 많아졌지만 통금시간이 시작되면 그들이 어디로 가는지는 모른다고 말했다.

"지하로요." 프랭크가 무덤덤하게 말했다. 패티의 엄마가 그를 찰싹 때리며 톡 쏘아붙였다. "계속 얘기하시게 가만히 좀 있어." 패티의 엄마는 비가 전하는 소식에 흠뻑 빠져 있었다. 남몰래 시티와 그곳의 모든 결점까지 사랑하기라도 하는 것 같았다.

"시티 경계 바로 바깥에 캠프가 여럿 있어요. 그들은 거기로 가는 거 같아요. 검문소를 어떻게 빠져나가는지는 모르겠지만요."

프랭크가 아내에게 거리를 두며 중얼거렸다. "지하로 간다니까."

"시티에 드문드문 살아남아 접근을 제한해놓았던 몇 안 되는 그 나무들은 어떨까요? 다 죽어버렸어요. 누군가가 모조리 다 폭파해버렸죠." 신참들이 다시 한번 고개를 끄덕였다. "깡패들이야." 프랭크가 입속말로 중얼거렸다.

"고립된 작은 구역들뿐 아니라 도처에 폭력이 존재했어요. 바깥에 있을 때면 겁이 났죠. 사람들이 초인종을 울려도 문을 열러나갈 수가 없어요. 안전하지 않으니까요." 신참들은 이 말에도 고개를 끄덕였다. 그들은 그 모든 상황을 잘 알고 있는 것처럼 보였다. 비가 목격한 것은 그들이 버리고 온 시티였던 것이다. 그녀가 그들에게 들려줄 수 있는 새 소식은 많지 않았지만, 그래도 그들은 여전히 무언가 색다른 소식을 기대했던 것 같았다.

비가 침묵에 잠기자 모든 사람, 특히 근원주의자들은 실망한 표정이었다. 그들이 기대했던 시티의 새로운 소식은 이런 것이 아니었다.

애그니스는 얼마 전까지만 해도 그들이 엄마에 대해 이런저런 이야기를 늘어놓던 것을 기억해냈다. 그들은 그런 이야기를 하면서 그녀를 무단이탈자라고 불렀다. 그들은 그 당시 그녀가 영위하고 있을지도 모를 온갖 생활을 상상해보았다. 그러면서 그것을 발라드*라고 불렀는데, 꾸며낸 이야기가 다 그렇듯 그 이야기들은 얼토당토않은 반전을 맞이하곤 했다. 몇몇 이야기에서는 결국 그녀가 새로운 행정부를 이끌고 시티의 건물들을 허물기에 이르렀다. 비록 그후 사람들이 어디에서 사는지는 결코 정하지 못했지만 말이다. 그것은 모닥불 가에 둘러앉아 나누는 이야기로 다루기에는 벅찬 문제였다.

최근, 산에서 한철을 보내고 난 후에는 후안이 비가 다른 사람

---

* 원래 중세 유럽에서 형성된 자유로운 형식의 짧은 서사시를 가리키는 말이다. 연애담이나 영웅담이 주된 내용이다.

들이 들어올 수 있도록 윌더니스주의 경계를 개방하는 것으로 끝나는 발라드를 들려주기도 했다.

그때 패티의 엄마가 말했다. "하지만 우리는 그런 건 바라지 않아요. 안 그래요?"

사람들은 모닥불 가를 빙 둘러보며 저마다 고개를 가로저었다. 더 많은 사람이 들어오기를 바라는 사람은 아무도 없었다. 신참들은 그런 상황을 다른 무엇보다도 더 못마땅해했다.

"더 많은 사람이 들어오게 허락하면 금세 시티하고 비슷해질 거예요." 프랭크가 말했다.

곧이어 린다가 이야기를 이어받았다. 비는 시티 외곽에서 쥐가 들끓는 한 헛간을 발견했고, 그 무리의 지배자로서 무사히 시티로 돌아갔다. 그녀는 결혼해서 다시 한번 임신했는데, 이번에는 사람 손을 가진 쥐 여러 마리를 뱃속에 품게 되었다. 그녀와 그녀의 쥐 패거리는 반정부주의자들로서 행정부 전복을 도모했다.

"행정부가 뭐예요?" 파인콘이 물어보았다. 아무도 대답해주지 않았다.

애그니스는 처음에는 그 이야기들을 몹시 싫어했다. 그때는 엄마의 빈자리가 너무 낯설고 가슴 아팠기 때문이었다. 초기에는 그런 이야기들을 못 들은 척해버렸다. 시간이 흐르고 이야기에 귀기울이기 시작하면서 자신이 이야기를 보탤 생각도 해보았지만 할말이 아무것도 없다는 것을 자각하곤 했다. 애그니스는 엄마가 시티에서 무엇을 하고 있을지 상상하기란 불가능하다는 것을 깨달았다. 시티는 확실히 달라져 있었다. 엄마도 확실히 달라져 있었다. 따라서 엄마가 실제로 그곳에 있을 리는 없어 보였다.

애그니스가 새로운 발라드를 지어내기 시작한 것은 바로 그때였다.

"우리 엄마가 결코 시티에 가지 못했다는 거 다들 알죠?" 어느 날 밤 애그니스가 모닥불 가에 앉아 말을 꺼냈다.

사람들은 잠시 침묵을 지켰다.

이윽고 데브라가 고개를 끄덕이며 말을 시작했다. "휴한지 지구에서 비명횡사했다고 들었어."

"나는 교도소에 수감되었고 지금은 광산지대에서 일하고 있다고 들었어요." 린다가 말했다.

영화 대본 같은 온갖 이야기가 사람들의 입에서 앞다퉈 튀어나왔다.

"그녀는 푸른 채소가 너무 그리운 나머지 온실구역에 일하러 갔어요."

"시티 출입을 금지당해서 정유공장단지에 숨어 있어요."

"새 해안지대를 따라 기습공격을 감행하는 중이에요."

"'미트'라는 등록상표의 제조업자예요."

"소함대의 함선에 승선해 있어요."

"그녀는 사유지 지구에 있어요." 벨이 의견을 냈다.

몇몇 신참이 그 생각에 이야! 하고 감탄해 외쳤다. 그들은 사유지 지구가 실재한다고 생각했고, 애그니스가 알기로는 만약 그들에게 선택의 여지가 있었다면 윌더니스보다는 차라리 그곳에 있고 싶어할 터였다.

하지만 칼이 말했다. "이런, 벨, 그건 아니지. 세상에 그런 게 어디 있어."

하지만 만약 세상에 그런 것이 있다면 모두가 엄청난 배신감을 느낄 터였다. 밸도 그것을 알고 있었다.

"그녀는 농장지대에서 우유를 마시고 있어요." 후안이 말했다.

그들은 우유를 갈구하며 추파를 던지듯 신음소리를 냈다.

"우리 엄마는 저기 저 언덕 위에 앉아 있어요." 애그니스가 말했다. "우리를 지켜보면서요."

다들 마음속 깊은 곳에서는 이것이 가장 그럴듯한 이야기라고 생각했다.

그들은 자신들을 지켜보는 무단이탈자를 머릿속에 그리며 각자 잠자리로 기어들어갔다. 그들 중 일부는 그녀가 죽었다고 생각했다. 그녀가 영혼이 되어 자신들을 지켜본다고 생각하는 편이 스토커가 되어 지켜본다고 생각하는 것보다 덜 섬뜩했기 때문이다. 그리고 그것이 바로 애그니스가 원하는 바였다. 다른 사람들이 애그니스의 엄마가 죽었다고 생각하는 것. 애그니스는 자신이 그렇다고 믿는 유일한 사람이라는 것에 지쳐 있었다.

지금 모닥불 건너편에 있는 엄마는 피곤하고 진이 빠진 듯 보였다. 그녀의 두 어깨는 마치 시티에서 그녀가 감당할 수 없을 만큼 힘들었다는 것을 일깨워주려는 듯 축 처져 있었다. "다른 거 뭐 더 알고 싶은 게 있나요?" 그녀는 열성적인 듯 보이려 애를 쓰며 웅얼웅얼 말했다. 그녀는 깊은 인상을 주려고 했다―애그니스는 그것을 알아볼 수 있었다. 그녀는 지금 신참이었다. 아니면 그녀 자신이 그렇게 느끼고 있는지도 모를 일이었다. 애그니스는 그녀가 그런 느낌을 좋아하지 않을 것이라고 생각했다.

후안이 헛기침을 했다. "저기, 시티가 끔찍하다는 거야 우리도 잘 알고 있어요." 그가 주위를 둘러보자 다들 고개를 끄덕였다. 몇몇은 눈알을 굴렸다. 애그니스의 엄마는 당황스러운 것처럼 고개를 푹 숙였다. 그녀는 늘 최고의 이야기꾼이었다. 하지만 이 이야기는 하기 힘들어한다는 것이 드러나는 중이었다. 후안은 격려하듯 말을 이어갔다. "하지만 내가 알고 싶은 건……" 그는 극적인 효과를 노리고 짐짓 머뭇거렸다. "우유를 마셨나요?"

일행들이 부끄러워하며 소리 죽여 킥킥거렸다. 그들이 원하는 것은 경고가 아닌 좋은 추억담이었다. 애그니스의 엄마는 무슨 이야기를 해야 할지 찾아내기라도 한 것처럼 거의 기쁘다는 듯 웃음을 터뜨렸다. 그러고는 다시 생기가 도는 얼굴로 말했다. "우유를 마셨냐고요? 우유를 마셨냐는 거죠!"

애그니스는 일어나서 모닥불 가를 떠났다.

애그니스는 엄마가 결국 사람들의 마음을 거머쥐는 소리를 들었다. 그녀가 본격적으로 정상 궤도에 올랐던 것이다. 커뮤니티 사람들은 앗 하고 놀라는가 하면 아아 하고 감탄하며 키득거렸고, 엄마는 그 낯선 웃음소리를 내며 웃었다. 지금 엄마는 모든 이야기를 지어내고 있는 것이 틀림없었다. 아니면 이런 이야기들이 사실이고 기분 나빴던 부분이 지어낸 것이었거나. 어떻게 그토록 끔찍한 곳이 이토록 많은 사람들을 이만큼 행복하게 만들 수 있겠는가?

애그니스는 잠자리 발치에 몸을 웅크리고 누워 덜덜 떨었다. 글렌은 동굴에 머물며 여전히 잠도 거기서 잤다. 애그니스 하나로는 가죽 이불 속에 온기가 돌지 않았다. 이곳에서 가족이 함께 있어야 좋은 이유가 바로 그것이었다.

애그니스는 한참 동안 졸린 기색 하나 없이 하늘을 응시하며, 자신의 머리 위에서 날아다니는 야행성 날짐승들과 밤하늘을 떠도는 별들을 눈으로 좇았다. 마침내 사람들이 잠자리로 물러나는 소리가 들렸고, 모닥불 가에 둘러앉아 대화하던 소리는 잠잠해져가다가 나직한 속삭임이 되었다.

엄마가 소리 없이 다가왔다. 그녀는 잠자리 머리맡에서 가죽 이불을 끌어내려 덮고 누운 다음, 무릎을 위로 올려 끌어안아서 두 발을 딸로부터 떨어뜨렸다.

애그니스는 화가 나서 씩씩거렸다.

엄마가 나직이 중얼거리듯 말했다. "아니, 이리 올라와서 자지 그러니? 여기는 정말 따뜻한데."

"이 아래쪽이 내 자리니까요." 그리고 애그니스는 덧붙였다. "게다가 글렌 아저씨가 올 수도 있고요."

"안 올 거야." 엄마는 그렇게 말하고는, 두 손으로 애그니스의 팔과 다리를 움켜잡고 끌어올려 애그니스를 자신의 배에 기대게 했다. 엄마의 턱이 애그니스의 정수리를 날카롭게 파고들었다.

"하루종일 몰래 내 뒤를 밟으면서 재미있었니?" 엄마가 다정하게 속삭였다. 애그니스는 창피해 죽을 지경이었다. "늘 지켜보고 있을 필요는 없어." 그녀가 말했다. "나는 떠나지 않을 거니까."

애그니스는 먹잇감처럼 축 늘어져버렸다. 엄마가 떠날까봐 그녀를 계속 감시하고 있다고 생각해본 적은 없었다. 그저 그녀를 신뢰하지 않을 뿐이었다.

"네가 나한테 화난 거 알아. 하지만 언젠가는 화가 풀릴 거야." 엄마는 최면을 거는 것처럼 차분하게 말했다. 그리고 애그니스의 새 짧은 머리를 거침없이 쓱쓱 쓰다듬었다. 그러자 애그니스의 가슴에 에는 듯한 아픔이 느껴졌다. 그들이 살던 아파트의 전등 불빛 아래서 엄마가 어린애답게 헝클어진 애그니스의 긴 머리를 빗어주던 기억이, 가슴 아프면서도 위안이 되는 그 기억이 떠올랐던 것이다.

"떠나버렸던 거 미안해." 그녀가 말했다. "하지만 이제는 돌아왔어. 내 나름대로는 이유가 있었어. 알겠니?" 엄마의 몸이 잠자리를 빠르게 데웠다. 이내 애그니스는 그 온기에 녹아내려 몸을 웅크리며 엄마의 품속으로 파고들었다. 줄곧 이 느낌이 그리웠다. 몇 킬로미터나 지고 온 무거운 짐을 방금 막 내려놓은 기분이 들었다. 애그니스의 근육의 긴장이 풀리면서 불붙은 듯 화끈거렸다.

애그니스는 다시 아주 어린 아이가 된 기분이었다. 까마득한 기억 속 어딘가에서, 자신이 정말 아팠을 때는 물론이고 평소에도 기분이 좋아지는 유일한 방법은 엄마의 침대로 기어들어가는 것이었다는 사실이 떠올랐다. 세상에 대해서나 삶에 대해서나 그녀에 대해서 무엇이든 알기 위해서는 그녀 옆에 바싹 달라붙어 있어야 했다.

애그니스가 안도의 한숨을 아주 길게 내쉬자 그 소리가 탄식하듯 애처롭게 들렸다. "진짜로 우유를 잔뜩 마셨어요?" 애그니스가 물어보았다.

"가끔은 사람들이 원하는 걸 내줘야 할 때도 있는 법이야."

애그니스는 얼굴을 찡그렸고, 팔에 닿아 있던 애그니스의 얼굴이 일그러진 게 엄마에게도 느껴진 것이 분명했다. 이런 말을 한 것을 보면 알 수 있었다. "조금만 마셨어, 아가. 항상 마시기에는 정말이지 너무 비싸거든."

"어떤지 설명해줘요."

"차갑고, 크림같이 부드럽지. 차가운 샘물 같으면서 동물의 지방 같아. 입안 전체를 감싸줘. 목이 마를 때면 물보다도 낫고. 차갑기만 하면 말이야."

"기억나요."

"그래? 그런데 뒷맛은 별로인 것도 기억나니? 일 분만 지나도 벌써 입안에서 오래된 맛이 나잖아. 역겨워."

"예전부터 늘 그랬나요?"

"내 생각에는 우리 입맛이 변한 거 같아. 하지만 사람들한테 그런 말을 할 수는 없어. 모두를 위해 우유의 이미지를 망치고 싶지 않아."

"하지만 그러는 바람에 사람들이 여전히 그걸 그리워하게 됐잖아요."

"그리워할 만한 게 아무것도 없는 것보다는 가질 수 없는 걸 그리워하는 게 나아."

"그럼 나한텐 왜 말했어요?" 애그니스는 우유를 좋아했었다.

"너는 감당할 수 있으니까."

애그니스의 얼굴이 빨개졌다. 이 말이 칭찬이라는 것을 알았다. 애그니스는 꼼지락거리며 더 가까이 다가들었다. "사람들한테 그거 말고 말 안 한 게 또 뭐 있어요?"

"정말 알고 싶니?"

애그니스는 열심히 고개를 끄덕였다.

엄마는 시티에 동물들이 있다고 말했다. 일부 지역에 전부터 있던 쥐들뿐만 아니라, 이제는 다른 종류의 동물들도 있었다. 그것들은 통금 시작 시간이 지나고 밤에 나왔기 때문에 일찍이 아무도 본 적이 없었다. 하지만 그녀는 통행금지가 내려진 후 밖으로 나갔고, 철과 유리와 돌로 지은 고층 건물들 아래 텅 빈 거리에 혼자 있으면서 골목길에서 그들의 눈을 보았고 그들이 후다닥 지나가는 것도 보았다. 쥐는 물론이고 너구리, 주머니쥐, 뱀, 코요테도 있었다. 그들은 통행금지가 풀리기 직전에 다시 숨어버렸다. 그녀는 애그니스에게 별들이 여기서보다 훨씬 더 잘 보인다고 말했다. 시티에서는 전깃불이 끊기는 통금시간이 시작되면 밖에 나간 적이 없었기 때문에 전혀 모르던 사실이었다. 하지만 한밤중이면 스모그가 걷혔고 그녀는 은하수의 구름먼지를 보았다.

"그건 우리가 돌아가게 된다는 뜻인가요?" 애그니스가 물어보았다. 어쩌면 엄마는 그곳에서 많은 시간을 그들의 필연적인 귀환에 대비하려 애쓰면서 보냈는지도 모른다. 그녀는 여기 월더니스에 진심으로 있고 싶어했던 적이 결코 없었다. 애그니스는 그 점을 알고 있었다.

하지만 엄마는 엄하고 무서운 표정을 지으며 톡 쏘아붙였다. "아니, 우리는 절대 돌아가지 못해."

"왜요?"

"거기서 우리가 얻을 수 있는 건 아무것도 없어. 그 누구든 아무것도 얻지 못해. 이젠 더 많은 사람이 그걸 알게 되는 중이고."

"신참들처럼요?"

엄마는 그렇다는 것을 사실로 인정하면서 살짝 끙 앓는 소리를 냈다. "장담하는데, 여기 오래 있으면 있을수록 신참들을 훨씬 더 많이 받게 될 거야. 하지만 단언하건대 어떤 일이 있어도 우리는 시티로 돌아가지 않을 거야."

"하지만 꼭 떠나야 한다면 어떡해요?" 애그니스는 침을 꿀꺽 삼켰다. 그것은 이제껏 있을 수 있는 일이라고 생각해본 적도 없는 일이었다. 하지만 엄마가 돌아오면서 바깥세상을 끌어들였다. 그리고 그것은 애그니스가 자신의 미래를 보는 방식에도 영향을 미치고 있었다.

"안 갈 거야."

"하지만 꼭 그래야 한다면요. 달리 어디로 가게 될까요?"

엄마는 잠시 뜸을 들이다가 목소리를 낮추며 말했다. "나라면 사람들을 사유지 지구로 데려가겠어."

애그니스는 엄마가 웃음을 터뜨리기를 기다렸다. 엄마는 음모론을 몹시 싫어했는데, 사유지 지구에 대한 이야기는 그녀가 아는 음모론 중 가장 널리 알려진 것이었다. 엄마는 사유지 지구가 사람들이 모든 희망을 잃어버렸을 때나 그 존재를 믿는 것이라고 말하곤 했다. 그녀는 진심으로 그런 것을 경멸했다. 애그니스는 이미 제이크와 쌍둥이로부터 사유지 지구에 대해 훨씬 더 많은 것을 들었다. 그애들의 부모를 비롯해 성인 신참들은 모두 그것이 존재한다고 믿었다. 하지만 제이크와 쌍둥이는 믿지 않았다. 그애들은 지금과 같은 모습의 이 세상에서 태어났다. 어떤 비밀스러운 대안이 있을지도 모른다고 생각하지 않았다. 왜 그런 게 있겠는가?

"하지만요," 애그니스가 과감하게 말했다. "사유지 지구는 진짜가 아니잖아요."

엄마가 몸을 숙이며 속삭였다. "나도 예전에는 그렇게 생각했어. 그런데 말이야, 내가 사람들한테 말해주지 않은 게 하나 더 있어." 그녀가 모닥불을 향해 고갯짓을 했다. "그건 진짜 있어. 그리고 나는 그게 어디에 있는지도 알아."

"어디인데요?" 애그니스는 꼭 자기 나름대로 상상의 세계를 펼치고 있는 어린아이에게 이야기를 건네고 있는 기분이었다.

"이 근처야. 좁고 긴 광산지대를 가로질러야 하기는 하지만, 그러고 나면 어느새 그곳에 도착해 있지. 모퉁이 한 곳에 말이야. 듣자 하니, 엄청나게 넓은 곳인 것 같아."

"거기 가려고 해봤어요?" 애그니스는 엄마가 틀림없이 그랬을 거라는 걸 알면서도 물어보았다. 그녀가 시티처럼 끔찍한 곳에 그렇게 오래 가 있었다면, 그것은 더 나은 삶을 약속하는 어딘가로 가려고 노력하고 있었기 때문이리라.

"아니, 당연히 아니지. 너한테 돌아오려 애쓰고 있었어."

"틀림없이 가려고 해봤을 거예요. 그래서 그렇게 오래 떠나 있었던 거고요."

"그렇게 오래 떠나 있지 않았어." 엄마는 자신이 이곳에 없었던 실제 기간을 인정할 수 없다는 듯 완강히 주장했다.

"아주 오래 떠나 있었어요." 애그니스가 소리쳤다.

"애그니스." 엄마의 말투는 경고조였다.

"내가 보고 싶지 않았어요?" 애그니스가 자신만의 비밀스러운 방어벽 뒤에서 불쑥 내뱉듯 물었다.

"당연히 보고 싶었지."

애그니스는 발딱 일어나 똑바로 앉았다. "그런데 어떻게 그럴 수가 있었죠?" 어떤 생각, 그러니까 전에는 한 번도 해본 적 없는 생각이 차가운 손가락처럼 애그니스의 미간을 짓눌렀다. 나라면 왔을 거야. 애그니스는 엄마가 왜 떠났는지를 생각하는 데 꼬박 매달렸지만, 왜 달아나면서 그애의 손을 움켜잡지 않았는지 의아하게 여겨본 적은 없었다. 왜 애그니스를 버리고 가는 대신 어서, 이리와, 어서, 라고 말하면서 데리고 달아나지 않았는지를 생각해본 적은 없었다. 애그니스가 자기 자신을 그런 삶의 기회를 모색할 수 있는 사람으로 보지 않았던 것은 엄마가 애그니스를 그렇게 보지 않았기 때문이었다. 도대체 엄마가 그런 것을 염두에 두고 있기는 했을까?

엄마가 조용히 하라고 쉿 소리를 내며 애그니스를 다시 그녀의 무릎 쪽으로 끌어당겼다. "다시 이리 와." 그녀는 화난 어조로 속삭이고는 강한 소유욕을 드러내며 애그니스를 꼭 끌어안았다. "네가 짐작하는 거보다 훨씬 더 너를 사랑해." 그녀가 말했다. "너를 위해서라면 뭐든지 할 거야." 그녀가 으르렁거리듯 말했다. "너는 내 거야." 그것은 애그니스를 그녀 없이는 존재할 수 없는 피조물로 되돌려놓으려는 시도였다.

애그니스는 굳어버린 채 손발을 움츠리며 몸을 뒤로 빼내고는 다시 한번 털가죽 이불 속 한쪽 구석으로 기어가 웅크리고 누웠다. 엄마가 지나치게 적극적으로 사랑의 서곡을 울리기 시작하는 것은 바라지 않았다. 자신의 등을 문지르고 뺨을 어루만져주기를 원했다. 자신의 목덜미에 대고 도란도란 속삭여주기를 원했다. 자신의 손을 부드럽게 잡은 채로 말이다. 애그니스는 자꾸 질문을 해야만 하는 것이 싫었다. 정신없이 휘둘려야 하는 것이 싫었다. 따져 묻지 않아도 알아서 털어놓기를 원했다. 애그니스는 엄마의 열렬한 사랑이 너무 싫었다. 열렬한 사랑은 결코 오래가지 않기 때문이었다. 현재의 사랑이 열렬하다는 것은 시간이 지나면 사랑이 아예 존재하지 않거나, 최소한 존재하지 않는 것처럼 느껴질 거라는 뜻이었다. 애그니스는 온화한 엄마, 그러니까 자신을 매일 아주 똑같이 사랑해줄 것처럼 보이는 엄마를 원했다. 애그니스는 생각했다. 온화한 엄마는 달아나지 않아.

엄마는 애그니스를 다시 돌아오게 하려고 실랑이하려 들지 않았다. 그러기는커녕 잠시 애그니스를 지켜보다가 동물처럼 반짝반짝 빛나는 눈을 감았다.

애그니스는 몸을 동그랗게 말고 엄마 품에 다시 안기는 데 반감이 드는 것이 몹시 싫었다. 아무 걱정도 근심도 원망도 없이 엄마에게 달려가는 데 반감이 드는 것이 몹시 싫었다. 엄마를 연기처럼 사라지게 했던 그 먼지구름이 자신의 마음속에서 잊히지 않는다는 것이 몹시 싫었다. 하지만 애그니스는 그녀가 없으면 여전히 덜덜 떨었다. 엄마의 변덕스러운 마음이 언젠가 문제가 되지 않을까? 애그니스는 엄마가 힘없이 내쉬는 지친 숨소리와 절박하게 두근거리는 자신의 심장소리를 들으며 잠이 들었다.

*

이튿날 아침 애그니스는 그늘 아래서 잠이 깼다. 쌍둥이가 못마땅한 표정으로 태양을 가리고 서 있었다. 애그니스의 엄마는 아무데도 없었다.

"같이 가자." 쌍둥이가 입을 모아 말했다.

애그니스는 기지개를 켜며 잠자리에서 나가 잠자코 그들의 요구에 따랐다.

"우리가 결론을 내린 게 있어." 그들이 캠프 끄트머리에 다다랐을 때 설레스트가 말했다.

"맞아." 패티가 말했다. "우리는 너희 엄마에 관해서 뭔가 정말로 엉망진창인 게 있다는 결론을 내렸어."

"네 말로는 죽었다면서." 설레스트가 말했다. "어떻게 안 죽었지?"

"나는 죽은 줄 알았어." 애그니스가 말했다.

"너 거짓말쟁이야?"

"아니야." 애그니스가 소리쳤다. "죽은 줄 알았댔잖아." 애그니스가 다시 한번 중얼거리듯 말했다.

"그럼, 엄마가 죽지 않아서 좋아?" 패티가 물어보았다.

애그니스는 지난밤의 대화와 자신이 편안하게 안겨 있던 엄마의 품에 대해, 그리고 어떻게 단 한 번의 손길에 위안을 얻고 또 그 손길이 사라지면 고통을 겪을 수도 있는지에 대해 생각해보았다. 혼자 잠에서 깨어나자마자 얼마나 추웠는지를 생각해보았다. 엄마가 떠나 있던 그 모든 시간 동안에도 그토록 허전한 기분을 느꼈던 기억은 없었다. 애그니스는 줄곧 스스로의 몸을 따뜻하게 했었다. 마치 손이 닿을 만큼 엄마가 가까이 있을 때 오히려 그 빈자리가 가장 크게 느껴지기라도 하는 것 같았다.

애그니스가 어깨를 으쓱했다. "그런 거 같아. 잘 모르겠어."

그리고 걸음을 멈췄다. 쌍둥이도 걸음을 멈췄다. "너희 엄마들이 언젠가 너희를 두고 떠나려 할 수도 있을까?" 애그니스가 물어보았다.

패티가 고개를 가로저었고 애그니스는 패티를 믿었다.

"그럴 리 없어." 설레스트가 말했다. "하지만 엄마가 나를 사랑해서 그러는 거 같지는 않아. 그저 너무 겁이 많아서 나를 두고 떠나지 못하는 것뿐이지. 뭐든 혼자 하는 걸 무척 싫어하거든. 혼자서는 똥구덩이에도 못 가."

"정말이야?"

"그래. 낮에는 내가 같이 가야 해."

"마침 네가 없으면 어떡해?"

"어쩌면 다른 사람을 찾아낼지도 모르지. 하지만 솔직히 내 생각에는 그냥 참는 거 같아. 그리고 밤에는—" 그애가 말을 중단했다. "이건 너희한테 말하면 안 돼."

"뭔데?"

"그냥 잠자리 바로 뒤에서 오줌을 눠버려."

"동그랗게 모여 자는 데서?"

"그래. 나를 깨워서 망을 보게 하고 가죽 이불 하나를 두르고는 쪼그려앉지. 정말 어이가 없어."

"너무 역겨워." 패티가 투덜거렸다.

"들킨 적 있어?"

"한 번. 엄마가 잠자리로 다시 기어들어가고 나서, 누군가가 말하는 게 들렸어. '쯧쯧, 너무 제멋대로네요, 헬렌.'"

"누구였어?"

설레스트가 눈을 말똥거리며 대답했다. "쳇. 칼 아저씨."

"웩." 패티가 설레스트에게 더 가까이 다가가며 나직이 외쳤다. "아저씨가 다음날 아침에 뭐라고 했어?"

"아, 아마 했겠지. 틀림없이 우리 엄마랑 붙어먹고는, 그냥 넘어가쳤을 거야."

"뭐라고?" 애그니스와 패티가 소리질렀다.

"야, 정말이야." 설레스트가 말했다. "둘이 완전히 붙어먹고 있다고."

"칼 아저씨가?" 애그니스가 반문했다.

"기본적으로 칼 아저씨는 아무하고나 붙어먹어."

"우리 엄마는 아니야." 패티가 말했다.

설레스트가 애그니스를 보며 눈썹을 치켜세웠다.

그들은 말없이 다시 걸었다.

애그니스의 어깨에 손 하나가 얹히는 것이 느껴졌다. 설레스트가 보조를 맞춰 걸으며 몸을 가까이 숙이고 있었다. "엄마한테는 틀림없이 이유가 있었을 거야." 그애는 그렇게 말하고는, 어깨를 으쓱했다. "그렇지?"

애그니스도 대답하듯 어깨를 으쓱했다. "틀림없이 그랬을 거야."

쌍둥이는 애그니스를 그들이 작은 풀밭이라고 부르는 곳으로, 그러니까 그들이 찾아낸, 멋진 경치와 부드러운 새싹들로 뒤덮인 장소로 데리고 갔다. 그곳은 매들린이 묻힌 곳이었지만 쌍둥이는 그 사실을 몰랐고 애그니스도 그애들에게 말하지 않았다. 그 사실을 알면 분명 역겨워하며 결코 다시는 찾아오지 않을 터였다. 게다가 매들린은 누군가와 함께 있는 것을 좋아할 것 같았다.

제이크가 그곳에 벌써 와서, 애그니스가 머리를 받치라고 만들어준 토끼털 베개를 베고서 바위에 기대 있었다. 애그니스는 이 모습을 보고 빙긋 웃었다. 이런 곳에서 베개가 우스꽝스럽기도 했지만, 어떤 면에서는 제이크다웠다. 그애의 검은 청바지는 밑단이 갈가리 찢어져 있었다. 하지만 애그니스는 그 바지가 그애를 처음 본 순간에도 그랬다는 것을 기억하고 있었다. 그것은 궁핍의 표시가 아니었다. 스타일이었다. 그애의 캔버스 재질 하이탑 운동화는 여전히 목 부분이 완벽하게 바깥으로 접혀 있었고, 고무로 된 하얀 앞코는 여전히 하얬다. 수많은 계절을 거치며 줄곧 신고 걸어왔는데도 말이다. 그애의 앞머리는 빠르게 자라고 있었다. 머지않아 한번 더 머리를 깎아주겠다고 해야 할 터였다. 애그니스는 얼굴이 빨개졌다.

그들은 꼭 필요한 데가 아니면 털가죽을 사용하지 않기로 되어 있었다. 그것은 보온용으로만 사용해야 했다. 예를 들어 모자나 엄지장갑의 안감 같은 데에만. 아니면 가장 추울 때 목이나 배 부분을 감싸기 위해서라든가. 애그니스가 그 토끼를 잡은 것은 녀석이 세이지 아래서 덜덜 떨며 다리를 절고 있었기 때문이다. 혼자였다. 애그니스는 토끼가 냅다 달아나다가 우거진 덤불 가지에 뒤엉켰을 때 달려들어 녀석의 두 귀를 붙잡았다. 토끼는 너무 어려서 빠져나갈 방법을 알지 못했다. 애그니스는 그런 식으로 동물들을 잡는 것이 질색이었다. 그것은 불공평한 일이었다. 애그니스는 그 이상의 실력을 가진 사냥꾼이었고, 그들에게 더 나은 동물이 될 기회를 누릴 권리가 있다고 믿었다. 또한 어린 사냥감을 잡는 것은 규칙을 어기는 일이기도 했다. 하지만 그 토끼는 어미와 한배에서 난 다른 새끼들에게 버려진 것처럼 보였다. 그 순간에는 그 토끼를 붙잡아 재빨리 목을 부러뜨리는 게 그렇게 하지 않을 경우 녀석이 겪을 수도 있을 일보다는 훨씬 더 친절한 일이었다.

애그니스는 그 털가죽을 커뮤니티에 내놓았어야 했고, 고기도 마찬가지였다. 하지만 둘 다 차지해버렸다. 애그니스는 제이크에게 그 베개를 비밀로 해야 한다고 했다. 그애와 비밀을 공유할 수 있어서 좋았다. 함께 규칙을 위반할 수 있었던 것도 좋았다. 그래서 그애는 캠프에서 벗어나 있을 때만 그것을 꺼내놓았다. 애그니스와 쌍둥이 근처에서만 말이다. 그 베개는 부드러웠고, 애그니스는 제이크가 그것을 자기 뺨에 가져다 대거나 그날 본 재미있는 일에 대해 애그니스에게 말하는 동안, 또는 시티에 대한 추억에 잠기고 싶을 때마다 멍하니 그 베개를 쓰다듬는 모습을 지켜보는 것이 좋았다. 그런 행동을 보면 모든 신참 가운데서도 그애가 가장 시티를 그리워하는 것 같았다.

그들이 빙 둘러앉자, 제이크가 자기 가방을 뒤졌다. 그애는 가죽 파우치를 꺼내어 끄르고는 패티에게 건네주며 그들에게 다시 한번 상기시켰다. "한 사람당 한 조각씩이야."

패티가 토끼 고기 육포 한 조각을 꺼내고는 셀레스트에게 파우치를 건네주었다.

셀레스트가 안을 유심히 들여다보더니 투덜거렸다. "큰 걸 가져갔잖아." 그애는 얼굴을 찌푸린 채 한 조각을 고르고는 파우치를 애그니스에게 건네주었다. 파우치가 자신에게 되돌아오자 제이크가 남은 것을 세어보았다.

"네 조각 남았네." 그애가 자기 몫으로 한 조각을 가져간 후 말했다. "더 만들어야 할 거 같아."

그 다리를 못 쓰던 토끼가 첫번째였다. 그들은 두 마리를 더 잡아서 고기는 말리고 가죽은 무두질을 했다. 지금은 쌍둥이도 각자 비밀 베개를 가지고 있었다. 하지만 그애들은 자신들의 비밀 베개를 비밀 장소에 보관했다.

"함정 확인해보고 싶은 사람?" 그들이 생각에 잠겨 각자 자기 육포를 씹고 있었을 때 제이크가 물었다.

설레스트가 나섰다. "내가 갈게." 그애는 자리에서 일어나, 애그니스가 나뭇가지 몇 개와 편평한 바위 하나로 비밀 함정을 만들어놓은 울창한 관목 덤불 속으로 사라졌다.

잠시 후 그들은 바스락거리는 기척과 발소리를 들었다.

"뭐 좀 잡혔어?" 애그니스가 소리쳤다.

"잡히다니 뭐가?"

그들은 모두 새로 나타난 목소리를 향해 고개를 획 돌렸다.

비가 모습을 드러냈다. "잡히다니 뭐가?" 그녀는 마치 이미 그 대답을 알고 있기라도 한 것처럼 얼굴을 찡그린 채 애그니스를 뚫어지게 바라보며 또다시 물었다.

애그니스가 중얼거리듯 대답했다. "아무것도 아니에요."

"여기서 뭐하니?" 애그니스의 엄마가 평온하면서도 강한 분노가 섞인 섬뜩한 목소리로 물었다.

애그니스는 입술이 바짝바짝 말랐다. 엄마는 어중간하게 비틀려서 분노인지 슬픔인지 모를 애매한 입 모양을 하고 사방을 둘러보았다. 애그니스는 엄마의 시선을 좇으며 그녀가 보는 것을 보았다. 제이크의 우스꽝스러운 신발. 패티가 바지에 덧댄 천을 잡아당기는 모습. 그 탓에 건드리지 않고 그냥 내버려둘 때보다 훨씬 더 빨리 기워야 했다. 애그니스는 자신이 제이크와 얼마나 가까이 앉아 있는지 보았다. 날개를 편 나비처럼 책상다리를 하고 앉은 그들의 무릎이 어떤 식으로 맞닿아 있는지를 보았다. 애그니스는 무릎을 세워 다리를 끌어안고는 몸을 흔들었다. 입술이 보이지 않을 정도로 입을 앙다물었다. 애그니스는 매들린이 있는 바로 그 자리에서 자신들이 편안하게 빈둥거리고 있는 모습을 엄마가 바라보는 것을 보았다. 애그니스는 깨끗이 뼈만 남아 하얗게 바랜 뼈 무더기 위에 누워 있는 것이나 다름없었다. 자신이 괴물이 된 것 같은 기분이 들었다.

"내 질문에 대답해." 엄마가 말했다.

"아무것도 아니에요."

애그니스는 엄마가 이마를 훔치고 눈을 문지르기 위해 손을 들어올릴 때 그 손이 부들부들 떨리는 것을 보았다. 다시 한번 주위를 둘러보고 나서 엄마의 눈길이 제이크에게 쏠렸다. "그건 뭐지?"

"베개요." 제이크가 말했다.

"어디서 났니?"

그애가 애그니스 쪽으로 고개를 기울였다.

"내가 만들어준 거예요." 애그니스가 말했다.

"우리는 털가죽을 베개에 쓰지 않아, 애그니스. 그건 너도 알잖니."

"하지만 그냥 털가죽 한 장일 뿐인걸요." 애그니스는 거짓말을 했다.

"저애도 다른 모든 사람들처럼 그냥 가죽을 사용하면 돼. 만약 네가 무언가 착한 일을 하고 싶다면 가죽을 베개처럼 접는 법을 가르쳐주면 되고."

"엄마는 베개를 가지고 있잖아요." 애그니스가 말했다.

"베개가 있었지." 엄마가 바로잡았다. "이제는 없어. 게다가 그건 커뮤니티에 폐를 끼치면서 만든 것도 아니었고."

"잡혔어!" 설레스트가 산토끼 한 마리의 귀를 움켜잡고 덤불에서 팔짝 튀어나왔다. 설레스트가 길게 늘어난 자기 팔의 일부분인 양 휘두르며 깡충거리는 동안, 녀석은 두 다리를 바동거렸다. 토끼는 골반이 부서진 듯 보였지만 아직은 살아 있었다. 설레스트는 비를 보자마자, 우뚝 멈춰 섰다. 비가 그 토끼를 쳐다보았다. 녀석은 어떤 산토끼에게라도 애처롭게 들릴 소리로 울고 있었다.

애그니스의 엄마는 설레스트, 산토끼, 애그니스, 제이크와 가깝게 앉아 있는 애그니스의 모습, 몰래 육포를 씹으려는 패티의 시도 따위를 평가하듯 살펴보았다.

"베개는 제쳐놓고서라도." 애그니스의 엄마가 말했다. "아니, 정말이지, 애그니스. 네 멋대로 사냥을 한다고? 커뮤니티 사람들에게 식량을 숨기고 독차지해? 그건 용납할 수 없는 일이야."

"엄마가 커뮤니티에 무슨 관심이나 있어요?" 애그니스가 벌떡 일어서며, 톡 쏘아붙였다. "혼자 우유를 마시고, 야간 통행금지를 어기기나 했지. 우리는 엄마가 죽은 줄 알았을 때가 차라리 더 나았다고요."

428

어디에선가 헉하고 숨을 들이마시는 소리가 들렸다. 애그니스는 그 소리가 어디서 났는지 확신할 수 없었지만, 자신의 바짝 마른 목구멍에서 났다고 해도 놀라지 않았을 터였다.

애그니스의 엄마는 깜짝 놀라 두 눈이 휘둥그레졌다. 그녀가 애그니스의 뺨을 찰싹 때렸다.

덤불 속의 새들은 쥐죽은듯 조용했다. 제이크는 벌떡 일어섰지만 나서지 않고 뒤로 물러섰다.

엄마의 얼굴은 불이 난 듯 빨갛게 달아올랐다. "네가 우리의 길잡이 역할을 한다고 해서 다 큰 어른이라도 된 줄 아는구나. 어른들은 규칙을 따르거나, 아니면 결과를 받아들여. 너는 아직 그 모든 책임을 면제받고 있지. 내가 항상 너를 지켜줄 수는 없을 거야, 애그니스."

설레스트가 콧방귀를 뀌며 말했다. "언제고 한 번이라도 지켜준 적은 있고요? 확실히 나는 한 번도 본 적이 없는데."

"젠장, 대체 넌 또 누구야?" 비가 내뱉듯 말했다.

설레스트는 입을 꼭 다물었다. 엉엉 울기 직전인 어린아이 같은 모습 때문에 실제 나이보다 몇 살은 어려 보였다. 그애는 자신의 입지를 되찾으려는 듯 다급하게 그 토끼의 목을 꺾어버렸다.

"네가 여기서 심각한 말썽에 휘말릴 가능성은 한두 가지가 아니야, 애그니스." 엄마가 말했다. "이건 게임이 아니야."

"나도 알아요."

"안다고?" 그녀는 걱정스러운 표정을 감추지 못했지만, 이내 성난 표정으로 되돌아갔다. 그녀는 무엇 때문에 그렇게 화가 났을까? 애그니스는 엄마가 설레스트의 두 손에 들린 축 늘어진 토

끼를 흘끔 바라보더니 낚아채는 것을 보았다. 설레스트의 두 손
은 텅 빈 채 털만 덕지덕지 붙어 있었다.

"이 동물은 너희 게 아니야." 축 늘어진 토끼의 입에서 떨어지
는 핏방울을 쌍둥이와 제이크를 향해 휘두르며 애그니스의 엄마
가 말했다. "이건 모두의 것이야. 그리고 너……" 그녀가 고개를
돌려 핏발이 선 눈으로 애그니스를 바라보았다. "이 장소 역시 네
것이 아니야." 그녀가 그 땅을 가리키며 으르렁거리듯 말했다.

애그니스는 본능적으로 유령이 나올 것 같은 오싹한 기분을 느
꼈다. 무언가 익숙하지만 거미줄로 뒤덮인 어떤 것. 애그니스는
발을 쾅쾅 굴렀다. 두 주먹을 꽉 틀어쥐었다. "엄마가 미워요."
애그니스는 자신이 내뱉는 말 한마디 한마디가 비수가 되어 엄마
의 가슴에 꽂히도록 힘을 주어 말했다.

한순간 엄마는 애그니스가 본 그 어떤 경우보다 더 급격히 몸
에서 힘이 빠져나가며 어정쩡한 자세로 속마음을 드러냈다. 두
사람의 눈이 짧게 마주쳤다. 엄마의 눈에는 질문이, 그러니까 그
녀의 태도만큼이나 절박하고, 갈구와 열망으로 가득한 질문이
담겨 있었다. 곧이어 그 상처받기 쉬워 보이는 표정은 꼭 일식 때
처럼 엄하고 위협적이며 쌀쌀맞은 표정에 가려 보이지 않게 되
었다.

그녀는 자신의 어깨 너머로 애그니스를 향해 최근의 그 낯선
웃음을 터뜨리며 돌아섰다. "물론 너는 내가 밉겠지." 그녀가 고
함을 질렀다. "나는 네 엄마야." 토끼가 그녀의 넓적다리에 철썩
부딪치며 튄 핏자국을 남긴 채, 그녀는 도로 덤불 속으로 사라졌
다. 그녀는 또다시 손이 닿지 않을 만큼 멀어졌다.

*

그날 밤 잠자리로 갔을 때, 애그니스는 글렌이 가죽 이불 속에 뻣뻣한 자세로 누워 있는 것을 발견했다. 엄마가 그의 옆에 누워 있었다. 그들은 서로 손을 맞대고 집게손가락을 걸고 있었지만, 길게 누운 그들 몸의 다른 부분은 전혀 맞닿아 있지 않았다. 그들은 마치 온몸이 마비되었거나 혼수상태이거나 죽어버리기라도 한 것처럼 하늘을 물끄러미 올려다보고만 있었다. 하지만 애그니스가 다가가 내려다보자 글렌은 눈언저리가 벌게진 눈으로 있는 힘을 다해 미소 지었다. 엄마의 미소는 어색하고 달갑지 않아하는 듯 보였다. 그래도 글렌과 엄마는 후다닥 떨어져 둘 사이에 애그니스를 위한 자리를 내주었다. 애그니스는 무슨 영문인지 몰라 얼떨떨했다.

"이리 와서, 오늘밤은 여기 누워 자도록 해." 글렌이 말했다.

엄마는 잠자리에서 벗어날 정도로 멀찌감치 떨어져 있었다. 나한테서 가능한 한 멀리 떨어져 있으려 하겠지, 애그니스는 생각했다.

애그니스는 그들 사이에 누웠다. 애그니스는 엄마와 자기 몸 위에서 손을 맞잡았다. 엄마는 잠시도 가만히 있지 못하고 손가락으로 글렌의 손가락을 만지작거렸다. 마치 딴 데 정신이 팔렸거나 초조한 것 같았다. 애그니스는 그런 모습이 자신이 한 말과 관계가 있을지도 모르겠다고 생각했다. 전에는 그런 말을 해본 적이 결코 없었다. 정말로 엄마를 미워하지는 않았다. 그런데도 엄마는 그 말을 그냥 웃음거리로 여기고 무시해버리려 했다. 그런 말을 예상하고 있었다는 듯.

애그니스는 살짝 고개를 돌려 엄마를 바라보았다. 순간 자신이 꼭두새벽에 엄마 방에 자주 기어들어갔던 것이 떠올랐다. 태양이 하늘을 밝히기도 전, 너무 이른 시간에 잠에서 깼는데도 몸과 정신은 애그니스가 다시 잠들게 내버려두지 않았다. 엄마는 자기 침대에서 모로 누워 잠들어 있곤 했다. 언제나, 심지어 잠잘 때도 애그니스를 두 팔 벌려 맞이할 자세로. 애그니스는 몸을 웅크리며 그 품으로 파고들곤 했고, 그러면 엄마가 반사적으로 한 팔을 들어 애그니스를 감싸 안아주곤 했다. 그러면 애그니스는 그대로 엄마의 자명종이 울릴 때까지 다시 한번 선잠을 잘 수 있었다.

애그니스가 후다닥 엄마 쪽으로 다가들었지만 엄마는 돌아누워버렸다. 그녀의 뻣뻣하게 긴장한 몸은 장애물이고, 장벽이었다. 글렌이 애그니스를 도로 끌어당기려 했지만 애그니스는 손을 뻗어 어깨를 꼭 움켜잡고 엄마를 다시 돌아눕게 하려고 안간힘을 썼다.

"미안해요, 엄마." 애그니스는 더 가까이 다가가 엄마의 목덜미에, 부드러운 뺨에 파고들려고 안간힘을 쓰며 속삭였다.

하지만 엄마는 이제 반대편으로 몸을 굴려 앉았다가 아예 일어서버렸다. 동물처럼 소리도 없이.

애그니스는 일어나 앉았다. 글렌은 애그니스를 끌어당겨 다시 눕히려고 했다.

"다시 누워 자렴." 그가 간절히 읊조리듯 말했다.

하지만 애그니스는 잡힌 팔을 홱 뿌리쳤다.

엄마는 둥글게 모여 있는 잠자리들 가운데 맞은편 잠자리로 살금살금 걸어가고 있었다. 그녀는 칼과 밸의 잠자리 앞에 멈춰 서더니, 이내 가죽 이불 속으로 기어들어가 그들과 함께 누웠다. 모닥불 불빛이 그들을 비추며 깜박거렸다. 둥글게 모여 있는 잠자리 곳곳에서 호기심에 가득찬 눈길들이 쏟아졌다. 잠시 후 어리둥절해하는 신음소리가 들렸고, 곧이어 아직 잠들어 있던 밸이 가죽 이불 속에서 차가운 흙바닥 위로 굴러떨어졌다. 밸은 잠결에 두 손을 허공에 대고 허우적거리다가, 이내 잠이 다 달아나 정신이 또렷해지자 칼을 찾아 가죽 이불 속으로 손을 뻗었다. 하지만 비가 다시 모습을 드러내더니 주먹으로 밸의 얼굴을 후려갈겼다. 애그니스의 귀에 우두둑 뼈가 으스러지는 소리가 들려왔다. 밸의 고통에 찬 비명소리가 들려왔다. 둥그렇게 모여 있는 잠자리 곳곳에서 커뮤니티 사람들이 헉하고 숨을 삼키는 소리가 들려왔다. 밸이 자기 코를 감싸쥐었지만, 애그니스의 엄마는 그 손을 억지로 떼어내더니 또다시 밸을 주먹으로 쳤다. 그리고 한 대 더. 밸은 비명을 지르며 울부짖다가, 침을 꼴깍거리며 돌아섰다. 그녀는 엉망이 된 코로 거친 숨을 씨근덕거리며 얼굴에 손을 댄 채 웅크리고 누웠다.

애그니스는 엄마가 다리를 써서 밸의 웅크린 몸을 반달의 달빛이 희미하게 어른거리는 잠자리 밖으로 멀리 밀쳐내는 것을 지켜보았다.

이제 엄마가 칼과 함께 누워 있는 이불 속에서 약간의 소동, 약간의 몸싸움이 일었다. 그 순간 애그니스는 오해의 여지가 없는 소리를 들었다. 짐승이 내는 소리. 그때껏 야생에서 무수히 목격했지만, 지금 눈앞에 보이는 광경과 일치시키기는 불가능한 어떤 것. 칼의 몸에 올라탄 엄마는 마치 말 등에 올라탄 것처럼 건잡을 수 없이 흔들리고 있었다. 애그니스가 다 잘 안다고 생각했던 이런 평범한 삶의 행위가 다시 한번 낯설어졌다. 분한 마음이 들었다. 사방에서 사람들이 대놓고 그 광경을 지켜보았다. 밸은 격분해서 울부짖으며 해럴드 박사의 매트리스에서 털가죽 이불을 와락 잡아채 질질 끌면서 기어가버렸다. 박사는 그녀가 그것을 가져가게 내버려두었다.

애그니스는 마침내 눈앞의 광경에서 받은 충격을 간신히 떨치고 벌떡 일어섰다. 자신의 엄마를 막고 싶었다. 해명을 요구하고 싶었다. 그녀를 응징하고 싶었다. 밸을 위로하고 싶었다. 칼에게 위해를 가하고 싶었다. 그중 어떤 감정이 가장 강한지는 알지 못했다. 하지만 애그니스가 일어선 순간, 한 손이 팔을 와락 움켜잡더니 거칠게 도로 주저앉혔다. 글렌이었다.

"여기 가만히 있어." 그가 말했다.

"하지만 아저씨—"

"가만히 있어." 그가 화난 어조로 나직이 말했다. 그의 손아귀가 마치 족쇄처럼 느껴졌다.

"하지만—"

미처 한마디를 더 하기도 전에 그가 입을 막았다. 그가 어떤 감정에 휩싸여 부들부들 떨고 있는 것이 느껴졌다. 분노. 슬픔. 애그니스는 알 수 없었다. 이제껏 그가 둘 중 어느 감정에든 휩싸여 있는 것을 본 적이 없었다.

"괜찮아." 그가 말했다. 그의 목소리는 목구멍 깊은 곳에서 흘러나왔다.

애그니스는 아까 엄마와 싸운 일에 대해 생각해보았다. 엄마가 다 안다는 듯한 웃음을 터뜨리기 전에 보인 패배자의 자세에 대해. 그후로는 그녀와 이야기를 나누지 않았다. 저녁식사 때 엄마는 줄곧 일정한 거리를 유지했다. 그녀는 모두와, 그러니까 전에는 신경써본 적도 없던 그 모든 사람과 잡담을 나눴다. 애그니스는 엄마가 해럴드 박사의 말에 고개를 뒤로 젖히며 웃음을 터뜨리는 것을 목격했다. 많고 많은 사람 중에 하필이면 해럴드 박사였다. 그러고 나서 엄마는 칼의 옆에 자리를 잡고 앉아 배식받은 음식을 본격적으로 먹기 시작했다. 그들은 저녁식사 시간의 흔한 잡담이라는 미명 아래 열정적으로 속삭이며 이상할 정도로 꼭 붙어 있었다. 그들의 대화는 진지했고 때로는 과열되기도 했다. 아주, 아주, 아주 친밀했다.

애그니스는 그 장면을 몰아내려, 땅바닥으로 떨쳐버리려 애쓰며 머리를 흔들었다. 속이 울렁거렸다.

"아저씨, 이건 내 잘못이에요." 그애가 말했다.

"아니, 그렇지 않아."

"엄마랑 다퉜어요."

"이건 네 잘못이 아니야." 글렌이 말했다. "지금은 이해할 수 없겠지만, 내가 보장하는데 이건 네 잘못이 아니야."

애그니스는 이해하지 못한다는 것이 아주 지긋지긋했다. 상황이 어떻게 돌아가는지 알지 못하기 때문에 자신이 세상과 동떨어진 것처럼 느껴졌다.

글렌은 더는 말이 없었다. 그는 눈을 꼭 감고 콧노래를 부르기 시작했다. 그가 상체를 더 가까이 기울여 애그니스의 귀에 대고 콧노래를 부르자, 데브라나 후안이 모닥불 가에서 부르는 노래와는 다르지만 귀에 익은 어떤 노래가 온몸으로 퍼져나갔다. 그것은 패티, 설레스트, 제이크가 자신들이 그리워하는 모든 음악에 대해 이야기하면서 애그니스에게 알려주려고 하던 노래도 아니었다. 그것은 애그니스가 더 어렸을 때부터 기억하고 있는 것이었다. 애그니스가 아프던 시절부터 말이다. 애그니스의 닫힌 방문 밑 틈으로 흘러들어오던 노래. 글렌과 엄마가 와인 한 병을 함께 비우던 밤마다 듣던 노래. 은 식기들이 메인 요리용 접시에 부딪히며 쨍그랑거리는 소리가 애그니스에게는 마치 무언가의 시작을 알리는 희미한 종소리처럼 들리던 밤마다 두 사람이 듣던 노래였다. 그는 애그니스의 귀에 대고 그 노래를 흥얼거리며 따뜻한 손으로 다른 귀를 막아주었다. 그리고 애그니스는 자신의 잠자리에, 짧은 생의 아주 많은 시간을 누워 보내는 동안 그 작은 몸이 자국을 남긴 매트리스 위에, 몸이 좋지 않은 정도가 아니라 더 심각한 상태이기는 했어도 줄곧 행복한 것 같았던 자리에 다시 누웠다.

두 눈까지 꼭 감자 속눈썹에 뜨거운 눈물이 방울방울 맺혔다.

그날 일찍 뺨을 맞은 후, 그러니까 그 토끼 사건이 있고 나서 제이크가 애그니스에게 엄마 이름이 무엇이냐고 물어보았다.

"그런 건 왜 물어보는데?" 애그니스의 마음속에는 아주 작은 두려움의 싹이 터 점점 더 자라나고 있었다. 엄마에 대해 생각하고 싶지 않았다.

"왜냐하면 아무도—그러니까, 신참인 우리들 중 아무도—네 엄마를 이름으로 부르지 않는다는 걸 깨달았거든. 우리는 모두 그냥 너희 엄마라고 불러. 애그니스의 엄마라고."

"그러면 그냥 그렇게 불러." 애그니스는 거기에 아무 의미도 없다고 생각하면서도, 화를 내며 말했다.

지금, 눈을 꼭 감고 귀가 막힌 상태에서도 애그니스는 모닥불 가에 감도는 긴장감을 느낄 수 있었다. 마음을 사로잡는 육체의 리듬과 크게 "비"라고 외치는 칼의 목소리와 엄마가 내는 것이 틀림없는 소리―이를 악물어도 새어나오는 끙끙대는 신음소리를 귀를 쫑긋 세우고 숨죽여 듣고 있는 사람들. 모두들 무언가 큰일이 일어나는 순간, 그들이 알던 세상이 바뀌는 순간에 경계 태세를 취하고 싶어했다. 심지어 캠프 주변에서 이슬 맺힌 풀을 우적우적 씹어먹던 사슴들조차도 귀를 기울이고 있었다. 사슴들은 그들의 새끼와 동료들이 제자리에 안전하게 있는지 확인하기 위해 그들을 향해 울어댔다. 그런 다음 아무것도 보이지 않는 어둠을 향해 투레질을 했다. 친구냐, 적이냐? 친구냐, 적이냐? 불청객에게 접근하지 말라고 경고하기 위해서였다. 애그니스는 멀리서 늑대들이 응답하듯 울부짖는 소리가 들렸다고 확신했다. 적이다.

신참들이 사막에서 걸어들어온 이 낯선 사람을 애그니스의 엄마라고 부른 것은 그녀가 자신을 그렇게 부르도록 내버려두었기 때문이다.

그들은 이제 그녀의 이름을 알게 되었다.

6부

칼데라를
향해

한 레인저가 말을 타고 홀로 나타났을 때 사람들은 채집 담당
들이 산에서 수확한 잣을 가지고 돌아오기를 기다리는 중이었다.
　그들은 겨울을 세 번 나는 동안 레인저를 본 적이 없었다. 어쩌
면 네 번의 겨울이었을지도 모른다. 애그니스는 겨울을 세는 것
이 해를 세는 것과 마찬가지라는 건 여전히 어찌어찌 기억하면서
도, 몇 번의 겨울이 지나갔는지는 더이상 확신하지 못했다. 비와
칼이 무리를 이끌기 시작한 이후로 상황이 변했던 것이다. 겨울
은 더 포근했다. 화재가 빈발하는 기간은 더 길었다. 물은 점점
더 찾기가 어려웠다. 그들이 산에서 보내는 시간은 줄어들었다.
그들의 마지막 대장정이 끝난 후, 비와 칼은 예전에 철마다 그랬
던 것처럼 지도의 끝에서 끝까지 건너가는 대규모 이동을 하려고
하지 않았다. 대신에 그들은 커뮤니티 사람들의 거주 범위를 줄

곧 작은 산등성이들에 둘러싸인 하나의 드넓은 분지로만 한정했다. 그 분지는 충분히 만족스러웠다. 그들에게 필요한 것은 다 있었다. 정확히 말해서 아름답지는 않았지만, 그들은 그곳에서 더없이 편안했다. 그들은 같은 장소에 두 번 자리를 잡았다. 세 번. 다섯 번. 그 근처를 맴돌았다. 일단 그 분지를 발견하고 나서는 사실상 한 번도 떠난 적 없이 그저 그 주변만 계속 맴돌 뿐이었다.

하지만 그것은 그들이 예전 같았으면 철마다 그저 옮겨가면 그만이었을 장소들에서 수확이나 사냥을 하기 위해 때때로 더 긴 왕복 여행을 해야 한다는 것을 의미했다. 채집 담당들이 산기슭이며 산악지대에서 잣을 수확하러 길을 나설 때면, 그들이 돌아올 때까지 커뮤니티의 다른 사람들이 더 오랜 시간 동안 기다린다는 것을 의미했다. 사냥철에 맞춰 동일한 산기슭이며 산악지대로 사냥감을 뒤쫓아가야만 하는 사냥꾼들의 경우도 마찬가지였다. 그들은 훨씬 더 오래 한자리에 캠프를 치고 있어야 했다. 심지어 한번은 커뮤니티 회의에서 더 튼튼한 훈연실을 세우자는 이야기가 나오기도 했다. 좀더 견고한 것으로 세우자는 것이었다. 영구적인 것이라고까지 말하는 것은 다들 꺼렸지만, 그것이 의도한 바였다. 이렇게 말하는 사람은 아무도 없었다. 그럴 수는 없어요. 혹은, 그러면 안 돼요. 혹은, 이건 완전히 규칙에 위배되는 일이에요. 그들은 흔적을 남기는 것을 엄격히 금지하는 이 윌더니스주에서 유랑민이 영구적인 건축물을 짓는 것이 평범한 일인 듯 그 일에 대해 이야기했을 뿐이다.

그들은 그것이 5차 대장정 탓이라고 여겼다.

5차 대장정은 힘들고 험난한 여정이었다. 3차 대장정이나 4차 대장정보다 더 힘들고 더 험난했는데, 그 두 번의 대장정도 최초의 대장정이나 2차 대장정보다는 훨씬 더 힘들고 더 험난했었다. 5차 대장정은 강행군이었다. 레인저들은 마치 발밑에 깔린, 견디기 힘든 뜨거운 석탄 같았다. 레인저들이 나타날 때마다, 커뮤니티 사람들은 허둥지둥 전진해야만 했다. 게다가 그들이 숨을 돌리려고 멈춰 설 때마다 어김없이 레인저들이 나타나는 것 같았다. 물자는 점점 줄어들었고, 강줄기를 따라가면서 식량 비축량을 늘리기 위해 사냥을 하고 포획물을 갈무리할 시간 동안만 고작 몇 번에 걸쳐 멈춰 설 수 있었다. 그래서 그들은 날마다 먹기 위해 사냥을 하고 육포를 씹고 페미컨을 먹으며 그들의 침구, 가죽 이불, 옷 따위가 오래가기를 바랐고, 버티지 못한 것은 다 해어져 너덜너덜한 채로 사용했다.

그들은 그 여정에서 한 신참이 낳은 갓난아기를 잃었다. 오랜만에 태어난 아기였다. 오랜만에 겪은 죽음이기도 했다. 그것은 인명 손실에 익숙한 몇몇 사람들에게도 놀랍도록 힘겨운 손실이었다. 린다는 아기를 더 원한 적조차 없었는데도, 며칠 동안이나 눈물을 흘렸다.

그런데 이 시점에서 도보 이동에 대해 더이상 무슨 할말이 있을까? 시간은 늘 걸리는 만큼 걸린다. 지형은 늘 힘든 만큼 힘들지, 특별히 더 힘들지는 않다. 날씨는 그때그때 다르다. 비록 새로운 것들이 보일지라도 그저 과거에 걸어가면서 보았던 것들이 형태만 바뀐 것에 불과했다. 마치 움직이는 것처럼 보이는 이 완만한 산등성이가 과거의 산등성이와 딱 한 가지 다른 점이 있다면, 이유야 어찌됐든 이 산등성이는 더 빨리 움직이는 듯하다는 것뿐이었다. 실제로는 이 산등성이의 야트막한 산 중 어느 것도 움직인 적이 없었다. 이 야트막한 산들의 꼭대기는 과거에 몇 번 지나가며 보았던 기억 속의 산꼭대기들보다 더 뾰족해서, 과거처럼 혓바닥같이 보이기보다는 차라리 뿔 같았다. 그것들은 모두 다 여전히 야트막한 산이었다. 그리고 이렇게 오랜 시간이 지난 후에도 커뮤니티 사람들은 여전히 조금은 가쁜 듯한 숨을 쉬며 그 산들을 올라가고 있었다.

주변 환경에 지치거나 싫증이 난 것은 아니었다. 이렇게 한결같은 상태를 경험하는 것은 특권이었다. 일상에 안주할 수 있다는 것은 특권이었다. 아주 오랫동안 한 장소에 머무는 호사를 누리며 크게 놀랄 일이 없는 것은 특권이었다. 비록 썩어가는 모든 것 밑에서 발견되는 도롱뇽들 때문에 더이상은 깜짝 놀라지 않는다고 해도 축축하고 수목이 울창한 숲은 언제나 만족스러울 터였다. 그들은 우연히 마주치는 모든 물웅덩이에서 반짝이는 구슬 같은 알들이 들어 있는 미끈미끈한 주머니들을 건져낼 작정이었다. 아주 신나는 일이라서가 아니라 할 수 있는 일이기 때문이었다. 게다가 그들은 배가 고팠으니까. 그들이 한 번이라도 진정한 모험가였던 적이 있었을까?

무자비한 5차 대장정에도 긍정적인 면이 하나 있다면, 그들이 결국 어딘가 조용하고 평화로운 곳에서 멈춰 서게 되었다는 점이다. 어딘가 레인저들이 방문할 것처럼 보이지 않는 곳. 아니 어쩌면 그들은 레인저들에게 다른 걱정거리가 있기를 바랐는지도 모른다. 글렌은 이따금 연구에 대해 큰 소리로 걱정을 표했다. 분지나 그 근처에서 세번째 겨울을 나는 동안 포스트를 방문하라는 지시도 레인저들의 방해도 없자 글렌은 설문지 작성과 혈액검사와 건강진단을 위한 체크인을 생략한다는 것이 어떤 의미인지 알고 싶어했다. 하지만 다른 사람은 아무도 걱정하지 않았다. 다른 사람은 아무도 그 연구를 그리워하지 않았다.

"그게 그립다는 건 아니었어요." 글렌은 그렇게 주장하곤 했지만, 이제는 입을 닫아버렸다.

마지막 눈이 내린 후 밸은 마침내 임신했다. 그녀가 토실토실 살이 오르고 뺨에는 붉은빛이 돌고 도토리처럼 뒤뚱뒤뚱 걸어다닐 무렵, 그 레인저가 말을 타고 혼자 나타났다. 그는 사람이라기보다는 차라리 유령 같아 보였다. 너무 오랜만이었다. 도저히 진짜일 리가 없었다. 그는 초면에 자기 이름을 밝히지도 않았다.

"당신들은 계속 이동해야 해요." 그가 작은 은빛 반점이 있는 암말을 탄 채로 투덜투덜 말했다. "여기 너무 오랫동안 있었다고요."

"그리고 당신들은 너무 오랫동안 **코빼기도 안 보였고요.**" 비가 말했다.

"우리는 할일이 너무 많아요." 그가 단호하게 말했다. 마치 악몽이 떠오르기라도 하는 듯 눈을 감았다. 한숨을 쉬었다. "알잖아요, 우리가 놀고먹는 게 아니라는 거. 이건 여간 힘든 일이 아니에요. 그러니까 이 일은 어서 해치우게 해주시죠." 그는 피곤한 듯 콧등을 엄지와 집게손가락으로 꼭 집었다. "당신들은 여기 너무 오랫동안 있었어요. 이동해야 할 때입니다."

"어쩐 일로 이런 말을 타고 왔어요?" 비가 물어보았다.

"부탁이니 화제를 돌리지 말아요."

비가 순진한 척 눈을 휘둥그레 떴다. "왜요? 알고 싶어서 그래요. 말을 굉장히 좋아하거든요." 그녀가 턱밑을 긁어주자 그 암말이 고맙다는 듯 힝힝 울었다.

"연구 결과, 트럭은 생태계에 지나치게 해롭다는 게 드러났어요."

"그걸 아는 데 연구가 필요했다고요?"

레인저가 언짢은 듯 얼굴을 찡그렸다. "물론 그건 아니죠. 하지만 트럭이 생태계에 얼마나 피해를 입히는지는 알지 못했어요. 어마어마한 흔적을 남긴다는군요." 그는 자신이 줄곧 그 땅에 남긴 그 모든 어마어마한 흔적을 떠올리며 괴로워하는 표정을 지었다. "그래서 지금 우리는 모두 말을 타요." 그가 안장에서 어설프게 미끄러져 내렸다.

"그건 큰 변화네요." 그녀가 말했다.

"새 행정부가 들어서면서 큰 변화가 많았어요."

"어떤 행정부 말인가요?" 칼이 물어보았다.

그 말에 어른들이 모두 웃음을 터뜨렸다. 특히 신참들이 눈에 띄게 웃었다. 그들이 소리 내어 웃는 동안, 레인저는 눈살을 찌푸리고 무엇인가를 기록했다.

기록을 마치자, 그가 말했다. "어서 움직여요."

"채집 담당들이 돌아오는 걸 기다려야 해요." 비가 말했다.

"어디 있는데요?"

"산에요."

"왜 모두 함께 산에 있지 않은 거죠?"

"그야 우리가 여기 있으니까요."

레인저가 짜증스럽다는 듯 야단스럽게 노트를 다시 펼쳤다. "당신들은 다 함께 채집을 하고 있어야만 해요." 그가 이를 악물고 그들의 위반 사항들을 정신없이 마구 휘갈기며 말했다. "누군가를 기다리고 있으면 안 됩니다. 당신들은 유랑민이라고요. 그냥 기다리고만 있어도 되는 데는 어디에도 없어요. 하나, 모두 함께 있어야 하고, 둘, 계속 이동해야 하며, 셋, 이동하면서 할일을 해야만 하죠." 그가 구부린 손가락을 하나씩 펴며 말하자 그의 손은 쌍발 권총 모양이 되었다.

"사냥, 채집, 갈무리를 하려면 멈춰 설 수밖에 없어요." 비가 말했다.

"게다가 심지어 유랑민들도 결국에는 정착했고요." 칼이 말했다. 그것은 전혀 그답지 않은 말이었지만, 그는 그해에 발목을 삐었고 그 바람에 걷는 것이 이전만큼 즐겁지는 않은 일이 되어버렸다.

바로 그때 레인저가 그들의 훈연기를 보았다. 그는 넌더리가 난다는 듯 고개를 절레절레 저었다. "아니, 이 사람들이." 그는 그 주위를 한 바퀴 빙 돌고는 덮개를 열어젖히고 사진을 여러 장 찍은 다음 노트에 몇 자 더 휘갈겼다. 그러고 나서 자기 바지 뒷주머니에서 납작한 휴대용 술병 하나, 그리고 배낭에서 성냥 한 갑을 꺼내더니 술병을 흔들며 속에 든 액체를 훈연기 전체에 뿌리고 성냥을 던져넣었다. 불이 타올랐다.

그 훈연기를 만드느라 산기슭에서 목재를 채취해 캠프로 끌어오는 데 여름 한철이 걸렸다. 그때껏 그렇게까지 고된 일은 해본 적이 없었다. 심지어 여러 해 동안 줄곧 걸은 것 같은 그 오랜 세월 동안에도. 알고 보니 변치 않는 무언가를 만들어낸다는 것은 걷는 것보다 훨씬 더 어려운 일이었다. 그들은 훈연기가 불에 타는 것을 지켜보았다. 그들이 할 수 있는 일은 아무것도 없었다. 그것은 확실히 규칙에 어긋나는 일이었다.

"저 불이 번질까봐 걱정도 안 돼요?" 비의 목소리가 분노, 그리고 어쩌면 일말의 슬픔으로 떨렸다.

"별로. 내 말은 빠른걸요." 그가 비에게 윙크했다.

그녀가 그의 발치에 침을 뱉었다.

"당신이나 잘해요." 그가 비웃듯이 말했다. 그리고 약간 애를 먹으며 욕설을 퍼붓고 나서야 말에 다시 올라타는 데 성공했다. 그는 불타는 훈연기를 턱을 들어 가리키고 말을 몰아 전속력으로 달려가며 외쳤다. "흔적 하나 남기면 안 됩니다!"

커뮤니티 사람들은 그날 아직 물을 보충해두지 않았던 터라 잠자리에서 가져온 가죽 이불 몇 장으로 불길을 잡았다. 사슴 털과 가죽이 연기가 나며 타는 내내 숨이 막혀 토할 것 같았다.

이튿날 그들은 고기를 더 마련해오라고 사냥꾼들을 산기슭으로 보냈다.

그 땅에 대한 권리가 전혀 없으면서도 그들은 다시 이동하면 자신들의 권리를 포기하는 셈이 될까봐 걱정스러웠다. 그래서 그들은 캠프를 거두지 않았다. 논리적 타당성이 전혀 없는데도, 그 자리에 꼼짝 않고 버텼다. 본능이 시키는 대로 했던 것이다.

*

　사냥꾼들이 사냥을 떠나고 채집 담당들이 여전히 채집활동을 하는 동안, 애그니스와 글렌은 데브라와 제이크가 바느질하는 것을 도왔다. 시스터와 브라더와 파인콘도 곁에 있었지만, 그애들은 힘줄에 연신 매듭만 짓고 있다가 늘 데브라에게 혼이 났다.

　같은 자리에 가만히 머물다보니 식사량이 증가하고, 신장 및 허리둘레가 늘어나고, 새로운 옷의 수요가 증가했다. 다른 누구보다도 애그니스가 그랬다. 아마 엄마가 말했듯이 그간 정말로 지나치게 비쩍 말랐었는지도 모르지만, 지금은 자신의 뺨을 가볍게 누르면 손끝 아래서 그 뺨이 출렁이며 되튀는 것이 느껴졌다. 애그니스는 더이상 여기저기 뼈만 앙상한 체형이 아니었다. 이제는 비록 가냘프기는 해도 몸매라는 것이 생겼다. 누군가 다른 사람이 그것을 알아챘을지는 확신하지 못했다. 하지만 자신은 알아차렸다. 드러누우면 모든 것이 다르게 느껴졌다. 몸이 땅바닥에 닿는 느낌이 달랐다. 키도 자라 있었다. 지금은 밸과 키가 거의 같았다. 그들이 함께 서 있을 때면 밸의 코가 마주보였다. 하지만 애그니스는 여전히 커뮤니티에서 가장 키가 작은 축에 속했다. 남자들만큼 키가 큰 그녀의 엄마와 비교하면 훨씬 더 작았다.

　애그니스는 글렌이 말린 사슴 힘줄에서 여러 가닥의 실을 천천히 가늘게 벗겨내는 것을 지켜보았다. 그는 턱살이 다시 생겨서, 그의 손가락이 그 힘줄을 따라 오르내리면 턱살도 떨렸다. 칼과 한편이 되어 함께 리더 역할을 맡게 된 후 애그니스의 엄마가 처결한 최우선 과제는 글렌을 커뮤니티로 복귀하게 한 것이었다.

취사 담당들이 그나 다른 근원주의자들의 식량 배급량을 줄이는 것은 더 이상 허용되지 않았다. 그들은 결코 그런 적이 없다고 주장했지만, 이 새로운 지시를 이행한 시기에 근원주의자들은 부인할 수 없을 만큼 살이 올랐다. 심지어 비는 글렌이 다시 다부진 몸이 되고 체력을 되찾고 다 나아서 건장해질 때까지 한동안은 그의 배급량을 늘리게 했다. 글렌이 최소한 하루에 한 번은 애그니스 이외의 다른 구성원과 대화를 해야 한다는 의무가 부과되었다. 한 사람씩 돌아가면서 교대로 했다. 근원주의자들은 그를 오랫동안 알고 지냈기 때문에 그 일이 어렵지는 않았다. 하지만 칼이 매섭게 노려보고 있으면 거북하기도 했다. 만약 글렌과 함께 시간을 보내지 않으면 비가 매섭게 노려보았다. 때때로 근원주의자로 사는 것은 어려운 일이었다.

신참들에게는 그것이 훨씬 더 어려운 일이었다. 그들은 글렌을 커뮤니티의 일원으로 생각하기 위해 정말이지 노력을 해야만 했다. 그는 늘 가장자리에 있거나 한참 뒤처져서 걸었다. 애그니스가 많은 시간을 그와 함께 보내고 그에게 음식을 가져다주고 그가 발을 헛디뎌 넘어지고 비틀거리면서 늘어난 상처들을 씻겨주는 것을 보며 그들도 어떤 식으로든 그가 이 커뮤니티의 일원이라는 것을 깨닫고는 있었다. 하지만 그가 이 무리의 개척자라는 것, 윌더니스주에서 이 커뮤니티를 처음 만들었다는 것을 진심으로 믿지는 않았다. 비록 그렇다고 듣기는 했지만 말이다. 그들은 늘 그것이 칼이라고 믿었고, 칼은 결코 그들의 오해를 바로잡지 않았다. 게다가 그들은 심지어 진실을 알고 나서도 여전히 칼이 그랬다고 생각하는 것을 오히려 선호했다. 칼은 강하고, 결단력 있고, 그럴 필요가 있을 때는 냉정했다. 그들은 그저 칼을 더 좋아했을 뿐이다. 칼이 그들에게 말했듯, 칼의 이야기가 더 나은 이야기였다.

하지만 알고 보니, 칼은 리더십에 대한 어떤 야심찬 구상도 가지고 있지 않았다. 단계적 계획이나 방향성에 대한 구상도 전혀 없었다. 그는 그저 리더가 되어 만사가 그의 손을 거쳐가기를 바랐을 뿐이다. 일단 그것이 보장되자 그는 집행인 노릇을 하면서 희희낙락했다.

비가 책임자였다. 하지만 그녀는 혁신적인 리더이기는커녕, 커뮤니티 사람들이 전보다도 훨씬 더 엄격하게 규칙을 준수하도록 했다. "레인저들한테 우리를 떠올릴 빌미를 주지 않을 겁니다." 그녀가 말했다. "우리의 궁극적 목표는 그들이 우리가 여기 있다는 걸 아예 잊어버리게 하는 거예요." 매뉴얼의 모든 규칙이 자로 잰 듯 정확히 지켜졌다. 그 분지를 발견할 때까지는.

태양이 그들의 수그린 머리 위에서 호를 그리며 움직였다. 애그니스는 다리가 화끈거리는 것을 느꼈다. 두 다리를 벌리고 앉아 있던 참이었다. 그녀는 잠시 머뭇거리다가 짬을 내 글렌이 햇볕에 지치지 않도록 천으로 그의 머리를 덮어주었다.

애그니스는 제이크가 가죽조각들을 꿰매어 붙이는 것을 지켜보면서, 힘줄을 씹어서 부드럽게 만들었다. 그는 사슴 가죽들을 조각보처럼 이어붙여 이불을 만들고 있었다. 그의 손가락은 뼈바늘을 잡아빼며 힘줄로 꿰매는 데 필요한 힘이 잔뜩 들어가서 하얗게 질려 있었다. 손에는 온통 굳은살이 박여 있었다. 애그니스를 만질 때 그의 손끝은 말린 꼬투리만큼이나 거칠었다. 그의 말에 따르면, 그는 손끝에 닿는 그녀의 피부를 거의 느끼지 못했다. 그래서 이따금 그의 뺨, 코끝, 손목 안쪽으로 그녀의 피부를 죽 더듬곤 했다. 좀더 민감한 부위였다. 그는 그녀의 인생 동반자였다. 그들은 결정을 내린 상태였다. 가정을 이뤄 둘의 아이를 키우고, 그 어린것들이 스스로를 돌볼 수 있을 나이가 되면 그들 자신의 땅을 찾아 탐험하도록 떠나보낼 작정이었다. 그리고 이내 더 많은 어린것을 낳게 될 터였다.

"몇 살쯤으로 생각하고 있었어?" 제이크가 물어본 적이 있었다.

"여섯 살쯤이면 될 거 같아." 애그니스가 대답했다.

제이크는 새파랗게 질렸다. "뭐라고?"

"그건 아닌 거 같아?" 그녀는 그의 침묵을 간파하고, 못 믿겠다는 듯한 그의 표정을 유심히 살펴보았다. "일고여덟 살까지는 기다려도 될 거 같긴 하지?"

"애그니스, 그건 너무 어려."

이제는 그녀가 의아한 기분이 들었다. "곰은 두 살이면 그렇게 해. 우리 아기들은 왜 못하는 거지?"

"왜냐하면 우리는 곰이 아니니까."

"우리 아기들이 곰보다 더 잘해낼 거야!" 하지만 그녀는 세상에 곰을 능가하는 것이 있을지 의문이었다.

"네가 여기 왔을 때가 여섯 살쯤 아니었어?"

"다섯 살. 아마 그럴걸? 기억이 안 나."

"네가 그렇게 어렸을 때를 생각해봐. 너라면 독립하기를 바랐을까? 자신이 먹을 것을 스스로 찾고, 맹수들을 막아내면서 말이야. 네 나이, 대여섯에? 혼자서?"

이곳에 처음 왔을 때 당연히 그녀는 윌더니스에서는 아무것도 할 줄 모르는 상태였다. 하지만 그것은 시티 출신이었기 때문이다. 그녀는 침대와 깨끗한 접시에 익숙했다. 변기에 익숙했다. 그녀는 시티의 포식자들에 대해 알고 있었지만 그들은 다른 종류의 포식자였고, 그것은 다른 종류의 위험이었다. 그녀는 이 새로운 장소에 적응하고 이곳에 대해 배울 시간이 필요한 상태였다. 하지만 이듬해 봄 무렵에는 만약 누군가가 맡겨주기만 했다면 커뮤니티를 이끄는 데 필요한 능력과 기술을 기른 상태였다고 그녀는 믿었다. 이곳의 생활에 대해 지금 자신이 알고 있는 거의 모든 것은 그때도 알고 있었다. 그녀가 통달하지 못한 것은 사람이었고 그것은 지금껏 별로 변하지 않았다. 하지만 살아남는 것─그것에는 통달했다. 그것은 그녀가 이곳에서 가장 먼저 통달한 것들 중 하나였다. 과연, 그 밖에 또 무엇에 대해 잘 알았을까? 사냥, 식량 갈무리하기, 추적, 수원, 기본적인 의복과 피난처, 날씨, 동식물군의 온갖 선물과 위협. 폭풍우가 몰아치는 밤에 혼자인 것. 커다란 고양잇과 동물이 근처에 있다는 사실을 알게 되었을 때 혼자인 것. 발소리가 들리고 그 소리의 주인을 알지 못할 때 혼자인 것. 이런 것들은 나이에 상관없이 힘든 일이었다. 하지만 여섯 살짜리에게는 생각할 능력이 있다. 그들은 꼭 필요하다면 논리적 사고를 통해 두려움을 극복할 수 있다. 혼자 남겨져서 꼭 그래야 한다면 말이다. 엄마가 애그니스를 두고 떠났을 때 그녀가 아마 열 살이었나? 열한 살? 열두 살이었나? 혼자 남겨지는 것은 몹시 힘들었지만, 생존 문제 때문은 아니었다. 커뮤니티 전체가 그녀를 두고 떠났더라도 물론 슬프기는 했을 테지만 여전히 그녀는 살아남을 수 있었을 것이다. 나이가 뭐가 중요했을까?

"모르겠어." 그녀가 대답했다. 제이크는 여전히 의문스러운 눈초리로 그녀를 응시했다. "왜, 넌 몇 살을 생각하고 있었는데?"

"열여섯? 열일곱? 아니 몇 살이든 합법적인 나이가 좋겠지."

"합법적이라고? 그게 뭔데?"

제이크는 짜증을 내며 고개를 떨궜다. 애그니스는 피가 들끓는 것을 느꼈다. 그녀는 자신의 아이들을 응석받이로 키우고 싶지 않았다. 그녀는 자신이 지금 몇 살인지 알지 못했다. 어쩌면 열네 살, 혹은 열다섯 살, 혹은 쉰한 살일지도 몰랐다. 때때로 그녀는 그들 모두보다 나이를 더 먹은 것 같은 기분이 들었다. 그녀는 지금까지 오랫동안 그들의 여정을 이끌어왔다. 게다가 고맙게도, 혼자서도 정말 잘 살아남을 수 있었다. 그녀는 용감했다. 노련했다. 그녀는 관찰자였다. 스스로를 돌볼 수 있었다. 제이크도 돌볼 터였다. 그리고 아기도. 누구든 다른 일행들도. 그들에게 더이상 그녀가 필요 없을 때까지 돌볼 터였다.

"그만하자." 애그니스가 속으로 자기 논리를 전개하는 중이라는 것을 감지한 듯, 제이크가 말했다.

애그니스는 동의했었다. 그들에게는 제이크가 일컫는 **양육관**이 필요하지 않았는데, 왜냐하면 애그니스가 달마다 피를 흘렸기 때문이었다.

쌍둥이는 애그니스가 임신하려면 진짜 섹스를 해야 할 것이고, 그들이 하는 것은 섹스가 아니라고 말했다. 애그니스도 그것이 진짜 섹스가 아니라는 것은 알고 있었지만, 어떻게 해야 진짜 섹스가 되는지는 알지 못했다. 제이크는 그들이 너무 어리다고 생각했다. 도보 이동이 너무 힘들어 지금 당장은 아이를 가질 수 없다고 생각했다. 날씨가 너무 예측 불허였다. 그는 그들이 글렌에게 털어놓아야 하는 상황을 난처하게 여겼다. 애그니스의 엄마를 두려워했다. 갓난아기는 커뮤니티에 부담이 되지 않을까? 정말이지, 급할 것은 없다고, 그는 늘 말했다.

"하지만 어린것이 갖고 싶기는 한 거지?" 그녀가 묻곤 했다.

제이크가 눈을 말뚱거렸다. "나는 어린아이라고 부르는데. 그래, 아이를 몇 명 갖고 싶어."

"확신이 없는 것처럼 들려서 그래."

"아니, 있어."

"좋아, 그럼." 그녀가 그의 바지에 손을 뻗으려 하자, 그가 그녀의 손목을 움켜잡아 가로막았다.

"제발, 애그니스. 너는 지나치게 적극적이야."

애그니스는 달리 어떻게 해야 할지 몰랐기 때문에 이런 말을 들으면 매번 당황했다. 그녀는 그가 덜 두려워하기를 바라면서 그의 바지를 향해 좀더 천천히 손을 움직이려고 노력했다. 하지만 그는 여전히 잽싸게 그녀를 피했다.

그녀가 예의바르게 부탁한 적도 있었다. 지적인 주장을 펼친 적도 있었다. 자신이 아는 한도 내에서 통계자료와 윌더니스주의 인구 증가의 필요성을 제시한 적도 있었다. 이곳에 대한 일종의 권리를 주장하려면 사람이 많아져야 한다고 말이다. 엘크가 짝짓기를 하려고 그렇게 엄청나게 애를 쓴다고는 상상할 수 없었다. 심지어 어느 날인가는 그들이 앉아 있던 자리 바로 옆의 개미탑이 희귀한 종류의 독개미 집이므로 몸에 개미가 없는지 확인하려면 빨리 옷을 벗어야 한다면서 그를 속이려 했던 적도 있었다. 하지만 그가 그녀에게는 오로지 그를 개미로부터 보호하려는 의도밖에 없다고 전적으로 신뢰하며 벌거벗은 자기 모습에 얼굴이 빨개져서 가만히 서 있자, 그녀는 자신의 교활함에 부끄러움을 느꼈다. 그녀는 그에게 옷을 입으라고 중얼거리며 자리를 떴다. 마지막으로 단둘이 있었을 때, 그녀는 단도직입적으로 행동하기로 결심한 상태였다. 그녀가 돌아서서 튜닉을 끌어올리고 엉덩이를 그에게 밀어붙였다가, 두 사람 다 벌렁 나동그라졌다.

그는 몸을 굴려 그녀에게서 떨어졌다. "싫어, 말했잖아."

그녀는 좌절감에 차서 두 주먹을 꼭 틀어쥐었다.

그가 빙긋 웃으며 말했다. "나를 때릴 작정이야?"

"아니." 그녀가 대답했다. 그녀는 두 손을 등뒤로 숨겨 주먹 쥔 손을 펴고 결코 주먹을 움켜쥔 적이 없는 척했다.

"다른 걸 할 수도 있잖아."

"좋아." 그녀는 그렇게 말하고 그를 세이지 덤불 사이로 데려갔고, 거기서 그들은 옷을 입은 채로 몸을 맞비볐다. 그녀가 그것을 즐기지 않은 것은 아니다. 그녀는 헐떡거리며 제이크와 몸싸움을 벌이는 것을 좋아했다. 그들은 찍찍거리며 장난치는 족제비들처럼 킥킥거렸고, 그후에는 늘 마치 유유히 흐르는 강 위에 둥둥 떠 있는 것처럼 긴장을 풀고 다정하게 있었다. 그녀는 단지 그것에 무슨 의미가 있는지 알지 못했을 뿐이다. 그녀에게는 욕구가 있었다. 그런데 이것으로는 그 욕구가 충족되지 않았다.

애그니스가 부드러워진 힘줄을 입에서 천천히 빼내자, 제이크는 그녀를 쳐다보고 있는 것 같지도 않으면서 얼굴이 빨개졌다. 그녀는 채집 담당들의 귀환을 알리는 호각소리를 들었다. 깎아 만든 뼈에서 뚜우 하는 감미로운 소리가 번갈아 길고 짧게 울려퍼졌다.

바로 뒤따라 사냥꾼들의 뿔피리가 울렸는데, 그것은 칼이 산악지대 야생 양의 진줏빛 나선형 뿔로 만든 것이었다.

애그니스는 벌떡 일어나 젖은 힘줄을 제이크의 손에 쥐여주었다. "나 이번 건 진짜 잘했어."

"그래야지." 그가 자신의 손바닥을 보며 수줍게 미소 지었는데, 거기에는 그녀의 침이 묻은 힘줄이 반짝거리고 있었다.

사냥꾼들과 채집 담당들이 도착했고, 애그니스는 사람들이 걸음을 옮길 때마다 축 늘어진 귀가 덜렁거리는 산토끼 네 마리의 머리를 볼 수 있었다. 사슴 한 마리가 후안의 어깨에 걸쳐져 있었다. 그 앞에서 호벤이 자신의 사슴들과 함께 걷고 있었는데, 아마도 그 사슴들이 죽은 사슴의 냄새에 겁을 먹지 않도록 하기 위해서였을 것이다.

호벤의 사슴들은 그즈음 분지에 있는 커뮤니티의 캠프 언저리로 슬며시 다가온 어미와 어린 사슴이었다. 아마도 맹수들로부터 안전한 곳을 찾는 동시에 커뮤니티가 또다른 맹수가 아니기를 바라고 있었을 것이다. 어느 날 아침, 호벤이 나서더니 그들에게 잣을 먹였다. 그러지 말라는 당부를 들은 상태였지만 귀담아듣지 않았거나 어쩌면 규칙을 따르고 싶지 않았을지도 모른다. 그애는 어렸다. 신참이었다. 생각하는 것이 달랐다.

어른들은 호벤과 그애가 먹이를 주는 야생 사슴들에 대해 긴 회의를 열어 규칙 위반을 두고 찬반양론으로 나뉘어 설전을 벌였다. 어떤 사람들은 식량으로 사슴이 필요할 때 그 사슴들이 좋은 공급원이 될 것이라고 주장했다. 호벤은 그 사슴들 덕분에 행복해졌다. 평소에는 침울한 어린 소년이었는데. 하지만 다른 사람들은 덮어놓고 말했다. "우리는 야생동물을 기르면 안 돼요. 설사 우연히 기회가 생겼다고 해도요. 무척 곤란해질 거라고요."

"하지만 그 사슴들은 이미 우리 주변을 맴돌고 있어요." 사슴에 찬성하는 쪽에서 주장했다. "어느 시점에서 그 사슴들이 우리 소유가 되는 거죠?" "우리가 그들에게 먹이를 주는 순간이죠." 사슴에 반대하는 쪽에서 대답했다. "이런, 그들은 이미 먹이를 받아먹고 있으니, 이미 우리 소유네요." 그 말에 찬성측은 환호성을 지르고 반대측은 야유를 퍼부었다. 다들 언성이 높아지고 감정이 격해지는 바람에 칼과 비가 결정을 내려야만 했다. 그들은 그 사슴들을 그대로 두기로 결정했다.

"우리의 첫 축산업 진출 시도네요." 그들은 유쾌한 표정을 지으며 말했다.

"그러려고 우리가 여기 있는 게 아닌데." 사슴 반대측 리더인 데브라가 말했다. "이건 정말 나쁜 선례예요, 여러분." 그녀는 고개를 절레절레 저었다.

"그래요." 칼이 말했다. "우리는 이따금 이 분지를 떠나기로 되어 있기도 하죠. 그러니 규칙을 따르고 싶다면, 딴 데로 가는 게 어때요?"

"아, 입 좀 닥쳐요, 칼." 데브라는 그렇게 말하며 화가 나서 그를 향해 걸음을 옮겼다. 하지만 프랭크 역시 그녀를 향해 한 걸음 나섰다. 그는 풍채가 당당했다. 그는 대부분의 다른 사람들처럼 야위어가는 게 아니라 이곳에서 보내는 시간이 길어질수록 오히려 덩치가 더 커졌다. 데브라가 뒤로 물러섰다. 그렇지만 그녀가 옳았다. 동물을 기르는 것은 그야말로 규칙 위반이었다. 심지어 애그니스도 그 규칙을 읽어본 적이 있었다. 그것은 매뉴얼의 두 번째 페이지에 있는 규칙 2절이었다.

이제 그 사슴들은 다른 모든 사람들과는 조심스럽게 거리를 두는 반면, 호벤은 어디나 그림자처럼 따라다녔다.

호벤은 언제나 그 사슴들을 둥글게 모여 자는 곳으로 데려왔고, 그들은 거기서 세이지를 우적우적 씹어먹고 나서 그애의 잠자리 옆에 누워 신기하다는 듯이 사슴 가죽 침구에 코를 비벼댔다. 그리고 호벤이 잠들면 그애의 몸통 위에 우아한 목을 얹었다.

커뮤니티 사람들은 그들이 가지고 돌아온 것을 갈무리하기 시작했다. 린다가 훈연기에 불을 붙였다. 그 소각이 있은 후 탄 곳은 판자 조각을 대서 때웠다. 훈연기는 별 탈 없이 잘 작동했다. 무두질 담당들이 토끼의 털가죽을 벗긴 다음 가죽을 박박 긁었다. 칼과 쌍둥이가 사슴을 처리했다. 칼에게는 육중한 사슴의 사체와 씨름할 힘이 있는 반면, 쌍둥이에게는 가죽을 벗기고 내장을 제거하고 가공하는 작업을 깔끔히 해내는 훌륭한 솜씨가 있었다. 누구나 사슴을 갈무리할 수는 있었지만, 그들의 가죽은 나무랄 데 없이 깔끔했고 마름질은 빼어났다.

한밤중까지 그들은 훈연기에 고기를 넣었다. 가죽은 해가 지기 전에 박박 긁어내고 흠뻑 적셔서 팽팽하게 잡아 늘여놓은 상태였다. 그들은 모닥불 불빛을 받으며 마름질을 했다. 모닥불 가에서부터 일렬로 죽 늘어서서 가죽조각들을 손에서 손으로 넘겨 훈연기에 걸었다.

그러고 나서 그들은 잠자리로 기어들어갔는데, 더 어린 아이들은 이미 잠들어 있었다.

겨우 잠이 들고 겨우 몇 시간 후, 먼동이 틀 무렵 레인저 다섯이 말을 타고 캠프에 들어섰다. 전에 찾아왔던 레인저와는 다른 레인저들이었다. 그들은 처음 보는 유니폼을 입고 있었다. 레인저 특유의 초록색은 사라지고 없었다. 새 유니폼은 연푸른색이었다. 목에는 빳빳한 흰 손수건을 둘러매고 있었다. 배지만이 그들이 여전히 레인저임을 알려주는 표시였다. 비록 커뮤니티 사람들이 그들 중 몇몇을 알아보기는 했지만 말이다.

그 레인저들은 소총을 어깨에 메고 있었다. 그리고 저마다 말에서 훌쩍 뛰어내리면서, 준비 자세로 총을 치켜들었다.

"대체 무슨 일이죠?" 칼이 기지개를 켜고 눈을 비볐다. 하품 때문에 발음이 뭉개져 알아듣기가 힘들었다.

"당신들을 이 땅에서 내보내려고 왔습니다." 레인저 한 사람이 말했다. 아마 그가 대장일 터였다. 그의 말이 체고가 가장 높았고, 다른 사람들과는 다른 모자를 쓰고 있었다.

"아니, 그러니까, 그 옷은 어떻게 된 거죠? 처음 보는 거네요."

"그냥 옷이 아니에요. 유니폼이죠."

"그건 그렇고, 처음 보는 거네요."

"그렇겠죠." 레인저 대장이 허리를 조금 더 꼿꼿이 펴고 섰다. 그는 새 옷차림이 마음에 든 것 같았고, 그 옷의 빳빳한 상태도 마음에 든 것 같았다. 부츠도 새것이었다.

"꼭 군대 같아 보이네요."

"새로운 권한을 위임받았습니다."

"무슨 권한이죠?"

레인저들은 의미심장한 눈빛으로 서로를 한참 동안 바라보았다. 레인저 대장이 말했다. "그건 기밀이에요."

"어째서요?"

"기밀이니까요."

"아니, 어째서 새로운 권한을 위임받게 됐냐고요."

"새 행정부가 들어섰어요."

"그거참 빠르네." 칼이 말했다.

커뮤니티 사람들은 웃음을 터뜨렸다.

"건방지게 굴지 말아요." 레인저 대장이 말했다. "당신들은 계속 이동해야 합니다. 지시받은 대로. 몇 번이나 지시받았지 않습니까."

"실제로는 딱 한 번이에요." 비가 대꾸했다.

"한 번이면 충분하고도 남아요. 이런, 젠장." 레인저 대장이 호벤의 잠자리에 사슴들이 함께 누워 있는 것을 발견하고 어깨를 움찔했다. "저건 뭡니까?"

"뭐냐니, 뭐가요?" 비가 물어보았다. 사슴들이 잔가지처럼 가느다란 다리를 딛고 일어서서 곁을 서성이자 호벤이 잠자리에서 일어나 앉으며 눈을 비볐다. 그들은 다 함께 깜짝 놀라 레인저들을 보며 눈만 껌벅거렸다.

레인저 대장이 사슴들에게 손가락질했다. "저놈들 말입니다."

"아, 그냥 사슴이죠, 뭐." 비가 말했다.

"당신들 근처에서도 참 편안해 보이네요."

"지금 막 쉬이 소리쳐서 쫓아내려던 참이었어요."

"그러면 안 됩니다."

"뭘요? 소리쳐서 쫓아내는 거요?"

"적당히 좀 해요. 사슴을 개처럼 당신들 근처에서 따라다니게 두면 안 된다고요."

그 사슴들은 자기들이 거론되고 있다는 것을 아는 듯 귀를 쫑 긋 세우고 씩씩하게 서 있었다.

턱수염을 기른 한 레인저가 달려들어봤지만, 그 사슴들은 그저 고개를 수그릴 뿐이었다.

레인저들이 뭔가를 기대하듯 칼을 쳐다보았다.

"어쩌다보니 그렇게 됐어요." 칼이 어깨를 으쓱했다.

어미 사슴은 호벤을 향해 고개를 숙이고, 꽉 쥔 주먹이 퍼질 때 까지 그 손에 코를 들이밀며 비벼댔다. 그러고는 그애의 손바닥 을 핥았다.

"소금기 때문에 이러는 거예요." 가늘고 높은 목소리로 설명 하는 호벤의 벨벳처럼 부드러운 머리카락이 햇빛을 받아 반짝반 짝 빛나고 있었다.

레인저 대장이 고개를 절레절레 저었다. 그가 권총집에서 권총 을 꺼냈다. "알다시피, 나는 이 녀석들을 살처분해야 합니다." 그 가 고개를 돌려 칼을 바라보았다. "당신이 직접 하고 싶은 게 아 니라면. 당신이 여기 책임자입니까?"

칼이 얼굴을 찡그렸다.

비가 앞으로 나서며 말했다. "내가 책임자예요."

"이 녀석들은 더이상 야생동물이 아니에요. 이러면 다른 사람들에게 잘못된 생각을 심어줄 겁니다." 그는 그렇게 말하고 권총의 공이치기를 뒤로 당겼다. 사슴들은 그가 손에 든 그 총이 먹을 것이기를 바라며 줄곧 그것을 응시했다. 그들이 자기들 주변의 모든 자연, 모든 징조와 신호를 받아들이는 동안 그 큰 눈망울이 이리저리 돌아가고 귀는 씰룩거리고 있었다. 애그니스의 눈에는 그들이 빙긋 웃고 있는 것만 같았다.

"호벤시토, 벤 아카 라피도, 라피도."* 린다가 다급한 손짓으로 자신의 옆자리를 가리키며, 나직이 말했다.

하지만 레인저 대장은 사슴들을 향해 재빨리 성큼성큼 다가가 어린 사슴의 머리에 총알을 발사하고는 이내 어미의 머리에도 발사했다. 그들은 땅에 털썩 쓰러져 푸르르 떨면서 모래먼지를 일으키고는 끙 앓는 소리를 내며 힘없이 울다가 그쳐버렸다.

호벤은 눈을 깜박거리며 충격을 털어내려 안간힘을 쓰면서 꼼짝도 하지 않았다. 소리 없이 눈물이 흘렀다. 사슴들은 그애의 옆에 쓰러져 있었다. 둘 중 한 마리의 연약한 목 부위가 그애의 발목에 걸쳐져 있었다. 그애의 가슴과 눈 위쪽에 피가 묻어 있었다. 그애의 잠자리에는 피가 잔뜩 고여 있었다. 린다가 그쪽으로 달려갔다.

레인저 대장이 소년에게 우쭐대는 승자 같은 눈길을 던지며 말했다. "사슴을 정말 좋아하는 모양이군요."

칼이 그에게 달려들었지만, 비가 그들 사이를 가로막았다.

레인저 대장이 부하들을 돌아다보았다. "이건 금지품이니, 우

---

* '호벤, 어서 이리 와, 어서'라는 뜻의 스페인어.

리가 가져가야 할 거 같아." 그가 한 손가락을 빙빙 돌리자 다른 네 명의 레인저가 동물들을 들어올려 그들의 말 등 위로 던졌다. 사슴들은 맥없이 늘어진 채 빨간 혀를 축 늘어뜨렸고, 총알구멍에서는 마치 땅바닥의 샘에서 물이 샘솟듯 피가 줄줄 흐르고 있었다. 말들은 신경질적으로 힝힝 울어댔다. 그들은 자기들 등에 실린 죽음의 무게를 마음에 들어하지 않았다. 하지만 레인저들은 말에 올라타지 않았다. 그들은 소총을 가슴 앞에 비스듬히 세워 들고, 커뮤니티 사람들을 향해 되돌아섰다.

레인저 대장이 말했다. "자, 그럼?"

"그럼, 뭐요?" 비가 말했다.

"뭘 기다리고 있는 거죠?"

"사과?"

레인저들이 웃음을 터뜨리자, 비도 그들과 함께 도도한 태도로 웃음을 터뜨렸다.

"그럴 일은 없을 거예요." 레인저 대장이 말했다.

"그럼 지시 사항 몇 개쯤이겠죠."

"당장 짐 싸요."

"지금요?"

"그래요."

"당신들은 그냥 거기 서서 지켜보고만 있을 건가요?"

"이런, 조금 도와주죠." 그가 말하며 빙긋 웃었다. 레인저들은 훈연기로, 그러니까 수리해서 정상적으로 사용중인 훈연기로 가서, 또다시 불을 질렀다. 그런 다음 각자 말에 올라타 떠났다.

커뮤니티 사람들은 불을 끄기 위해 가죽을 여러 장 사용했다.

그리고 무언가 건질 만한 것이 남아 있는지 점검해보았다. 캠프를 깔끔하게 정리하고, 아침식사를 준비하고, 호벤을 제외한 아이들이 주변에서 소리를 지르며 레슬링을 하는 동안 그들은 아무 말 없이 모닥불을 응시했다. 짐을 싸려고 움직이기 시작하는 사람은 아무도 없었다. 대신 이튿날 사냥꾼들을 하룻밤 혹은 이틀 밤 일정으로 산기슭에 다시 다녀오게 했다. 바로 전날 불을 끄느라 희생시킨 가죽과 훈연기 안에서 타버린 고기를 보충하기 위해서였다.

이틀 후 아침, 분지의 바람이 거세졌을 때 쉴새없이 윙윙 돌아가는 기계음이 들렸다. 멀리서 그들을 향해 헬리콥터 한 대가 쌩하고 낮게 날아오는 것이 보였다. 곧이어 그들은 입에서 모래먼지를 내뱉으며 눈과 귀를 가렸다. 헬리콥터가 그들의 머리 위에서 빙글빙글 돌았다. 확성기의 쇳소리가 아래쪽으로 요란하게 울려퍼졌다.

"당신들은 즉시 이 캠프를 비우라는 명령을 받았다."

"잠부터 좀 자면 안 될까요?" 칼이 위를 향해 소리를 질렀다.

"당신들은 즉시 이 캠프를 비우라는 명령을 받았다."

"이런, 저건 진짜 헬리콥터가 아니에요." 프랭크가 말했다. "너무 작아요. 드론일지도 몰라요."

"드론이라기에는 너무 커요." 칼이 말했다.

"하지만 헬리콥터라기에는 너무 작은걸요."

"어쩌면 요즘에는 드론이 더 커졌을지도 모르죠."

"어쩌면 헬리콥터가 더 작아졌을지도 몰라요."

"저건 빌어먹을 레인저들의 장난감일 뿐이야." 밸이 말했다.

쿵쾅쿵쾅, 절컥절컥, 삐걱삐걱, 쨍그랑 소리 등등 요란한 소리
가 뒤를 이었고, 그들은 모두 귀를 막았다.

새들은 모두 덤불에서 허둥지둥 달아났다. 아이들은 울음을 터
뜨렸다.

"당신들은 즉시 이 캠프를 비우라는 명령을 받았다." 그 말이
공장 소음처럼 시끄러운 소리를 뚫고 들려왔다.

그들은 제각기 서로를 둘러보았다.

비가 한숨을 푹 쉬며 소리쳤다. "자, 우리의 쾌적한 분지에 작
별인사를 할 때가 온 거 같네요."

그들은 모두 고개를 끄덕였다. 그들은 귀를 막고 짐을 꾸리며
캠프 곳곳을 무거운 걸음으로 돌아다녔다. 그들은 그곳에 오랫동
안 머물러 있었다. 그 모든 짐을 어떻게 싸는 것이 최선인지 더이
상 기억이 나지 않았다. 그들은 너무나도 많은 것을 모아두었다.
어떻게 이렇게 많이 모은 것일까? 어떻게 음식 외에 다른 것을
모았을까? 짐을 꾸리는 데 이틀이 걸렸다. 그때쯤에는 사냥꾼들
이 돌아와 있었다. 잡은 사냥감은 청소동물*에게 맡기는 것 말고
는 처리할 방법이 없었다. 가죽을 벗기고, 자르고, 흠뻑 적셔서,
팽팽하게 잡아 늘이고, 연기를 쏘이고, 말릴 시간이 없었다. 완전
한 시간 낭비였다. 그들은 미세 쓰레기를 찾으며 캠프를 두루 돌
아다녔고, 그러는 동안 줄곧 이제는 그들이 쇳덩이 새라고 부르
는 그것이 떠나라고 날카롭게 외치면서 머리 위를 선회했다. 그
들이 짐작하기에는 연료나 동력 보충 때문인지 몇 번은 자리를

---

* 까마귀, 독수리, 하이에나 등 다른 생물의 사체 따위를 먹이로 하는 동물.

뜨기도 했지만 말이다. 하지만 어디에서 보충하는 것인지는 도무지 알 수 없었다.

일이 마무리되자, 그들은 그 첫덩이 새 아래 서서 손차양을 하고 위를 올려다보았다.

"자, 이제 어떻게 할까요?" 비가 소리쳤다.

노란 불빛이 그것의 배에서 메시지를 전달하기라도 하는 것처럼 깜박거렸다. "지시를 기다리시오." 특유의 단조로운 어조로 말한 그것은 그들의 귓가에 녹음된 소리의 날카로운 뒤울림을 남기며 급히 방향을 바꿔 떠나버렸다. 그들은 저마다 사슴 가죽 배낭 위에 앉아 대기했다. 그날 늦게, 작지만 빠르게 움직이는 먼지구름이 지평선에서 피어올랐다. 말들이 히힝 우는 소리와 묵직한 말발굽소리가 들렸다. 전처럼 빳빳하고 깔끔한 유니폼을 입은 다섯 명의 레인저였다. 레인저 대장이 말없이 비에게 봉투를 건넸다.

거기에는 새로운 지시 문서가 들어 있었다. **새 포스트가 문을 열예정입니다! 개장 기념 특별 행사를 위해 칼데라 정상으로 이동하십시오!** 그 종이의 네 귀퉁이에는 풍선이 손으로 그려져 있었다.

"파티를 연다고요?" 비가 물었다.

레인저 대장이 어깨를 으쓱했다. "그럼요, 안 될 게 뭡니까? 새 포스트를 여는 일이 얼마나 자주 있겠어요?"

"왜 우리를 초대하려는 거죠?"

레인저 대장이 이를 악물고 가까스로 어색한 미소를 지었다. "그야, 그 포스트는 당신들을 위한 거니까요."

"그럼 파티 날은 정해져 있나요?"

"아니요, 당신들이 도착하는 대로 할 겁니다."

"그러니까 바로 파티를 할 준비가 된다고요?"

"그래요, 그게 무슨 문제라도 됩니까?" 그는 그 대화에 싫증이 나 있었다.

"거기까지 가는 데 얼마나 걸릴지 아나요?"

"나라면 하루 이동거리가 꽤 되니까 육 주쯤 걸릴 테죠. 당신들이라면?" 그가 낄낄 웃었다. "여섯 달이죠. 최소한." 다른 레인저들이 그의 뒤에서 자지러지게 웃었다.

어른들은 고개를 끄덕였지만, 애그니스는 이 개념을 이해하지 못했다. "그럼 달이 몇 번이나 뜬다는 거죠?" 그녀가 물었다.

레인저 대장이 코웃음을 치며 말했다. "여러 번. 나는 당신네 카라반보다 더한 느림보는 한 번도 본 적이 없습니다."

비는 눈알을 굴렸다. "그래요, 그래, 그렇다고 들었어요. 알잖아요, 우리가 가지고 다니는 짐이 참 많다는 거."

"글쎄요, 어쩌면 점차 줄여나가야 할지도. 진짜 유랑민은 그렇게 많은 물건을 가지고 있었을 리가 없습니다."

"우리가 진짜 유랑민이에요."

레인저들이 또다시 자지러지게 웃었다.

비가 팔짱을 꼈다. "더구나 우리는 아이들과 함께 길을 가고, 그래서 걸음이 늦어지는 거예요."

애그니스는 얼굴이 화끈 달아올랐다. 그녀는 발을 쾅 굴렸다. "아니에요! 나야말로 어쩔 수 없이 기다려야 하는 사람이라고요." 두 눈에 눈물이 차오르는 것이 느껴졌다. 그녀는 훌륭한 리더였다.

"네 얘기가 아니야." 엄마가 톡 쏘아붙였다. "아이들 얘기를 하는 거지."

애그니스는 이 말에 어안이 벙벙해졌다. 엄마가 자신을 철부지 어린애와는 다른 중요한 존재로 여긴다는 것을 모르고 있었다. 동굴에서 그녀를 흉내내던 그 이상한 여자애로 치부하는 줄로만 알고 있었다. 엄마는 애그니스를 무시하다가도 또 어떤 때는 능력을 높이 사기도 했다. 애그니스가 앞장서서 길안내를 한다고 기뻐하는 경우는 거의 없는 것 같았지만, 결코 참견은 하지 않았다. 그것은 원래 칼의 제안이었고, 엄마가 떠나고 없었을 때 시작된 일이었다. 하지만 엄마는 누구든 다 무시할 수 있는 사람이었다. 그러니 어쩌면 그런 대접을 받는다는 것은 그야말로 엄마가 애그니스를 대등한 존재로 여긴다는 뜻일지도 몰랐다.

비가 레인저 대장을 회의적인 눈초리로 쳐다보았다. "우리 지도에는 칼데라가 제대로 표시되어 있지 않아요. 도움이 되는 방식으로는 전혀." 그녀가 봉투를 들여다보았다. "새 지도가 있나요?"

"지도가 필요해지면 지도를 받게 될 거예요." 그는 말을 마친 후, 아무런 경고도 없이 먼 곳을 겨냥해 소총을 발사했다. 그 총소리는 그들이 있는 곳을 떠나 분지를 가로질러 거침없이 날아가며, 마른 세이지 가지를 흔들고 아직 근처에 있던 벌레와 들쥐와 새 들을 깜짝 놀라게 했다.

말을 탄 다섯 명의 레인저가 그들을 소몰이하듯 몰며 고함을 쳤다. "출발, 출발, 출발."

비는 깜짝 놀라 움직이기 시작해, 앞장서서 커뮤니티 사람들을 이끌고 비틀거리며 분지를 가로지르기 시작했다. 그녀는 애그니스가 아무리 빨리 가려고 해봐도 줄곧 그보다 한 발짝 앞서가며 애그니스 혼자 앞장서게 내버려두지 않았다.

분명 내리막의 반은 되는 길을 내려가는 동안 내내, 그 레인저들은 그들을 그 쾌적한 분지로부터 먼 곳으로 몰고 갔다. 레인저들은 해질 무렵에는 사라졌다가, 아침이면 다시 나타나 커뮤니티 사람들이 계속 이동하게 했다. 레인저들은 그들이 오랜 세월을 보낸 저 고지대 사막으로 다시 그들을 끌고 갔다. 그들을 바다처럼 드넓은 세이지 덤불로 깊숙이 걸어들어가게 하면서 일부러 훌륭한 야영지보다는 형편없는 야영지를 고르곤 했다. 질 좋은 수원들은 굳이 거르고, 흐름이 느리고 보잘것없는 개울이나 유충이 사는 고인 물만 들이밀었다. 레인저들이 그들을 끌고 가는 곳마다 사냥감이 부족했다. 그늘진 곳도 부족했다. 의도적으로 잔인한 경로를 선택했다고 믿지 않을 수 없었다. 커뮤니티 사람들이 무거운 다리를 질질 끌며 간신히 앞으로 나아가는 동안, 레인저 대장은 버릇처럼 하루종일 말을 타고 휘파람을 불었다.

이제 그들은 그 분지에서 멀리 떨어져버렸다. 빈둥거리고 싶은 충동이 생기지 않는, 아무것도 없이 텅 빈 고지대 사막으로 다시 끌려왔다. 어느 날 아침, 전날 밤 떠났던 레인저들이 나타나지 않았다. 이튿날 아침에도 마찬가지였다. 그들은 새 지도를 남기고 갔고, 다시는 돌아오지 않았다. 자신들의 임무를 끝마쳤던 것이다.

*

　근원주의자들은 이곳에 처음 도착했을 때 칼데라를 본 적이 있었다. 첫째 날이었다. 그 칼데라가 미들 포스트와 무척 가깝기 때문이 아니라—분명 멀지도 않았다—외따로 우뚝 솟아 있었기 때문이다. 그것은 지평선을 무겁게 내리누르고 있었다. 역삼각형이고 겨울에는 하얀색, 봄에는 초록색인데, 맨 꼭대기에는 쩍 벌어져 있어서 자칫 발을 헛디뎌 떨어지는 것이라면 무엇이든 다 담아내는 주머니 같은 곳이 있었다. 그 한참 너머에는 일찍이 그들이 탐험했던 첫번째 산맥이 있었다. 그 산맥은 지평선 위에 희미하게 툭 튀어나와 있었다. 그 칼데라는 외따로이 떨어져 있었다.

　애그니스는 그것을 고지대 사막의 민둥민둥하고 햇볕에 탄 정수리에 얹힌 흰 모자로 기억했다. 끝없이 펼쳐진 사막, 그 사막의 불그스름한 모래흙과 비 온 뒤 풍기는 장뇌 향. 제멋대로 뻗어나간 세이지와 덤불과 풀들. 그리고 그것이 거기 있었다. 열등생의 고깔모자* 말이다.

　"그건 눈덩이들로 만든 피라미드 같아요." 그것을 한 번도 본 적이 없는 신참들에게 그들이 설명해주었다.

　"모래에 처박혀서 꼼짝도 못하는 색깔 없는 연 같아요."

　"소파 옆에 두는 기하학적 문양의 작은 대리석 테이블이요."

＊ 지진아 모자라고도 불리는 고깔 형태의 모자.

"끝부분이 살짝 떨어져나간 화이트 피자* 한 조각이요."

"화이트 피자." 패티가 중얼거렸다.

하지만 근원주의자들이 그 칼데라에 대해 진짜로 알고 있는 것이라곤 그것이 출입 금지 구역이라는 사실뿐이었다.

그들의 지난번 지도에는 그 칼데라가 있을 자리에 검은색 원이 있었다. 그리고 검은색 원은 **출입 금지**라는 뜻이었다.

이 새로운 지도에서 그 칼데라는 오목한 꼭대기에서 붉은 깃발이 비어져나와 있는 하얀 삼각형으로 중앙 상단에 위치해 있었다. 그 주변에는 나무를 의미하는 초록색 삼각형들이 어수선하게 늘어서 있었다.

"지도에는 실제 정보가 나와 있는 거 아니었어?" 밸이 자신의 불룩하게 튀어나온 배를 두 팔로 감싸안고서 씩씩거렸다.

"다시는 지도 가지고 불평하지 마요." 비가 말했다.

"그냥 지도가 항상 틀리니까 그러는 것뿐이에요. 대체 누가 그 지도를 만드는 거야? 그들의 형편없는 애새끼들 중 하나인가?"

"우리한테 필요한 정보는 모두 나와 있어요. 물이 표시되어 있고, 지형을 알려주고, 모든 경관은 유형마다 각기 다른 색으로 구분되고. 그 이상 뭐가 더 필요한데요?"

"그럼, 이건 다 뭐죠?" 밸이 그들이 서 있는 곳과 칼데라 사이의 너른 공간을 향해 손을 내저으며 말했다. 그것은 그 지도가 인쇄된 양피지와 같은 색이었다.

"그건." 비가 지도의 기호표를 보았다. "별거 아니에요."

---

* 토마토소스를 사용하지 않는 피자.

밸이 코웃음을 치고 말했다. "그곳을 한창 지나가다보면 그게 별거라는 걸 깨닫게 된다는 데 잣 열 개를 걸겠어."

"당신 대체 왜 그러는 거야?"

"당신은 대체 왜 그러는 건데? 그 지도에 푹 빠져 있잖아요. 그걸 직접 만들기라도 한 거야 뭐야?"

"아, 그쯤 해둬, 밸." 칼이 말했다. "지금 당신은 그냥 바보같이 굴고 있을 뿐이야."

"아니, 당신이야말로 바보 같아." 밸은 방어적인 태도를 취했고, 심지어 위협적으로 소리까지 질렀다. 그러고 나서 그녀는 입을 꼭 다물고 신경을 딴 데로 돌리기라도 하려는 듯 손톱으로 자신의 불룩한 배를 연신 톡톡 두드렸다. 칼이 눈알을 굴리며 못마땅한 표정을 지었다. 애그니스가 그녀의 등을 톡톡 두드려주자, 밸은 코를 훌쩍이면서 그녀의 손을 잡아채 꽉 쥐었다. 밸은 평소의 그녀다운 모습이 아니었다. 아니, 애그니스가 다시 한번 생각해보니, 그녀는 매우 극단적인 모습의 그녀 자신인 것 같았다.

"우리는 물을 찾아야 해요." 비가 말했다. "질 좋은 물이요." 그녀는 그 지도에서 그들이 있는 곳과 칼데라 사이의 파랗게 보이는 모든 지점을 손가락으로 콕콕 찔렀다. "내 생각에는 여기가 우리가 가야 할 곳 같아요." 그녀는 도보로 며칠 거리에 있는 듯한 커다란 파란색 덩어리를 잽싸게 쿡 찔렀다. "여기 이 파란색 선은 분명 개울일 거예요. 반쯤 가면 있어요. 운이 좋으면 말라붙지 않았을 거예요."

"음, 분명히 칼데라에서 물을 구하게 될 거예요. 암튼 그렇다니까." 해럴드 박사가 말했다.

"우리는 그전에 물이 필요해요, 해럴드." 데브라가 말했다.

"이런, 그건 나도 알아요, 데브라." 그가 빙긋 웃으며 적극적으로 말했다.

"칼데라에 호수가 있다는 게 확실하기는 해요? 그 지도에는 정상이 나와 있지 않잖아요." 프랭크가 말했다.

"호수가 둘 있어요." 비가 손가락을 벌리고 거리를 재면서 중얼중얼 말했다.

"당신이 어떻게 알아요?" 칼이 물었다.

비가 고개를 들어 쳐다보았다. "아, 밥이 말해줬어요. 좋은 호수와 안 좋은 호수가 하나씩 있다고 했죠. 그리고 그 좋은 호수는 물을 마시고 헤엄치기에도 좋다고 했어요."

데브라가 비명을 지르듯 말했다. "헤엄을 치다니!"

"밥이 언제 그런 얘기를 해줬죠?" 칼이 물었다.

"이런, 아이고." 비가 일어나서 무릎을 쭉 펴며 말했다. "입장할 때였나? 여기 온 첫날이었어요." 그녀가 신참들을 위해 설명했다. "지평선에서 보였으니까요. 그에게 물어봤죠."

"그걸 아직도 기억한다고요?"

"농담해요? 나는 항상 그 생각을 해요."

"당신이 그 호수들에 대해서 나한테 말해주지 않았다는 게 믿어지지가 않네요." 데브라가 나무라는 어조로 말했다.

"데브라, 그걸 들으면 당신은 바로 그날로 달아났을 거예요."

"아, 그랬겠죠. 당신 말이 맞아." 그들은 웃음을 터뜨렸다. 데브라는 호수를 무척 좋아했다. 그래서 그들이 얕은 강과 탁한 샘보다 나은 것을 아무것도 맞닥뜨리지 못하는 것이 불만이었다.

애그니스는 엄마의 어깨 너머로 지도를 보았다. 지금 그것을 보고 있으니, 엄마가 찾으려고 애쓰는 이 호수들은 더이상 호수가 아니라는 것이 분명해졌다. 두 호수의 윤곽선이 그 증거였다. 호수의 윤곽선은 그 안쪽보다 더 선명하고 파랬다. 마치 원래부터 다른 두 시기의, 그러니까 그 당시와 지금의 경계선이 되게끔 의도한 것인 듯했다. 비록 연한 파란색이 칠해져 있었지만 알칼리성 호수*들에서도 똑같은 것을 볼 수 있었다. 그 연한 파란색 둘레에도 파란색 윤곽선이 그려져 있었다. 짙은 파란색. 갈증을 느끼게 하는 파란색. 그 당시와 지금 사이의 그 선. 아니면 그들이 찾기를 바라는 것과 그들이 찾아낼 것 사이의 그 선.

애그니스는 그 지도를 하나의 사실이라기보다는 지어낸 이야기로 보기 시작했다. 그들에게 필요한 것이 무엇인지에 따라 달라지는 어떤 것이라고 말이다. 지도는 그들이 살면서 맞춰갈 수 있는 무언가가 아니었다. 그것은 지시라기보다는 제안이었다. 그것을 따를 필요는 없었다. 그들은 그것을 깨달았나? 그녀는 하늘 위 태양의 위치를 주의깊게 보고 다시 고개를 돌려 그녀 앞에 있는 각각의 땅덩어리를 찬찬히 살펴보았다. 그녀는 각 방향에 있는, 그들이 갔던 곳들의 이름을 정확히 댈 수 있었다. 지도로 검증해보니 모두 그녀가 옳았다. 그들에게는 오감이 있었다. 그렇다면 왜 그들은 방향을 알려주는 것만큼이나 자주 길을 잃게 만드는 이 지도를 아직도 사용하고 있을까?

왜냐하면 그렇게 하라는 지시를 받았기 때문이다. 항상 지도를

---

* 마실 수 없을 정도로 알칼리 성분이 높은 호수.

참조해야 한다는 지시가 매뉴얼에 있었기 때문이다. 그래서였다. 포스트들이 지도에 나와 있었고 포스트는 중요했기 때문이다. 하지만 그녀는 각 포스트가 구체적으로 어떤 지형인 지역에 있는지 댈 수 있었다. 누군들 못했을까? 새로 생긴 칼데라 포스트도 마찬가지였다. 새 포스트가 칼데라에 있다면, 그녀는 그곳에 가는 방법을 알고 있었다. 그렇다, 그 지도는 아무 쓸모가 없었다. 그리고 더 중요한 것은, 지도 때문에 그들이 위험해지고 있다는 것이었다. 그것은 그들이 놓아버리려 하지 않는, 문명사회의 마지막 손길이었다.

"그냥 동물들을 따라가기만 하면 돼요." 애그니스가 불쑥 끼어들어 말했다.

"뭐라고?" 엄마가 물었다.

"동물들을 따라가면, 물이 어디에 있는지 알려줄 거예요."

엄마가 미소를 지으며 말했다. "좋은 생각이야, 아가." 그녀가 애그니스의 머리를 쓰다듬으며 말했다. "하지만 지금 우리한테는 따라야 할 정해진 계획이 있어. 예감이 정말 좋구나."

*

그들은 며칠이면 그 호수에 다다르리라 기대했지만, 초승달이 차츰 차올라 보름달이 됐을 무렵에도 도착하지 못한 상태였다. 개울을 발견해 하루 동안 따라갔지만 거의 다 말라 있었다. 그들은 물을 배급제로 지급했다. 애그니스가 다시 한번 동물들을 따라가자고 제안했지만 엄마는 쉿 소리를 내 입을 다물렸다.

틀림없이 거의 다 왔을 거야, 그녀는 말했다.

그들은 거의 다 왔다. 사실은 자신들이 그 호수 바로 근처에 있다는 것을 금세 알아차렸다. 그들은 줄곧 몇 마일이나 그 호수를 따라 걷고 있었던 것이다. 그것은 거대한 호수였다. 아니, 예전에는 그랬다. 지금은 그냥 호수 바닥일 뿐이었다. 아니, 한때는 호수 바닥이었다. 아마도 몇 세대에 걸쳐 혹은 그보다 더 오랫동안 호수가 아니었을 것 같은 호수. 지금은 오로지 누레진 키 큰 풀들만 가득 넘실대고 있었다. 풀밭이 된 호수. 지도상에서 그것은 갈증이 풀릴 정도로 선명한 파란색이었다.

"내가 말했잖아―그 지도는 항상 틀린다고." 밸이 울부짖었다.

"하, 그 입 좀 닥쳐요, 밸." 비가 씩씩거리며 말했다. "그 개울은 맞았잖아!" 그녀는 불안한 듯 손가락을 깨물었다.

"그러면 지도상의 그다음 호수로 계속 걸어가야겠군." 칼이 말했다. "그렇죠, 비?"

"어떻게 여기에 호수가 없는지 이해가 안 돼." 마치 혼잣말처럼 중얼거리는 소리가 그녀의 손가락 사이로 흘러나왔다.

"그 지도는 오래됐어요." 해럴드 박사가 말했다.

"그렇다고 해도 이건 아니죠."

"그럼, 언제야 하는데?" 글렌이 부드럽게 말했다.

그녀는 걱정스러운 표정으로 그를 올려다보며 눈을 깜박거렸다. "이 지도에 따르면 여기에 물이 있을 거랬어."

"그런데 그건 틀렸잖아요." 밸이 대담하게 말했다.

"생각 좀 해볼게요." 비가 톡 쏘아붙였다. 이윽고 그녀는 천천히 길게 숨을 쉬었다. "이 경로에는 물이 있어야 해요. 우리는 그

물이 필요하다고요!" 그녀의 목소리에서는 패배감이 묻어났다. "오늘밤은 여기서 야영을 합시다." 커뮤니티 사람들은 신속하게 캠프를 설치하기 시작했다. 불은 피울 수 없었다. 이런 바싹 말라붙은 드넓은 풀밭에서는 불가능했다. 그래서 저녁식사로는 육포를 꺼냈다. 그들은 잠자리를 깔았다. 대다수가 너무 바빠서 신경도 쓰지 못할 때 비가 중얼거리듯 말했다. "산책 좀 하고 올게요." 그런 다음 이내 키가 큰 풀밭으로 향했다. 하지만 애그니스는 알아차렸다. 그녀는 기다렸다가 슬그머니 빠져나가서 엄마의 자취를, 그러니까 엄마가 지나가며 풀이 희미하게 흐트러지고 갈라진 자리를 찾아냈다.

엄마는 아치 모양으로 길게 이어지는 길을 택해 그 풀밭 호수 주위를 돌고 있었다. 하지만 애그니스는 키가 큰 풀밭에서 앞이 안 보이는 채로 한참 동안 걷고 나서야 어느 나무 꼭대기가 저멀리서 풀밭을 훔쳐보듯 내려다보고 있다는 것, 그녀가 서 있는 곳을 지나자마자 곧 그 풀밭이 끝난다는 것을 알게 되었다. 그녀는 살금살금 풀밭 끝으로 이동해 따끔거리는 새순들 틈새로 유심히 내다보았다.

엄마는 그 나무 앞에 서서 눈을 가늘게 뜨고 손에 든 무언가를 바라보고 있었다. 이내 가방을 뒤적이더니 시티에서 가지고 돌아온 작은 메모장과 몽당연필을 꺼냈다. 그러더니 무언가를 다급히 적고는, 메모장에서 그 종이를 찢어 구긴 다음 나무의 구멍 속으로 밀어넣었다. 그녀는 그 나무에서 한 걸음 뒤로 물러서더니 나무를 타고 올라갈 생각이라도 하는 듯 나뭇가지들을 올려다보았다. 곧이어 뒤돌아서서 애그니스가 숨어 있는 풀밭 쪽으로 다시 걸음을 옮겼다.

"이제 나와도 돼, 애그니스." 그녀가 풀밭 호수를 향해 소리쳤다.

애그니스는 얼굴을 붉히며 천천히 밖으로 걸어나갔다.

"그냥 물어봐도 돼."

"하지만 대답 안 해줄 거잖아요."

"글쎄, 그래도 물어볼 수는 있잖아." 그녀의 엄마가 씩 웃었다.

"뭐하고 있었어요?"

"내 다람쥐 친구한테 안부 전하는 중이었어."

"엄마."

"애그니스."

"대체 무슨 일이에요?"

"아무것도 아니야, 정말이야. 가끔 나는 무언가를 남겨두고 가고 싶어. 어떤 사람이나 동물이 그걸 발견할지 누가 알겠니. 이건 내가 여기서 계속 제정신을 지키게 해주는 것들 중 하나야."

애그니스는 이런 식으로 캐물어봤자 더이상 얻어낼 것이 없다는 사실을 깨달았고, 엄마가 얼렁뚱땅 넘어가려 한다는 데 화가 났다.

비가 애그니스의 분노를 알아차리고 말했다. "뭔가 알아야 할 게 있으면, 너한테 말해줄게." 그녀가 애그니스의 뺨을 꼬집으며 말했다. "너무 빨리 어른이 되지는 마." 애그니스가 그 손을 찰싹 쳐서 뿌리치자 그녀는 웃음을 터뜨렸다. 그러면 애그니스가 훨씬 더 화내리란 걸 알고 있었고, 바로 그래서 그렇게 한 것이었다.

그녀가 애그니스의 어깨에 한 손을 얹어 꽉 쥐었고, 그들은 그 상태로 함께 풀밭을 지나 되돌아갔다. 엄마는 그 몸짓이 어머니다운 것으로 느껴지게 하려고 했지만, 애그니스는 자신이 끌려가는 중이라는 것을 잘 알았다.

엄마는 그날 밤 애그니스와 잠자리를 함께 썼는데, 엄마가 자고 있는지 살피려고 애그니스가 일어나서 훔쳐볼 때마다 엄마는 평온하고 밝은 호박색 눈으로 애그니스를 응시했다. "빨리 자, 애그니스." 그녀는 단조로운 투로 명령하듯 말했다. 결국 애그니스는 꺼림칙한 채로 저도 모르게 잠이 들고 말았다. 엄마가 오로지 그녀가 감춘 것을 찾기 위해 애그니스가 살금살금 빠져나가는 것을 막으려고 온밤을 꼬박 뜬눈으로 새웠다고 해도 놀라지 않았을 것이다.

애그니스가 잠에서 깨어났을 때는 이미 늦은 시각이었다. 머리가 어질어질했다. 온몸이 뻣뻣했다. 물 배급에 타격을 받고 있었다. 애그니스는 아침햇살을 가리려 애쓰며 누워 있었다. 하지만 햇살은 마치 그녀의 눈으로, 오로지 그녀의 눈에만 곧장 비춰들겠다고 마음먹은 것 같았다.

캠프가 웅성거리고 있었다. 사람들은 무기력하고 수분이 부족한 상태였다. 짐을 다 꾸리자 사람들이 축 늘어진 원을 그리며 모여들었다. 그들이 잠을 잔 장소가 납작하게 눌려 있어서, 마치 사방의 풀이 울타리처럼 그들을 가두고 있는 듯했다.

비가 단호하게 말했다. "어제 그 호수들을 돌아다녀봤어요."

"그런데?" 칼이 재촉했다.

"내 생각에는 막다른 길이에요. 그러니까 애그니스가 말한 대로 해야 할 것 같아요." 그녀가 고개를 돌려 애그니스를 바라보았다. "동물들을 따라가요." 비는 본능적으로 두 눈을 반짝거리며 애그니스를 보고 미소 지었다. 애그니스는 자부심과 혐오감, 사랑과 분노 사이에서 갈등하며 가슴이 두근거리는 것을 느꼈다. 엄마는 커뮤니티 사람들에게 거짓말을 하고 있었다. 하지만 동시에 애그니스를 책임자로 내세우고 있는 것이기도 했다. 애그니스는 마음 깊은 곳에서 엄마에게 미소를 지어주었다. 그러지 않을 수가 없었다. 배가 아프기 시작하는 바로 그 순간에도 말이다. 애그니스는 엄마를 사랑하기가 아주 쉽다는 것이 몹시 싫었다. 엄마가 자신에게 상처를 줘도 계속 화를 내기가 아주 힘들다는 것이 몹시 싫었다. 애그니스는 항상 엄마를 사랑했다. 심지어 엄마가 그럴 자격이 없었을 때도. 그로 인해 애그니스는 수치심에, 또한 갈망에 사로잡혔다. 애그니스는 배시시 번져나오려던 미소를 지그시 참아냈다. 곧이어 엄마의 미소도 스러지는 것을 지켜보았다.

*

애그니스는 자신들이 동물들의 흔적을 따라가고 있다는 것을 다른 사람들이 깨닫기 며칠 전부터 줄곧 알고 있었다. 변함없이 이어지는 드넓은 세이지 밭에 그런 흔적이 또렷하게 찍혀 있는 것을 며칠 내내 보았던 것이다. 부러진 나뭇가지들이 보였고, 그 너머엔 부러진 가지 끄트머리들 사이로 나 있는 보이지 않는 길이 보였다. 애그니스가 서 있는 자리에서는 이런 흔적들이 사방팔방으로 퍼져나간 것이 보였다. 하나의 오솔길은 다른 하나의 오솔길과 교차했고, 그녀가 걸어갈 때면 그 각각의 길들은 수백 마리의 동물들이 밟고 지나간 모종의 넓은 길로 모여들었다.

그들이 처음으로 동물 무리를 맞닥뜨렸을 때 애그니스는 멈춰서서 양쪽 골반에 손을 척 얹고 말했다. "봤죠?"

그 전날, 폭풍우가 휩쓸고 지나가면서 그들이 평원을 가로질러 걸어갈 때 잠시 동안 비가 쏟아졌다. 그들은 손바닥을 오므리거나 하늘을 향해 입을 벌렸고, 컵과 모자를 뒤집어 물을 조금 모을 수 있었다. 그렇지만 땅이 빗물을 재빨리 흡수해버렸고, 별안간 비가 내린 것만큼이나 순식간에 대지가 다시 메말라버린 것 같았다.

하지만 여기, 땅이 움푹 파인 곳에 그 폭풍우의 많은 빗물이 모여 있었다. 그것은 믿을 만한 수원인 것 같았다. 동물들이 수시로 들락거리는 통에 온통 짓밟힌 자국이 나 있었다. 세이지는 거의 남아 있지도 않았다.

동물들은 물가에 나른하게 늘어져 있었다. 엘크들은 그들의 젖은 몸으로 인해 서늘해진 땅바닥에 앉아 있었다. 물소들은 꼬리를 획획 흔들며 물속에 서 있었다. 새들은 습도가 오르자 기운이 나서 허공을 오르락내리락했다. 토끼들은 귀 뒤를 닦았다. 맹수들을 감시하는 파수꾼 역할을 맡은 동물들이 규칙적으로 찍찍, 끽끽대는 울음소리를 제외하고는 사방이 고요했다.

커뮤니티 사람들은 수원을 밟아 뭉갤 가능성을 차단하려고 거기서 멀리 떨어진 곳에 캠프를 차렸다. 그들은 땅거미가 질 무렵 그 물웅덩이의 고요함에 어울리게 다 함께 말없이 음식을 만들고 잠자리를 깔기 시작했다. 박쥐들이 찰칵거리는 소리와 곤충들의 다리에서 나는 윙윙거리는 소리가 들렸다. 밤이 되자 더 큰 동물들이 서로 조용히 속삭였다. 그리고 만물이 잠자리에 든 것 같던 바로 그 순간, 순간적으로 불협화음이 생겼다. 엘크들이 발정이 나 소리를 질렀고 버펄로들이 힝힝댔다. 오리들이 꽥꽥거렸다. 인간에게 해를 끼치는 작은 야생동물들이 끽끽거리고, 저멀리서 늑대들이 울부짖었다. 마치 모두가 잘 자라고 인사를 하는 것 같았다. 더이상 그들끼리가 아니라니 이상한 기분이 들었다.

그 물웅덩이가 진흙탕이 되고 동물들이 이동하자, 커뮤티니 사람들도 짐을 싸서 이동했다. 그들은 그 동물들과 함께 물웅덩이에서 물웅덩이로 이동하며 물 근처에 계속 머물렀다.

풀밭 호수를 지나온 후로, 뱉은 몸이 풍선처럼 부풀어올랐고 숨이 가빠진 상태였다. 그녀는 모든 것을 뱃속에 담아두기라도 하려는 듯 두 팔로 배를 계속 감싸고 있었다. 그녀는 진통이 시작되고 몸이 수축되자, 대화 도중에 말문이 막혀버렸다. 마침내 그 일이 일어나고 있다는 것에 뱉은 얼굴을 찌푸리면서도 미소를 지었다.

그녀는 세번째 물웅덩이에서 음매 하는 동물들의 울음소리에 둘러싸여 베이비 이그레트를 낳았다. 그녀는 누구도 자신의 아들을 진창을 살금살금 발끝으로 걸어가는 젖빛 새와 혼동하지 못하게 하려는 듯 아기에게 베이비 이그레트라는 이름을 지어주었다.* 출산은 쉽고 빨랐으며, 뱉은 그 점이 매우 만족스러운 것처럼 보였다. 베이비 이그레트를 깨끗이 씻겨 데브라가 그애를 위해 만들어둔 새 사슴 가죽 아기띠로 감쌌다. 캠프가 두 사람을 편

---

* '이그레트(egret)'는 '왜가리' '백로' '큰해오라기'를 의미한다.

안하게 해주는 일로 부산스러웠지만, 곧 모든 것이 잠잠해졌다. 그날도 여느 날과 같은 하루였다. 새로운 목소리가 섞여 있다는 점만 제외하면 말이다. 크고 새된 목소리.

애그니스는 물웅덩이 근처에 있는 동물들이 자신들의 캠프에서 들리는 그 새로운 소리에 무척 관심이 많다는 것을 알아차렸다. 암컷들, 어미들은 흥분해서 경계 태세로 허공에 코를 벌름거려 냄새를 맡으며 캠프로 다가왔다. 그들은 사방으로 귀를 쫑긋거렸다. 베이비 이그레트는 그들의 새끼와 비슷한 소리를 냈다. 만족을 모르고 애처롭게 갈구하는 듯한 소리. 애그니스는 그들이 돕고 싶어한다는 것을 알았다. 밸에게 그 갓난아이를 달래는 법, 먹이는 법, 보호하는 법을 알려주고 싶어한다는 것을 알았다. 그들은 베이비 이그레트가 자기들 무리 중 하나일 것이라고 생각했고, 애그니스는 그것 때문에 저릿하도록 고통스러운 질투심을 느끼고 있었다.

하지만 커뮤니티의 선두에서 걸어갈 때, 애그니스는 대규모로 이동중인 또다른 종류의 생명체를 이끌고 있다는 데 자부심을 느꼈다. 바로 생명체라면 응당 그래야만 하는 방식으로 물을 찾는 생명체들을 말이다. 그들이 이곳에 온 이래로 하루하루 늘 이렇게 느끼지 않았다는 것은 아니었다. 자신이 또다른 동물일 뿐임을 몰랐다는 것은 아니었다. 하지만 지금 그녀의 눈길이 닿는 범위에는 중요한 무언가가 있었다. 얼마나 광범위한가. 그들은 동물들을 자주 목격했다. 예를 들어 사슴떼, 짝짓기중인 매, 늑대 무리 등등. 엘크떼는 그들이 한꺼번에 맞닥뜨린 적이 있는 동물들 가운데 가장 큰 규모였다. 새떼들을 제외해야 했지만, 새떼들은 엘크처럼 닳아진 발굽, 같은 종류의 땀에 젖은 털가죽을 가지고 있지 않았다.

광활한 평원을 쭉 훑으며 모든 동물들이 일제히 같은 방향으로 동일한 욕구를 가지고 이동하고 있는 것을 보면서 그녀는 전에 없던 방식으로 그곳의 일부가 되었음을 느꼈다. 그녀는 자신이 그 동물들과 다르다고 느낀다는 것을 자각해본 적이 한 번도 없었다. 하지만 정확히 알 수는 없어도 어떤 식으로든 그랬을 것이라고 짐작했다. 그것은 그들이 수도꼭지에, 지도에, 레인저들과 연락한다는 사실에 의존했기 때문이었다. 그들은 완전히 자력으로 살고 있는 것이 결코 아니었다. 이 동물들이 날마다 그러는 것처럼은 아니었다. 아직까지는. 그리고 그녀가 선두에서 이끄는 중이었다. 그녀는 제이크가 처음 도착했을 때, 그러니까 그가 자신에게 얼마나 오래 머물 것이라고 생각하는지 물었을 때 그와 나눴던 대화를 떠올려보았다. 방금 막 도착해서 어리둥절한 상태였던 그는 윌더니스주가 영원할 것이라는 개념이 없었다. 하지만 그녀는 자신들이 언젠가 떠날 것이라고 생각해본 적이 한 번도 없었다. 그들이 시티를 떠날 때 엄마는 그것을 여행이라거나 모험, 또는 무언가 일시적인 것이라고 하지 않았다. 엄마는 이렇게 말했다. "여기가 우리 새집이야." 이곳을 떠난다는 생각만 해도 숨이 턱 막혔다. 무기력하게 콜록대며 손수건을 빨갛게 물들이던 예전의 그 어린 여자아이가 다시 된 것 같은 기분이 들었다. 세상에 아무런 힘도 행사할 수 없던 어린 여자아이. 하지만 그녀는 더이상 그애가 아니었다. 더이상 멀리서, 엄마나 글렌의 뒤에서 호기심어린 눈으로 빤히 바라보고만 있던 그 어린 여자아이가 아니었다. 축축한 사슴 코를 만져보려고 머뭇머뭇 손을 뻗고, 아침에 거미가 새로 지은 거미집을 찢고 지나갔다가 깜짝 놀라 얼굴에서 이슬과 실크 같은 거미줄을 닦아내던 그 어린 여자아이가 아니었다. 이제 그녀는 우두머리 엘크였다. V자 대형의 꼭짓점. 무리를 이끄는 암사슴. 그녀는 그 모든 것의 일부였다. 모든 것이 그녀에게 달려 있었다.

애그니스는 앞을 향해 전속력으로 달렸다. 밸이 기다리라고 외치는 소리가 들렸다. 글렌이 천천히 가라고 쉰 목소리로 꺽꺽대며 말했다. 엄마는 멈춰 서라고 명령했다. 하지만 그녀는 그에 응하듯 와 소리를 지르며 더 빨리 달렸다. 그녀 때문에 사슴들이 겁을 먹고 방향을 홱 틀었다. 하늘의 야생 기러기들은 그런 무아지경을 피하기 위해 더 높이 날아올라 작아졌다. 이것은 그 어린 여자아이의 마지막 호흡이었다. 애그니스는 활짝 미소를 지었다. 그녀는 옆으로 재주를 넘으며 다시 한번 와 하고 소리를 질렀다. 만약 흙을 깊이 파헤칠 무언가를 손에 쥐고 있었다면, 그녀는 더 어린 시절의 자신을 파묻어버렸을 것이다. 대신 그녀는 자신의 뱃속을 깊숙이 파헤치는 척하면서 무언가를 철벅철벅 짓눌러 뭉개는 소리를 냈다. 그런 다음 극적으로 자신의 몸안에서 무언가를, 그러니까 그 어린 여자아이의 심장을 꺼내는 시늉을 하고, 마지막으로 한번 더 와 하고 소리를 지르며 그것을 야생 기러기들을 향해 던져올렸다. 그러자 기러기들이 그녀의 주위에 똥을 비처럼 퍼부으면서 끼루룩거리며 다시 한번 방향을 홱 틀었다.

그리고 나서 애그니스는 다른 사람들이 자신을 따라잡기를 기다렸다.

*

그들이 산기슭에 더 다가갈수록, 세상은 점점 더 푸르고 상쾌해졌다. 공기의 무게가 변했다. 또다시 숨을 쉴 때마다 수분이 느껴지자 곧 그들은 깨끗한 물이 좔좔 흐르는 작은 샘과 개울을 발견하게 되리라는 희망을 품게 되었다. 잣나무숲을 지날 때면 나중에 가능할 때 저장 과정을 진행하려고 잣을 따 모았다. 파인콘이 그 가방을 운반하게 해달라고 부탁하며 말했다. "내 이름이잖아요." 가방을 운반하는 그애의 진지한 모습에 애그니스는 웃음이 터졌지만, 다른 사람들이 집중한 파인콘을 보며 미소 짓는 것을 알아차렸을 때는 자신이 다소 무심했다는 것을 깨달았다. 마침내 제일 높은 산봉우리들이 시야에 들어오자 커뮤니티 사람들은 그쪽으로 방향을 틀었다. 그들은 이동하는 동물들의 무리와 물웅덩이를, 동지애와 그룹의 안전을 뒤로하고 떠났다.

글렌은 지칠 대로 지쳐 목이 쉬고 또다시 쇠약해져 있었다. 어떤 외상성 손상 때문이라기보다는 그저 이동을 하다가 다리를 절기 시작한 상태였다. 그는 그 상태를 가능한 한 숨겼다. 밤에는 다시 콜록콜록 기침을 해댔고, 아침이면 조금만 움직여도 고통스러운 것처럼 아주 조심스럽게 발을 내디뎠다가 놀라 움찔하고 또 한 발 내디뎠다가 움찔하기를 반복했다. 커뮤니티에 지금은 물이 있었지만 그들이 겪었던 물 배급 문제 때문에 글렌은 큰 타격을 받았다.

그들이 마지막 물웅덩이를 떠나고 나서 어느 날, 애그니스는 그가 해질녘에 담요 한 장만 질질 끌며 걸어가는 것을 목격했다.

애그니스가 함께하려고 했지만, 그는 그러지 못하게 했다. 애그니스는 마치 사람들이 하늘에서 날씨의 전조를 읽어내는 것처럼 글렌의 신체적인 파동을 읽어내기 시작한 참이었다. 달무리는 비가 내릴 것이라는 의미였다. 글렌이 사라져서 보이지 않으면 무언가 안 좋은 일이 일어나곤 했다.

글렌이 또다시 캠프 외곽에서 잠을 잔다는 사실을 비가 깨닫는 데는 며칠이 걸렸다. 엄마가 그것을 알아차리는 데 그렇게 오랜 시간이 걸렸다는 사실에 그녀가 나쁜 엄마일 뿐만 아니라 나쁜 아내이기도 하다는 애그니스의 믿음은 더욱 확고해졌다. **확실한 증거가 필요하기라도 했던 것 같네,** 애그니스는 생각했다.

"왜 그이가 그러고 있다고 내게 말해주지 않았니?" 엄마가 모닥불에 쓰레기를 던지며 나지막이 말했다.

"엄마는 신경쓰지 않는 것 같았거든요."

"당연히 신경쓰이지." 그녀가 긴장한 듯 숨죽여 속삭였다. "그이가 왜 그러는지 아니?"

애그니스가 대답했다. "어쩌면 머지않아 죽을지도 몰라요."

엄마의 얼굴이 벌게졌다. "방금 뭐라고 했니?"

애그니스가 침을 꿀꺽 삼켰다. "어쩌면 머지않아 죽을지도 몰라요." 그녀는 불안했지만, 더 침착하게 말했다. 그렇게 말한 것은 어쩌면 그가 머지않아 죽을지도 모른다고 믿고 있기 때문이었다. 그것은 많은 동물들이 머지않아 죽을 때 하는 일이었다. 그녀는 이런 설명을 이어갈 각오를 했다. 하지만 고개를 돌려 그녀를 바라보는 비는 미칠 듯 화가 난 것이 아니라 잔뜩 공포에 질린 얼굴로, 애그니스의 따귀를 철썩 때리기라도 할 것처럼 온몸을 앞으로 내밀고 있었다. 애그니스는 바로 자신의 뺨에 엄마의 손이 닿을 것이라고 확신하며 몸을 움찔했다. 하지만 따귀는 결코 날아오지 않았다. 애그니스가 한쪽 눈을 뜨자 엄마가 모닥불 불빛이 비치는 데서 벗어나 마치 글렌이 진북眞北인 양, 그가 있는 곳을 향해 똑바로 걸어가는 모습이 보였다. 그녀는 애그니스가 잠들 때까지 캠프로 돌아오지 않았다. 그리고 애그니스가 꼭두새벽 은빛 여명에 깨어났을 때도 거기 없었다.

애그니스는 두 사람이 함께 웅크리고 있는 것을 찾아냈다. 캠프의 모닥불이 곧 꺼질 듯 명멸하는 불빛이라기보다 지평선상의 아스라한 붉은빛처럼 보일 정도로 떨어진 거리였다. 애그니스는 그들과 딱 늙은 소나무 한 그루의 길이만큼 거리를 두고 쪼그려 앉았다. 하지만 만약 그녀가 보였다고 해도 그들은 알은척하지 않았다. 그들은 마치 야외가 아니라, 어딘가 사적인 곳에 단둘이 있는 것처럼 행동했다.

글렌은 그의 소지품에 비스듬히 기대앉아 있었다. 수염은 희끗희끗했고, 애그니스가 아는 움푹 들어간 뺨을 덮고 있었다. 그는 너무 조그맣고 우둘투둘해 별 쓸모가 없는 가죽 쪼가리 같았다.

비는 그 곁에 앉아 그의 몸 위로 상체를 구부리고 있었다. 거의 엎드리다시피 한 모습이었다. 바로 옆에는 대충 깎은 나무그릇이 있었고 한 손에는 헝겊조각이 들려 있었다. 그녀가 그것을 그릇에 담갔다 꺼내자 물이 뚝뚝 떨어졌다. 그녀는 젖은 헝겊으로 글렌의 가슴 한가운데를 죽 문질렀다.

글렌이 한숨을 쉬었고, 비가 그의 두 어깨를 복장뼈에서 풀어주기라도 한 것처럼 어깨에서 긴장이 쫙 풀렸다. 그는 고개를 뒤로 젖혔다.

　애그니스는 당혹스러워 어찌할 바를 모르고 지켜보았다. 어떻게 그는 한때 자신을 버리고 떠났다가 이제 칼에게 가버린 그녀의 손에 몸을 맡기고 느긋하게 쉴 수 있을까? 어떻게 그녀의 사랑을 받아줄 수 있을까? 애정은 더 중요한 다른 것, 그러니까 성실 같은 것이 따라와야 했다.

　비는 칼과 손을 잡은 후 글렌이 확실히 보살핌을 받도록 했다. 하지만 애그니스가 본 바로는 비가 직접 돌본 적은 전혀 없었다. 여태껏 비는 일정한 거리를 두고 있었다. 만약 그녀가 글렌을 조금이라도 지켜봤다면, 그것은 먼발치에서였다. 아마도 엄마의 사생활 때문에 글렌에 대한 그녀의 사랑이 끝난 것처럼 느껴졌을 것이다. 하지만 여기, 지금 이 순간 그것은 분명 잘못된 생각이었다. 때때로 애그니스는 엄마가 더 많은 욕구를 내밀하게 품고 있다고 짐작하면서 그녀의 저의를 의심하곤 했다. 하지만 애그니스의 눈앞에서 엄마가 글렌의 뺨, 관자놀이, 감긴 눈꺼풀, 이마에 다정하게 입맞추는 순간, 그가 더없이 행복하면서도 서글픈 미소를 짓고 있는 순간, 지금 이 순간 애매모호한 것은 아무것도 없었다. 그리고 이내 그녀가 그의 입에 입맞추고 그의 몸이 그녀의 몸에 닿으려 할 때도 마찬가지였다. 그는 사랑에 빠져 있었다. 그리고 엄마 또한 마찬가지인 것 같았다. 애그니스는 엄마가 그들을 버리고 떠난 후 엄마 없이 보낸 그 모든 시간을 돌이켜 생각해보았다. 글렌이 화내는 순간을 본 기억은 떠올릴 수가 없었다. 그는 마치 엄마의 그런 행동은 불가피했던 것이고 그래서 비난할 수 없다고 확신하는 듯했다.

애그니스는 비가 글렌의 품에 안겨 누워 숨쉴 때마다 살짝살짝 들리는 뼈만 앙상한 그의 가슴에 머리를 얹고 있는 모습을 그늘진 곳에서 지켜보았다. 그들의 눈은 감겨 있었지만, 잠든 것은 아니었다. 애그니스는 자신의 가슴에 온기를 느끼며, 이것이 그들이 여러 해 동안 잠을 자던 방식이라는 것을 떠올렸다. 그녀의 엄마와 글렌은 서로의 품에 안기고 애그니스는 그들의 발치에 있었다. 그들이 함께 있는 것을 보면서 애그니스는 가슴이 아팠다. 그녀는 또다시 온 가족이 함께하는 그런 잠자리의 일부가 되고, 그들이 애정어린 시간을 함께 나누기를 원하는 사람이 되고 싶었다. 지금 이 순간 그들은 애그니스를 그리워할까? 자신들의 발목을 감싸던 그녀의 손길을 그리워할까?

*

커뮤니티 사람들은 며칠 더 머무르며 사냥꾼들이 급히 잡아온 꿩들을 갈무리했다.

비는 글렌이 캠프 외곽으로 가버렸기 때문에 취침시간에는 애그니스와 함께했다. 하지만 애그니스가 생각하기에는 의도적으로 몸을 한껏 웅크리는 바람에 애그니스는 밤새도록 잠 못 이루며 추위에 덜덜 떨어야 했다. 또다시 그렇게 자고 싶지는 않았다. 어느 날 밤, 애그니스는 따뜻한 불 옆을 떠나 글렌을 찾아갔다.

그도 불을 피워둔 것처럼 보였다. 하지만 그녀는 자신이 보았다고 생각한 것, 그러니까 지평선상의 불빛은, 어스름한 검푸른 하늘을 작고 검은 뱀처럼 미끄러지듯 기어올라가는 연기는 훨씬,

훨씬, 훨씬 더 멀리 떨어져 있었고 절대로 불일 리가 없다는 것을 깨달았다. 어쩌면 그것은 저녁노을의 흔적이었을지도 모른다. 연기는 단지 착각에 불과했다.

"안녕, 얘야." 글렌의 목소리가 들렸다.

"나인 줄 어떻게 알았어요?"

"네 발소리로 알 수 있었지."

애그니스는 자신의 접근을 알아차린 글렌이 자랑스러우면서도 그렇게 쉽사리 들켰다는 것이 당혹스럽기도 했다.

"걱정하지 마." 글렌이 애그니스의 낙심을 알아차리고 말했다. 더 가까이 다가가자 그의 미소가 보였다. "나는 네 발소리밖에 몰라. 그건 단지 내가 네 발소리를 들으려고 귀를 기울이면서 많은 시간을 보냈기 때문이지. 다른 사람은 아무도 네 발소리를 듣지 못할 거야."

"다행이에요." 그녀는 그렇게 말하고 그의 옆에 쪼그려앉았다. "캠프로 돌아오면 안 돼요?"

"나는 여기 이 외곽에 있는 게 더 좋아."

"하지만 잘 때 내가 춥단 말이에요."

"엄마가 같이 안 자니? 그렇게 할 거라고 했는데."

"그래요, 하지만 엄마는 내 몸을 따뜻하게 해주지 않아요. 내가 만지는 걸 좋아하지도 않고요."

"그럴 리 없어."

"아니요, 엄마는 내가 잡으려고 손을 뻗을 때마다 자기 발을 치워버려요."

"아마 그냥 잠결에 그러는 걸 거야."

"아니요, 깨어 있어요. 일부러 그러는 거예요."

"애그니스, 그 말은 잘 안 믿기는구나."

"사실이에요. 엄마는 나랑 있고 싶어하지 않아요. 나를 좋아하지 않는다고요." 애그니스는 울컥 속이 치미는 것을 느꼈다. 마구 콜록거리기라도 할 것 같았다. 그녀의 눈에 눈물이 고였다.

"엄마는 너를 무척 사랑해. 그녀가 하는 모든 일은 너를 위해 하는 거야."

"그건 사실이 아니에요."

"그건 대체로 사실이야."

"엄마는 많은 걸 자신을 위해서 해요."

"너는 안 그러니?"

애그니스는 그런 비교는 불공평하다고 생각했다. 그녀는 누군가의 엄마가 아니었다. 하지만 그녀는 그런 말을 하는 대신 이렇게 말했다. "아저씨는 안 그러잖아요."

"당연히 나도 그러지."

"아니요, 아저씨는 안 그래요, 그리고 아저씨한테 자식이 있다면 틀림없이 안 그럴 테고요."

"이런." 글렌이 말하며 얼굴을 찡그렸다.

"왜요?"

"나는 자식이 있다고 생각했어. 가끔 바보 같은 얘기를 하는 이렇게 재미있는 여자애. 예를 들자면 자기 아버지한테 아이가 없다든가 하는 얘기 말이지."

"내 말 무슨 뜻인지 알잖아요. 아저씨는 내 진짜 아빠가 아니에요."

"나는 내가 아빠 같은데." 그가 말했다.

"알아요. 그냥 매들린을 생각하고 있었을 뿐이에요."

글렌은 철썩 뺨을 맞은 것처럼 보였다. "아."

"죄송해요."

"아니, 괜찮아. 그 이름을 들으니 반갑구나. 네가 그애를 알고 있는 줄은 몰랐어."

"알고 있어요."

"엄마가 말해줬니?"

"아니요."

"하지만 들었구나."

"네."

글렌이 빙긋 웃으며 말했다. "너는 다 듣고 있지, 안 그래?"

애그니스는 미소를 지으며 자랑스럽게 고개를 꾸벅 숙였다. "그게 내가 할 일인걸요."

"아니." 그가 다시 얼굴을 찡그리며 말했다. "네가 할 일은 어린아이답게 구는 거야."

"그애 이름을 꺼내서 죄송해요."

그가 싱긋 웃었다. "그애 이름을 꺼내도 괜찮아. 그 이름을 들으니 반갑구나―거짓말 아니야." 그가 미소 지으며 말했다. "내가 그애 이야기를 하지 않는 건 그애가 여기 없기 때문이야. 너는 지금 여기 있고. 또 내 딸이지. 하지만 만약 매들린이 있다면 나는 그애를 너와 똑같이 대할 거야. 너희 엄마가 널 대하는 것처럼 말이야."

"으음." 애그니스가 소리를 냈다. 믿기 어려운 말이었다.

그들 앞쪽의 땅바닥 부근에서 한 쌍의 호박색 눈이 깜박거렸다.

"생쥐일까, 아니면 두더지나 들쥐나 트롤일까?" 글렌이 물었다.

"트롤이요." 애그니스가 대답했다.

"나도 그럴 거라고 생각했어. 어서 저리 가, 이 트롤 녀석아." 그가 말하자, 그 생물은 허둥지둥 달아나버렸다. 글렌이 콜록콜록 기침을 하고 말했다. "너를 여기 두는 게 가끔은 마음이 편치 않아. 어쩌면 네 상태가 좋아졌을 때 우리가 떠났어야 했을지도 모른다는 생각이 들어."

"그러지 마요." 애그니스가 단호하게 말했다.

"응?"

애그니스는 덧붙여 말하고 싶었지만, 입을 열었다가 복받치는 감정에 목이 잠겼다는 것만 알게 되었다. 그녀는 캄캄한 하늘, 거의 보이지 않는 지평선을 죽 둘러보았다. 박쥐들이 서로에게 자신의 위치와 그녀를 발견했다는 것을 알리는 울음소리에 귀를 기울였다. 몹시 더운 하루를 보낸 그녀의 피부가 산들바람에 서늘하게 식었다. 동물들과 커뮤니티 사람들에게 둘러싸여 야외에서 글렌과, 그러니까 그녀의 아빠와 단둘이 나란히 앉아 있으면서 말이다. 그들이 이곳에 오지 않았다면 지금 그녀는 대체 어떤 사람이 되었을까?

"나는 절대로 떠나고 싶지 않아요." 그녀가 말했다.

글렌이 그녀를 가까이 끌어당겨 이마에 입을 맞췄다. "네가 그렇다는 건 나도 알아." 아직도 얼굴을 찡그린 채 그가 말했다.

"제발 부탁인데 캠프로 돌아오면 안 돼요?" 애그니스가 말했다. "밤이면 외로워요."

"하지만 너희 엄마가."

"엄마는 칼이랑 자러 갈 거예요. 어쨌든 엄마가 있고 싶어하는 곳이잖아요." 애그니스는 글렌에게 그런 말을 해놓고 살짝 움찔했다. 잔인한 짓이었다.

하지만 글렌은 새되고 공허한 웃음을 터뜨렸다. "이런, 애그니스. 너희 엄마에 대해 네가 알지 못하는 사실은 협곡을 가득 메울 만큼 많단다."

"나는 아저씨가 생각하는 것보다 더 많은 걸 알고 있어요."

"어, 그래?"

"엄마가 자신이 우리를 보호해주고 있다고 생각한다는 걸 알아요."

"그런데……?" 글렌이 물었다.

"엄마가 나를 보호해줄 필요는 없어요. 아저씨도 마찬가지고요. 우리한테 도움이 필요하다고 해도 다른 방법들도 있고요."

"너희 엄마는 자신이 뭘 하고 있는지 잘 알아. 나도 그녀가 뭘 하고 있는지 잘 알고. 우리는 한 팀이야."

"엄마가 칼 아저씨랑 함께 있는데 어떻게 그런 말을 할 수 있어요?"

글렌의 말투가 차분하고 단호해졌다. "그녀가 뭘 하고 있는지는 나도 잘 알아." 그가 그것을 기정사실로 만들려 애쓰며 다시 한번 말했다. "그녀도 자신이 뭘 하고 있는지 잘 알고. 우리는 한 팀이야."

애그니스는 글렌을 바라보았다. "아저씨는 바보예요." 그녀가 나직이 말했다. 모진 짓이라는 것을 잘 알았지만, 달리 표현할 다른 방법이 전혀 떠오르지 않았다.

글렌이 눈을 깜박거렸다. 애그니스는 잠시 동안 그의 눈에 눈물이 고였다고 생각했지만, 그 눈에서는 아무것도 흘러나오지 않았다. "그럴지도." 그가 말했다.

그들은 말없이 있었다. 땅굴올빼미 한 마리가 그 침묵을 채웠다. 구름이 달을 감추려고 부리나케 몰려들었다. 애그니스는 몸을 덜덜 떨었다.

글렌은 과장된 몸짓으로 기지개를 켠 다음, 자신의 넓적다리를 찰싹 때리고 쾌활한 척 큰 소리로 말했다. "하지만 아까 한 질문에 대답을 하자면, '그래'야. 다 함께 모여 자는 곳으로 돌아가겠어. 여기서는 발이 끔찍할 정도로 차가워지거든."

애그니스가 빙긋 웃었다. 그녀는 그의 무릎이 덜덜 떨리는 것을 알아차리고 그를 부축해 일으켜 세우려 했다. 하지만 그는 그녀의 도움 없이 몸을 가눴다. 그녀가 그의 침구를 챙기고 나서 그들은 함께 걸었다. 그녀는 자신이 무리에서 가장 어린 구성원이고, 그는 가장 나이 많고 가장 중요한 구성원인 것 같은 기분이 들었다. 다른 어느 누구도 그를 그렇게 생각하지 않는다는 것을 알았지만 그의 옆에 있는 것이 자랑스러웠다. 그녀는 그가 여전히 중요한 존재가 되기 위해 꼭 리더일 필요는 없다고 생각했다. 그것이 그 무리의 방식이 아니라는 것은 잘 알고 있었지만 말이다. 그녀는 그의 생가죽 이불을 한쪽 어깨에 걸쳐메 손을 비우고 그 손을 그의 손안에 슬며시 밀어넣었다.

애그니스는 그들이 걸어가는 동안 줄곧 미소를 머금었고, 심지어 그들이 다가오는 모습을 엄마가 파리하고 못마땅해하는 얼굴로 지켜보고 있다는 것을 알아차렸을 때조차 미소를 잃지 않았다. 캠프 언저리에 도착하자 비가 자리에서 일어나 애그니스와 함께 쓰던 잠자리로 갔다. 그녀가 막 자신의 생가죽 이불을 집어든 순간, 두 사람이 그들 가족의 잠자리에 다다랐다. 그녀는 애그니스에게 딱딱한 미소를 지어 보였다. 애그니스는 그 미소를 똑같이 따라함으로써 엄마를 조롱하려 했다. 하지만 엄마는 조롱당했다고 느끼기는커녕 두 눈 깊은 곳에서 웃음기를 보인 것 같았다. 엄마는 글렌을 알은척하지 않았다. 그녀는 칼이 느긋하게 누워 있는 곳으로 걸어가 그녀의 가죽 이불을 옆에 내려놓았다.

글렌을 올려다본 애그니스는 그가 떠나는 엄마를 지켜보고 있지 않다는 사실에 깜짝 놀랐다. 그는 애그니스를 내려다보며 미소 짓고 있었다. 그가 그녀의 뺨을 꼬집었다.

"잠자리에 들 시간이야. 프레디, 준비됐니?" 그가 물어보았다.

"내 이름은 프레디가 아니에요." 그녀가 말했다.

"아니었나?" 그가 머리를 긁적거렸다. "프레디라고 맹세할 수 있는데……" 그것은 그들이 아파트에서 나갈 준비를 할 때마다 그가 곧잘 했던 말이었다. 그녀가 어린 여자아이이고 그가 엄마의 남자친구이고 그들이 이제 막 아늑한 집 밖의 험하고 복잡한 세상으로 발을 내디디려고 하던 아주 오래전 과거에 말이다.

*

커뮤니티 사람들이 저녁식사를 하고 지평선이 태양을 집어삼키자, 애그니스는 신경이 곤두섰다. 불 주위를 죽 둘러보자 다른 사람들도 대부분 바짝 긴장한 채 가만히 귀를 기울이고 있는 것이 보였다. 그들의 고개가 딱 한 번 우두둑 소리가 나는 쪽으로 제각각 획획 돌아갔다.

그들은 점점 더 번져가는 땅거미를 뚫어져라 쳐다보았다. 애그니스는 어깨가 구부정한 한 남자의 그림자를 보았다. 두 손은 호주머니에 찔러넣은 것처럼 보였다. 하지만 세세한 모습은 그를 둘러싼 어슴푸레한 빛과 세이지에 묻혀 보이지 않았다.

"당신 도대체 누구야?" 칼이 그 그림자에게 고함을 질렀다.

그림자가 움찔하더니 몸을 굽혀 웅크린 자세를 취했다. 그의 머리카락은 태양이 던진 눈부신 빛을 받아 붉게 번쩍거렸다.

"썩 꺼져." 칼이 고함을 질렀다.

그 그림자는 몇 걸음마다 한 번씩 뒤돌아보며 성큼성큼 걸어가버렸다. 두 눈에서는 슬픈 흰자위가 반짝거리고, 입에서는 혀가 삐져나와 축 늘어진 채로.

"그는 물이 필요해요." 데브라가 말했다.

"우리도 물이 필요해요." 칼이 말했다.

"우리는 물이 있어요." 데브라가 비를 바라보았다.

비가 말했다. "물은 안 돼요."

커뮤니티 사람들은 불길이 활활 치솟는 모닥불로 다시 주의를 돌리는 척했다. 그들은 자신들의 원시적인 무기에 계속 손을 대고 있었다.

"후안과 내가 아침까지 망을 볼게요." 칼이 말했다. 그 그림자는 물러갔고 그날 밤에는 어떤 낌새도 다시 감지되지 않았다.

이튿날 낮에, 커뮤니티 사람들은 모두 바짝 긴장한 채로 그 살금살금 움직이는 그림자가 다시 오는지 지평선을 유심히 살피느라 저마다 자기 일에 지장을 받았다.

이튿날 밤 그 그림자가 나타났다. 이번에는 좀더 가까이 다가왔고, 더욱더 한 남자가 생각나게 했다. 시체에서나 보이는 지저분한 턱수염이 난 남자. 산등성이에서 죽은 남자와 더이상 자라지 않는 그의 턱수염과 비슷했다. **브래드의 삼촌.** 애그니스는 그 기억에 코웃음을 쳤다. 그들 앞에 있는 이 남자는 마드라스* 반바지를 입고 시티에서 신는 밑창이 얇은 신발을 신었다. 물관 하나가 쪼그라들고 텅 빈 채 그의 몸통에 감겨 있었다. 그가 무릎을 꿇었다. 두 손을 내밀고는 손바닥을 위로 해 들어올렸다. 두 눈은 내리깔고 시선을 피했다.

"그는 물이 필요해요." 데브라가 말했다.

"우리도 물이 필요해요." 칼이 말했다.

"우리는 물이 있어요." 데브라가 말했다. 그녀는 다시 비를 바라보았다.

비가 한숨을 쉬었다. 그러고는 손을 휙 움직였다. "저 남자한테 물 한 컵 줘요."

칼이 자기 넓적다리를 주먹으로 쳤다. 꽉 다문 입술은 창백해져 있었다. 하지만 그는 일어서서 흙속에 나뒹굴던 나무컵을 찾아냈다. 그 컵에서 흙먼지 한 번 털어내지 않고 물을 가득 채우더니 그것을 들고 모닥불 가를 지나 그 남자가 있는 쪽이 아니라 그 오른쪽으로 멀리 걸어가서 그 남자가 그것을 잡으려면 기어가게

---

* 인도의 마드라스가 원산지인 가볍고 섬세한 면직물.

끔 했다.

커뮤니티 사람들은 주의를 다시 모닥불로 돌리는 척했다. 바스락바스락 옷 스치는 소리와 안간힘을 쓰느라 끙끙대는 소리가 들렸다. 후루룩 마시는 소리, 사레들린 듯 헐떡이고 기침하는 소리가 들렸다. 이윽고 아무 소리도 들리지 않았다. 그들은 잠자리에 들면서 그 남자 역시 물을 마신 바로 그 자리에서 잠을 잘 것이라고 짐작했다. 프랭크와 린다가 그날 밤 순찰을 돌았다.

아주 이른 아침 그들은 비명소리에 잠을 깼다. 데브라의 비명소리였다. 그녀는 몸에 두른 생가죽 이불을 꼭 움켜잡고 서 있었다. 마드라스 반바지를 입은 그 남자가 쥐며느리처럼 몸을 동그랗게 웅크리고 그녀의 잠자리에 누워 있었다. 비록 그는 미동도 하지 않았지만 눈은 퉁방울처럼 휘둥그레지고 근육은 탈출에 대비해 긴장하고 있었다.

"됐어, 여기까지야." 칼이 말했다. "일어서."

"미안해요." 그 남자가 씨알도 먹히지 않을 소리를 했다.

"일어서."

"추웠어요." 그 남자가 이유를 설명했다.

"일어서."

"수프 좀 먹을 수 있을까요?"

"일. 어. 서!"

"나 일 잘해요."

칼이 그 남자의 겨드랑이를 붙잡아 끌어올렸고, 잠시 동안 남자는 두 다리를 가슴으로 끌어당겨 몸을 계속 웅크린 채 온몸으로 흙바닥 위를 맴돌았다. 이윽고 그가 천천히 두 다리를 내리자,

그들은 그가 매우 키가 크고 힘줄이 불뚝불뚝 솟은 단단한 몸을 가졌다는 것을 알게 되었다. 칼은 그를 이모저모 뜯어보았다. 그는 아주 강할 수도, 아주 약할 수도 있었다.

"가자고." 칼이 말했다. 그는 그 남자를 덤불로 다시 데리고 갔다.

칼이 캠프로 돌아가기 위해 몸을 돌리는 순간, 마드라스 반바지를 입은 남자가 칼을 잡으려고 손을 내밀었다. 그것은 애처롭고 필사적인, 심지어 서글프기까지 한 손길이었다. 그들 모두가 그것을 알아볼 수 있었다. 하지만 칼은 그것을 공격으로 받아들여 그 남자의 팔을 움켜잡고 먹살을 잡으려 달려들었다. 칼과 그 남자는 서로의 얼굴을 갈겼다. 그들은 상대를 후벼팔 기세로 손이며 손가락을 휘둘렀지만, 손목을 쓰는 솜씨가 엉성해서 모든 동작이 허사로 돌아갔다. 그들은 이제껏 칼이 싸우는 것을 본 적이 없었다. 알고 보니 그는 싸움을 잘하지 못했다.

두 남자는 마치 춤을 추듯 발을 이리저리 움직여 빙빙 돌면서, 얼굴을 얻어맞지 않으려고 서로의 얼굴을 갈겼다. 마침내 칼이 얼굴 한복판에 주먹을 한 방 먹이자, 그 남자가 코를 잡고 한쪽 무릎을 꿇으며 내려앉았다. 땅을 딛고 있던 발을 칼이 걸어차버리자, 남자는 얼굴을 두 손으로 가린 채 다시 한번 두 다리를 접어 무릎을 가슴 쪽으로 바싹 끌어당기고는 옆으로 쓰러졌다. 그리고 쓰러진 채 움직이지 않았다.

칼은 캠프로 돌아왔고 커뮤니티 사람들은 하루 일과를 시작했다.

그들은 아침식사 후 말끔히 청소를 했다. 마치 손님들을 기다리는 것처럼 말끔히 치우고, 자질구레한 일들을 했다. 고기를 훈연기에 집어넣고 가죽을 늘였다. 채집 담당들은 몇몇 작은 집단으로 나뉘어 채집을 하러 나갔다. 그들은 그 남자의 존재를 잊고다른 데 관심을 쏟기 위해 할 수 있는 일들을 했다. 하지만 긴장한 나머지 일이 제대로 손에 잡히지 않았다. 그들은 가죽 한 장에구멍을 냈다. 연기를 내뿜는 불길에 고기를 빠트렸다. 잣 한 무더기를 못 쓰게 만들었다.

저녁식사를 하는 동안, 그 남자가 혀를 축 늘어뜨리고 흙이 덕지덕지 말라붙은 채 땅바닥을 긁으며 더 가까이 기어왔다. 칼이그에게 걸어가더니 그의 플리스 풀오버의 목 부분을 움켜잡고 축늘어진 긴 몸을 캠프 밖으로 다시 끌어다놓았다.

그는 세이지 덤불 사이에, 그러니까 그날 아침 그가 쓰러졌던바로 그 자리에 앉아 있었다. 그는 잎사귀를 뜯어서 느릿느릿 먹었다. 그것은 양식이 아니기에 결국 그를 아프게 할 터였다. 그들이 잠자리에 들자, 그가 더 멀리 기어가는 소리가 들렸다. 물찌똥이 철썩철썩 흙바닥에 떨어지는 소리와 그 남자가 훌쩍이는 소리가 들렸다.

아침에 데브라는 잠에서 깨어 또다시 그 남자가 자신의 가죽이불을 휘감고 있는 것을 발견했고, 칼은 그를 경계선까지 밀어내고 또다시 그와 싸웠다. 이전과 똑같이 춤을 추듯 움직이기는했지만 훨씬 더 짧은 시간 동안이었다. 칼이 그들의 먼지투성이댄스플로어를 고작 몇 바퀴 돌고 나서 주먹으로 일격을 가하자,그 남자가 쓰러졌다.

이 패턴이 그다음 이틀 동안 아침저녁으로 반복되었다. 데브라는 후안의 잠자리에서 자기 시작했다. 아침에 그 남자는 데브라의 잠자리에서, 그 안락하고 널찍한 공간을 느긋하게 즐긴 모습으로 발견되곤 했다. 그러면 칼이 그를 캠프 밖으로 질질 끌어다 놓았다.

사흘째 되던 날 밤, 모닥불 가에서 데브라가 말했다. "어제 그에게 먹다 남은 음식을 가져다줬어요."

"그건 하면 안 되는 일이에요." 해럴드 박사가 못마땅하다는 듯 말했다.

"알게 뭐예요." 데브라가 말했다. "오늘밤에도 또 그럴 작정이에요."

"데브라, 왜죠?" 비가 물어보았다.

"왜냐하면 내 잠자리를 되찾고 싶기 때문이죠." 그녀가 대답했다. 후안이 그녀를 노려보았고, 그녀도 그를 마주 노려보았다. "후안은 자면서 발길질을 해요."

"데브라는 이불을 뺏어가요." 그가 말했다. 그들은 각자 자신의 게슴츠레한 눈을 거칠게 문질렀다.

"그는 다른 데로 떠나지 않을 거예요." 글렌이 쉰 목소리로 껙껙대며 말했다. "어떻게 해야 할지 논의해야 하는 거 아닐까요?"

"내가 처리하죠." 칼이 말했다. 대화는 그것으로 끝이 났다.

사람들이 저마다 잠자리로 물러가자, 칼이 남자가 웅크리고 있는 곳으로 걸어가 그를 걷어찼다. 그들은 칼이 복부를 걷어차며 그 남자를 들어올리자 그가 땅바닥에 납작 엎드리려고 안간힘을 쓰는 것을 보았다.

"가만히 엎드려 있어." 칼이 강요하듯 말했지만, 그 남자는 반격할 의사가 전혀 없는 것이 분명했다. 칼은 그의 등을 걷어찬 다음 다리를 벌려 그 위에 올라탔다. 그의 머리털을 잡아 고개를 쳐들게 하고는 주먹으로 얼굴을 네 번 가격했다. 그가 머리를 놓아주자 그 남자의 머리는 마치 원래 속해 있던 곳으로 되돌아가는 것처럼 땅바닥으로 다시 떨어졌다. 칼은 그에게 남몰래 속삭일 수 있을 만큼 몸을 바짝 숙인 채 가만히 있었고, 다른 사람들은 모두 숨을 죽였다. 이윽고 칼은 캠프로 돌아와 비가 누워서 기다리는 그의 잠자리로 기어들어갔다.

아침에 그 남자가 형편없는 솜씨로 불을 피우고 있었다. 그의 입술은 잔뜩 붓고 자줏빛 멍이 들어 있었다. 볼은 마치 먹이를 모으는 줄무늬 다람쥐처럼 부풀어올라 있었다.

아침식사팀이 일을 이어받자, 그 남자는 종이도 없이 머릿속으로 메모를 하며 주의깊게 지켜보았다. 그들 모두가 식사를 하기 위해 모닥불에 둘러앉자 그도 자리에 앉았다. 그리고 모두에게 검게 물든 밥이 한 그릇씩 주어졌을 때 그에게도 한 그릇이 돌아갔다.

"이쪽은 애덤이에요." 칼이 소개했다.

"안녕하세요, 애덤." 그들 모두가 인사했다.

애덤은 미소를 지으려 노력했지만, 그의 부어오른 얼굴에서는 아무런 감정도 눈에 띄지 않았다.

"당신 이야기 좀 해주세요, 애덤." 데브라가 말했다.

그리고 그들이 월더니스주에 다른 사람들이 있다는 얘기를 들은 것은 바로 그때였다. 그 사람들이 꽤 오래전부터 이곳에 있었다는 이야기. 그리고 더 많은 사람들이 올 거라는 이야기였다.

칼은 분노로 턱을 덜덜 떨면서 그 사람들이 누구든 간에 그들
은 무단침입자들이라고 딱 잘라 말했다. 하지만 애덤은 그들에게
이미 이름이 있다고 말했다. 그들은 스스로를 매버릭*이라고 불
렀다.

---

* the Maverick. 보통 '반골 기질이 강한 사람'을 뜻한다.

시스터와 브라더와 파인콘은 눈이 가려진 채 자줏빛으로 물든 밤에 매버릭들의 더러운 오두막으로 질질 끌려가는 악몽을 꾸다가 잠에서 깼다. 어른들은 존재하지 않는다고 알고 있는 야만인을 자신들이 생생하게 보았다고 했다. 온몸이 흙투성이고, 입에서 짐승 피를 뚝뚝 흘리는 야만인. 아마도 시티 거주자들이 이 커뮤니티 사람들을 떠올릴 때면 상상할 법한 그런 종류의 야만인 말이다. 하지만 여기 있다는 그 다른 사람들은 아마도 애덤과 비슷해 보일 터였다. 시티에서 입고 온 더러워진 옷을 아무렇게나 걸치고 있기는 하겠지만, 그것은 여전히 시티의 옷이었다. 머리가 지나치게 길기는 하겠지만, 거기서는 여전히 마지막으로 머리를 잘라준 전문가의 솜씨가 엿보였다. 신발 밑창은 찢어지는 중이기는 하겠지만, 고무창이었다. 그들은 여전히 청바지를 가지고 있었다. 여전히 깨지지 않은 선글라스를 가지고 있었다. 그들은 월더니스주와 하나가 된 것이 아니라 월더니스주로 인해 엉망이 된 것처럼 보일 터였다. 커뮤니티 사람들이 알고 싶은 것은, 애덤은 충분히 무해해 보이지만 과연 다른 사람들도 그럴까 하는 것이었다.

애덤에 따르면 커뮤니티 사람들이 알고 있던 시티는 지금의 시티에 비하면 약과였고, 바로 그것이 사람들이 달아나서 몸을 숨길 수 있는 마지막 장소에 숨으려고 그렇게 위험한 장거리 여행을 하는 이유였다. 마지막 야생지대. 애덤을 제외하면 가장 최근까지 시티에 거주했던 신참들이 다 안다는 듯이 고개를 끄덕이려 할 때마다 애덤은 손가락질을 하며 날카롭게 소리지르곤 했다. "아니, 당신들은 몰라요. 당신들은 모른다고요."

그의 이야기는 며칠 동안 이어졌다. 그러다 어느 날 밤, 그가 조용해졌다. 그들은 그들 자신의 이야기들, 그러니까 시작에 대한 이야기, 그들 자신의 역사에서 만들어낸 발라드들을 이제껏 들어본 적 없는 새로운 청중에게 들려주면 재미있을지도 모른다고 생각했다. 그래서 후안이 눈으로 감정을 표출하고, 갖가지 표정을 지어 보이고, 손짓으로 무언극을 하며, 둥글게 둘러앉은 사람들 주위를 느릿느릿 돌아다니면서 이야기를 했다. 그는 자신이 시티에서 아마추어 연극을 한 적이 있었다고 말했는데, 그것은 새로운 정보였다.

애덤은 첫날밤에는 그 자리에 예의바르게 앉아 있었고, 둘째 날 밤에는 산만한 태도로 앉아 있었다. 셋째 날 밤에 그는 엄지손가락을 내밀며 세워 들었다가 거꾸로 뒤집었다. "우우." 후안이 겉보기와 달리 위험한 사냥에 대해 자세히 이야기하던 중 야유를 보낸 것이었다. 후안은 얼어붙어버렸다.

"뭐라고요?" 비가 물었다.

"'우우'라고 했어요." 애덤이 혀를 쭉 내밀었다. "당신들 이야기는 너무 따분해요. 그리고 이왕 말이 나온 김에 말인데요, 엉엉, 딱한 사람들 같으니." 그가 주먹 쥔 손을 눈에 대고 비벼 엉엉 우는 시늉을 하며 말했다. "으아. 고생을 했다고요? 당신들은 무척 운이 좋았어요! 그냥 단숨에 걸어들어왔죠. 장담하는데 그들이 화물기에 태워 보내줬을 테죠."

그것이 사실이었으므로 커뮤니티 사람들은 잠자코 있었다.

"당신들은 윌더니스주의 관문으로 걸어서 다가갔고, 그건 활짝 열려 있었죠. 사실상 레드카펫이 깔려 있는 거나 마찬가지였어요. 지금 당신들이 고생에 대해 듣고 싶어하니, 내가 말해주겠어요. 우리는 시티에서 달아나야 했어요. 화물기가 우리를 태워주지도 않았죠. 여기까지 오기 위해 걸어야만 했어요. 운이 좋아 트럭을 만나면 운전사에게 뇌물을 줬죠. 몇 달이나 걸렸어요. 오는 길 내내 관계 당국을 이리저리 피했어요. 어쨌든 우리는 성공한 사람들이죠. 하지만 성공하지 못한 사람들도 많아요, 그렇고 말고요. 알겠죠?" 그가 소리치자 사람들이 깜짝 놀랐고, 몇몇은 순순히 고개를 끄덕였다. "하지만 우리가 여러 해 동안 여기 있었는데도 당신들은 아무런 낌새도 채지 못했어요. 우리는 모두 당신들이 어떤 사람들인지 알아요. 당신들이 똥을 쌀 때 벌거벗은 엉덩이를 봤을 정도거든요. 그런데 당신들은 우리가 존재한다고 단 한 번도 의심조차 해본 적이 없잖아요."

커뮤니티 사람들은 너무 놀라 말문이 막혔다.

칼은 자신이 포착한 부분을 붙잡고 늘어졌다. "여러 해라고요?" 그가 말했다. "그럼 왜 당신 옷은 아직도 그렇게 새것이죠?"

"내가 여기에 여러 해 동안 있었다고 말하지는 않았어요. 우리가 그랬다고요. 우리들. 매버릭들이요."

"우리는 그 사람들을 한 번도 본 적이 없는데 당신은 어떻게 용케도 그들과 어울리게 된 거죠?"

"내가 당신보다 더 유능한 탐험가인가보죠."

칼은 이 말에 화를 냈다. "내가 보기에 당신은 해고당한 후 미친듯이 화가 나서 떠나기를 거부하는 전직 레인저 같은데."

"아니, 난 매버릭이에요. 그 팀의 일원이죠. 우리는 그들의 규칙을 따르지 않아요. 우리 나름의 규칙을 만들죠." 애덤이 한 팔을 불쑥 내밀어 근육이 불룩 솟아오르게 했다. 그 근육이 부르르 떨렸다. 그는 여전히 위험할 정도로 영양부족 상태인 것 같았다. 그가 지어낸 이야기를 하고 있는지 아니면 진실을 말하고 있는지는 알기가 어려웠다.

"당신들이 규칙을 지키지 않으면 우리가 곤란해져요." 칼이 항의했다. "우리가 비난을 받는다고요."

애덤이 주먹 쥔 손을 눈에 대고 거칠게 비비며 또다시 우는 시늉을 했다. "젠장, 징징거리긴. 하루 이십사 시간, 주 칠 일 내내 쉬지 않고 도망 다녀봐요."

"우리는 도망 다닐 필요가 없어요." 칼이 대꾸했다. "왜냐하면 여기 있어도 된다고 허가를 받았거든."

애덤이 시기심을 드러내며 으르렁거렸다.

비가 돌연 기운을 차렸다. "그리고 그건 상당한 특권이죠. 우리는 여기 있어도 된다고 허가를 받았어요. 당신은 아니죠. 어머, 지금 당장 레인저들에게 전화해서 우리가 매버릭 한 명을 데리고 있다고 알려줄 수도 있겠네요. 어쩌면 그게 바로 우리가 해야 할 일인지도 모르죠."

처음으로 애덤은 잘난 체하는 태도에서 벗어나 혼비백산한 것처럼 보였다. "전화기가 있어요?"

"당연히 전화기가 있죠." 비가 너털웃음을 터뜨리며 대답했다. 그들에게는 전화기가 없었다.

애덤은 새파랗게 질렸다. "제발 그러지 마세요." 그는 무릎을 꿇고 비에게 기어갔다. "제발요, 난 돌아갈 수 없어요. 매버릭들 이야기는 더이상 하지 않을게요. 얌전히 있을게요. 약속해요."

애덤이 움츠러들자 위협을 계속하기는 어려웠다. 비는 고개를 끄덕였다.

데브라는 애덤이 몸을 부들부들 떨며 일어나 나무 밑으로 잠을 자러 가는 동안, 눈을 부릅뜨고 비를 쳐다보았다.

"진짜 너무했어요, 비." 그녀가 꾸짖듯 말했다.

데브라는 애덤의 뒤를 따라갔는데, 애그니스가 짐작하기에는 당연히 그를 위로하기 위해서였다. 또한 전화기가 없다고도 말해 준 것이 틀림없었다. 그후 여러 날 동안 매버릭들이 이러니저러니 한 것을 보면 말이다. 때때로 애덤은 매버릭의 열렬한 팬이지, 그 자신이 반드시 매버릭은 아닌 것처럼 보였다.

그후 데브라와 애덤은 떼려야 뗄 수 없는 사이가 되었고, 그 사실에 해럴드 박사는 몹시 속상해했다.

"왜 우리가 이…… 이 도망자를 숨겨주고 있는 건지 모르겠어요." 해럴드 박사는 말소리가 들리는 거리에 누구든 있을 때면 투덜투덜 불평을 해댔다.

"이런, 좀 그만해요." 데브라가 분통을 터뜨렸다. "그에게도 우리만큼 여기 있을 충분한 권리가 있어요."

"그건 명백히 틀린 말이에요." 해럴드 박사가 되받아쳤다. "그에게는 여기에 있을 권리가 전혀 없어요. 우리에게는 여기에 있을 온전한 권리가 있고요. 우리에게는 공식적인 서류가 있다고요."

"여긴 자유국가예요." 그녀가 말했다.

후안이 콧방귀를 뀌며 말했다. "아니, 그렇지 않아요, 데브라." 그는 그녀와 잠자리를 함께 썼던 일을 아직도 억울해하고 있었다.

"하지만 그건 규칙에 어긋나요." 해럴드 박사가 조용히 말했다.

"언제부터 그렇게 엄격하게 규칙을 지켰어요?" 데브라가 톡 쏘아붙였다.

해럴드 박사의 입이 떡 벌어졌다. "데브라, 나는 지금껏 늘 규칙을 엄격하게 지켰어요." 명백히 기분이 상한 말투였다. "그걸 몰랐어요?"

데브라는 짜증이 나서 심란하다는 듯 어깨를 으쓱했다. "애덤!" 그녀가 외치자 둥그렇게 모여 있는 잠자리들 사이에 느긋하게 누워 있던 그가 한 손을 획 들어올렸고, 그녀는 가서 그와 함께 누웠다.

해럴드 박사는 실의에 빠져 땅바닥을 내려다보았다. 패티의 엄마가 그의 팔을 토닥거렸다.

애덤을 어떻게 해야 할지를 판단하기는 어려웠다. 그들은 그에게 캠프의 자질구레한 일들을 가르쳐 익히게 했다. 그는 일을 그런대로 해내기는 했지만, 아주 잘하지는 못했다. 그들은 여러 해동안 습득한 그 모든 것이 이제 매우 가치 있게 여겨졌기에 그에게 어떻게 하는지 너무 많이 알려주고 싶지 않았다. 그것은 보호하고 비밀로 해야 할 지식처럼 느껴졌다. 그래서 그들은 도축하고, 무두질하고, 찢어진 부분을 짜깁고, 꿰매고 수선하고, 화살을 쏘고, 벼의 껍질을 벗기고, 잣 껍데기를 까고, 물을 여과하는 모든 일을 그를 등진 채 했다. 모두의 만류에도 데브라가 힘줄로 바느질하는 법을 알려주기는 했지만, 그들이 생각하기에 그것을 제외하면 자신들의 기술과 비밀을 꽁꽁 잘 감춘 것 같았다. 그가 적인지는 알 수 없었다. 하지만 친구가 아니라는 것은 알았다.

그런데도 애덤은 그들이 알리고 싶지 않았던 것들에 대해 알게되었다.

"당신들은 왜 칼데라로 가는 거죠?" 어느 날 저녁 그가 어둠을 틈타 살금살금 돌아다니다가 물어보았다. 칼과 비는 다음 며칠동안 예정된 경로에 대해 세부 계획을 세우는 중이었다.

"가라고 지시를 받은 곳이 거기니까요." 비가 대답했다.

"흠." 그가 의아하다는 듯 콧숨을 내쉬었다.

그들은 다시 의논을 시작했다. 하지만 나지막한 목소리로 속삭거렸다.

"왜 거기로 가라는 지시를 받은 거죠?" 그가 또다시 끼어들었다. 눈을 가늘게 뜨고 그들을 보고 있었다. "내 말은, 이유를 알기나 하냐는 거예요."

"당연히 알죠. 파티가 있어요."

"파티요?" 애덤이 껄껄 웃었다.

"그래요, 칼데라에 새로 포스트가 생겨서 축하 파티를 열 거래
요."

"칼데라에 있는 거라고는 그들의 로지Lodge뿐이고, 그건 그들
의 임시 집합소예요. 내 말 믿어요. 당신들은 레인저들이 로지에
서 열 어떤 파티에도 초대받지 못할 거예요. 그들은 당신들을 몹
시 싫어하거든요."

"아니, 그렇지 않아요." 비가 허리를 조금 더 꼿꼿이 세워 앉
았다. "그들은 우리를 위해 그 파티를 열 거예요."

"흠." 그가 턱을 쓰다듬고 비를 응시하며 또다시 콧숨을 내쉬
었다. "나는 당신이, 거 뭐냐, 똑똑한 사람인 줄 알았어요."

"입도 뻥긋하지 말아요." 칼이 딱딱한 말투로 다그쳤다.

애덤은 두 손을 들었다. "이봐요, 나라면 레인저들이 한 말을
믿지 않겠다는 얘기를 하려는 것뿐이라고요. 특히 그들이 파티에
초대했다면 말이죠. 당신들이 거기 도착하면 그들이 뭘 할 작정
일까요? 벽난로 난롯불 위에서 당신들을 굽기라도 할까요?"

비가 눈알을 굴렸다. "바보같이 굴지 마요. 우리는 레인저들을
오랫동안 알고 지냈어요. 그래요, 그중 몇몇은 지긋지긋한 멍청
이예요. 더 정확히 말하면, 많이들 그렇죠. 하지만 다 그렇지는
않아요. 우리와 유대감이 있다고요."

애덤은 다시 한번 껄껄 웃었지만, 뭣 때문에 재미있다고 느꼈
는지는 마음속에만 담아두었다.

헬렌이 말했다. "음, 빨리 거기 도착하고 싶어요. 나는 멋진 파티가 필요해요."

"나는 늘 칼데라가 보고 싶었어요." 해럴드 박사가 말했다. "전에는 가는 게 금지되어 있었죠."

애덤의 눈길이 그들의 얼굴 위에서 춤을 추듯 움직였다. "그냥 가라는 곳에 가고 피하라는 곳은 피하다니 놀랍네요. 네, 나리, 아니요, 나리. 내 말은 이거예요. 어느 정도 창의력이 있으니까 여기까지 왔겠죠, 그건 인정해줄게요. 그런데 정말이지, 어쩌면 이렇게 발전이 없나요? 자유의지는 어디 간 거죠? 칼, 당신이 옛날 옛적에 했던 저 어리석은 인터뷰들 중 하나에서 자유의지에 대해 이야기하지 않았던가요?"

"먹다 남긴 밥을 먹고 싶은가보지?" 칼이 위협했다.

애덤이 항복의 의미로 두 손을 들며 말했다. "기분 나쁘게 할 생각은 없었어요." 하지만 그럴 생각이었던 것이 너무 뻔했다. 데브라만 혼자 키득거렸다.

애덤은 불 옆에 느긋하게 누워, 두 발을 무쇠솥 위에 얹고 잔가지를 잘근거리고 있었다. "그저 내가 아는 건, 나라면 가지 않을 거라는 것뿐이에요." 그가 어깨를 으쓱했다.

비가 눈을 부릅뜨고 노려보았다. "이런, 아무도 당신에게 같이 가자고 하지 않았어요." 그녀가 무미건조하게 말했다. "당신은 어디든 마음대로 가도 돼요. 하지만 우리는 칼데라로 갈 겁니다. 아침에 떠날 예정이고요."

애덤이 히죽히죽 웃었다. "만장일치로 내려진 결정이겠죠."

"이 대화는 끝났어요." 칼이 말했다. "당신은 저 밖에서 자도 좋아요." 그가 어둠을 향해 손짓을 했다. "글렌과 함께."

"나랑 자면 돼요, 애덤." 데브라가 칼을 비웃으며 말했다.

애그니스는 칼을 바라보았다. 그의 얼굴은 격한 분노에 휩싸여 있었다. 애그니스는 엄마를 바라보았다. 그리고 그녀 역시 화가 나 있지만 태도는 매우 다르다는 것을 알 수 있었다.

애그니스가 잠자리에 들었을 때, 그들의 퉁명스럽고 신경질적인 속삭임이 들렸다.

*

커뮤니티 사람들은 비명소리에 잠이 깼다. 데브라의 비명소리였다. 그녀는 가죽 이불을 몸에 두르고, 자기 잠자리 옆에 서 있었다. 그녀의 눈길은 자기 발치의 침구에 못박혀 있었다. 보통은 애덤이 거기서 잠을 잤지만, 지금 그 잠자리에는 아무도 없고 가죽 이불 위로 피 웅덩이가 고여 있을 뿐이었다.

칼이 그 옆에 무릎을 꿇고 앉아, 손가락을 살짝 적셨다. 코를 벌름거려 냄새를 맡았다. 그리고 핥아보았다. 그가 얼굴을 찡그리며 말했다. "이건 토끼 피예요."

"당신이 어떻게 알아요?" 데브라가 말했다.

"토끼맛이 나요." 그가 피 웅덩이를 향해 손짓을 했다. "직접 확인해봐요."

몇몇 사람이 맛을 봤다. 저마다 고개를 끄덕였다.

그것은 토끼 피였다.

"이런 아마추어를 봤나." 칼이 비웃었다. "우리가 이 피를 맛보지 않을 줄 알았나?"

온 캠프가 뒤집혀 있었다. 고기 한 봉지가 사라졌고 약간의 바느질 및 덧대기용 헝겊조각들과 방금 막 무두질이 끝난 가죽 두 장, 무쇠솥도 마찬가지였다.

"그 개자식 짓이에요." 프랭크가 말했다.

"글쎄, 틀림없이 도움을 받았을 거예요." 칼이 말했다. "혼자서 그 무쇠솥을 들고 가지는 못했을 테니까."

데브라가 콧방귀를 뀌었다. "그는 당신이 생각하는 것보다 더 힘이 세요."

"왜 그의 편을 드는 거죠?" 칼이 말했다.

데브라의 얼굴이 구겨졌다. "나도 모르겠어요." 그녀는 자신의 잠자리로, 그러니까 피며 다른 이런저런 것들 위로 뛰어들며 흐느껴 울었다.

그들은 하나로 뭉쳐 경계를 강화했다. 몇몇은 애덤이 단독으로 행동하며 폭력적인 납치를 꾀했다고 생각했다. 몇몇은 틀림없이 그와 다시 연락이 닿은 매버릭들이 그를 도와주었다고 생각했다. 어쩌면 처음부터 짜고 한 짓이었을지도 모른다. 그는 첩자였다. 스파이였다. 무엇이든 간에 그는 악당이기도 했다.

애그니스는 십중팔구 그저 그가 그 모든 것을 옮길 수 있을 만큼 힘이 센 것이라고 생각했다. 그래서 고기를 딱 한 봉지만 가져간 것이다. 여럿이었다면 더 많이 가져갔을 것이다.

그들은 무쇠솥을 가지고 갔을지도 모를 방향에 대한 단서들을 살펴보았다. 칼데라로 가는 길에 숲 언저리에서 부러진 잔가지들과 발자국, 약간의 긁힌 자국이 남은 나무껍질, 그리고 떨어져 있던 상당한 양의 육포 따위 같은 증거들을 모두 찾아냈다.

"자, 이제 그가 간 방향은 알아요." 헬렌이 말했다.

"그들이 간 방향일 수도 있죠." 패티의 엄마가 나직이 말했다.

"내 생각에는 그를 한번 따라잡아봐야 할 거 같아요." 칼이 말했다. "그 솥을 가지고 멀리 갈 수는 없어요." 칼은 마치 애덤이 바로 눈앞에 보이기라도 하는 것처럼 두 주먹을 불끈거리며 폈다 쥐었다 했다.

데브라가 또다시 눈물을 흘렸다. "그를 해치지는 마요."

애그니스는 오늘 이전에, 심지어 아내가 초기에 그녀를 혼자 둔 채 떠났을 때조차 데브라가 우는 것을 본 기억이 없었다. 캐럴라인이 죽었을 때도 마찬가지였다. 그녀는 이때껏 데브라가 눈물을 흘릴 수 있을 거라고 생각하지 않았다. 애그니스는 데브라가 웅크리고 있는 곳에 다가가 쪼그리고 앉아서 그녀의 등에 손을 얹었다. "유감이에요, 데브라 아줌마."

"조금도 안타까워할 것 없어." 비가 말했다. "이건 다 데브라 탓이니까."

"내 탓이라고?" 데브라가 흐느끼면서 소리질렀다. "그에게 칼데라에 같이 못 간다고 한 건 당신이잖아요."

"이런, 애초에 그에게 물을 주고 싶어한 건 바로 당신이었어요."

"하지만 그걸 허락한 건 바로 당신이에요." 데브라가 말했다. "당신이 리더잖아. 안 된다고 말하는 건 당신이 할 일이고. 그러니까 이건 당신 탓이라고." 그녀가 고래고래 악을 썼다.

애그니스는 오늘 말고 데브라가 악을 쓰는 것을 들어본 기억이 없었다. 알면 알수록 오늘은 데브라에게 흥미로운 날이었다.

비는 차렷 자세로 서서 두 주먹을 꼭 틀어쥐고 있었다. 할말은 차고 넘치지만 이를 악물고 참는 것처럼 보였다. 하지만 그녀는 하고 싶은 말을 꿀꺽 삼키고 결국 이렇게 말했다. "우리는 그를 추적해야 해요. 그 솥은 우리에게 몹시 소중하니까. 그 가방에는 고기가 많이 들어 있고요. 게다가 그 페미컨은 겨울이 오면 그 무엇과도 바꿀 수 없을 만큼 귀중해요. 이런, 젠장, 그만 좀 울어요, 데브라."

*

그들은 부리나케 짐을 꾸려 분석구* 숲으로 들어갔다.

숲이 그들 앞에 쫙 펼쳐졌다. 키 큰 나무들이 우거져 있었지만, 숲 언저리에서 생각했던 것처럼 천지 사방을 온통 뒤덮을 정도는 아니었다. 지붕처럼 우거진 가지들 밑으로 새들이 나무 사이를 획획 날아다녔고, 왠지 이유는 분명하지 않았지만 소리라는 소리는 모조리 다 메아리쳐 울렸다. 이틀쯤 지난 후 애그니스는 초목들 사이에 난 틈으로 모래언덕처럼 생긴 것들을 볼 수 있었다. 칼데라 하부 주변에 흩어져 있는 분석구들이었다. 그것들의 꼭대기는 모래밖에 없는 맨바닥이었고, 경사면에는 가느다란 전나무들이 여기저기 서 있었다. 그 분석구들에도 한때는 보글보글 끓는 작은 솥 같은 분화구가 있었지만, 지금은 활동을 멈춘 지 오

---

* 화산의 분화로 분출되는 물질들이 분화구 둘레에 쌓여 이루어진 원뿔 모양의 작은 언덕.

래였다.

그들은 줄곧 전속력으로 이동하고, 신속하게 캠프를 치고, 밤에는 고작 몇 시간만 자고, 길을 걸으며 육포를 먹었다. 칼이 선두에서 사람들을 이끌고 있었다. 그는 코에 고기가 얹혀 있는 늑대 같았다. 어린아이들은 따라가기 위해 가끔은 달음박질쳐야 했다. 그들의 대열이 숲속으로 길게 펼쳐졌다. 하지만 정말 고군분투한 사람은 글렌이었다. 이틀쯤 지나 밤에 그가 캠프에 겨우 도착하자마자 곧 사람들이 자리에서 일어나 다시 걷기 시작했다. 그는 그들과 함께 일어나지 못했다. 머리를 흔들고 헐떡이면서 등을 구부린 채 무릎을 꿇고 앉아 있었다. 애그니스는 그의 곁에 서 있었다. 칼은 이미 시야를 벗어난 곳에서 길을 내고 있었다.

"엄마!" 애그니스가 소리질렀다. 엄마가 재빨리 길을 거슬러내려와 다시 나타나서 글렌을 보았다. 그녀는 쓰러질 것처럼 보였지만, 금세 화가 난 듯이 날카로운 소리로 외쳤다. "다들 짐 내려놔요—오늘밤은 여기서 야영할 거니까." 그녀는 자신의 가방을 내려놓고 칼이 부리나케 전진하고 있는 곳으로 힘껏 달려갔다.

사람들은 저마다 가방을 내려놓고 주변을 서성거렸다. 몇몇 신참들이 짜증난 눈초리로 글렌을 흘끗 쳐다보았고, 몇몇 근원주의자들 역시 마찬가지였다. 그들은 과거에는 사람들을 뒤에 남겨두고 떠났다. 하지만 이 사람은 글렌이었다. 그리고 둘은 경우가 다르다고, 애그니스는 생각했다. 안 그런가?

애그니스의 엄마는 오랫동안 돌아오지 않았다. 캠프는 단기용과 좀더 장기적인 용도의 혼합형으로 설치되었다. 커뮤니티 사람들이 그곳에 얼마 동안 머물게 될지 알지 못했기 때문이다. 모닥불은 지펴져 있었지만, 원형으로 배치된 잠자리는 한 가족당 털가죽 한 장의 기본적인 것이었다.

애그니스는 그들의 모습을 보기도 전에 목소리부터 들었다. 두 개의 성난 목소리가 빚어내는 불협화음. 비가 산에서 다시 내려왔을 때, 그녀의 눈길은 춤을 추듯 흔들리고 있었고 입은 악물려 턱이 굳어 있었다. 그녀는 모닥불 가에 웅크리고 있던 글렌 옆에 털썩 주저앉았다. 그들은 맞닿을 만큼 가까웠지만, 그녀는 그를 건드리지 않았다. 대신 그녀는 손가락 마디를 잘근거렸다. 칼은 움직일 때마다 온몸으로 격한 분노를 드러내며 그녀를 뒤쫓아왔다. 말다툼의 화신 같았다. 하지만 그는 입을 다물고 있었다.

데브라가 먼저 말을 꺼냈다. "여기에 얼마나 있을 거예요?"

"다들 피로가 풀려서 계속 갈 수 있게 될 때까지요." 비가 단호하게 말했다.

칼은 몇몇 시들시들한 나무 옆을 서성거렸다. 가끔씩 멈춰 서서 말을 시작하려는 것처럼 한 팔을 뻗곤 했다. 하지만 번번이 아무 말도 하지 않았다. 그냥 팔을 거둬들이고 다시 서성거리기 시작했다. 아무도 말하지 않았고 아무도 누구든 다른 사람을 쳐다보고 싶어하지도 않았다. 마침내 칼은 그의 털가죽 이불을 가지고 숲으로 들어갔다. 애그니스는 밸이 베이비 이그레트를 데리고 따라갈 것이라고 예상했지만, 그녀는 그러지 않았다. 그녀는 그가 떠났다는 것을 거의 알아채지도 못한 것 같았다.

캠프의 긴장이 조금 누그러졌다. 비가 길고 몹시 고통스러운 한숨을 내쉬었다. 데브라가 육포 한 봉지를 가져와서 돌렸다.

애그니스는 엄마 옆으로 가서 자리에 앉았다. "칼 아저씨한테 뭐라고 했어요?"

"가장 약한 구성원이 얼마나 강한지에 따라 우리 무리가 얼마나 강한지 결정된다고 했어."

"아저씨는 뭐라고 했는데요?"

그녀는 고개를 가로저었다. "글렌은 그저 잠이 좀 필요할 뿐이야. 내일이면 괜찮아질 거야. 그리고 우리가 정상적인 속도를 유지할 수 있도록 내가 선두에서 이끌 거야."

"내가 이끌 수 있어요." 애그니스가 말했다.

하지만 엄마는 그녀를 가만히 바라보았다. 엄마는 지치고 걱정스러워 보였다. "아니, 나는 네가 선두에 서는 걸 원하지 않아. 갑자기 어떤 상황을 맞닥뜨리게 될지 모르는 거니까."

바로 그 순간 베이비 이그레트의 새된 울음소리가 나무둥치들에 부딪혀 되울리자, 애그니스는 놀라 움찔했다.

엄마가 웃음을 터뜨렸다. "저게 지독하다고 생각하는구나. 너에 비하면 아무것도 아니야. 우리 이웃들, 그 사람들은 네 울음소리 때문에 다른 층으로 이사했어."

"아니, 안 그랬어요." 애그니스가 슬며시 미소 지으며 말했다.

"응, 그랬어." 엄마가 단언했다. "너는 정말 시끄러웠어. 아주 난리였지. 하지만 베이비 이그레트처럼 배앓이를 하지는 않았어. 그저 악을 쓰는 걸 좋아했을 뿐이지. 너는 대체로 행복해했어. 그래서 나는 괜찮았어."

애그니스는 이그레트에게 귀를 기울이며 그만큼 어린 자신을 상상해보려 했지만 그럴 수가 없었다. 그녀는 이제 훨씬 더 나이를 먹었고 어린 시절은 너무 아득해서 떠올리기가 힘들었다. 그녀는 얼굴을 붉히며 두 팔로 자신의 허리를 감싸안았다. 마지막으로 피를 흘린 게 한참 전이었고, 임신했기 때문에 피가 나오지 않는 것일지도 모르겠다는 생각이 들었다. 그녀는 그 생각에 살짝 미소를 지었다. 아직은 아무에게도 자신의 의심을 말하고 싶지 않았다. 그것은 혼자 간직해야 하는 비밀로 느껴졌다. 적어도 당분간은 그래야 할 것 같았다. 그녀는 마침내 제이크를 설득해 진짜 섹스를 하게 했었다. 그의 얼굴이 빨갛게 달아올랐고 목소리는 너무 작아 그가 속삭일 때마다 그녀는 계속 물어봐야만 했다. "뭐라고?" 그는 그녀의 목에 대고 속삭이곤 했다. "사랑해." 그녀는 그것에 대해 알지 못했다. 하지만 그가 긴장해서 아주 조용해진 채로 하늘을 향해 두 눈을 굴리던 순간, 그녀는 처음으로 자기 안에 누군가 다른 사람의 생명이 있다는 것을 깨달았다.

"왜 그랬어요?"

"왜 그랬냐니 뭘?"

"날 낳은 거. 아기를 낳은 거." 애그니스는 자신이 이런 질문을 한 적이 있는지 확실히 알지 못했다. 벅찬 감정을 불러일으키는 생각, 공유하고 싶지 않은 생각이 갑자기 떠오른 것처럼 자신을 바라보는 엄마의 모습에 애그니스는 그런 질문을 한 적이 없었다는 것을 확신했다.

엄마는 몇 번이나 입을 열었다 닫았다 했다. "그 질문에 어떻게 대답해야 할지 모르겠구나."

애그니스는 도와주려 해보았다. "음, 아마 엄마가 되고 싶어서였겠죠?" 아주 간단한 것 같다고, 그녀는 생각했다.

비가 미소를 지었다. 그녀는 눈시울을 적시며 흙먼지를 떨어내기라도 하듯 애그니스의 뺨을 만졌다.

"그런 셈이지." 마뜩잖은 대답에 애그니스의 얼굴에 짜증이 스치는 것을 보고 엄마는 웃음을 터뜨렸다. 애그니스의 찡그린 얼굴이 미소 띤 얼굴로 변했다. 그녀는 엄마를 웃길 때면 늘 미소를 지었다.

"큰 대답을 해주세요." 애그니스는 노래하듯 말하며 작은 손 하나를 뻗어 엄마 튜닉의 술 장식을 만지작거렸다. 엄마가 바로 옆 술 장식을 만지작거렸고, 그들의 손가락이 엉켜들었다.

"작은 대답은 내가 엄마가 되고 싶었다는 거야."

"알았어요."

"큰 대답은, 내가 내 엄마가 되고 싶었던 거 같다는 거야. 내 어머니와 같은 삶을 살고 싶었던 거지. 내가 알고 있던, 순조롭게 풀릴 예정인 삶을 살고 싶었던 거야. 아이며 만사가 다 잘 풀리는 삶 말이야. 그게 꼭 원했던 삶도 아니었어. 그저 내가 짐작하기에 딱 일어날 법한 일이었을 뿐이지. 나는 별로 모험심이 강하지 않았던 거 같아."

"정말 딱 그렇던가요?"

"천만에, 전혀 그렇지 않았어."

"왜요?"

"글쎄, 우리 엄마가 날 키운 건 이미 일어난 일이었어. 게다가 나는 모든 일이 잘 풀렸다는 걸 알고 있었고. 하지만 널 낳았을 때 나는 확실한 건 아무것도 없다는 걸 깨달았어. 우리는 맨 처음부터 함께였고 결과가 어떻게 될지는 아무도 몰랐어. 지금이야 빤히 알고 있지만, 그때는 왠지 나한테 그게 충격이었어. 네가 병이 났을 때는 그걸 믿기가 힘들었어. 이런 생각을 했던 게 기억나. 이런 일은 일어나선 안 돼. 그래서 겁이 났어. 물론 다 무섭기만한 건 아니었지만, 네가 어렸을 때는 많이 무서웠던 게 기억나."

아이를 낳는 것이 좋은 일이기도 하고 좋지 않은 일이기도 하다는 것은 굳이 말로 할 필요도 없었다. 늘 엄마의 얼굴에 쓰여있었으니 말이다.

애그니스가 소심하게 말했다. "내가 아기를 낳게 될지 궁금해요." 그 말이 무심하게 들리길, 그러니까 왜 그런 말을 하는지 드러나지 않기를 바랐다.

비가 미소를 지으며 말했다. "네가 원한다면, 아기를 낳게 될 테지."

"내가 잘해낼 거라고 생각해요?"

"넌 엄청 잘해낼 거 같아."

"아플까요?" 애그니스는 무엇을 상상해야 할지 확실히 알지는 못했지만, 울창한 숲의 어둠 속 아니면 고약한 냄새가 나는 플라야에서 고통스러워하는 그녀 때문에 새들이 요란하게 울며 날아가버리는 가운데 그런 일이 일어날 것이라고 상상하면서 물었다. 일행 중 몇몇 여자가 출산하는 소리를 들은 적이 있었는데, 무척 끔찍한 것 같았다. 하지만 엄마가 작은 몸집의 매들린을 낳는 동안 몰래 지켜보았던 기억이 떠올랐다. 엄마는 아주 심하게 아파하는 것처럼 보이지 않았고, 출산이 모두 끝나고 두 주먹을 불끈움켜쥐며 비명을 지를 때까지는 대체로 조용했다.

"틀림없이 아플 거야." 비가 대답했다. "하지만 출산의 고통은 영원한 게 아니야. 그건 그저 맨 처음 감당할 몫일 뿐이지. 엄마가 되는 게 얼마나 할일이 많은데."

"예를 들면 어떤 거요?"

비가 키득거렸다. "예를 들어 어떤 거냐면." 그녀가 말했다.
"예를 들어 어떤 거냐면." 그녀는 애그니스를 바싹 끌어당겨 꼭
껴안으며 거듭 말했다. 애그니스는 바르작거려봤지만 벗어나지
못했다. 그녀는 헛기침을 하고 푸푸거리며 자신의 불만을 끙끙
앓는 소리로 알렸다. 하지만 그러자 비는 웃음을 터뜨렸고 애그
니스가 다시 아기가 된 것처럼 왔다갔다 어르면서 더 꼭 껴안았
다. 애그니스는 엄마 품에 있을 때면 항상 훨씬 더 어려지는 것
같은 기분이 들었다. 두 다리는 엄마 무릎에 걸쳐져 있고, 두 팔
은 인형의 팔처럼 옆구리에 쓸모없이 고정되어 있었다. 이윽고
애그니스는 그 어르는 동작과 엄마의 벅찬 사랑에 마음이 누그러
지며, 까물까물 잠에 빠져들었다.

애그니스는 글렌과 비와 다 함께 모닥불 가에서 다닥다닥 붙어
잤기 때문에 따뜻하고 행복한 상태로 잠에서 깨어났다. 그들이
한 가족으로 함께 잠을 잔 것은 엄마가 돌아온 후로 처음이었다.
아니, 한 가족으로 그 밖의 다른 많은 일을 함께 한 적도 아직 없
었다. 햇살이 땅바닥에서 올라오는 중인 나무줄기들 사이를 가르
며 비쳐들고 있었다. 캠프의 나머지 사람들은 잠들어 있는 것 같
았다. 그녀는 개똥지빠귀 한 마리가 급하게 알릴 중요한 일이라
도 있는 것처럼 서둘러 다가오는 것을 지켜보았다. 이내 그 새는
멈췄다. 이내 바삐 움직였다. 이내 멈췄다. 이내 그 개똥지빠귀는
떠나고 어떤 그림자가 태양을 가리자 오한이 들었다. 눈을 가늘
게 뜨고 위를 처다보았다. 칼의 얼굴이 햇빛을 막으며, 그들을 뚫

어져라 내려다보고 있었다. 그는 아무 말도 하지 않았다. 애그니스의 엄마나 글렌을 깨우지도 않았다. 두 사람은 여전히 몸을 포개고 누워 있었다. 엄마는 글렌의 옆구리에 두 손을 바짝 밀착시킨 채 그 위에 머리를 얹고 한쪽 어깨는 그의 복부에 딱 붙였고, 그는 비쩍 마른 몸을 웅크려 그녀를 보호하듯 감싸안고 있었다. 칼은 아주 잠시 미동도 없이 있다가, 이내 반짝이는 눈으로 모든 것을 새겨보면서, 근처를 어슬렁거렸다.

*

사흘 후, 글렌은 다시 기운차게 걸어다녔다. 아침을 먹기 위해 줄을 섰고, 그득한 죽 한 그릇을 다 먹어치웠다. 자기 일이 아닌데도 청소를 도왔다. 그런 다음에는 사람들이 짐을 싸고 있지 않은데도 미세 쓰레기를 찾아 돌아다녔다. 애그니스가 생각하기에, 그는 아주 묘한 미소를 머금고 있었다. 평온한 모습이었다. 휴식 덕분에 그에게 기적 같은 일이 생긴 것 같았다. 애그니스는 엄마가 지난 며칠 동안 그를 지켜보며 행복해하는 것을 알아차렸다. 마치 자신의 성취에 감탄하기라도 하는 것 같았다.

아침식사 후, 칼이 모닥불 가에서 회의를 소집했다.

"다들 휴식을 취했으니, 이제는 서둘러 이동할 때인 거 같군요. 다행인 건 애덤이 그 무쇠솥을 가지고 멀리 갔을 리는 없다는 겁니다. 하지만 진로는 변경했을 수도 있어요. 각각 다른 방향으로 서너 개의 그룹을 보내서 추적했으면 해요. 해가 중천을 지난 직후 여기서 다시 만납시다. 그러고 나서도 여전히 오늘 일정만

큼 걸어갈 수 있어요. 린다, 후안, 헬렌은 호를 그리며 서쪽으로
움직이는 해를 따라가요. 패티 엄마, 해럴드 박사, 제이크는 해가
뜨는 곳을 향해 가고요. 프랭크, 나, 글렌은 산으로 올라갈게요.
다른 사람들은 모두 밸과 비와 함께 남아 있을 겁니다."

"잠깐만." 비가 당황해 말했다. "글렌은 남아 있어야 해요. 대
신 내가 가면 돼요."

"비, 내가 가고 싶어." 글렌이 그 묘한 미소를 지으며 말했다.
"우리가 애덤의 자취를 잃어버린 건 나 때문이잖아. 다시 정상
궤도에 오르도록 돕고 싶어."

비가 눈을 가늘게 뜨고 그를 쳐다보았다. "아니. 좋은 생각이
아니야. 여기 가만히 있어."

모두가 빤히 바라보았다.

"아니야, 비, 나도 내 몫을 해야지. 칼이 옳아."

엄마가 칼에게 눈을 부라렸다. "칼이 옳다는 게 무슨 말이야?
칼이 뭐라고 했는데?" 칼은 침착하고 따분해 보이는 반면, 그녀
는 비웃음을 흘리면서도 극도로 당황한 표정이었다.

"그냥 굴복할 수는 없어. 그러려고 여기 온 게 아니야."

"당신이 여기 온 건, 우리 딸의 목숨이 달려 있었기 때문이야.
기억나? 혈거인 흉내를 좋아하기 때문이기도 하고."

글렌이 움찔했다. "그건 좀 너무하잖아, 비."

"알 게 뭐야. 당신은 추적하러 가지 않을 거야. 내가 가겠어."

칼이 말했다. "나는 당신이 가는 걸 원하지 않아요, 비. 우리는
지금 리더십이 필요해요. 어린아이들을 다른 사람 없이 오로지
밸과, 기분 나빠 하지 마, 글렌과 함께 남겨둘 수는 없어요. 글렌

은 걷기 힘들 정도로 너무 약하다고 당신도 방금 말했잖아요. 우리는 저쪽에 누가 있는지 몰라요. 게다가 글렌도 며칠이고 계속 걸어야 하니까 지금 시작하는 편이 나아요."

"비," 글렌이 말했다. "난 이 일을 해야 해."

"어쩌면 당신도 여느 때와 달리 글렌의 말에 귀를 기울여야 할지도 모르죠." 칼이 말했다. "그는 우리가 민첩성을 유지해야 한다는 걸 잘 알고 있어요. 융통성을 발휘해야 해요. 그러지 않으면 우리는 결코 살아남지 못할 거예요."

비는 먼저 칼을, 그다음에는 글렌을 뚫어져라 바라보았다. 울음을 터뜨릴 수도 있을 것 같았다. 하지만 그 대신 특유의 도도한 웃음을 터뜨렸다. "좋아요, 그럼. 글렌이 가고 싶어한다면, 내가 뭐라고 막겠어요?"

글렌이 그의 뺨을 애그니스의 뺨에 가져다 댔다. "안녕, 당신." 그는 엄마의 손을 꼭 쥐고 놓아주기를 주저하는 듯 보였다. 그가 아침내 머금고 있던 묘한 미소는 기운 없이 축 처진 입꼬리로 바뀌어 있었다.

애그니스는 엄마가 자신에게 전달되는 모든 정보를 검토하면서 무엇이 진짜이고 무엇이 가짜인지 가려내기 위해 노력하는 것을 지켜보았다. 칼과 글렌은 둘 다 중립을 지키려고 애써 노력하면서, 글렌의 손을 잡고 있는 비를 응시했다. 애그니스는 그녀의 눈에서 깊은 불신을 보았다. 빤히 보이는 불안감. 그로 인해 애그니스는 심장이 멎는 것 같았다. 그녀는 엄마가 돌아온 후 지금 처음으로 두 사람이 공개적으로 소통하는 모습을 보았다는 것을 깨달았다. 심지어 다 함께 모닥불 가에서 잠을 잤을 때도 그들은 말을 하지 않았다. 잠에서 깨자마자 엄마는 말없이 걸어가버렸고, 애그니스는 글렌을 따뜻하게 해주고 그의 곁에서 자신의 자리를 지켰다.

글렌이 먼저 손을 놓기는 했지만, 애그니스의 엄마가 몹시 필사적으로 잡고 있어서 그가 어렵사리 떼어내야만 했다.

*

칼과 프랭크가 단둘이 돌아왔을 때쯤 다른 사람들은 모두 돌아와 있었다. 칼은 분홍색 혀를 축 늘어뜨린 여우 한 마리를 목에 걸치고 있었다. 그가 비 앞에서 멈춰 섰다. "단언하는데, 그건 우연한 사고였어요." 그가 기운 없는 얼굴로 눈길을 피하며 말했다. "나는 그를 다시 데려오려고 했지만, 그가 자기를 두고 가야 한다고 우겼어요." 그가 자신이 왔던 방향으로 고개를 홱 움직였다. "3킬로쯤 올라가면 있어요."

칼은 무릎을 꿇고 박피용 칼을 꺼내더니, 생기라고는 전혀 없는 두 눈이 X자처럼 보이는 여우를 처리하러 갔다.

비는 한 마디도 하지 않고 칼이 왔던 방향으로 힘차게 이동했다. 애그니스는 몇 걸음 뒤에서 조용히 따라갔다. 자기가 거기 있다는 것을 엄마가 아는지조차 확실히 알 수 없었다. 뒤를 따라가기는 쉽지 않았다. 엄마가 그토록 빠르게 움직이는 모습을 마지막으로 본 것이 언제인지 기억도 나지 않았다. 애그니스가 멈춰 섰다. 아니, 그녀는 기억하고 있었다.

애그니스는 엄마가 단 하나의 목적을 가지고 일직선으로 산을 뛰어오르는 것을 지켜보았다. 그와 동시에 엄마가 그 트럭으로 달려가서 운전사를 타넘어 사라지는 광경이 보였다. 하지만 이번에는 엄마와 함께 달아날 사람이 아무도 없었다. 엄마가 갈 곳은 아무데도 없었다. 애그니스는 머릿속으로 새소리를 흉내내면서 이 말을 스스로에게 되뇌었다. 그녀는 엄마를 따라잡으려고, 그러니까 몇 번이고 그랬던 것처럼 들키지 않을 만큼 거리를 두고 엄마를 쫓아가기 위해 전속력으로 달렸다.

숲에서 비가 글렌을 소리쳐 불렀다. 잠시 후 애그니스는 그가 상반된 감정이 공존하는 목소리로 대답하는 것을 들었다. "어이." 그는 비가 자신을 찾아낼 수 있도록 반복했다. "어이." 이윽고 그녀가 다가가 두 손을 자기 얼굴에 대고 옆에 서자 그는 미소를 지었고 목소리는 다정하면서도 쓸쓸해졌다. "어이." 그가 그녀를 올려다보고 슬픈 미소를 지으며 말했다.

비가 왈칵 울음을 터뜨렸다.

애그니스는 몸이 얼어붙었다.

"아, 안 돼, 안 돼, 안 돼." 비가 털썩 무릎을 꿇었다. "무슨 짓을 한 거야?" 그녀가 그의 얼굴을 감싸쥐며 말했다.

"넘어졌어." 그가 대답했다.

그의 다리 한쪽이 엉덩이에서 뒤틀려 있었다. 그 무릎은 거의 뒤쪽을 보고 있는 지경이었다. 한쪽 옆통수는 분홍색 속살이 보이도록 깊게 찢어져 있었다. 애그니스는 그들 바로 옆까지 살금살금 다가갔다. 그의 귀에 피가 고이는 것이 보였다.

"틀림없이 엄청 고통스러울 텐데." 비가 말했다.

"고문을 받는 것처럼 엄청."

"하지만 아저씨는 아주 침착하네요." 애그니스가 말했다.

"두 사람을 만나서 기뻐." 그가 미소 짓자, 애그니스는 그 지저분한 얼굴에 남아 있는 눈물자국들을 알아차렸다. 지금은 말라 있었다. 애그니스를 바라보는 그의 눈동자가 흔들렸다. 그는 쇼크 상태였다.

"칼은 우연한 사고였다고 하던데." 비는 말했다. "사고였어?"

글렌이 어깨를 으쓱했다. "응." 그는 미소를 지으며 눈물이 그렁그렁한 눈으로 비를 바라보고 나서 애그니스를 올려다보았다. "사고였어."

누구도 그를 캠프에 다시 데려가보자고 말하지 않았다. 할 수 있는 일이 아무것도 없었다. 모두 그 사실을 알고 있었다.

글렌이 한숨을 쉬었다. "어쨌든 우리는 사유지 지구로 갔어야 했나봐." 그가 비를 올려다보며 말했다.

비가 그의 가슴에 그녀의 머리를 얹었다. "아, 글렌." 그녀가 꺽꺽 메는 목소리로 말했다.

글렌이 자기 손가락에 침을 묻혀 비의 뺨을 문질러주었다.

"당신 우스꽝스러워 보여." 그가 말했다.

비가 눈물을 흘리며 웃음을 터뜨렸다.

하지만 글렌이 말했다. "아니, 진심이야. 당신 바보 같아 보여. 이건 바보 같은 짓이야. 이 모든 게 다. 집으로 돌아가." 그는 방금 막 꿈에서 깨어나 초롱초롱한 눈빛으로 확신에 차 있는 것 같았다.

비가 자세를 바로 하고 앉았다. "집으로 돌아가라니?"

"말 그대로, 집으로 돌아가라는 거야. 이건 정말 멍청한 짓이야. 목표는 이뤄졌잖아. 애그니스는 건강해. 정말이지 더이상 이렇게 살 필요는 없는 거잖아. 안 그래? 그러니까 집으로 돌아가."

비가 일어섰다. 그녀는 자신의 사슴 가죽 옷이 창피하기라도 한 것처럼 옷을 가리며 팔짱을 꼈다. 잠시 동안 그녀는 어찌할 바를 모르는 것 같았다. 이윽고 그를 향해 흙을 걷어찼다.

그가 킥킥거리며 그녀의 발목을 잡으려고 손을 뻗었다. 그는 발목을 움켜잡고 엄지손가락으로 그녀의 복사뼈 뒤쪽을 마사지 해주었다. "거봐, 완벽하게 합리적인 말에 미친듯이 화를 내잖아. 미친듯이 화난 우리 비."

"아니야." 그녀가 말했다.

"항상 미친듯이 화가 나 있지." 그가 손을 그녀의 종아리로 옮기며 말을 이어갔다. "내가 제일 처음 좋아하기 시작한 건 바로 당신의 그런 면이야. 당신은 다 해냈어. 정말이야. 내 말은, 얘를 좀 보라는 소리야." 그가 애그니스를 가리켰다. "이제 집으로 돌아가."

"돌아갈 집이 없어." 그녀가 또다시 갈라지는 목소리로 말했다.

"거봐, 또 시작이군. 집이 없긴 왜 없어."

그녀가 진짜로 걷어차는 바람에 그는 움찔했다. "나한테는 우리를 위한 계획이 있었고 그 계획대로 잘돼가는 중이었어."

애그니스가 그를 보호하려고 본능적으로 그들 쪽으로 걸음을 내디뎠지만, 글렌은 아무렇지도 않아 보였다.

"당신 계획을 다 망쳐버려서 미안해." 그가 먼지와 때가 잔뜩 묻은 그녀의 팽팽한 종아리 근육을 손으로 더듬더듬 쓸어올리며 말했다. "당신을 사랑해, 미친듯이 화난 비. 제발, 애그니스를 집으로 데려다줘."

"나한테 이래라저래라 하지 마." 비가 말했다.

"다 끝났어."

"당신은 시티가 어떤지 몰라."

"나도 거기가 심각하다는 건 잘 알아. 거기야 늘 심각했지만, 우리는 잘 지냈잖아. 집으로 돌아가. 이다음에는 어떻게 할지 잘 생각해봐. 당신 말이 맞았어. 이건 처음부터 내내 어리석은 짓이었어."

"그런 말 한 적 없어."

"안 하긴. 당신은 늘 그렇게 말했어. 그리고 당신 말이 맞았어."

"그런 말 하지 마."

"애그니스를 위해서 그렇게 해줘. 이애는 이제 강해. 더이상 이런 식으로 당신이 보호할 필요는 없어."

"나한테 내 딸에 대해서 가르치려고 하지 마."

미소를 머금고 있던 그의 입꼬리가 축 처졌다. 그는 그녀의 다리를 놓아준 다음 손으로 먼지를 털어주었다. 근육이 부르르 떨렸다. 그는 신음소리를 내며 모로 눕더니, 몸을 최대한 동그랗게 말았다. 그의 망가진 다리는 뒤쪽에서 질질 끌려갔다.

애그니스는 엄마가 글렌 곁에 서서 그를 지켜보는 모습을 빤히 바라보았다. 엄마는 그의 등을, 그러니까 그 등을 감싼 다 해진 사슴 가죽을 뚫어져라 바라보고 있었다. 그 생가죽은 여기저기 닳아서 구멍이 나 있었는데, 아무도 그에게 걸칠 만한 새 가죽이나 옷을 만들 날가죽을 준 적이 없었기 때문이다. 그는 솜씨 좋은 사냥꾼이 아닌데다가 무언가를 잡아도 가죽같이 쓸모 있는 것을 자신을 위해 간직하는 법이 결코 없었다. 애그니스는 그가 자신이 사냥한 사슴 가죽들로 그녀에게 만들어주었던 그 많은 바지들을 떠올렸다. 모든 사람들이 그녀에게 소소한 옷가지나 옷을 만들 옷감조각들을 주었다. 그들 모두 어린아이들을 위해 그렇게 했다. 그래서 그녀는 글렌이 변변한 옷 한 벌 없이 지내는 불편을 감수하고도 얼마 안 되는 그의 몫을 자기에게 줬다는 것을 거의 알아차리지 못했다.

"당신은 더 많은 걸 했어야 해." 비가 반쯤은 화가 나고 반쯤은 절망에 빠져서 목멘 소리로 꺽꺽거리며 비난했다. 그녀는 그 다 해진 가죽에 한 발을 대고, 그의 축 늘어진 몸을 힘껏 밀었다.

"제발 더이상 걷어차지 마." 그는 구타를 예상한 것처럼 머리를 두 손으로 감싸며 몸을 더 꼭 웅크렸다. "당신은 진작 알아차렸을지도 모르지만, 난 잘해내지 못할 거야."

비가 발로 또다시 그를 밀었다.

애그니스가 그녀의 짧은 다리를 뒤로 들어올렸다가 엄마의 다리를 걷어찼다.

"얘." 글렌과 비가 둘 다 소리를 질렀다.

글렌이 놀랄 만큼 거칠게 쏘아붙였다. "엄마를 걷어차지 마."

애그니스는 눈물이 핑 돌았다. "하지만 엄마가 아저씨를 걷어차고 있는걸요."

"너희 엄마는 나를 걷어차도 돼. 하지만 너는 엄마를 걷어차면 안 돼. 내 말 듣고 있니?"

글렌이 애그니스에게 목소리를 높인 기억은 없었다. 그녀는 머리가 어질어질했다. 열이 오르고 숨이 찼다. 그녀는 눈을 꼭 감고 생각했다. 열까지 세. 그러면 다 이해하게 될 거야. 그녀는 열까지 세고 눈을 떴다.

글렌은 한 손을 애그니스의 발 위에 얹은 채 침울한 미소를 머금고 눈물이 샘솟는 눈으로 그녀를 바라보고 있었다. "애야, 나는 널 사랑해." 애그니스는 이제 자신의 두 눈이 젖었다는 것은 알았지만 눈물이 느껴지지는 않았다.

비가 훌쩍이면서, 올해의 마지막 눈이 멎기 직전에 만들어 따뜻하고 푹신푹신하며 아직도 연기와 동물 냄새가 나는 털가죽을 어깨를 움츠려 벗고는 그에게 덮어주었다.

"고마워." 그가 털가죽의 소매를 더 가까이 끌어당기더니 소맷부리로 자기 입을 틀어막았다. 그러고는 입을 앙다물고 신음소리를 냈다. 음울하고 끔찍한 소리였다.

이윽고 그가 애그니스를 바라보았다. "줄곧 생각하던 게 있어." 털가죽에 막혀 다소 둔탁한 목소리로 그가 말했다. "아무래도 넌 학교에 다녀야 할 것 같은데?"

비가 그의 이마를 짚어보았다. "당신 헛소리해delirious?"

"나 진지해serious."

"운율이 맞았네요." 애그니스는 그렇게 말하며, 가능한 한 최고로 행복해 보이는 억지웃음을 그에게 지어 보였다.

글렌이 쿨럭대며 몸을 부들부들 떨었다. 또다시 털가죽을 끌어안았다.

애그니스는 숨통이 조여들었고 그렇게 태평한 소리를 한 것이 부끄러웠다. 마음이 마치 바윗덩이처럼 무겁게 가라앉았다.

하지만 곧이어 글렌은 전에 없이 거의 우스꽝스러울 정도로 어깨를 들썩거리며 소리 내어 웃었다. "으하하." 그리고 다 함께 믿기 힘들 정도로 웃어댔다. 애그니스의 엄마와 글렌은 눈물이 찔끔 나올 정도로 요란하게 웃었다.

웃음소리가 차츰 잦아들었고, 애그니스는 글렌의 얼굴에서 웃음기가 서서히 사라지는 것을 지켜보았다. 그녀는 경련이 잦아드는 동안 그 씰룩거리는 모습을 하나도 빠짐없이 지켜보았다. 왜냐하면 그것이 그녀가 보는 마지막 모습일 수도 있었으니까. 그녀는 그가 떠나가고 있다는 것을 느꼈다. 엄마를 바라보았다. 엄마도 그것을 느꼈을까?

"쉿." 비가 말했다. 아무도 시끄러운 소리를 내지 않았는데도. 마치 더이상 말을 못하게 하려는 듯, 아니, 어쩌면 그들을 달래려고 애쓰는 듯했다. 여전히 글렌의 뺨을 감싸쥐고서 그녀가 말했다. "애그니스, 너는 이제 돌아갈 때가 된 것 같다."

"왜요?" 그녀의 목소리는 자제력을 잃어 날카로웠다.

"왜냐하면."

"엄마도 돌아가는 거예요?"

"아니, 나는 여기 좀더 남아 있을 거야."

"떠나고 싶지 않아요." 애그니스는 글렌 옆에 털썩 무릎을 꿇었다. 여전히 그는 그녀에게 슬프고 고통스럽지만 변함없는 미소를 지어 보이고 있었다. 그녀는 무릎 위에서 동그랗게 주먹을 말아쥐었다.

"애그니스." 엄마가 그녀의 이름을 불렀다. "돌아가서 모두에게 우리가 여기 있다고 알려주면 좋겠구나. 내가 돌아갈 때까지 거기 있어줘. 사람들한테 떠나지 말라고 전해. 칼에게 떠나지 말라고 전해."

"싫어요. 제발요."

"애그니스, 캠프로 돌아가."

글렌이 애그니스의 발을 만졌다. "나는 괜찮아." 그가 말했다. "너랑 나랑은 지금 작별인사를 하면 돼."

애그니스는 꼼짝할 수도 없었다. 글렌을 다시 볼 수 없다는 것을 알고 있었고, 그것만으로도 충분히 괴로웠다. 하지만 그녀는 엄마를 다시 볼 수 있으리라는 것 역시 믿지 않았다.

"애그니스." 엄마가 단호하게 다시 이름을 불렀다.

애그니스는 손끝을 입에 대고 잘근잘근 씹었다.

글렌이 그 손가락을 입에서 살살 꺼내고는 그녀의 손을 꼭 쥐었다. "엄마는 돌아갈 거야, 내가 장담해."

엄마는 얼굴에서 핏기가 싹 가신 반면 애그니스는 발가벗겨진 듯 속내를 다 들켜서 얼굴이 빨개졌다. 다 들키고 말았던 것이다.

속내를 설명해줄 글렌 없이 그들은 어떻게 될까?

애그니스는 몸을 숙여 글렌의 이마에 입을 맞췄다.

"사랑하는 우리 딸." 그가 말했다. 입술은 메마르고 얼굴에서는 미소가 사라져 보이지 않았지만 그의 두 눈은 촉촉이 젖은 채 그녀를 올려다보며 환히 빛나고 있었다. "네가 이보다 더 자랑스러울 수가 없어." 그가 말했다.

엄마가 애그니스의 어깨에 한 손을 얹어 그녀를 일으킨 다음 돌려세우고 한 팔을 쭉 뻗어 캠프로 가도록 단호히 지시했다.

애그니스는 천천히 걸어갔다. 이내 멈춰 섰다.

"애그니스." 그녀의 엄마가 경고했다.

그녀는 다시 걷기 시작했지만, 몇 걸음마다 멈춰 서서 엄마가 앞으로 가라고 다시 지시할 때까지 머뭇거리기를 반복했다. 그러다 지시가 멈췄다. 아마도 그녀가 시야에서 사라졌기 때문이거나, 혹은 단순히 그들이 그녀와의 볼일을 끝냈기 때문일 터였다. 그녀는 멈춰 서서 가만히 귀를 기울였다.

그들의 목소리는 나직했고, 간간이 들리는 몇 마디 말을 제외하고는 알아듣기 힘들었다. 부탁이야. 절대 안 돼. 금방이야. 애그니스가 자신의 작은 침실에 있는 작은 분홍색 침대에 누워 귀를 기울이던 어린아이였을 때와 똑같았다. 그들이 부엌에서 그녀와 함께하지 않는 식사, 그러니까 그녀에게 주었던 것보다 훨씬 더 특별한 식사를 만들며 어른으로서 행동하는 소리가 들려왔다. 술잔들이 땡그랑 부딪치는 소리와 와인병이 탁 놓이는 소리. 은은하게 연주되는 어떤 음악 소리, 그들의 행복한 웃음소리, 혹은 어떤 중요한 일에 대해 걱정스레 이야기를 나누는 목소리. 애그니스는 그 모든 것을 보지도 않고 꿰뚫어보며 그저 방안의 캄캄한 허공과 야간 통행금지가 시작된 시티의 캄캄한 바깥을 응시할 뿐이었다. 그녀는 늘 안전하다고 느꼈다.

이제 그들은 말이 별로 없었다. 사실은, 그때처럼, 무슨 말을 하는지 제대로 알아듣지도 못했다. 그들의 몹시 나지막한 어조에 담겨 있는 것은 오히려 감정이었다. 일종의 안도감, 안정감. 그것은 과거 그때와 똑같은 어조였다. 친숙한 것이었다. 사람들이 서로에 대해 느끼는 감정은 항상 목소리에, 자기들끼리만 있다고 생각할 때 서로에게 말하는 방식에 담겨 있었다.

애그니스는 캠프로 돌아와 어두워지기를 기다리지 않고 과거 한때 부모와 함께 썼던 가죽 이부자리로 미끄러져들어갔다. 제이크가 다가오더니 이불 속으로 들어왔다. 그가 그녀를 안으려 했지만, 그녀는 그를 밀어냈다. 이 잠자리는 그녀 가족의 것이었다. 애그니스에게 필요한 것이 무엇인지 자신이 더 잘 알고 있다는 듯 그가 다시 기어들려고 하자, 그녀는 그를 발로 차버렸다. 그는 놀라서 외마디 소리를 지르며 급히 가버렸다. 애그니스는 해가 졌다가 다시 떠오를 때까지 자는 듯 마는 듯 선잠을 자며 몸을 덜덜 떨었다. 아침에 제이크가 음식을 가져다주었지만 그녀는 먹지 않았다. 개미들이 그 그릇에 들이닥치는 것을 지켜보면서, 글렌이 건네주었던 그 모든 음식을 떠올렸다. 그가 먹지 않았던, 그가 쇠약해져 죽는 것을 막지 못한 그 음식을 떠올렸다. 자신이 어린 아이이고 그것이 바로 사람들이 어린아이를 위해 하는 일이라는 이유로 자신이 기꺼이 그 음식을 받아들였던 것도. 그녀는 그들이 고된 이동을 하는 동안 자신이 더 많은 짐을 짊어질 수 있다고, 그를 돕고 보호하기 위해 자신이 해야 할 일은 그것이 전부라고 생각했다. 그에게는 필요한 것이 훨씬 더 많았다.

이튿날, 그들이 저녁식사를 위해 줄지어 서 있을 때 엄마가 어둠 속에서 걸어나와 캠프로 돌아왔다. 그녀는 자신의 털가죽을 다시 걸치고 있었다. 왼쪽 소매에 글렌의 핏자국이 길게 한 줄 묻어 있었다.

그녀는 애그니스에게 맨 먼저 다가오지 않았다. 대신에 칼에게 갔다. 그가 그녀의 어깨에 손을 얹자 그녀는 어깨를 으쓱해 그 손을 떨쳐냈다. 그들은 처음에는 심각하게, 심지어 화를 내며 낮은 목소리로 몇 마디 말을 주고받았다. 이내 조금 진정되었다. 이내 침묵에 잠겼다. 그러고 나서 그들은 웃음을 터뜨렸다. 비는 아무 근심 걱정도 없는 사람처럼 소리 내어 웃으며 고개를 뒤로 젖혔다. 애그니스는 너무 화가 나서 눈에서 별이 보였다.

저녁식사 후에, 마침내 비가 모닥불 가에 있던 애그니스에게 다가왔다. 비는 애그니스를 끌어안고 이마에 입을 맞췄다.

"글렌은 너를 무척 사랑했어." 그녀가 말했다.

애그니스는 마치 엄마가 맹수이고 자신은 먹잇감이기라도 한 것처럼 뻣뻣하게 굳은 채 가만히 서 있었다. 도망치고 싶었다. 엄마의 목을 끌어안고 흐느껴 울고도 싶었다. 애그니스는 미동도 하지 않고 가만히 있었다.

비가 그녀를 더 꼭 껴안았다. "애그니스, 울고 싶으면 울어도 괜찮아."

애그니스가 중얼거렸다. "알았어요."

엄마가 두 어깨를 잡고 애그니스의 얼굴을 응시했지만, 애그니스는 눈길을 돌려버렸다. 십중팔구 개미집을 파괴하고 있을 불길을 피하려 안간힘을 쓰며 장작에서 기어나오고 있는 그 갈색 곤충들을 바라보았다. 이내 엄마가 칼과 함께 웃음을 터뜨리는 모습이 보였다. 엄마가 그 트럭으로 달려가는 모습이 눈에 선했다. 자신과 글렌이 엄마 없이 해야 했던 그 모든 도보 이동에서 그의 손을 잡았던 것이 기억났다.

엄마가 말했다. "내 침구를 가져와서 다시 너와 함께 자려고 해. 그게 좋을 것 같은데. 그렇게 할래?"

"아니요." 애그니스가 말했다. "나 혼자 있어도 괜찮아요."

"확실하니?" 엄마가 물었다.

실망한 듯한 엄마의 목소리에 애그니스의 가슴이 두근두근 뛰었다가 곧 쿵 내려앉았다. "네." 애그니스가 대답했다.

"알았다." 엄마가 말하고 그녀를 다시 껴안으려 했다.

"아저씨는 죽었어요?" 애그니스가 여전히 땅바닥을 뚫어져라 쳐다보며 물었다. 물론 그는 죽었다. 하지만 엄마가 자기 입으로 말하기를 원했다.

"그래, 그랬어."

"엄마가 아저씨를 죽여줘야 했나요? 아니면 아저씨가 혼자 죽었나요?" 애그니스는 입이 긴장으로 경직되고 아렸다. 속이 메스꺼웠다. 목소리는 차분했다.

애그니스의 질문에 엄마의 무릎이 휘청거렸다. 비틀거리다가 모닥불에 발을 디딜 것처럼 보였다. "애그니스." 그녀는 헐떡거리며 말을 제대로 하지 못했다. 하지만 이내 목이 멘 소리로 말했다. "아저씨는 죽었어."

"의식은 엄마가 치렀어요? 독수리들 때문에 남아 있었던 건가요? 그리고 코요테 때문에요?" 그녀는 강풍처럼 엄마를 덮치고 싶었다. 무자비하게 굴고 싶었다.

애그니스는 처음으로 엄마를 올려다보았다. 엄마가 받은 타격을 보고 싶었다. 애그니스 자신이 상처받은 것만큼 많이 상처받은 것을 보고 싶었다. 글렌이 상처받은 것만큼 많이 말이다.

엄마의 얼굴에는 먹구름이 잔뜩 끼어 있었다. 눈에는 핏발이 섰고, 눈가 피부는 마치 주먹으로 계속 얻어맞기라도 한 것처럼 벌겋게 부어올라 있었다. 얼굴에는 기다란 눈물자국들이 또렷하게 나 있었다. 며칠 동안 계속 엉엉 운 것처럼 보였다. 그렇다면 어떻게 칼과 함께 소리 내어 웃고 있었던 것일까? 애그니스는 숨이 턱 막혔다. 공황 상태에 빠졌다. 이제야 깨달았다. 그저 단순한 슬픔만 있던 그들 사이에 그녀가 새로운 종류의 딱딱한 관계를 자초했던 것이다. 무언가 공유할 것이 있던 그때 말이다. 애그니스는 파도처럼 밀려드는 수치심을, 털썩 무릎을 꿇고 주저앉아 방금 한 말을 지워 없애고 싶은 충동을 느꼈다. 하지만 돌이키려 해봐야 소용없는 일이었다. 너무 늦어버렸다. 왜 엄마는 애그니스가 그녀를 단 하나의 존재로서 필요로 할 때, 한꺼번에 그렇게 수많은 존재가 되겠다고 고집하는 것일까? 엄마의 얼굴 표정은 격앙되어 상반된 감정이 동시에 소용돌이치고 있었다. 그녀는 애그니스가 목을 베려는 찰나의 사슴처럼 보였다. 물밀듯 밀려드는 절망이 있었지만, 그 물살을 전광석화처럼 뚫고 빠져나가는 감정도 있었다. 그 순간 그녀는 견뎌야 한다는 것을, 두 다리로 굳게 버텨야 한다는 것을 알고 있었다. 왜냐하면 그 전광석화 같은 감정이 마지막 방어선이었으니까.

엄마는 모닥불 쪽으로 몸을 돌려 이제 자신의 딸과 어깨를 나란히 하고 서 있었다. 엄마는 딸을 쳐다보지 않은 채 말했다. "네가 잘 알지 못하는 것들이 있어. 너는 잘 안다고 생각하겠지. 하지만 아니야. 네가 알 필요도 절대로 없었으면 좋겠고."

처음으로 애그니스는 이 문제에서 엄마의 말이 옳다고 생각했다. 애그니스는 모닥불 불빛에 비친 엄마의 옆모습을 바라보았다. 끔찍했다.

"난 너를 사랑해." 엄마가 불같이 화를 냈다. "네가 나를 사랑한다는 거 알아."

애그니스의 눈에 뜨거운 회한의 눈물이 가득 고였다. 애그니스는 손을 내밀었지만, 화가 난 엄마가 움찔하며 피하자 그대로 얼어붙고 말았다.

엄마는 애그니스가 그녀에게서 들어본 것 중 가장 느리고 딱딱한 목소리로 말을 이어갔다. "하지만 네 눈에 보이는 꼴이 마음에 들지 않는다면 말이다, 애그니스 데이—" 엄마가 불에 침을 퉤 뱉었다. 모닥불 속 목탄의 빨간 중심부에서 쉭쉭거리는 소리가 났다. "그럼 빌어먹을 네 눈을 가리는 게 나을 거야."

밤의 불빛이 모조리 꺼졌다.

엄마는 그녀를 외면하고 돌아서서, 칼의 잠자리로 가 그와 함께했다.

등뒤에서 불어오던 바람이 얼굴로 들이부는 바람으로 바뀐 것으로 보면 그들이 칼데라의 꼭대기에 언제 도착했는지는 분명했다. 눈앞에 죽 펼쳐진 땅이 평평해 보이기는 했지만, 그것은 단지 그들이 너무 오랫동안 산허리에 있었기 때문이었다. 그들은 한참동안 유리한 고지를 차지하지 못했다. 하지만 여기 이 꼭대기, 그러니까 일대에서 가장 높은 이곳에서는 여태껏 거쳐온 곳들이 보였다. 지난 몇 번의 계절에 걸쳐 힘들게 오르락내리락하며 이동해 온 너른 지역이 보였다. 칼데라에는 불룩 솟아오른 너른 산기슭이 있었다. 나무로 뒤덮인 지표면에서 무척 많은 분석구들이 불쑥 고개를 내민 것이 보였다. 일부는 꼭대기에 수목이 하나도 없었다. 하지만 나머지는 아주 작은 크기의 화산들로, 한때 두꺼운 검은 솥의 거품이 부글거리던 곳이 지금은 거의 꼭대기까지

나무들로 뒤덮여 있었다.

더 멀리 떨어진 곳에서는 피어오르는 연기 기둥들이, 그리고 사방의 지평선에서는 연무가 짙게 낀 하늘이 보였다. 바다처럼 드넓은 세이지 밭 이곳저곳에 불이 나 있었다. 산에도 여기저기 불이 났다. 대기가 그슬렸다. 그로 인해 그 꼭대기는 더이상 이 세상에 존재하지 않는 장소를 찍은 오래된 사진처럼 보였다.

한가운데로 다가가면서 그들은 다시 내리막길을 걸었다. 그들은 진짜 칼데라로, 그 화산의 작은 구멍으로 걸어들어가고 있었다. 마맛자국 같은 분화구로 말이다. 그곳은 아무것도 살지 않는 것처럼 으스스할 정도로 조용했다. 황량하면서도 동시에 풍요로워서, 그들이 가봤던 어떤 곳의 풍경과도 달랐다.

모퉁이를 돌자 호수들이 모습을 드러냈다. 검은색 하나와 파란색 하나. 가까이 다가갈수록 검은 호수는 짙고 탁한 초록색이라는 것이 점점 더 확연해졌고, 파란 호수는 그 위 구름 낀 하늘처럼 하얗게 변했다.

그 호수들은 애그니스가 오랫동안 본 것 중 잎이 가장 푸르고 구릿빛이 감도는 주황색 나무줄기가 높이 뻗은 소나무들에 둘러싸여 있었다. 건강한 나무들이었다. 그들이 최근에 본 것처럼 목마른 나무들이 아니었다. 그것들은 호수의 물과 눈 녹은 물을 듬뿍 공급받았다. 용암에 손상된 풍경 속에 생명력이 넘쳤다. 즐비한 흑요석들은 호수를 향해 뻗은 유리처럼 매끄러운 손가락들 같았다. 호수가 아닌 다른 곳에 있는 그런 손가락들은 거칠었고, 바위는 날카롭고 붉은색을 띠었으며 보기보다 위험했다. 거품돌*절벽과 산봉우리들이 두 개의 호수와 칼데라의 가장자리를 둘러싸고 있었다. 두 호수 사이에는 마치 중심부의 눈을 에워싼 허리케인처럼 녹아서 소용돌이치며 흘러내리다가 굳어버린 용암의 흔적이 있었다.

"우리는 저 호수에서 수영을 할 거예요." 데브라가 경건한 목소리로 나직이 말했다. "물이 얼마나 차갑든 난 상관없어요."

그들은 걸음을 재촉했다.

저벅저벅 걷는 발소리가 그들이 내려가는 길 끝에서 부딪혀 되울렸다. 그들은 나무들을 요리조리 피하며 가기보다는 굳어진 용암 위를 걸었다. 하층식생**이 깨끗했는데도 말이다. 더 정확히 말하면, 죽어 있었다. 그 길에는 걸리적거리는 것이 없었다. 하지만 그들은 탁 트인 시야를 확보하길 원했다. 여기에 자신들 말고 또 누가 있는지 알지 못했다. 아마 그들밖에 없을 가능성이 컸다. 확실히 그들밖에 없는 것처럼 느껴졌다. 그들은 다시는 애덤의 흔적을 찾아내지 못했다. 하지만 그가 근처에 숨어 있을 가능성도 있었다. 그리고 어쩌면 다른 무단침입자들이 그와 함께 있을지도 몰랐다.

하늘 높이 맹금류들이 날아올랐지만 애그니스는 새가 지저귀는 소리나 곤충이 우는 소리, 다람쥐가 조심스럽게 재잘거리는 소리를 듣지 못했다. 하지만 틀림없이 이곳에는 무언가 살아 있는 것이 있었다. 빙빙 돌고 있는 육식성 조류들에게 먹이가 필요하다는 이유 하나 때문에라도 말이다. 곧이어 그녀는 커다란 독

---

* 화산의 용암이 급격히 식어서 생긴 다공질의 가벼운 돌.
** 숲 생태계에서 숲 지붕과 숲 바닥 사이에 사는 식물 집단의 총칭.

수리가 아래로 급강하해서 발톱을 호수에 담갔다가 빼며 제법 큰 물고기를 움켜쥐고 다시 비상하는 것을 지켜보았다. 어느 시점에 누군가가 두 호수에 물고기를 방류해놓은 것이다.

"드디어 제대로 된 낚시를 좀 할 수 있겠어." 칼이 말했다.

그들은 내려가서 칼데라 포스트로 추정되는 건물을 발견했다. 문은 판자로 막혀 있었고 한동안 그런 상태였던 것 같았다. 금방이라도 무너질 듯했고, 몇몇 창문은 널빤지로 가려져 있었다. 그 모습에 애그니스는 오래전 책이나 잡지에서 본 적이 있는 듯한 어떤 것이 떠올랐다. 산꼭대기에 있는 호숫가의 통나무집이었다. 3층 높이까지 치솟은 엄청 큰 창문들이 있는 엄청 큰 방 하나. 그 방에서 양쪽으로 뻗어나간, 객실이 가득한 부속건물들. 즐거움을 누리도록 지어진 어떤 것. 그것은 분명 레인저들의 로지였다.

마지못해 문을 열어보기는 했지만, 그들 중 누구도 정말로 안에 들어가고 싶어하지는 않았다. 바깥에서는 산들바람이 불었고, 햇살이 호수 수면 위로 부서져내렸다. 로지 앞에는 모래사장이 길게 펼쳐져 있었다. 좌우로는 인상적인 절벽이 솟아 있었다. 아름다웠다. 호숫가에 캠프를 차리는 동안 이제껏 품고 있던 그들의 불안감은 사라졌다. 칼은 부러진 나뭇가지를 찾기 위해 아이들을 보내고, 낚싯대를 만들기 시작했다. 그는 그들이 처음 도착했을 때부터 줄곧 그의 가방에 간직하고 있던 제물낚시*와 낚싯줄을 꺼냈다. 그것은 아마도 맨 처음부터 지금까지 살아남은 유일한 물건이었을 것이다. 매뉴얼을 제외하면. 그리고 책 몇 권과

---

* 깃털을 사용하여 모기 모양으로 만든 낚싯바늘.

칼 몇 자루를 제외하면 말이다.

그날 밤 그들은 호숫가에 피워놓은 모닥불 주위에 반원형으로 모여 야영했다. 별들이 그 어느 때보다도 더 가깝게 느껴졌다. 별들은 크게 반짝거렸고 천장에 매달려 있는 전등들처럼 하늘에 매달려 있었다. 바람에 실려 불타는 냄새가 날아갔다. 연무가 걷혔다. 그들은 처음으로 짙은 물냄새와 저녁 하늘 아래서 식어가는 뜨거운 바위를 알아차렸다. 그들의 배는 활활 타오르는 불길에 익힌 생선으로 가득차 있었다. 그들의 손가락은 생선 기름으로 끈적거렸다. 그들은 치아에서 비늘을 떼어냈고, 가느다란 생선 뼈들을 불에 태웠다.

그들은 아침에 잠에서 깨어나 우두커니 서 있었다. 아침, 점심, 저녁으로 먹을 생선이 충분히 있었다. 캠프 설치는 끝났고, 장작은 풍족하게 모아놓았다.

"뭔가 일을 하고 있어야 하는 거 아니에요?" 해럴드 박사가 물어보았다.

"우리 보통 뭘 하면서 시간을 보내죠?" 린다가 물었다.

"사냥, 박피, 무두질, 훈연, 바느질, 채집―" 칼이 대답했다.

"하지만 지금 당장은 아무 일도 시작하지 않았고 모든 게 충분하니까." 린다가 말했다. "그러니까……"

"아침에는 쉴까요?" 데브라가 물었다.

누가 대답도 하기 전에 데브라는 덧옷을 머리 위로 끌어당기며 호수를 향해 달려갔다.

린다와 해럴드 박사가 뒤따랐다. 그다음에는 베이비 이그레트를 안은 밸과 칼. 그다음에는 프랭크와 패티의 엄마가 뒤따랐다.

곧 모든 사람이 옷을 다 벗고 물속으로 들어갔다.

오직 어른들만이 정말로 수영을 배운 적이 있었다. 나머지 사람들은 비교적 큰 개울의 비교적 깊은 곳에서 헤엄치는 법을 터득했다. 드물게 폭이 넓은 강의 유속이 아주 느린 지점에서도 한두 번 정도 헤엄을 쳐본 것이 다였다.

어린아이들은 호숫가 근처에서 물장구를 치고 다녔다. 십대들은 팔다리를 어설프게 저어 발이 간신히 닿는 곳까지 갔다. 어른들은 팔다리를 유연하게 젓다가, 수면 아래서 불쑥 튀어오르며 두 발을 물고기 꼬리처럼 휙휙 움직였다.

애그니스의 엄마는 애그니스에게 그들이 캠프를 쳤던 첫번째 강에서 헤엄치는 법을 가르쳐주었다. 그리고 그전에, 과거에 시티에서는 욕조에서 숨을 참는 것을 연습시켰다. 애그니스가 물속에서 코로 물을 들이마시고 숨이 막혀 허우적대며 일어나면 엄마는 그 자리에서 수건을 들고 기다리다 얼굴을 닦아주었다.

"자, 봐." 엄마가 말하곤 했다. "당황해서 그래, 괜찮아. 물속에서 대처하는 법을 안다면, 물 때문에 탈 날 일은 없을 거야."

이곳에 온 초창기에 강에서 엄마는 애그니스의 허리를 감싸고 그녀가 천천히 흐르는 물살에 얼굴을 담그게 하곤 했다. 애그니스는 허우적대다가 비로소 진정한 후 팔다리를 젓기 시작했고, 그러는 동안 엄마는 허리에 감은 두 팔을 결코 풀지 않았다.

애그니스는 데브라가 파인콘에게 헤엄을 어떻게 가르쳤는지를 보았다. 시스터와 브라더가 후안에게 어떻게 배웠는지도 보았다. 다들 하마터면 물에 빠져 죽을 뻔하면서 배웠다. 그애들은 빨리 배웠다. 하지만 지금은 물을 좋아하지 않았다. 모두 호숫가 근처에 머물며 고작 배꼽까지만 몸을 담갔다.

애그니스는 첨벙거리며 제이크와 쌍둥이에게 다가갔다. 그들은 하늘을 쳐다보다가 곧이어 맑은 물속을 내려다보면서 발끝으로 원을 그리며 경중경중 뛰었다.

애그니스는 그들의 발가락이 모래에 스치는 것을 볼 수 있었다. 물에 기름기가 있는 것 같았지만, 수면 위로 손을 들어올렸을 때 물은 깔끔하게 스르르 빠져나갔고 그녀의 차갑고 탱탱한 피부 말고는 아무것도 남아 있지 않았다. 실트는 없었다. 점액 같은 것도 없었다. 순수한 물이었다. 그녀는 팔다리를 몇 번 더 저어 발이 바닥에 닿지 않는 곳까지 헤엄쳐 가서 머리를 담그고 아래를 내려다보았다. 저멀리 한참 아래쪽에 있는 호수 바닥의 모래언덕들이 그녀가 발차기를 할 때마다 움직이는 것처럼 보였다. 머리 위에서는 깎아지른 듯한 암벽이 거의 수직에 가깝게, 그러면서도 여전히 비탈로 여겨질 만큼 기울어 있었다.

애그니스는 수면을 훑어보다가 더 멀리서 엄마가 재주넘기를 하고 있는 것을 알아차렸다. 그녀의 머리, 이어서 구부린 등 윗부분, 엉덩이, 이어서 교차시킨 발목과 두 발이 차례로 보였다. 우아하지는 않았다. 재미있어 보였다. 엄마는 아마도 마지막으로 물속에서 재주를 넘었을 그 시절의 어린 여자아이처럼 보일 터였다. 그녀는 입에서 물을 내뿜고 활짝 웃으며 물 밖으로 튀어나왔다.

한번은 예전에 시티에서 엄마가 욕조에서 호흡 연습을 시킨 후에 애그니스와 함께 욕조에 들어와 있었다.

"좋아, 이렇게 앉아봐." 엄마가 책상다리를 하고 허리를 꼿꼿이 펴고 앉으며 말했다. "내가 어렸을 때 우리는 이렇게 하곤 했어. 바보 같은 짓이지. 하지만 진짜 재미있어. 욕조 안에서도 그렇게 재밌을지는 모르겠다. 하지만 한번 해보자."

"좋아요." 애그니스가 새된 목소리로 응했다. 엄마는 욕조 속 맞은편에서 몸집이 더 커 보였다. 훨씬 더 부풀어 있었다. 피부가 부풀었고, 얼굴과 다리도 마찬가지였다. 머리숱도 훨씬 더 많았다. 애그니스는 열 명의 자신이 엄마 몸속에 들어갈 수 있을 것처럼 느꼈었다. 그리고 이내 자신이 그 몸속에서 나왔다는 것을 생각해냈다. 자신이 엄마 뱃속의 물속에서 숨을 쉬며 살았었다는 것을 생각해냈다.

"물밑에 있다고 상상해보는 거야." 엄마가 말했다. "머리카락은 우리가 욕조 바닥에 누워 있을 때처럼 사방에 둥둥 떠 있어." 엄마는 머리카락이 헝클어진 채 물속에서 경쾌하게 흔들리는 것처럼 보이도록 자신의 머리카락을 거칠게 헝클어뜨렸다. 그리고 애그니스의 머리카락도 거칠게 헝클어뜨렸다.

"숨을 참고 있다고 상상해봐." 엄마가 두 볼을 불룩하게 부풀리고 눈을 크게 뜨며 말했다. "그러고 나서 손을 이렇게 해봐." 그리고 왼손을 내밀며 손바닥이 위로 가게 펼쳤다. "다른 한 손은 이렇게." 쭉 내민 새끼손가락을 제외한 나머지 손가락 끝을 모아 오른손을 오므렸다. "찻잔을 들고 있는 거 같지." 그녀가 말했다. "그리고 이제 이렇게 차를 마시는 거야." 그녀가 오므린 손끝을 오므린 입으로 들어올렸다. "이건 수중 티 파티야." 엄마가 겨우 엉덩이까지 오는 목욕물에 앉아 상상 속 찻잔에 담긴 상상 속 차를 홀짝거리며 말했다.

둘 중 어느 쪽도 물밑에 잠겨 있지 않았기 때문에 그것은 우스 꽝스러운 놀이였다. 그 터무니없는 모습에 그들은 낄낄 웃었고, 애그니스가 얼굴로 어떤 표정을 짓든지—단지 엄마를 흉내내려 애쓰고 있었던 것뿐이었다—그 모습에 엄마는 눈에 눈물이 맺힐 때까지 소리 내어 웃었다.

애그니스는 그들이 그렇게 편한 사이였던 때를 추억하며 빙긋 웃고는, 비가 재주를 넘고 있는 곳으로 물장구를 치며 머뭇머뭇 다가갔다.

애그니스가 엄마 앞에 다다르자, 비는 재주넘기를 중단하고 조심스럽게 발헤엄을 쳤다. 그리고 애그니스를 경계하는 듯한 눈초리로 마주보았다. 애그니스는 글렌이 세상을 떠난 뒤 줄곧 그녀를 피해왔다. 엄마도 자신을 줄곧 피했다고 생각했다. 어떻게든 상황이 나아지려면 무슨 말을 해야 할지 알지 못했다. 사과하려면 무슨 말을 해야 할지. 용서받으려면 무슨 말을 해야 할지 알지 못했다. 그래서 그녀는 아무 말도 하지 않았다. 하지만 오랜만에 처음으로 엄마를 생각하니 행복해졌다. 그러니 그 순간에 뭐라도 해야 했다.

"티 파티 할래요?" 그녀가 수줍게 물어보았다.

엄마는 입에서 분수처럼 물을 내뱉었다. 그리고 안도한 표정으로 빙그레 웃었다. "정말 하고 싶어!" 그녀가 말했다. "어떻게 하는지 기억하니?"

"그런 거 같아요." 애그니스는 대답한 후 미친듯이 발헤엄을 치며 한 손을 펼쳐서 내밀고 다른 쪽 손끝을 모으면서 차를 홀짝거리기 위해 입을 오므렸다.

엄마가 웃음을 터뜨렸다. "책상다리도 하고 앉아야지."

애그니스는 다리를 끌어올려 책상다리를 했다. 몸이 기우뚱하더니 가라앉자 웃음을 터뜨렸다. 그녀는 두 손으로 첨벙첨벙 물을 튀겨 자세를 바로잡았다.

"좋아, 이제 물속에서 해봐."

애그니스는 수면 아래로 내려갔다.

엄마도 내려와서 애그니스가 손에 찻잔을 들고 똑바로 서 있으려 애쓰는 것을 바라보았다. 그녀는 미소를 지으며 아래, 저 아래를 가리키며 더 깊은 곳으로 몸을 던졌다. 애그니스는 공기를 더 마시려고 수면 위로 올라갔다가 이내 엄마를 뒤따랐다.

머리 위와 사방에서 가해지는 물의 무게 덕분에 애그니스는 계속 똑바로 서 있을 수 있었고, 물속에 머물러 있기 위해 두 팔을 움직이지 않고도 가끔씩 앉은 자세로 차를 홀짝거릴 수 있었다.

엄마는 편하게 앉은 자세로 차를 홀짝거렸다. 두 손은 입으로 미끄러지듯 올라갔다 내려갔다 했다. 그녀는 두 볼을 공기로 불룩 부풀리기보다는 차라리 모든 공기를 가슴 깊은 곳에 담아두고 있었다. 엄마의 눈은 그녀를 둘러싼 물처럼 유리같이 매끄럽게 반짝거렸다. 그녀는 그들의 집에서 테이블에 앉아 있는 것처럼 보였다. 머리카락만 빼고 말이다. 그녀의 머리카락은 세이지 가지들처럼 하늘하늘 물결쳤다. 엄마는 이제 잃어버리고 없지만 애그니스가 제일 좋아하던 우화집에 나오는 인어들보다 더 아름다웠다.

애그니스는 밑바닥을 바라보았다. 모랫바닥을 스치는 잔물결 하나 없이 잔잔했다. 그녀는 모든 것이 얼마나 쥐죽은듯 고요한

지 알게 되었다. 귀청을 때리는 쿵쾅 소리만 들렸다. 그녀 자신의 심장고동소리였다. 건너편의 엄마를 쳐다보자, 그녀의 경동맥이 불뚝거리는 것이 보였다. 그녀는 엄마의 목에서 핏줄이 불거질 때마다, 자신의 귀청을 울리는 고동소리를 들었다. 물밑에서 들리는 유일한 소리는 그들 자신의 심장이 함께 고동치는 소리, 그들의 피가 세차게 흐르는 소리였다. 이윽고 엄마가 웃음을 터뜨리자 마치 생명 그 자체가 빠져나가는 것처럼 기포가 그녀에게서 마구 쏟아져나왔다. 애그니스는 그 모든 기포를 움켜잡아 영원히 간직할 수 있도록 게걸스럽게 먹어치우고 싶었다.

그녀는 엄마에 대한 애절한 그리움을 느꼈다. 마치 엄마가 손도 닿지 않을 만큼 멀리 떨어져 있기라도 한 것 같았다. 물 때문에 비는 마치 판유리 뒤에 있는 것처럼 보였다. 애그니스가 손을 내밀었지만 그녀는 정말이지 붙잡을 수 없을 정도로 멀리 떨어져 있었다. 애그니스가 다시 시도하자 엄마는 그 손을 잽싸게 피하며 미소를 지었다. 엄마는 그것이 놀이라고 생각했다. 그래서 애그니스는 아니, 라는 뜻으로 고개를 가로젓고 자신이 엄마를 얼마나 필요로 하는지를 보여주기 위해 간절하게 두 손을 내밀어 그녀를 붙잡으려고 애쓰다가 마침내 가느다란 머리카락 한 움큼을 붙잡아서 잡아당겼다.

엄마가 얼굴을 찡그리며 애그니스의 손을 비틀어 떼어낼 때 엄마의 입에서 신음소리와 함께 기포가 잔뜩 흘러나왔다. 그녀는 눈을 부릅뜨고 애그니스를 마주보았다. 하지만 곧 그녀의 얼굴은 극도의 공포에 질린 표정으로 변했다. 그녀는 애그니스를 홱 끌어당겨 허리를 잡아채고는 수면 위로 차올렸다.

애그니스는 수면 위로 올라와 침을 튀기며 콜록거리면서, 자신이 물속에서 숨을 쉬려고 안간힘을 쓰고 있었다는 것을 깨달았다. 줄곧 자각하지 못하고 있었다. 손을 뻗어 엄마를 붙잡는 데만 집착하고 있었기 때문이다. 마치 줄곧 잠들어 있었던 것 같았다. 그 일이 꿈이 아니라는 유일한 증거는 그녀를 둘러싼 모든 것이었다. 불. 절벽들. 엄마가 두 팔로 허리를 감싸 그녀를 호숫가로 도로 끌고 가고 있었다. 주위를 둘러보았지만 현무암 암벽, 흰색과 검은색이 섞인 흑요석 위로 부서져내리는 햇살에 눈이 부셔 제대로 보이지 않았다. 한데 뭉쳐 있는 솔잎들은 반들반들 윤기가 흘렀다. 마치 칼데라 전체가 반짝반짝 빛나기라도 하는 것 같았다.

설레스트와 패티와 제이크가 그녀가 호숫가로 끌려가는 광경을 지켜보았다.

"잘했어, 애그니스." 설레스트가 말했다. "정말 멋진 솜씨야." 쌍둥이가 숨죽여 웃었다.

애그니스는 신경쓰지 않았다. 그녀는 물속에서 마치 무중력상태인 것처럼 머리는 안전하게 물위에 뜨고 몸은 서늘한 채로, 이주 초창기에 강에서 그랬던 것처럼 엄마가 두 팔로 자신을 감싸고 끌고 가게 내버려두었다. 그때 그녀는 엄마의 어린 아기에서 막 벗어난 상태로, 그저 엄마의 어린 딸일 뿐이었다. 이제 다시 아기가 된 것 같았다. 그녀는 팔다리를 축 늘어뜨리고 수면을 가로질러 천천히 끌려가면서 입술 사이로 부글부글 거품을 일으켰다.

비는 애그니스를 모닥불 가로 데리고 가서 그녀의 털가죽을 둘러주었다. 모두들 여전히 헤엄을 치고 있었다. 애그니스는 그들의 목소리가 칼데라의 암벽에 부딪혀 울려퍼지는 것을 들을 수 있었다. 유령의 목소리처럼 멀리서 들려오는 것 같았다.

"이제 헤엄 그만 쳐." 그녀의 엄마가 말했다.

"좋아요." 애그니스가 말했다.

엄마가 눈썹을 치켜세웠다. "좋다고? 그래, 그럼, 좋아."

엄마는 말다툼을 예상하고 있었지만, 애그니스는 더이상 말다툼하고 싶지 않았다. 그녀는 구부정하게 앉아 모닥불을 응시하면서 엄마가 그녀를 돌보게 내버려뒀다. 그러자 아팠던 때가 떠올랐다. 이런 온기가 주변에 감돌고, 엄마가 어깨에 담요를 걸쳐주고 눈을 가린 머리카락을 걷어주던 때가 떠올랐다. 침이나 콧물을, 만약 줄곧 콜록콜록 기침을 했다면 피까지 닦아주던 그때. 비몽사몽간에 자기 손이 잡혀 있는 것이 느껴지던 그때. 아픈 것은 끔찍했지만, 보살핌을 받는 것은 기분좋았다. 그녀는 그것이 그리웠다. 엄마가 지금도 늘 자신을 보살피고 있다는 것은 잘 알았다. 하지만 은밀히 이뤄졌다. 비밀이었다. 전략적이었다. 그것은 예전과 똑같지 않았다.

커뮤니티의 많은 사람들이 지금 물에 둥둥 떠 있었다. 두 팔은 쭉 뻗었고 머리는 수면에서 깐닥깐닥 흔들렸다. 꼭 잠이 든 것처럼 보였다. 태양은 날마다 지나는 길을 따라 하늘을 미끄러지듯 가로질렀다. 날마다 같은 길을 가는 것은 어떤 기분일까?

애그니스는 물에 식어 아직도 서늘한 엄마의 어깨에 머리를 기댔다.

"우리 여기를 떠나야 하나요?" 애그니스가 물었다. 그 말을 하자 가슴이 답답했다.

"그런 건 왜 물어보는 거니?"

"글렌 아저씨가 떠났으니까 그 연구가 끝날지도 모르겠다는 생각이 들었어요." 머리 밑에서 엄마의 몸이 경직되는 것이 느껴졌다.

엄마가 한숨을 쉬며 말했나. "그 연구는 글렌 없이도 계속할 수 있어."

애그니스는 그의 이름을 언급한 것에 파도처럼 밀려드는 안타까움을 느꼈다. 그가 떠난 지 얼마 되지 않았지만, 몇 년은 지난 일처럼 느껴졌다. 그럼에도 불구하고 동시에 그녀는 그가 정말로 떠난 것은 절대 아니라고 느꼈다. 그는 기침으로 사람들의 잠을 방해하지 않으려고 그저 어딘가 먼 외딴곳으로 간 것뿐이었다. 그녀는 그가 없다는 슬픔과 그가 돌아올 것이라는 기대 사이에서 갈팡질팡하고 있었다. 이곳은 쫓겨나고 싶지 않은 희망찬 장소였다. 애그니스와 엄마는 다시 침묵에 잠겼다. 글렌은 그들이 공유하는 중요한 존재였다. 애그니스는 아마 엄마도 자신도 어떤 면에서는 그 사실을 불쾌하게 여기며 그를 각자 자신만을 위해 간직하고 싶을 것이라 생각했다.

그녀는 잠자리 한 마리가 작은 벌레들을 추적하며 호숫가를 따라 돌아다니는 것을 지켜보았다. 그 잠자리의 얇은 날개가 빠르게 떨리는 소리를 들을 수 있다고 확신했던 것은, 자신이 모든 소리를 들을 수 있다고 확신했기 때문이었다. 자신의 뱃속에서 심장소리가 들린다고 생각해 제이크에게 귀를 기울이게 한 적도 있었다. "그건 그냥 네 장에서 나는 소리야." 그가 말했다. "아니야." 그녀가 반박했다. "뭔가 다른 게 있어." 하지만 얼마 지나지 않아 그녀는 피를 많이 흘렸다. 실망스럽기도 했지만 무엇보다 자신의 몸이 자신의 기대에 어긋났다는 것이 당황스러웠다. 그녀는 제이크에게 외견상 명백히 유산인 그 일을 짤막하게 알리고 그가 질문을 그만둘 때까지 대답을 얼버무렸다. 그는 그녀가 어떤 기분인지 이해하고 싶어했다. 하지만 그녀는 자신이 어떤 기분인지 알지 못했다. 따지고 보면 미처 심장도 생기지 않았던 핏덩어리 때문에 왜 눈물이 흘렀는지 알지 못했다. 그녀는 손가락 사이로 그 미끈거리는 덩어리가 스르륵 떨어져내리게 하며 아기를 찾아보았다. 아기는 거기 없었다. 엄마에게 말하고 싶었지만, 부끄러운 기분이 들었다. 그녀의 엄마는 매들린을 잃었고, 애그니스는 그애의 심장박동소리를 들은 적이 있었다. 엄마는 애그니스의 귀를 자신의 배에 대고 말했다. "쉿, 조용히 들어봐." 그리고 아기가 거기 있었다. 꼭 겁을 먹은 산토끼 같았다. 매들린은 그저 끝까지 다 자라지 못했을 뿐, 완전한 진짜 아기였다. 애그니스는 심장도 없는 핏덩이를 낳았다. 그래서 그녀는 임신 그 자체도 그랬듯이 상실 또한 엄마에게 알리지 않았다.

하지만 깨닫고 보니 그녀가 엄마에게 물어보고 싶었던 이상한 일은 다 자라지도 않은 아기를 가졌다가 잃어버린 일에 대한 것이 아니라 자신이 피를 흘리기 전에, 그리고 심지어 그후에 생겨나기 시작한 심란한 기분에 대한 것이었다. 왠지 그녀의 아기가 고통을 겪게 될 것이라거나 혹은 이미 겪었을 것 같은 기분이 들었다. 그것은 다양한 순간에 그녀를 엄습하는 막연하지만 압도적인 감정이었다. 그녀가 자려고 잠자리에 누웠을 때. 저릿저릿한 느낌이 온몸을 휩쌌을 때, 그것이 그녀의 몸과 아기가 의사소통을 하고 있는 것이라는 걸 깨달았을 때. 심지어 그녀가 더이상 임신 상태가 아닌 순간에도, 뱃속에 개미들이 있는 것 같은 그 간질간질한 느낌에 그녀는 온갖 잡다한 근심 걱정에 시달리곤 했다. 지금은 많은 게 변한 것 같았다. 글렌이 떠났기 때문이다. 하지만 그것은 그 이상의 무언가였다. 그녀는 그것을 느꼈지만, 어떻게 표현해야 할지는 알지 못했다. 이미 그들을 위해 쓰인 결말이 있다면 어떻게 되는 것일까? 하지만 그녀는 이 모든 것에 대해 엄마에게 물어보지 못했다. 그것은 지나치게 인간적인 느낌이 들었다. 그럴듯하게 합리화하고 걱정하고 대비하는 것. 그것은 그녀답지 않은 일 같았다. 비록 결코 만나지는 못했지만 그녀가 그 아이로 인해 이미 변해버리기라도 한 것 같았다.

얕은 물에서 어린아이들과 십대들이 마르코 폴로라는 아주 오래된 놀이를 했다. 어른들도 같이 하려고 헤엄쳐 가고 있었다. 그들의 비명과 외침이 암벽에 부딪혀 울려퍼졌고, 꼭 나무들 너머에서, 그러니까 정상 근처 온 사방에서 새로운 탐험가들이 외쳐 부르는 소리처럼 들렸다.

"애덤이 한 말이 사실일까요?" 애그니스가 물어보았다. "사람들이 윌더니스주로 몰려들고 있다고 했잖아요?"

"내 짐작에 그건 크게 부풀린 얘기이기는 하지만, 어쩌면 아예 거짓말은 아닐지도 몰라."

"그 말은 우리가 떠나야 할 거라는 뜻인가요?"

"애그니스, 왜 그렇게 떠나는 데 집착하는 거니?"

"왜냐하면 시티로 돌아가고 싶지 않으니까요."

"그런데 왜 우리가 돌아갈 거라고 걱정하는 거지?"

애그니스는 어깨를 으쓱했다. "이제 모든 게 달라졌잖아요."

엄마는 설명을 요구하지 않았다. "굳이 걱정하지 마. 게다가, 이곳을 떠난다고 해서 세상이 꼭 끝나는 것도 아니야." 엄마는 잠시 말을 끊고, 그녀의 헝클어진 머리를 매만졌다. 다음에 무슨 말을 할지 결정을 내리고 있는 것 같았다. "우리한테는 사유지 지구가 있어."

"또 그 소리!" 애그니스는 자세를 바로 하고 앉았다. 격렬한 분노가 부글부글 끓어올랐다. "아마도 그건 엄마가 애써 준비해 온 큰 계획이겠죠. 모든 걸 다 알아냈을 테고요."

엄마가 코를 훌쩍였다. "사실, 그렇기는 해."

"좋아요, 그러면 우리를 어떻게 그곳에 데려다줄 건데요?"

"한 남자를 알아." 엄마가 말했다.

"돈은요?"

비는 놀란 듯 보였다. "네가 돈에 대해서 뭘 아니?"

"돈이 필요하다는 건 알아요. 신참들한테 들었어요."

"그렇구나." 엄마가 눈을 가늘게 뜨고 바라보았다. "그 정도 돈은 있어."

"모두에게 충분할 만큼인가요?"

비는 어깨를 으쓱했다. "두고 봐야겠지. 하지만 확실히 우리한테 필요한 만큼은 있어."

애그니스는 그 말이 부인의 뜻이라는 것을 잘 알았다. 그리고 엄마가 미래의 어느 시점에 다른 사람들을 남겨두고 떠날 계획이라는 것도 알게 되었다. 애그니스에게 충격적인 사실은 아니었다. 그것이 윌더니스에서의 삶이었다. 그리고 엄마가 그런 결정을 내리는 것을 아무렇지도 않게 여기는 듯 보인다는 것도 충격적인 사실은 아니었다. 애그니스에게 더 충격적인 것은 엄마가 오로지 믿음만으로 이런 일에 뛰어들었다는 점이었다.

"그 남자 어떤 사람인데요?"

"내가 아는 사람."

"그 사람하고 안 지 얼마나 됐어요?"

"꽤 됐어."

"언제 처음 만났어요?"

엄마가 기억을 떠올렸다. "우리가 시티를 떠날 쯤에."

"엄마가 안다는 그 남자, 신뢰할 만한 사람이에요?"

"애그니스." 엄마가 날카롭게 말했다. "당연한 얘기야. 내가 신뢰하지도 못할 사람과 함께 일할 거 같니?"

하지만 애그니스에게 떠오르는 생각이라고는, 엄마가 가진 돈을 다 준다면 존재하지도 않는 어딘가로 엄마를 기꺼이 데려다주겠다는 어떤 남자가 있다는 것뿐이었다. 그리고 그것은 신뢰할 만한 것처럼 보이지 않았다.

"그 사람 이름이 뭐예요?"

"아가, 걱정할 거 없어." 엄마가 말했다.

"엄마."

"그건 말해주지 않을 거야."

"글렌 아저씨는 알고 있었어요?"

엄마가 놀라 움찔했다. "그이도 알 만큼 알고 있었어."

애그니스는 배신감이 들었다. 엄마는 애그니스가 원하는 것이 무엇인지 물어보지도 않고 그녀를 데리고 이곳을 떠날 계획을 세우고 있었다. "하지만 나는 여기가 좋아요."

"하지만 여기에 영원히 있을 수는 없어."

"왜 안 되죠?"

"아, 애그니스, 안 되는 건 그냥 안 되는 거야." 누가 봐도 너무 뻔한 생각이라는 듯한 말투였다.

"아니, 나는 그런 말 처음 들어요." 그녀는 목소리가 떨리는 것을 숨기려고 일부러 톡 쏘아붙였다. 북받쳐오르는 감정을 억누르고, 솟구치는 눈물과 두려움을 삼키기 위해 얼굴을 거칠게 문질렀다.

엄마는 마음이 누그러져서 대화를 부드럽게 풀려고 했다. "자, 봐봐, 우리는 아마 떠나지 않아도 될 거야. 나는 그냥 네가 걱정에 시달리지만 않았으면 좋겠어. 우리한테 무슨 일이 생기든, 나한테 다 계획이 있어. 이 문제에서는 나를 좀 믿어봐. 사유지 지구는 정말로 우리가 선택할 수도 있는 대안이야. 약속하는데, 나는 너를 데리고 거기 갈 수 있어. 살아보면 마음에 들 거야."

"나는 이렇게 사는 게 좋아요."

"그래, 나도 마찬가지야." 엄마가 맞장구쳤다. "이건 단지 비상 대책일 뿐이야." 하지만 애그니스는 그 말을 믿지 않았다.

*

칼데라 정상에 올라 캠프를 차리고, 몇 시간 동안 헤엄을 치고, 물고기를 배불리 먹은 지 이틀이 지났을 때 그들은 아침식사 후

뒷정리를 하던 중 멀리서 저벅저벅하는 발소리가 칼데라 암벽에 부딪혀 울려퍼지는 것을 들었다. 한 부대는 되는 사람들, 발소리가 둔탁한 큰 무리인 것 같았다. 하지만 그 소리가 칼데라 안에서 점점 더 커진다는 것을 알게 되었다. 그래서 놀라기는 해도 겁에 질리지는 않았다. 발소리가 더 커지며 가까워지자, 커뮤니티 사람들은 저마나 막내기나 길, 활과 화살, 큰 돌멩이 따위를 닥치는 대로 움켜잡았다. 그들은 준비 태세로 무기를 쥐고 다 함께 그 소리를 향해 나아갔다.

레인저 몇 명이 숲에서 일렬로 줄지어 나왔다. 이어서 커뮤니티 사람들 뒤쪽에서 경적이 빵빵 울리는 소리가 들렸다. 그들은 모두 놀라서 고개를 돌렸다가 로지 뒤에서 밴 한 대가 달려오는 것을 보았다. 레인저 밥이 차에서 훌쩍 뛰어내려 기분좋게 경례를 했다.

애그니스의 엄마가 웃음을 터뜨렸다. "어떻게 저걸 여기까지 끌고 올라왔죠?" 그와 그 밴에서 내린 다른 레인저들이 다가올 때 그녀가 그에게 큰 소리로 물어보았다.

"운전해서죠." 밥이 대답했다. "저 건너편에 지선 도로가 있어요." 그가 말했다. 그리고 애그니스는 몇몇 레인저가 뜻밖에 폭로된 이 사실에 실실 웃는 것을 보며 그들 몇몇에게는 이것이 하나의 게임일 뿐이라는 걸 상기했다. 그녀는 밥이 그 상황에 얼마나 잘 어울리는지 궁금해하며 그를 지켜보았다. 그는 그저 특유의 레인저 밥다운 미소를 지을 뿐이었다.

그들이 호숫가로 모여들자 소원해졌던 식구들 간의 재회 같은 느낌이 났다. 밥이 악수를 청하자, 커뮤니티 구성원들은 그 태도에 어리둥절해하는 눈치였다. 그가 애그니스의 머리를 쓰다듬으며 말했다. "마지막 사람이지만 누구 못지않게 중요한 사람이지." 그러면서 한번 더 주위를 둘러보았다. 그리고 그를 찾지 못하자 얼굴을 찡그리며 애그니스의 어깨에 팔을 둘렀다. 그의 키는 글렌과 엇비슷했다. 좀더 다부진 체격이지만 나이는 글렌만큼 먹었다. 그가 꼭 껴안아주었다. 기분이 좋았다.

"이곳이 수리중이라고 들은 것 같은데요." 비가 말했다.

"맞아요. 전에 어땠는지 그걸 봤어야 해요."

"하지만 지금도 모두 널빤지로 막혀 있던데요." 후안이 말했다.

"사람들이 엉망으로 만들지 못하게 하려고 그런 것뿐이에요."

"누가 그걸 엉망으로 만들겠어요?"

레인저들이 서로 눈짓을 주고받았다. "우리, 안에 들어가 자리에 앉아서 얘기하죠. 리더들끼리만." 칼과 비가 한 걸음 앞으로 나섰다.

"왜 리더들끼리죠?" 데브라가 물어보았다.

"몇 가지 문제는 결정을 내려야 하니까요."

애그니스도 한 걸음 앞으로 나섰다. "나도 리더예요."

"네가 길잡이 역할을 한다고 해서 실제로 우리의 리더가 되는 건 아니야." 칼이 말했다.

"나한테는 리더예요." 데브라가 받아쳤다. 밸도 말했다. "나한테도 그래요."

"만약 결정이 내려질 거라면, 애그니스가 그 자리에 있었으면 좋겠어요." 설레스트가 말했다. "우리 중 하나가 그 자리에 있었으면 해요."

"우리 중 하나라니, 무슨 뜻이지?"

설레스트가 대답했다. "아이요."

칼이 말했다. "나는 너희들은 아이가 아닌 줄 알았지."

"우리는 어른들과 가치관이 다르고, 그래서 이런 때 어른들과 한 묶음으로 같은 취급을 받고 싶지 않아요."

비는 화가 나서 씩씩거리며 걷기 시작했다. 칼이 그 뒤를 따랐고 애그니스도 마찬가지였다. 로지로 들어갔을 때 애그니스는 엄마가 가지고 다니는 것과 똑같이 연필 딸린 메모장이 한 상자 있는 것을 알아차렸다. 그녀는 하나를 손으로 쓸어보았다. 테이블에는 처음 보는 레인저들이 있었다. 그녀가 방에 들어오는 것을 반갑게 맞이하는 사람은 아무도 없었다. 애그니스는 자리에 앉아 어리둥절해하는 레인저들의 침묵이 끝나기를 기다렸다.

"괜찮아요." 비가 손짓으로 애그니스를 가리키며 말했다. "이 애는 여기 있어도 돼요." 그러면서도 엄마는 줄곧 고개를 절레절레 저었다.

문 양쪽에 두 명의 레인저가 손은 벨트 앞쪽에서 포갠 채 다리를 벌리고 서 있었다. 문을 지키고 있어, 애그니스는 생각했다. 또한 명이 홀의 뒷문에, 또다른 한 명이 높이 치솟아 호수가 내려다보이는 커다란 창문의 맞은편에 배치되어 있었다. 애그니스는 저 밖에 있는 그녀의 커뮤니티 사람들을 볼 수 있었다. 데브라와 파인콘은 헤엄을 치고, 다른 사람들은 요리를 하며 저녁을 준비하고 있었다. 제이크와 쌍둥이는 궁금증을 참지 못해, 어쩌면 지켜주고 싶은 마음에 창문 근처 덤불에서 서성거리다 두 명의 레인저에게 이끌려 캠프로 돌아갔다.

밥이 테이블 상석에 앉아, 그들이 타는 냄새를 맡았던 화재와 그 지역으로 들어온 늑대 무리의 이동에 대해 몇 가지 공지를 했다. "여러분이 그 늑대들을 볼 수 있을 만큼 운이 좋을 경우에 대비해서 알려드리는 겁니다." 그가 말했다. 그는 여느 때처럼 활짝 웃었고 목소리는 친절했다. 하지만 그의 바로 옆에는 이를 악물고 눈을 자주 희번덕거리는 사람이 있었다. 밥의 보스로 소개된 그의 유니폼에는 밥보다 작대기가 하나 더 있었다. 딱 하나였지만, 큰 차이를 만드는 하나인 것 같았다. 밥은 그를 자주 쳐다보았다. 그 남자를 만족시키고 싶어하는 것은 분명했지만, 성공을 거두고 있는지는 분명하지 않았다.

밥이 잠시 말을 끊었다가, 이내 헛기침을 했다. "자, 그리고 이 부분이 중요합니다. 연구가 완료되었어요."

칼과 비는 사슴처럼 멍청하게 눈을 깜박거렸다.

"무슨 뜻으로 그런 얘기를 하는 거죠?" 칼이 말했다.

"음." 밥이 미소 지었다. "당신들이 집으로 가야 한다는 뜻이죠."

"어디에 있는—" 칼이 말했다.

"시티요."

"뭐라고요?" 엄마의 목소리는 화가 난 듯 날이 섰다. 방금 전 애그니스에게 그런 순간에 대비한 비상 계획이 있다고 말은 했어도, 완전히 허를 찔린 것처럼 보였다.

"잠깐만요." 밥이 말했다. "당신들에게 제시할 수 있는 대안이 하나 있어요. 하지만 대신에 당신들이 우리한테 무언가를 해줘야 합니다." 그가 자신의 보스를 힐끗 보았다. "우리는 몇 년 동안 어떤 골칫거리와 싸워왔어요. 당신들에게는 알리고 싶지 않았던 일이에요. 그 연구를 위해서였죠. 하지만 이제는 당신들이 우리 가운데 무단침입자들이 있다는 사실을 모르지 않는다는 걸 나도 알게 되었어요." 칼은 자신이 썼던 용어를 사용한 데 기뻐하는 듯한 미소를 지었지만, 이내 변덕스러운 태도를 감추려는 듯 재빨리 얼굴을 찌푸렸다.

비는 놀란 표정을 지으며 얼마나 놀랐는지 표현하려고 입을 열었다. 하지만 밥이 한 손을 들어올리며 말했다. "우선 들어보고 얘기해요, 비. 우리는 애덤에 대해 알고 있어요." 그 순간 비는 새삼스레 놀란 것처럼 보였다. 마치 어떻게 안 거지?라고 생각하는 것 같았다.

그들은 애덤이 커뮤니티 사람들에게 들려준 것과 같은 이야기를 했지만, 그 이야기가 훨씬 더 현실적이고 그럴듯하게 들렸다. 그 규모가 얼마나 큰지는 아무도 모르지만—한 무리의 사람들이 몇 년 동안이나 윌더니스에서 살고 있었다. 광산지대에서 건너왔을 가능성이 가장 크지만 어쩌면 몇몇 다른 곳일 수도 있었다. 시티에서 사라졌거나, 시티에서 달아났거나, 거기서는 살아남기가 불가능했던 사람들이 지금 이곳에서 살아남아 버티고 있었다. 처음에는 그들의 존재를 반신반의했다. 일부 레인저들은 가능한 일이라고 생각했다. 다른 이들은 그것을 믿지 않았다. 밥은 멋쩍다는 듯 고개를 숙였다. 그는 그런 일은 상상할 수도 없는 일이라고 생각했었다. 그들은 결국 증거를 수집했다. 숲속의 동작 제어 카메라들에 커뮤니티 사람들이 있을 법한 곳으로부터 멀리 떨어진 나무들 뒤에서 나타나 움직이는 흐릿한 이미지들이 담긴 영상이 찍혔다. 레인저들은 그들이 지금 이곳에 있을 뿐 아니라 이미 꽤 오랫동안 있었다는 충분한 증거를 가지고 있었다. 게다가 그들은 수도 많았다.

"그게 우리랑 무슨 상관이 있다는 거죠?" 칼이 물었다.

"당신들이 도와주면 좋겠어요. 우리는 아직 이 무리에 잠입하지 못했어요. 하지만 어쩌면 당신들은 해낼 수도 있을 거라고 생각해요."

"뭘 해야 하는데요?"

"당신들이 지금껏 늘 해온 거요." 밥이 대답했다. "걷고, 사냥하고, 살아가고, 다만 미리 정해진 장소에서요. 우리는 대다수가 숨어 있다고 여겨지는 사분면을 정확히 짚어냈어요. 우리가 당신들을 거기로 태워다줄 거예요. 그리고 내가 일행인 척하면서 커뮤니티와 함께 생활할 거예요. 추적기를 들고 다니다 그들이 발견되면 본부에 알릴 거고요."

"우리가 이 일을 하면 계속 남아 있을 수 있는 거고요?"

밥이 미소를 지었다. "아니, 꼭 그렇지는 않아요. 물론 연락을 하는 동안은 남아 있을 수 있죠. 하지만 일단 무단침입자들의 도주를 저지해서 그들을 체포하면, 그 즉시 당신들에게 사유지 지구로 가는 통행권을 보장해줄 거예요."

칼이 웃음을 터뜨렸다. "꺼져요, 밥."

"그게 윌더니스주가 아니라는 건 알지만—"

"그래 봤자 순 헛소리잖아요. 사유지 지구 같은 건 없어요."

"내가 장담하는데, 확실히 있어요. 만약 우리를 도와주면 당신들은 남은 평생 동안 거기서 살 수 있고 결코 다시는 시티로 돌아갈 필요가 없어요."

칼이 화가 나서 일어서기 시작했지만, 비가 그의 팔을 움켜잡고 자기 쪽으로 그를 끌어내렸다. 그녀가 맹렬하게 귓가에 속삭이자, 그는 다시 천천히 자리에 앉았다.

"만약 우리가 그들과 만나지 못하면요?" 비가 물었다. "만약 시도했다가 실패하면요? 그래도 사유지 지구로 갈 수 있나요?"

밥과 그의 보스는 눈썹을 치켜세우며 눈길을 주고받았다. 그의 보스는 얼굴을 찡그렸고, 밥은 고개를 돌려 비를 바라보며 미소 지었다. "우리는 당신들이 그들을 찾아낼 거란 걸 의심하지 않아요."

"하지만 전에는 그들을 발견한 적이 한 번도 없어요." 비가 말했다. "애덤이 우리한테 찾아온 거죠. 지금은 왜 우리가 그들을 찾는 법을 알게 될 거라고 생각하는 거죠?"

"당신들은 그 죽은 남자를 찾아냈습니다." 보스가 내뱉듯 말했다. 그는 자기 눈에 보이는 사람들에 대한 불신을 담아 눈길을 옮기며 그들의 얼굴을 하나씩 바라보았다.

"그 남자도 그들 중 하나였나요?"

"그래요."

"하지만 그는 죽어 있었어요. 숨을 수가 없었다고요."

보스가 의자에 앉은 채 등받이에 몸을 탁 기댔다. 애그니스는 그가 무엇 때문에 그렇게 화가 났는지 이해하지 못했다. 보스가 밥에게 손짓했다. 어서 계속해, 라고 말하는 듯했다.

"우리는 그들이 당신들을 만나고 싶어한다는 걸 압니다." 밥이 말했다.

"우리 물건을 훔치고 싶어하죠." 칼이 말했다.

"그럴 가능성이 크죠."

"당신들이 어떻게 알아요?"

"정보가 있어요."

"무슨 정보요? 어떻게 얻었는데요?"

"그건 기밀이에요."

비가 코웃음을 치고 말했다. "이거, 왜 이래요." 하지만 밥이 조용히 하라는 뜻으로 한 손을 들어올리자, 그녀는 즉시 입을 다물었다.

"이건 중요한 작전입니다. 우리는 이 무단침입을 명백히 밝혀내야 해요. 그들의 전철을 밟는 게 좋은 생각인 줄 아는 누구에게든 다 메시지를 보내야 합니다."

"들어오지 마, 라는 메시지겠네요." 공백을 채우며 비가 말했다.

"그래요."

애그니스는 창밖을 내다보았다. 커뮤니티 사람들과 그들 뒤에 있는 엄청난 칼데라 생태계가 보였다. 그들은 작은 점 같아 보였다. 칼데라도 지도상에서는 하나의 작은 점이었다. 그들이 분지에서 여기까지 오는 동안 몇 번의 계절이 지나갔고, 그전에 분지에 도착하기 위해서도 그들은 몇 번의 계절을 보냈다.

"하지만 충분한 공간이 있잖아요." 애그니스가 말했다.

"그게 무슨 뜻이지?" 밥이 물었다.

"내 말은요, 이건 큰 야생지대라는 거예요. 어떤 사람들이 좀 머물면 어때요?"

"윌더니스주는 변하고 있어. 새로운 특별자치구역이 생겼어. 아무도 여기 있을 수 없어."

애그니스가 비웃었다. "사람들이 아무도 없으면 어떻게 야생 지대를 가질 수 있죠?"

보스가 대답했다. "여태껏 그 연구가 분명히 알려준 바에 따르면, 사람들이 있으면 야생지대를 가질 수 없어."

그 말에 애그니스는 터무니없다는 인상을 받았다. "만약 우리가 숨어버리면 여기 있는지도 모를걸요. 우리 흔적도 보이지 않을 거예요."

보스가 코웃음을 쳤다. "이런, 만약 네가 숨는다면 우리가 널 찾아내서 체포할 거야."

애그니스가 더 말하기 전에 엄마가 화난 어조로 나직이 말했다. "조용히 해, 애그니스."

칼이 말했다. "질문이 있어요. 그냥 우리가 그 추적기를 가지고 있다가 그들을 찾을 경우 비상경보 버튼을 누르면 어떨까요?" 그는 낙담한 듯 보였다. 그들이 알고 있는 삶이 끝난 것도 모자라 레인저들과 함께 일까지 해야 한단 말인가?

밥과 보스는 뭐라고 할지 결정하면서 서로를 마주보았다. 이윽고 밥이 미소를 지으며 대답했다. "당신들이 그럴 거라고 믿지 않아요." 그가 어깨를 으쓱했다. "미안합니다."

애그니스는 칼이 그 말에 하나하나 감시당한다고 느끼며 버럭 화를 낼 것이라 생각했다. 하지만 그는 자리에 앉아 그 말을 심사숙고했고, 놀랍게도 그 조건들을 받아들이며 이렇게 말했다. "타당한 생각이네요." 그러고는 덧붙였다. "여전히 우리가 지휘를 한다는 조건이라면 좋습니다."

밥이 가벼운 항복의 표시로 손바닥을 치켜들었다. "물론이죠.

나는 단지 그 버튼 때문에 거기 있을 뿐이에요." 그가 미소를 지었다. "약간의 모험도 하고요. 유니폼을 안 입고 있어도 상관없어요." 밥의 보스가 입을 내밀고 못마땅한 듯 눈을 희번덕거렸지만 밥은 그럼에도 줄곧 미소를 지었다.

"만약 우리가 돕지 않는다면 어떻게 되는 거죠?"

"음, 우리는 진심으로 당신들이 도와주기를 바라요."

"하지만 만약 그렇지 않으면요?"

"말했듯이, 연구는 끝났습니다." 보스가 말했다. "당신들은 서류를 좀 작성하게 될 겁니다. 그러고 나서 집으로 돌아가죠. 시티로요." 그가 팔짱을 꼈다. "내일."

"이건 좋은 거래예요." 밥이 달래는 목소리로 말했다. 애그니스가 비쩍 마르고, 도움이 필요하고, 굶주린 산토끼들이 그녀의 존재를 알아채고도 달아나지 않았을 때 사용하던 종류의 목소리였다. 그는 비를 응시하며 더이상 미소 짓기 힘들 때까지 미소를 지었다. 그가 표정을 지우고 잠시 인상을 찌푸리자 애그니스는 그들 모두 몹시 피곤해 보인다는 것을 깨달았다. 유니폼이 몹시 더럽고 구겨졌다는 것, 부츠의 혀가 비뚤어졌다는 것, 셔츠 자락이 비어져나왔다는 것을 깨달았다. 평소라면 아주 공무원답고 자부심 넘치고 깨끗해 보였을 이 순간에 말이다.

비가 고개를 돌려 칼을 바라보며 한참 동안 그의 눈길을 붙들었다. 그러고 나서 창문 너머로 이곳에서 즐거운 시간을 보내며 느긋이 쉬고 있는 커뮤니티 사람들을 바라보았다. 어쩌면 영원히 느긋하게 쉴 수 있다면 얼마나 좋을까 하는 생각을 하고 있는지도 몰랐다. 어쩌면 그들이 눈물을 흘리며 시티로 돌아가는 버스

에 타고 있는 모습을 떠올리고 있는지도 몰랐다. 애그니스는 그
녀가 어떤 계산을 하는 중인지 파악할 수 없었다. 그런데도 엄마
가 이렇게 말했을 때 깜짝 놀랐다. "좋아요. 그 일, 할게요. 우리
가 도울게요." 그녀가 칼에게 고개를 끄덕이자 칼도 침울한 표정
으로 고개를 끄덕였다. 그녀는 애그니스의 의견은 물어보지 않았
다. 아무도 물어보지 않았다. 그리고 애그니스도 의견을 제시하
지 않았다. 들어야 할 것은 다 들은 상태였다.

　그들은 테이블을 떠나 각자의 자리로 갔다. 보스는 확실히 불
만족스러운 눈빛으로 밥을 유심히 바라보았다. 어쩌면 그는 그냥
그들을 쫓아내고 싶었는데, 밥이 가까스로 그들에게 시간을 더
벌어준 것인지도 몰랐다. 애그니스는 보스가 출입문들을 확인하
고 경비를 서는 레인저들에게 나직이 말하면서 엄마, 칼, 밥, 그
리고 애그니스 자신을 차례대로 힐끗 돌아보는 것을 지켜보았다.
그녀는 그의 눈을 마주보았다. 하늘이 이글거리는 순간의 색이었
다. 텅 빈 공간의 색. 그녀는 그가 밥의 보스이고 그녀가 생각하
기에 사람들은 으레 자기 보스를 신뢰하니 밥은 그를 신뢰한다고
생각했다. 그리고 엄마가 밥을 신뢰하기 때문에 밥의 보스도 신
뢰한다는 것을 알았다. 하지만 애그니스는 이 남자를 신뢰하지
않았다. 털끝만큼도.

*

　비는 모닥불 가에서 커뮤니티 사람들에게 그 소식을 전했다.
그저 또하나의 지시에 불과한 것처럼. 그들이 운좋게도 조금 더

머물 수 있는 기회를 얻기라도 한 것처럼. 그러고 나서는 사유지 지구에서 느긋하게 쉬며 평화로운 삶을 살 수 있는 정말 멋진 선물인 것처럼.

"그러니까 그들이 우리한테 그 불쌍한 사람들을 공격하라고 강요한다는 거예요?" 데브라가 얼굴을 찡그렸다.

"무단침입자들이에요, 데브라." 칼이 톡 쏘아붙였다.

"그 지시에 따르지 않으면 집으로 보내질 거예요." 비가 말했다. "내일." 그녀는 벌써 이 말을 몇 차례나 거듭했다. 그것이 그 공지에서 가장 중요한 요점이기를 바랐기 때문이다. 비가 애그니스는 가짜라는 것을 잘 아는 애처로운 미소를 지어 보이자 애그니스는 이것이 어쨌든 엄마가 세운 계획의 일부인 게 틀림없다는 것을 깨달았다. 하지만 어떻게 그런 것인지는 짐작이 가지 않았다.

"그러니까 선택의 여지가 있었다는 거잖아?" 밸이 날카로운 목소리로 말하더니 잠시 미친듯이 깔깔거렸다. "그러면 이게 당신이 모두를 위해 선택한 거네?" 그녀가 칼에게 말했다. 그녀의 입에서 불쾌한 말들이 쏟아져내렸다.

"이건 좋은 거래야." 그가 밥이 그랬던 것처럼 똑같이 달래는 목소리로 밸에게 말했다.

밸은 고개를 가로저었다. 그녀는 쓸쓸하게 고개를 돌려 애그니스를 바라보았다. "너도 같은 생각이니, 애그니스?"

애그니스의 눈은 다른 모두를 지나쳐 무언가 눈길을 고정해둘 것, 무언가 단단한 것을 찾으려 애쓰며 칼데라의 암벽을 바라보았다. 그녀는 엄마의 눈길을 느끼며 대답했다. "아니요."

"애그니스." 엄마가 경고하듯 그녀의 이름을 불렀다.

애그니스는 엄마의 눈을 마주보았다. "나는 여기 남아 있을래요. 여기 남아 있다가 사라져버릴 거예요. 무단침입자들처럼요."

비의 입이 떡 벌어졌다. 정작 독설을 내뱉은 것은 칼이었다. "죽었다 깨어나도 그럴 일은 없어. 이건 네가 결정할 일이 아니야."

하지만 설레스트가 그를 제치고 말했다. "필요한 걸 우리끼리 전부 다 가지고 갈 수는 없어." 이미 일행의 수가 줄어들 것을 감안한 예측이었다.

"대부분의 물건을 남겨두고 가야 할 거야. 책은 못 가져가. 취사도구도 못 가져가. 매뉴얼은 필요 없을 거야. 무쇠솥은 사라지고 없어. 보온용품만 가져갈 수 있어. 약간의 식량, 물, 칼, 무기. 오로지 각자 등에 지고 갈 수 있는 것들만. 등에 단단히 붙들어맬 수 있는 것들만 가져갈 수 있어."

"하지만 우리한테는 그런 물건들이 필요해." 후안이 말했다. 애그니스는 그가 그의 그림들을 염두에 두고 하는 말이라는 것을 알았다.

"우리는 처음부터 다시 시작할 거예요." 애그니스가 말했다. "새 그릇과 잠자리와 옷. 반드시 필요한 것만 챙길 거예요. 그래도 숨기에 더 좋은 장소를 찾아낸 후에는 우리에게 필요한 건 무엇이든 다 마련할 수 있어요. 전에도 해봤잖아요. 처음 왔을 때요. 다시 한번 해보는 거죠."

엄마는 방금 막 뺨을 얻어맞은 것처럼 애그니스를 쳐다보고 있었다.

다시 한번, 칼이 내뱉듯 말했다. "우리는 찢어지지 않을 거야. 계속 뭉쳐서 이 일을 할 거야. 아니면 다 엉망이 된다고."

"이애한테 이래라저래라 하지 마요." 데브라가 애그니스의 옆자리로 옮기며 소리쳤다. "나한테도 이래라저래라 하지 말고요, 칼."

"아니, 할 거예요. 내가 리더니까. 그리고 한마디해두겠는데, 당신은 똑똑하지 않아요. 만약 우리 중 몇 명이 달아나면 전부 다 완전히 망하는 거예요. 만약 우리 중 절반이 달아나서 무단침입자가 되면 그들은 안심하고 우리에게 무단침입자들과 접촉하는 일을 맡기지 않을 거예요. 우리를 시티로 돌려보낼 테죠. 모두 다." 칼의 목소리가 날카롭게 갈라지자 애그니스는 등골이 오싹해졌다. "만약 당신들이 달아난다면, 우리가 더 많은 걸 누릴 기회를 망치는 거예요."

"꼭 그런 건 아니야." 밸이 말했다. 하지만 이제 그녀의 목소리는 누그러져 있었다. 그녀는 입술을 깨물었다.

"아, 제발 좀, 밸." 칼이 코웃음을 쳤다. "당신의 그 작은 머리를 좀 써보지 그래."

"야, 이 개자식아." 밸이 내뱉고 나자 베이비 이그레트가 깨어나더니 배가 고파 악을 쓰고 울며, 밸이 메고 있던 인디언식 아기띠 안에서 발버둥을 쳤다. "제기랄." 밸은 으르렁거리듯 투덜거리며, 두 손을 가슴으로 깊숙이 밀어넣어 베이비 이그레트에게 젖을 물렸다. 그녀가 자세를 바로 했을 때는 그녀의 얼굴을 타고 눈물이 줄줄 흘러내렸다. "이런, 젠장." 이그레트가 젖을 먹는 동안 그녀는 두 손에 얼굴을 파묻고 소리를 질렀다.

애그니스는 칼이 옳다는 것을 깨달았고, 밸 역시 방금 그것을 깨달았으리라고 짐작했다. 레인저들은 남아 있는 사람들에게 결코 어떠한 보상도 해주지 않을 터였다. 그들은 누가 사라졌는지만 관심을 가질 터였다. 그리고 모두를 처벌할 터였다. 팔에 누군가의 손이 닿는 것이 느껴지자 애그니스는 그것이 자신을 옭아매려는 손이라고 생각하면서 움찔했다. 하지만 그것은 제이크였다. 그는 손가락들로 팔을 더듬더듬 따라내려가 그녀의 손을 꼭 잡았다.

"하지만 당신은 규칙을 따르는 걸 아주 싫어하잖아." 밸은 비난하듯 큰 소리로 칼에게 투덜거렸다.

"나는 달아나서 도망자처럼 숨지 않을 거야. 나한테는 여기 있을 권리가 있어." 그가 턱을 치켜들며 말했다. "달아나는 건 비겁한 짓이야."

밸은 웃음을 터뜨렸다. 곧이어 눈물을 줄줄 흘리고 몸을 미친듯이 흔들며 더 웃어대는 바람에 결국 베이비 이그레트가 그녀의 젖꼭지를 놓치고 또다시 악을 쓰며 울기 시작했다.

"솔직히 뭐가 그렇게 웃긴지 모르겠군." 칼이 콧방귀를 뀌며 말하고 주위를 힐끔거렸다. "당신이 하려는 일은 우리 모두를 곤경에 빠뜨릴 거야."

"레인저들을 신뢰하면 안 돼, 칼." 밸이 매달렸다. "그건 당신도 잘 알잖아! 그들은 자기들 이익만 생각해. 그들이 무단침입자들을 찾아서 체포할 때 당신도 체포할 거라는 걸 왜 생각하지 못하는 거야?"

"나는 무단으로 이곳에 와서 다른 모두를 엉망으로 만드는 떼

거지보다는 그들을 더 믿어." 그는 입에 게거품을 물었고, 애그니스는 당연하다고 생각했다. 칼은 억울했던 것이다. 그는 그에게만 주어졌던 특별한 무언가를 지금 빼앗기고 있었기에 비난할 누군가가 필요했다. 밸은 고개를 끄덕이고 애그니스를 향해 한 걸음 내디뎠다. 애그니스는 커뮤니티 구성원들이 자리를 옮기고 있는 것을 알아챘다. 사람들은 그녀나 그녀의 엄마 쪽으로 살금살금 움직였다. 자신들의 남은 삶에 대해 조용히 결정을 내리고 있었다.

그녀는 이상하게도 줄곧 말이 없는 엄마를 바라보았다. 엄마의 얼굴은 무표정했다. 머릿속 어딘가에서 미로 같은 계산에 빠져 있는 것이었다.

프랭크가 말했다. "음, 나는 사유지 지구가 존재한다는 그들의 말을 있는 그대로 받아들이기는 쉬운 거 같아요. 우리 모두 그 자료 화면을 본 적이 있잖아요."

"우리는 본 적이 없어요." 애그니스가 말했다. "최초의 커뮤니티 사람들은요. 우리는 사유지 지구가 제정신이 아닌 사람들이 생각해낸 말도 안 되는 이야기라고 확신하며 시티를 떠났어요. 이제 와서 그게 진짜고, 더구나 우리가 거기서 살게 된다고 믿으라고요? 거기서 살게 된다는 우리는 누구인가요? 우리와 똑같은 걸 원하는 다른 사람들을 배신하는 일 말고 여태껏 우리가 한 게 뭐죠? 여기 머물기 위해서 말이에요. 우리 모두, 다 함께 달아날 수 있어요. 우리는 숨는 법을 알잖아요."

셜레스트가 애그니스 뒤에서 "패티"라고 속삭이며 손을 흔들었다. 패티의 부모는 비의 뒤에서 자신들에게 오라고 패티를 나직이 꾸짖고 있었다. 불쌍한 패티는 그 사이에서 오도 가도 못했다. 어른 신참들은 항상 사유지 지구에 가고 싶어했다. 레인저들과의 이 거래가 틀림없이 기적처럼 느껴졌을 테고, 그것을 놓치지 않을 셈이었다. 하지만 보다 어린 신참들은 젊은이들이 흔히 그렇듯 자신들의 미래에 대해 매우 다른 생각을 가지고 있었다.

"나는 거기로 돌아가지 않을 거야." 칼이 말했다. "내가 시티에 대해서 알아야 할 건 네 엄마한테 이미 다 들었어. 이제 사유지 지구에 대해서도 들었고." 애그니스는 그가 그녀에게만 이야기하고 있다는 것을 깨달았다. 그의 목소리가 떨리는 바로 그 순간에도 그의 눈길은 흔들리지 않았다. "우리는 하나가 되어 이일을 해야 해." 칼이 말했다.

"이런, 이제 와서 만장일치로 결정하자는 건가요? 전원합의제가 필요한 거야!" 데브라가 웃음을 터뜨렸다. "그야말로 완벽하네."

"제발, 입 좀 닥쳐요, 데브라." 그가 말했다.

"당신이나 꺼져버리시지, 칼. 당신 마음대로 하는 건 이제 끝났어."

"내기할래요?" 칼이 손가락을 치켜들어 데브라의 얼굴에 들이대며 말했다.

그다음 일이 일어나는 데는 고작 몇 초가 걸렸지만, 애그니스에게는 마치 일몰과 일출이 거듭되며 여러 날이 지난 것처럼 느껴졌다. 상황이 끝날 무렵에는 기진맥진하고, 굶주리고, 여전히 갈증에 시달리며 상실감에 빠졌지만, 머리는 맑아졌다.

칼이 로지를 향해 산토끼처럼 잽싸게 돌아서서 소리를 질렀다.

"레인저 여러분!"

그러자 마찬가지로 잽싸게 제이크가 그를 땅바닥에 쓰러뜨렸다. 다들 놀라서 입만 딱 벌리고 지켜보고 있을 때, 말랐지만 강단 있는 제이크가 필사적으로 칼의 무릎을 밟고 한쪽 발을 움켜잡았다. 칼이 울부짖으며 벗어나려고 버둥거려봤지만 역부족이었다. 애그니스는 제이크가 본능에 사로잡혔다는 것을 알아차릴 수 있었고, 그가 자신의 몸무게로 칼의 다리를 내리눌러 완전히 부러져 회복이 불가능할 정도로 비틀고 있다는 것을 깨달았다. 다리가 부러지면 그는 무방비 상태가 될 터였다. 살아남지 못할 터였다. 레인저들은 그를 죽게 내버려둘 터였다. 아니, 혹시 운이 좋다면 그들이 그를 불쌍히 여기고 차에 태워 시티로 돌려보내줄 수도 있었다. 그것도 사형선고이기는 마찬가지일까?

칼이 숨을 헐떡이며 침을 질질 흘렸다. "제발, 제발."

"그만해!" 애그니스가 소리쳤다.

제이크가 즉시 동작을 멈추고, 빤히 올려다보았다.

"그러다 죽이겠어."

"그래서?" 제이크가 얼굴을 찡그렸다.

애그니스는 글렌을 떠올렸다. 그가 어깨를 움츠리던 모습과 뒤틀린 다리, 그리고 그 순간조차 그들을 보호하던 것을. "그러지 마." 그녀가 말했다.

제이크는 화가 난 채 부끄러워하며 재빨리 몸을 풀고 칼의 다리를 내팽개쳤다. 그는 주변 사람들의 얼굴을 올려다보지 못했다. 그저 숲으로 달려가며 소리쳤을 뿐이다. "애그니스, 어서 와!"

이제 애그니스는 몇몇 사람들이 이미 도망쳤다는 것을 알아챘다. 린다와 돌로레스와 호벤은 끌고 갈 수만 있다면 무슨 물건이든 다 끌고 나무가 우거진 비탈길로 뛰어들어가고 있었다. 설레스트는 패티를 숲으로 끌어당겼고, 패티는 엉엉 울며 한쪽 팔은 엄마와 아버지 쪽으로 뻗은 채 두 다리로는 설레스트와 함께 달아나고 있었다. 헬렌과 프랭크와 패티의 엄마는 딸들을 보며 소리질렀지만 뒤따라가지는 않았다. 쌍둥이는 일단 어깨에 가방을 둘러메자 결코 뒤돌아보지 않았다. 데브라는 이미 파인콘을 데리고 슬그머니 빠져나간 상태였다. 하지만 시스터와 브라더는 후안의 뒤에 몸을 웅크렸고 후안은 충격에 빠져 비의 뒤에 서 있었다. 뱁과 베이비 이그레트는 두려워하지도 극도로 당황하지도 않고 침착하게 떠나가고 있었다. 이그레트는 젖을 먹으며 옆으로 안겨 있었다. 뱁은 그애를 거칠게 다루고 싶지 않았을 것이다.

애그니스는 자신도 움직이고 있다는 것을 깨달았지만, 그것이 느껴지지는 않았다. 꼼짝없이 갇혀서 움직일 수 없게 된 기분이었다. 침묵을 지키는 엄마 역시 꼼짝도 할 수 없는 것처럼 보였다. 뒤에 있는 칼이 이미 회복이 어려울 정도로 손상을 입은 듯 땅바닥에서 나뒹구는 동안 엄마의 얼굴은 폭풍우가 몰아치는 하늘처럼 시시각각 변했다. 엄마가 손바닥을 펼쳐서 내밀었다. 그녀의 어깨는 딱딱하게 긴장한 동시에 마치 둥그스름한 뭉우리돌처럼 곡선을 그리며 축 처져 있었다. 애그니스는 그녀의 입이 경련을 일으키는 것을 보았다. 애그니스가 잡히도록 그녀 역시 입을 열어 큰 소리로 레인저 여러분이라 부르고 싶기라도 한 것처럼 보였다. 그녀는 엄마의 손이 경련을 일으키는 것을 보았고, 엄마가 손을 내밀어 그녀를 그곳에 붙들려 한다고 생각했다. 아니면 그냥 작별인사를 할지도 몰랐다. 애그니스는 엄마가 발산하려 하지 않는 이 모든 내면의 감정을 지켜보면서 머뭇머뭇 한 걸음 뒤로 물러섰다. 커뮤니티 구성원들 중 몇 안 되는 사람들만 남아 있었다. 거의 남아 있지 않았다. 달아나기로 결정한 사람들은 달아나버린 상태였다.

남아 있는 사람들. 애그니스는 그들의 눈에 비친 자신을 보았다. 그녀는 너무 거칠고 통제하기 힘들고 너무나 이기적인 존재였다. 과거에는 그 점이 그들에게 쓸모가 있었다. 하지만 지금 그들은 그녀의 생존 본능을 혐오스러워하는 것처럼 보였다. 그녀는 다시 한번 그녀의 엄마를 쳐다보았고, 엄마 곁에 몸을 동그랗게 말고 눕고 싶은 압도적인 갈망을 느꼈다. 모닥불 가의 가죽 이불 속에 눕고 싶은 것은 아니었다. 엄마의 차가운 발목을 손으로 꼭 감싼 채 눕고 싶은 것도 아니었다. 그녀는 엄마의 무릎에 웅크린 채 누워 있고 싶었다. 그녀 자신의 작은 침대나 엄마의 더 큰 침대에서, 창가의 소파에서, 창밖으로 하얀 하늘을 내다보며, 그들이 그때껏 알고 있던 유일한 삶의 장소라는 이유로 저 시티의 아파트에서 그들의 삶을 살면서 말이다. 만약 이곳에 오지 않았다면, 다른 것은 아무것도 몰랐다면, 그녀는 그들이 가지고 있던 것만으로 행복할 수 있지 않았을까?

"엄마." 애그니스가 한 걸음 더 뒤로 물러서며 불렀다.

그녀는 여전히 입을 일자로 굳게 다물고, 손을 내밀며 애그니스를 향해 다급하게 걸음을 옮겼다.

애그니스는 달렸다.

애그니스는 시야가 탁 트인 기반암에 이르러 아래쪽 땅을 내려다보았다. 그녀는 다른 모두를 찾지 못해 화가 나고 당황스럽고 두려웠다. 제이크는 어디로 가버렸을까? 돌로레스와 그애의 엄마와 남동생은? 쌍둥이는? 뺄과 베이비 이그레트는? 어떻게 모든 것이 그렇게 갑작스럽게 변할 수 있었을까? 복잡한 분석구 숲이 마치 기생식물처럼 칼데라에 바짝 붙어 있었다. 그리고 그 너머에서 한 쌍의 불빛이 사막을 가로질러 칼데라를 향해 이동하는 것이 보였다. 차량 한 대. 대형차. 그 순간 어떤 손이 슬며시 다가와 그녀의 입을 틀어막았다.

"그들에게 목소리가 들려선 안 돼." 엄마가 귓가에 나직이 속삭였다. 애그니스는 왈칵 밀려드는 안도감을 느꼈지만, 그것도 엄마가 그녀를 나무들 사이로 끌고 들어가기 전까지였다.

애그니스는 발뒤꿈치로 버티려 안간힘을 썼다. "엄마." 그녀가 나직이 속삭였다.

"말하지 마."

"엄마." 애그니스가 비명을 지르자, 엄마가 충격에 휩싸여 멈춰 섰다.

"잡히고 싶어?"

"어디로 가는 거예요?" 애그니스가 나직이 속삭였다.

"칼데라의 동쪽 기슭으로 가야 해."

"왜요?" 애그니스의 목소리가 떨렸다. 자신의 팔을 족쇄처럼 꼭 잡고 있는 엄마의 손 때문에 혼란스럽고 몹시 화가 났다.

"우리는 밥을 만날 거야."

"절대 안 돼요. 나는 레인저한테는 가지 않을 거예요."

"꼭 그래야 해. 다 계획에 있는 거야."

"다 계획에 있다니, 무슨 소리예요?"

"사유지 지구로 가는 거 말이야. 주 경계선 근처까지 우리를 태워주면 거기서부터 탈출하려고 했는데, 네 덕분에 이제 아무 트럭에나 몰래 올라타야 할 처지야. 여기서부터 길고 고된 여행이 될 거야. 틀림없이 즐겁지는 않을 테지. 하지만 잡히지는 않을 거 같아."

"무슨 얘길 하는 거예요?"

"내 계획!" 주먹을 틀어쥔 엄마는 사나워 보였다. "내가 밥과 함께 세운 계획. 그가 우리를 주 경계선으로 데리고 가서 거기서 사유지 지구로 넘어가게 해줄 작정이었어." 그녀가 얼굴을 찡그렸다. "그런 눈으로 보지 마. 그건 좋은 계획이었어, 애그니스."

"그래서 우리가 칼데라에 온 거예요? 밥 아저씨랑 만나기 위해서?"

"그래, 그래야 그가 우리를 빨리 주 경계로 데려갈 이유가 생길 테니까."

"하지만 왜요?"

"왜냐하면 그들이 우리를 시티로 돌려보낼 예정이었으니까!"

"그러면 찾아내야 할 무단침입자 따위는 없는 거예요?"

비의 눈이 휘둥그레졌다. "이런, 그런 말은 한 적 없어. 여기에는 무단침입자들이 있어. 애덤이 우리에게 얘기해준 사람들 말이야. 매버릭들. 우리에겐 그들이 보이지 않지만, 그들은 우리를 살펴보고 있지."

"그럼 애덤이 이 계획의 일부였던 건 아니군요?"

"아니, 애덤은 완전히 뜻밖이었어. 하지만 도움이 되긴 했지."

"밥 아저씨한테 애덤에 대해 말했어요?"

"그럴 수밖에 없었어."

"하지만 어떻게요? 우리는 몇 년 동안이나 포스트에 가지 않았잖아요."

"우리는 서로에게 쪽지를 남겨."

"어디에요?"

"나무에." 그녀의 엄마가 중얼거렸다.

그 풀밭 호수였다. 애그니스는 엄마가 어떤 나무줄기에 무언가를 집어넣었던 것이 기억났다. 그것은 밥을 위한 것이었다. "얼마나 됐죠?"

"내가 돌아온 후로 줄곧. 그때 이후로 계속 연락을 주고받고 있었어." 엄마는 비밀을 털어놓으며 부끄러운 것처럼 보였다. 엄마는 또다시 헤아릴 수 없이 복잡하고 불가사의해 보였다. 그것도 잠깐이었다. 이내 그녀는 몹시 두려워하는 듯 보였다.

"왜 그 아저씨가 우리를 위해 그렇게 위험한 일을 하려고 했을까요?"

"우리는 친구 사이니까."

"엄마."

"그 사람 역시 그곳에 가고 싶어해. 그 연구만 끝난 게 아니야. 월더니스주 전체가 막바지에 이르렀어. 그는 어딘가 갈 곳이 필요해."

"그래서 우리와 함께 간다고요?"

"달리 갈 곳이 아무데도 없어." 엄마가 조바심치며 말했다.

"아저씨는 아내가 있잖아요?"

"너 언제부터 그렇게 구식이 됐지?" 엄마가 톡 쏘아붙였다.

"아저씨 아내 있어요?"

"아니." 그녀가 톡 쏘아붙였다. "이제는 아니야. 별로 중요한 문제도 아니고." 엄마는 얼굴을 붉혔다. "이건 좋은 계획이야. 확실한 계획. 너는 나와 함께 가야 해."

"지금 당장이요?"

"지금 당장!"

애그니스는 사람들이 엄마의 능력과 리더십이라고 여겼던 것이 그저 필사적인 태도, 살아남고자 하는 광적인 본능이었을지도 모른다는 것을 깨달았다. 그것들 사이에 차이가 있는지는 알지 못했다. 차이가 있어야 하는 것 아닐까?

"나는 안 갈래요."

"애그니스. 너는 들킬 거야. 다시 돌려보내질 거야. 아니면 더 심한 일이 생길 수도 있고."

"나는 여기 계속 있을 거예요."

"네가 왜? 누구랑? 다들 뿔뿔이 흩어진 마당에."

"엄마가 나를 찾은 것처럼 우리가 그들을 찾으면 돼요." 애그니스는 사람들을 다시 모으기로 마음을 정했다. 엄마가 다시 한 번 손으로 애그니스의 입을 꼭 막았다.

"나는 너를 찾은 게 아니야, 애그니스. 너를 추적한 거지. 그것도, 아주 쉽게. 레인저들도 그럴 테고."

극도로 당황한 애그니스는 얼떨결에 몇 가지 생각을 떠올렸다. "하지만 사유지 지구는 진짜도 아니잖아요."

"당연히 진짜지."

"엄마가 어떻게 알아요?"

"밥한테 들었어."

"아저씨는 어떻게 아는데요?"

"밥은 그곳에 가봤어!"

"아저씨가 그렇게 말했어요?"

"아니, 가봤던 사람들을 알고 있대. 제기랄, 나도 잘 모르겠어, 애그니스. 내가 아는 건 우리가 꼭 가야 한다는 것뿐이야." 그녀의 목소리에서 숨죽인 히스테리의 기미가 보였다.

애그니스는 분노로 이를 갈았다. 하필이면 이렇게 터무니없는 계획들이라니. 엄마가 진심을 다해 무언가를 믿는 데 반해, 어떻게 애그니스는 그 정반대 논리를 분명하게 깨달을 수 있었을까?

그녀는 침착한 목소리를 유지하려고 애썼다. "엄마가 나를 보호하려고 노력중이라는 건 잘 알지만, 우리가 아저씨에게 가면 결국 우리가 가게 될 곳은 시티예요. 그들은 우리가 미끼로 필요한 거라고요. 바로 여기 이곳 말고는 우리를 위한 다른 보상은 없어요. 사유지 지구는 진짜가 아니에요. 아저씨는 엄마한테 거짓말을 하고 있어요."

"그는 그러지 않을 거야." 엄마가 말했다. 그것은 아주 단순한 믿음이었다. 그것은 믿을 수 있는 유일한 것이었다. 그녀는 아마도 오랫동안 그것을 믿었을 것이다. 아마도 여러 해 동안 줄곧 이 나무 저 나무에 쪽지를 남기고 있었을 것이다. 애그니스를 구할 다른 방법을 직접 찾아야 할 때를 대비해 계획을 세우면서 말이다. 아마 다른 뾰족한 수가 없다고 생각했을 것이다.

애그니스의 귀에 호출신호가 들렸다. 그녀는 귀를 기울이며 기다렸다. 그 신호가 또다시 들렸다. "자, 보세요. 우리 일행 한 명이 저기 있어요. 우리는 다시 모여야 해요."

"절대 안 돼." 엄마가 그렇게 말하고 나서 다시 한번 그녀를 움켜잡았다. 그리고 애그니스는 다시 한번 몸을 비틀며 벗어났다.

"나는 안 갈 거예요." 애그니스가 소리질렀다. "여기가 내 집이에요."

"그만!" 엄마는 필사적으로 그녀의 어깨를 흔들었다. "여기는 어느 누구의 집도 아니야." 몹시 화가 난 모습이었다. 마치 애그니스가 이 세상에 대한 아주 단순한 이치를 이해하지 못하기라도 한 것 같았다. "영원히 숨어 있을 수는 없어."

애그니스는 엄마를 뿌리쳤다. 눈물이 핑 돌았다. 자신은 물론 영원히 숨어 있을 수 있다고 분개하며 생각했다. 그녀는 이 땅을 그들보다 더 잘 알고 있었다. 그녀는 잡히지 않을 터였다. 그녀는 엄마가 다르게 생각한 것이 불쾌했다.

"내가 어디든 왜 엄마랑 같이 가겠어요? 엄마는 날 버리고 떠났던 사람인데."

"또다시 그 얘기니?" 엄마는 좌절감에 울부짖었다. "너는 대체 왜 내가 여기 있었던 나머지 시간들은 생각해보지 못하는 거니? 왜 우리 관계는 다 이 모양이지?"

"왜냐하면 엄마가 나를 혼자 남겨두고 떠났으니까요."

"너는 혼자가 아니었어."

"엄마는 나를 윌더니스에 남겨두고 떠났어요."

"너는 윌더니스를 사랑하잖아."

"엄마라면 그러지 않는 법이에요."

"그래, 이 엄마는 그랬어." 엄마는 속사포처럼 내뱉는 말에 목이 메었다. "그래서 어쩌겠다는 거니? 이 엄마는 너를 사랑해. 그리고 이 엄마는 너를 두고 떠났어. 그리고 이 엄마는 돌아왔지. 그리고 이 엄마는 그 일로 절대로 용서받지 못하겠지."

"맞아요."

"아, 나도 알아. 말해줄 필요는 없어."

엄마는 마치 두 다리가 그저 흙인 것처럼, 그녀의 몸을 떠받치던 개미탑이 바스라지는 것처럼 땅바닥에 털썩 쓰러져버렸다. 그녀의 다리는 벌어지고, 두 손은 방금 막 어떤 미래를 단념하기라도 한 것처럼 쇠고랑을 찰 준비를 하고 모아져 있었다. 애그니스도 마찬가지였다. 똑같은 방식으로. 마치 그림자 같았다.

"내가 너한테 상처 준 거 알아." 엄마가 말했다. "결코 그러고 싶지 않았어. 절대로. 내 평생 결코 그러고 싶지 않았어. 하지만 어쨌든 그랬지. 미안하다."

"그러지 말아야 했어요."

"하지만 그랬지."

"그러지 말아야 했다고 엄마가 말해주면 좋겠어요."

"못해."

"왜 못해요?"

"왜냐하면 그건 사실이 아닐 테니까. 그건 나한테 중요한 일이었어. 우리에게는 좋은 일이 아니었을지 모르지만 내 생각에 너한테는 좋은 일이었어. 그 일이 우리를 여기까지 오게 했어. 그리고 이제 우리에게는 기회가 있어." 그녀가 고개를 가로저었다. "나는 너한테 거짓말한 적이 없어, 애그니스. 지금 거짓말을 시작할 생각도 없고."

"나는 엄마가 거짓말을 했으면 좋겠어요."

비는 눈을 깜박거렸다. 깜짝 놀란 기색이었다. "진심은 아니겠지."

"아니요, 진심이에요." 애그니스는 두 주먹을 불끈 쥐고 병적으로 흥분해서 목소리를 한껏 높이며 말했다.

"내가 그러지 말아야 했어." 엄마는 애그니스가 원하는 대로 해주려고 재빨리 말했다. "너를 남겨두고 떠나지 말아야 했어. 그건 실수였다. 내가 다 망쳐버렸어."

물론 엄마는 전에 그녀에게 거짓말을 한 적이 있었다—그들 둘 다 그것을 알고 있었다—하지만 그래도 이 거짓말에 대해서는 엄마가 옳았다. 이 거짓말은 애그니스의 발밑에 마치 동물의 사체처럼 툭 떨어졌다. 그 모든 것이 헛수고였다고 생각하니 끔찍한 기분이었다. 비록 엄마의 얼굴을 보면 그녀 역시 마음 한구석에서는 결코 떠나지 않았다면 좋았을 것이라고 생각한다는 걸 알 수 있었지만, 그것은 중요하지 않았다. 그녀는 떠났다. 그리고 모든 것이, 궁극적으로는, 다 괜찮았다. 아무도 죽지 않았다. 이 엄마는 떠났다. 이 엄마는 돌아왔다. 이 엄마는 그녀를 사랑했다. 그리고 애그니스는 그녀를 어떻게 용서해야 할지 알지 못했다. 비록 그 거짓말이 끔찍하게 느껴지기는 했지만, 진실은 더 불쾌했다. 세월이 흐르게 두는 것 말고는 할 수 있는 일이 아무것도 없었다.

"정말 사랑해요, 엄마." 그녀가 속삭였다.

엄마는 흐느껴 울었다. 얼굴이 일그러졌다. 이제껏 느껴본 적 있는 모든 감정이 그 얼굴을 비틀며 지나가는 것 같았다.

그녀는 몸을 기대고 애그니스에게 매달리며 얼굴과 머리에 입을 맞추고, 애그니스가 어린아이였을 때 곧잘 그랬던 것처럼 그 목에 코를 비볐다. "내가 잘못한 걸까? 너를 여기로 데려오지 말아야 했던 걸까?" 엄마는 지금 눈물을 흘리고 있었다.

"아니요, 엄마, 나는 이곳 사람이에요."

"내 말이 그 말이야." 그녀가 흐느꼈다. "우리가 여기를 떠나면, 네가 어떻게 살까?"

"하지만 난 여기를 떠나지 않을 거예요." 애그니스가 말했다.

"여기 계속 있을 수는 없어." 호통을 치는 소리가 흐느낌 사이로 파고들었다.

"나는 안 갈 거예요."

"그게 유일하게 이치에 맞는 일이야." 엄마의 분노가 부글부글 끓어오르고 있었다.

"나는 어디에도 안 갈 거예요." 애그니스가 주먹을 불끈 틀어쥐며 목소리를 높였다.

"그건 자살행위야."

"엄마, 나는 엄마하고 같이 안 갈 거예요."

엄마의 눈가가 부들부들 떨렸다. "아니, 너는 갈 거야."

비가 애그니스의 팔을 후벼파듯 움켜잡았다. 그녀의 목소리는 귀신에 홀린 듯한 비명이었다.

하지만 애그니스는 먹살을 움켜잡고 엄마를 밀어 넘어뜨렸다. 엄마는 거의 숨을 쉬지 못하면서도 애그니스를 놓아주려 하지 않았다. 애그니스가 엄마의 눈을 향해 주먹을 휘두르자, 엄마의 온 얼굴이 예상치 못한 고통으로 일그러졌다. 눈이 즉시 빨개지며 부어올랐다. 그녀가 침을 튀기며 씩씩거렸지만, 애그니스는 그녀를 놓아주기 전에 다시 한번 때려야만 했다.

"아, 안 돼." 비는 숨을 쉬지 못하고 헐떡거리며 말했다. 곧이어 입을 크게 벌리고 미친듯이 헉헉대며 배를 움켜쥐고 웃었다.

애그니스는 그녀의 먹살을 놓아주었다.

엄마는 숨을 골랐다. 그러는 동안 내내 충격받은 눈을 반짝이며 응시했다. "아, 안 돼." 그녀는 다시 한번 말하고 애그니스가 언젠가 딱 한 번 할머니에게서 들어본 날카롭고 전광석화같이 짧은 웃음을 터뜨렸다.

애그니스는 일어섰다.

"아, 안 돼." 엄마가 다시 한번 말하자, 그 웃음소리 아래 묻혀 있던 통곡소리가 커졌다. 그녀의 뱃속 깊은 곳에서 솟구치는 것 같은 어떤 묵직한 소리였다. "아, 안 돼, 안 돼, 안 돼."

애그니스는 외면하고 돌아섰다.

"우리 아가." 엄마가 침을 튀겨가며 다급하게 말했다. 콧물, 눈물이 줄줄 흘러내리고 있었다. "아, 우리 아가. 우리 딸." 그녀 는 맞잡은 두 손을 쥐어짜듯 꽉 쥐었다. "네가 계속 여기 있게 되 기를 바란다."

애그니스는 그 기반암을 떠나 숲속으로 더 깊이 걸어들어가기 시작했다. 그녀의 엄마를 떠나서.

"정말 놀라운 아이야." 애그니스가 아니라 공기, 발밑의 땅, 하늘, 숲, 그녀 자신에게 말하는 엄마의 목소리가 들렸다. "보 여? 저애를 좀 봐." 그녀가 친구에게 비밀을 털어놓듯 말했다. "저 경이로운 애를 좀 봐. 나는 좋은 엄마였어."

마지막 반론을 펼치는 중이었을까? 아니다. 그녀의 목소리에 는 무언가 다른 것이 있었다. 어쩌면 그것은 작별인사를 하는 그 녀의 방식인지도 몰랐다. 아니, 애그니스가 생각하기에는, 어쩌 면 엄마는 그것이 사실일 수도 있다는 것을 이제 막 깨닫고 있는 중인지도 몰랐다.

애그니스는 슬쩍 뒤를 돌아보았다. 엄마는 몸을 거의 반으로 접어 짐승처럼 웅크리고, 갈고리발톱처럼 구부린 손가락들로 자 신의 가슴을 후벼파면서 그녀를 지켜보고 있었다. 흐느껴 울고 있었다. 그리고 미소를 머금고 있었다. 미소 그 이상이었다. 활짝 웃고 있었다.

애그니스는 안도감과 분노를 동시에 느꼈다. 그녀는 존중받고 있다고, 자유롭다고 느꼈다. 그리고 혼자, 혼자, 혼자라고 느꼈다.

엄마 뒤쪽에 있는 나무들 사이로 해가 지고 있는 지평선이 단속적으로 보였다. 어딘가에서 그늘이 드리워지고 있는 것처럼 낮의 빛이 가려지고 있었다.

7부

일제
검거

애그니스는 그날 밤 나무에서 잠을 잤다. 그 나무 위에서, 엄마가 망연자실하게 앉아 있다가 이윽고 천천히 움직이기 시작해 다리를 절뚝거리며 밥을 찾아 비탈을 내려가고 그러다가 마침내 나무들 쪽으로 사라지는 것을 지켜보았다. 애그니스는 무언가가 윙윙거리는 소리를 들었다. 밤새도록 헬리콥터나 드론이 돌아다녔다. 서치라이트가 칼데라의 비탈들을 휩쓸고 지나갔다. 남아 있는 커뮤니티 구성원들을 위한 거래는 없다고, 그녀는 확신했다. 그들은 다른 사람들처럼 달아나버렸거나, 버스를 타러 갔거나, 둘 중 하나였다. 만약 그들이 모두 거기 숨어 있다면 어떻게 되는 거였을까? 하지만 숲은 감시활동만 제외하면 조용했다. 그곳에 사는 동물들은 귀를 기울이고 있었다. 다음에 어떻게 해야 할지 파악하려고 노력하면서 말이다.

아침에 애그니스는 다른 사람들을 찾으러 나무 아래로 내려갔다. 그녀는 그들의 호출신호를 몇 가지 보내보았다. 먼저, 재잘거리는 다람쥐 소리, 뒤이어 짜증난 어치가 우는 소리, 매가 불평하듯 꺽꺽 우는 소리, 그다음에는 코요테가 깽깽 우는 소리. 마침내 그녀는 응답하는 신호를 들었다. 며칠, 어쩌면 몇 주에 걸쳐 그녀는 쌍둥이, 밸과 베이비 이그레트, 린다와 돌로레스와 호벤, 데브라와 파인콘, 그리고 막판에 달아났던 해럴드 박사를 찾아냈다. 그런 다음, 다행스럽게도, 제이크를 찾아냈다.

그들은 한데 뭉쳐서 분석구 숲으로 차츰 더 깊이 들어갔다. 사라지려고 노력하면서 말이다. 그들은 귀기울여 듣는 법을 알았다. 그들은 숨는 법을 알았다. 그들은 다 함께 걸어가기보다는, 항상 다른 한두 사람과 신호를 주고받을 수 있는 거리 안에서 넓게 퍼져 혼자 혹은 두 명씩 짝을 지어 숲을 가로질렀다. 이런 식으로 움직이면 만약 정말로 레인저들과 마주친다고 하더라도 모두 한꺼번에 붙잡히지는 않을 터였다. 그들은 레인저들이 매복해 있다가 자신들이 잠을 자는 동안 습격할 경우에 대비해 다 함께 야영하지 않았다. 하지만 며칠에 한 번씩 나무 그림자가 가장 길어지는 시간에 단지 함께 있기 위해 모이곤 했다.

때때로 그들이 다시 뭉쳤을 때, 누군가가 사라져 보이지 않는 일이 생기곤 했다. 처음에는 해럴드 박사였다. 그들은 그가 어쩌면 더 나은 기회를 손에 넣을 수도 있다고 생각하면서, 위험을 무릅쓰고 혼자서라도 그곳을 떠나겠다고 결정한 것이기를 바랐다. 린다와 돌로레스가 사라지고 호벤만 신호를 따라 돌아왔을 때, 그애는 심하게 동요한 나머지 며칠 동안 말을 하려 하지 않았다.

하지만 결국은 레인저들이었다고 털어놓았다. 그 일이 벌어질 때 그애는 다람쥐 한 마리를 구석으로 몰아넣으려고 애를 쓰면서 나무 몇 그루 정도 되는 거리만큼 떨어져 있었다. 그리고 어느 나무 그루터기 구멍에 몸을 구겨넣고 며칠을 기다렸다가 용기를 내어 그 은신처에서 밖으로 나왔다. 몇 번의 계절을 거치면서 그들이 칼데라와 점점 더 거리를 두면 둘수록 그들의 수는 줄어들었다.

그 무렵 사람들이 머뭇머뭇 두려워하며 난데없이 불쑥 나타나는 일이 벌어지곤 했다. 그들은 은신처에 숨어 있다가 밖으로 나오곤 했다. 귀를 기울이며, 커뮤니티 사람들의 신호를 구별해내고, 그것에 대해 터득해나가다가 동료와 안전을 확보하는 대가로 그들 자신을 드러내는 위험을 무릅쓴 사람들이었다. **친구일까? 친구? 친구?** 그들은 무단침입자들이었다. 그들은 매버릭들을 찾고 있었다.

어떤 사람들은 혼자였다. 대개는 시작부터 그랬던 것은 아니었지만 말이다. 다른 사람들은 마땅한 비용에 뇌물까지 지불해가며 시티에서부터 걸어와 광산지대를 통해 몰래 들어온, 여전히 온전한 소그룹의 일원들이었다. 그들은 모두 숲에서 버려진 야영지, 도살 후 남겨진 사슴 발굽과 내장, 나무에 박힌 손도끼 등 작은 표식들을 발견했었다. 다른 사람들이 있다는 작은 단서들이었다. 어떤 사람들은 제대로 긁어내지 못한 살점이 여전히 달라붙어 썩은 냄새가 나는, 조잡한 사슴 가죽 옷을 입고 있었다. 다른 사람들은 새 부츠를 신고 있었고, 새 등산용 스틱, 새 조리기구, 새 침낭 등등 커뮤니티 사람들이 맨 처음 가지고 왔던 것들과 같은 종류의 물건들을 가지고 있었다. 그들이 받아들인 한 커플은 자신들이 윌더니스에 일 년 이상 있었다고 생각했다. 다른 한 그룹의 사람들은 여전히 작동하는 시계들을 가지고 있었다. 그들은 여전히 날짜를 알고 있다고 꽤 확신했다. 남자들, 여자들, 어린아이들. 조부모들, 병든 배우자를 뒤에 남겨두고 온 홀어미들과 홀아비들. 혹은 떠나기를 거부한 배우자를 남겨두고 온 사람들. 혹은 애초에 그 계획에 대해 듣지 못한 배우자를 남겨두고 온 사람들. 그들은 모두 시티에서 도망쳤다고 말했다. 다른 뾰족한 수가 없었기 때문이다. 이제 그들은 뿔뿔이 찢어지고 배가 고팠다. 레인저들이 자신들을 가차없이 집요하게 추적했다고 말했다. 그들은 매버릭들이 윌더니스에서 여러 해 동안 들키지 않고 살 수 있었고 번성하며 어떻게든 체포를 피했다고 들었다. 그들은 매버릭들이 자신들 또한 사라지게 도와주기를 원했다.

커뮤니티 사람들을 발견하자마자, 이 불쌍한 영혼들은 희망에 차 낮은 목소리로 묻곤 했다. "당신들이 매버릭인가요?"

애그니스는 그들의 어깨에 손을 얹고 말하곤 했다. "아니요. 하지만 그런 일을 다 할 줄 알아요. 우리가 도와줄 수 있어요."

그들은 날마다 줄지어 뻗어나가 걸었고 그 줄은 끝없이 이어지는 것처럼 보였다. 철따라 이동하는 야생 기러기들의 V자 대형처럼 갈라졌다가도 필요할 때면 돌아와 함께 모이면서 말이다. 가끔씩, 숲이나 평원을 죽 걸어가면서 애그니스는 윌더니스에 이제는 사람들이 아주 많다고 단언하곤 했다.

애그니스는 해질녘 일행들의 신호에 귀를 기울이면서 산기슭 근처에 무리 지어 서 있는 나무들 사이에 쪼그리고 앉아 있었다. 그 순간 근처의 어떤 나무에서 기묘하게도 살아 있는 무언가가 내는 것이 틀림없는 소리가 들렸다. 그들은 어떻게든 산맥을 지나 그 맞은편으로, 바다같이 드넓은 세이지 밭을 지나 분지로 되돌아왔다. 레인저들이 분지로 오는 것을 여전히 내켜하지 않기를 바라면서.

그녀는 태어나서 지금까지 들키지 않으려고 배워온 것들을 총동원해서 살금살금 걸음을 옮기며, 나무 한 그루 한 그루 거리만큼 점점 더 다가갔다. 가느다란 오리나무 뒤쪽은 보이지 않았기 때문에, 잠시 멈춰 서서 나무 한 그루가 일반적이지 않은 방식으로 떨리는 것을 지켜보았다. 이내 아주 어린 여자아이가 팔다리로 땅바닥을 짚어 큰 고양이처럼 착지했다. 사슴 가죽 덧옷을 입고, 얼굴에는 진흙을, 떡이 된 머리에는 풀잎을 묻히고 있었다. 아이는 비명을 지르거나 고함을 치려는 것처럼 입을 크게 벌렸지만, 아무 소리도 내지 않았다. 하지만 잠시 후 그애는 한 방향으로 귀를 쫑긋 세웠고, 이내 그쪽으로 소리 없이 전광석화처럼 달려갔다. 기껏해야 네 살처럼 보였다.

애그니스는 신호 소리를 냈다. 귀기울여 들었다. 다시 한번 신호 소리를 냈다. 그 작은 숲이 잠시 조용해졌다. 곧이어 머뭇머뭇 응답하는 신호 소리가 들렸다. 애그니스는 그 소리가 나는 쪽을 향해 조용히 걸음을 옮겼다.

나무 밑에, 가죽옷을 입은 한 여자가 소변과 대변으로 얼룩지고 형겊조각을 덧대 기운 청바지를 입은 수척한 여자아이를 고이 안고 쓰러져 있었다. 그 여자의 눈 주변은 동그랗게 자줏빛 멍이 들어 있었다. 입술은 바싹 말라 있었다. 그들은 죽은 것처럼 보였다. 하지만 애그니스가 목격했던 어린 소녀가 경호원처럼 그들 앞에 쪼그리고 앉아 있었다. 그애는 생기가 넘쳤고, 잠시 동안 애그니스를 지켜보더니 벌떡 일어나 죽은 사람들이 누워 있는 곳 바로 위 나뭇가지로 올라갔다.

"안녕." 그 여자아이가 애그니스 쪽으로 뻗은 가지에 걸터앉자 그녀가 인사했다.

"안녕." 그 여자아이가 고양이가 우는 것 같은 목소리로 인사했다.

"네 원피스 마음에 들어."

"그라시아스."*

"이쪽은 네 엄마니?"

"응."

애그니스가 친절하게 미소 지었다.

"그리고 우리 언니랑." 여자아이가 속삭이듯 덧붙였다.

애그니스가 고개를 끄덕였다. "여기 온 지 얼마나 됐는지 아니?"

여자아이가 어깨를 으쓱했다.

"네가 몇 살인지는 알아?"

여자아이가 다시 한번 어깨를 으쓱했다.

---

* '고맙다'는 뜻의 스페인어.

"괜찮아. 어차피 상관없어. 너 지금 혼자니?"

여자아이는 있는 그대로의 상황을 살펴보려는 듯 눈이 커다래지고 잠시 눈물이 핑 돌더니, 이내 고개를 끄덕였다. 그리고 재빨리 그 나뭇가지에 다리를 벌리고 걸터앉아 가슴을 치기 시작했다. 그애는 입을 다시 벌렸다. 그러고는 애그니스가 아까 목격했던 것과 마찬가지로 소리는 내지 않고 요란하게 울부짖는 시늉을 했다. 아무 소리 없이도 억제되지 않은 내면의 감정이 아주 뚜렷하고 자연스러웠다. 그애가 애그니스를 바라보며 자신의 입술에 손가락을 갖다대고 말했다. "조용히." 의심할 여지 없이, 거칠고 활기찬 딸을 숨기기 위해 필사적으로 노력하는 엄마를 따라한 말이었다.

그 순간 애그니스의 등줄기에 전율이 흘렀다. 그녀는 고개를 갸웃했다. 여자아이도 그렇게 했다. 둘 다 어떤 소리를 들었던 것이다.

애그니스가 미소를 지었다. "나는 여기 친구가 많아. 네 또래 아이들이 많아. 그리고 우리는 여기 살아. 그애들하고 만나볼래?"

여자아이는 나무에서 개울물처럼 쪼르륵 미끄러져 내려왔다. 그애의 발은 지저분하고 거칠었으며, 신발이나 양말은 전혀 보이지 않았다. 그애는 시신들을 쳐다보지 않고 그 옆에 서 있었다.

"어서 가자." 애그니스가 손을 내밀며 말했다. 여자아이는 그 손을 잡기는 했지만, 일단 애그니스 옆으로 오자마자 그녀의 품으로 올라와서 목에 자기 머리를 기댔다.

애그니스는 그날 내내 그 여자아이를 안고 다녔다. 아이는 가끔 그녀의 어깨에 기대어 잠이 들었다. 잠자면서 이따금 비명을 질렀다. 그애는 오줌을 쌌고, 애그니스는 오줌이 자신의 다리를 타고 흐르는 것을 느꼈다. 하지만 애그니스는 드디어 두려움과 피로를 느낄 여유를 얻어 부들부들 떠는 여자아이를 안은 채 조용한 밤공기 속에서 동료들에게 호출신호를 보내며 계속 걸어갔다. 그리고 더이상 걸을 수 없게 되었을 때 잠을 자기 위해 아이와 함께 드러누웠다.

아침에 애그니스는 그 여자아이의 얼굴과 3센티미터 정도 떨어진 거리에서 그애의 코를 빤히 내려다보며 잠에서 깼다.

"이름이 뭐야?" 아이가 머뭇거리며 물었다.

"애그니스. 네 이름은 뭐니?"

아이는 바짝 긴장해 다 안다는 듯한 눈초리로 그녀를 올려다보았다. "나는 펀Fern이라고 해."

"정말 멋지다. 나는 양치식물이 정말 좋아."*

"아니, 식물 말고." 그애가 얼굴을 찡그렸다. "페르난다Fernanda를 줄인 거야." 그애는 마치 입안에서 느껴지는 그 이름의 맛이 별로라는 듯 혀를 쏙 내밀었다.

"음, 사랑스럽게 들리는 이름이네."

"페르난다는 **모험가**라는 뜻이야. 우리 엄마가 그랬어."

"마음에 들어."

"하지만 다들 펀이 그냥 식물인 줄 알아."

"그건 굉장한 식물이야."

여자아이가 눈을 가늘게 뜨고 애그니스를 바라보았다. "나는

---

* '펀(fern)'은 양치식물을 뜻한다.

매우 비밀스럽고 특별한 걸 찾고 있어. 언니 믿어도 돼?"

"물론이지."

펀이 자기 셔츠 밑에서 지도를 꺼냈다. 그애의 몸통에는 천이 감겨 있었다. "아키 에스 돈데 구아르도 토도."* 그애가 나직이 말했다. 그리고 애그니스를 위해 접힌 지도를 폈다. 그 지도는 여자아이가 그린 것이었다. 되는대로 그린 그림 밑에는 오래된 버스 시간표로 보이는 것이 있었다. 산맥을 의미하는 뒤집힌 W, 호수를 의미하는 파란색 U와 V가 있었다. 숲을 의미하는, 굵은 갈색 선 위에 맞닿은 초록색 동그라미들도 있었다. 그것은 어디에도 없는 곳이었지만, 어디라도 될 수 있는 곳이었다.

그애가 크고 선이 굵은 X자를 가리켰다. "이게 그곳이야."

"거기 뭐가 있는데?"

펀이 은빛 달덩이 같은 눈으로 올려다보았다. "좋은 건 다." 그애가 경건하게 말했다.

"음." 애그니스가 빙긋 웃으며 말했다. "같이 한번 찾아보자." 그녀는 일어서서 아이의 손을 잡았다. 그들이 걸어가는 동안 아이는 긴장한 듯 계속 재잘거렸고, 애그니스는 음 소리를 내 반응하면서도, 덤불 속에 있을지 모를 위험 요소에 귀를 기울였다.

하룻밤 동안 그들은 다른 사람들을 부르는 신호를 보내면서 돌아다녔다. 마침내 어느 탁 트인 넓은 골짜기에서 응답을 들었다. 버려진 코요테 굴에서 그녀는 몇몇 일행이 옹기종기 모여 있는 것을 찾아냈다. 그들의 흰자위가 아득히 먼 지구까지 너끈히 쏟

---

* '나는 뭐든 다 여기에 보관해'라는 뜻의 스페인어.

아져내린 별빛을 받아 반짝반짝 빛나고 있었다. 제이크와 발견되었을 때 자기 이름이 에그Egg라고 밝힌 남자아이. 벨과 베이비 이그레트. 데브라와 파인콘. 쌍둥이는 지금 호벤과 아이 하나를 데리고 있었다. 그들이 보살피고 있는, 어떤 처음 만난 사람의 아이였다. 그리 멀지 않은 곳에 다른 사람들도 숨어 있었다. 이제 모든 사람에게 아이가 하나씩 있었다. 어떻게 해서든 그애들을 이곳으로 데려왔던 보호자들보다 더 오래 살아남아 윌더니스에서 혼자 헤매다 사람들이 길을 지나갈 때 앞에 나타나기 시작한 아이들이었다.

애그니스는 모두를 보고 안도했지만 그들이 끔찍한 삶을 살고 있다고 생각하지 않을 수 없었다. 얼마 전 그들의 삶이 어땠는지와 비교해보면 이 삶의 방식은 끔찍해 보였다. 이내 그녀는 숲에 있는 핀의 엄마와 언니를 떠올렸다. 적어도 그들 자신은 살아 있었다. 그들은 함께 있었다.

그들은 핀이 가진 지도의 그 장소, 즉 자신들이 갈 수 있는 최후의 장소라고 상상하게 된 그곳을 찾는 시늉을 하면서 윌더니스를 이리저리 돌아다녔다. 하지만 실제로는 레인저들을 피하는 것만이 목적이었다. 그들은 더 많은 사람들과 마주쳤다. 소식을, 그러니까 다른 사람들의 소식, 행정부 교체 소식, 레인저 목격 소식을 알려준 사람들. 식량과 식수를 내줘서 목숨을 구해주고 자신들의 은신처를 함께 쓰게 해준 사람들. 결국에는 붙잡히거나 더 심각한 일을 겪을 가능성이 큰 사람들. 윌더니스에는 정말 많은 사람들이 있었다.

레인저들은 펄쩍펄쩍 뛰어다니는 쿠거처럼 결코 지칠 줄 몰랐다. 예전에, 그러니까 일제 검거 이전에 애그니스는 레인저들이 공무원답고 결정권을 지닌 듯하지만 동시에 다소 불행해 보인다고 생각했다. 그들은 그들의 시간을 윌더니스주와 포스트의 책상에서 쪼개 썼다. 하지만 지금 그들은 순풍을 만난 경마 기수처럼 보였다. 최상위 포식자들처럼 박차를 가했다. 그들을 쫓아 달리면서도 결코 지치지 않는 듯했다. 근원주의자들, 신참들, 이 무단 침입자들, 이제 이 완전히 새로운 커뮤니티를 형성한 사람들, 윌더니스 난민들은 계속 나아가는 것 말고는 선택의 여지가 없는 한 무리의 사슴에 불과했다. 그들은 먹고살 땅이 바닥나기 전에 살 의지가 바닥날 터였다. 레인저들은 그들을 규칙으로 통제해왔다. 지루한 서류작업과 관료주의가 그들이 얼마나 가차없이 집요한 사냥꾼인지를 숨기고 있었던 것이다.

결국 새로운 커뮤니티는 더이상 함께 있을 수 없었고, 숲을 헤치고 퍼져나가 호출신호로 서로를 부르며, 아주 짧은 순간 동안에만 모일 수 있게 되었다. 그들은 진짜로 찢어져야 했다. 그들은 2인 1조로 움직여야 한다고 결정했다. 어른 한 명이 어린아이 한 명과 함께 이동할 터였다. 전부 파트너가 하나씩 있어야 하거든, 그들은 아이들에게 그렇게 말해주었다. 그것을 재미있어 보이게 하려고 안간힘을 썼다.

"숨바꼭질 같은 거야." 애그니스가 각각 자신의 파트너 옆에 서 있는 어린아이들에게 설명했다. 그러는 동안 아이들의 파트너들은 수상한 소리가 들릴 때마다 번번이 걱정스러운 표정으로 소리가 나는 쪽을 향해 고개를 획획 돌렸다. "이제 모두 숨었다가, 나중에 서로를 찾는 거야." 애그니스가 말했다.

파인콘은 희의적인 것처럼 보였다. 그애는 규칙을 신봉하는 엄격한 남자아이로 자라났다. "하지만 숨바꼭질에서는 딱 한 사람만 술래를 하고, 술래가 모두를 찾아내잖아." 그애가 따지듯 말했다.

"글쎄, 이 놀이에서 우리는 서로를 찾아내." 애그니스가 말했다.

"아니면 그냥 다 같이 있을 수도 있어요." 펀이 말했다.

"그러면 안 돼."

"왜 안 돼요?"

"이 놀이는 그렇게 하는 게 아니거든."

"하지만 다 함께 있는 게 더 재미있을 거 같아요."

애그니스는 목이 죄어드는 것을 느끼며 말했다. "그건 너무 위험해."

펀이 애그니스에게 몸을 숙이고 큰 소리로 귓속말을 했다. "우리가 놀이를 하고 있다고 한 줄 알았어요."

"내가 거짓말을 했어." 애그니스가 펀의 뺨을 만지며 말했다. "다시는 그러지 않겠다고 약속할게."

어른들은 저마다 식량, 털가죽, 물 같은 것, 무언가 독자 생존에 도움이 될 만한 것을 챙겼지만 필요한 것을 모두 가진 사람은 아무도 없었다. 그들은 달리기 편하도록 가진 물건들을 각자의 몸에 잡아맸다.

애그니스는 에그의 어깨에 한 손을 얹고 서 있는 제이크를 바라보았다. 애그니스는 한때 자신이 어린아이들이 적절한 경험을 하면 이 나이에 월더니스에서 혼자 독립해 살 수 있다고 믿었던 것을 생각해보았다. 에그가 아직도 매일 밤 우는 것을 생각해보았다. 하지만 이내 그녀는 펀을 바라보았다. 그애는 자기 삶의 대부분을 이곳에서 보냈다. 펀이라면 그럴 수 있을까? 만약 그래야 한다면? 어차피 상관없어. 애그니스는 생각했다. 왜냐하면 나는 절대로 저애를 두고 떠나지 않을 테니까. 그것이 바로 그때 그 대화를 할 때 제이크는 알았지만 그녀는 알지 못했던 것이다. 그녀는 제이크에게 미소 지었다.

"내가 너를 찾아낼게." 애그니스가 말했다.

다른 어른들은 아이들과 함께 전속력으로 멀어져가고 있었다.

제이크가 고개를 끄덕이며 그녀를 끌어당겼다. 그들은 인생의 동반자였다. 그들은 서로를 선택했다. 제이크가 그녀의 정수리에 입을 맞췄다. 그들은 지나온 방향에서 툭 하는 소리를 들었다. 큰 놈이었다. 어쩌면 곰일지도 몰랐다. 어쩌면 쿠거일지도 몰랐다. 만에 하나. 그녀는 그들 둘 다 자신들이 거기서 서로 껴안고 몽상에 빠져 있기라도 했던 것처럼 깜짝 놀라 움찔하는 것을 느꼈다. 그러고 며칠이나 보냈을 수도 있다는 듯 깜짝 놀라서 말이다. 하지만 일단 그 소리가 들리자마자, 그들은 각자 자기 아이의 손을 잡은 다음, 더는 한 마디도 하지 않고 헤어져서 따로 달려갔다.

애그니스와 펀은 알고 보니 해안에서 가까웠던 소규모 산악지대의 나뭇잎들이 노랗게 변했을 무렵, 자신들이 매버릭이라며 그들에게 음식과 물을 주고, 모닥불도 별도 없는 저녁 내내 그들을 즐겁게 해준 두 여성과 마주쳤다. 그들은 말이 많았고, 애그니스가 오래전에 알고 지냈던 레인저들 중 많은 이들에 대한 소식, 윌더니스주의 경계 근처에 새로 생긴, 1층이나 2층 높이 건물들이 있고 푸른 잔디와 꽃에 둘러싸여 있는 낯선 장소에 대한 소식을 가지고 있었다. 그들은 행정부의 새로운 사람들, 그러니까 애그니스는 한 번도 들어본 적도 없는 사람들에 대한 소문을 늘어놓았다. 심지어 존재하지 않았을지도 모를 사람들이었다. 하지만 그들이 무슨 말을 하는지는 중요하지 않았다. 애그니스는 마지막 눈이 그친 이후 펀 말고는 아무도 본 적이 없었다. 다시 새로운 이야기를 듣는 것은 재미있었다.

"도대체 어떻게 이런 걸 다 아는 거죠?" 애그니스가 물었다.

"우리는 누구에게든 다 말을 걸거든." 초록색 눈의 여자가 말했다.

"하지만 여기에는 아무도 없잖아요!" 애그니스가 조심스레 키득거리며 말했다. 펀은 그녀의 무릎을 베고 있었다. 잠이 든 아이의 숨소리는 나무를 스치는 바람 소리 같았다.

그 여자들은 입을 딱 벌리고 서로를 쳐다보았다. "여기에 아무도 없다고? 이런, 중요 인사들은 너 나 할 것 없이 다 여기 와 있어. 자신들이 누구인지는 절대 밝히지 않겠지만."

"우리는 전직 대통령을 두 명이나 만났다고!"

"그 유명한 배우도. 그 남자 이름이 뭐였더라? 액션 영화에 나오는 사람인데. 하지만 그는 얼뜨기였어. 그가 살아남았다는 게 상상이 안 갈 정도야." 그들은 혀를 끌끌 찼다.

"아, 그리고 바로 요전날 놀라운 여자를 만났어. 그녀는 여기서 아주 오래, 오래 살았어. 여기서 가정을 꾸렸고. 그녀는 초기 커뮤니티 한 곳의 훌륭한 리더였지." 그녀가 말했다. "그녀는 우리에게 그녀의 멋진 영웅담을 들려주었고, 우리는 전에 그녀의 이야기를 들은 적이 있다는 걸 깨달았어. 그 이야기는 '비어트리스의 발라드'였어. 그 여자가 바로 비어트리스 본인이었던 거야."

애그니스는 목이 메어 간신히 목소리를 냈다. "아니, 그럴 리가요."

"그녀였어." 그 여자가 소리쳤다. "그녀는 비어트리스가 알 법한 건 모두 다 알고 있었다고." 그 여자들이 지껄인 것은 그녀의 엄마에 대해 누구라도 다 알 수 있는 사실들이었지만, 애그니스는 그래도 자신의 심장이 엄청나게 빠른 속도로 뛰는 것을 느꼈다.

"그 여자를 어디서 봤나요?" 애그니스가 톡 쏘아붙이자 그 여자들은 그 말투에 깜짝 놀랐다. 그들은 서로를 바라보며 눈으로 긴 대화를 나눴다.

"얘, 밤이 깊었어." 녹색 눈의 여자가 말했다.

"우리는 이제 잘 거야." 다른 여자가 애그니스를 경계하듯 쳐다보며 말했다.

"안 돼요, 제발요. 어디서 그 여자를 봤어요?" 애그니스가 끈질기게 졸랐다.

"글쎄, 그리 오래되지는 않았어." 그녀가 하품하는 척하면서 말했다. "그러니까 어쩌면 아직 아주 가까이 있을지도 몰라."

그러자 애그니스는 그럴 리 없다는 것을 알면서도, 엄마가 그녀를 확 덮쳐서 데리고 갈 준비를 하고 머리 위 나무에 웅크리고 앉아 있는 모습을 그려보았다. 애그니스는 자신의 뺨이 축축해지는 것을 느꼈고, 이번에는 자신이 엄마와 함께 가리라는 것을 깨달았다.

*

그녀는 자신의 가방 바닥에서 엄마가 항상 가지고 다니던 것과 닮은 작은 공책을 찾아냈다. 작은 연필이 스프링에 꽂혀 있었다.

그녀는 반은 그림문자로 반은 알파벳으로 쪽지를 썼다. 엄마가 그녀에게 글쓰는 법을 가르쳐주기는 했지만, 그것을 잘 배워둘 이유는 결코 없었기 때문이었다. 그녀는 그 쪽지를 둥글게 말아서 그들의 캠프 근처에 있는 나무 옹이구멍에 남겨놓았다. 엄마가 자신을 찾을 수 있기를 바랐다. 혹시라도 엄마가 찾는 중이라면 말이다. 애그니스는 그녀와 펀이 떠돌던, 가을이 무르익은 산악지대 곳곳의 나무에 쪽지를 남겨두었다. 그녀는 미니어처 연필을 바위에 갈았다. 그 작은 공책의 종이가 다 떨어질 때까지 엄마에게 쪽지를 썼다. 그런 다음에는 그녀가 놓아두었다는 것을 엄마가 알아챌 만한 물건들을 남겨두었다. 나뭇잎, 도토리, 나비 모양으로 묶은 솔잎 따위였다.

엄마가 그녀를 찾아내기를 원했다.

하지만 그녀를 찾아낸 것은 레인저 밥이었다.

어느 안개 낀 바람 많은 밤이 지나고 맑게 갠 이튿날 아침, 곳에서 애그니스는 그림자가 지면 안 될 곳에 드리운 그림자 아래에서 깨어났다.

"정신 차리고 일어나, 애그니스."

한쪽 눈을 가늘게 떠보니 밥이 그녀 위로 우뚝 솟아 있었다. 콧수염을 길게 기른 그 찡그린 얼굴에는 연민이 어려 있었다.

그녀는 풀밭에서 이리저리 뛰어다니며 더 많은 레인저들의 존재를 알리는 말들의 발굽 소리를 들었다. 펀을 찾아 옆자리를 더듬었지만, 그애는 그곳에 없었다. 애그니스는 벌떡 일어섰다.

"달아날 생각 마." 밥이 경고했다. 그는 새 유니폼을 입고 있었다. 이번 것은 진홍색이고 양쪽 소매에 배지들이 달려 있었다.

그의 가슴을 가린 두꺼운 조끼가 햇빛을 받아 플라스틱처럼 부자연스럽게 반짝반짝 빛났다. 두 개의 총을 양쪽 골반에 하나씩 차고, 그중 하나에 손을 얹어 준비 자세를 취하고 있었다. 그것은 그의 결혼반지와 함께 햇빛에 반짝거렸다. 그는 다른 레인저들과는 모자와 배지가 달랐고, 그들은 그의 지시를 기다리며 경계 태세로 대기중이었다. "유감스럽지만, 노는 시간은 끝났어." 그가 말했다.

"이제 아저씨가 책임자예요?"

"꽤 오래전부터 내가 책임자였어." 그가 말했다. 밥은 거의 알아채기 힘들 정도로 미세하게 몸을 꼿꼿이 폈다. 하지만 애그니스는 그의 자부심을 알아차렸다. "이 일이 순조롭게 진행되면 좋겠구나." 그가 말했다. "나는 항상 너를 좋아했어."

애그니스는 그녀 뒤에 있는 덤불에서 바스락거리는 소리를 들었다.

펀이 그 덤불에서 팔짝팔짝 뛰어나오며 소리쳤다. "애그니스, 애그니스, 바로 여기가 그 장소예요! 내 생각에는 여기 같아요!"

레인저들이 총을 뽑았다.

"안 돼요." 애그니스가 두 손을 번쩍 쳐들며 소리쳤다.

펀이 놀라 휘둥그레지고 연못처럼 눈물 고인 눈으로 멈춰 섰다. 그애는 토끼의 귀를 잡고 있었고, 그 토끼는 안간힘을 쓰며 두 다리를 허공에서 버둥거리고 있었다. 밥이 입술을 오므려 휘파람을 불면서 팔을 위에서 아래로 흔들었다. 레인저들이 총을 내렸다.

"이애는 누구지?" 밥이 그애를 놀라게 하지 않으려고 목소리를 낮추며 물었다.

애그니스는 펀에게 손짓을 해 옆으로 불러서 그애에게 팔을 둘렀다.

"내 딸이에요."

밥이 미소 지었다. "음, 그거 잘됐구나."

애그니스는 펀을 더 꽉 껴안았다.

밥이 총에서 손을 떼고 그의 벨트에 걸려 있던 플라스틱 고리들을 빼냈다. 그리고 애그니스의 두 손목에 그것을 채웠다. "네가 커뮤니티 사람들 중 마지막인 것 같아."

"그렇지 않을 거예요." 애그니스가 말했다.

"아니, 우리가 다 잡아들인 게 거의 확실해. 일단 쪼개지고 나니 손쉬운 상대였지."

"그래요?"

"그래, 아마도 다 함께 있는 편이 나았을 거야."

"왜요?"

"네가 이끌지 않으면, 그들은 잡기 쉬운 상대니까." 그가 애그니스의 팔꿈치를 부드럽게 잡았다. "네 딸한테는 수갑을 채우지 않을 거야. 겁주고 싶지 않아. 하지만 네가 확실히 이애가 얌전히 굴도록 해줄 거라고 믿어." 밥은 늘 그랬던 것처럼 그녀에게 미소를 지었다. 그러고 나서 그들을 앞으로 홱 잡아당겼다.

밥은 그들을 견고한 새 고삐로 잡아끄는 야생마처럼 끌고 한 걸음 앞서 걸었다. 펀의 손을 필사적으로 움켜쥔 애그니스의 손은 몹시 뜨거웠다. 그녀는 실패했을까? 그녀가 할 수 있는 일이 더 있었을까? 만약 모두에게 엄마와 함께 사유지 지구로 가라고 말했다면 어땠을까? 그들은 안전했을까? 함께 있었을까?

그녀가 멈춰 섰다. "우리 엄마 어디에 있어요?"

"나는 너희 엄마가 어디에 있는지 몰라."

"내가 마지막으로 봤을 때, 엄마는 아저씨를 만날 거라고 했어요. 아저씨가 엄마를 사유지 지구로 데려가기로 약속했다고요. 그랬나요?"

밥의 콧수염이 씰룩거리고 얼굴이 어두워졌다. "얘야, 사유지 지구는 없어."

"하지만 아저씨가 한 거래잖아요. 게다가 엄마 말로는 아저씨랑 둘이 계획이 있댔어요. 아저씨가 우리를 데려다줄 거라고 했댔어요." 애그니스가 말했다. "우리를 데려다줄 거라고 하지 않았나요?"

그가 속도를 늦췄다. 그의 어깨가 긴장했다. "사람들은 많은 말을 해. 그렇다고 그런 일들이 다 일어날 거라는 뜻은 아니지. 너희 엄마랑 나는……" 그가 잠시 멈칫했다. "우리는 서로 많은 말을 나눴어." 그는 말을 더 할 것처럼 보였지만, 입을 다물었다.

애그니스는 마침내 그들이 서로에게 무슨 말을 했고 왜 그랬는지 명확히 정리할 수 있었다. 그녀의 엄마는 그가 그녀를 돕고, 그녀의 딸을 돕고, 그녀의 가족을 돕도록 그녀가 해야 할 말을 했던 것이다. 그리고 밥은 할 수 있다는 이유로 그가 하고 싶은 말은 무엇이든 다 했던 것이다.

등줄기에 전율이 흘렀다.

에필로그

공식적으로 그 일제 검거는 삼 개월 동안 지속되었지만, 소규모의 윌더니스 난민 집단은 체포를 피해 삼 년 동안 더 숨어 살았다. 레인저들은 이 사실을 일반에 알리지 않았다. 그들은 계속 수색했고, 모두가 발견되었을 때 친절하게 굴지 않았다. 하지만 지금 그 이야기를 하려는 것은 아니다.

일제 검거 기간 동안 이천 명에 가까운 미허가 거주민들이 발견되어 윌더니스주에서 끌려나갔다. 원래는 언제나 스무 명만 있어야 했다.

이러한 역사는 '윌더니스 대규모 일제 검거'라고 불렸다. 뜻밖에도 개혁 지향적이었던 짧은 시기에는 '레인저의 광란'이라고 언급되기도 했다. 그리고 머지않아, 그곳에 살았던 사람들, 일제 검거에서 도망쳐 거기에 남아 있을 수 있었던 사람들이 죽어 사라지면 분명 그 일을 아는 사람은 하나도 남지 않을 것이다.

그들이 말해준 바에 따르면, 나는 십삼 년을 버텼고 마지막 삼 년 동안 도망 다녔다. 마침내 그들이 나를 찾아냈을 때 나는 펀을 돌보고 있었다. 내가 자라며 함께했던 별하늘만 줄곧 알고 지냈던 어린 여자아이. 엘크 가죽의 온기와 보기 드문 야생 자두에서 얻는 기쁨, 산달래가 남몰래 자란 들판을 거닐다가 느닷없이 콧구멍에 스며드는 푸릇푸릇하고 알싸한 향에 별안간 느끼는 충격만 아는 아이. 내가 그것을 조금 찢어서 입에 넣어주면 그애는 마지못해, 그리고 알았다는 듯 억지웃음을 웃었다. 자연적인 존재는 내면 어딘가에서 모든 자연의 산물을 이해하고 잘 알게 된다. 그때는 좋은 시절이었다. 펀과 함께 도망다녔으니 말이다. 비록 그애가 나를 애그니스라고 부르기는 했지만, 나는 그애를 내 딸로 여겼다.

내가 처음 윌더니스에 도착했을 때, 인간들 스무 명의 흔치 않은 야단법석을 구경하려고 프레리도그들이 그들의 구멍에서 밖으로 나왔다. 사슴들은 풀밭에서 고개를 번쩍 치켜들었다. 매들은 우리 머리 위에서 급선회를 하며 빙빙 돌았다. 어느 하나 소리내지 않았다. 비록 어렸지만 그것은 내가 결코 잊지 못한 일이었다.

우리가 윌더니스를 떠났을 때 그곳은 사실 더이상 야생지대가 아니었다. 레인저의 트럭 뒤칸에서 우리는 어린 시절을 보냈던 그 골짜기가 모습을 드러내는 것을 지켜보았다. 우리 가족의 동굴이 있는 곳. 미들 포스트에서 가장 가까운 곳. 칼데라에서 내려다보이는 곳. 처음으로 집처럼 느껴졌던 곳. 매들린의 골짜기. 노란 테이프가 내 시야가 닿는 한 먼 곳까지 토지를 여러 개의 정사각형으로 표시하며 바람에 펄럭였다. 몇몇 군데는 파헤쳐져 있었다. 많은 정사각형 토지에 공사중인 건물이 있었다.

"저건 뭐예요?" 펀이 물어보았다.

"저건 주택이야."

"주택이 뭐예요?"

"그건 사람들이 사는 건물이야."

"시티에서 사는 것처럼요?" 펀은 고층 건물들이 즐비한 시티에 대해 말로만 들었다. 그애가 마음속으로 무엇을 그려보았을지 누가 알겠는가.

"아니, 이런 건 시티에서도 찾을 수 없을 거야. 몇 안 되는 사람들만 이런 곳에서 살 거야. 어쩌면 딱 한 사람일지도 모르지."

"애그니스도 주택에서 살았어요?"

"아니, 나는 시티에서 살았어."

"음, 그러면 어떻게 주택에 대해서 아는 거예요?"

"잡지에서 본 적이 있어."

"누가 저 안에서 살게 될까요?"

"중요한 사람들."

펀의 눈이 커졌다. "우리 저기 살게 되는 거예요?"

"아니야, 카리뇨,* 저 주택들은 우리를 위한 게 아니야."

우리는 차를 타고 낮고 넓은 석조 건물을 지나갔다. 웅장한 현관 입구 양쪽으로 커다란 창문들이 나 있는 완벽한 직사각형 건

---

* 사랑하는 사람을 부르는 스페인어 호칭.

물이었다. 현관 입구 위쪽에 히든 밸리 초등학교라고 새겨져 있었다. 밖에는 아무도 없었다. 아마 아직 아무도 여기에 살지 않는 것 같았다. 아니면 가족들이 주 외곽도로로 가기 위해 차에 뛰어올라타는 그런 휴일들 중 하나일 수도 있었다. 우리는 차를 타고 마을 회관, 작은 식료품점과 다른 가게들이 있는 중심가, 공원과 놀이터를 지나갔고, 방향을 틀어 마을에서 벗어나 아예 월더니스 밖으로 쭉 뻗은 도로로 들어서기 직전에 히든 밸리 도서관도 지나갔다. 모든 것이 오래전 상황을 알려주는 어떤 전설 속의 지도대로 배치되어 있었다. 그러니까 이곳이 월더니스주의 새로운 특별자치구역이었다. 알고 보니 결국 사유지 지구가 존재했던 것이다.

나가는 도로는 깨끗했고 까맣게 포장되어 있었다. 산뜻한 노란색 선이 도로 중앙에 죽 칠해져 있었다. 그 도로 끝에는 출입구와 우리가 오염된 강 건너편에서 보았던 것과 같은 가시철조망 울타리가 있었다. 미끄러지듯 닫히는 그 문을 뒤돌아보았을 때, 그 마을 주택들의 지붕 너머로 하얀 칼데라가 뾰족하게 솟아 있는 것이 보였다.

*

펀과 내가 거처를 제공받은 시티 외곽의 재정착단지에서, 나는 알아본 사람이 아무도 없다. 추정하건대 우리 모두 월더니스에서 붙잡혔을 텐데도 말이다. 내가 생각하기에 베이비 이그레트일 수도 있는 한 남자아이가 있었다. 하지만 이제 막 걸음마를 시작한

624

아이였고, 그사이 세월에 변한 것이 잔뜩 있었다. 칼과 밸을 닮았다고 생각했지만 그애는 말이 거의 없었고 쌓겠다고 마음먹은 듯한 나무블록을 집어들 때 손을 부들부들 떨었다. 내가 앞에 무릎을 꿇고 앉았을 때 보니 나를 기억하는 것 같지는 않았다. 어떤 나이든 여자가 그애를 돌보고 있었다. 밸에 대해 물어봤지만 그녀는 그냥 고개를 가로저었을 뿐이다. 아니요. 그 여자는 내 모든 질문에 아니라고 대답했다. 심지어 서로 모순된 질문들에도. 그녀가 여기 있나요? 아니요. 체포됐나요? 아니요. 죽었나요? 아니요. 나는 그 여자가 밸을 아는지조차, 아니 그 남자아이가 베이비 이그레트인지조차 확신할 수 없었다. 그래서 그후에 그 여자와 남자아이 둘만 남겨두고 떠났다.

"또다른 단지가 있나요?" 단지를 답사하며, 제이크, 밸, 설레스트, 그리고 우리가 도망치던 중에 숨어 있다가 만났던 다른 사람들에 대해 수소문한 끝에 한 경비요원에게 물어보았다. 그 여자는 무뚝뚝하게 고개를 가로저었다. 붙잡힌 사람들은 모두 이곳에 있었다.

내가 그 경비요원을 믿었다는 것은 아니지만, 그들의 부재를 어떻게 생각해야 할지 알 수 없었다. 나는 마음 한구석에서 내 일행들이 어딘가에 틀림없이 살아 있다는 것을 느꼈다. 최소한 몇명은. 최소한 제이크는. 그것을 느꼈다. 그를 느꼈다. 하지만 그가 여기 나와 함께 있지 않다면 그런 느낌이 다 무슨 소용일까?

그 단지의 다른 윌더니스 난민들은 그들 역시 실종자들이라고 단언한다. 그리고 그런 사람들이 살아 있다고 단언한다. 사람들은 시티의 어딘가 다른 곳에 있는, 그러니까 시티 경계를 따라 서로 멀리 떨어져 있는 다른 재정착단지들에 대해 들어봤다고 단언한다. 그리고 그 말은 우리 모두 여기 있다는 뜻이다. 다만 다 함께 있지 않을 뿐이다. 어떤 사람들은 이것이 분통 터지는 일이라고 여긴다. 어떤 사람들은 거기서 희망을 찾는다. 하지만 그것이 사실인지조차 누군들 알겠는가?

나는 어머니를 찾아보았지만 결코 찾아내지 못했다. 얼마 동안은 우리가 대중매체에 보도되었기 때문에 어머니도 우리의 체포 소식을 들었을 테지만, 결코 내 어머니라고 나서며 나를 찾아오지는 않았다. 나는 어머니가 도망쳤는지 알지 못한다. 나는 늘 어머니와 친구 사이였다고 할 수 있는 레인저들이 내 어머니에게 약간의 자비를 베풀어주었을지도 모른다고 상상하기를 좋아한다.

나는 윌더니스에서 거의 모든 것을 다 잃었다. 나는 모두를 다 잃었다. 제이크를 잃었다. 두 번에 걸쳐 엄청 많은 피를 예정보다 늦게 흘렸고, 그 일로 나는 상실을 겪었다. 심지어 가끔은 파인콘도 보고 싶었다. 야성적인 편, 내가 딸이라고 여기는 이 여자아이는 윌더니스에서 누군가 다른 사람의 딸이었다. 그애는 어머니와 언니를 잃었고, 결국 나와 함께하게 되었다. 나는 날마다 상실을 목격했지만, 때때로 가장 보고 싶은 사람은 내 어머니다.

*

이제 나와 나의 편 둘뿐이다.

그애는 지금 일곱 살쯤일 것이다. 코요테 새끼처럼 비쩍 말랐고 호기심도 무척 많다. 그애의 어린 시절 윌더니스에서 우리가 도망다니고 있었을 때, 때때로 그애는 굳이 걸으려 하지 않았다. 그저 우리 중 어느 누가 걷는 것 못지않게 빠른 속도로 두 손 두 발로 전력 질주를 했다. 한번은 개울가에서 마주친 코요테와 함께 성큼성큼 달린 적도 있었다. 그 코요테는 그애가 자신과 같이 야생성을 지닌 갯과 동물이라 확신하고는 자꾸 컹컹거리며 그애 주위를 경중경중 뛰어다녔다.

여기 시티에서 그애는 이 모든 콘크리트, 야단법석, 부패를 흥미롭게 받아들인다. 주위를 돌아다닐 때 알고 싶어하는 것이 많다. 마치 그것이 그저 탐험해야 할 또하나의 야생지대인 것처럼. 지도에서 우리가 아직 펼치지 않은 또다른 부분인 것처럼. 지도의 일부가 될 어떤 곳인 것처럼. 그애는 이곳을 자신의 '새로운 윌더니스'라고 부른다. "애그니스 것이기도 해요." 그애가 내게 말한다. 하지만 나는 그렇지 않다는 것을 알고 있다.

그애는 힘든 밤들을 보내며 어머니와 언니에 대한 꿈을 꾸기도 한다. 자라면서 코요테, 늑대, 엘크, 까치, 청개구리, 귀뚜라미, 뱀에게 받은 모든 메시지에 대한 꿈을 꾼다. 지금 이곳에서 들리는 메시지는 이해하지 못한다. 늘 들리는 쉬익쉬익, 콸콸, 윙윙 소리, 곧이어 들리는 날카로운 쇳소리. 정유공장단지에서 나는 소리다. 하지만 핀은 그 소리에 열심히 귀를 기울인다. 마치 언젠가는 그 소리의 의미를 알게 되기라도 할 것처럼.

"분명히 **뭔가** 이야기하고 있어요, 애그니스." 그애가 말한다. "떠들고 있잖아요."

여기 내가 알아낸 것이 있다. 우리의 재정착단지에서 울타리를 따라 가장 먼 지점까지 가면 또하나의 울타리와 직각으로 만나게 되는데, 바로 그 자리에 구멍이 하나 나 있다. 그 울타리 구멍을 비집고 빠져나가는 순간 습지가 나온다. 그 습지는 정유공장단지와 맞닿아 있다. 그곳은 기계류에서 방출된 열기를 흡수하고, 밤이면 차가운 공기를 만나 김을 내뿜는다. 밤이면, 우리 어머니가 말했듯이, 그 습지에 생기가 돈다. 낮에는 그곳에 있으면 쥐죽은 듯 고요하다는 생각이 들 것이다. 하지만 그것은 생물들이 자기들이 희귀하다는 것을, 그리고 희귀한 것은 결코 오래가지 못한다는 것을 잘 알기 때문이다. 우리는 울타리를 통과한 다음, 통행금지 사이렌이 날카롭게 울리고 마침내 해가 질 때까지 기다린다. 그러면 이내 조용히 개구리가 개골개골 울 것이다. 청둥오리가 애달프게 울 것이다.

언젠가, 그 구멍이 거기 있는 것을 원치 않는 누군가가 그것을 발견할 것이다. 그들이 그 구멍을 막아버릴 테고, 그러면 들어갈 방법이 없을 것이다. 그 울타리는 높고 꼭대기에는 전기가 통하는 가시철조망이 쳐져 있다. 나는 그런 일이 일어나면 새 구멍을 뚫기 위해, 그 구멍도 막히면 또다른 구멍을 뚫기 위해 철조망 절단기를 살 돈을 몰래 모아두고 있다.

그 울타리 구멍 아래에는 땅이 패어 있다. 나는 다른 사람들이 여기 오는 것을 알고 있다. 이따금 밤에 우리가 황소개구리와 신호를 주고받고 있을 때, 심지어 사람이라는 것을 알 수 있는 바스락 소리가 들리기도 한다. 내가 손으로 편의 입을 막는 것은, 그 애가 일제 검거를 겪고서도 보이지 않는 것을 두려워하는 법을 결코 완전히 배우지 못했기 때문이다. 하지만 나는 배웠다. 더 잘 알고 있다. 자신이 있으면 안 되는 곳에서 자신의 정체를 알리는 것은 안전하지 못하다. 우리는 항상 숨어야 한다. 하지만 비록 숨어 있다 해도, 밤에 여기 오는 사람들이 우리와 같은 이유를 갖고 있다는 것은 감지할 수 있다. 지금 우리가 알고 있는 세상으로부터 벗어나기 위해서. 한때 세상이 어땠는지 알기 위해서였다.

나는 밤에 곤히 자는 나의 펀을 깨워 이곳으로 데려온다. 그애가 살면서 맨 처음 알게 되었던 것을 기억하기를 바라기 때문이다. 내가 어린 시절 동안 줄곧 알고 있었던 것을 기억하기를 바라기 때문이다. 요전날 밤에는 깨우려 하자 그애가 졸린 듯이 눈을 비비며 칭얼거리고 발버둥을 쳤다. 그애는 가고 싶어하지 않았다. 담요를 머리끝까지 덮어썼다. 결국 그애를 꼬드겨 침대에서 나오게는 했지만, 그러지 못하게 될 그날이 두렵다. 그애가 옹고집을 부리게 될 그날이. 그애가 나와 달라질 그날이 두렵다. 만약 우리가 이것을 공유하지 못한다면 무엇을 공유하게 될까? 서로 그저 타인에 불과하게 될까? 이런 순간이면, 나는 그애를 와락 움켜잡아 아주 꼭 껴안은 채 그애의 머리카락에 대고 으르렁거리고 싶고, 그애를 결코 놓아주고 싶지 않다. 하지만 항상 그애는 당황하지 않거나, 어쩌면 작은 눈을 말똥거리며 몸을 꿈틀거려 빠져나간다. 그애는 내가 줄 수 있는 모든 것을 자신이 이미 가지고 있다는 것을 안다. 나는 이 순간이면 어머니를 떠올린다. 어머니는 내가 기대했던 일을 결코 해주지 않는 사람이었다. 어머니가 나를 바라볼 때, 나는 그 표정이 무엇을 의미하는지 이해하지 못했다. 어머니는 고통스러운 듯 입가를 비틀고 날카로운 눈으로 나를 바라보았다. 때로는 나를 바라보면 어디가 아프기라도 한 것 같았다. 우연히 이 어린 펀을 보살피게 될 때까지는 그것을 이해하지 못했다. 내가 펀을 바라보았을 때, 앞서 벌어진 모든 일과 앞으로 벌어질 모든 일과 그 모든 잠재적인 끔찍함과 어떤 아름다움이 보였다. 그리고 그것은 내가 감당하기에는 너무 벅찼다. 나는 두렵고 넌더리가 나면서도 사랑에 압도되어 울다가 웃다가 할 지경이 되어 눈길을 돌려 외면해버렸다. 그리고 드디어, 드디어, 드디어 나는 어머니를 이해하기 시작했다.

*

가끔 펀에게 이야기를 들려주곤 한다. 윌더니스의 우리 거주지에서부터 내가 자라며 나와 함께한 이야기들.

내가 지어낸 이야기를 들려주면, 마지막에 그애는 내가 그것을 뭐라고 부르는지 물어본다.

"이걸 뭐라고 부르냐고?"

"네, 그 이야기에 제목을 붙여야 해요. 우리 엄마는 자기 이야기에 항상 제목을 붙였어요. 그러니까, '늑대와 족제비 이야기'처럼요."

"알겠어."

"그럼 애그니스 이야기의 제목은 뭐예요?"

"'펀의 발라드'."

펀의 얼굴이 빨개진다. "이런, 안 돼요." 그애가 수줍게 말한다. "그건 다른 이야기들만큼 좋은 이야기가 아닌데."

"좋은 이야기가 될 거야." 내가 말한다.

나는 그애에게 이 이야기와 다른 이야기들을 모든 복잡함과 혼란을 포함해 들려줄 생각이다. 왜냐하면 그런 복잡함과 혼란이 그 이야기들을 진실되게 만들기 때문이다. 때때로 그것이 내 안에 남아 있는 유일한 본능처럼 느껴진다. 그것이 내가 아는, 딸을 키우는 유일한 방법이다. 나의 어머니가 나를 키운 방법이다.

*

시티로 돌아온 지 몇 달 후, 나는 한 철물점으로 들어갔다. 점원이 나를 유심히 쳐다보았다. 나는 재정착단지 사람들이 입는 줄무늬 옷 차림이었기 때문에 무언가를 살 수 있을 만큼 부자일 리가 없었던 것이다. 나는 페인트 견본 코너로 가서 내 예전의 삶, 좀더 자연 그대로인 삶에서 기억하는 모든 색상의 견본을 골라냈다. 그 견본들을, 그러니까 모서리에 색상 번호와 이름이 기재된 온갖 색상의 넉넉한 직사각형들을 집었다. 그것들을 모조리 챙겨 내 가방에 슬쩍 집어넣고 점원보다 훨씬 앞서 가게에서 달려나갔다.

집으로 돌아와서 나는 각각의 사각형을 벽에 테이프로 붙여서, 내가 기억하는 방식대로 면과 선의 색상을 배치해 모자이크를 만들면서 뜬눈으로 밤을 새웠다. 푸른 풀밭 너머 고지대에서 지평선상의 얼룩 같은 산들을 바라보던 그때의 기억. 아마도 모든 색상의 경계가 흐릿하게 보이는 비 오는 날이었을 것이다. 그곳은 예쁘고 조용하고 인적이 없는 장소였다. 사람들이 떠나고 싶어하지 않을 법한 곳.

잠에서 깨어난 펀이 눈을 두 번 비비고 말했다. "나 거기 알아요." 그애의 얼굴에는 고요한 미소가 떠올랐고, 졸음에 겨운 목소리에는 감탄의 기색이 역력했다.

이 땅의 옛 주인들에게 보내는 감사의 말

이 작품은 미래를 배경으로 한 소설이며, 현실세계나 실제 인물과의 어떠한 연관성도 우연의 일치다. 그렇지만 나는 이 허구의 세계를 창조할 자료를 찾으면서 실제 장소와 현장을 방문했고, 초기 원시 문화뿐만 아니라 부족민들의 실제 전통과 식생활과 기술을 조사했다. 북파이우트족, 쇼쇼니족, 유트족, 클래머스족, 모도크족, 몰랄라족, 배넉족, 워쇼족에게 감사의 마음을 전하고 싶다. 이 소설의 등장인물들이 삶을 살며 걸어간 곳은 그들의 조상이 살던 땅에서 영감을 받았다.

덧붙이는 감사의 말

다음의 여러분께 감사를 전한다. 이 책의 총책임자인 조시 사이글러 사이바라. 원고를 읽어보는 것 이상의 많은 일을 해준 힐러리 라이히터, 어맨다 골드블래트, 호르헤 저스트. 부분적으로 혹은 전반적으로 관여하며 탁월한 견해를 제시해준 아릭 크누스, 재서민 챈, 헤더 먼리, 쉬안 줄리애너 왱, 데니스 노리스, 존 맥매너스. 플라야에서의 헛소동 장면에 도움을 준 아지자 머리, 벤 파르지복, 캣 론디나. 도움이 되는 질문을 던져준 버클리 카나인. 수없이 사려 깊게 읽어주고 무한한 지지를 보여준 세스 피시맨과 테리 카튼. 정말 고마운, 특히 우편물 테이블이 너무 고마웠던 뉴잉글랜드 문학 프로그램. 서머 레이크 온천 측에 특별히 고개 숙여 인사를 전한다. 실제로는 물이 심하게 뜨겁지 않다.

미국 국립예술기금위원회, 플라야 서머 레이크, 예술과 생태를 위한 싯카 센터, 그래스마운틴과 프랭크와 제〔인 보이든, 유크로스 재단, 칼데라 예술 센터, 스와니 작가 회의, 야도, 맥다월 콜로니에 그들의 자금과 시간과 공간으로 지원해준 것에 감사한다.

이 책을 쓰기 위한 조사는 전반적이고 광범위했지만, 초기에 계기가 된 것은 멜빈 C. 에이킨스, 토머스 J. 코널리, 데니스 L. 젠킨스가 쓴 『오리건 고대사 연구』에서 받은 영감이다. 미합중국 산림청의 세라 그린과 프레드 스완슨은 이 책을 구상하도록 불을 붙인 산책을 이끌어주었다. 앨런 와이즈먼의 책들은 내가 미래의 세계를 상상하는 데 큰 도움이 되었다. 그리고 원시생활의 전문가들과 열렬한 팬들의 귀중한 온라인 자료 덕분에 무두질 및 다른 야생 생존기술을 조사하는 일이 놀라울 만큼 수월했다.

다이앤 쿡의 첫 장편소설 『새로운 야생의 땅』은 대기 오염, 극단적인 기후 변화, 인구 과밀 현상 등으로 인해 '시티'가 더이상 인간의 삶의 터전이 되기 어려워진 가까운 미래를 배경으로, 얼마 남지 않은 '야생의 땅'에서 새로운 삶의 형태를 실험하며 생존하기 위해 고군분투하는 인간 군상을 다루는 일종의 디스토피아 소설이다. 하지만 구체적인 세계관을 전면에 내세우며 자세한 설정을 하나하나 제공하는 식의 SF 디스토피아 소설이라는 틀에 가두기보다는 디스토피아를 배경으로 한 에코 스릴러 혹은 에코 페미니즘적 성장소설로 확대하여 이해하는 것이 이 작품의 다층적, 다면적 특성을 고찰하기에 더 적합해 보인다.

특히 환경 재앙에 관한 우화적 서사시라는 얼개를 갖춘 이 작품에서 극한 상황에 놓인 인간의 실존적, 심리적 두려움을 탐색

하는 작가의 솜씨가 가장 빛을 발하는 것은 '커뮤니티' 구성원들의 정치적 역학관계, 무엇보다도 주인공인 비어트리스와 애그니스의 모녀관계와 같은 인간관계와 애그니스의 성장 과정을 심리학적으로 섬세하게 통찰할 때라고 할 수 있을 것이다. 이처럼 모성성과 모녀관계를 심도 있게 다룬다는 점을 상징적으로 보여주기라도 하려는 듯, 이 소설은 비어트리스가 들판에서 홀로 여자아이를 사산하는 장면으로 시작한다. 그녀가 '시티'의 오염된 공기 속에서는 더이상 목숨을 부지할 수 없게 된 다섯 살짜리 딸 애그니스를 구하기 위해 남편이자 애그니스의 의붓아버지인 대학교수 글렌과 함께 주도적으로 실험적 '커뮤니티'를 꾸려, 성공적인 커리어와 어머니의 만류를 뒤로하고 '야생지대'에서 살기 시작한 지도 어느덧 삼 년쯤 된 시점이다.

작품 초반, 작가는 '커뮤니티' 사람들이 '야생지대'에서 살아가는 방식을 마치 디스커버리 채널의 자연 다큐멘터리를 보여주듯 세밀하게 제시한다. 그로 인해, '시티'에서는 당장이라도 숨을 거둘 듯 연약했지만 이제는 '커뮤니티'의 어느 누구보다도 더 '야생지대'에 잘 적응해 건강한 여덟 살 소녀로 성장한 애그니스와 때때로 자신이 나고 자란 '시티'와 문명을 그리워하는 비어트리스의 모습이 더욱 대조적으로 보이고, 이들의 역동적인 모녀관계가 더욱 풍성하게 그려진다. 물론 이 작품에는 모성성과 모녀관계에 대한 세밀한 탐색 이외에도 독자들의 관심을 끌 만한 다양한 부분들이 존재한다. 마치 베어 그릴스가 출연한 서바이벌 리얼리티쇼를 보는 듯한 착각을 불러일으킬 만한, 야생 환경에서의 생존법에 대한 자세한 묘사, 극한 환경에서 본색을 드러내는 인간들의 적나라한 모습, 야생에서 생명력을 되찾은 어린 소녀가 무리를 이끄는 알파 피메일로 성장하는 다이내믹한 과정 따위가 바로 그런 흥미로운 요소들이라고 할 수 있다.

이 소설은 완결성 있는 하나의 디스토피아적 세계관을 상세히 제시하거나 어떤 구체적 해결책 또는 대안, 이상적 모성성 또는 모녀관계의 모델을 전면에 내세우고 있지는 않다. 또한 그러한 해결책이나 이상적 모델을 제시하는 것이 작가가 의도하는 바도 아닐 것이다. 그보다는 주인공들과 '커뮤니티' 사람들이 새롭고 실험적인 생존 방식을 모색해가는 과정을 통해 우리 인간의 어머니인 지구와 인간의 관계, 나아가 어머니와 딸의 관계가 일그러져가는 모습과 망가진 관계의 탄력적인 회복 가능성을 역동적으로 그려내는 것이야말로 작가가 고심하며 추구한 지점이 아닐까 싶다.

『새로운 야생의 땅』이 처음 출간되었을 때 전 세계적으로 팬데믹이 한창이었다는 점에서 이 책의 디스토피아적이고 음울한 내용이 참으로 시의적절한 사유의 주제를 우리에게 던져주었다는 생각이 든다. 또한 번역 작업을 끝마치고 한국어 번역본 출간을 앞둔 지금, (비록 기존의 팬데믹은 종식되었다고 해도, 언제 또 다른 팬데믹이 다가올지 모르는데다가) 전 지구적인 기후 변화로 인한 위기의식이 팽배한 상황에서 이 작품이 그려내는 어둡고 종말론적인 미래의 풍경과 모녀의 생존 투쟁에 관한 이야기가 우리에게 시사하는 바가 더욱더 시의적절하게 느껴진다. 워너브러더스 스튜디오에서 판권을 구매해 제작할 예정이라는 이 소설의 텔레비전 시리즈가 원작만큼이나, 아니 그 이상으로 사랑받는 훌

륭한 시리즈로 영상화되어 우리에게 더욱더 큰 울림을 전해줄 수
있기를 바라 마지않는다.

2024년 1월
김희용

옮긴이 **김희용**

이화여자대학교 영어영문학과를 졸업하고 같은 대학원에서 박사 과정을 수료했다. 배화여자대학교, 그리스도대학교, 성결대학교 등에 출강했으며, 현재 전문 번역가로 활동중이다. 『아름다운 세상이여, 그대는 어디에』『헌신자』『워싱턴 블랙』『노멀 피플』『심장은 마지막 순간에』『동조자』『결혼이라는 소설』『오 헨리 단편선』『로마제국 쇠망사』(공역) 등을 우리말로 옮겼다.

문학동네 세계문학

새로운 야생의 땅

초판 인쇄 2024년 1월 24일 | 초판 발행 2024년 2월 2일

지은이 다이앤 쿡 | 옮긴이 김희용
책임편집 박효정 | 편집 류기일 박아름 오동규
디자인 김이정 최미영 | 저작권 박지영 형소진 최은진 서연주 오서영
마케팅 정민호 서지화 한민아 이민경 안남영 왕지경 황승현 김혜원 김하연 김예진
브랜딩 함유지 함근아 고보미 박민재 김희숙 박다솔 조다현 정승민 배진성
제작 강신은 김동욱 이순호 | 제작처 천광인쇄사

펴낸곳 (주)문학동네 | 펴낸이 김소영
출판등록 1993년 10월 22일 제2003-000045호
주소 10881 경기도 파주시 회동길 210
전자우편 editor@munhak.com | 대표전화 031)955-8888 | 팩스 031)955-8855
문의전화 031)955-1927(마케팅) 031)955-2685(편집)
문학동네카페 http://cafe.naver.com/mhdn
인스타그램 @munhakdongne | 트위터 @munhakdongne
북클럽문학동네 http://bookclubmunhak.com

ISBN 978-89-546-9819-1 03840

잘못된 책은 구입하신 서점에서 교환해드립니다.
기타 교환 문의 031)955-2661, 3580

www.munhak.com